CAREER
OF EVIL

Robert Galbraith
CAREER OF EVIL

罪恶生涯

[英] 罗伯特·加尔布雷思 著 李天奇 译

人民文学出版社
PEOPLE'S LITERATURE PUBLISHING HOUSE

著作权合同登记号：图字 01-2016-6175

First published in Great Britain in 2015 by Sphere
Copyright © 2015 J.K. Rowling
The moral right of the author has been asserted.
All characters and events in this publication, other than those clearly in the public domain, are fictitious and any resemblance to real persons, living or dead, is purely coincidental.
All rights reserved.
No part of this publication may be reproduced, stored in a retrieval system, or transmitted, in any form or by any means, without the prior permission in writing of the publisher, nor be otherwise circulated in any form of binding or cover other than that in which it is published and without a similar condition including this condition being imposed on the subsequent purchaser.

See pages 473–477 for full credits.
Selected Blue Öyster Cult lyrics 1967–1994 by kind permission of Sony/ATV Music Publishing (UK) Ltd.
www.blueoystercult.com
'Don't Fear the Reaper：The Best of Blue Öyster Cult' from Sony Music Entertainment Inc available now via iTunes and all usual musical retail outlets.

图书在版编目（CIP）数据

罪恶生涯/（英）罗伯特·加尔布雷思著；李天奇译. — 北京：人民文学出版社，2016
（科莫兰·斯特莱克推理系列）
ISBN 978-7-02-011943-1

Ⅰ.①罪… Ⅱ.①罗… ②李… Ⅲ.①推理小说-英国-现代 Ⅳ.①I561.45

中国版本图书馆 CIP 数据核字（2016）第 197283 号

出 品 人　黄育海
责任编辑　甘　慧　仲召明
封面设计　汪佳诗

出版发行　人民文学出版社
社　　址　北京市朝内大街 166 号
邮政编码　100705
网　　址　http://rw-cn.com

印　　制　山东临沂新华印刷物流集团
经　　销　全国新华书店等

字　　数　490 千字
开　　本　665 毫米×980 毫米　1/16
印　　张　30.25
版　　次　2016 年 11 月北京第 1 版
印　　次　2016 年 11 月第 1 次印刷

书　　号　978-7-02-011943-1
定　　价　50.00 元

如有印装质量问题，请与本社图书销售中心调换。电话：01065233595

致西恩·哈里斯和马修·哈里斯：

请随意使用这份致敬，
　只是不要——
　　千万不要——
　　　用它来画眉。

I choose to steal what you choose to show
And you know I will not apologize —
You're mine for the taking.

I'm making a career of evil ...

Blue Öyster Cult, 'Career of Evil'
Lyrics by Patti Smith

你有什么我就偷什么，
你也知道我不会道歉——
你的一切任我取用。

这就是我的罪恶生涯……

——蓝牡蛎崇拜乐队，《罪恶生涯》
帕蒂·史密斯作词

1

二〇一一

This Ain't the Summer of Love

这不是爱的夏天

他没能彻底洗掉她的血。一条黑线残留在他左手中指的指甲里，像个括号。他努力把黑线抠出来，虽然他其实挺喜欢看见它——昨日愉悦享受的纪念品。他徒劳无功地擦洗一分钟后，把染血的指甲放进嘴里吮吸。金属的气息让他回忆起鲜血的味道：那股血流喷溅到地砖上，洒到墙面上，浸湿他的牛仔裤，将原本干燥蓬松、叠放整齐的粉色浴巾变得血淋淋、湿漉漉。

今天早上，事物的颜色显得比往常更加明亮，这世界似乎变成了一个不错的地方。他心怀虔诚，精神抖擞，仿佛吸收了她的存在，把她的生命汲取到自己体内。你一旦杀死她们，她们就属于你了：这是一种远远超越性爱的占有方式。知晓他们临死时的模样，就是两个活人永远不可能经历的亲密体验。

没人知道他做了什么，也没人知道他接下来要做什么。他想到这些，心里一阵激动。他愉悦而安详地吮吸着中指，靠着四月阳光下温暖的墙面，望着街对面的房子。

那座房子体积不小，外表普通，应该相当宜居。相比之下，昨天的那套公寓要狭小得多：浸满血液后变硬的衣服装在黑色垃圾袋里，等待被焚烧；他的几把刀摞在厨房台面下的U形管后方，用漂白粉洗净的刀刃闪闪发光。

对面的房子门前有片小花园。黑色的栅栏，急需修剪的草坪。两扇白色的前门紧紧靠在一起，表明这座三层小楼已经被改装成上下两套公寓。一个名叫罗宾·埃拉科特的姑娘住在二层。他已经知道她的姓名，但在脑海里，他称她为"小秘书"。他刚见到她的身影在凸窗后一闪而过。鲜艳的发色很好认。

观察小秘书给了他一项额外的娱乐。他有几个小时无所事事，于是就跑来看她。今天是休息的日子，夹在辉煌的昨日与灿烂的明天之间，一边是过往成就带来的满足，另一边是对未来的激动期盼。

右侧的门突然开了，小秘书和一个男人走出来。

他仍然靠在温暖的墙面上，望向远方的街道，以侧脸对着他们，摆出一副在等人的模样。两人谁也没有注意到他，肩并肩走远了。他们走了将近一分钟，他尾随在后。

她穿着牛仔裤、薄外套和平底靴，长长的鬈发在阳光下显得比之前更红。他感觉这对情侣之间的气氛有点紧张，因为他们没有交谈。

他看人的眼光很准。昨天那个姑娘就是在他细致观察后被他钓上了钩，死在浸满鲜血的粉红色浴巾之间。

他尾随他们走下长长的居民街，双手插在裤袋里，缓步向前，仿佛要去商店买东西般从容。在灿烂的朝阳下，他的墨镜并不显眼。树木在春日的微风里轻轻摆动枝叶。前方的恋人走到街道尽头，向左拐上宽敞繁忙的大道，道路两旁都是办公楼。高层的平板玻璃窗在他的头顶上方闪闪发光。那两个人走过了伊灵市政厅的大楼。

小秘书的室友——也可能是男友，外表整洁，从侧面看过去有个方下巴——开始对小秘书说话。她简短地回了一句，没有笑。

女人都卑鄙，爱欺负人，肮脏又矮小。一群阴沉的婊子，希望男人去取悦她们。她们死在你面前，一脸空洞地躺着，才会变得纯洁而神秘，甚至称得上美好。只有到了那时，她们才属于你，不会再辩解、挣扎或离开，就在那里任你摆布。昨天那位就是这样。他把她放空血，尸体沉重而瘫软。他的等身玩偶，他的玩物。

他跟着小秘书和她男友穿过人头攒动的阿卡迪亚购物中心，在他们身后左右穿行，就像鬼魂或神灵。周六的购物人群看得到他吗？还是说他已经彻底变身，拥有双重生命，获得了隐身能力？

他们在公交站停下。他站在不远处，假装在看旁边的咖喱店，看杂货摊上的水果堆，看报刊亭窗前威廉姆王子和凯特·米德尔顿模样的面具，但其实是在观察他们在玻璃上映出的影像。

他们要上八十三路公交车了。他的口袋里没多少钱，但他太享受观察小秘书，还不打算就此结束。他跟在他们后面上了车，听见那个男人提到温布利中心站。他买了票，跟着他们爬上公交车二层。

这对恋人在公交车最前排找到挨在一起的空座位。他在不远的位子上坐下，挨着一个女人。这个女人怏怏不快地移开她的数个购物袋。他们的声音偶尔会压过其他乘客的低沉交谈声，飘到他耳畔。小秘书不说话的时候，就扭头望着窗外，脸上没有笑容。他很确定，小秘书一定不想去他们现在要去的地方。小秘书抬手撩开眼前的一缕发丝，他注意到小秘书手上的婚戒。这么说，她快要结婚了……她以为自己真能结婚呢。他把脸藏在竖起的夹克领里，藏起脸上隐约的笑意。

温暖的正午阳光通过车窗，倾泻而入。一群男人上了车，占领他们周围的空座。有两个男人穿着红黑相间的橄榄球队队服。

他突然觉得持续一天的灿烂光辉变暗了。那些队服上印着弯月和星星，与一些他不喜欢的事物有关。那队徽会让他想起从前，他那时还没觉得自己如神明般无所不能。他不想如此快乐的一天被糟糕的回忆污染，但之前高涨的情绪已经瞬间消失得无影无踪。他动怒了——那群人里的一个少年不小心对上他的目光，立马警惕地转开头。他站起身，走向台阶。

一位父亲带着年幼的儿子，紧抓着车门边的立杆。他感到一股怒火从腹部蹿上来：他本来也会有个儿子。或者说，他本该到现在还有儿子。他想象自己的孩子站在身边，抬头望着他，崇拜他——但他的儿子早就没了，全怪一个名叫科莫兰·斯特莱克的男人。

他要报复科莫兰·斯特莱克，让他饱受折磨。

他在人行道上站稳后，抬起头，透过公交车的前窗，望了金发小秘书最后一眼。他们二十四小时之内就会再次相见。这个想法让萨拉森人队队服引起的怒火平息了一些。公交车轰隆隆地开走，他掉头往相反的方向步行，边走边安慰自己。

他的计划完美无缺。没人知道，没人怀疑。家里的冰箱里还有件非常特别的东西在等着他。

2

A rock through a window never comes with a kiss.
Blue Öyster Cult,'Madness to the Method'

打破窗户的石头永远不会带着亲吻。

——蓝牡蛎崇拜乐队,《疯癫做法》

罗宾·埃拉科特二十六岁,订婚已超过一年。婚礼本来应该在三个月前举行,但她未来的婆婆突然去世,婚礼只能延迟。在过去三个月里,发生了太多事。她忍不住想,婚礼如果如期举行,她和马修会不会相处得好一点?她手上的蓝宝石订婚戒指有点松了,她现在如果也戴着金色的婚戒,他们吵架的次数会不会少一点?

她挤在周一清晨托特纳姆法院路上的人群里,头脑里正在重放前一天的争吵景象。他们去看了橄榄球赛。但他们出家门之前,争吵的种子就已经埋下。罗宾和马修只要是和萨拉·夏洛克和她男友汤姆一起出去,就会吵架。球赛进行时就在酝酿的争吵持续至凌晨时分,那时,罗宾再次指出一个事实。

"是萨拉没事找事,看在老天分上,你看不出来吗?是她追问他的事,问个没完,不是我想讲……"

托特纳姆法院路地铁站周围没完没了地修路，切断了罗宾去丹麦街私人侦探事务所上班的路线。她在一大块瓦砾上差点摔一跤，心情变得更差。她踉跄两步，找回平衡。横在她面前的是一道深沟，里面站满戴着安全帽、穿着荧光服的男人。他们不怀好意地冲她吹口哨，叫喊不堪入耳的下流话。她涨红着脸，无视他们，甩开眼前红金色的长发，思绪不由自主地回到萨拉·夏洛克身上，还有她追问的那些关于她老板的狡猾问题。

"他有种奇怪的吸引力，你说呢？看起来有点颓废，但我觉得这没什么不好。他身材性感吗？个子不矮吧？"

罗宾努力用冷淡的语气回答，注意到马修的下巴绷紧了。

"办公室里只有你们两个？真的？没别人了？"

婊子，罗宾心想。她从来没能在萨拉·夏洛克面前保持自己与生俱来的好脾气。萨拉绝对是故意的。

"他真的是在阿富汗受的伤？是吗？哇，这么说，他还是个战争英雄？"

罗宾努力阻止萨拉一头热地赞颂科莫兰·斯特莱克，结果徒劳无功。球赛结束后，马修对未婚妻的态度已经非常冷淡。但在他们从维卡拉格路体育场回家的路上，那股不快并没阻止他和萨拉一起开怀大笑。而汤姆——罗宾觉得他既无聊又迟钝——也在旁边跟着吃吃发笑，对涌动的暗流浑然不觉。

罗宾走在正在修路的沟里，被周围的行人推来挤去，好不容易抵达路对面的人行道。她穿过中央大厦如格子般的石墙投下的阴影，想起凌晨争吵最激烈时马修说的话，又生起气来。

"你就是他妈的没法不提他，是不是？我都听见了，你对萨拉——"

"不是我提起来的，是她，你有没有听我——"

马修开始模仿她，用那种象征愚蠢女性的高嗓音："'哦，他的头发好可爱——'"

"看在老天的分上，你简直是个该死的妄想狂！"罗宾喊道，"那是萨拉在不停地说雅克·伯格那该死的头发，没说科莫兰，我只是说了一句——"

"'科莫兰可不是——'"他用同样的愚蠢高嗓重复道。罗宾转弯拐上丹麦街，感受到和八小时前一样的怒火。当时她怒气冲天地走出卧室，决定睡沙发。

萨拉·夏洛克，那个该死的萨拉·夏洛克，是马修的大学同学。她曾经费尽心思地想抢走马修，让他离开罗宾，那个留在约克郡的姑娘……如果这辈子再也不用见到萨拉，罗宾会欢欣鼓舞。但萨拉会出席他们定在七月的婚礼，之后毫无疑问还会留在他们的婚姻生活里，阴魂不散，说不定哪天还会想办法钻到罗宾的办公室，亲自见见斯特莱克——如果她表现出的兴趣是真的，而不只是为了造成罗宾和马修不和。

我绝对不会把她介绍给科莫兰，罗宾决绝地想，走向办公室所在大楼的大门。门外站着个快递员，快递员双手戴着手套，一手拿着签名板，一手拿着一个细长的长方形包裹。

"是寄给埃拉科特的吗？"罗宾走到可以和他说话的距离内，问道。她在等一批象牙色纸板包装的一次性相机，相机将作为婚宴上的小礼品。她最近工作时间太不规律，在网上买东西，在办公室收货方便些。

快递员点了点头，向她递出签名板，没有摘下摩托车头盔。罗宾签了字，接过细长的包裹。包裹比她预想得沉得多。她把包裹夹到腋下时，似乎有个很大的物体在里面滑动了一下。

"谢谢。"罗宾说，但快递员已经转过身去，抬腿跨上摩托车。罗宾听着他发动摩托车而去，拉开门进了大楼。

楼里的鸟笼式电梯早就坏了。她走上绕电梯盘旋而上的金属楼梯，高跟鞋敲击地面的声音发出阵阵回响。她爬上楼，打开锁，拉开反光的玻璃门，玻璃门上刻着显眼的深色字："C.B.斯特来克，私人侦探"。

她有意来早一些。他们已经被案子淹没，她想先完成一些文书工作，再继续跟踪年轻的俄国大腿舞者。她根据从头顶传来的沉重脚步声判断，斯特莱克还在楼上的住所里。

罗宾把长方形的包裹放到桌上，脱下大衣，把衣服和手提包一起挂到门后的木钉上。她打开灯，接壶水烧上，伸手去拿桌上的拆信刀。

她想着马修是怎样拒绝相信她喜欢的是橄榄球侧卫雅克·伯格的浓密鬈发，而不是斯特莱克那头真的很像阴毛的短发，生气地把刀捅向包裹，划开封口，打开了纸箱。

箱子里侧放着一条女人的腿。因为空间不够，脚趾都向上翘了起来。

3

Half-a-hero in a hard-hearted game.
Blue Öyster Cult,'The Marshall Plan'

激烈比赛中的半吊子英雄。

——蓝牡蛎崇拜乐队,《马歇尔计划》

罗宾的尖叫声从窗户反弹回来,在室内激荡。她向后退去,盯着桌上的可怖物体。那条腿瘦而光滑,肤色苍白。她拆开纸箱,指尖划过肌肤表面,感受到那如冰冷橡胶的质感。

她刚用双手捂住嘴,止住叫声,玻璃门在她身后猛地打开。身高六英尺三英寸的斯特莱克紧皱眉头,衬衫的扣子没系好,露出猩猩似的黑色胸毛。

"怎么——"

他顺着罗宾惊骇的目光望过去,看见了那条腿。罗宾感觉到他的手粗暴地抓住自己的上臂,把她带到门外的走廊上。

"怎么来的?"

"快递员,"她说,任凭他推着自己上楼,"骑摩托车。"

"待在这儿别动。我去报警。"

他关上门。罗宾一动不动地站着,心脏狂跳不止。罗宾侧耳听着他的脚步声回到楼下,嗓子里一阵泛酸。一条腿。有人送了她一条人腿。她带着一条腿浑然不觉地上了楼。装在包裹里的女人腿。那是谁的腿?这个人身体的其他部分呢?

她跌跌撞撞地走向最近的椅子,在装着金属腿的廉价塑料椅上坐下来,手指还紧按着麻木的嘴唇。她突然想起,包裹是指名寄给她的。

与此同时,斯特莱克正站在办公室窗边,低头俯视丹麦街,寻找快递员的踪影,手机举在耳边。他走回桌边检查那个打开的包裹时,已经打通警察的电话。

"一条腿?"侦缉督察埃里克·沃德尔在电话另一头说,"一条他妈的人腿?"

"不是我那条。"斯特莱克说。罗宾如果在场,他不会开这样的玩笑。他的裤腿挽了起来,露出充当右膝的金属杆。他听见罗宾的尖叫时,正在穿衣服。

他说话时注意到,包裹里的腿和他失去的那条一样,也是右腿。这条腿截断的地方也是膝盖下方。他举着手机,更仔细地观察那条腿,鼻孔里充满一股类似鸡肉刚化冻时的难闻气味。白种人的肌肤:光滑苍白,小腿上有块存在时间不短的淤青,腿毛刮过,但刮得不算彻底。留下的毛发颜色很淡,脚趾甲上没涂指甲油,看起来有点脏。截断的胫骨在周围血肉的衬托下,泛着冰冷的白色。切断处很利落,斯特莱克初步判断凶器是斧子或剁肉刀。

"你说是女人的?"

"看起来是——"

斯特莱克注意到,面前的小腿上有些伤疤。那是很久以前留下的疤痕,与分尸无关。

他在康沃尔郡度过了童年时代,那时,他有多少次在背对着喜怒无常的大海时被海浪打个措手不及?不熟悉大海的人往往会忘记大海的顽固和残忍。海水有如冰冷金属,蛮狠地打中人的身体,人总会吓得魂飞魄散。斯特莱克在职业生涯中无数次面对、忍受并战胜恐惧，但这些古老的伤痕让他一时间惊骇得喘不过气，因为他这次真是一点准备都没有。

"你在听吗？"沃德尔在电话里说。

"什么？"

斯特莱克断过两次的鼻梁离女人腿的断面只有不到一英寸。他想起一个女孩受伤的腿，他从未忘记过那幅景象……他上次见到这女孩是在什么时候？她现在多大了？

"是你给我打电话的。"沃德尔提醒道。

"嗯，"斯特莱克说，强迫自己集中注意力，"我希望你能过来，但你如果不能——"

"我已经在路上了，"沃德尔说，"很快就到。老实等着。"

斯特莱克挂了电话，把手机放到一边，仍然凝视着那条腿。现在他看见腿下面有张字条，字条是打印出来的。斯特莱克在军队里接受过侦查步骤培训，忍住想要扯出并阅读字条的冲动。不能污染法医物证。他摇摇晃晃地蹲下身，读起包裹上倒垂下来的地址单。

包裹的收件人是罗宾，他对此一点也不高兴。姓氏没有拼错，打印在一张白色贴纸上，姓名下面是他们办公室的地址。这张贴纸下面还有一张纸。他眯起眼，决心不移动箱子分毫。他看到下面那张纸上写的收件人是"科莫兰·斯特莱克"，第二张纸上写的才是"罗宾·埃拉科特"。

对方为什么改了主意？

"操。"斯特莱克小声说。

他有些艰难地站直身体，拿起罗宾挂在门后的手提包，锁好玻璃门，上了楼。

"警察马上就来，"他说，把手提包放到罗宾面前，"喝杯茶？"

罗宾点了点头。

"掺点白兰地？"

"你这儿没有白兰地。"她说，声音微微沙哑。

"你找过了？"

"当然没有！"她说，好像对她会私自翻找他的橱柜这种假设很生气。斯特来克不禁微笑。"只是你——你不是那种会存着医用白兰地的人。"

"啤酒怎么样？"

罗宾摇摇头，仍然笑不出来。

斯特莱克泡了茶，捧着自己的马克杯，坐到她对面。他的人就是看起来那样：大个子退役拳击手，抽了太多烟，吃了太多快餐。他有两道粗眉，一个被揍扁了的歪鼻子，不笑时面容阴沉，脾气似乎很坏。他茂密的拳曲黑发刚洗过，还没干透，又让罗宾想起雅克·伯格和萨拉·夏洛克。那场争吵仿佛是上辈子发生的事情。她上楼后，只短暂地想起过马修一次。她一点也不期待告诉马修今天发生了什么。他会很生气。马修不喜欢她为斯特莱克工作，更不喜欢今天这样的事。

"你看过——看过了吗？"罗宾喃喃地说，端起热茶又放下，一口都没喝。

"嗯。"斯特莱克说。

她不知道该问什么。那是一条被砍断的人腿。这件事太可怕，太恐怖，她能想到的问题似乎都太傻，太可笑：你认得出这条腿吗？你觉得他为什么要把这东西寄到这儿来？最重要的是，他为什么把这东西寄给我？

"警察会想了解那个快递员。"他说。

"我知道，"罗宾说，"我正在回想关于他的一切。"

楼下的门铃响了。

"应该是沃德尔。"

"沃德尔？"她警觉地重复。

"他是对我们最友好的警察，"斯特莱克提醒她，"待着别动，我去带他上来。"

在过去一年里，斯特莱克成了伦敦警察厅最不欢迎的人，但这并不完全是他的错。媒体不厌其烦地报道他破案生涯里最为辉煌的两次胜利，警方的一切努力都付诸东流，所以对他恨之入骨。但沃德尔在第一个案子里帮过他，也因此享有部分荣耀，所以两人的关系还过得去。罗宾没和沃德尔见过面，即便是在出庭时。她只在报纸的相关报道中见过他的照片。

沃德尔真人挺英俊，有一头浓密的栗色短发和巧克力棕色的眼眸。他穿着皮夹克和牛仔裤。他进屋时，沉思地望了罗宾一眼——目光飞快地扫过头发、身材和左手，在镶嵌着蓝宝石和钻石的订婚戒指上停留片刻。斯特莱克不知道自己是觉得好笑还是恼火。

"埃里克·沃德尔，"他低声说，露出斯特莱克觉得相当多余的迷人微笑，"这位是侦缉警长埃克文西。"

和他一起上门的是一位瘦瘦的黑人女警官，头发梳到脑后，绑成发髻。她冲罗宾短暂地一笑，罗宾不禁因为另一位女性的存在而感到安慰。然后侦缉警长埃克文西才四处打量斯特莱克的卧室兼客厅。

"包裹呢？"她问。

"在楼下，"斯特莱克说，从兜里掏出办公室的钥匙，"我领你们去。你老婆还好吗，沃德尔？"他一边带着侦缉警长埃克文西往门口走，一边问道。

"关你什么事？"督察回嘴。他在罗宾对面坐下，摊开笔记本。让罗宾感到安心的是，他很快收起那种她暗自比喻为教导员似的态度。

"我走到这儿时，他就站在大门外，"沃德尔问起人腿被寄来的经过，罗宾如此描述，"我以为他是个快递员。他穿着黑色皮衣——一身黑，只是夹克的肩上有些蓝色条状图案。头盔也是黑的，面罩放了下来，是反光镜面面罩。算上头盔，他比我高四五英寸。"

"身材呢？"沃德尔做着笔记，问。

"要我说，挺壮的，但应该也有夹克的缘故。"

斯特莱克回来，罗宾的目光不自觉地落到他身上。"我是说，不是——"

"不是老板这种死胖子？"斯特莱克听见前面的部分，接了话。沃德尔从不会放过挖苦斯特莱克的机会，听到这话，小声笑起来。

"他戴着手套，"罗宾说，没有笑，"骑摩托用的黑色皮手套。"

"他当然会戴手套，"沃德尔说，又记下一条，"我想你大概没注意那辆摩托车吧？"

"是辆本田，红黑色的，"罗宾说，"我注意到车徽了，像翅膀。我猜排量是七五〇。车挺大的。"

沃德尔显得既惊讶又佩服。

"罗宾是个车迷，"斯特莱克说，"开起车来像费尔南多·阿隆索。"

罗宾暗自希望斯特莱克别这么兴致高昂。楼下有一条女人的腿，她身体其余的部分在哪儿？她可不能哭。她每天应该多睡会儿。可恶的沙发……她最近在那沙发上睡过太多次了……

"他强迫你签字了？"沃德尔问道。

"算不上强迫，"罗宾说，"他把签名板递过来，我就自动签了。"

"板子上是什么？"

"看起来像送货单……"

她闭上眼睛，努力回忆。那张表格看起来挺粗糙，好像是用手提电脑随便制作出来的。她这么说了。

"你在等包裹吗？"沃德尔问。

罗宾提到婚礼用的一次性相机。

"你接过包裹以后，他做了什么？"

"他上车走了，去查令十字街。"

有人敲门。侦缉警长埃克文西出现在门口，拿着斯特莱克之前发现的压在人腿底下的字条。现在它装在证据袋里。

"法医鉴定组来了，"她告诉沃德尔，"包裹里有这张字条。不知道上面的话对埃拉科特小姐是否有意义。"

沃德尔接过装在塑料袋里的字条，扫了一眼，皱起眉。

"胡言乱语，"他说，随即念出声来，"'A harvest of limbs, of arms and of legs, of necks, 手脚的丰收，胳膊和腿的丰收——'"

"'—that turn like swans, ——转动的天鹅绒般脖颈的丰收'。"斯

特莱克接上。他正靠在灶台边,不可能隔着那么远看清字条,"'as if inclined to gasp or pray,仿佛注定要喘息或祈祷。'"

三个人都盯着他。

"是歌词。"斯特莱克说。罗宾不喜欢他的表情。她看得出,这些歌词对他意义重大,不好的意义。他显得有些挣扎,但最终解释道:"是《Mistress of the Salmon Salt,鲑鱼盐小姐》的最后一段。蓝牡蛎崇拜。"

侦缉警长埃克文西仔细画好的眉毛扬起来。

"谁?"

"七十年代的老牌摇滚乐队。"

"你好像很了解他们的作品。"沃德尔说。

"我知道这首歌。"斯特莱克说。

"你知不知道可能是谁寄来的?"

斯特莱克犹豫。其他三人凝视着他。侦探头脑里飞速掠过一系列杂乱的画面和记忆。一个低低的声音说:She wanted to die. She was the quicklime girl. 她想死。她是生石灰女孩。一个十二岁女孩的纤细双腿,腿上有交叉纵横的浅白色伤痕。一双鼬般的黑色小眼睛,充满蔑视,眯了起来。黄色的玫瑰刺青。

他又想起一张案件记录单——它比其他记忆落后一步,如烟雾散去般逐渐清晰。别人也许会第一时间想到——那上面记录了从尸体上割下阴茎事件。阴茎被寄给了警方的线人。

"你知不知道可能是谁寄的?"沃德尔又问一遍。

"也许吧。"斯特莱克说。他瞥了罗宾和侦缉警长埃克文西一眼。"最好和你单独谈。你们还要询问罗宾吗?"

"需要名字、住址什么的,"沃德尔说,"瓦妮莎,交给你行吗?"

侦缉警长埃克文西拿着笔记本走过来。两个男人的脚步声逐渐消失。罗宾再也不想见到那条断腿,但她还是因为被排除在外而心生委屈。包裹上写的可是她的名字。

可怖的包裹还躺在楼下的桌子上。侦缉警长埃克文西之前已经带着两名同事进去,现在这两人一位在拍照,另一位在用手机打电话。

他们的长官和斯特来克从旁边走过，两人都好奇地看了斯特莱克一眼。他是警界的名人，但也经常与警方处于敌对状态。

斯特莱克关上里间办公室的门，和沃德尔在书桌两边坐下。沃德尔把笔记本翻到新的一页。

"说吧，在你认识的人里，谁喜欢把尸体肢解，再寄给别人？"

"特伦斯·马利，"斯特莱克犹豫片刻后说，"先从他说起好了。"

沃德尔没写字，目光越过手里的笔，瞪着他。

"'挖掘工'特伦斯·马利？"

斯特莱克点点头。

"哈林盖伊犯罪集团里的那个？"

"你认识几个'挖掘工'特伦斯·马利？"斯特莱克不耐烦地说，"里面又有几个喜欢给人寄人体？"

"你是怎么跟挖掘工扯上关系的？"

"跟缉毒小组联合行动，二〇〇八年。贩毒团伙。"

"让他入狱的那一次？"

"没错。"

"见鬼的老天，"沃德尔说，"哈，那差不多可以确定了。那家伙是个该死的疯子，刚放出来，能跟伦敦一半的妓女搭上线。我们最好赶紧去泰晤士河打捞某个妓女的尸体。"

"嗯，可我当时是匿名作证，他不应该知道我在那个案子里的存在。"

"道高一尺，魔高一丈，"沃德尔说，"哈林盖伊犯罪集团——跟他妈黑手党似的。你听说过吗？他把哈特福·阿里的阴茎寄给伊安·拜文。"

"嗯，我知道。"斯特莱克说。

"那首歌又是怎么回事？他妈的丰收什么的？"

"嗯，这就是我所担心的事，"斯特莱克慢慢地说，"我感觉这不是挖掘工干的，他不爱玩这种花样。所以我想，也许是其他三个人之一。"

4

> Four winds at the Four winds Bar,
> Two doors locked and windows barred,
> One door left to take you in,
> The other one just mirrors it ...
> Blue Öyster Cult,'Astronomy'

> 四风酒吧的四股风,
> 两扇门锁了,窗上栅栏重重,
> 一扇门开着让你进,
> 另一扇不过是镜中倒影……

> ——蓝牡蛎崇拜乐队,《天文学》

"你认识四个会给你寄人腿的人?四个?"

斯特莱克站在水池边刮胡子,能在旁边的圆镜子里看见罗宾惊骇的表情。警察带走人腿,斯特莱克宣布暂时停工,罗宾还坐在他这厨房兼客厅的富美家餐桌边,手里捧着第二杯茶。

"跟你说实话,"他说,大片大片地刮胡子,"我想应该只有三个。我也许不该跟沃德尔提起马利。"

"为什么?"

斯特莱克给罗宾讲述自己与那个职业罪犯的短暂交集。此人的最后一场牢狱之灾,有一部分是拜斯特莱克作证所赐。

"……沃德尔现在认为,哈林盖伊犯罪集团发现我当时作证了。但我出庭后不久就去伊拉克了,也没听说过特别调查局里有谁因为出庭作证就暴露身份。再说,那些歌词一点也不像是挖掘工的手笔。他不是喜欢这种花哨把戏的人。"

"但他会杀人,分尸?"罗宾问。

"据我所知只有一次——但是你别忘了,给我们寄来人腿的人不一定杀了人,"斯特莱克岔开话题,"也许是从已经存在的尸体上砍下来的。也许是医院处理掉的截肢。沃德尔会去调查。我们得先看鉴定结果怎么说。"

至于从活人身上把腿砍下来这种恐怖的可能性,他决定略过不提。

在随后的沉默里,斯特莱克打开厨房水龙头,洗了洗剃刀。罗宾盯着窗外出神。

"嗯,可你总得把马利的事告诉沃德尔,"罗宾说,转头望向斯特莱克,他们的目光在镜子里相遇,"我是说,他以前给人寄过——他究竟给人寄了什么?"她有点紧张地问。

"一根阴茎。"斯特莱克说。他洗干净脸,在毛巾上擦了一把,才又说:"嗯,你说得对。但我越想越觉得不是他。等我一下——我换件衬衫。你尖叫时,我扯掉了两颗扣子。"

"抱歉。"罗宾小声说,斯特莱克钻进卧室。

罗宾呷着茶,环顾自己所在的屋子。她以前从没进过斯特莱克住的这间阁楼,最多只是敲敲门,传达个口信,或者在业务最忙、他们最缺觉时过来叫他起床。这间厨房兼客厅面积狭小,但收拾得相当整洁。从四处的布置看不出任何性格:不成套的马克杯,煤气灶边叠着一条廉价抹布;没有照片,没有装饰品,只有挂墙橱柜上摆着张小孩的画,画中是个士兵。

"这是谁画的？"斯特莱克穿着干净衬衫重新出现时，罗宾问道。

"我外甥杰克。他挺喜欢我的，不知道为什么。"

"别装可怜。"

"我没装。我不太会跟小孩说话。"

"所以你认识的人里有三个——"罗宾重新提起之前的话题。

"我想喝一杯，"斯特莱克说，"我们去托特纳姆酒吧吧。"

路上不可能谈这种事，气钻的噪音还在不断从施工的大坑里传出。但斯特莱克走在罗宾身边，那些穿着荧光服的工人既没有吹不怀好意的口哨，也没说任何调侃的话。最后他们走到斯特莱克最爱的本地酒吧，里面有华丽的镀金镜子、深色的木板和闪亮的黄铜酒泵，头上是彩色玻璃圆顶，旁边挂着费利克斯·德容所绘的嬉笑美女。

斯特莱克点了一大杯"厄运沙洲"啤酒。罗宾没心情喝酒，点了杯咖啡。

"所以，"侦探回到穹顶下的高脚桌边，罗宾又问，"那三个人都是谁？"

"别忘了，我很可能彻底搞错了目标。"斯特莱克呷着啤酒说。

"好，"罗宾说，"是谁？"

"心灵扭曲、有理由对我恨之入骨的人。"

在斯特莱克的脑海里，一个腿上到处是伤、吓坏了的十二岁瘦小女孩正透过屈光眼镜打量着他。她伤的是右腿吗？他想不起来了。上帝啊，千万别是她……

"谁？"罗宾又问一遍，已经失去耐心。

"有两个是军队的人。"斯特莱克说，揉了揉还留着胡茬的下巴，"他们都挺疯狂暴力的，完全有可能——有可能——"

他话没说完，就打了个大大的哈欠。罗宾等着他进一步解释，在心里猜测他前一天晚上是不是和新女友约会了。埃琳是位前专业小提琴手，如今在广播三台做主播。她是个长相颇具北欧风情的金发美女，在罗宾看来像是萨拉·夏洛克的美貌版。她想这就是自己一开始就不喜欢埃琳的原因。还有一个原因是，埃琳曾在罗宾在场时称她为斯特莱克的"秘书"。

"抱歉，"斯特莱克说，"我一直在给可汗那件案子写笔记。写到很晚。"

他看了手表一眼。

"要不要下楼吃个饭？我饿坏了。"

"等一会儿。还不到十二点呢。我想知道那几个人的事。"

斯特莱克叹了口气。

"好吧。"他说。一个人走过他们坐的桌子，去上厕所，斯特莱克压低声音。"唐纳德·莱恩，皇家直属边境军团。"他又想起那对鼬般的小眼睛，里面强烈的恨意，玫瑰刺青。"我让他被判了无期。"

"那他——"

"过了十年就出来了，"斯特莱克说，"二〇〇七年就自由了。莱恩不是普通意义上的疯子。他是头野兽，聪明又狡猾的野兽；反社会——货真价实的反社会，要我说的话。让他被判无期的那件案子本来不该由我调查。他本来就要逃掉指控了。莱恩完全有理由恨我。"

但他没说莱恩到底做了什么，也没说他斯特莱克为什么会去调查那件事。有时候，特别是谈到特别调查局的工作时，罗宾能从斯特莱克的语气判断出他什么时候不想再讲得更详细。至今为止，她从来没再逼他往下说过。她不太情愿地放弃唐纳德·莱恩这个话题。

"另外那个军队的人呢？"

"诺尔·布罗克班克。'沙漠之鼠'。"

"沙漠——什么？"

"第七装甲旅。"

斯特莱克似乎越来越不情愿说了，表情也阴郁起来。罗宾不知道这是因为他饿了——他需要定时进餐才能维持状态——还是其他更阴暗的理由。

"我们吃饭吧？"罗宾问道。

"好。"斯特莱克说，将啤酒一饮而尽，站起身来。

地下室的餐厅很温馨，房间里铺着红地毯，另设第二处吧台，四处摆着木头餐桌，墙上挂满镶框画。他们是第一桌客人。

"你之前说什么来着，诺尔·布罗克班克？"斯特莱克点好炸鱼配薯条后，罗宾点了沙拉，催促道。

"嗯，他也有理由对我怀恨在心。"斯特莱克简单地说。他不想谈唐纳德·莱恩，似乎更加不愿意谈布罗克班克。他的目光越过罗宾的肩，盯着虚空看了很久，然后说："布罗克班克脑袋不正常。至少他自己是这么说的。"

"是你把他送进监狱的？"

"不是。"斯特莱克说。

他的表情拒人于千里之外。罗宾等了一会儿，明白他不会再主动说什么关于布罗克班克的事了，又问：

"第三个呢？"

斯特莱克没说话。罗宾以为他没听清。

"谁是——"

"我不想说。"斯特莱克咕哝。

他怒视着新端上来的啤酒。罗宾可不会就这样被他吓倒。

"不管那条腿是谁寄的，"她说，"收件人可是我。"

"好吧，"斯特莱克犹豫片刻，不高兴地说，"他叫杰弗·惠特克。"

罗宾感到一阵震惊。她不用问斯特莱克怎么认识杰弗·惠特克的。她已经知道了，虽然他们从来没有谈过这个人。

关于科莫兰·斯特莱克的早期生活，网上有详细记载，之后媒体报道他成功破案时，又无数次把那些记录翻出来。他是一位摇滚明星的私生子，生下他的女人一直被形容为"骨肉皮"，也就是追求和明星发生关系的特殊追星族。她在斯特莱克二十岁时因吸毒过量而死。杰弗·惠特克是她的第二任丈夫，年纪比她小很多，曾被指控为杀死她的凶手，但最终无罪释放。

两人沉默地坐着，直到侍者上菜。

"你怎么光吃沙拉？不饿吗？"斯特莱克问，吃光他的一盘薯条。

正如罗宾所想，他的情绪随着碳水化合物入肚而明显好转。

"婚礼。"罗宾言简意赅。

斯特莱克什么都没说。他私下给两人的关系制定了严格的界限，评论她的身材绝对是越界行为。从两人认识开始，他就下决心不要和她变得过于亲密。不过他还是觉得她已经太瘦。以他的口味而言（在心里这么想想已是越界），她还是圆润点好看。

"你不会连你和那首歌的关系，"罗宾沉默几分钟后，开口问道，"也不肯告诉我吧？"

他咀嚼了一会儿，喝了几口啤酒，又点了一杯"厄运沙洲"，才说："我母亲身上有那首歌歌名的刺青。"

他不想告诉罗宾刺青所在位置，他其实根本就不愿意想刺青。但食物和啤酒让他快活起来。罗宾从来没有对他过去的生活表现出丝毫兴趣，他想今天给罗宾提供些信息，算是种回礼。

"那是她最喜欢的歌。蓝牡蛎崇拜是她最喜欢的乐队。嗯，'最喜欢'可能不太准确，她简直对这支乐队五迷三道。"

"她最喜欢的乐队不是'死亡披头士'？"罗宾不假思索地说。斯特莱克的父亲是死亡披头士的主唱。他们从来没聊过这位昔日摇滚巨星的事。

"不是，"斯特莱克微微一笑，"在莱达眼里，可怜的老乔尼只能排在第二。她最想要的是埃里克·布鲁姆，蓝牡蛎崇拜的主唱，但从来没能得手。他是为数不多成功逃脱的乐手。"

罗宾不知道该说什么。她一直在想象，自己母亲辉煌的情史如果全都暴露在网上，被所有人看到，那她会产生怎样的感受。斯特莱克新点的啤酒到了，他喝了一大口才接着说：

"她差点给我取埃里克·布鲁姆·斯特莱克这个名字。"他说。罗宾正在喝水，差点呛到。她冲着餐巾直咳嗽，斯特来克大笑起来。"说真的，科莫兰这名字也没好到哪儿去。'蓝色'科莫兰·斯——"

"蓝色？"

"蓝牡蛎崇拜，你有没有在听我说话？"

"老天,"罗宾说,"你可从来没说过。"

"你如果是我,会说吗?"

"歌名是什么意思,'Mistress of the Salmon Salt,鲑鱼盐小姐'?"

"我哪里知道。他们的歌词都莫名其妙。跟科幻小说似的,胡言乱语。"

他的头脑里响起一个声音:She wanted to die. She was the quicklime girl. 她想死,她是生石灰女孩。

他又喝了几口啤酒。

"我大概没听过蓝牡蛎崇拜的歌。"罗宾说。

"不,你听过,"斯特莱克反驳,"《Don't Fear the Reaper, 别怕死神》。"

"别怕——什么?"

"他们最出名的歌。《Don't Fear the Reaper, 别怕死神》。"

"哦,这——这样啊。"

在一瞬间的恐慌中,罗宾还以为斯特莱克是在警告她。

他们在沉默中吃了一会儿饭。最后罗宾再也按捺不住,一边担心着自己的语气是否太过恐惧,一边问:

"你觉得那个人为什么要把那条腿寄给我?"

斯特莱克已经思考过这个问题了。

"我也在想,"他说,"我想我们必须要考虑到,这很有可能是种威胁。所以,我们搞清楚——"

"我可不休假,"罗宾语气激烈地说,"我也不会待在家里。马修巴不得我待在家里。"

"你和他通过电话了?"

斯特莱克和沃德尔下楼时,她给马修打了电话。

"嗯。他气我签了字。"

"我想他应该很担心你。"斯特莱克言不由衷地说。他见过马修几次,每次之后都更讨厌马修。

"他才不担心呢,"罗宾愤怒地说,"他只是觉得这下好了,我会吓得要命,辞掉这份工作。我才不会呢。"

马修听说这件事后相当惊骇。但与此同时,罗宾也听出他的声音里有一丝满足,听出了他没有明说的想法:在一个连正常薪水都付不起的私人侦探手下工作,和他共同进退——她现在总该明白这是个多么荒谬的决定了吧。斯特莱克让她的工作时间毫无规律,所以她在办公室收包裹。("我收到一条人腿,可不是因为亚马逊没法往家里送货!"罗宾生气地争辩道。)对了,还有,当然啦,斯特莱克现在有了点名气,总能成为朋友聚会时的话题。而马修只是个会计,论声望远不及此人。他的怨恨和嫉妒相当深,还在不断膨胀。

斯特莱克没傻到要鼓励罗宾以任何方式对马修不忠,何况她冷静下来恐怕会后悔。

"把腿寄给你而不是我,是他之后才想到的,"他说,"他一开始写的是我的名字。我猜他要么是想表明他知道你的名字,让我担心,要么就是想把你吓跑,不再为我工作。"

"哈,我可不会被吓跑。"罗宾说。

"罗宾,现在不是逞英雄的时候。不管他是谁,他想告诉我们的是:他很了解我。他知道你的名字,今天早上也知道了你的长相。他近距离观察过你。我不喜欢这一点。"

"你显然不觉得我的反跟踪能力有什么了不起。"

"看看你是在跟谁说话。我可是送你去上了我他妈能查到的最好的课程,"斯特莱克说,"还读了你拍到我脸上的那封烦人的推荐信——"

"那你就是觉得我的自卫能力不怎么样。"

"我从来没见识过你的自卫能力,你自称学过而已。"

"对于我能做什么,不能做什么,你见过我撒谎吗?"罗宾感到受了侮辱,忍不住如此质问。斯特莱克不得不承认他没见过。"那不就得了!我不会傻乎乎地去冒险。你教过我怎么观察可疑的东西。再说,你也没法让我休息。手头的案子已经让我们忙不过来了。"

斯特莱克叹了口气,抬起两只毛茸茸的大手,揉了揉脸。

"天黑以后哪儿都不要去,"他说,"你得带个报警器,质量好点的。"

"行。"她说。

"反正从下周一起,你就要去忙雷德福的案子了。"他说,想到这里稍稍安心。

雷德福是个富有的企业家,想让侦探扮成兼职员工,潜入他的办公室,调查某位高级经理是否在进行非法交易。罗宾是当仁不让的选择——他们破的第二桩案子过于受人瞩目,太多人都认识斯特莱克。斯特莱克喝光第三杯啤酒,想着要不要劝雷德福延长罗宾的工作时间。他想确定罗宾每天朝九晚五地待在富丽堂皇的办公楼里,直到寄来人腿的疯子落网。

罗宾抑制住阵阵袭来的疲倦和隐约的呕吐感。一场争吵,支离破碎的夜晚,然后是人腿带来的惊骇——她回到家之后,又得重新解释自己为什么要为一点微薄的薪水做如此危险的工作。马修曾是她获得安慰和支持的首要来源,如今却变成下一项等待排除的障碍。

那幅景象再次违背她的意愿,不请自来:塞在纸盒里的冰冷断腿。她不知道多久之后才能不再想它。不小心碰到过断腿的指尖微微发痒,她摆在腿上的手不自觉地握成拳。

5

Hell's built on regret.
Blue Öyster Cult,'The Revenge of Vera Gemini'
Lyrics by Patti Smith

地狱由悔恨建成。

——蓝牡蛎崇拜乐队,《薇拉·杰米尼的复仇》
帕蒂·史密斯作词

几个小时以后,斯特莱克目送罗宾安全坐上地铁,回到办公室。他坐到罗宾的办公桌后面,在一片静默中陷入沉思。

他见过不少残缺不全的尸体。它们或在集体坟场里默默腐烂,或带着刚炸出的鲜血躺在路边。断肢残臂,血肉模糊,骨头粉碎。特别调查局,皇家军事警察的便衣分支负责的就是非正常刑案。他和同事们到现场后做的第一件事往往是开玩笑。你只能以这种方式面对支离破碎的死者。清洗遗体,再将其放进铺好绸缎的棺材,那是特别调查局所无福消受的好活儿。

棺材。装人腿的纸箱看起来相当普通,无法查明其生产地。也没有可以据其追查前一个收件人的痕迹。什么都没有。整个箱子包装得那么整齐、谨慎、干净，最让他不安的就是这件事，而不是那条可怖的人腿。这种细致入微、几乎像外科手术般精准的作案手法让他胆战心惊。

斯特莱克看了手表一眼。他今晚和埃琳有约。他已经交了两个月的这位女朋友正在经历一场难熬的离婚，其过程仿佛国际象棋大师赛，每一步都是令人心惊的险着。已经与她分居的丈夫非常富有，斯特莱克第一次跟她回家后才意识到这一点。他们的公寓俯瞰摄政公园，宽敞，铺着木地板。根据他们协商好的抚养权安排，她五岁大的女儿不在家时，她才有空出来见斯特莱克。他们每次约会，都选择偏僻、幽静的餐厅，因为埃琳不想让已经与她分居的丈夫知道她另有新欢。这样的安排对斯特莱克尤为合适。在普通人寻欢作乐的夜晚，他往往得在外面跟踪别人不忠的伴侣，这是多年来阻碍他发展恋爱关系的难题。何况他也不想和埃琳的女儿搞好关系。他没对罗宾撒谎，他真的不知道该怎么和小孩说话。

他伸手拿过手机。他在赴晚宴前，还有几件事要做。

第一个电话没人接，转入语音信箱。他留了言，叫以前在特别调查局的同事格雷厄姆·哈德亚克给他回电话。他不知道哈德亚克现在是否还在职。他们最后一次通话时，他正要转职去德国。

他想找的第二位老朋友的生活轨迹几乎与哈德亚克正相反。让斯特莱克失望的是，第二个电话也没人接。他留了几乎完全相同的留言，挂了手机。

他把罗宾的椅子往电脑拖近些，打开电脑，盯着开机界面出神。违背他的意愿浮现在脑海里的，是他母亲的裸体。都有谁知道那块刺青的存在？首先是她的丈夫，然后是在她生活里进进出出的那些男友，还有在他们非法居留过的公寓和流浪过的肮脏窝棚里，所有见过她换衣服的人。在托特纳姆酒吧里，他还想到了另外一种可能性，但他没告诉罗宾：莱达也许拍过裸照。以她的性格，这一点也不奇怪。

他的手指在键盘上移动，但他只打出"莱达·斯特莱克"和"裸"，便用食指生气地反复点删除键，把所有字全都消掉。这可不是正常人会想涉足的领域，不是你会想留在搜索记录里的字眼。但遗憾的是，这也不是可以派别人去做的事。

他盯着刚清空的搜索栏，鼠标毫无表情地冲他一闪一闪。然后他又用两根食指打字法，打出"唐纳德·莱恩"。

叫这个名字的人不少，特别是在苏格兰。根据莱恩的年纪、在他服刑期间出现的房租和投票记录，他仔细地把其他人依次排除，最终锁定一个人。对方似乎在二〇〇八年住在科比，和一个名叫洛兰·麦克诺顿的女人同居。根据记录，洛兰·麦克诺顿现在自己住在那里。

他删掉莱恩的名字，输入"诺尔·布罗克班克"。英国叫这个名字的人比唐纳德·莱恩少一些，但斯特莱克还是一样撞上死胡同。有一位N.C.布罗克班克二〇〇六年独居于曼彻斯特，但如他果就是斯特莱克想找的人，记录里显示他和妻子分手了。斯特莱克不知道这是好是坏……

他向后瘫倒在罗宾的椅子里，开始思考此事可能的后续发展情况。警察很快就会要求民众提供情报，沃德尔已经答应斯特莱克，在开发布会前通知他一声。如此荒诞残忍的故事一定会变成新闻，媒体肯定兴趣浓厚。他想到这里，非常烦恼，因为这条腿寄到了他的办公室。如今的科莫兰·斯特莱克很有新闻价值。他在伦敦警察厅的鼻子底下解决了两起谋杀案，而那两起案子就算没有私人侦探参与也已经备受瞩目：第一个案子的受害者是位年轻漂亮的女人，而第二个案子则是诡异的仪式性谋杀。

斯特莱克不禁自问，收到这条腿会对他拼命经营的侦探业务造成怎样的影响？后果恐怕不堪设想。网络搜索是社会地位的残酷晴雨表。很快，在谷歌上搜索"科莫兰·斯特莱克"，首页结果不会再是对他两次成功破案的大肆宣扬，而是无情的事实：有人给他寄了一部分碎尸。他有至少一个非常不好惹的仇敌。斯特莱克自以为很了解民众，至少很了解私人侦探赖以生存的那一部分——他们没有安全感、战战兢兢又饱含愤怒，很难信赖一家曾收到过人腿的侦探事务所。在最好的情况下，新客户会觉得他和罗宾光应付自己的事就已经够忙了；在最糟的情况下，他们会以为两人出于莽撞或无能，卷入了远远超过自己能力范围的麻烦。

他本打算关机，临时改变主意，比搜索母亲裸照时更不情愿地输入"布里塔妮·布罗克班克"。

脸书和 Instragram 网站上都有同名者，同名者在他从来没听说过的公司工作，在自拍照里灿烂地笑着。他仔细检阅那些照片。她们大多都是二十多岁，她应该也在这个年纪。他可以排除黑人姑娘，但无法再通过其他数据排除任何人，不论她们都是棕发、金发还是红发，长相漂亮或平凡，在照片里笑容灿烂、脸色阴沉还是对镜头一无所觉。没有人戴眼镜。她是否觉得拍照时戴眼镜不够漂亮？她做了近视激光手术？她也许根本不用社交网站。她一直想改名来着，斯特来克记得。她也许根本不在这些人里头，而原因很简单：她死了。

他看了手表一眼。该换衣服出门了。

不可能是她，他心想。然后他又想：千万别是她。

因为如果是她，那就是他斯特来克的错。

6

Is it any wonder that my mind's on fire?
Blue Öyster Cult,'Flaming Telepaths'

我的头脑着了火，这有什么可奇怪的？

——蓝牡蛎崇拜乐队，《燃烧的传心术师》

当晚，罗宾在回家的路上格外警惕，偷偷观察车厢里的每一个男人，与记忆里递给她那个可怖包裹的黑色皮衣高个子进行比对。她第三次和一个穿着廉价西服的瘦小亚洲男人对上目光，亚洲男人满怀期待地冲她微笑。在那之后，她就一直盯着手机，手机只要有信号，她就在BBC网站上四处浏览，和斯特莱克一样，也想知道那条腿什么时候会上新闻。

下班四十分钟后，她在离家最近的车站下了车，走进旁边的维特罗斯大超市。家里的冰箱几乎空空如也。马修不喜欢出门买菜（在他们倒数第二次争吵时，他否认这一点）。她很确定，马修是觉得她的工资还不到两人总收入的三分之一，这些他不喜欢干的日常琐事自然是她罗宾的义务。

穿西装的男人们独自往购物篮和购物车里扔加热就能吃的速食快

餐。职业女性步履匆匆，抓过货架上煮一下就能喂饱全家的意面。一位神色疲惫的母亲推着尖叫的婴儿，在货架间转来转去，像只晕头转向的飞蛾，无法集中精神，购物篮里只有一袋胡萝卜。罗宾沿着货架缓步而行，神经格外过敏。这里没有人长得像那个一身黑色皮衣的男人，没人在一旁埋伏，想象着砍断罗宾的腿……砍断我的腿……

"借过一下！"一个想拿香肠的暴躁中年妇女说。罗宾道了歉，退到一边，惊讶地发现自己手里正拿着一包鸡腿。她把鸡腿扔进推车里，快步走到超市另一端，在各种酒水的包围下暂获宁静。她拿出手机，给斯特莱克打了个电话。铃声刚响第二次，他就接了。

"你还好吗？"

"嗯，当然——"

"你在哪儿？"

"维特罗斯。"

一个秃顶矮个男人在罗宾身后仔细浏览雪莉酒货架，目光与她的胸部平行。罗宾往旁边挪了一步，结果他也跟过来。罗宾怒视对方，男人脸红，走开了。

"哦，在维特罗斯应该没事。"

"嗯，"罗宾盯着秃顶男人逃走的背影说，"听着，这可能没什么大不了的，但我刚想起来：过去几个月里，我们收到过几封奇怪的信。"

"精神病函？"

"别这么说。"

罗宾一直抗议他用这个词统称那些来信。斯特莱克自从解决了第二桩谋杀案，声名远扬，奇怪的信件越来越多。有些语句相对通顺的信会直截了当地要钱，以为斯特莱克富可敌国。还有一些人希望斯特莱克帮助解决一些诡异的私仇，他们似乎把所有时间都用来证明异想天开的理论。那些需求和愿望写得逻辑不通，语句支离破碎，读信者唯一明白的是，写信者患有精神疾病。最后一类写信者是认为斯特莱克相当迷人的男男女女（"这才叫精神病呢。"罗宾如此评论）。

"寄给你的？"斯特莱克问，语气突然严肃起来。

"不，给你的。"

她能听见斯特来克在自己的屋子里走来走去。他也许要和埃琳约会。他从来没谈起过这段关系。要不是某天埃琳亲自来到办公室，罗宾恐怕都不知道有这么一个人——也许直到斯特莱克戴着结婚戒指来上班的那一天。

"信里说什么？"斯特莱克问。

"嗯，有个姑娘说她想砍掉自己的腿。她写信来征求你的意见。"

"你再说一遍？"

"她想砍掉自己的腿。"罗宾口齿清晰地复述，在旁边挑选粉红酒的女人惊恐地瞥了她一眼。

"我的老天，"斯特莱克嘟囔，"你还不让我叫他们精神病。你觉得她真的做了，现在把腿寄给我，通知我一声？"

"我想这么一封信也许和现在的情况有关系，"罗宾压抑着语气说，"有些人就是想砍掉自己身上的某些部位，这是一种医学现象，名叫……可不叫'精神病'，"她补上一句，提前堵住斯特莱克的话，斯特莱克大笑起来，"还有另外一封信，署名用的是首字母缩写。那封信挺长的，不停地说你的腿，还说要补偿你什么的。"

"如果要补偿我，应该送条男人的腿过来。把现在这条装在我身上，我会看起来像他妈的傻——"

"别，"她说，"别开玩笑了。我不懂你怎么有这个心情。"

"我不懂你怎么就不能。"他温和地说。

罗宾听见一阵熟悉的窸窣声，随即是洪亮的咣当声。

"你去翻精神病抽屉了！"

"你不该称之为'精神病抽屉'，罗宾。这对精神疾病患者可不尊重——"

"明天见。"她说，忍不住露出微笑，在他的大笑声中挂断电话。

她在超市里慢慢走，她抵抗了一天的疲惫卷土重来。最累人的部分是决定吃什么。如果能跟着别人列出的单子买东西，她会觉得很放松。罗宾和那些全职上班的母亲一样，寻找适合快速烹饪的食材，最后拿了好多意面。她在结账处排队时，发现前面就是之前带着婴儿的那位年轻女人。婴儿终于哭累了，睡得很死，拳头胡乱摊在两边，双眼紧闭。

"真可爱。"罗宾觉得那姑娘需要鼓励。

"只有在睡着时。"年轻母亲露出虚弱的微笑。

罗宾回到家时真的累坏了。让她吃惊的是，马修正站在狭窄的走廊里等她。

"你买东西了！"马修见到她手里提着四个鼓鼓囊囊的购物袋，说道。罗宾感觉到马修的失望——他做的好事得不到应有的赞赏了。"我给你发了短信，说我会去维特罗斯！"

"我没看到，"罗宾说，"抱歉。"

她当时大概正和斯特莱克打电话。他们也许是同时去超市的，只不过她有一半时间都躲在酒水区。

马修伸出手臂，向前迈一步，将她搂在怀里，表现出的宽容态度让罗宾不禁又生气。但罗宾必须承认，他和平常一样英俊：一身深色西装，浓密的金褐色头发向后梳去。

"很可怕吧。"他低声喃喃，吹在罗宾头发上的气息很温暖。

"是啊。"罗宾说，伸手搂住他的腰。

他们安静地吃了意面，没人提起萨拉·夏洛克、斯特莱克或雅克·伯格。她早上还下定决心要马修亲口承认，之前对鬓发表示赞赏的是萨拉，不是她。现在那股气势已经消失殆尽。马修带着歉意开口时，罗宾觉得这是对自己成熟忍让的奖赏：

"吃完饭，我还有些工作要处理。"

"没问题，"罗宾说，"反正我也打算早点睡。"

她冲了杯低热量热巧克力，带着本《红秀》杂志上了床。但她无法集中精神。过了十分钟，她起床去拿自己的笔记本电脑，回到被窝里，在谷歌上搜索杰弗·惠特克。

她曾经带着歉疚搜索过斯特莱克的历史，读过惠特克在维基百科上的词条。现在她更加仔细地读了一遍。词条开头是惯例的免责声明：

本条目存在多项问题。
本条目需要补充更多来源。
本条目可能包含原创性研究内容。

杰弗·惠特克

杰弗·惠特克（一九六九年生）是个音乐家。他以在上世纪七十年代与"骨肉皮"莱达·斯特莱克结婚闻名，并于一九九四年被指控谋杀了她。惠特克的父亲是学者、杰出服务勋章获得者兰道夫·惠特克爵士。

早期经历

惠特克由祖父母抚养长大。他的母亲帕特里夏·惠特克未成年就生下了他。她患有精神分裂症。惠特克不知道自己的父亲是谁。他曾因拿刀捅伤教职工而被戈登斯敦中学开除。他本人声称，他被学校开除后，他祖父把他关在一间工棚里三天。但他祖父否认这一指控。少年时期的惠特克离家出走，度过一段艰苦的生活。他说自己曾当过坟墓挖掘工。

音乐生涯

惠特克在八十年代末和九十年代初为几支激流金属乐队弹过吉他，写过歌词，其中包括康复艺术乐队，恶魔之心乐队和死灵乐队。

个人经历

一九九一年，惠特克认识了莱达·斯特莱克，她是乔尼·罗克比和里克·范托尼的前女友，当时正在为考虑签下死灵乐队的唱片公司工作。惠特克和斯特莱克于一九九二年结婚。同年十二月，她生下一个儿子，名为斯维奇·拉维·布鲁姆·惠特克。一九九三年，惠特克因为吸毒被死灵乐队解雇。

莱达·惠特克于一九九四年死于过量使用海洛因，惠特克被控谋杀了她，但最终被无罪释放。

一九九五年，惠特克因为殴打罪和意图绑架自己的儿子被捕。当时，他的儿子由他的祖父母抚养。他因殴打祖父被判缓刑。

一九九八年，惠特克用刀威胁同事，获刑三个月。

二〇〇二年，惠特克因阻碍尸体下葬入狱。与他同居的卡伦·亚伯拉罕死于心脏衰竭，惠特克将她的遗体藏在两人同居的公寓里，时间长达一个月。

二〇〇五年，惠特克因贩毒入狱。

罗宾把这一页读了两遍。今晚，她很难集中注意力。信息进入她的头脑后会滑到一边，无法被她完全吸收。但惠特克个人史的某些部分跳了出来，诡异得让她无法不在意。为什么会有人愿意把尸体藏在家里一个月？惠特克是害怕再次被控谋杀罪，还是另有原因？死尸，四肢，分成几块的冰冷肉体……她喝了口热巧克力，做了个苦脸。那味道仿佛是放了香料的尘土。她为了穿上婚纱后能显得苗条，已经一个月没碰过真正的巧克力了。

她把马克杯放回床头柜上，手指重新在键盘上摆好，在图片搜索栏里输入"杰弗·惠特克，审判"。

图片布满整个屏幕。两个不同的惠特克出现在法庭上，时间相隔八年。

被控杀死妻子的年轻惠特克脑后束着肮脏的马尾辫。他穿着黑色西装，打着领带，看起来有种落魄的魅力，个头高得足以俯视包围他的大多数摄影记者。他的颧骨很高，肤色暗沉，大大的眼睛间距格外宽：那样的眼睛往往属于吸多了鸦片的诗人，或信奉异教的牧师。

被控阻碍死者下葬的惠特克已经失去之前流浪者的英俊气质。他变胖了，推了个粗暴的平头，留着胡须。没变的只有那双间距很宽的眼睛和毫无惧意的自负气息。

罗宾慢慢翻动网页。很快，她在心里称为"斯特莱克的惠特克"的照片中，夹杂了其他上过法庭的惠特克的图片。一个名叫杰弗·惠特克的美国黑人将邻居告上法庭，指控对方总是任由他的狗到自己的草坪上大小便。

斯特莱克为什么会认为他这个从前的继父（罗宾觉得这个称呼怪怪的，毕竟他只比斯特莱克大五岁）是寄人腿的可能人选？罗宾不知道斯特莱克上一次见到那个他认为杀了自己母亲的男人是什么时候。罗宾对老板了解不多。他不爱讲自己的过去。

罗宾的手指挪回键盘上，输入"埃里克·布鲁姆"。

罗宾看着照片里一身皮衣的七十年代摇滚歌手，脑海里闪过的第一个念头是：他的头发和斯特莱克一样，浓密，黝黑，拳曲。她想起雅克·伯格和萨拉·夏洛克，心情低落。她想查查斯特莱克提到的另外两名嫌疑人，但不记得他们的名字了。唐纳德什么来着？还有个布什么的古怪姓氏……她的记性一直很好，斯特莱克经常夸奖她。但她现在为什么就是想不起来？

话说回来，她想起来又能怎么样呢？查询两个不知道在哪儿的男人，笔记本电脑能做的相当有限。罗宾在侦探事务所干了这么久，已经知道，一个人只要用假名，生活得艰苦一点，偷住在别人的空屋里或租房住，不去登记投票，躲过电话号码簿是很容易的。

她坐在床上沉思了几分钟，带着背叛老板的想法，在搜索栏里打出"莱达·斯特莱克"，然后带着前所未有的愧疚感，输入"裸体"二字。

那是张黑白照片。年轻的莱达把双手举过头顶，长长的黑发垂下来，遮住胸部。罗宾光看缩略图，也能在黑色的三角区里认出那行花样字体。她微微眯起眼睛，仿佛让照片模糊一点就能减轻心虚，然后点开大图。她不想再放大图片，也没有这个必要。"盐小姐"几个字清晰可辨。

卫生间的风扇开始嗡嗡作响。罗宾惊跳起来，关掉页面。马修最近有了用她电脑的坏习惯，几周以前，她正好撞见马修在读她发给斯特莱克的邮件。罗宾想到这一点，重新打开浏览器，删掉浏览记录，又点开系统设定，考虑片刻后，将密码设成"别怕死神"。马修一定猜不到。

罗宾下床，把热巧克力倒进厨房的水池里。她突然想起，自己完全忘了查"挖掘工"特伦斯·马利的信息。当然，要找一个伦敦歹徒，警察要比她和斯特莱克更有效率。

无所谓了，她走回卧室，睡眼蒙眬地心想，反正不是马利。

7

Good To Feel Hungry

《饥饿的感觉真好》

当然，他如果还保有那天生的直觉——这是他母亲以前最爱说的话，虽然她是个恶毒的婊子（"你那天生的直觉哪儿去了，你这个愚蠢的小混蛋？"）——就不会在送小秘书那条腿后的第二天去跟踪她。但他难以抗拒那股诱惑，毕竟他不知道什么时候才会再有机会这样干。那天晚上，跟踪她的冲动越来越强烈，他非常想看看小秘书打开礼物之后的反应。

从明天开始，他就没这么自由了，因为她会回家，而她会占据他全部的注意力。让她开心非常重要，最主要的原因是她会挣钱。但她又蠢又丑，得到一点点关爱就感激涕零，根本没注意到是她在养活他。

当天早上，她一去上班，他就匆匆忙忙地出了门，到小秘书家附近的车站等小秘书。这是个明智的决定，因为小秘书根本没去办公室。他猜对了，那条腿打乱了她的日常行动规律。他几乎从来不会判断失误。

他很擅长跟踪人。当天他一会儿戴着无边便帽，一会儿没戴；一会儿脱到只剩 T 恤，一会儿穿上夹克，一会儿又把夹克反穿；一会儿戴着墨镜，一会儿又没戴。

他想把小秘书弄到手，因为他觉得小秘书的价值超过至今为止的所有女性，因为他可以通过小秘书伤害斯特莱克。他决心报复斯特莱克——永久性的、残忍的报复。仇恨在他的心里越来越强烈，最后复仇变成他人生中最重要的事。他一直是这样的人。如果有人惹到他，他会在心里暗暗给他们打上标记。时机到了，哪怕是许多年后，他们终将罪有应得。科莫兰·斯特莱克对他造成的伤害比其他任何人造成的伤害都要深重，他一定将以眼还眼，以牙还牙。

在之前的许多年里，他失去斯特莱克的踪迹。然后这混蛋突然出了名，变成广受称赞的英雄，得到他一直渴望的地位。许多报道对那杂种阿谀奉承，无法卒读，仿佛有人把强酸灌进他的嗓子。但他还是把能找到的一切资料都看了，因为如果想给敌人造成最大的伤害，就必须做到知己知彼。他要给科莫兰·斯特莱克造成无与伦比的痛苦，不是非人的，而是超人的——因为他知道自己超越一般人类。和他的计划相比，黑暗中捅入肋骨的刀子简直不值一提。不，斯特莱克将要受到的惩罚会漫长而特别，令人胆寒，一直折磨他，直到他最终毁灭。

没人会知道是他干的。怎么会有人发现呢？他已经在无人察觉的情况下逃脱了三次；三个女人死了，没人知道凶手是谁。他想到这一点时正读着当天的《地铁报》，没有感觉到丝毫惧意。对断腿歇斯底里的描述只让他觉得骄傲而满足。他享受着报道里满溢的恐惧和慌乱，享受着羊群闻到狼的气息时茫然无措的哀鸣。

他现在只需等待，等小秘书走到无人的路段……但伦敦今天到处都是人。此刻他站在伦敦经济与政治学院附近，沮丧又警惕地看着小秘书。

小秘书也在跟踪人。他很容易就发现小秘书的目标：一个接了银白色假发的女人。下午，小秘书跟着目标绕回托特纳姆法院路。

目标钻进大腿舞俱乐部，小秘书进了俱乐部对面的酒吧。他犹豫要不要跟进去，小秘书今天特别注意周围，警惕得有些过分。最后他进了酒吧对面的廉价日本餐厅，找个靠窗的座位坐下，等着小秘书出来。

会有机会的。他对自己说，透过自己在窗玻璃上的倒影，盯着外面喧嚷的街道。他会得到小秘书的。他紧紧抓住这个念头不放，不去想今晚就得回到她身边，回到那一半虚假的生活。有了那一半，真正的他才得以在秘密的阴影中行走，呼吸。

满是灰尘的伦敦橱窗反射出他毫无遮掩的表情。此刻，他的脸上没有了捕猎那些女人时的文明伪装，活在深层的野兽显露出来。这头野兽只想要支配权。

8

> I seem to see a rose,
> I reach out, then it goes.
> Blue Öyster Cult, 'Lonely Teardrops'

> 我似乎看见一朵玫瑰,
> 我伸出手去,它消失了。
>
> ——蓝牡蛎崇拜乐队,《孤独的泪滴》

断腿的新闻一出,斯特莱克就知道老熟人多米尼克·卡尔佩珀会联系他。结果这位《世界新闻》的记者周二一大早来了电话,怒火中烧地质问斯特莱克为什么不一接到人腿就联系他,并拒绝接受任何解释。他提出付一大笔可观的预付金,要斯特莱克一有新进展就通知他,但斯特莱克拒绝了,让记者更加暴跳如雷。卡尔佩珀以前帮斯特莱克介绍过有偿工作,但这通电话结束后,侦探觉得,以后恐怕再也没有类似的外快赚了。卡尔佩珀不是个好脾气的人。

斯特莱克和罗宾到下午才通上话。斯特莱克背着旅行包,在人头攒动的希思罗机场特快列车里给她打电话。

"你在哪儿?"他问。

"'绿薄荷犀牛'对面的酒吧。"她说,"那地方叫'庭院'。你呢?"

"刚从机场回来。谢天谢地,'疯爸爸'登机了。"

疯爸爸是个富有的国际银行家,斯特莱克正受他妻子委托,跟踪他。这对夫妇正在激烈地争夺孩子的抚养权。之前银行家经常半夜四点跑到妻子的住处,坐在车里,用夜视望远镜对准小儿子卧室的窗户,而斯特莱克就在一边盯着他。现在他去了芝加哥,斯特莱克总算能休息几天了。

"我来找你,"斯特莱克说,"待着别动——当然,除非银发跟谁溜掉。"

银发是个俄国姑娘,经济学学生兼大腿舞者。他们的客户是她的男朋友。斯特莱克和罗宾戏称他为"第二次",这一半是因为,这已经是他们为他调查的第二个金发女友。除此之外,了解情人在哪儿、如何背叛自己似乎让他上瘾。罗宾觉得"第二次"既阴险又可怜。罗宾现在所在的酒吧,就是他和银发相遇的地方。罗宾和斯特莱克只需调查银发,看看她有没有为其他男人提供"第二次"得到的那种特殊优待。

"第二次"可能不会相信、也不会喜欢这样的结果:他的这个女朋友似乎是个相当忠贞的人。这样的大腿舞者身上可不多。罗宾跟踪她几个礼拜,发现她大多数时间独来独往,一边读书一边独自进餐,很少与同事交流。

"她在俱乐部工作,显然是为了赚学费,"罗宾跟踪她一周后,对斯特莱克愤慨地说,"'第二次'如果不希望其他男人色迷迷地盯着她看,干吗不提供点经济上的帮助?"

"她在为其他男人表演大腿舞时最有魅力,"斯特莱克耐心地回答,"我没想到他等了这么久才追她。银发明明在各方面都正中他的红心。"

斯特莱克接下这份工作不久,去了俱乐部一趟,雇了个女孩帮忙。她是个眼神悲伤的棕发姑娘,名字很不寻常,叫"乌鸦"。斯特莱克叫她看着点客户的女朋友。乌鸦每天都打一次电话,告诉他和罗宾银发在忙些什么。俄国姑娘如果把手机号告诉顾客,或者对哪个顾客特别殷勤,乌鸦会立即向斯特莱克报告。俱乐部禁止肢体碰触和私下拉客,但"第二次"仍然相信,除了自己,还有很多男人会带她出去吃饭,和她同床共枕("可怜的混蛋。"斯特莱克说)。

"我还是不明白我们为什么非得守在这儿,"罗宾再次冲着手机叹气,"在哪儿都能接乌鸦的电话。"

"你知道为什么,"斯特莱克起身准备下车,"他想要现场照片。"

"但我们目前只有她走路上下班的照片。"

"无所谓。照片会让他兴奋。再说,他认定银发总有一天会跟着某位俄国政客离开俱乐部。"

"你干这种事情时,难道不觉得自己很卑鄙吗?"

"你有职业病,"斯特莱克不以为然地说,"待会儿见。"

罗宾站在花草图案的镀金墙纸边等着。酒吧里摆放着缎面座椅和互不配套的灯罩,与正播放橄榄球赛和可乐广告的巨型等离子电视形成强烈对比。墙面被漆成时髦的灰褐色,马修的姐姐最近刚把客厅刷成同样的颜色。罗宾觉得这个色调让人抑郁。她望着街对面的俱乐部,目光被通往二楼的木楼梯扶手挡住一些。窗外车流左右涌动,好多辆红色双层公交车不时挡住俱乐部的入口。

斯特莱克到时一脸恼火。

"雷德福不要我们服务了,"他说,把背包扔到罗宾旁边临窗的高脚凳上,"他刚给我打过电话。"

"不是吧!"

"嗯。他觉得你现在太有新闻价值,不适合再去他那儿当间谍。"

早上六点,新闻报道了人腿事件。沃德尔遵守承诺,事先通知了斯特莱克。侦探往背包里扔了足够好几天穿的换洗衣服,一大早就离开顶楼的屋子。他知道媒体很快就会监视他的办公室。这不是他第一次成为媒体的焦点。

"还有,"斯特莱克端着啤酒回到罗宾身边,坐到吧椅里,"可汗也不干了。他要找一家不会收到碎尸的事务所。"

"混蛋，"罗宾说，然后问，"你傻笑什么呢？"

"没什么，"他不想告诉罗宾，他很喜欢听她说"混蛋"。罗宾说这个词时，会显露出潜藏的约克郡口音。

"这可都是不错的生意！"罗宾说。

斯特莱克表示同意，目光盯着绿薄荷犀牛的前门。

"银发怎么样了？乌鸦打电话了吗？"

乌鸦刚给罗宾打电话。罗宾告诉斯特莱克，情况还是一如既往的平静。银发很受赌客喜爱，今天已经跳了三场大腿舞，都在俱乐部规定的礼节范围内。

"你读过了吗？"斯特莱克问，指向旁边桌上的一份《镜报》。

"只读了网上的。"罗宾说。

"希望能钓上点新消息，"斯特莱克说，"总会有人发现自己的腿不见了。"

"哈——哈。"罗宾说。

"现在开玩笑还太早？"

"没错。"罗宾冷淡地说。

"我昨晚在网上查了查，"斯特莱克说，"二〇〇六年，布罗克班克应该是在曼彻斯特。"

"你怎么知道是你要找的那位布罗克班克？"

"我不知道，但年纪差不多，中间名的缩写也一样——"

"你连他的中间名首字母都记得？"

"是啊，"斯特莱克说，"不过他现在应该不在那里了。莱恩也一样。我相信他二〇〇八年住在科比，但之后就离开了。那么，"他盯着街对面，"餐厅里那个穿着迷彩服、戴着墨镜的家伙在那儿坐了多久了？"

"大概半小时吧。"

斯特莱克判断，那个墨镜男同样也在回盯着他，目光穿过街道两侧的两扇玻璃。他肩宽腿长，坐在银色的椅子里显得相当憋屈。斯特莱克隔着车流和路人移动的倒影，很难百分百确定对方留着络腮胡。

"那儿怎么样?"罗宾问,指向绿薄荷犀牛金属雨篷下的双开门。

"你是说脱衣舞会?"斯特莱克惊讶地问。

"不,我是说日本餐厅,"罗宾讽刺地说,"当然是脱衣舞会。"

"还行吧。"他说,不太确定罗宾到底在问什么。

"里面看起来是什么样子?"

"镀金。好多镜子。灯光昏暗。"罗宾依然期待地看着他,于是他又说,"中间还有根钢管,跳舞用的。"

"没有大腿舞吗?"

"只能在私人包房跳大腿舞。"

"里面的姑娘都穿什么?"

"不知道——反正穿得不多——"

他的手机响了。是埃琳。

罗宾转开脸,摆弄桌上的阅读眼镜。眼镜里面装了拍摄银发用的微型照相机。斯特莱克把这东西给她时,她相当兴奋,但那股激情早已冷却。她喝了口番茄汁,望着窗外,尽量不去听斯特莱克和埃琳的对话。他和女友通电话时,口气总是很实际。不过话说回来,她也很难想象斯特莱克会对谁甜言蜜语。马修心情好的时候会叫她"小罗宾"或"罗宾宝宝",但最近没这么叫过。

"……在尼克和伊尔莎家,"斯特莱克说,"嗯。不,我同意……嗯……好吧……你也是。"

他挂了电话。

"你要躲几天?"罗宾问,"住到尼克和伊尔莎家?"

尼克和伊尔莎是斯特莱克交往时间最长的两个朋友,来过办公室一两次,和罗宾见过面。罗宾挺喜欢他们的。

"嗯,他们说我想住多久就住多久。"

"为什么不去埃琳那儿住?"罗宾问,做好了被斯特莱克拒绝回答的准备。她很清楚斯特莱克在公私之间画的那条线。

"不方便。"他说。他看起来并没因为罗宾这么问而烦恼,但也没有详细解释的意思。"我差点忘了。"他补充道,瞥了对面的日本

45 | 罪恶生涯

餐厅一眼。之前那个穿迷彩服、戴墨镜的人已经消失了。"这个是给你的。"

他递过来一个防狼报警器。

"我已经有一个了。"罗宾说，把自己的从大衣里掏出来给他看。

"嗯，这个质量更好，"斯特莱克说，指出新货的诸多功能，"至少一百二十分贝，还能给对方喷上洗不掉的红色染料。"

"我的有一百四十分贝。"

"我还是觉得这个更好。"

"这是你那种大男人主义思想吗？觉得你选的电子产品一定就比我的好？"

他笑了起来，一口喝光啤酒。

"回见。"

"你要去哪儿？"

"去见尚卡尔。"

她没听过这名字。

"经常给我小道消息，让我有筹码跟警察厅谈判的那个家伙，"斯特莱克解释道，"是他告诉我是谁捅死那个警察线人的，记得吗？把我当成大人物介绍给那个混混。"

"哦，"罗宾说，"是他啊。你从来没告诉过我他叫什么。"

"要找惠特克，尚卡尔是最佳渠道，"斯特莱克说，"也许他还有挖掘工马利的消息。他和那帮人有些交集。"

他眯眼望向马路对面。

"当心那个迷彩服。"

"你有点神经过敏。"

"我确实神经过敏，罗宾，"他说，掏出一包烟，好利用去地铁站的这几分钟，"但有人送了我们一条他妈的人腿。"

9

One Step Ahead of the Devil

《比恶魔提前一步》

能亲眼看见截肢后的斯特莱克走在通往法院方向的路上,是他没有预料到的额外奖励。

自从他们上次见面之后,这混蛋胖了不少。他背着包在路上踽踽而行,浑然不知给他寄人腿的人就坐在离他不到五十尺的地方。斯特莱克那样子让他想起当年那个二等兵。什么伟大的侦探!他进了酒吧,坐到小秘书旁边。他们俩肯定上过床。他至少是这么希望的。这样他的计划会更让自己满足。

他透过墨镜盯着坐在酒吧窗边的斯特莱克,突然觉得斯特莱克也看向自己。当然,隔着中间的道路、两扇橱窗和他的墨镜,斯特莱克不可能看清他的脸。但远处那个身影的态度,完全转向自己的那张脸,还是让他高度紧张起来。两人互相凝视,车流和人流向两边缓慢流动,不时隔断两人的目光。

第三辆红色双层公交车开过两人之间,他从椅子上站起身,穿过玻璃门,进了旁边的小路。他感受着肾上腺素在血液里流淌,脱下迷彩夹克,把它翻了个个。他没法直接把它扔掉:他的刀就藏在夹克的内衬里。他转过街角,大步狂奔起来。

10

With no love, from the past.
Blue Öyster Cult,'Shadow of California'

毫无爱意，来自过去。

——蓝牡蛎崇拜乐队，《加州阴影》

一刻不停的车流令斯特莱克停在路口，等了一会儿才穿过托特纳姆法院路。他一直盯着对面的街道，过街后又透过窗户张望日本餐厅。迷彩夹克男已经消失踪影，其他穿着衬衫或T恤的人和此人的个头和体形并不相符。

斯特莱克感到一阵震动，从夹克口袋里掏出手机。是罗宾发的短信：

差不多得了。

斯特莱克咧嘴一笑，冲酒吧的窗户挥手告别，走向地铁站。

也许就像罗宾说的，他只是神经过敏。寄人腿的疯子有多大可能会在光天化日之下监视罗宾？但他不喜欢那个迷彩夹克大个子凝视的目光，何况他还戴着墨镜。阳光并没有那么强烈。他消失时，斯特莱克的视线正好被挡住了。这是偶然还是蓄意？

问题是，他没法回忆起此刻在他脑海中挥之不去的那三个人的长相。他上一次见到布罗克班克是在八年前，见到莱恩是在九年前，见到惠特克则是在十六年前。在这么长的时间里，他们完全有可能发福、脱发、留络腮胡或八字胡、瘫痪或练出肌肉。斯特莱克自己就在此期间失去一条腿。唯一无法伪装的是身高。这三个人都至少六英尺高，而坐在金属椅里的那个迷彩夹克看起来差不多就是这么高。

手机又在兜里震动起来。他一边走向托特纳姆法院路地铁站，一边把手机拿出来，高兴地看到是格雷厄姆·哈德亚克打来的。他为了不打扰过往行人，退到路边接电话。

"老伙计？"前同事的声音传过来，"怎么回事，哥们儿？为什么会有人给你寄人腿？"

"看来你不在德国。"斯特莱克说。

"我在爱丁堡，来了六周了。正在《苏格兰人报》上读你的故事呢。"

皇家军事警察特别调查局在爱丁堡城堡里有分部：第三十五科。相当有威望的职位。

"哈迪，我需要你帮个忙，"斯特莱克说，"找两个人。你还记得诺尔·布罗克班克吗？"

"要忘了他可不容易。我如果没记错，是第七装甲旅的？"

"就是他。还有唐纳德·莱恩。跟你以前办的案子有牵连，皇家直属边境军团。他在塞浦路斯待过。"

"我回到办公室就给你查，哥们儿。我正在一大片耕地里呢。"

他们聊了聊几位熟人的近况，但因为高峰期车流的声音太吵，没再说很久。哈德亚克答应查过军队的记录就回电，斯特莱克继续走向地铁站。

三十分钟后，他在白教堂站下了地铁，发现要见的人发来短信：

抱歉，本森，今天不行，病了，回头打电话给你。

斯特莱克白跑一趟，很失望，但并不意外。他手头既没有成箱的毒品也没大把的钞票，也不想要羞辱或鞭打，能跟尚克尔约好见面的时间地点已经很不错了。

他在外面奔走了一天，膝盖开始抱怨，但车站外没什么能坐的地方。他靠到出口旁边的黄色砖墙上，拨了尚克尔的电话。

"喂，怎么，本森？"

他不记得自己为什么称呼尚克尔为尚克尔，也不记得尚克尔为什么称呼他为本森。两人认识时都才十七岁，关系虽然深远，却完全没有青春期友谊的常见特征。说实话，以平常眼光来看，这根本算不上是友谊，更像是一种身不由己的兄弟情。斯特莱克相信，自己如果死了，尚克尔会哀悼他，但尚克尔如果有机会，也会毫不犹豫地抢走他身上所有的值钱物品。他人难以理解的是，尚克尔这么做是因为他觉得斯特莱克会为此而高兴——灵魂盘桓在死后的世界里，想着拿走自己钱包的是尚克尔，而不是某个不知名的寻找机会的小偷。

"忙着呢，尚克尔？"斯特莱克说，又点燃一支烟。

"是啊，本森，今天不行了。什么事？"

"我在找惠特克。"

"打算彻底了结？"

尚克尔的语气变了，新的语气足以吓到所有不知道他是谁的人。对于尚克尔和他的同伙而言，消除怨恨的唯一方式就是杀人，他也因此在监狱里度过成年后的大部分人生。斯特莱克一直觉得，他能活到三十多岁简直不可思议。

"我只想知道他在哪儿。"斯特莱克表示否定。

他怀疑尚克尔尚未听说人腿的事。在尚克尔的世界里，人人都只知道与个人利益相关的新闻，而且新闻是靠口头传达的。

"我帮你问问。"

"价钱还是老样子。"斯特莱克说。他和尚克尔早就商量好有价值的信息值多少钱。"还有——尚克尔？"

这位老朋友一旦走神，就会毫无预兆地挂电话。

"还有啊?"尚克尔说,声音从远变近。他确实像斯特莱克想象的那样,以为对话结束,把手机拿开了。

"嗯,"斯特莱克说,"挖掘工马利。"

电话里的沉默充分证明,正如斯特莱克从来没忘记过尚克尔是什么人,尚克尔也同样没忘记过斯特莱克是什么人。

"尚克尔,我现在说的话仅限你我之间,和其他人无关。你没跟马利聊过我的事吧?"

尚克尔沉默片刻,用最危险的语气说:

"我他妈为什么要跟他聊你?"

"我就是问问。下次见面再跟你解释。"

危险的沉默还在继续。

"尚克尔,我出卖过你吗?"斯特莱克问道。

这次的沉默较短。然后尚克尔用斯特莱克所认为的普通语气说:

"嗯,好吧。惠特克,嗯?我问问看,本森。"

电话挂了。尚克尔从来不说再见。

斯特莱克叹了口气,又点了根烟。这一趟出来毫无意义。他打算抽完这根本森-赫奇牌香烟,就回去坐地铁。

车站外面是一片混凝土广场,周围环绕着背对广场的建筑。巨大黑色子弹模样的"小黄瓜"楼在远处的地平线上发着光。二十年前,斯特莱克一家在白教堂站短暂居住时,那座大楼还不存在。

斯特莱克环顾四周,没有感到任何怀念或归属感。他已经不记得这片混凝土和这些面目模糊的楼。车站在他的记忆里也只是个模糊的画面。和母亲生活在一起的那些日子太过动荡,对不同地点的记忆混在一起。他有时会想不起哪座破旧公寓旁是哪家街角小店,哪间非法占据的空屋隔壁又是哪家酒馆。

他本想回去坐地铁,但回过神时,发现自己正走向整个伦敦唯一让他躲了十七年的地方:他母亲死去的公寓。那是莱达结束流浪住的最后一间空屋,富尔伯恩街上一座破旧的二层小楼,离车站步行不需一分钟。他走着,回忆自动而来。当然,他以前走过这座跨越火车线的铁桥,在他高中应考的那一年。他还记得这条路叫卡斯尔梅因街……他的一个同学当时好像也住在这里,一个口齿不清的女生……

他走入富尔伯恩街的范围,放慢速度,感到眼前重叠着两个时间的景象。以前对这个地方的模糊记忆早因他太想忘记而暧昧不清,但仍然为眼前的现实街景增添了一层褪色的重影。旁边的楼房和他记忆里一样破旧不堪,白色的石膏从门上片片脱落。商户和店铺则彻底换了模样。他恍然觉得自己重返了某个梦境,只是布景换了。当然,伦敦的没落街区里没有什么是永恒的,应时而生的商铺脆弱不堪,开了又关,关了又开。人们要么离开,要么死去。

他花了一两分钟寻找以前的公寓门,因为他已经忘了门牌号。他最后找着了,公寓隔壁是一家卖廉价服装的小店,中式和西式都有。他记得那里以前是家西印度超市。门口的黄铜信箱令他心头涌上一阵奇特的回忆。只要有人从大门进出,那信箱就会咔咔大响。

该死,该死,该死……

他用烟屁股点了根烟,快步走回白教堂路。路两边尽是小摊:廉价服饰,成山的庸俗塑料制品。他加快脚步,但并不知道要去哪儿,经过的一些地方又引出更多的回忆:那间台球厅十七年前就在了……铸钟厂也是……记忆升起来,狠狠啃噬着他。他仿佛不小心踩到一窝熟睡中的蛇……

他母亲年近四十时,开始把目标转向更年轻的男人,而惠特克是她所有男人中最年轻的一个:惠特克跟她上床时,只有二十一岁。她第一次带惠特克回家时,儿子已经十六岁。惠特克那时已经很有流浪气质,金褐色的眼睛很迷人,但眼距很宽,眼圈浓重。脏脏的黑色辫子直垂到肩头,总是穿同一件T恤和牛仔裤,身上散发出阵阵臭气。

斯特莱克拖着沉重的步子,走在白教堂路上,脑海里随着脚步的节奏,不停闪过同一句话:

就藏在眼皮底下,就藏在眼皮底下。

别人当然会认为是他钻进了牛角尖,戴着有色眼镜,不肯释怀。他们会说,他一看见箱子里的人腿就想到惠特克,是因为他无法原谅惠特克杀死自己的母亲后被无罪释放。斯特莱克就算解释他怀疑惠特克的原因，他们也只会哈哈大笑，说惠特克是出了名地热爱变态和虐待行为，这么张扬的变态不可能砍掉女人的腿。所有人都认为恶魔会隐藏起自己对暴力和征服的危险嗜好——斯特莱克明白这种想法有多么根深蒂固。如果恶魔将嗜好像手镯一样挂在光天化日之下，轻信于人的普罗大众就会哈哈大笑，说那只是故作姿态，甚至会觉得此人有种奇异的魅力。

莱达遇到惠特克时，正在唱片公司做接待员，一个无足轻重的小角色，就像摇滚乐史中的一个吉祥物。惠特克为好几支激流金属乐队弹吉他、写歌词，但这些乐队先后把他开除，因为他戏剧化的为人、吸毒问题和攻击性。他自称是在和唱片公司签约的过程中认识莱达的。但莱达私底下曾向斯特莱克坦白，他们第一次见面时，保安正把惠特克往外赶，而她上前恳请他们不要对这个年轻人如此粗暴。然后莱达就带他回了家，惠特克从此再也没有离开。

惠特克享受所有含虐待性和恶意的事物，十六岁的斯特莱克不确定那是出自真心还是装模作样。他唯一能确定的是，他对惠特克有股发自心底的仇恨和厌恶，远远超过对母亲曾经拥有过、又离开了的其他所有男人的仇恨和厌恶。他晚上在空屋里做作业时，不得不吸入这男人散发出的臭气，几乎能在嘴里尝到那股味道。惠特克曾试图对斯特莱克摆出和蔼可亲的模样——但他经常突然就破口大骂，或者说些伤人的讽刺话，他平常想和莱达其他的底层朋友打成一片时特意隐藏过那流畅的表达能力。但斯特莱克不甘示弱，同样会语出讽刺，或反唇相讥；他的优势在于，他不像惠特克那样嗑了太多毒品，虽然屋里从早到晚弥漫着大麻的烟雾。他决定继续自己断断续续的学业，莱达听不见时，惠特克对他这种决心嗤之以鼻。惠特克又高又瘦，虽然整天久坐不动，肌肉却相当发达。斯特莱克那时已经长到六英尺高，在一家当地俱乐部里练拳击。两人都在家时，他们之间的紧张感会令烟雾缭绕的空气好像僵住了，暴力好像随时可能爆发。

惠特克靠骚扰、性方面的嘲讽和冷笑赶走斯特莱克的异父妹妹露西。他会裸着身体在屋里旁若无人地走动,挠着有刺青的腹部,嘲笑那个十四岁女孩的屈辱反应。一天晚上,她奔到街角的电话亭里,恳求远在康沃尔的舅妈和舅舅来接她走。他们从圣莫斯开了一夜的车,第二天傍晚赶到。露西早已把她仅有的一点物品都装到一个小箱子里。她从此再也没有和母亲一起生活过。

特德和琼站在门口,恳求斯特莱克和他们一起走。他拒绝了。琼每多恳求一句,他的决心就更坚决一分。他决定耗走惠特克,不能让他和母亲单独待在一起。那时候,他已经听惠特克清晰地说过他对杀人的渴望,仿佛杀人这件事是种无上可口的美食。斯特莱克那时并不相信这话是认真的,但他知道惠特克完全有能力做出暴力举动,也见过他威胁其他住客。有一次——莱达拒绝承认这件事发生过——斯特莱克见到惠特克想要打死一只猫,因为猫不小心弄醒了他。他在房间里追赶那只吓坏了的猫,冲它挥舞沉重的靴子,大声大骂,说要让它付出代价。最后斯特莱克从他手里夺走靴子。

斯特莱克走得越来越快,支撑假肢的膝盖开始隐隐作痛。"老马头"酒吧在街道右侧突然出现,仿佛是他斯特莱克变出来的。他走到那座又矮又方的砖房门前,看见一身黑衣的保镖,才想起老马头如今已经变成又一家大腿舞俱乐部。

"活见鬼。"他嘟囔。

他并不介意喝酒时有半裸的女人围着他旋转,但他无法负担这种地方酒水的高额价钱,他今天刚失去两位客户。

于是他走进接下来看见的第一家星巴克,找了个座位,把酸痛的腿架到旁边的椅子上,阴沉地搅着一大杯黑咖啡。软塌塌的彩色沙发,泛着美国咖啡泡沫的高杯,干净的玻璃柜台后面安静而忙碌的年轻人——这些情景本应驱散惠特克那阴魂不散的臭气,但惠特克仍然盘桓在斯特莱克的头脑里。斯特莱克无法控制地回顾那段记忆,渐渐想起……

惠特克和莱达母子同居时,把少年时期的犯罪和暴力记录隐藏得很好,只有英格兰北部的社会服务部知道他的事。他自己添油加醋讲的过去版本众多，前后矛盾。他涉嫌谋杀被捕后，媒体才从以前认识他的人那里挖出过去的真相。爆料人里有些是为了酬劳，有些是为了报复他，还有些则试图在为他辩护。

惠特克出身在一个富有的中上流阶级家庭，一家之长是位封爵的外交官。惠特克一直以为他是自己的父亲，直到十二岁才发现真相——他还以为在伦敦蒙特梭利学校当老师的姐姐，其实是他母亲，她有严重的酗酒和毒品问题，生活穷困潦倒，被家人排斥在外。十二岁以前的惠特克就已经是个问题儿童，经常暴怒如雷，有可能对任何人发泄怒火；十二岁之后，他更为狂野。他被寄宿学校开除后，加入本地帮派，很快成为小头目。他的少年时期很快终结，他进了少年管教所，因为他拿刀抵着一个女孩的喉咙，让同伙强奸她。他十五岁时跑到伦敦，一路上犯下各种小偷小摸的罪行，最后找到亲生母亲。短暂的幸福团聚之后，两人的关系很快恶化，带着敌意互相施暴。

"请问这里有人坐吗？"

一位高个年轻人弯腰望着斯特莱克，双手已经抓住斯特莱克搭腿的椅子。他长着棕色鬈发，脸庞干净而英俊，让斯特莱克想起罗宾的未婚夫马修。斯特莱克费劲地哼唧一声，放下腿，摇了摇头，看着对方搬起椅子走开，回到有六七个人的小群体里。斯特莱克看得出，那群人里面的几个姑娘都急切地等着他：她们见他搬着椅子回来坐下，都挺直身体，露出灿烂的笑容。不知道是因为他长得像马修，还是因为他拿走自己用的椅子，又或者是因为他确实是个讨厌鬼，斯特莱克觉得这个年轻人碍眼极了。

他还没喝完咖啡，思绪也被打断了。他心怀不满地站起身，离开咖啡馆。零星的雨点砸下来。他沿着白教堂路往回走，又点着一支烟，漠不关心地任凭记忆的潮水再次带走他……

惠特克渴望得到他人关注几乎到了病态的程度。莱达的注意力从他身上移开片刻，他就会心怀怨恨，不管那是在什么时候，出于什么理由——工作，孩子，朋友。惠特克一旦认为莱达没在关注他，就会把那股催眠般的魅力挥洒到其他女人身上。就连像讨厌疾病那样讨厌他的斯特莱克也不得不承认，惠特克有种强大的异性吸引力，所有路过他们家门前的女性无一幸免。

惠特克最后一次被乐队开除后，仍然梦想着一夜成名。他会弹三种吉他和弦，在能找到的所有白纸上都写满歌词，歌词大量引用《撒旦圣经》。斯特莱克还记得那本书，黑色的封面上印着五芒星和山羊头的混合体，扔在莱达和惠特克的床上。惠特克非常了解美国邪教领袖查尔斯·曼森的职业生涯。斯特莱克考普通中等教育证书那一年，家里总是播放曼森（Manson）的专辑《Lie: The Love and Terror Cult, 谎言：爱与恐怖邪教》，乐声中夹杂着黑胶旧唱片特有的吱呀声。

惠特克认识莱达时，对她的辉煌经历早有耳闻。他喜欢听莱达讲以前参加过哪些宴会，睡过哪些男人，仿佛他能通过莱达与名人产生联系。随着对惠特克的了解逐步加深，斯特莱克认定，名气是他在这世上最渴望的东西。他并不觉得自己心爱的曼森和乔尼·罗克比那样的摇滚明星在道德上有何不同，反正两人都在大众心里留下了永恒不灭的印象。真要说的话，曼森在这方面更为成功，因为他的形象不会因潮流而改变：邪恶总是引人入胜。

但除了名气，惠特克迷恋莱达还有其他原因。莱达给两个富有的摇滚明星生过孩子，两个人都要付她抚养金。惠特克跟着莱达回窝棚时，显然相信这种贫穷的流浪生活只是莱达的个性所致，在不远的地方就有一大笔钱，来自斯特莱克和露西的父亲——也就是乔尼·罗克比和里克·范托尼。他既不理解、也不相信事情的真相：莱达多年来放荡不羁，对财产管理不当，这两个男人都严格控制抚养金，不让莱达有机会随意挥霍钱财。惠特克和莱达同居几个月后，越来越频繁地埋怨莱达不肯为他花钱。他会暴怒，大骂莱达不肯给他买他看上的芬达牌电吉他，或他突然想要的让·保罗·高缇耶牌天鹅绒夹克（即便他又臭又穷）。

他不断对莱达施加压力，说着异想天开、毫不掩饰的谎话：他有急病要治；他欠了十万英镑，不还钱就会被人打断腿。莱达有时觉得很好笑，有时则为此不快。

"亲爱的，我没钱，"她说，"真的，亲爱的，我没钱，否则我怎么会不给你呢？"

到了斯特莱克十八岁申请大学的时候，莱达怀孕了。斯特莱克吓坏了，但即便如此，他也没想让她嫁给惠特克。她总是告诉儿子，她讨厌给别人当老婆。在少女时代，她曾经和人有过短暂的婚姻，只持续两周她就跑了。结婚也不像是惠特克会干的事。

但他们还是结婚了，原因显然是因为，惠特克认为，这是他拿到那些巨额存款的唯一方法。婚礼在马里波恩的婚姻登记处举行，甲壳虫乐队里有两位成员的婚礼都是在那里办的。惠特克也许曾经想象，自己结婚当天，媒体会像对保罗·麦卡特尼那样对他狂拍一通。结果没人来。他那个当时一脸幸福的新娘死去，摄影记者才拥到法院的台阶上，围住他。

斯特莱克突然回过神来，发现自己已不知不觉一路走到阿尔德门东站。他不禁在心里痛骂自己：这趟行程毫无意义。他如果在白教堂站上了车，现在应该已经到尼克和艾尔莎家了。但他不管不顾地往相反的方向乱走，结果正好赶上下班高峰期。

他挤在地铁的人群里，个头和背包引起身边乘客的阵阵不满，但斯特莱克几乎没注意到。周围的人基本都比他矮一个头。他抓着扶手，望着漆黑车窗上自己摇晃的倒影，回想着最后也是最糟的部分：惠特克站在法庭里，为自己的自由辩护。警察在他的供述里发现了许多前后不一的部分，包括妻子摄入大剂量毒品那天他的去处，海洛因的来源，还有莱达的吸毒史。

其他也住在那栋空屋里的流浪者先后出庭作证，讲述莱达和惠特克动荡而暴力的情史，莱达怎样尽力回避一切形式的海洛因，惠特克的威胁和外遇，他平常说的那些关于杀人和钱财的话，他发现莱达的尸体后怎么缺乏哀悼之情。他们坚持认为，是惠特克杀了莱达，证人有时歇斯底里。在辩方看来，他们的证词不可信到几乎令人怜惜。

因为这些证人，牛津大学学生的出现让人精神为之一振。法官赞赏地打量斯特莱克：他衣着整洁，语句通顺，头脑灵活，西装和领带掩盖了那令人生畏的庞大身材。公诉方问他的问题主要涉及惠特克对莱达财产的执着。斯特莱克面对肃静的法庭，讲述了继父为得到那笔只存在于他自己头脑里的财富，曾做过哪些努力。惠特克还不断恳求莱达把自己写进遗嘱，以此作为对莱达对他的爱的证明。

惠特克金褐色的眼睛注视着他，眼神里几乎毫无感情。斯特莱克在作证的最后一分钟里，和惠特克隔着法庭对视。惠特克的嘴角微微上翘，露出隐约、嘲讽的微笑。他把搭在桌上的食指抬起半英寸，在空中往旁边轻轻一扫。

斯特莱克非常清楚他是什么意思。那个细微的手势完全是冲着他做的，他很熟悉那手势的原型。惠特克以前经常伸手在空中横挥，冲着冒犯他的人的喉咙。

"你迟早会得到报应，"他曾经这样说，金色的眼睛睁得很大，里面满是疯狂，"你迟早会得到报应！"

他打扮得很庄重。那富有的上流家庭里有人出钱，请了不错的辩护律师。他整个人洗干净了，西装笔挺，声音低柔，用顺从而平静的语气否认了一切指控。他上庭时，已经想好了所有说辞。公诉方用来揭露他本性的一切证据——旧唱片机上的查尔斯·曼森，床上的《撒旦圣经》，嗑药嗑高后说的杀人有多享受的那些话——都被眼前这个脸上略带茫然的惠特克全部推翻。

"我能说什么呢……我是个音乐家，法官大人，"他说，"黑暗里自有诗意存在。她比所有人都更清楚这一点。"

他的声音忧郁，发颤，随即变成干涩的哽咽。他的律师连忙问他是否需要休息。

惠特克勇敢地摇了摇头，为莱达之死送上一句名言：

"She wanted to die. She was the quicklime girl. 她一直想死。她是生石灰女孩。"

没有人知道这句话的含义，除了从小就听过那首歌太多次的斯特莱克。惠特克在引用《Mistress of the Salmon Salt, 鲑鱼盐小姐》的歌词。

他最终被无罪释放。法医证据表明，莱达并不常用海洛因，但她的名声实在太差。她吸过不少其他种毒品。她是个出了名的爱玩之人。在那些戴着拳曲的假发、职业就是为意外死亡分类的男人眼里，她为追求日常生活里没有的快感而死在肮脏的床垫上一点也不奇怪。

在法院门外的台阶上，惠特克宣布要为死去的妻子写一部传记，随即就从公众视野里消失。说好的传记从来没有出现过。两人的儿子被惠特克憔悴的祖父母收养，斯特莱克再也没见过儿子。斯特莱克悄无声息地离开牛津，入了伍。露西上了大学。所有人的生活都在一刻不停地继续。

惠特克每隔一段时间就会重新出现在报纸上，每次都与犯罪有关。莱达的子女对这样的报道无法无动于衷。当然，惠特克从来都登不上首页，他只是因为娶了一个睡过名人而出名的女人，才有了些名气。打在他身上的只是反光的反光。

"他就像一坨冲不下去的大便。"斯特莱克对露西这么说，露西没有笑。她比罗宾更不欣赏以幽默对待令人难以接受的事实。

斯特莱克随着地铁列车前后摇摆，又累又饿，膝盖阵阵作痛。他情绪低迷，愤愤不平，主要是对自己生气。在过去几年里，他一直坚定地把目光放在未来。过去无法改变，他不会否认发生过的一切，但也不会沉浸其中。他用不着找到将近二十年以前借住过的空屋，回忆信箱的咔哒作响，在脑海里重放猫被吓坏的尖叫声，回想母亲躺在棺材里，穿着钟形袖长裙，像个惨白的蜡人……

你他妈的是个白痴，斯特来克生气地对自己说，扫视着地铁线路图，想知道换几次车才能到尼克和艾尔莎家。那条腿不是惠特克寄的，你只是想找机会抓住他。

寄腿的人做事井井有条，精打细算，动作干净利落。他在近二十年前认识的那个惠特克生活杂乱无章，动不动就发脾气，喜怒无常。

可是……

你迟早会得到报应……

She was the quicklime girl... 她是生石灰女孩……

"操！"斯特莱克大声说，引得周围人群一阵骚动。

他发现自己错过了换乘站。

11

Feeling easy on the outside,
But not so funny on the inside.
Blue Öyster Cult,'This Ain't the Summer of Love'

外表若无其事，
内心却笑不起来。

——蓝牡蛎崇拜乐队，《这不是爱的夏天》

之后几天里，斯特莱克和罗宾轮流跟踪银发。斯特莱克找借口要求在上班时间换岗，坚持让罗宾在天黑之前趁地铁上人多回家。周四晚上，他一直跟到银发安全地回到"第二次"审视的目光之下，然后回到旺兹沃思的奥克塔维亚街。他为了躲避媒体，仍然住在这里。

这是他在职业生涯里第二次为避难，借住在尼克和艾尔莎家。他们家大概是他愿意长期居留的唯一一个地方，但他在这对各有工作的夫妇家里，还是觉得难以习惯。那间拥挤的阁楼不管有多么不便，他可以随意进出，在结束监视工作后的半夜两点吃饭，在咣当作响的金属楼梯上不必担心会吵醒谁。而在朋友家里，无形的压力让他不得不偶尔出现在饭桌上，和他们共进晚餐，夜里搜索冰箱时觉得自己像个反社会人士，尽管主人叫他别客气。

斯特莱克入伍之前，就是个整洁有条理的人。在混乱和污秽中度过少年时期，造就了他与生活环境完全相反的个性。艾尔莎总赞叹斯特莱克经过哪里都不留痕迹，而她那身为肠胃科医师的丈夫一路乱扔杂物，任由抽屉开着。

丹麦街上的熟人告诉斯特莱克，摄影记者还在他办公室门外盘桓不去。他放弃了，决定就在尼克和艾尔莎家的客房度过这一周。客房里只有光秃秃的白墙，弥漫着一股等待宿命的忧郁气息。他们打算要个孩子，尝试了好几年都没有成功。斯特莱克从来不问他们在这方面的进展，两人似乎很感激他的这份体贴，特别是尼克。

夫妇两人都是他多年的朋友，艾尔莎更是他童年时的老相识。她的发色很浅，总是戴着眼镜，从小生长在康沃尔的圣莫斯。那里也是斯特莱克住过时间最久的地方。他和艾尔莎小学时同班。少年时，他经常回去和特德与琼同住，也因此保持了和艾尔莎的友情。两人最初相识，是因为琼和艾尔莎的母亲是老同学。

尼克则是斯特莱克在哈克尼上综合学校时的朋友。他有一头浅棕色的头发，二十多岁时就开始秃顶。尼克和艾尔莎结识于斯特莱克在伦敦举办的十八岁生日宴会，两人之后约会了一年，上了不同大学之后就分手了。两人二十五六岁时，又见了面，那时艾尔莎已经和律师订了婚，尼克则有了一位医生女友。他们再会后短短几周，各自的恋爱关系就都结束了。一年后，尼克和艾尔莎结了婚，斯特莱克当了伴郎。

晚上十点半，斯特莱克回到他们家。他进屋，反手关上门，尼克和艾尔莎在客厅里对他打了招呼，叫他赶紧去吃还剩不少的咖喱外卖。

"这是什么？"斯特莱克问道，无所适从地环顾四周。屋里摆着好多幅长长的英国国旗，旁边是一些厚厚的笔记本，大塑料袋里装着将近两百个红白蓝三色一次性塑料杯。

"我们在帮忙组织皇家婚礼之后的街道庆典。"艾尔莎说。

61 | 罪恶生涯

"神圣的耶稣基督啊。"斯特莱克阴沉地说,盛了满满一盘变凉的马德拉斯咖喱。

"会很好玩的!你也一起来吧。"

斯特莱克瞥了艾尔莎一眼,她咯咯地笑起来。

"今天过得还好吗?"尼克问道,递给斯特莱克一罐坦南特。

"不怎么样,"斯特莱克说,感激地接过拉格啤酒,"又有一个委托取消了。我只剩下两个客户了。"

尼克和艾尔莎发出同情的声音。在随之而来的亲密沉默里,斯特莱克把咖喱一勺勺地递进嘴里。在回家的路上,他疲惫又沮丧,大部分时间都在想这条腿所带来的影响。如他担忧的那样,这件事像拆楼用的铁球,摧毁了他努力经营起来的事业。在网络和纸媒上,他的照片正在飞速增殖,与偶发的可怖事件一起出现。媒体顺便提醒整个世界,他本人也只剩一条腿。他并不为这件事感到羞耻,但也不会用它给自己做广告。现在他的名声已经受到污染,沾上古怪而变态的气息。

"关于那条腿,有什么新消息吗?"斯特莱克吃完一大碗咖喱,喝了半罐啤酒后,艾尔莎问他,"警察发现什么了吗?"

"我明晚去见沃德尔,但似乎没什么进展。他一直盯着帮派那边的动静呢。"

他没告诉尼克和艾尔莎,可能给他寄人腿的危险人物还有三个。他只说自己曾与职业罪犯打过交道,那个罪犯曾经分尸并邮寄出人体部位。所以尼克和艾尔莎与沃德尔一样,也认为那个罪犯就是最大嫌疑人。

斯特莱克坐在舒适的绿沙发里,多年来第一次想起,尼克和艾尔莎也见过惠特克。斯特莱克的十八岁生日宴会是在白教堂的"钟"酒吧里办的,那时他母亲已经怀孕六个月。显然嗑药嗑高了的惠特克关掉迪斯科舞曲,唱起自己写的一首歌;琼阿姨的脸上是混合着反感的勉强微笑,总是息事宁人的舅舅特德则根本无法掩饰愤怒和厌恶。斯特莱克还记得自己当时的怒火和想要逃跑的渴望——跑到牛津去,逃开这所有的一切。但尼克和艾尔莎也许不记得这些了——那天晚上，他们彻底沉溺于彼此，为突如其来的两情相悦惊喜不已。

"你很担心罗宾吧。"艾尔莎说，好像是在陈述事实，而不是询问。

斯特莱克哼唧一声，表示肯定，嘴里塞满馕。在过去四天里，他有足够的时间反刍整件事。在这样极端的情况下，罗宾已经成了弱点，尽管这并非她的过错。斯特莱克怀疑寄件人也知道这一点，不管他是谁，因为他最后把收件人换成罗宾。秘书如果是个男人，斯特莱克恐怕不会如此担心。

斯特莱克并未忘记，至今为止，罗宾的表现足以让她成为他几乎受之有愧的一项财富。他的个头和令人生畏的长相常吓得证人不愿开口，是她说服他们改变主意。她的魅力和平易近人的态度缓解了太多疑虑，打开无数扇紧闭的门，上百次地为斯特莱克铺平道路。他知道自己欠她的，他只希望她现在能暂时躲开这一切，好好藏起来，直到他们抓到寄人腿的人。

"我挺喜欢罗宾的。"艾尔莎说。

"大家都喜欢罗宾。"斯特莱克嚼着第二块馕，含糊不清地说。事实的确如此：他妹妹露西，给办公室打电话的朋友们，客户们——所有人都特地告诉斯特莱克，他们有多喜欢和他共事的那位女人。尽管如此，他还是在艾尔莎的声音里听出一丝疑问。这让他下决心把对罗宾的讨论限制在公事范围里。艾尔莎的下一个问题证实了他的猜测：

"你和埃琳怎么样了？"

"还行。"斯特莱克说。

"她还对前夫隐瞒你的存在？"艾尔莎问道，语气有点刺人。

"你不太喜欢埃琳吧？"斯特莱克说，为了好玩，故意反戈一击。他和艾尔莎认识差不多三十年了。艾尔莎匆忙否认，这在他的意料之中。

"我挺喜欢——我的意思是，我还不是很了解她，不过她看起来挺——总之，你很开心，这就够了。"

他以为艾尔莎不会再提罗宾了。她并不是第一个关心他和罗宾进展的朋友：既然你们相处得这么好，有没有可能……他有没有想过……但艾尔莎是律师，一旦发问就不会被轻易吓跑。

"罗宾的婚礼延期了，是吧？有没有重新订好——"

"嗯，"斯特莱克说，"七月二号。她这周末请了个长假，回约克郡忙——反正就是办婚礼要忙的那些事。下周二才回来。"

他坚持让罗宾周五和周一也不要来了，他难得与马修达成一致。他想到罗宾安全地待在两百五十英里外的娘家，放心不少。罗宾对没法和他一起去肖尔迪奇的"蓝调之音"见沃德尔感到很失望，但斯特莱克自以为从她的声音里听出一丝如释重负。

艾尔莎听到罗宾还是打算嫁给斯特莱克之外的男人，显得有点失落。她没来得及说什么，斯特莱克的手机在兜里震动起来。是格雷厄姆·哈德亚克，他在特别调查局的老同事。

"抱歉，"斯特莱克对尼克和艾尔莎说，放下咖喱，站起身来，"接个电话，要紧事——哈迪！"

"方便说话吗，老伙计？"斯特莱克举着手机走向前门时，哈德亚克说。

"现在可以了。"斯特莱克连跨三步，就走完短短的花园小路，来到黑暗的街道上，边走边抽烟，"有什么料可以给我？"

"说实话，"哈德亚克的声音有些紧张，"你如果能过来亲自看一眼就更好了，哥们儿。这儿有个准尉特烦人。我们处得不太好。我如果从这儿寄出什么东西，而且被她发现了——"

"我过去呢？"

"一大清早过来吧，我可以把资料留在电脑上。不小心没关机，懂吧？"

哈德亚克以前和斯特莱克分享过一些他严格来说不该泄露的情报。他现在刚刚转入三十五科，斯特莱克能理解他不希望自己的职位受到影响。

侦探过了街，靠着对面房子的花园矮墙坐下，点了支烟，问：

"内容呢，值得我跑到苏格兰一趟吗？"

"看你想要什么了。"

"以前的地址、亲属信息，医疗记录和精神科记录也行。布罗克班克因伤病退伍是在什么时候，二〇〇三年？"

"没错。"哈德亚克说。

身后传来声音，斯特莱克站起身向后望。他靠着的矮墙后面房子的主人出来倒垃圾。那是位六十岁左右的小个子老头，街灯下的表情一开始相当恼火，看清斯特莱克的个头后变成和解的微笑。侦探走开，经过几座联排公寓，周围的阔叶树和树篱在春风中沙沙作响。这里很快就会插满国旗，庆祝一对新人的结合。之后不久，罗宾的婚礼也将举办。

"我猜你没查到莱恩的什么信息吧？"斯特莱克说，声音中略带怀疑。这个苏格兰人的从军生涯比布罗克班克更短。

"没——不过老天爷，他好像可了不得。"哈德亚克说。

"玻璃房之后，他去了哪儿？"

玻璃房是位于科尔切斯特的军事监狱。所有犯罪的军人都要先去那里，之后将被转移到平民监狱。

"皇家监狱，埃尔姆利。之后就没记录了，你得去问缓刑局。"

"嗯。"斯特莱克说，冲着星空吐了口烟。他和哈德亚克都清楚，他已经不是官方人员，和普通民众一样，看不了缓刑局的记录。"他是苏格兰哪个地方的人，哈迪？"

"梅尔罗斯。他入伍时，在亲属栏里填了母亲的名字——我查过了。"

"梅尔罗斯。"斯特莱克沉思道。

他想着剩下的两名客户：一个有钱的傻帽，非要证明自己被戴了绿帽子；一位母亲，叫斯特莱克收集前夫跟踪两个儿子的证据。那位父亲此刻正在芝加哥，而银发的行动记录缺失二十四小时也不是什么大事。

当然，还有一个可能：他怀疑的这三个人都和人腿无关，一切都是他的幻想。

A harvest of limbs... 手脚的丰收……

"梅尔罗斯离爱丁堡有多远？"

"开车大概一到一个半小时。"

斯特莱克把烟头扔到下水沟里，踩灭。

"哈迪，我可以周日晚上坐夜车过去，一大早去趟办公室，然后开车去梅尔罗斯，看看莱恩有没有回自己家，或者他家里人知不知道他在哪儿。"

"行。到达前告诉我一声，老伙计，我可以去车站接你。或者这样吧，"哈德亚克开始展现慷慨，"你要出去一天，我把我的车借你开吧。"

斯特莱克没有立刻回到好奇的朋友和冷掉的咖喱那儿。他又抽了支烟，在静谧的街道上走着，默默沉思。他想起自己已经和埃琳约好在周日晚上去南岸听音乐会。埃琳一直想培养他对古典乐的爱好，而他从没掩饰自己其实兴趣寥寥。他看了手表一眼。现在给她打电话太晚了，明天再打吧。

他往回走着，思绪回到罗宾身上。对于两个半月后的那场婚礼，罗宾没说过什么。斯特莱克听到她对沃德尔讲到在婚礼上使用的一次性相机时，突然意识到她很快就会成为马修·坎利夫的太太。

还来得及，他心想。至于什么事还来得及，他没有对自己解释。

12

... the writings done in blood.
Blue Öyster Cult,'OD'd on Life Itself'

……用血写下的文字。

——蓝牡蛎崇拜乐队,《吸生活过量而死》

很多男人可能会觉得,收费跟踪傻乎乎的金发美女漫游伦敦是件美差,但斯特莱克已经受够了跟踪银发。他在霍顿街待了好几个小时,看着这位兼职大腿舞者在伦敦经济与政治学院进出,身影在玻璃钢铁天桥上若隐若现。然后他又跟着这个女孩去绿薄荷犀牛上下午四点的班。女孩进了俱乐部,他就走了。银发如果有什么反常举动,乌鸦会给他打电话。他约了沃德尔六点见面。

他在见面的酒吧附近买了个三明治吃。手机响了一次,他拿出手机,看见是妹妹打来的就没接。他知道应该是外甥杰克的生日快到了,但他完全不想去参加生日宴会,他上次已经去过了——他还记得露西那些做母亲的朋友有多喜欢问东问西,孩子们激动狂欢的叫声又有多么刺耳。

"蓝调之音"坐落在肖尔迪奇区东大街的最高处,是座外表光滑的高大三层砖楼，正面的形状像船头。根据斯特莱克的记忆，这里曾经是脱衣舞俱乐部兼妓院。他和尼克的一个同学自称曾在这里失去童贞，对方的年龄足以做他的母亲。

门口的招牌表明，"蓝调之音"已经翻新成音乐厅。斯特莱克看到，从今晚八点起，他将享受到伊斯灵顿男孩俱乐部、红窗帘、金色眼泪和霓虹指数等乐队的现场演出。他带着嘲讽的微笑推开人群，挤进铺着深色木地板的酒吧。吧台后面挂着巨大的古董镜，镜子上面有镀金字母写的上个世纪的淡色麦酒品牌。高高的天花板上挂着球形玻璃灯，玻璃灯照亮一群年轻男女。大多数人看起来像学生，衣着要比斯特莱克时尚得多。

他母亲热爱的是在大型场馆举办的音乐会，但也曾在他小时候带他去过许多不同类型的演出场所。她有些搞乐队的朋友会在这种酒吧演出个一两场，激烈地争吵，散伙，三个月后重组，出现在另一家酒吧里。沃德尔选这样的地方见面，这让斯特莱克很惊讶。他们之前只在靠近警察厅的"羽毛"酒吧喝过酒。警察此刻正独自站在吧台边，面前摆着一杯啤酒。斯特莱克走到他身边，才知道他选择这里的原因。

"我老婆喜欢伊斯灵顿男孩俱乐部。她下班后会来找我。"

斯特莱克从来没见过沃德尔的妻子。在他有限的想象中，她是银发（因为沃德尔的目光总是会被人工晒黑的皮肤和裸露的服装吸引）和另一位警察家属的混合体——斯特莱克只认识这么一位警察家属，她叫何莉，只关心孩子、房子和风流八卦。沃德尔的妻子喜欢一个斯特莱克从来没听说过的独立乐队——斯特莱克已经先入为主地鄙视这个乐队——表明她这个人似乎比他想象得有趣。

"有什么消息吗？"斯特莱克管越来越忙的酒保要了杯啤酒，问沃德尔。两人心照不宣地离开吧台，坐到最后一张双人位空桌边。

"法医组的结果出来了，"沃德尔坐好后说，"他们认为那是女性的腿，女性年纪在十五岁到二十五岁之间，腿被砍断时已经死了，但根据凝血程度判断，当时还没死多久。那条腿被砍下来以后，应该一直被放在冰箱里,直到被寄给你的朋友罗宾。"

十五岁到二十五岁。斯特莱克计算,布里塔妮·布罗克班克现在应该是二十一岁。

"年龄还能再精确点吗?"

沃德尔摇了摇头。

"他们只能估计到这个范围。为什么想知道准确年龄?"

"我告诉你为什么:布罗克班克有个继女。"

"布罗克班克。"沃德尔重复,语气表明他什么也没想起来。

"我认为的寄人腿的嫌疑人之一,"斯特莱克说,没掩饰自己的不耐烦,"退伍的'沙漠之鼠'。身材高大,肤色比较黑,菜花耳——"

"哦,好吧,"沃德尔立刻生气,"我一天到晚不停听到人名,伙计。布罗克班克——他胳膊上有刺青——"

"那是莱恩,"斯特莱克说,"因为我而坐了十年牢的苏格兰人。布罗克班克是那个说我对他造成了脑损伤的人。"

"哦,嗯。"

"他的继女布里塔妮腿上有些旧伤痕。我之前告诉过你了。"

"嗯,嗯,我记得。"

斯特莱克忍住一句尖刻的反问,呷了口啤酒。此刻坐在他对面的如果不是沃德尔,而是老同事格雷厄姆·哈德亚克,他会更有信心,至少他的怀疑会得到认真对待。他和沃德尔的关系从一开始就带有猜忌,最近还增添了竞争心理。斯特莱克信任沃德尔的侦查能力,认为他要强于警察厅的其他人,但沃德尔对自己的推理有种父母对孩子般的偏爱,对斯特莱克的意见则不上心。

"小腿上的伤痕呢,他们是怎么说的?"

"很老了。死前很久的事。"

"操他妈的老天。"斯特莱克说。

那些旧伤对法医团队也许毫无意义,但对他举足轻重。这是他最不想听到的结果。就连不放过任何机会嘲讽他的沃德尔,此刻也因为他的反应而表现出几分同情。

"哥们儿，"他说（这还是他第一次这么称呼斯特莱克），"不是布罗克班克。是马利。"

斯特莱克一直担心情况会这么发展，生怕沃德尔会紧紧抓住马利不放，忽略其他嫌疑人。沃德尔面对这个臭名昭著的帮派匪徒，光是想到可能会抓住他就兴奋。

"证据呢？"斯特莱克直截了当地问。

"哈林盖伊犯罪集团偷偷往伦敦周边和曼彻斯特输送东欧妓女，我和扫黄缉毒队谈过了。他们上周刚搜查一家妓院，解救了两个乌克兰小姑娘，"沃德尔把声音压得更低，"我们找了女警官给她们做笔录。她们有个朋友以为自己是到英国来做模特，被毒打了一顿也不肯卖身。两周前，挖掘工拽着她的头发，把她带出去了，那两个姑娘再也没见过她。也再也没见过挖掘工。"

"对挖掘工来说，这种事不费吹灰之力，"斯特莱克说，"可这并不代表寄到办公室的是那个姑娘的腿。有人听他提起过我吗？"

"有。"沃德尔胜利地说。

斯特莱克放下啤酒。他没想到会得到肯定的答案。

"真有？"

"扫黄缉毒队救出的一个姑娘说，她不久之前听到挖掘工说起过你。"

"说了什么？"

沃德尔说出一个多音节词：一个富有的俄国赌场老板的名字。去年年末，斯特莱克确实给那个老板干过活。斯特莱克皱起眉。在斯特莱克看来，挖掘工知道他曾为赌场老板干活，完全不能说明挖掘工已经发现，自己被判长刑是因为他斯特莱克。从这条情报能得到的唯一推论是，那位俄国客户的人际圈相当不健康，而斯特莱克早就知道这一点。

"我挣了阿尔扎马斯采夫的钱，跟挖掘工又有什么关系？"

"嗯，从哪儿说起呢？"沃德尔说。斯特莱克觉得，他摆出一副纵观全局的态度，完全是因为他不清楚细节。"犯罪集团染指太多领域了。简单说,有个人以前和你有过节,这个人有向别人寄送人体部位的案底。最近,他带着一个年轻姑娘消失,不久后,你收到一条年轻姑娘的腿。"

"你这番话听起来还有几分说服力,"斯特莱克说,虽然仍然一点都不信,"你有没有查过莱恩、布罗克班克和惠特克?"

"当然,"沃德尔说,"我叫人去调查他们的行踪了。"

斯特莱克希望这是真的,但并未开口质疑。那样做只会终结他和沃德尔的友好关系。

"我们拿到了有送货员在里面的监控录像。"沃德尔说。

"然后呢?"

"你同事的观察力很强,"沃德尔说,"那辆摩托车确实是本田牌。假牌照。那个人穿的衣服和她描述的一模一样。他骑着摩托车往西南方向去了——真的骑到一家快递集散中心。他最后一次出现在监控里是在温布尔登。之后没人再见过他,也没人见过那辆车。但我说过了,牌照是假的。他现在有可能在任何地方。"

"假牌照,"斯特莱克重复,"他的计划很周密。"

周围的人越来越多,楼上的演出显然快要开始了。人群挤向通往二楼的楼梯口,斯特莱克能听到音箱刺耳的噪声。

"有东西给你,"斯特莱克无精打采地说,"我答应罗宾给你一份。"

今天天亮前,他回了趟办公室。媒体已经放弃蹲守,但路对面吉他店的熟人告诉他,有个摄影记者一直待到前一天晚上。

沃德尔接过复印的两封信,流露出有些感兴趣的表情。

"过去两个月寄来的,"斯特莱克说,"罗宾觉得应该再给你看一眼。再来一杯?"他冲沃德尔的空杯子挥了一下手。

沃德尔读着信,斯特莱克又去买了两杯啤酒。他回到桌边,沃德尔在读署名为 RL 的那封信。斯特莱克拿起另一封,读着上面圆润清晰的中学女生字迹:

……等我的腿没了,我就会变成真正的自己,变得完整。没人能理解那条腿不属于我,从来都不是我的一部分。我想要截肢,但家人很难接受。他们认为一切都是我的幻想,但你应该能理解……

你错了,斯特莱克心想,把复印件扔回桌上,注意到她把位于牧羊丛的地址写得非常清晰,免得他把对最佳砍腿法的建议寄错地方。信件署名是凯尔西,没有姓氏。

沃德尔还在读另外那封信,觉得好笑又厌恶,哼了一声。

"操他妈的地狱,你读过这玩意没有?"

"没。"斯特莱克说。

更多年轻人挤进酒吧。除了他和沃德尔,还有其他几个三十多岁的人,但他们无疑是整个酒吧里最年长的两个人。斯特莱克看着一个白皙漂亮的女孩在人群里寻找约会对象。她的化妆风格是四十年代小明星,眉毛又细又黑,口红鲜亮,浅灰蓝色头发绑成胜利卷。"罗宾会读这些精神病来信,如果觉得有必要,会把来信大意告诉我。"

"'我想按摩你的断腿,'"沃德尔念出来,"'我想让你把我当成拐杖。我想——'见鬼的老天,这在物理上根本行不通——"

他翻过信纸。

"RL。你知道后面的地址是哪里吗?"

"不知道。"斯特莱克眯眼望去。字迹密密麻麻,难以辨认。他第一眼只能在挤成一团的地址里认出"沃尔瑟姆斯托"。

"说好的'在吧台等你'呢,埃里克?"

一个浅灰蓝色头发、亮红嘴唇的女孩出现在两人中间,手里端着一杯酒。她穿着四十年代风格的夏装长裙,外面披了件皮夹克。

"抱歉,宝贝,谈正事呢,"沃德尔无动于衷地说,"阿普丽尔,科莫兰·斯特莱克。我老婆。"他补充道。

"你好。"斯特莱克说,伸出一只大手。他永远也猜不到沃德尔的妻子是这么一个人。出于一些他已经懒得分析的原因,这让他更欣赏沃德尔了。

"哦,是你啊!"阿普丽尔说,冲斯特莱克露出灿烂的微笑。沃德尔把复印的信件推下桌面,折好放进口袋,"科莫兰·斯特莱克!我可听说过你不少事。你会留下来看演出吗?"

"恐怕不了。"斯特莱克说,但并没觉得不快。她长得很漂亮。

阿普丽尔似乎很不情愿放他走。还有几个朋友要来,她告诉斯特莱克。果然,她出现几分钟后,另外六个人也凑过来,里面有两位女士没伴。斯特莱克在他们的劝说下上了楼,楼上有个小舞台,舞台周围已经挤满人。他问了阿普丽尔几个问题,阿普丽尔解释,她是个时尚搭配师,刚拍完杂志照。她随意带了一句:她还是兼职艳舞演员。

"艳舞?"斯特莱克高声重复。话筒导致的音响反馈尖利地刺穿整个房间,酒客们发出抗议的叫喊和呻吟。不就是带点艺术性的脱衣舞吗?斯特莱克心想。阿普丽尔介绍,她的朋友可可——一头番茄色红发的姑娘,冲他笑着挥舞手指——也是艳舞演员。

这几位朋友看起来彼此相当友好,其中男人对他的态度也很正常,没有马修每次对他表现出的那种令人厌烦的心浮气躁。他已经很久没看过现场演出了。小可可表示想让他举起自己,好看清舞台……

伊斯灵顿男孩俱乐部上台后,斯特莱克的思绪又不由自主地回到从前。他想起自己不愿想的那些人。发酵的汗味,吉他熟悉的调弦声,麦克风轻微的轰鸣——他能忍受这些,但主唱的姿势和雌雄难辨的柔软体态实在太像惠特克了。

四小节音乐之后,斯特莱克知道他必须离开。不是这种倚重吉他的独立摇滚的错;他们水平不错。主唱有把好嗓子,尽管他形似惠特克。但斯特莱克以前在这种环境里待过太多次,每次都无法随意离开;今晚,他可以尽情追求和平与清新空气。他打算充分利用如今的自由。

他冲沃德尔喊了声再见,对阿普丽尔挥了一下手,微微一笑。阿普丽尔冲他眨了一下眼,挥了挥手。然后他就走了,庞大的身躯轻松挤出一条路来,穿过已经汗流浃背、气喘吁吁的人群。他走出大门时,伊斯灵顿男孩俱乐部正好唱完第一首歌。二楼传来的掌声仿佛是冰雹打在锡屋顶上。一分钟后,他大步走在车流的呼啸声中,如释重负。

13

In the presence of another world.

Blue Öyster Cult,'In the Presence of Another World'

在另一个世界面前。

——蓝牡蛎崇拜乐队,《在另一个世界面前》

周六早上,罗宾和母亲开着家里的旧路虎,从她们所住的小镇马沙姆一路开到哈罗盖特。罗宾的婚纱正在这里的服装店修改。原先的设计是为一月的婚礼准备的,现在日期推到七月,婚纱样式也要做出相应改动。

"你又瘦了,"年老的裁缝说,用大头针别起紧身胸衣的后摆,"可别再瘦了。这件婚纱要给有点曲线的人穿才好看。"

罗宾一年以前就决定好婚纱的布料和款式,选择模仿埃利·萨尔布的设计。她父母当时还要负担她哥哥斯蒂芬半年后的婚礼,实在没钱为她购买埃利·萨尔布的真货。就连这件廉价版,也不是斯特莱克所付工资承担得起的。

更衣室里的灯光会把人照得很美,但罗宾在金边镜子里的影像看起来脸色苍白,眼神沉重而疲惫。她不知道把婚纱改成无袖是否正确。她一开始看上这个款式，就是因为它的长袖。也许她只是想婚纱想得太久，已经失去判断力。

更衣室里有股新地毯和磨光剂的气味。在罗宾母亲琳达的注视下，裁缝钉好大头针，四处调整薄纱。罗宾不想再看镜中那个令人忧郁的自己，转而盯着角落里桌上的水晶头饰和假花。

"咱们决定好头纱了吗？"裁缝问。他喜欢以"咱们"开始说话，好像护士。"咱们之前定的是适合冬季婚礼的水晶头饰，对吧？我觉得花冠可能更配现在的无袖婚纱。"

"花冠不错。"琳达站在角落里，表示赞成。

母女二人长得很像。琳达曾经苗条的手腕日益丰满，金黄色的头发变得暗淡发白，胡乱盘在头顶上，但那双灰蓝色的眼睛和罗宾一模一样。她现在凝视着自己的第二个孩子，表情既担忧又敏锐。她和斯特莱克有种滑稽的相似之处，那就是目光中的洞察力。

罗宾试戴几个假花冠，哪个都不喜欢。

"要不然还是戴水晶头饰好了。"罗宾说。

"鲜花怎么样？"琳达建议道。

"嗯，"罗宾说，突然很想逃离新地毯的气味和镜子里苍白而进退两难的自己，"去问问花店的人吧。"

她很高兴能在更衣室独处几分钟。她脱下婚纱，换回牛仔裤和毛衣，试图分析自己的低落情绪。错过斯特莱克与沃德尔的见面让她很遗憾，但她仍然很高兴能离那个送她人腿的黑衣男人几百英里。

但她并不觉得解脱。在一路向北的火车上，她和马修又吵架了。即便是在这里，在詹姆斯街的更衣室里，多重紧张情绪仍然困扰着她：事务所的生意日益萧条，担心斯特莱克没钱再雇用自己。她换好衣服，看了手机一眼。斯特莱克没找他。

半小时之后，她站在多盆含羞草和百合之间，几乎一个字也不想说。花匠忙碌地来回摆弄，把花束举到罗宾的头发上看效果。偶尔会有冰冷发绿的水滴从玫瑰的茎上落下，滴到她奶油色的毛衣上。

"去贝蒂斯吧。"鲜花头饰最终选定后，琳达如此提议。

哈罗盖特的贝蒂斯是家历史悠久的本地茶室,在这个温泉之乡享有盛名。茶室外面挂着鲜花篮,顾客在黑和金交织的玻璃棚下排队,室内摆着茶叶罐做的提灯和装饰性茶壶,桌边围着松软的座椅,女招待穿着英国刺绣制服。罗宾从小就喜欢来这里喝茶。她会透过玻璃柜台望着一排排小猪形杏仁蛋白软糖,看着母亲买来奢侈的水果蛋糕。那种蛋糕掺了少量酒精,装在特殊的外卖锡盒里。

今天,她坐在窗边望着外面的花圃。花朵都是三原色的,仿佛是幼儿用橡皮泥捏出的几何块。罗宾没要任何食物,只点了壶茶就低头摆弄手机。还是没消息。

"你还好吗?"琳达问她。

"没事,"罗宾说,"我只是在想,不知道有没有什么新消息。"

"什么新消息?"

"关于那条腿消息,"罗宾说,"斯特莱克昨晚去见沃德尔了——警察厅的人。"

"哦。"琳达说。沉默随后降临,直到她们点的茶上桌。

琳达点了"胖无赖",贝蒂斯家一种体积较大的司康饼。她往饼上涂好黄油,才说:

"你和科莫兰是不是打算自己找出寄人腿的人?"

罗宾回答得小心翼翼,因为母亲的语气里有种奇怪的东西。

"我们只是想知道警察现在在做什么。"

"哦。"琳达说,嚼着司康饼,看着罗宾。

罗宾因自己不耐烦心生愧疚。婚纱很贵,她并没表达过谢意。

"抱歉,我的态度很不好。"

"没关系。"

"马修不停埋怨,说我不该为科莫兰工作。"

"嗯,我们昨晚听到了一些。"

"哦,老天,妈妈,真抱歉!"

罗宾还以为她和马修争吵时声音很低,不会吵醒父母。他们在来马沙姆的路上在吵,和她父母吃饭时暂时藏起各自的怨怼。琳达和迈克尔就寝后,战火在客厅里重新燃起。

"科莫兰的名字出现了很多次。我想马修是——"

"他可不是在担心我。"罗宾说。

马修决心把罗宾的工作当成一个笑话。情况逼他不得不认真对待这份工作时——比如说,有人给罗宾寄了一条人腿——他主要是愤怒,而不是担忧。

"嗯,他如果不担心,那他就错了,"琳达说,"有人把某个女人的一部分尸体寄给你,罗宾。不久之前,马修给我们打电话,说你脑震荡住院了。我不是叫你辞职!"她补充道,没有被罗宾责备的表情吓倒,"我知道这是你想做的工作!总之——"她把剩下的半个"胖无赖"塞进罗宾毫无反应的手里,"我想问的不是马修担不担心。我想问的是,他是不是在嫉妒。"

罗宾呷了口味道浓厚的贝蒂斯混合茶,心不在焉地想着买些茶包带回办公室。伊灵的维特罗斯超市里没这么好的茶。斯特莱克喜欢浓茶。

"对,马修是在嫉妒。"罗宾最后说。

"我想他应该没有理由嫉妒吧?"

"当然没有!"罗宾语气激烈地说。她觉得受到了背叛。母亲总是站在她这边,一直都是——

"没必要这么激动,"琳达从容不迫地说,"我没想暗示你做了什么错事。"

"哦,那就好,"罗宾说,下意识地吃掉司康饼,"因为我没有。他只是我的老板。"

"也是你的朋友,"琳达说,"根据你谈起他时说的那些话来看。"

"没错,"罗宾说,最终忍不住说了实话,"不过算不上什么正常的友谊。"

"为什么?"

"他不喜欢说私人话题。想从他那里知道点什么,比从石头里挤出血还难。"

只有一个晚上例外——他们两人都对那天的事缄口不提——斯特莱克喝醉了,站都站不稳。除了那一天,关于他的私人生活,他从来没有主动说过一个字。

"但你们相处得不错?"

"嗯,很不错。"

"很多男人都不想听见自己的另一半说,她和其他男人相处得有多愉快。"

"那我怎么办,只和女人工作?"

"不,"琳达说,"我只是想说,马修显然觉得受到了威胁。"

罗宾有时觉得,母亲也许暗自希望她在与马修定终身之前,能多交几个男朋友。琳达和她很亲近,她是琳达唯一的女儿。她现在坐在茶室里,周围都是茶具碰撞发出的清响,她突然意识到,自己正在害怕,怕琳达会说,现在取消婚礼还不晚。她疲惫而沮丧,他们两人之前几个月关系并不好,但她依然爱着马修。婚纱已经做好,教堂也已订好,婚宴的钱几乎付清。她必须继续奋力前进,冲过终点线。

"我对斯特莱克没感觉。而且他有女朋友了,埃琳·托夫特。她是广播三台的女主播。"

她希望这条信息能让母亲分心。母亲最喜欢在做饭和种花时听广播。

"埃琳·托夫特?那个非常漂亮的金发姑娘,前两天晚上在电视上讲浪漫主义作曲家的那个?"

"可能吧,"罗宾毫不起劲地说,之前的策略明显起了效果,她又换了话题,"你要卖掉路虎?"

"对。卖不了几个钱。还不如当成废铁卖……要不然,"琳达突然灵光乍现,"你和马修要吗?交的税还够开一年呢,每次都能顺利混过年检。"

罗宾嚼着司康饼,思考起来。马修总抱怨他们没车,并将此归咎于她薪水低。他姐夫开的奥迪 A3 让他嫉妒得几乎有些难受。罗宾知道,一辆充斥着湿狗毛和威灵顿长靴气味的破旧路虎不会让他觉得有多威风。但凌晨一点,在客厅里,马修列举了所有同龄友人的大概工资,最后夸张地强调,罗宾的收入只能屈居末位。罗宾想到这里,不禁心生恶意,想象着自己告诉未婚夫:"可我们有路虎啊,马修,没必要存钱买奥迪了!"

"这样工作就方便多了,"她说出声,"斯特莱克如果要出伦敦,就不用租车了。"

"唔。"琳达心不在焉地说,目光仍然凝视着罗宾。

她们开车回家,马修正和未来的岳父一起摆放餐具。马修在她父母家,总比和她独处时更勤快。

"婚纱怎么样?"他问。罗宾觉得他在试图和好。

"还行。"罗宾说。

"告诉我详情,会给你带来霉运吗?"他说,见她没有微笑,又说,"反正,你肯定美极了。"

她心软了,伸出一只手去。马修眨了一下眼睛,捏了捏她的手指。然后琳达在两人中间摆了一盘土豆泥,告诉马修,她要把路虎送给他们。

"什么?"马修说,表情相当沮丧。

"你一直说想要辆车。"罗宾为母亲辩护。

"对,可是——在伦敦开路虎?"

"不行吗?"

"这会有损他的形象。"罗宾的弟弟马丁说,拿着报纸走进屋。他在查看当天下午国家赛马障碍大赛的马匹信息。"不过对你可是再合适不过了,罗宾。我完全能想象出,你带着那位助手,开着路虎冲往谋杀现场的样子。"

马修的方下巴绷紧。

"闭嘴,马丁,"罗宾怒斥道,瞪着弟弟,在桌边坐下,"我可真想看看你当面管斯特莱克叫'助手'的样子。"她补充一句。

"他估计只会笑笑。"马丁轻松地说。

"因为你们是同僚?"罗宾说,语带讽刺,"你们都戴着光荣的战争勋章，冒着死亡和残疾的危险当过兵？"

在埃拉科特家的四个孩子中，只有马丁没上过大学，至今还和父母一起生活。他对指责自己毫无成就的话语总是很敏感。

"你他妈的是什么意思——我该去参军？"他火冒三丈地质问。

"马丁！"琳达尖声说，"怎么说话呢！"

"她会因为你两条腿都健在而怪你吗，马修？"马丁问。

罗宾扔下刀叉，走出厨房。

那条腿的样子又浮现在她的眼前，惨白的胫骨从死灰色的肉里探出来，趾甲有些脏了。腿的主人本来也许想把脚洗干净，抹好指甲油，出门见人……

她接到包裹之后第一次哭出来。楼梯上的旧地毯变得模糊，她不得不伸手扶住自己房间的门把手。她进屋走到床边，一头趴到干净的羽绒被上，肩膀颤抖，胸口剧烈起伏，双手捂着潮湿的脸，想要止住哭声。她不希望有谁追过来，不想说话，也不想解释。她只想自己待着，好好释放在工作中压抑了一整个星期的情感。

弟弟对于斯特莱克残疾的讽刺，和斯特莱克对断腿开的那些玩笑一样。一个女人死了，死法可怖又残忍，可是除了罗宾，好像根本没有人在乎。死亡和斧头把那个不知是谁的女人变成一摊死肉，一个待解决的问题。罗宾觉得，好像只有她记得那腿曾经属于一个活生生的人。也许就在一周之前，那个女人还在世……

她号啕大哭十分钟后，翻过身来，睁开刺痛的双眼，环顾卧室，仿佛卧室能给她几分慰藉。

对她而言，这间屋子曾经是这世上唯一安全的地方。从大学退学后的三个月里，她几乎从来没有出过屋子，即便是在吃饭时。那时，屋里的墙还是亮粉色的，是她十六岁时的选择。她隐约感觉到，这是个错误的决定，但又不想叫父亲重新刷墙，就用大量海报遮住鲜艳的墙面。床脚当时有一幅真命天女组合的大海报。罗宾去伦敦找马修后，琳达在墙上铺了青绿色的墙纸，现在墙上一张海报都没有。但罗宾仍然能清晰回忆起真命天女在《百战娇娃》专辑封面上盯着她的样子：碧昂斯，凯莉·罗兰德，米歇尔·威廉斯。在她的脑海中，那张照片与这辈子最糟糕的那段日子密不可分。

现在墙上只挂着两张照片：一张是罗宾的高中毕业照（马修站在最后排，是那届学生中最英俊的男生，不肯做鬼脸，也不肯戴毕业帽）。另一张照片里是十二岁的罗宾，骑着苏格兰高地矮马安格斯。它是匹毛发蓬松、强壮又固执的小马，生活在她叔叔的农场上。它非常顽皮，但罗宾溺爱它。

她哭累了，眨眼挤出最后一点泪水，用手掌抹了抹湿乎乎的脸。楼下的厨房里传来模糊的说话声。她知道，母亲一定在劝马修让她自己待一会儿。罗宾希望马修能听进去。她有点想一觉睡到假期结束。

一个小时后，她还躺在自己的双人床上，睡意蒙眬地望着窗外花园里的青柠树。马修敲了门，端着一杯茶进来。

"你妈妈说，你可能会想喝茶。"

"谢谢。"罗宾说。

"我们正要一起看赛马。马丁在巴拉布里格身上下了大注。"

对于罗宾的不快和马丁无礼的发言，马修一个字都没提。马修的态度仿佛在说，他觉得是罗宾丢了脸，而他此刻正在帮她找台阶下。罗宾立刻就明白，对于那条腿在她心里引起的一切感觉，马修一点概念都没有。不，马修只是觉得烦恼，因为斯特莱克再次变成周末的话题，而埃拉科特家的人见都没见过他。此次事件，就像和萨拉·夏洛克看橄榄球赛那次事件的翻版。

"我不喜欢看马摔断脖子，"罗宾说，"而且我还有工作要做。"

马修站在床边，低头看了她片刻，然后转身走了。马修关门的力度有点大，导致门关上后又弹开。

罗宾坐起身来，捋顺头发，做了个深呼吸，站起来拿过梳妆台上的电脑包。在回家的路上，她对带电脑回来感到内疚，内疚于自己暗自希望能有时间开展调查。马修表现出的宽宏大量让那份内疚消失得无影无踪。他尽管去看赛马好了。她还有更重要的事要忙。

她回到床上，在背后堆了一堆靠枕，打开笔记本电脑，点开一些加过书签的网页。她没和任何人说起过这些页面，包括斯特莱克。斯特莱克肯定会觉得她是在浪费时间。

她之前已经花几个小时调查她坚持让斯特莱克带给沃德尔的那两封信：想要砍断自己腿的女孩，还有在信里宣称要对斯特莱克的断腿这样那样的那个人。后者让罗宾有点想吐。

罗宾一直觉得人类的大脑很奇妙。她在大学的专业就是心理学，虽然没有读完。给斯特莱克写信的女孩似乎患有"身体完整性认知失调"——一种想要截去身体某些部位的非理性渴望。

罗宾在网上读了几篇论文，知道"身体完整性认知失调"患者人数不多，具体的病因尚不明确。她看了几个支持该疾病患者的网站，大概知道这种病的患者有多么不受人待见。留言板里充满愤怒的评论，指责"身体完整性认知失调"患者利用别人因事故或疾病导致的不幸遭遇，以令人厌恶的方式哗众取宠。对这种攻击的回复同样充满愤怒：他们真的认为这些病人是自己想要患上这种病的？他们难道不理解患者的生活有多么艰难吗——如此渴望自己能残疾，能截肢！罗宾不禁好奇起斯特莱克会怎么看待这些患者的故事。她想斯特莱克恐怕不会表现出多少同情。

楼下客厅的门开了，她听见一阵对马赛的短暂评论。父亲叫家里的棕色拉布拉多老狗出去，因为它老是放屁。马丁的笑声传过来。

令罗宾沮丧的是，她累得想不起那个给斯特莱克写信、寻求截肢建议的女孩的名字。好像叫凯莉什么的。她慢慢浏览用户最多的支持网站，寻找与"凯莉"相近的用户名。一个正值青春期的少女如果想要和别人分享自己特别的渴望，除了互联网，还能去哪儿呢？

马修走后，罗宾并没有走过去把门关起来。被赶出来的拉布拉多狗朗特里顶开门，摇摇摆摆地进来。它凑到罗宾身边，得到一阵漫不经心的爱抚，随即在床边趴下，用尾巴拍着地板。很快，它就喘着气睡着了。罗宾在它有些堵塞的呼噜声中继续梳理留言板信息。

她突然感到一阵兴奋，这是在斯特莱克手下工作经常会有的体验。她发现一些信息，这些信息可能有意义，可能没有，也可能会提供一切问题的答案。

  无处可去：有人知道科莫兰·斯特莱克吗？

罗宾屏住呼吸，点开帖子。

  野蜜蜂：那个独腿侦探？嗯，他是个退伍兵。
  无处可去：我听说腿可能是他自己砍的。
  野蜜蜂：不，你搜一下就知道了。腿是在阿富汗断的。

  就这些。罗宾又翻了几篇帖子，"无处可去"没再问过相关问题，也没再出现过。但这并不代表任何事，此人可能换了个用户名。罗宾又找了一会儿，确信自己已经翻遍论坛的每一个角落，斯特莱克的名字再也没出现。
  激动的心情渐渐消失。就算写信的人和"无处可去"是同一个人，写信人在信里已经表明，她相信斯特莱克砍了自己的腿。在著名的截肢人士里，有可能出于自愿的人并不多。
  客厅里传来加油助威的喊声。罗宾关掉"身体完整性认知失调"网站，开始调查第二件事。
  她在侦探事务所工作后，觉得自己的心理承受力提高了。尽管如此，她先前点了几下鼠标、查到慕残者——也就是对截肢感到性吸引力的人——的相关信息后，还是觉得胃里不太舒服，关掉电脑后还一直有点想吐。她读着一个男人（她推断对方是个男人）抒发的大段性幻想：他的理想对象是个四肢全截的女人，截肢位置至少要在肘部和膝盖以上。截肢的具体位置似乎非常重要。另一个男人（说真的，这些人不可能是女性吧）则从很小时就幻想不小心用铡刀砍断自己和好朋友的腿，一边想着这件事一边手淫。这些人连篇累牍地谈论对断肢本身的兴趣，截肢者受限的行动范围，将这些罗宾视为残疾的东西当作性虐幻想的一种形式。

马赛评论员非常有特色的厚重嗓音从楼下模糊地传来，弟弟的加油声越来越响。罗宾浏览留言板，寻找斯特莱克的名字，也在寻找这种病态幻想与暴力的联系。

罗宾注意到，所有这些抒发截肢幻想的人都没有提到暴力和疼痛。就连幻想和好朋友一起砍腿的那个人也态度明确：砍腿本身不过是为了达成截肢这一目的的手段。

对残疾的斯特莱克抱有幻想的人，有可能砍断女人的腿，然后把人腿寄给斯特莱克吗？马修也许会这样认为，罗宾轻蔑地心想。马修会认为，对断腿着迷的人太诡异，完全有可能去砍别人的腿。没错，他一定会这么想。但罗宾根据自己记得的RL信里的内容，外加网上这些慕残者的幻想，认为RL所说的"补偿"斯特莱克，是指一些斯特莱克会认为比截肢更不愉快的行为。

当然了，RL也有可能既是慕残者，又是冷血变态……

"太棒了！太他妈了不起了！五百磅！"马丁高声叫道。厅里传来有节奏的跺地声，仿佛马丁嫌客厅太窄，不够他跳整场胜利之舞。朗特里惊醒过来，跳起身，迷迷糊糊地汪汪叫了两声。周围太吵，罗宾没听见马修的脚步声，直到他推开门。她下意识地连续点鼠标，返回一个个浏览过的截肢性幻想网页。

"哟，"她说，"看来巴拉布里格赢了。"

他伸出一只手，这是当天第二次。罗宾把电脑推到一边，马修拉她起身，抱住她。他的体温传来，罗宾感到一阵如释重负，整个人都平静下来。她无法忍受再争吵一个晚上。

然后马修退开，目光越过她的肩头，读着什么。

"怎么了？"

她低头望向电脑。闪光的白色屏幕上布满文字，中间是框起来的名词解释：

慕残（名词）

慕残是一种性倒错，指一个人通过对截肢者的幻想或行动得到性满足。

一阵短暂的沉默。
"死了几匹马?"罗宾语气生硬地问。
"两匹。"马修回答,然后走出房间。

14

> ... you ain't seen the last of me yet,
> I'll find you, baby, on that you can bet.
> Blue Öyster Cult,'Showtime'

> ……这可不是你见我的最后一面。
> 我会找到你的,宝贝,你尽可把心放宽。

> ——蓝牡蛎崇拜乐队,《开演》

周日晚上八点半,斯特莱克站在尤斯顿火车站外面,吸着上车前最后一根烟。他上车后,将有九个小时不能吸烟,直到抵达爱丁堡。

他不去音乐会让埃琳很失望。他们整个下午都待在床上,斯特莱克非常高兴地接受这样的安排。埃琳美丽又得体,但平时态度有些冷淡,不过在卧室里表现得非常热情。那些情色的景象和声音——埃琳白皙的肌肤在他的唇下变得潮湿,颜色浅淡的嘴唇张开,发出呻吟——给尼古丁另添了一番风味。埃琳不许他在克拉伦斯巷那套装潢华丽的公寓里抽烟,因为她女儿患有哮喘。斯特莱克忍着睡意,在卧室电视上看了她讲述浪漫主义作曲家的一段录像,将其作为事后一支烟的替代品。

"知道吗？你长得很像贝多芬。"她沉思地说。镜头给了贝多芬大理石像一个特写。

"歪鼻子版。"斯特莱克说。这不是第一次有人说他像贝多芬。

"你为什么要去苏格兰来着？"埃琳问道。斯特莱克坐在床上，安装假腿。卧室里的主色调是奶油色和白色，但没有艾尔莎和尼克家那间客房的萧条气息。

"追查线索。"斯特莱克说，心里非常明白这句话言过其实。现在没有任何东西能证明唐纳德·莱恩和诺尔·布罗克班克与人腿有关，一切都只是他的怀疑。但不管怎样，他并不后悔这趟出行，不过他暗自可惜来回车票就要花掉他三百英镑。

斯特莱克用假腿的脚后跟踩熄烟头，进了车站。他在超市里买了包吃的，爬上夜车。

单人车厢里有收放式水池和一张窄床。车厢狭小，但军旅生涯早已让他习惯待在不舒服的地方。他高兴地发现，窄床足以睡下他六英尺三的个头。他把假肢摘掉后，地方越小，他活动越方便。斯特莱克唯一不满的是，车厢里暖气太足。他住的阁楼里温度总是不高，所有去过那里的女性都抱怨太冷。倒不是说有哪位曾经在那里睡过。埃琳从来没见过阁楼；他也从来没邀请过妹妹露西进门，免得妹妹发现他最近挣得并不多。这么说起来，唯一进去过的女性只有罗宾一人。

火车发动，长椅和石柱从窗外掠过。斯特莱克靠坐到床上，拿出夹了培根的长面包，咬了一大口，想起罗宾先前坐在阁楼厨房里，脸色惨白、微微发抖。斯特莱克想到她此刻在马沙姆，安全无虞，感到一阵安心：他需要时刻担心的事物少了一样。

他非常熟悉现在这种情况。他几乎觉得自己还在军队里，用最便宜的方式穿过整个英国，去特别调查局在爱丁堡的分部报道。他从来没被派到那里去过，但知道分部的办公室位于爱丁堡城堡里，在城市正中央凸起的一块大岩石上。

他摇晃着走过吱呀作响的走廊，上了趟厕所，回来后脱到只剩下平角内裤，躺到薄毯上睡觉。车厢的摇晃令他心安，但热度和火车时快时慢的速度总是让他不时惊醒。他在阿富汗乘坐"北欧海盗"装甲车时，装甲车被炸，爆炸带走他的腿和另外两名同事的性命。从那以后，他就不太愿意坐别人开的车。他现在发现，他在火车上时，这种轻微的恐惧症也会发作。从相反方向驶来的列车与他的车厢擦身而过，鸣笛声像闹钟般让他醒了三次，而火车转弯时的向心力让他想起那辆庞大而坚固的装甲车失去平衡，翻滚着裂开……

火车驶入爱丁堡威弗利站的时间是早上五点一刻，早餐要到六点才送到。餐车经过走廊的声音吵醒斯特莱克。他单腿站着，打开门，穿着制服的年轻送餐员下意识地惊叫一声，目光盯着他身后地上的假肢。

"抱歉，伙计，"送餐员带着浓重的格拉斯哥口音说，从假肢望向斯特莱克的腿，意识到这位乘客并没有把自己的腿砍下来，"真够尴尬的！"

斯特莱克笑着接过餐盘，关上门。他半睡半醒地摇晃一路，需要的是香烟，而不是一只热过多次、又硬又老的三角面包。他装上假腿，大口喝着黑咖啡，穿好衣服，挤在第一批下车的人中间，走进苏格兰略带寒意的清晨。

车站仿佛处于谷底。斯特莱克透过六角形玻璃天花板，望见城市高处哥特建筑的黑影。他来到出租车站旁边，他和哈德亚克约好在这里见面。他坐到冰冷的金属长椅上，点了支烟，把背包放在脚边。

哈德亚克二十分钟后才到。他一出现，斯特莱克就感到一阵深深的疑虑。朋友帮他省下租车的钱，他很感激，也就没好意思问朋友开的是什么车。

宝马迷你。该死的迷你……

"老伙计！"

他们打了军队里流行的美式招呼，同时拥抱和握手。哈德亚克身高只有五英尺八，鼠灰色的头发愈发稀疏，看起来就是位和蔼可亲的学者。但斯特莱克清楚，在那不起眼的外表下藏着一颗无比敏锐的调查员大脑。他们曾在布罗克班克案上共事，也因此惹来不少麻烦。光是这件事就足以将两人联系在一起。

哈德亚克看着老朋友困难地挤进那辆迷你,才想起好像应该事先说一声。

"我忘了你这混蛋这么大个,"他说道,"开起来没问题吗?"

"嗯,没事,"斯特莱克说,把副驾驶的座椅尽可能往后移,"多谢你把车借我开,哈迪。"

至少这车是自动挡。

小车开出火车站,沿着上坡路开往透过玻璃屋顶俯视过斯特莱克的那些漆黑建筑。清晨的天空一片淡灰。

"之后应该会放晴。"哈德亚克嘟囔。他们开上角度倾斜、铺满鹅卵石的皇家英里大道,驶过贩售格子呢和狮子纹章旗的商店、餐厅和咖啡馆。街边的广告牌上印着闹鬼胜地一日游,从狭窄的巷口能隐约望见在右侧铺展的城市。

车开到山顶上,城堡进入视野:周围一圈弧形高大石墙,被天空烘托得无比威严。哈德亚克往右转了弯,将已经有游客早起排队的拱门抛在身后。他把车开到一间木制岗亭边,报了姓名,亮出通行证,然后驶向一扇在火山岩里凿出来的城门。门内是开着泛光灯的隧道,两边堆着粗大的电缆。车开出隧道后,斯特莱克发现自己正身处俯瞰整座城市的高处,身边的城垛上摆着炮台。炮台后面是黑金两色相间的城市,雾气中朦胧的尖顶和屋顶一直延伸到远方的福思湾。

"真漂亮。"斯特莱克说,走到炮台边,眺望远方。

"是不错,"哈德亚克表示同意,向下望了苏格兰的首都一眼,"这边走,老伙计。"

他们从一扇木制侧门进了城堡。斯特莱克跟着哈德亚克走过一条寒冷而狭窄的石头走廊,爬了两段对他右膝并不友好的楼梯。墙上挂着维多利亚时代军人的制服像,间隔并不均匀。

他们爬上楼梯平台,通过一扇门,进了里面的走廊。走廊两侧都是办公室,地上铺着深粉色旧地毯,墙面是医院式的淡绿色。斯特莱克从没来过这里,但他对这地方有股与生俱来的熟悉感,对富尔伯恩街上的那座老公寓就没有这样的感觉。他这辈子都是在这种地方度过的，完全可以随便找张空桌安顿下来，用不了十分钟，就可投入工作。

走廊的墙上贴着些海报。有一张海报提醒调查员黄金时段的重要性和相关步骤——在罪行发生后的那一小段时间里，线索和信息还很多，也容易收集。另一张海报上拼贴着各类毒品的照片。旁边的白板上挂满不同案件的最新进展和任务截止日期——"等待电话和DNA分析"，"需要SPA3表格"。金属归档箱里摆着便携式指纹采集工具包。通往实验室的门开着，里面金属高桌上的证据袋里装着枕头，枕头上面有深棕色的血渍，旁边的纸盒里装着几瓶酒。有鲜血的地方总是有酒精。房间角落里有只空的贝尔啤酒瓶，上面挂着一顶红色军帽。那正是军团昵称的来源。

迎面走来一个留着短色金发的女人，她穿着细条纹西装：

"斯特莱克。"

他没能立刻认出这个女人。

"埃玛·丹尼尔斯。卡特里克，二〇〇二，"她微笑着说，"你骂我们的上士是个'粗心大意的混球'。"

"哦，没错，"他说，哈德亚克在旁边吃吃低笑，"他确实是。你剪头发了。"

"你出名了。"

"这话有点夸张。"斯特莱克说。

一个挽着衬衫袖子、脸色苍白的年轻人从更远处的办公室探出头来，显然对自己听到的谈话相当好奇。

"我们得走了，埃玛。"哈德亚克轻快地说。他推着私人侦探进了自己的办公室，关上门，对斯特莱克说："我就知道，他们看见你都得问东问西。"

他的办公室相当阴暗，因为窗户正对着凹凸不平的石头。屋里摆着哈德亚克子女的照片和许多收集来的啤酒杯，这两样东西让室内的气氛活跃不少。其他地方和走廊里一样，粉色的旧地毯，浅绿色的墙壁。

"好了，老伙计，"哈德亚克说，敲击几下键盘，起身让斯特莱克坐到椅子里，"在这儿呢。"

特别调查局有权查看三大服务机构的记录。电脑屏幕此时显示的是诺尔·坎贝尔·布罗克班克的大头像。照片是在斯特莱克认识他之前拍的，那时他还没被打得单眼凹陷，耳朵肿胀。他剃着平头，脸庞瘦长，下巴上是一片青色的胡楂，额头高得不自然。斯特莱克第一次见到他时，觉得他那拉长的头颅和不对称的五官像是老虎钳夹出来的。

"我没法让你打印什么东西，"哈德亚克说，斯特莱克坐到带滚轮的电脑椅里，"但你可以给屏幕拍照。喝咖啡吗？"

"茶吧，如果有的话。谢了。"

哈德亚克走了，小心地带上门。斯特莱克掏出手机，开始给屏幕拍照。他拍到满意的照片后，向下滑动屏幕，读起布罗克班克的档案，认真记下他的出生日期和其他个人信息。

布罗克班克和斯特莱克同年，出生在圣诞节当天。他入伍时填的地址在巴罗因弗内斯。他在格兰比行动（世人所说的第一次海湾战争）中短暂服役后，娶了一位带着两个女儿的军人遗孀，女儿之一就是布里塔妮。儿子出生时，他正在波斯尼亚服役。

斯特莱克浏览了一遍记录，不时记着笔记，一直读到改变布罗克班克人生、终结他军旅生涯的那次负伤。哈德亚克端着两个杯子进了屋，斯特莱克嘟囔一句谢谢，继续阅读电子文件。文件没有提到布罗克班克的罪行。那案子当时是斯特莱克和哈德亚克一起调查的，两人至今坚信是布罗克班克干的。让他无罪逃脱是斯特莱克从军生涯中最大的遗憾。布罗克班克留给斯特莱克最深的印象就是，他挥舞着破啤酒瓶，扑向自己时的表情，和野兽一样凶狠野蛮。他的个头和斯特莱克差不多，说不定还要高一点。斯特莱克揍了布罗克班克一拳，把他打得摔到墙上。事后，哈德亚克说，那声音就像一辆车撞上军队宿舍的薄墙。

"他还领着不错的军队退休金呢。"斯特莱克低喃,记下布罗克班克退役后住过的几个地方。他先回了家:巴罗因弗内斯。不到一年后就去了曼彻斯特。

"哈,"斯特莱克轻声说,"就是你啊,你个混蛋。"

布罗克班克离开曼彻斯特后去了马凯特哈博罗,然后又回到巴罗因弗内斯。

"这是什么,哈迪?"

"精神科报告。"哈德亚克说,坐到墙边一把矮椅里,看着自己的文件。"那东西你可不该看。居然忘了收起来,我真是太不小心了。"

"太不小心了。"斯特莱克表示同意,打开文件。

但这份精神科报告里并没有什么斯特莱克不知道的东西:布罗克班克住院后坦白自己酗酒。医生们研究他的哪些症状是因为酒精,哪些是因为创伤后应激障碍,又有哪些是因为大脑损伤。斯特莱克边看边在谷歌上搜索某些名词解释:失语症——想不出准确的词;构音障碍——说话混乱不清;述情障碍——无法理解或描述自己的情感。

对于那时的布罗克班克而言,健忘是个方便的借口。他要装出这些典型症状又有多难?

"他们没考虑到的是,"斯特莱克说,他认识好几个大脑受伤的人,也挺喜欢他们的,"他从一开始就是个人渣。"

"一点没错。"哈德亚克说,一边工作边呷着咖啡。

斯特莱克关上布罗克班克的文件,打开莱恩的。照片里的莱恩和斯特莱克对这位苏格兰人的记忆一模一样。斯特莱克第一次见到莱恩时,莱恩只有二十岁:肩膀宽大,肤色白皙,刘海很长,鼬类似的眼睛又小又黑。

斯特莱克把莱恩短暂的军旅生涯记得很清楚,毕竟是他终结了这段生涯。他记下莱恩母亲在梅尔罗斯的地址,匆匆读完剩下的文件,打开附件里的精神科报告。

强烈的反社会倾向,接近人格障碍……长期都有可能对他人造成伤害……

有人用力敲门。斯特莱克关掉电脑里的文件，站起身来。哈德亚克还没走到门边，一位穿着西装短裙、表情严肃的女人进了门。

"廷普森的事有进展吗？"她不客气地冲哈德亚克发问，目光怀疑地瞥了斯特莱克一眼。斯特莱克猜她早就知道自己在这儿。

"我走了，哈迪，"他马上说，"能和你叙旧真好。"

哈德亚克向斯特莱克简单介绍准尉，向准尉概括性地讲了自己和斯特莱克的关系，送斯特莱克出门。

"我会在这儿待到很晚，"他在门口和斯特莱克握手告别时说，"你大概知道什么时候能开车回来了，就给我打电话。一路顺风。"

斯特莱克小心地沿着石头楼梯往下走，情不自禁地想象自己在这里和哈德亚克一起工作，遵循他熟悉的规矩和章程。军队想留他，即便他已经失去右小腿。他从来没后悔离开这里，但这趟故地重游般的旅程让他不由得怀念起过去。

他走出城堡，站在从厚重云层漏出的微弱阳光下，前所未有地强烈意识到自己处境的改变。他现在自由了，可以不必理会上级蛮不讲理的命令，远离石头包裹下的狭小房间，但也失去英国军队的威严和地位。现在他完全是孤零零的一个人，重新踏上很可能一无所获的追逐之路，去找那个给罗宾寄了一条人腿的男人，除了几个地址一无所有。

15

Where's the man with the golden tattoo?
Blue Öyster Cult,'Power Underneath Despair'

身上有金色刺青的那个男人在哪儿?

——蓝牡蛎崇拜乐队,《绝望下的力量》

　　正如斯特莱克所料,他不管怎么调整迷你的驾驶座,这辆小车还是让他极其难受。他已经丢了半条右腿,只能用左脚踩油门,所以整个人都蜷在狭窄的车厢内,姿势别扭。他开出苏格兰首都,行驶在通往梅尔罗斯安静又笔直的 A7 高速路上,才终于把思绪从开车上收回来,重新思考唐纳德·莱恩这个人。莱恩曾是皇家直属边境军团的二等兵,斯特莱克第一次见到他是在十一年前的拳击场上。

　　那天晚上,光秃秃、黑漆漆的体育场里回荡着五百名新兵沙哑的呐喊声。他那时还是皇家军事警察科莫兰·斯特莱克下士,健康强壮,浑身肌肉,两条腿凶猛有力,准备在军团拳击赛上大显身手。莱恩的支持者,是他的支持者的三倍。这并不是因为他们对斯特莱克本人有什么意见,只是军事警察向来不受欢迎。一个"红帽"被打到神志不清,是拳击之夜的完美收场。两个人都是大块头,他们的比赛是当晚最后一场比赛。人群的吼叫声震荡在两位选手的血管中，仿佛是第二道脉搏。

斯特莱克记得对手的小黑眼睛和平头，还有头发那种狐狸般的深红色。莱恩的左前臂上有黄玫瑰刺青，脖子上的肌肉粗壮，与瘦长的下巴形成鲜明对比。他的胸口肤色苍白，没有胸毛，肌肉和擎天神大理石雕塑一样发达，胳膊和肩上的雀斑在肤色的映衬下像是蚊虫叮咬后留下的痕迹。

四个回合过后，他们打成平手。年轻人在步伐的速度上略胜一筹，斯特莱克则在技术上略胜一筹。

在第五回合，斯特莱克一个躲闪，冲莱恩的脸做了个假动作，随即一拳打在他的肾上，将他打翻在地。支持莱恩的人沉默下来，看着莱恩撞到拳击台的地板上，然后嘘声如象群的咆哮般充满整个体育场。

裁判刚数到六，莱恩就站了起来。他似乎在倒地后把拳击规则忘记了，之后出拳狂野而肆无忌惮，抱住斯特莱克并拒绝分开，遭到裁判斥责。终局的铃声响起后，他又多出一拳，第二次遭遇警告。

第六回合开场一分钟后，斯特莱克利用流着鼻血的莱恩杂乱无章的出拳，把他逼到围栏索上。裁判分开两人，示意继续，莱恩扔掉最后一丝文明的伪装，试图给斯特莱克来个头锤。裁判上前干涉，莱恩发了狂。斯特莱克有惊无险地躲开踢向自己胯下的一脚，但莱恩随即就用双臂将他锁在怀里，一口狠咬在他的脸上。斯特莱克听见裁判模糊的叫喊，然后四周突然变得悄无声息，观众因为莱恩散发出的狂气，从热情变得不安。裁判强迫两人分开，冲莱恩大声吼叫，但他似乎什么也没听见，只是重新摆好架势，再次向斯特莱克挥拳。斯特莱克向旁边躲了一步，重重打中莱恩的腹部。莱恩弯下腰去，喘不过气，跪倒在地。斯特莱克在零星的掌声中走下拳击台，颧骨上被咬破的伤口淌着血。

斯特莱克最后得了亚军，输给伞兵团第三营的一位中士。两周后，他被调出奥尔德肖特，走前得知莱恩因为在比赛中表现出无纪律性和暴力，被软禁在军营里。对他的惩罚本该更严格，但斯特莱克听说，莱恩的长官接受莱恩的恳求，对他从轻处理。莱恩用的托辞是，他当时正因未婚妻流产而心烦意乱。

正是这些信息驱使他开着借来的迷你，奔驰在乡间小路上。斯特莱克在拳击台上时并不知道这些信息，但感觉到莱恩光滑白皙皮肤下潜藏的兽性，也不相信一个死去的胎儿能给他带来多大影响。斯特莱克当年离开英国时，莱恩的齿痕还清晰地留在脸颊上。

那件事过去三年后，斯特莱克为调查一起强奸罪去了塞浦路斯。他走进刑讯室，第二次与唐纳德·莱恩见面。莱恩胖了一些，身上多了几处刺青，脸上被塞浦路斯的阳光晒出雀斑，深邃的眼窝周围出现细纹。

当然，莱恩的律师拒绝让客户被客户咬过的人调查。于是，斯特莱克和同事互换手头的案子，对方当时正在塞浦路斯调查贩毒团伙。一周后，斯特莱克和同事相约喝酒，惊讶地听说对方倾向于相信莱恩的说辞：受害者是本地酒吧服务员，喝醉后自愿和他发生性关系。但她现在后悔了，因为她男友听到消息，知道她和莱恩两个人一起离开了酒吧。强奸指控没有证人，服务员声称，莱恩用刀抵着她，威胁她就范。

"那姑娘可爱玩了。"特别调查局的同事如此评价受害者。

斯特莱克反驳同事没有意义，但他从来没忘记，当年有上百人证明莱恩的暴力和不服从，他仍然在第二天就成功赢得长官的同情。斯特莱克问起莱恩的说辞和态度，同事描述出一个惹人喜爱的男人：头脑机灵，待人幽默。

"在纪律方面还有待加强，"调查员读过莱恩的案卷，只能承认这一点，"但我觉得他不是强奸犯。他已经娶了同乡的姑娘，姑娘陪他一起过来的。"

在能把人烤化的灼热阳光下，斯特莱克回去继续调查毒品案。又过了两周，他躺在某间烟雾缭绕的阁楼里，听到一个有点古怪的故事。这时他已经留了一脸大胡子——用军队里的话说，他这是想让自己看起来"不那么军队"。除了这样邋遢的面容，他还穿着嬉皮士风格的耶稣凉鞋，短裤松松垮垮，粗大的手腕上挂着各式各样的手镯。嗑药嗑高了的年轻毒贩丝毫没起疑心，浑然不觉身边这位是英国军事警察。他们拿着大麻烟卷，并排躺在地板上，毒贩讲起岛上参与交易的士兵的名字，他们远不止卖大麻一种毒品。年轻人口音浓厚，斯特莱克忙着在心里暗记各种人名和假名的大致读音，听到"闹尔赖"时并没意识到是谁。毒贩讲起闹尔赖捆绑折磨自己老婆的事，斯特莱克才知道这个闹尔赖就是莱恩。"真是个疯子，"大眼睛的男孩声音慵懒地说，"就因老婆想离开他。"斯特莱克小心地假装随意地问了几句，塞浦路斯人坦白这是他从莱恩嘴里直接听来的。莱恩把这事讲出来，似乎一半是为了逗乐，一半则是想要警告和他做交易的年轻人。

第二天正午，斯特莱克亲自前往烈日下的锡福斯公寓。这里的房子是岛上最老的一批军队宿舍，外面涂着白漆，看上去相当老旧。这时莱恩已经逃脱强奸罪指控，斯特莱克小心挑选时间，趁他上班才过来。他按了门铃，听到隐约的婴儿啼哭。

"我们猜她有户外恐惧症。"一个好事的女邻居兴致冲冲地出门来，给他提供自己的见解，"反正有什么地方不对。她特别怕生。"

"她丈夫呢？"斯特莱克问。

"唐尼？哦，他可是这里的生命和灵魂，唐尼，"邻居语气开朗地说，"你真该看看他模仿奥克利下士的样子！哦，真是太像了。逗死了。"

有条令禁止在未经本人允许的情况下随意踏入一位军人的家。斯特莱克用力敲门，始终没人来开。他还能听见那个婴儿在哭。所有窗户都拉着窗帘。他敲了后门，仍然没反应。

他如果要为自己辩护，仅有的理由就是那个婴儿的哭声。在他人看来，这也许无法成为他没有搜查令就破门而入的正当理由。斯特莱克不相信任何过分依赖直觉的人，但他现在深信房子里有什么不对。对于诡异和邪恶，他有种经过千锤百炼的灵感。在童年时代，他已经见识过各种正常人以为只存在于电影里的事情。

他用肩膀狠撞门两次，门开了。厨房里传来一阵臭味，垃圾桶一定好几天没清理了。他进了屋。

"莱恩太太？"

没人回答。婴儿的哭声从二楼传来。他爬上楼梯，边走边呼唤莱恩太太。

主卧的房门开着，里面很暗，气味非常难闻。

"莱恩太太？"

她全身赤裸，一只手腕被绑在床头上，身上搭着一条染满血的床单。婴儿躺在她身边的床垫上，除了尿布，什么都没穿。斯特莱克看出婴儿身材瘦小，很不健康。

他大步跨过房间去救她，一只手已经在找手机打急救电话。但女人用嘶哑的声音说：

"不……走开……出去……"

斯特莱克没见过多少能与此刻相比的可怖情景。丈夫的冷血残忍在她身上所达到的效果几乎类似于信仰。斯特莱克解开她肿胀流血的手腕时，她还在恳求斯特莱克别管自己。莱恩对她说过，他回家时婴儿如果还在哭，那他就杀了她。她似乎已经无法想象一个莱恩不能为所欲为的世界。

唐纳德·莱恩因为自己对妻子的行为被判入狱六年。最终的判决主要依赖斯特莱克的证词。莱恩始终否认一切罪行，说妻子自己绑自己，说她喜欢这样，这是她的性癖好，说她一直对孩子不管不顾，这都是妻子为了陷害他而演的一出戏。

这些记忆肮脏不堪。斯特莱克开着迷你，在阳光下的大片绿色田野中飞驰，不知道自己为什么会在此时回想起那一切。这里的风景对他而言很陌生。飞驰而过的大理石建筑，延绵不绝的山峦，这些景物既坦诚又平静，有种让他无所适从的宏伟感。他小时候大多数时间都生活在海边，空中总带着海水的咸味；这里则是森林和河流的神秘领地，不像有着悠久偷渡历史的圣莫斯，彩色的房子一直延伸至海边。

一座宏伟的高架桥从右侧掠过。斯特莱克开着车,想着反社会的冷血人士,想着他们无处不在,出没的场所不仅限于破旧不堪的窝棚和矮房,还有这里,如此圣洁美丽的地方。莱恩这种人很像老鼠:你知道它们在那儿,但你从来不会去想它们,直到与其中一只面对面碰上。

道路两侧各有一座微型石堡,仿佛在站岗的哨兵。斯特莱克开车进入唐纳德·莱恩的家乡。太阳正好钻出云层,发出耀眼的光芒。

16

So grab your rose and ringside seat,
We're back home at Conry's bar.
Blue Öyster Cult, 'Before the Kiss'

拿上你的玫瑰,占好观察席的座位,
在康里酒吧,我们宾至如归。

——蓝牡蛎崇拜乐队,《亲吻之前》

商业街上有家店铺在玻璃门后挂了条茶巾,茶巾上面有黑色细线绣出的本地标志性建筑。真正吸引斯特莱克目光的则是建筑旁边的几朵黄玫瑰,它们和他记忆里唐纳德·莱恩健壮小臂上的刺青一模一样。他停住脚,读着茶巾中间的文字:

It's oor ain toon
It's the best toon
That ever there be:
Here's tae Melrose,
Gem o' Scotland,

The toon o' the free.
这是我们的城镇
天下无双的城镇；
梅尔罗斯，向你致敬
苏格兰之宝，自由之城。

他找了个停车场，停好迷你。旁边就是梅尔罗斯修道院，拱门被淡蓝色的天空衬得格外深红。东南方是他曾在地图上见过的艾尔登山，三座山峰给城市的天际线增添了不少活力和个性。他在附近的咖啡馆买了个培根卷，坐在露天桌上吃了，然后抽了支烟，喝了当天的第二杯浓茶，步行去找温德街——十六年前，莱恩入伍时填写的住址。斯特莱克不是很确定这个街名该如何发音，温德还是万德？

小镇在阳光下显得相当繁华。斯特莱克漫步沿商业街走向上坡，尽头的中央广场里有座花坛，广场中央的石柱顶上雕着一只独角兽。地面上嵌着一块圆石，上面印着小镇的古罗马名"特里蒙奇乌姆"，意为"三山之上"，斯特莱克想，这一定是指旁边那三座山峰。

他好像已经错过温德街，手机上的地图表示它在商业街之外。他掉头折回去，在右侧的墙面间找到一个狭窄的巷口。巷口窄得仅够一人穿行，里面是个光线昏暗的内院。莱恩曾经住过的公寓有扇亮蓝色的前门，门前有两三级台阶。

斯特莱克敲了门。前来应门的是位漂亮的黑发女人，年轻得不可能是莱恩的母亲。斯特莱克解释来意，她用颇具魅力的柔和嗓音答道：

"莱恩太太？她离开这里大概有十多年了。"

斯特莱克还没来得及感到失望，她又补充道：

"她现在住在辛格尔顿路。"

"辛格尔顿路？离这儿远吗？"

"就在那边，"她往右后方一指，"我不知道具体的门牌号，抱歉。"

"没关系。谢谢你。"

他沿着昏暗的小巷走回阳光灿烂的广场，突然想起自己从来没听过唐纳德·莱恩开口,除了他当时在拳击场上对着自己耳边低声骂过的那些脏话。莱恩受审时,他还在卧底查毒品案,也就无法以那副大胡子的形象在总部进出,一切审讯都交给其他同事。后来他结了毒品案,胡子也剃干净了,出庭就对莱恩的指控作了证。但莱恩站起来否认他曾经捆绑或折磨过妻子时,斯特莱克已经登上离开塞浦路斯的飞机。斯特莱克穿过集市广场,不禁想知道莱恩的苏格兰口音是否起到了一定的作用,让别人那么愿意相信他、原谅他、喜欢他。侦探记得,自己似乎在什么地方读到过,推销员都喜欢用苏格兰口音说话,以表明自己诚实可信。

他向辛格尔顿路的方向走着,这里的唯一一家酒吧在旁边的街上。梅尔罗斯似乎对黄色有种偏爱:酒吧的墙是白色的,但门窗都涂成鲜亮的柠檬黄,勾着黑边。斯特莱克是个康沃尔人,所以发现这家地处内陆的小店名叫"船舶酒馆"后觉得好笑。他拐上辛格尔顿路。街道向远处延伸,穿过一座桥后变得陡峭,向上消失在视野之外。

所谓"不远"是个因人而异的相对概念。斯特莱克失去小腿和脚之后,对这一点感触颇深。他往上坡爬了十分钟,开始后悔没有回修道院旁的停车场开迷你。他在街上先后找了两个女人问路,问她们是否知道莱恩太太住在哪里。她们礼貌而友好,但都不知道。他继续缓步前行,全身冒汗,走过路边一排白色的平房,迎面遇上一个老头。老头戴着羊毛平顶帽,牵着一条黑白相间的牧羊犬。

"打扰一下,"斯特莱克说,"请问你知不知道莱恩太太住在哪里?我忘了她家的门牌号。"

"梅萨思·莱恩?"遛狗人说,灰白粗眉下的双眼打量着斯特莱克,"嗯,她就住在我隔壁。"

谢天谢地。

"再过去三户,"老头说,伸手指点,"外面有许愿石井的那家。"

"非常感谢。"斯特莱克说。

他走上莱恩太太家的车道,眼睛的余光注意到,老头站在原地望着他,牧羊犬徒劳地往下坡拽着绳子。

莱恩太太的平房整洁庄严。门口的草坪和花圃里四处摆着迪士尼式可爱的石雕动物,建筑侧面的大门躲在阴影里。他手去抓门环,突然意识到自己下一秒就有可能与唐纳德·莱恩打个照面。

他敲了整整一分钟门,里面毫无反应。遛狗的老头走回来,站在莱恩太太门前,毫不掩饰地盯着斯特莱克看。斯特莱克以为他是后悔不该随便透露邻居的住址,特地走回来看着这个陌生大个子,免得他对莱恩太太不利。斯特莱克猜错了。

"她在家呢,"老头冲犹豫要不要再敲一次门的斯特莱克喊,"但她已经木了。"

"她什么?"斯特莱克边敲门边回喊。

"木了。脑子飞了。"

遛狗人向斯特莱克走了两步。

"她疯了。"他把当地方言翻译成英语。

"哦。"斯特莱克说。

门开了,门里站着一个脸色蜡黄、矮小干瘪的老太太。她穿着一件深蓝色睡裙,带着没有明确对象的敌意,抬头瞪着斯特莱克。她下巴上有几根硬邦邦的胡子。

"莱恩太太?"

她没有说话,只是用黯淡充血的眼睛瞪着斯特莱克。斯特莱克知道,那双眼睛曾经一定如鼬鼠般圆滑闪亮。

"莱恩太太,我想见见你儿子唐纳德。"

"不,"她突然异常愤怒地说,"不。"

她退后一步,用力撞上门。

"该死。"斯特莱克低声说。他想到罗宾。罗宾一定比他更能要赢得这位小老太太的欢心。他慢慢转过身去,琢磨着梅尔罗斯还有谁能帮上忙——他在一九二网站上查到其他几个姓莱恩的人——结果迎面撞上遛狗的老头。他已经不知何时走过来,正好奇又兴奋地看着斯特莱克。

"你是那个侦探,"他说,"你就是让她儿子坐牢的那个侦探。"

斯特莱克目瞪口呆。他无法想象一个素未谋面的苏格兰老头是怎么认出自己的。他现在的声名远远不足以让陌生人认出他。他每天走在伦敦街头时，完全没人在乎他是谁，也很少有人会把他和新闻报道里那个成功人士联系起来，除非是认识他或在他办案时听到他大名的人。

"哦，就是你！"老头说，更兴奋了，"我和我老婆都是玛格丽特·布尼安的朋友。"他见斯特莱克一脸茫然，解释道，"罗娜的母亲。"

斯特莱克用了几秒钟，才从浩瀚的记忆里拖出相关信息：莱恩的老婆名叫罗娜，就是他发现被捆在床上、盖着染血床单的那个年轻女人。

"玛格丽特在报纸上读到你的消息，就对我们说：'就是这个人，救出我们家罗娜的小伙子！'你干得可真不错啊！老实待着，威利！"他冲使劲拽链子、朝着想回到街上的牧羊犬吼了一声，"哦，是啊，玛格丽特一直在跟踪你的消息，把报纸上所有报道都读了。你抓住了杀死那个模特姑娘的凶手——还有那个作家案子！玛格丽特从来没忘记过你对她女儿的大恩大德，从来没有。"

斯特莱克低声咕哝两句，暗自希望语气足够谦逊、感恩。

"你想跟莱恩太太谈点什么？他不会又干了什么吧，那个唐尼？"

"我想找到他，"斯特莱克打个马虎眼，"你知不知道他有没有回过这里？"

"哎哟，没有，我想没有。他几年前回来，短暂看望母亲。在那之后，我不记得他回来过。这个地方可小了，唐尼·莱恩要是回来了，我们都会听说的，你明白吧？"

"你觉得布尼安太太——是姓布尼安吧？——有没有可能知道些什么？"

"她会很高兴见到你，"老头激动地说，"不行，威利，"他又对低嚎的边境牧羊犬说，狗正努力把他拖向大门，"我给她打个电话吧？她住得离这儿不远，就在达尼克，隔壁镇。要我打个电话吗？"

"那太感谢了。"

斯特莱克陪着老头走到隔壁住宅,在一尘不染的客厅里等着。老头激动地讲着电话,声音压过牧羊犬越来越狂野的哀嚎。

"她这就过来,"老头一手捂着话筒说,"你愿意在我这儿见她吗?别客气。我让老婆泡点茶——"

"谢了,但我还有其他事要做。"斯特莱克撒谎。有这么一位聒噪的听众在,他很难问出什么东西。"你能不能问问她,是否有空去船舶酒馆吃个午饭?一小时之后。"

对散步异常执着的牧羊犬帮斯特莱克解了围。两个男人出了门,并肩走向下坡的路。牧羊犬一路向前猛拽,斯特莱克被迫加快步伐,这样在下坡上走路对他的腿有害无利。他们到了集市广场,他如释重负地和新朋友道了别。老头兴高采烈地挥了手,走向特威德河的方向。斯特莱克一瘸一拐地走下商业街,随意打发时间,快到点才走回船舶酒馆。

他走到马路尽头,又撞上一大片黑色和柠檬黄,随即意识到酒馆装饰色调的由来。一块印着梅尔罗斯橄榄球俱乐部的招牌上出现同样的黄玫瑰。斯特莱克停住脚步,双手插兜,目光越过一段矮墙,望向树丛间平整的鲜绿色草坪。黄色的橄榄球门柱在阳光下闪着光,右侧是看台,远处则是柔缓起伏的群山。这个球场和所有信仰之地一样,得到悉心照料。对于这么一个小镇而言,这里设备齐全得令人惊叹。

斯特莱克望着那片天鹅绒般柔软的草坪,想起惠特克在公寓一角抽着大麻,散发出臭气,莱达躺在他身边,张着嘴听他讲艰苦的过去,把他的话照单全收。斯特莱克现在回想起来,莱达对他编的那些故事,渴求得像只雏鸟。在莱达眼里,惠特克上的仿佛不是戈登斯敦学校,而是恶魔岛:她这位瘦削的诗人竟然被迫暴露在苏格兰严苛的寒冬中,饱受殴打碰撞,在雨里泥里摸爬滚打。这实在太没道理了。

"怎么会是橄榄球呢,亲爱的。哦,可怜的宝贝……你怎么能去打橄榄球呢!"

十七岁的斯特莱克对着作业本无声大笑(他刚才在拳击俱乐部,

嘴唇被打肿了）。惠特克摇摇晃晃地站起身来，用可憎的伪伦敦口音喊道：

"你他妈笑什么呢，猪脑袋？"

惠特克忍受不了被别人嘲笑。他极度需要受人追捧；如果无人奉承，他就用恐惧和憎恶证明自己的地位。而一个人嘲笑他，表明此人认为自己地位比他高。这是他绝对无法容忍的事情。

"你要是能去，可他妈会高兴坏了，是不是啊，笨小子？以为自己已经是他妈的军官了，和那帮打球的畜生一个德行。叫他那有钱的老爸送他去他妈的戈登斯敦啊！"惠特克冲莱达大吼。

"冷静，亲爱的！"她说，然后以蛮横的语气说，"坐下，科莫！"

斯特莱克已经站起来摆好架势，准备痛揍惠特克一拳。那是他最接近出手的一次，但他母亲及时跌撞着挡在他们中间，戴着戒指的瘦削双手分别抵在两人喘着粗气的胸膛上。

斯特莱克眨了眨眼，找回焦距，灿烂阳光下的球场看上去单纯而充满激情，路边传来树叶、草坪和橡胶被晒热后发出的气味。他慢慢转过身，走向船舶酒馆，非常想喝一杯，但潜意识不肯罢休，好像故意与他作对。

那片平整的橄榄球场引出另一段回忆：黑发黑眼的诺尔·布罗克班克，攥着破碎的啤酒瓶向他猛冲过来。布罗克班克体型庞大，强壮又敏捷；他是橄榄球侧卫。斯特莱克记得自己抬拳从啤酒瓶旁边掠过，在玻璃击中自己的脖子前，狠狠打中对方——

布罗克班克被诊断为颅底骨折。耳朵也出了血。大脑受损。

"操，操，操。"斯特莱克和着自己步伐的节奏，低声喃喃。

莱恩，你来就是为了这个，莱恩。

船舶酒馆的门上挂着一艘金属帆船，船上竖着亮黄色的船帆。斯特莱克从船下走进去，门边的招牌上写着：梅尔罗斯唯一的酒吧。

这地方让他立刻平静许多：暖色系的室内装潢，闪亮的玻璃和黄铜；棕色、红色和绿色混杂的褪色地毯；桃粉色墙面，裸露的石块。到处都有东西表明梅尔罗斯人民对体育的狂热：写着赛事日程的黑板，好几个巨大的等离子屏幕，连小便池上（斯特莱克已经憋了好几个小时）都有挂墙电视，以免某次精彩的达阵不幸发生在膀胱再也无法忍受的那一瞬间。

他还要开着哈德亚克的车回爱丁堡，便只买了半品脱约翰·史密斯啤酒。他在面对吧台的皮沙发上坐下来，浏览塑封菜单，希望玛格丽特·布尼安能够守时。他饿了。

没过五分钟，她就到了。斯特莱克已经不太记得她女儿的长相，以前也从来没见过她，但还是一眼就认出她：她还没进门，就僵在原地，盯着他，表情既焦虑又期待。

斯特莱克站起来。她跌撞两步，走到斯特莱克面前，双手紧抓着黑色大提包的肩带。

"真的是你。"她上气不接下气地说。

班杨太太年近六十，个头矮小，模样娇弱。她戴着金属框眼镜，淡金色头发烫成细卷，满脸紧张。

斯特莱克伸出大手和她握手。她的手又小又冷，微微颤抖。

"她爸爸今天在霍伊克，没法过来。我给他打了电话，他让我告诉你，我们永远不会忘了你对罗娜的大恩大德。"她一口气说完，挨着斯特莱克在沙发上坐下，继续用混合着惊叹和紧张的目光望着斯特莱克。"我们从来没忘记过。我们在报纸上读到你的消息。很抱歉听到那条腿的事。是你救了罗娜！你为她——"

她突然热泪盈眶。

"——我们简直……"

"我很高兴能……"

发现她的女儿被人绑在床头，全身赤裸，到处是血？那份工作最糟的内容就是和家属谈起当事人曾经历过的一切。

"……帮上忙。"

布尼安太太从黑色提包深处拽出一条手帕，擤了擤鼻子。他看出她不习惯这里：在她所属的时代，女性一般不会独自走进酒吧，除非实在是没有男人代劳，更别提直接在吧台买酒了。

"我给你买杯喝的吧。"

"橘汁就好。"她屏着呼吸说,用手帕按了按眼睛。

"再来点吃的吧。"斯特莱克建议道,期待给自己来一份油炸鳕鱼加薯条。

斯特莱克去吧台点了单,回到她身边。她问起斯特莱克来梅尔罗斯所为何事,斯特莱克这才明白她为何如此紧张。

"唐尼不会要回来了吧?他回来了吗?"

"据我所知还没有,"斯特莱克说,"我不知道他在哪儿。"

"你是不是觉得是他……"

她压低声音。

"我们在报纸上读到了……有人给你寄了——寄了——"

"对,"斯特莱克说,"我不知道和他有没有关系,但我想找他谈谈。他出狱以后回来过,来看他母亲。"

"哦,应该是四五年前了吧,"玛格丽特·布尼安说,"他突然出现在她门前,直接破门而入。她得了老年痴呆,没法阻止他。邻居们给他的几个哥哥打了电话,他们来了,把他赶了出去。"

"把他赶了出去?"

"唐尼是家里的老幺,有四个哥哥。他们都很厉害,"布尼安太太说,"每一个都很凶。杰米在塞尔扣克生活——他一回来就直冲进门,把唐尼从母亲家赶出去。听说他把唐尼揍得人事不省。"

她颤抖着喝了口橘汁,继续说:

"我们都听说了。我们的朋友布莱恩,就是你刚才遇见的那个人,正好看见他们在街上打。四个打一个,全都在大喊大叫。有人报了警,警察警告了杰米。他不在乎,"布尼安太太说,"他们不想让唐尼接近家里任何人,包括他们的母亲,所以把他赶出了城。"

"我担心死了,"她继续说,"替罗娜担惊受怕。他以前老说,他一出狱就会去找她。"

"他去了吗?"斯特莱克问。

"哦,去了,"玛格丽特·布尼安痛苦地说,"我们都知道他会去的。罗娜已经搬到格拉斯哥，在旅行社找了份工作。他还是找到罗娜。整整六个月，罗娜每天担惊受怕，最后他还是去了。那天晚上，他直接去了罗娜的公寓，但他病了。不再是以前那个他了。"

"病了？"斯特莱克语气尖锐地问。

"我不记得是什么病，好像是关节炎什么的吧，罗娜还说他胖了好多。他是晚上去那儿的，最后找到了罗娜。但谢天谢地，"布尼安太太激动地说，"罗娜的未婚夫那天正好留宿。他叫本，"她补充道，胜利地挥了一下手，黯淡的脸红润起来，"是个警察。"

她似乎认为斯特莱克听到这些会很高兴，仿佛他和本是什么了不起的警察兄弟会同袍。

"他们现在结婚了，"布尼安太太说，"当然，没有孩子——唉，你知道是为什么——"

她的眼泪毫无预兆地涌出来，从眼镜底下滑过脸颊。十年前可怖的记忆突然在她眼前重现，鲜活得仿佛有人往桌上倒了一堆牛内脏。

"莱恩往她身上捅了一刀。"布尼安太太低声说。

她毫无保留地倾诉，仿佛把斯特莱克当成医生或牧师。她讲出压在心底多年，对朋友都无法吐露的秘密。斯特莱克反正已经见过那最可怕的一幕。她又从方形黑包里拽出手帕，斯特莱克突然想起当时床单上的那一大摊血迹，想起罗娜在挣扎中伤痕累累的手腕。感谢老天，这位母亲没法看见他在想什么。

"他捅了一刀——他们努力想要——你明白吧——修好——"

两盘食物上桌，布尼安太太颤抖着深吸一口气。

"她和本每年都去度假，"她激动地说，反复用手帕抹着瘦削的脸颊，抬起眼镜抹眼睛，"他们还养——养德国——德国牧羊犬。"

斯特莱克很饿，但没法刚聊完罗娜·莱恩的事就大快朵颐。

"她和莱恩生了个孩子，对吧？"他问道，想起那个婴儿躺在血迹斑斑、奄奄一息的母亲身边，发出虚弱的啼哭，"他现在应该有，呃，十岁了吧？"

"他死——死了，"她低喃，泪水从下巴淌下来，"婴——婴儿猝死综合征。他一直都是个多病的孩子。是他们把唐——唐尼关进监狱后第三——第三天发生的事。他——唐尼——他在监狱里给罗娜打电话,说他知道是她杀——杀死了孩子——说他一出狱就会杀了她——"

斯特莱克把大手放在抽泣的女人的肩上按了片刻,随即站起身,走向在一旁张大嘴看着他们的女侍。对于身边这个像燕子一样脆弱的女人,白兰地恐怕太烈了。斯特莱克的舅妈琼只比布尼安太太略大一点,一直视波特酒为药剂。他点了杯波特酒,端回去递给布尼安太太。

"来。把这喝了。"

斯特莱克的话又引出一阵汹涌的泪水。她用湿乎乎的手帕反复擦着眼睛,声音颤抖地说:"你真好。"然后她呷了一口波特酒,轻呼一口气,对着斯特莱克眨了眨眼,淡色的睫毛下双眼通红。

"你知不知道莱恩离开罗娜家之后去了哪里?"

"嗯,"她低声说,"本通过缓刑局查了查。他去了盖茨黑德,不知道现在还在不在那里了。"

盖茨黑德。斯特莱克想起在网上搜到的那个唐纳德·莱恩。他从盖茨黑德搬到科比?还是说那是一个毫不相干的人?

"总之,"班杨太太说,"他没再来找罗娜和本的麻烦。"

"我想也是,"斯特莱克说,拿起刀叉,"家里有个警察,还有好几条德国牧羊犬。他不傻。"

这话似乎给了罗娜妈妈勇气和慰藉。她眼泪汪汪地露出一个微笑,用叉子叉起奶酪通心面。

"他们结婚太早了。"斯特莱克评论道。他想尽可能收集莱恩的信息,追查他认识的人,或了解他的行为模式。

班杨太太点点头,咽下一口食物,说:

"实在太早了。罗娜十五岁就和他在一起了,我们都很反对。我们听说过唐尼·莱恩的不少传闻。有个小姑娘说,他在青年农民会的迪斯科舞会上试图强奸她,但这事最后不了了之。警察说证据不足。

我们想警告罗娜他不是什么正经人，"她叹了口气，"但这些话让她更坚定了。我们家罗娜一直很倔。"

"那时就有人指控他是强奸犯？"斯特莱克问道。他点的炸鱼薯条好吃极了。酒吧里越来越热闹，他对此心存感激：女侍终于不再只盯着他们看了。

"是啊。他们一家都很野蛮。"布尼安太太带着循规蹈矩的小镇居民所特有的偏见说，斯特莱克从小在类似的环境长大，对这种态度并不陌生。"那几个兄弟一天到晚打架，找警察的麻烦。但他是最差劲的一个，几个哥哥都不怎么喜欢他。说实话，我看就连他妈妈都不太喜欢他。有传言说，"她突然飞快地倾诉起来，"他们不是同一个父亲生的。他父母老是吵架，两人分居和她怀上唐尼的时间差不多。听说她和本地一个警察搞上，我不知道是不是真的。后来警察走了，莱恩先生也搬回来，但他从来都不喜欢唐尼。这点我可以保证。他一点都不喜欢唐尼。大家都说，那是因为他知道唐尼不是自己的种。

"唐尼是所有兄弟里最野的，个子也大，进了少年七人队——"

"七人队？"

"橄榄球七人队。"她说。斯特莱克居然不知道这个球队，这让这位娇小温和的老太太惊讶不已。在梅尔罗斯，橄榄球似乎比宗教的地位还高。"但他被开除了，因为他毫无纪律。他被开除两周后，有人把绿坪划得乱七八糟——就是球场。"她见英格兰人一脸茫然，解释道。

酒精让她健谈起来，话语喷涌而出。

"然后他就去玩拳击了。他嘴上可是会说呢，天生就会。罗娜跟他在一起时——罗娜那时十五岁，他十七岁——还有人跟我说，他这人其实不坏。哦，没错，"她对一脸难以置信的斯特莱克点点头，"有些人不了解他，很容易为他说话。他只要愿意，可能招人喜欢了。唐尼·莱恩就是这么个人。

"可是你去问问沃尔特·吉尔克里斯特，问他觉得唐尼是不是个招人喜欢的人。沃尔特把他从农场开除——他老是迟到——然后不道什么人放火烧了沃尔特的谷仓。哦,没人能证明是唐尼干的。也没人能证明是他破坏了球场。但我知道是怎么回事。

"罗娜不肯听。她觉得自己了解他,大家都误会他了,诸如此类。是我们偏见太深,头脑狭隘。后来他想参军。赶紧走吧,我心想。我盼着他一走,罗娜就能忘了他。

"结果他又回来了。他让罗娜怀了孕,但她流产了。然后罗娜生我的气,因为我说——"

她没说自己当时说了什么,但斯特莱克能想象。

"——结果她不肯理我了,唐尼下次休假回来时,他们结了婚。根本没邀请她爸爸和我,"她说,"然后他们一起去了塞浦路斯。我知道,是唐尼杀死了我们家的那只猫。"

"什么?"斯特莱克没跟上跳跃的话题。

"我知道是他。罗娜跟他结婚前,我们最后一次见罗娜,跟她说这决定大错特错,结果我们当天晚上找不到波迪。第二天发现它躺在我们家后面的草坪上,死了。兽医说它是被人掐死的。"

在她身后的等离子电视上,一身猩红队服的迪米塔尔·贝尔巴托夫正在庆祝成功射门,对手是富勒姆队。空中回荡着苏格兰口音的兴奋喝彩,玻璃杯当当碰撞,刀叉当当作响,斯特莱克的同伴则在讲着死亡与暴力。

"我知道是他干的,是他杀死了波迪,"她激动地说,"瞧瞧他对罗娜和孩子做的事。他是个恶魔。"

她的手摸索着提包的搭扣,抽出一小叠照片。

"我丈夫老说:'你还留着这东西干吗?赶紧烧了。'但我一直觉得,我们终有一天会用上他的照片。给,"她说,把照片都塞到斯特莱克期待的大手里,"拿着,你留着用吧。盖茨黑德。他去了盖茨黑德。"

她又流下眼泪,反复道谢,然后离开了。斯特莱克付了账,走路去"梅尔罗斯的米勒",他之前闲逛时发现的一家家庭式肉店。他在店里吃了几个鹿肉派,比在伦敦上车前买到的食物好吃得多。

然后他穿过一条短巷，走回停车场，周围到处都是黄玫瑰图案，让他再次想起那条强壮手臂上的刺青。

很多年以前，唐纳德·莱恩属于这个可爱的城镇，并为此心存骄傲。他曾在农田的围绕下眺望过艾尔登山的三座山峰。但他不是脸朝黄土的勤恳劳动者，毫无团体意识，在这个看重纪律与诚实的地方分文不值。梅尔罗斯把他如渣滓般吐出去，赶走这个烧谷仓的纵火者、杀猫的凶手、划坏橄榄球场的犯人。于是他进了英国军队：许多人在那里要么找到救赎，要么得到报应。那段生活以牢狱之灾作为结束，监狱又把他扔出去，他尝试回家，只是家里没人欢迎他。

唐纳德·莱恩是否在盖茨黑德找到了更温暖的归宿？或者他又去了科比？又或者——斯特莱克一边艰难地钻进迷你，一边心想——也许这些地方只是暂时性的落脚之处，他已经去了伦敦，寻找斯特莱克？

17

The Girl That Love Made Blind

《为爱而盲的女孩》

周二清晨。她还在睡,说前一夜又忙又累。好像谁他妈在乎似的,虽然他不得不装出关心的模样。在他的劝说下,她回屋躺下。她的呼吸变得深沉均匀,他又在旁边看了她一会儿,想象自己用力掐住她该死的喉咙,看着她睁大双眼,挣扎着喘不上气,脸色逐渐变紫……

他确定不会惊醒她,就轻轻起身,出了卧室,穿上夹克,溜出门去找小秘书。离他上一次有机会找她已经过去好几天。他来不及去小秘书家附近的车站了,只能在丹麦街路口徘徊。

他隔着一段距离,就认出了小秘书:那头鲜艳的金红色鬈发太有特点。这个虚荣的婊子一定很喜欢鹤立鸡群的感觉,否则一定会戴顶帽子,或者把头发剪了,染成别的颜色。他很清楚,她们全都渴望受人注目。她们所有人。

小秘书走近一些,他凭借感知别人情绪的那份本能,察觉到有什么不对。她走路时低头缩肩,对周围那些抓着提包、捧着咖啡、攥着手机的上班族视若无睹。

他朝街对面走去，与她擦肩而过，几乎能闻到她的香水味，只可惜街上充满尾气和扬尘。小秘书毫无反应，仿佛他只是一根交通灯柱。他略感恼火，虽然他的本意就是让她毫无察觉。但他将她视为目标，她却对他一无所觉。

他有了新发现：她哭过，哭了好几个小时。他熟悉女人长时间哭泣后的样子，他见得太多了。她们脸颊红肿，皮肤松弛，泪水滴滴答答地流个不停，抽噎不止。无人例外。她们就喜欢装可怜。你要想让她们闭嘴，只能杀了她们。

他转过身，跟着小秘书穿过路口，走向丹麦街。女人因紧张或恐惧而处在像她这样的状态中时，往往会比平时更易受影响，忘了平时针对他这种人而做的那些防范措施：指间夹紧的钥匙，手里的电话，兜里的报警器，一起出门的同伴。在这种时候，这帮婊子会变得非常黏人，极其渴望一句暖心的话、一个耐心的听众。这就是他乘虚而入的时机。

他见小秘书转上丹麦街，加快脚步。媒体在街上守了整整八天，最终铩羽而归。她打开办公室的后门，进去了。

她还会出门吗？还是和斯特莱克一起在里面待到晚上？他非常希望他们正在上床。非常有可能。办公室里整天只有他们两个人——孤男寡女，势必如此。

他靠到一扇门边，掏出手机，盯着二十四号楼二层窗口的动静。

18

I've been stripped, the insulation's gone.
Blue Öyster Cult,'Lips in the Hills'

我被剥光了衣服,绝缘层没了。

——蓝牡蛎崇拜乐队,《山中红唇》

罗宾第一次走进斯特莱克的办公室,是在她订婚后的第二天早上。她打开玻璃门的锁,想起自己当时站在这里,看着手指上崭新的蓝宝石颜色变深。下一个瞬间,斯特莱克就从办公室里破门而出,差点把她撞下金属楼梯,一命呜呼。

今天,她的手指上空无一物。曾经戴了几个月戒指的地方格外敏感,仿佛被烙上环形烙印。她提着一只手提袋,里面有一身换洗衣服,几样化妆品。

别在这儿哭。不能在这儿哭。

她机械地完成工作日一早的例行琐事:脱掉大衣,和提包一起挂到门后的木钉上,灌水烧水。她把手提袋塞到办公桌下,不让斯特莱克看见。她不时回头确认已经完成的杂务,心中缺乏现实感,仿佛自己是个鬼魂,冰冷的手指随时可能穿透提包和水壶。

持续九年的关系四天就解体了。整整四天，不断膨胀的怨怼，宣之于口的不满，互相发泄的埋怨。现在回想起来，有些事显得如此微不足道。那辆路虎，那场赛马，她带笔记本电脑回家这件事。周日，他们为该由哪家父母付婚礼租车的钱而拌嘴，结果话题再一次转到她寒酸的工资上。周一早上，两人开着路虎回家，路上几乎没说过一句话。

昨天晚上，在伊灵的家里，他们吵了有史以来最激烈的一架。与之相比，之前所有的争论都无足轻重，不过是警告性的微震，不值一提，最终将一切化为乌有的还是灾难。

斯特莱克很快就会下来。罗宾能听见他在头顶的阁楼里走来走去。罗宾知道，自己不能表现得虚弱或沮丧，不堪一击。现在工作就是她的一切。她得在别人家里租个房间，因为斯特莱克给她的微薄薪水只够支付那种地方的租金。她努力想象未来的室友。应该很像住大学宿舍。

别想了。

她泡了茶，突然想起试完婚纱后买的那罐贝蒂茶包。她忘了把茶带回来。她想到这件事，差点又哭，但她最终凭意志力止住哭泣，端着马克杯回到电脑边，准备处理放假时没看的邮件。

她知道，斯特莱克刚搭夜车从苏格兰回来。他下楼后，罗宾会问问他的这次行程，不让他注意到自己红肿的双眼。她早上离开公寓前，想用冰块和冷水让眼睛恢复正常，但收效甚微。

她离开公寓时，马修想要拦住她。马修的脸色和她一样凄惨。

"嘿，咱们得谈谈。一定得谈谈。"

到此为止，罗宾心想，将热茶端到嘴边的手微微颤抖，我再也不想做任何自己不想做的事情了。

这想法很勇敢，但与此同时，一滴热泪毫无预兆地流下脸颊。她惊恐地伸手抹掉泪水，没想到自己居然还有泪可流。她转向屏幕，开始打字，给一个索要发票的客户回邮件，但她几乎没注意自己打了些什么。

门外的金属楼梯上传来咣咣的脚步声,罗宾坐直身体,做好准备。门开了,她抬起头,门口站着一个不是斯特莱克的男人。

她体内流窜过一阵本能的恐惧。她没时间分析为什么一个陌生人能对她有这么大影响,她只知道这个人很危险。在那一瞬间,她判断自己来不及夺门而出,又想起防狼报警器装在大衣口袋里。唯一的武器是离她左手只有几英寸的裁纸刀。

来人脸色苍白憔悴,剃着平头,粗大鼻梁的两侧洒落着数颗雀斑,嘴唇又厚又宽,指节、手腕和脖子上都有刺青。他咧嘴笑着,露出一颗闪亮的金牙。一道深深的伤疤从他的上嘴唇中央延伸至颧骨,将整张嘴向上拉扯,形成一个无法抹去的猫王式冷笑。他穿着蓬松款牛仔裤和运动上衣,身上一股烟草和大麻的沉闷气味。

"你好啊?"他说,走进房间,垂在身体两侧的手不断打着响指,咔,咔,咔。"就你一个,嗯?"

"不是。"罗宾说,嘴里发干,想在他接近前抓起裁纸刀。咔,咔,咔。"我老板刚——"

"尚克尔!"斯特莱克的声音从门外传来。

陌生人转过身。

"本森,"他说,不再打响指,伸出一只手与斯特莱克碰了碰拳,"你还好吗,兄弟?"

老天啊,罗宾心想,如释重负地瘫倒在椅子上。斯特莱克为什么不提前通知她?她转过身继续回邮件,不让斯特莱克看到她的脸。斯特莱克领着尚克尔走进里面的办公室,关上门。她在他们的对话中捕捉到"惠特克"这个词。

通常情况下,她都会暗自希望自己也在里面参与谈话,但今天并不这么想。她回完邮件,觉得应该给他们冲杯咖啡,就去楼梯间里的狭小洗手间用冷水洗了洗脸。不管她花自己的钱买了多少空气清新剂,这里总是有一股下水道的臭味。

此时的斯特莱克正为他所瞄到的罗宾震惊不已。他从来没见她脸色如此苍白,眼睛如此红肿。他在自己的桌边坐下,急切地想要听尚克尔带来的关于惠特克的消息，但心中还是忍不住想：那个混蛋对她做了什么？短短一瞬间，斯特莱克想痛揍马修一拳，并为此感到快意。他随即把全部注意力都集中到尚克尔身上。

"你的脸色怎么这么差，本森？"尚克尔问道，斜坐到对面的椅子里，开心地打着响指。他从少年时起就有这个习惯，斯特莱克同情那些想纠正他的人。

"累了，"斯特莱克说，"刚从苏格兰回来两小时。"

"我从来没去过苏格兰。"尚克尔说。

斯特莱克怀疑他这辈子是否离开过伦敦。

"有什么消息？"

"他还在，"尚克尔说，不再打响指，从兜里掏出一包梅费尔，没问斯特莱克的意见，就用廉价打火机点着一支。斯特莱克在心里耸了一下肩，掏出自己的本森–赫奇牌香烟，向他借了个火。"我见过他的上线。那家伙说他在卡特福德。"

"他离开哈克尼了？"

"显然，除非他留了个克隆人假扮自己，本森。我可没查过他的克隆人。你再付一倍钱，我就给你查查去。"

斯特莱克觉得好笑，嗤了一声。不能小瞧尚克尔。他看起来像个重度吸毒者，总是动个不停的样子经常会让熟人都误以为他吸高了。实际上，他比许多下班后的企业家还敏锐、清醒，虽然本质上是个无可救药的罪犯。

"知道地址吗？"斯特莱克问，拿了本笔记本给他。

"还没有。"尚克尔说。

"他有工作吗？"

"他自称是什么金属乐队的演出经理。"

"但是？"

"拉皮条呢。"尚克尔实事求是地说。

有人敲门。

"有人想喝咖啡吗？"罗宾问。斯特莱克看得出，她故意把脸藏在阳光照不到的地方。斯特莱克望向她的左手：订婚戒指没了。

"谢了，"尚克尔说，"两袋糖。"

"我喝茶就行，谢谢。"斯特莱克说，看着她转身离开，一手探进抽屉里，摸出从德国某个酒吧偷来的锡烟灰缸。他把烟灰缸放到桌上，推向尚克尔，免得他把烟灰弹到地上。

"你怎么知道他在拉皮条？"

"我认识的人见过他和'铜钉'在一起。"尚克尔说。斯特莱克知道这个伦敦俗语："铜钉"就是妓女。"他说惠特克跟那姑娘一起生活。年纪很小，勉强合法。"

"哦。"斯特莱克说。

他当调查员时，从各种角度与卖淫者打过交道，但这次不一样：这是他的前继父，他母亲曾经爱过、崇拜过、给他生过孩子的男人。他几乎又能闻到惠特克的气味：那些脏兮兮的衣服，野兽般的臭气。

"卡特福德。"他重复。

"对。你要是希望，我可以再问问看，"尚克尔说，不理会面前的烟灰缸，还是把烟灰弹到地上，"你愿意出多少，本森？"

他们讨价还价一会儿，态度和气，但两方心底都清楚，有钱才能办事。罗宾端来咖啡和茶。阳光照在她的脸上时，她看起来憔悴极了。

"我已经处理完重要邮件，"她告诉斯特莱克，假装没注意到他疑惑的目光，"我这就去办银发。"

这句话让尚克尔无比好奇，但没人给他解释。

"你还好吗？"斯特莱克问罗宾，暗自希望尚克尔不在场。

"没事，"罗宾说，徒劳地想露出微笑，"回头见。"

"'办银发'？"大门关上的声音传来，尚克尔好奇地问。

"没听起来那么好玩。"斯特莱克说，向后靠到椅背上，向窗外张望。罗宾穿着风衣走上丹麦街，随即消失不见。一个戴着毛线帽的高大男人从街对面的吉他店走出来，和她走向同一方向，但斯特莱克的注意力已经转回尚克尔身上。尚克尔问：

"真有人给你送了条他妈的人腿,本森?"

"是啊,"斯特莱克说,"砍断,用盒子装好,亲自送过来。"

"操他妈的鬼。"尚克尔说。他不是个会轻易受惊的人。

尚克尔拿着一叠现钞走了,答应继续追查惠特克的下落。斯特莱克给罗宾打了电话。她没接,这并不奇怪,她所在的地方可能不方便说话。他发了条短信:

找个能见面的地方,告诉我。

然后他在罗宾的空椅子里坐下来,打算回几封邮件,付几张账单。

但经过火车上的一夜颠簸,他无法好好集中精神。五分钟后,他看了手机一眼,见罗宾没回复,就起身给自己倒了杯茶。他把杯子端到嘴边,闻到隐约的大麻味——尚克尔临走前跟他击拳留下的。

尚克尔生长在坎宁镇。他的表兄弟生活在白教堂。二十年前,表兄弟和对手帮派打架。尚克尔赶去帮助自己的兄弟,最后一个人躺在富尔伯恩街尽头的臭水沟里,血液从嘴上和脸颊上奔涌而出。他脸上的伤痕就是当时留下的。莱达·斯特莱克半夜去买里兹拉牌卷烟纸,在路上发现了他。

对于一个躺在臭水沟里流血不止、和自己儿子同年纪的男孩,莱达没法放着不管,尽管对方手里抓着血淋淋的刀,嘴里骂着诅咒的脏话,整个人显然正处于某种毒品的控制之下。尚克尔发现有人正给他清理伤口,还用温柔的语气说话——自从他八岁那年母亲去世,就再也没人这么温柔地对他说过话。他生怕落到警察手里(他刚用手里的刀刺伤对手的大腿),固执地不许那个陌生女人叫救护车。于是莱达做了她唯一能做的事:她扶着他回到自己的住处,亲自给他治疗伤口。她剪开创可贴,笨手笨脚地贴到他的伤口周围,代替缝针,给他煮了碗落满烟灰的大杂烩,叫一脸茫然的儿子去找个床垫给他睡。

莱达把尚克尔当成失散多年的外甥一样对待,而尚克尔则全心全意地崇拜她，仿佛孤儿想要紧紧抓住回忆中那一点母爱。他养好了伤，莱达真诚地叫他随时想来就来，尚克尔也充分利用这份好意。他对莱达说话的口气是对其他任何人都不会用的；他也许是唯一觉得她是完美无缺的人。他对莱达的尊敬也延伸到斯特莱克身上。两个男孩在各方面都迥然不同，但他们同样憎恨惠特克，这成了两人从未明说过的强力纽带。对于这个闯入莱达生活中的不速之客，惠特克嫉妒得发疯，但他很谨慎，并没用对待斯特莱克的那种蔑视态度对待尚克尔。

斯特莱克相信，惠特克一定在尚克尔身上看出了和他自己同样的特质：一种无法感知常识和界限的缺陷。惠特克的判断很正确：正值青春期的继子也许很想让他死，但他更不愿意让自己的母亲不快，并且对法律有足够的尊敬，决心不做会永久损害自己前途的事。尚克尔就不一样了，他缺乏斯特莱克这样的自律心。他与这个畸形家庭长期同住，惠特克日益增长的暴力倾向得到相当程度上的遏制。

说实话，正因有尚克尔经常出没，斯特莱克才觉得自己能安心去上大学。他与尚克尔道别时，没能直言自己心里的担忧，但尚克尔懂。

"别担心，本森，兄弟。别担心。"

尽管如此，尚克尔不可能时时在他家。莱达死的那一天，尚克尔正好去处理毒品生意了，他会为此定期出远门。斯特莱克忘不了他们下一次见面时，尚克尔的悲恸和悔恨，还有无法控制的眼泪。尚克尔在肯特镇为一公斤玻利维亚高级海洛因谈价钱时，莱达·斯特莱克正在肮脏的床垫上慢慢变硬。尸检报告显示，其他寄居者以为她只是嗑高了药睡得太沉，使了各种方法想把她叫醒时，她的呼吸已经停止六个小时。

和斯特莱克一样，尚克尔毫不怀疑是惠特克杀了莱达。他的悲伤和复仇欲望那么强烈，惠特克说不定会庆幸自己早早就进了监狱，没让尚克尔有机会接近他。尚克尔不顾律师劝阻，最终上庭作证，讲述一位充满母爱、这辈子没碰过海洛因的伟大女性。他尖叫着"是那混蛋干的"，扑向惠特克，想要爬上隔在他们中间的护栏，最后被警卫粗暴地扔了出去。

这些回忆本来早已被埋葬，现在被挖出来后，它看上去并未变得美好半分。斯特莱克将回忆赶出脑海，喝了一大口热茶，又看了手机一眼。仍然没有罗宾的消息。

19

Workshop of the Telescopes

《望远镜工坊》

　　他早上望见小秘书第一眼，就知道小秘书不在状态。她在加里克餐厅——伦敦经济与政治学院的学生食堂——靠窗坐着，形容憔悴。脸颊肿胀，双眼通红，脸色苍白。他就算坐到她身边，这愚蠢的婊子恐怕也不会注意到。她专心盯着不远处一个用手提电脑打字的银发小妞，根本没有注意其他人。正合他的意。她很快就会注意到他，他会是她在这个世界上见到的最后一个人。

　　他今天不必装成甜心男孩。她们如果心情不好，他不会主动调情。在这种时候，他得扮演雪中送炭的朋友，伯父般慈祥的陌生人。亲爱的，不是所有男人都那么差劲。你值得拥有更好的对象。我送你回家吧。来，坐我的车吧。只要让她们忘记你身上长着鸡巴，你就可以对她们为所欲为。

　　他走进人头攒动的餐厅，在点餐台周围徘徊一会儿，买了杯咖啡，找了个角落，盯着她的背影。

　　小秘书的订婚戒指没了。他对此兴味盎然。小秘书一会儿把手提袋挎在肩上，一会儿将其藏到桌下，就是因为这件事。她不打算回伊灵的公寓了？她会不会在找住处时走过四下无人的小街、灯光昏暗的短径、荒僻安静的地下通道？

他的第一次杀戮就是这样发生的。这很简单，只要掌握好时机就行。他对那时的记忆是一帧帧静止画面，仿佛幻灯片，让人眼前一亮，激动万分。他那时还没能把整个过程打磨得像一门艺术，还没把这一切当成游戏，玩于指间。

那个女人身材丰满，肤色黝黑。她的同伴刚上了一个嫖客的车。车里的男人不知道，是他决定了她们中谁能活到第二天。

而他开着车在街上来回转，刀就装在兜里。他确定只剩下她一个人，真真正正的一个人，就把车开到路边，冲副驾驶座位俯过身去，透过车窗和她搭话。他开口提要求时，嘴里一阵发干。女人同意他开的价，上了车。他把车开到附近的一个死胡同里，那里没有街灯，也不会有行人路过。

他得到女人承诺的服务。但就在女人直起身时，他一拳击中她，裤子的拉链都还没拉。女人被打得向后跌去，后背撞到车窗上，砰的一响。女人还没来得及发出任何声音，他就拔出刀。

刀刃划过她的血肉，发出厚重的钝响。女人灼热的鲜血冲刷过他的双手——她没来得及尖叫，只是倒吸一口气，呻吟着倒在车座上，任凭他把刀捅进身体，一下又一下。他拽断女人脖子上的金挂坠。他那时还没想到要留下女人身体的一部分作为纪念，只是在她的裙子上擦了擦手。她全身瘫软，身体在死前阵阵抽搐。他倒车开出死胡同，载着尸体出了城，一路上很小心，没有超速，每过几秒就扫一眼后视镜。他几天前刚踩过点——乡下一块无人管理的荒地，一道长满茂盛野草的沟渠。他把女人从车上推下去，听到沉重的落水声。

他至今仍保存着那块挂坠，把它和其他几样纪念品放在一起。它们是他的珍宝。他不禁思考：他能在小秘书身上拿到什么？

他旁边的中国男孩正在用平板电脑读书。《行为经济学》。愚蠢的心理学废话。他曾经被迫看过心理医生。

"给我讲讲你的母亲。"

那个小个子秃头真是这么要求的，老掉牙的玩笑话。那些心理学家不是很聪明吗？他为了好玩，装出合作的态度，给那白痴讲了讲自己的母亲：她是个冷酷残忍、无可救药的婊子。他的出生是件让她丢脸的麻烦事，她根本不在乎他的死活。

"你父亲呢？"

"我没有父亲。"他说。

"你是说你从来没见过他？"

沉默。

"你不知道他是谁？"

沉默。

"还是你不喜欢他？"

他沉默不语。他已经厌倦这一套。相信这种把戏的人一定是脑瘫——他早就发现，这世上大部分人确实是脑瘫。

不论如何，他说的是实话：他没有父亲。充当这一角色的那个男人——你如果想把这头衔加到他头上——整天把他推来搡去（所谓"他很严厉，但也很公平"），从来没有履行过父亲的责任。对他而言，家庭就意味着暴力和排斥。反过来说，也正是那个家教会他如何生存，如何狡猾行事。他一直清楚自己优于他人，即便是在小时候躲在餐桌下不敢出去时。没错，他在那个时候心里已经很清楚，他比起那个绷紧脸冲他挥舞巨拳的混蛋优秀得多……

银发小姐把笔记本电脑装进包，起身走了。小秘书也站起来。他一口喝干咖啡，尾随其后。

她今天实在太容易得手了，太容易！她失去平常的警惕，连跟踪那个银发婊子都很勉强。他跟在两人身后上了地铁，背对着小秘书，在两个新西兰游客手臂间露出的车窗上盯着小秘书的倒影。小秘书下车时，他很容易就混进小秘书身后的人群里。

三人先后爬上楼梯，走上人行道，沿路走向绿薄荷犀牛酒吧：银发小姐，小秘书，然后是他。已经到了他该回家的时间，但他实在舍不得眼前的一切。她以前总是不到天黑就回家，但手提袋和已经不在的订婚戒指现在提供了令人难以抗拒的机会。他随便编个借口,解释自己的晚归就行了。

银发小姐钻进俱乐部。小秘书慢下脚步,犹豫不决地站在人行道上。他掏出手机,退到路旁某个阴暗的门廊里,盯着小秘书。

20

I never realized she was so undone.
Blue Öyster Cult,'Debbie Denise'
Lyrics by Patti Smith

我没想到她如此心烦意乱。

——蓝牡蛎崇拜乐队,《黛比·丹尼斯》
帕蒂·史密斯作词

罗宾忘记了天黑前回家的承诺。她甚至没注意到太阳下山,回过神来时,街上的车都开了灯,商店橱窗里也灯火通明。银发的时间安排变了。她往常几个小时前就进了绿薄荷犀牛,会半裸着为陌生男人绕圈跳舞。她今天穿着牛仔裤、高跟靴和带流苏的小羊皮夹克,大步走在路上。她的上班时间也许变了。无论如何,她很快就会绕着钢管安全地跳舞,而罗宾还不知道要去哪里过夜。

她的手机在大衣口袋里震了一整天。马修发了三十多条短信。

我们得谈谈。
给我打电话吧,拜托。

罗宾，如果你不理我，我们是没办法解决问题的。

马修见她始终不回短信，开始打电话。然后马修在短信里换了种语气说话。

罗宾，你知道我爱你。
我很希望这事没有发生过。我希望我能改变这一切，可我不能。
我爱的是你，罗宾。我一直爱你，也将永远爱你。

罗宾没回短信，没接电话，也没给他回电话。她只知道，她今天绝对无法回到那套公寓。今晚不行。至于明天和后天会发生什么，她毫无概念。她又饿又累，麻木不堪。
到了下午，斯特莱克又对她纠缠不休。

你在哪儿？快给我打电话。

她同样没心情和斯特莱克说话，就回了条短信：

不方便。银发没上班。

她和斯特莱克一直谨慎地保持距离。斯特莱克如果表现得太温柔，她担心自己会哭出来，暴露出助手不应该有的软弱。他们手头现在几乎没有案子，寄腿来的那个人还是个潜在的威胁，她不能再给斯特莱克理由叫她回家待着。
斯特莱克并不满意她的回复。

尽快给我打电话。

她无视这条信息,假装自己没接到,她收到这条短信时,的确就在地铁站边上,随即跟着银发坐地铁回到托特纳姆法院路。罗宾出站后,发现斯特莱克又给她打了个电话,马修也发来一条新短信:

我得知道你今晚还回不回家。我担心死了。给我回个信息,让我知道你还活着就好。

"哦,别自作多情了,"罗宾喃喃,"我可不会为了你这种人轻生。"

一个大腹便便的西装男走过罗宾身边,绿薄荷犀牛天棚的灯光照亮他的身影。罗宾觉得他面熟,是"第二次"。罗宾不知道他脸上那自鸣得意的笑容是否她空想出来的。

他要进去看女友为其他男人跳钢管舞?有人记录他的性生活让他很兴奋?他到底是个怎样的怪胎?

罗宾转过身。她得尽快决定今晚的安排。在几百英尺开外的阴暗门廊下,一个戴着毛线帽的大个子男人正在电话里与人争吵。

银发消失后,罗宾无所事事。她该去哪里过夜?她犹豫不决地站在原地,一群青年从她旁边经过,其中一个还撞了她的旅行袋一下。她闻到凌仕香水和拉格啤酒的气味。

"没忘了带演出服吧,甜心?"

她想起自己正站在一家大腿舞俱乐部门外。她下意识地转向斯特莱克办公室的方向,手机响了。她不假思索地接了。

"你他妈跑到哪儿去了?"斯特莱克愤怒的声音在耳边响起。

她还没来得及为不是马修而感到庆幸,斯特莱克又说:

"我找你一天了!你到底在哪儿?"

"在托特纳姆法院路,"她说,走开几步,远离那群嬉笑不止的青年,"银发刚进去,'第二次'——"

"我不是让你在天黑前回家吗?"

"这儿灯火通明。"罗宾说。

她试图回忆自己有没有在附近见过旅客之家酒店。她需要一个干净又便宜的地方。必须便宜,她现在只能花联名账户里的钱。她必须用完还能还得起。

"你还好吗?"斯特莱克问道,愤怒减少一些。

她感到有什么东西堵在嗓子里。

"没事。"她说,尽量让语气强劲、可信。她要表现得专业一点,符合斯特莱克的期待。

"我还在办公室。你在托特纳姆法院路?"

"我得挂了,抱歉。"她用紧绷绷的冰冷声音说,挂断电话。

她实在太怕自己会哭出来,不敢再说下去。她感觉斯特莱克马上就要说来接她,两人如果见面,她会把一切倾吐而出。那样绝对不行。

眼泪突然涌出来。她没有别的朋友可以依靠。哈!她终于肯承认了。之前周末一起吃饭、看橄榄球赛的那些人——他们全是马修的朋友、马修的同事、马修的大学同学。她自己没有任何朋友,除了斯特莱克。

"哦,老天。"她说,用衣袖擦了擦脸。

"你还好吗,甜心?"一个牙掉光了的流浪汉喊道。

她最后进了托特纳姆酒吧。她不知道为什么,也许是因为这里的调酒师都认识她,她知道洗手间在哪儿,而马修从来没来过这儿。她只想要一个安静的角落,慢慢查找周围的便宜住处。她还很想喝一杯。她有点不像自己了。她去洗手间用凉水洗了把脸,买了杯红酒,找了张桌子坐下,掏出手机。又有一个斯特莱克的未接来电。

吧台边的男人都在打量她。她知道自己现在的样子:满脸泪痕,独身一人,身边还放着个旅行袋。她也没办法。她在手机里输入"托特纳姆法院路附近"和"旅客之家",等着网页慢慢缓冲,喝着红酒。她的胃里空空如也,恐怕不该喝得这么快。她没吃早饭和午饭,只在银发学习的学生餐厅里啃了一个苹果、吃了一包薯片。

高霍尔本有家旅客之家。就它吧。住处有了着落,她安心了一些。她小心地不去对上吧台边任何男人的目光,起身点了第二杯红酒。也许该给母亲打个电话,她突然想。但她想到母亲会说什么,又想哭了。她现在还无法坦然面对琳达的爱和失望。

一个戴毛线帽的高大身影进了酒吧。罗宾目不斜视地接过零钱和红酒,不让旁边蠢蠢欲动的男人有半点理由认为她在找人陪伴。

第二杯红酒下肚,她更放松了。她想起斯特莱克之前在这里喝得烂醉,几乎走不动路。那是他唯一一次讲起自己的事。也许这就是我会跑到这里来的原因,她心想,抬头望着头顶上五颜六色的玻璃天棚。你发现自己所爱的人不忠,会想到这种地方借酒浇愁。

"你一个人?"一个男人说。

"我在等人。"她说。

她抬起头,对方的身影有些模糊。这是个金发男人,身材精瘦,双眼湛蓝。这个男人显然根本不信她的话。

"我能陪你一起等吗?"

"不,你他妈的不能。"一个罗宾熟悉的声音说。

斯特莱克到了,身躯庞大,眉头紧皱,双眼怒瞪着陌生人。后者不情愿地退回到吧台边的两个朋友身边。

"你来这儿干吗?"罗宾问道,惊讶地发现自己刚喝了两杯红酒就口齿不清。

"找你。"斯特莱克说。

"你怎么知道我在——"

"我是个侦探。你喝了几杯?"他问,低头看着她的酒杯。

"只喝了一杯。"她撒谎。于是斯特莱克去吧台又要了一杯,并给自己点了杯厄运沙洲。他点单时,戴着毛线帽的大个子溜出门,但斯特莱克的注意力放在刚才那个金发男人身上:他还盯着罗宾,直到斯特莱克瞪着他走回去才移开目光。斯特莱克端着两杯酒,坐回罗宾对面。

"怎么了?"

"没事。"

"别来这套。你看起来像个死人。"

"哦,"罗宾说,大口喝酒,"多谢你给我打气。"

斯特莱克轻笑一声。

"旅行袋是怎么回事?"斯特莱克见她不回答,又问,"你的订婚戒指呢?"

她张开嘴想回答,又涌起一阵想哭的冲动。她挣扎片刻,又喝了口酒,说:

"婚约取消了。"

"为什么?"

"你今天可真慷慨。"

我醉了,她心想,仿佛正游离体外,观察自己,瞧瞧我这个样子:没吃东西,睡眠不足,两杯红酒下肚就醉了。

"什么慷慨?"斯特莱克困惑地问。

"我们从来不聊私人……你从来不聊私人话题。"

"我好像对你掏心掏肺过,就在这家酒吧。"

"就一次。"罗宾说。

斯特莱克根据她潮红的脸和含混的发音判断,这不是她的第二杯酒。他既觉得好笑,又担心,说:

"你最好吃点东西。"

"这是我对你说过的话,"罗宾说,"就在你说起自己的那天晚上……然后我们吃了烤肉串——我现在可不想吃,"她愤慨地说,"烤肉串。"

"哦,"斯特莱克说,"要知道,这里可是伦敦。总有烤肉串之外的东西。"

"我喜欢吃薯片。"罗宾说。斯特莱克给她买了一袋。

"到底怎么了?"斯特莱克回到桌边,又问一遍。她扯了几次都没打开薯片袋,斯特莱克拿过薯片袋,撕开了。

"没什么。我今晚要去旅客之家过夜,仅此而已。"

"旅客之家。"

133 | 罪恶生涯

"没错。有一家在……在……"

她低头看着已经黑屏的手机，想起前一天晚上忘了充电。

"我想不起来在哪儿了，"她说，"别管我了，我没事。"她在旅行袋里摸索面巾纸。

"是啊，"他语气严厉地说，"我看见你这个样子，就放心了。"

"我真的没事，"她激动地说，"明天会正常上班，你瞧好了。"

"你以为我来找你，是因为我担心没人来上班？"

"别对我这么好！"她呻吟道，把脸埋到纸巾里，"我受不了！你正常点！"

"正常是什么样？"他疑惑地问。

"脾气暴躁，没有——没有交流——"

"你想交流什么？"

"没什么特别的，"她撒谎，"我只是觉得……要表现得专业一点。"

"你和马修怎么了？"

"你和埃琳又怎么了？"她反问。

"为什么要问这个？"他莫名其妙。

"都一样，"她含混地说，喝干第三杯酒，"再来一杯——"

"从现在起，你只能喝饮料。"

她等着斯特莱克去买饮料，注视着酒吧的天花板。上面画着戏剧场景：波顿和仙后在精灵的围绕下翩翩起舞。

"我和埃琳还行。"斯特莱克回到座位上后对她说。他觉得主动提供信息，也许能让罗宾尽早开口。"我们的关系比较低调，挺适合我。她有个女儿，她不想让我太接近她们。离婚过程很麻烦。"

"哦，"罗宾说，对他眨了眨眼，目光越过可乐，"你们是怎么认识的？"

"尼克和艾尔莎介绍的。"

"他们是怎么认识她的？"

"他们不认识她。他们办了场宴会，埃琳跟她哥哥一起去了。她哥哥是医生,是尼克的同事。尼克和艾尔莎以前不认识埃琳。"

"哦。"罗宾又说。

她听着斯特莱克讲述私生活,暂时忘记自己的烦恼。这么正常,这么平凡!他去参加一场宴会,和金发美人搭上话。女人都喜欢斯特莱克——罗宾在与斯特莱克共事的这几个月里,注意到了这一点。罗宾刚开始给他工作时,不能理解他到底有什么吸引力。斯特莱克和马修太不一样了。

"艾尔莎喜欢埃琳吗?"罗宾问。

她突然展示洞察力,斯特莱克吓了一跳。

"呃——嗯,应该吧。"他撒谎。

罗宾小口喝着可乐。

"好了,"斯特莱克说,艰难地抑制不耐烦,"该你了。"

"我们分手了。"她说。

斯特莱克审问过很多人,知道在此刻应该保持沉默。一分钟后,这一招起效了。

"他……他告诉了我一些事,"她说,"昨天晚上。"

斯特莱克等着。

"我们再也回不去了。不可能了。"

罗宾脸色苍白,神情镇定。斯特莱克几乎能感觉到话语背后的痛苦。斯特莱克继续等待。

"他和别人上床了。"她小声说,声音紧绷。

片刻沉默。她拿起薯片袋,发现里面空了,把袋子扔回桌上。

"操。"斯特莱克说。

他很吃惊,不是因为马修和别的女人上床,而是因为马修居然承认了。在他的印象里,那位年轻英俊的会计很明白怎么为自己安排生活,必要时可以将一切分类归档。

"不止一次,"罗宾继续用紧绷的声音说,"持续了好几个月。和一个我们都认识的人。萨拉·夏洛克。他的大学同学。"

"老天,"斯特莱克说,"我很抱歉。"

他真心觉得抱歉，抱歉看到她如此痛苦。但罗宾的坦白也在他内心激起其他情感——他一直紧紧控制着那种情感，认为它既盲目又危险。但此刻它在他心里猛烈挣扎，在试探理智束缚的牢固性。

别他妈傻了，他告诉自己，那绝对不可能，只会把一切搞得乱七八糟。

"他为什么会告诉你？"斯特莱克问道。

罗宾没说话，但这问题让她眼前又浮现出当时的情景，无比清晰。

他们奶白色的卧室容纳不下一对盛怒的恋人。他们刚从约克郡回到家，开着马修并不想要的那辆路虎。在路上，愤怒的马修宣称斯特莱克迟早会对罗宾展开攻势，而且他怀疑罗宾会乐于接受。

"他和我是朋友，没别的！"罗宾站在廉价沙发边冲马修吼，旅行袋还堆在厅里，没打开，"你居然认为他缺了一条腿会让我觉得兴奋——"

"你他妈太天真了！"马修也吼，"朋友，是的。罗宾，等他把你弄上床——"

"你凭什么这么想当然？你难道对女同事也这样，一有机会就扑上去？"

"我他妈当然不会了，但你简直被他迷得双眼都被蒙蔽了——他可是个男人，办公室里只有你们两个人——"

"他是我的朋友，就像你和萨拉·夏洛克是朋友，你也没有——"

她瞥见马修的脸。某种她从未见过的表情在马修的脸上一闪而过，像片阴影。内疚滑过她爱了多年的高挑颧骨、干净的下巴，还有那双淡褐色的眼睛。

"你有过？"她说，突然以疑问语气说话，"你有过？"

马修犹豫得太久了。

"没有，"他最后坚决地说，像暂停的电影突然又开始播放，"当然没——"

"你有，"她说，"你和她睡过了。"

罗宾在他的脸上看清了一切。马修不相信男女之间的纯洁友谊，因为他自己从未经历过。他和萨拉一直在上床。

"什么时候开始的？"她问，"不会是……从那时起就？"

"我没——"

罗宾听到的只是一句无力的抗议。马修已经知道自己输了，他也许本来就想输。这才是罗宾一整天都不得安宁的最大原因：马修在内心深处希望罗宾知道。

罗宾保持诡异的冷静。她太震惊，还没想到指责马修。他慢慢把一切都说出来。对，就是从那时开始的。他内疚极了，一直都很自责——但他那时和罗宾没有性生活，某天晚上，萨拉来安慰他，然后，呃，情况就脱离了他的掌控——

"她来安慰你？"罗宾重复。愤怒终于姗姗来到，让她从难以置信中解脱。"她来安慰你？"

"我在那段时间过得也很艰难，你知道吗？"马修喊道。

斯特莱克看着罗宾下意识地摇摇头，想让自己清醒一点，但记忆让她的脸颊再度泛红，眼里泪光闪烁。

"你说什么来着？"她迷茫地问斯特莱克。

"我问，他为什么会告诉你。"

"我不知道。我们在吵架。他觉得……"她深吸一口气。空腹喝下的大半瓶酒让她变得和当时的马修一样诚实。"他不相信你我只是朋友。"

斯特莱克毫不惊讶。马修看他的每一眼都透露出怀疑，问他的每个问题都透露出不安全感。

"所以，"罗宾语气颤抖地说，"我说我们只是朋友，他自己也有朋友啊，亲爱的萨拉·夏洛克。然后他就都说了。他和萨拉在大学时有过一段，那时我……我待在家里。"

"那么久以前的事？"斯特莱克说。

"你觉得因为是七年前的事，我就不该介意？"她质问道，"即便他一直在撒谎，我们还会不时跟她见面？"

"我只是有点惊讶，"斯特莱克平静地说，不想和她吵起来，"过了这么久，他居然承认了。"

"哦，"罗宾说，"哈，他心虚了。因为这事发生的时间。"

"不是在大学里吗？"斯特莱克不明所以。

"就在我辍学之后。"罗宾说。

"哦。"斯特莱克说。

他们从来没讨论过她为什么会中断心理学学业，回到马沙姆。

罗宾本来没想告诉斯特莱克，但今晚因为空腹、疲劳时下肚的酒精的作用，所有的决心都不堪一击。告诉他又怎么样？不了解当时的情况，他就无法看清她这个人，也无法建议她之后该怎么办。她模糊地意识到，自己正期待他能帮助自己。不管她自己喜不喜欢——不管马修喜不喜欢——斯特莱克是她在伦敦最好的朋友。至今为止，她从未好好正视过这个事实。酒精会让人通体轻盈，可以洗清眼前的一切迷雾。"酒后吐真言"，有句拉丁谚语是这么说的吧？斯特莱克应该知道。他有个奇特的习惯，偶尔会引用拉丁语格言。

"不是我想辍学的，"罗宾语速缓慢地说，头脑昏昏沉沉，"但当时出了点事，之后我有困难……"

这么说不行。这根本不是解释。

"我当时正从朋友的宿舍回来，"她说，"时间还不算晚……大概八点多吧……当时官方发布了警告——在本地新闻上——"

还是不行。太多细节了。她只需说出最主要的事实就好，不必像对法官那样，对他描述整个过程。

她深吸一口气，望向斯特莱克的脸，在上面看到恍然大悟。不用说出来让她如释重负。她问：

"能再给我来点薯片吗？"

他去了趟吧台，沉默地把薯片递给她。罗宾不喜欢他的表情。

"别以为——那不重要！"她强调，"那只是我人生里的二十分钟。那不是我，也无法定义我。"

斯特莱克猜测，这是她在心理咨询过程中牢牢抓住的几句话。他给强奸受害者做过笔录，知道她们会用什么词句让自己咽下作为女人不可能接受的事实。罗宾的很多事此刻都得到了解释。比如她对马修这么多年的忠诚：老家来的男孩，很安全。

喝醉的罗宾把斯特莱克的沉默当成她最害怕的反应：斯特莱克对她的态度变了，不再把她当成平等的同事，而是当成受害者。

"那一点也不重要！"罗宾生气地重复，"我还是我！"

"我知道，"他说，"但那仍然是一件非常可怕的事。"

"呃，嗯……是啊……"她嘟囔，情绪平静了些，但随即又激动起来，"他们靠我的证词抓住了他。我注意到他的一些特征……他耳朵底下有一片是白的——好像是白癜风——一只眼睛瞳孔扩张，没法转动。"

她嘟嘟囔囔地说着话，大口吃着第三包薯片。

"他想掐死我，我放松身体装死，他就跑了。他戴着面具袭击了另外两个女生，她们什么也说不出来。是我的证词让他坐了牢。"

"我一点也不惊讶。"斯特莱克说。

这句话让她很满意。两人在沉默中坐了一会儿，她吃完剩下的薯片。

"只不过，后来，我就没法出门了，"她接着说，"最后学校叫我先回家。我本来只打算休息一个学期，但后来我——我再也没回去。"

罗宾盯着虚空，回想着那一切。马修劝她待在家里。过了一年多，她的广场恐惧症逐渐痊愈，她就去马修在巴斯的大学找他，和他牵着手在科兹沃尔德的石头建筑中穿行，走下蜿蜒的摄政弯街，沿着埃文河边的林荫道漫步。他们每次都是和他的朋友一起出去，萨拉·夏洛克每次都在，对马修的笑话哈哈大笑，不时轻触他的手臂，不停讲起他们以前度过的美好时光，那时可没有从家乡来的无聊女友罗宾……

她来安慰我。我那段时间过得也很艰难，你知道吗？

"好了，"斯特莱克说，"给你找个地方过夜。"

"我要去旅客之——"

"不行。"

斯特莱克不希望她住在一个随便谁都能来去自如的地方。他也许是疑神疑鬼，但他要保证她住的地方安全，尖叫不会淹没在震耳欲聋的狂欢声里。

"我可以睡在办公室里，"罗宾说，摇摇晃晃地站起来，斯特莱克一把搀住她，"你的那个睡袋——"

"你不能睡在办公室，"他说，"我知道一个好地方。我的舅舅、舅妈来看《捕鼠器》时就住在那里。走吧，把旅行袋给我。"

他以前揽过罗宾的肩，但情况与现在完全相反：他那时把罗宾当成拐杖，而现在罗宾无法走直线。他揽过罗宾的腰，搀着她稳稳地走出酒吧。

"马修，"罗宾出门时说，"不会喜欢这样的。"

斯特莱克什么都没说。尽管罗宾之前说了那些话，他还是对这份关系是否真的结束表示怀疑。他们在一起九年了，马沙姆还有套婚纱在等着罗宾。他小心地不对马修发表任何评论，以防他们将来争吵时，罗宾提起这一点来——他们一定还会吵的，维系九年的纽带不可能一个晚上就彻底断掉。他的这份沉默更多是为了罗宾，而不是为了自己。他并不害怕马修。

"那个男人是谁？"两人在沉默中走出一百码后，罗宾睡意朦胧地问。

"谁？"

"今天早上那个……我还以为他就是寄人腿的那个人……他吓死我了。"

"哦……那是尚克尔。我的老朋友。"

"他好吓人。"

"尚克尔不会伤害你的，"斯特莱克向她保证，随即又若有所思地补充了一句，"但别留他一个人待在办公室。"

"为什么？"

"他会把所有能拿走的东西都拿走。他可不会白做事。"

"你是怎么认识他的?"

斯特莱克讲述尚克尔和莱达的故事,一直讲到他们上了第五大街。一排排别墅在静谧中俯视他们,简直就是纪律与尊严的象征。

"这儿?"罗宾张大嘴望着黑兹利特酒店,"我不能住在这儿——太贵了!"

"算在我的账上,"斯特莱克说,"就当是你今年的奖金。别争了。"他又说。酒店的门开了,一位年轻人微笑着后退一步,让他们进去。"你必须待在安全的地方,这都赖我。"

铺满木板的大堂温馨可人。这里有点像私人住宅。进房间的路只有一条,没人能从外面打开酒店大门。

斯特莱克把信用卡递给年轻人,目送罗宾摇摇晃晃地走到楼梯口。

"你明天可以休半天假——"

"我九点准时到,"她说,"科莫兰,谢谢你——这么——"

"别客气。好好睡吧。"

斯特莱克关上黑兹利特的门,第五大街一片寂静。他转身走开,双手深深插在口袋里,陷入沉思。

她曾经被人强奸,然后被扔在原地等死。操他妈。

八天前,某个混蛋寄给她一条女人的残腿。她没有提起自己的过去半句,没要求特殊假期,每天都以一贯的专业态度准时上班。他在一无所知的情况下坚持要罗宾带着最好的防狼报警器,赶在天黑之前回家,工作时间时刻与他保持联系……

他意识到自己走错方向了,离丹麦街越来越远。与此同时,他看见二十码外有个男人戴着毛线帽,在苏豪广场一角探头探脑。对方转身快步走开,亮红色的烟头迅速消失在视野里。

"等一下,伙计!"

斯特莱克的声音回荡在安静的广场上。斯特莱克加快脚步。戴帽子的男人没回头,拔腿狂奔。

"喂!伙计!"

斯特莱克也跑起来，右膝每跨一步都疼痛不止。男人回头瞥了一眼，猛然左拐。斯特莱克尽可能加快速度，跑上卡莱尔街，眯眼望向犀嘴鸟酒馆门口聚集的人群，想知道那个人是否混在其中。他喘着气跑过成群的酒客，在卡莱尔街与迪恩街路口停住脚，转着圈，寻找追逐的对象。他可以往左拐，往右拐，或者沿着卡莱尔街继续往下。每条路上都有无数个房门和地下室。戴毛线帽的男人可能藏身在任何地方，也可能已经打了辆出租车。

"该死。"斯特莱克低声喃喃。安着假肢的断腿阵阵作痛。特征只有高大的个头和魁梧的身材、黑色的外套和毛线帽，还有听到招呼拔腿就跑的可疑举动——他不知道斯特莱克叫他是为了问时间、借个火，还是问个路。

他随便选了条路，右拐走上迪恩街。往来的车辆在他身边呼啸而过。在之后的一个小时里，斯特莱克在附近四处徘徊，窥视阴暗的门廊和貌似地下室的洞口。他知道这无异于大海捞针，但是如果——如果——寄人腿的男人真的在跟踪他们，那他显然是个莽撞的混蛋。斯特莱克只是徒劳地追赶，恐怕不足以让他远离罗宾。

他走近流浪汉，他们在睡袋里怒瞪着他。有两只猫被他吓得从垃圾桶后仓皇逃窜，但那个戴毛线帽的男人始终不见踪影。

21

... the damn call came,
And I knew what I knew and didn't want to know.
Blue Öyster Cult,'Live for me'

……可恶的电话响了,
我知道了我已经知道又不想知道的一切。

——蓝牡蛎崇拜乐队,《为我而活》

  第二天,罗宾醒来后感到头痛欲裂,胃里沉甸甸的。她在陌生而松软的白枕头上慢慢转过头,突然想起昨晚发生的一切。她晃了一下脑袋,甩开头发,坐起身,环顾四周。四帷柱大床的木柱上雕着花,房间里一片昏暗,从锦缎窗帘间透入的一丝晨光隐约照亮家具的轮廓。她的眼睛慢慢适应环境,看清墙上有幅镀金肖像画,画里是一个留着络腮胡的胖绅士。这是有钱人度假时会选择的宾馆,不是她随便拿了几件衣服离家出走、喝醉后过夜的地方。
  斯特莱克把她送到这么精致奢华的老式酒店来,是为了先做好铺垫,以便进行一场严肃的对话吗?你现在情绪不稳,我想你最好休息一段时间。

她只喝了大半瓶廉价红酒，就把一切都告诉斯特莱克了。罗宾低低呻吟一声，躺回枕头堆里，抬手捂住脸，任凭记忆趁虚而入，将虚弱又可怜的自己带回到过去。

强奸犯戴着橡胶做的猩猩面具。他用一只手将她按倒在地，另一条手臂的全部力量都扼在她的喉咙上。他一边强奸她，一边说她很快就要死了，说他会掐断她该死的脖子。她的头脑里只剩下恐慌的尖叫，他的双手像绞索，在她的脖子上越来越紧。她之所以能存活下来，完全是靠装死。

之后几天，几个星期，她一直觉得自己早就死了，只是还被困在这个与自己毫不相干的身体里。唯一能保护自己的方法就是将头脑与肉体分开，否认两者有任何联系。过了很久，她才觉得重新拿回对身体的掌控权。

那个人在法庭上始终温顺地低声回话。"是，法官大人"，"没有，法官大人"。他是个样貌普通的中年白人，肤色红润，耳下有块白斑。那双无精打采的淡色眼睛不停眨来眨去，他戴上面具后，那双眼只是小孔里的两条缝。

他所做的事彻底粉碎了罗宾对自己的看法，结束她的大学生涯，让她逃回马沙姆。她被迫参与了整个案子的审判，律师的交互询问几乎和事件本身一样残忍。那人辩称，是罗宾主动邀请他进入楼梯井。事情发生几个月后，她仍然忘不了那双戴着手套的手是怎样从黑暗里伸出来，捂着她的嘴，将她拖入楼梯后的狭窄空间内。她在一段时间内忍受不了任何形式的肢体接触，哪怕是家人温和的拥抱。这个人污染了她的第一场、也是唯一一场恋爱，她和马修不得不从头开始，每一步都有恐惧与歉疚形影相随。

罗宾把双臂紧紧搭在脸上，仿佛这样就可以抹杀曾经发生的一切。她一直将马修视为无私的模范，友爱与理解的化身。她现在知道了，她独自躺在家里的床上，一连几个小时纹丝不动，茫然凝视天命真女的海报时，马修就在巴斯的学生宿舍里，与萨拉赤裸相对。罗宾躺在黑兹利特豪华而静谧的房间里，第一次想象一种可能：她如果安然无恙，完好无损，马修会不会转投萨拉的怀抱？她如果顺利完成学业，她和马修会不会因为走上不同的人生道路而自然分手？

她放下胳膊，睁开眼睛。她今天没有哭，泪水仿佛已经干涸。钻心的痛苦已经变成迟钝的隐痛。此刻，她更恐慌于工作可能受到灾难性影响。她怎么会蠢到把这些事都告诉斯特莱克？她难道还没接受教训，不知道实话实说会带来怎样的后果吗？

强奸案发生一年后，她克服广场恐惧症，体重也基本恢复正常，急切地想要走出家门，把失去的时间都补回来。那个时候，她委婉地表达过自己对"犯罪调查之类的工作"感兴趣。她没有学位，失去自信，没敢说出真正的心声：她想当警察。幸好她没说，因为每一个认识她的人都劝她干点别的，即便她只提到跟刑侦工作有些微关系的工作。母亲也反对，而她一直是最能理解罗宾的人。所有人都把她的新兴趣理解成某种后遗症，以为这表明她仍然没有摆脱那次事件的阴影。

但他们错了：早在案发多年前，她就一直有这样的渴望。八岁时，她对兄弟们宣称，她以后要去捕捉大盗。他们尽情嘲笑她，没有什么特别的原因，只因为她是个女孩，是他们的姐姐或妹妹。罗宾暗自希望他们的反应只是出于群体性的男性本能，而不是因为她能力不足。尽管如此，这件事让她失去自信，她再也没对三个大嗓门的兄弟表达自己对侦探工作感兴趣。她从来没告诉过任何人，她之所以会选择心理学专业，是因为它能与犯罪调查中的心理测写工作产生联系。

强奸犯堵死她追求这一目标的道路。这是此人从她手里夺走的又一件东西。罗宾从极度脆弱的状态下慢慢恢复，周围所有人似乎都觉得她随时有可能重新倒下。在这种情况下，要坚持梦想太难了。她疲惫不堪，又不忍拂了家人的好意——她最需要他们时，他们竭尽全力保护她，爱她——就此把多年的志向抛诸脑后。大家看到她终于放弃，似乎都很欣慰。

然后临时中介一个疏忽，把她派到私人侦探所。她本来只有一个礼拜的实习期，结果再也没有离开过。这仿佛是个从天而降的奇迹。

不知怎的，她帮上了正在挣扎的斯特莱克的忙，先是靠运气，然后是靠天赋和坚持。一个陌生人为了自己的变态享受把她当成随用随弃的玩物，殴打后又差点掐死她之前，这是她最想得到的工作。

为什么，她为什么要把这件事告诉斯特莱克？斯特莱克之前已经很担心她的安危。现在呢？罗宾相信，斯特莱克会觉得她太脆弱，无法胜任工作，无法承担与他共事必须承担的那些责任。她很快就会退出第一线。

乔治王朝时代风格的房间沉默稳重，令人压抑。

罗宾挣扎着钻出沉重的被褥，走过倾斜的木地板，进了浴室。里面没有淋浴头，只有一个爪脚浴缸。过了十五分钟，她正在穿衣服，手机在梳妆台上响了。还好她昨晚记得充电。

"嗨。"斯特莱克说，"感觉如何？"

"还好。"她声音嘶哑地说。

她知道，斯特莱克一定马上就会叫她别去上班了。

"沃德尔刚才打来电话。他们找到尸体的其他部分了。"

罗宾一屁股坐到绒绣凳子上，双手紧紧抓住手机。

"什么？在哪儿？她是谁？"

"我去接你，见面再谈。警察想找我们聊聊。我九点到你的门口。别忘了吃点东西。"他最后说。

"科莫兰！"罗宾听他要挂电话，叫了一声。

"嗯？"

"我还……我还没失业吧？"

短暂的沉默。

"你说什么呢？你当然没失业。"

"你没……我还……什么都没变？"她说。

"你会听我的话吗？"他问，"我说不许在天黑后工作。从现在开始。你会听吗？"

"会。"她说，声音微微颤抖。

"那就好。九点见。"

罗宾颤抖着深吸一口气，如释重负。末日并没到来，斯特莱克还需要她。她刚要把手机放回桌上，发现手机有一条有史以来最长的短信。

　　罗宾，我一直在想你，睡不着觉。你不知道我有多希望这一切没有发生过。是我太差劲，我没什么可辩解的。我那时二十一岁，什么都不知道，但现在知道了：你是独一无二的，我不可能像爱你这样爱别人。从那时之后就只有你一个人。我嫉妒你和斯特莱克的关系，你可能会说我做了那种事，根本没有权利嫉妒。但在我内心某个地方，我也许觉得你值得拥有比我更好的对象，这才是我嫉妒的原因。但我知道，我爱你，我想娶你。这些如果不是你想要的，那我只能接受。可是，罗宾，拜托了，给我发个短信，让我知道你平安无恙，拜托了。马修

　　罗宾把手机放回梳妆台上，穿戴整齐，然后打电话点了羊角面包和咖啡。食物送来后，她没想到填饱肚子能让她的心情变得如此高昂。然后她又读了一遍马修的短信。

　　……但在我内心某个地方，我也许觉得你值得拥有比我更好的对象，这才是我嫉妒的原因……

　　这几乎不像马修，她有点感动。马修以前总是说，在潜意识中寻找根源不过是强词夺理。不过她又想起，马修从来没有与萨拉断绝关系。萨拉是他最好的朋友之一，在他母亲的葬礼上温柔地拥抱他，和他们出去，进行四人约会，一起吃饭，至今仍不时与马修调情，挑拨马修和她的关系。

　　罗宾在心里斟酌片刻，回了条短信：

　　我没事。

她站在黑兹利特门口等着斯特莱克，和往常一样仪表整洁。八点五十五分，一辆黑色出租车开过来。

斯特莱克没刮胡子，茂盛的胡须让他的下巴看上去脏兮兮的。

"看新闻了吗？"罗宾刚坐上出租车，斯特莱克就问。

"没有。"

"媒体刚得到消息。我刚要出门，电视上就播了。"

他俯身向前，关上隔绝后座与司机的塑料挡板。

"她是谁？"罗宾问。

"还不能正式确认死者身份，但他们说是个二十四岁的乌克兰女人。"

"乌克兰人？"罗宾吃了一惊。

"嗯，"他犹豫顷刻，又说，"房东在双门冰箱里发现她的尸体块，那儿好像是她住的公寓。右腿没了。的确是她。"

罗宾嘴里的牙膏味变得刺鼻，羊角面包和咖啡在胃里一阵翻腾。

"公寓在哪儿？"

"牧羊丛，科宁厄姆路。有印象吗？"

"不，我——哦，老天。哦，老天！想砍掉自己腿的那个女孩？"

"对。"

"可从名字看，她不像是乌克兰人啊？"

"沃德尔认为她用了假名。你也知道——妓女的职业用名。"

出租车载着两人驶过帕尔马尔街，开向伦敦警察厅。新古典风的白色建筑在汽车两侧飞掠而过，威严而傲慢，对人类令人惊诧的脆弱无动于衷。

"事情和沃德尔想的一样，"斯特莱克沉默一会儿后说，"他认为那条腿是一个乌克兰妓女的。一个乌克兰妓女前段时间和挖掘工马利一起消失了。"

罗宾听得出，他还没说完。她紧张地看着斯特莱克。

"她的公寓里有我寄的信，"斯特莱克说，"两封，签着我的名字。"

"可你从没回过信!"

"沃德尔知道信是假的。我的名字被拼错了,成了凯莫兰——但他叫我去一趟。"

"信上写了些什么?"

"他不肯在电话里告诉我。他的态度挺客气,"斯特莱克说,"没有借此机会发挥一通。"

白金汉宫出现在前方。维多利亚女王的巨型大理石像皱眉俯视着困惑又头疼的罗宾,随即消失在视野之外。

"他们可能会给我们看尸体照片,看看我们能不能认出她的身份。"

"没问题。"罗宾说,语气比内心感受更坚决。

"你还好吗?"斯特莱克问。

"我没事,"她说,"别担心我。"

"我今早本来就想给沃德尔打个电话。"

"为什么?"

"昨天晚上,我从黑兹利特往外走,看见旁边的小街上有个人鬼鬼祟祟的,是个大个子,戴着黑色毛线帽。他那样子让我有所怀疑,我叫了他一声——我本来想借个火——结果他拔腿就跑。你可别,"斯特莱克说,尽管罗宾一声都没出,"别说我疑神疑鬼,说什么都是我的想象。我觉得那个人一直在跟踪我们,不仅如此——我到酒吧去找你时,他就在里面。他马上就走了,我没看见他的脸,只看见了后脑勺。"

出乎他的意料,罗宾并没有反驳。相反,她皱眉集中精神,想要唤起模糊的回忆。

"这么说……我昨天好像也见过一个戴毛线帽的大个子……对,他当时站在托特纳姆法庭路的一个门廊里。脸藏在阴影里了。"

斯特莱克低声骂了一句。

"别叫我休假,"罗宾提高声音,"拜托了。我喜欢这份工作。"

"如果那混蛋继续跟踪你呢？"

她无法抑制心里的一丝恐惧，但她的决心更盛。一定要抓住这头野兽，不管他是谁，不管她罗宾要付出什么代价……

"我会小心的。我有两个防狼报警器呢。"

斯特莱克并没显得放心多少。

他们在新苏格兰场下了车，立即有人领他们上楼，进入开放式办公室。沃德尔卷起袖子，和一群下属说话。他瞥见斯特莱克和罗宾，立刻抛下同事，领两人进了一间小会议室。

"瓦妮莎！"他冲门外喊。斯特莱克和罗宾在椭圆形的会议桌边坐下。"信在你那儿吗？"

没过多久，侦缉警长埃克文西就拿着塑料文件袋进了门。袋子里是两封打印出来的信，还有斯特莱克在"蓝调之音"交给沃德尔的信的复印件。侦缉警长埃克文西对罗宾微微一笑，拿着笔记本坐到沃德尔身边。罗宾感到那个笑容让自己无比安慰。

"要咖啡什么的吗？"沃德尔问。斯特莱克和罗宾都摇了头。沃德尔把两封信推到斯特莱克面前。斯特莱克读完信，随手递给罗宾。

"都不是我写的。"斯特莱克告诉沃德尔。

"我想也不是，"沃德尔说，"你没有代斯特莱克回过信吧，埃拉科特小姐？"

罗宾摇了摇头。

第一封信说，斯特莱克确实是自愿砍断了腿，阿富汗爆炸什么的只是掩护性说辞。他不知道凯茜是怎么知道的，但恳求她别告诉别人。假斯特莱克答应帮她去掉那个"累赘"，并问他们该在何时何地见面。

第二封信很短，假斯特莱克保证会在四月三日晚上七点去看她。

两封信都用厚重的黑墨水签着"凯莫兰·斯特莱克"。

"看起来，"罗宾读完信，斯特莱克把第二封信拉回自己面前，"她给我写了信，订好见面的时间和地点。"

"这也是我的下一个问题，"沃德尔说，"你接到过她写的第二封信吗？"

斯特莱克望向罗宾，罗宾摇摇头。

"好吧，"沃德尔说，"为了记录，再问一遍——"他看了复印件一眼，"——凯茜的第一封信，她自己签名的那封——是什么时候寄到的？"

罗宾回答了。

"信封还在精神——"斯特莱克的脸上飘过淡淡的笑意，"——在一个抽屉里，我们一般都把不请自来的信件放在那儿。可以查查邮戳。我隐约记得是今年年初寄的。大概是二月份。"

"嗯，很好，"沃德尔说，"我们这就派人去拿信封，"他冲表情紧张的罗宾微微一笑，"别担心，我相信你们。有个疯子想陷害斯特莱克，但在逻辑上根本站不住脚。他为什么要捅死一个女人，分解她的尸体，再把腿寄到自己的办公室？为什么要把自己写的信留在她的公寓里？"

罗宾努力回以微笑。

"她是被刀捅死的？"斯特莱克插话。

"他们还在调查具体死因，"沃德尔说，"但她身上有两处很深的伤口，现在可以初步确认，这就是致命伤。然后他就开始分尸。"

罗宾的双手在桌面下握成拳，指甲深深扎进掌心。

"好了。"沃德尔说。侦缉警长埃克文西按了一下圆珠笔，准备开始写字。"你们听说过奥克萨娜·沃洛什纳这个名字吗？"

"没听过。"斯特莱克说。罗宾摇摇头。

"这应该就是受害者的真名，"沃德尔解释道，"她签租房合同时用的是这个名字，房东说她出示了身份证明。她说自己是学生。"

"她说？"罗宾说。

"我们还在调查她真正的身份。"沃德尔说。

当然了，罗宾心想，他一定觉得她是个妓女。

"根据信的内容来看，她的英语不错，"斯特莱克评论道，"如果信真是她自己写的。"

151 ｜ 罪恶生涯

罗宾不明所以地看着他。

"有人伪造了我写的信，为什么不能伪造她写的？"斯特莱克问罗宾。

"你是说，为了让你亲自给她写信？"

"没错——为了引我和她见面，或者留下来往信件，在她死后增加我的嫌疑。"

"瓦妮莎，去看看尸体的照片好没好。"沃德尔说。

侦缉警长埃克文西出门，走路的姿态很像模特。罗宾恐慌起来，感到内脏绞成一团。沃德尔似乎感觉到了，转头对她说：

"你不一定非看不可，只要斯特莱克——"

"她应该看看。"斯特莱克说。

沃德尔一脸意外。罗宾极力掩饰，内心却在想，斯特莱克是不是想借此恐吓她，让她每天天黑前就乖乖回家。

"是啊，"她说，显得十分平静，"我也觉得我该看。"

"这些照片可——不怎么好看。"沃德尔说，难得如此轻描淡写。

"腿是寄给罗宾的，"斯特莱克提醒他，"罗宾也有可能见过这个女人。她是我的搭档。我们干的是同一份工作。"

罗宾瞥了斯特莱克一眼。他从来没对别人说过她是他的搭档，至少在罗宾在场时没有。斯特莱克没有看她。罗宾把目光转回沃德尔身上。她很害怕。但她听了斯特莱克亲口承认她是和他地位平等的同事，便绝对不会让自己和他失望，不管接下来会看到什么。侦缉警长埃克文西拿着一叠照片回来了。罗宾使劲咽下口水，坐直身体。

斯特莱克率先接过照片。他的反应并没让罗宾安心一些：

"操他妈的老天。"

"头颅是保存最好的一部分，"沃德尔轻声说，"因为是放在冷冻室里的。"

一个人如果碰到滚烫的铁块，一定会不假思索地缩回手去。罗宾现在有与之相仿的强烈冲动，想要撇开头去，闭上眼睛，把照片翻过去，拿开。但她抑制住这种本能，从斯特莱克手里接过照片，低头看。一瞬间，她的所有内脏仿佛都溶为液体。

人头连在脖颈仅剩的残片上，无神地盯着镜头，眼睛上覆满冰霜，看不出瞳孔的颜色。嘴唇张着，形成一个黑洞。棕色的头发冻得根根直立，上面还带着碎冰。婴儿肥的脸颊很饱满，下巴和前额上长着粉刺。她看起来不到二十四岁。

"你见过她吗？"

沃德尔的声音听起来近得让罗宾吃惊。罗宾盯着与躯干分离的头颅，感觉自己刚刚经历一场长途旅行。

"没有。"她说。

她放下这张照片，从斯特莱克手里接过下一张照片。一条左腿和两条胳膊被塞在冰箱的冷藏室，已经开始腐烂。她看头颅那张前做好充分准备，并未想到下一张同样惨不忍睹，忍不住小声叫出来，并为此感到羞愧。

"是啊，很惨。"侦缉警长埃克文西轻声说。罗宾感激地望了她一眼。

"左手腕上有个刺青。"沃德尔说，递来第三张照片。左臂被从冰箱里拿出来，摆在桌上。罗宾忍住呕吐感，仔细辨认出"1D"字样的图案。

"你不用看躯干的照片。"沃德尔说，把照片拢在一起，递还给侦缉警长埃克文西。

"躯干放在哪儿了？"斯特莱克问。

"浴缸里，"沃德尔说，"那里也是谋杀现场。浴室看起来像个屠宰场，"他犹豫片刻，"他不止切下了那条腿。"

斯特莱克没问他还切了什么，罗宾为此暗暗感激。她觉得自己快受不了了。

"是谁发现的？"

"房东，"沃德尔说，"是个老太太，我们一去她就倒下了，好像犯了心脏病。他们送她到哈默史密斯医院了。"

"她为什么会上门去看看？"

"气味,"沃德尔说,"楼下的住客给她打了电话。她打算在买菜前过去一趟,趁奥克萨娜还没出门,找她谈谈。没人应门,房东就自己进去了。"

"楼下的人听见过什么了吗?尖叫声?"

"那是座改建公寓,住满了学生。都是他妈的废物,"沃德尔说,"整天放嘈杂的音乐,不停有人进进出出。我们问他们有没有听见楼上有什么动静,他们全都瞪着眼睛,跟一群羊似的。给房东打电话的那个女生快疯了。她说她绝对不会原谅自己没在刚闻到臭味时就打电话。"

"嗯,那样一切就都不一样了,"斯特莱克说,"你可以把她的头塞回去,她没事了。"

沃德尔大声笑起来。侦缉警长埃克文西也露出微笑。

罗宾猛然站起来。昨晚的红酒和早上的羊角面包在她的胃里来回翻腾。她小声说了声抱歉,快步走向门口。

22

I don't give up but I ain't a stalker,
I guess I'm just an easy talker.
Blue Öyster Cult,'I Just Like To Be Bad'

我从不放弃，但也不是跟踪狂，
我只是个容易搭话的对象。

——蓝牡蛎崇拜乐队，《我就喜欢为非作歹》

"谢谢，我知道什么叫黑色幽默，"一个小时后，罗宾说，她既生气又觉得好笑，"可以换一个话题了吗？"

斯特莱克后悔自己在会议室里开了那句玩笑。罗宾去了洗手间，二十分钟后才回来，脸色惨白而萎靡，身上淡淡的薄荷味表明她重新刷了牙。他们离开警察局后，斯特莱克没再打车，而是提议沿着百老汇街往下走，呼吸呼吸新鲜空气。然后他们走进距离最近的羽毛酒吧，斯特莱克点了壶茶。他其实想喝啤酒，但罗宾没接受过他以前受过的那些训练，并不认为酒精和血淋淋的犯罪现场照片是什么绝妙搭配。他生怕点啤酒会更让罗宾觉得他冷酷无情。

现在是周三上午十一点半，羽毛酒吧里空空荡荡。他们在酒吧后方找了张桌子，远离正在窗边低声交谈的两名便衣警察。

"你去洗手间时，我给沃德尔讲了那位毛线帽朋友的事，"斯特莱克对罗宾说，"他说会派几个便衣，在丹麦街周围巡逻几天。"

"你觉得媒体还会回来吗？"罗宾问道。她之前没想到这件事。

"但愿不会。沃德尔不会把伪造信件的事说出去。他说这件事如果走漏了风声，等于送了那疯子一份大礼。他认为凶手真的想要嫁祸于我。"

"而你不这么看？"

"不，"斯特莱克说，"他没疯到这种程度。这件事比看起来诡异。"

他陷入沉思。罗宾不愿打扰他思考，也在一旁沉默不语。

"恐怖主义，这才是他的目的，"斯特莱克慢慢地说，挠着满是胡茬的下巴，"他想恐吓我们，尽可能扰乱我们的生活。说实话，他成功了。咱们的办公室里现在挤满警察，我们还要被叫过来问话，大多数客户都跑了，而你——"

"别担心我！"罗宾立刻说，"我不想让你担心——"

"看在见鬼的老天分上，罗宾，"斯特莱克瞬间火了，"你我昨天都看见了那家伙。沃德尔觉得我应该叫你待在家里，我——"

"拜托了，"罗宾说，清晨时产生的那种恐惧卷土重来，"别叫我回家——"

"为了逃避家庭生活而被人杀掉，值得吗？"

他话一出口就后悔了。他看见罗宾被刺得缩了一下。

"我没把这当成逃避的借口，"她喃喃，"我爱这份工作。我今天早上醒过来，想起昨晚说的那些话，担心得要命。我担心你——你也许会觉得我不够坚强。"

"这和你昨晚告诉我的事情无关，也和坚强无关。现在有个疯子可能在跟踪你，而他已经把一个女人砍成了碎块。"

罗宾喝了口已经冷掉的茶，什么都没说。她饿坏了，但她想到酒吧里那些肉类食物，就觉得头上正在冒冷汗。

"这总不可能是他第一次杀人吧?"斯特莱克自言自语地说,黑色的眼睛紧盯着吧台上方手写的各种啤酒品牌,"砍了她的头,切断她的四肢,再把她身体的一部分带走。他不可能第一次就干得这么仔细吧?"

"我想是的。"罗宾表示同意。

"他是为了快感而杀人。他在那间浴室里享受了一场孤独的狂欢。"

罗宾不知道自己是觉得饿还是恶心。

"一个和我有私怨的虐待狂,找机会把各种爱好结合在一起了。"斯特莱克说,觉得好笑。

"你怀疑的那几个人里有这样的人吗?"罗宾问,"据你所知,他们中间谁以前杀过人?"

"有,"斯特莱克说,"惠特克。他杀了我母亲。"

但方式截然不同,罗宾心想,他用来结束莱达·斯特莱克生命的是针管,不是刀。斯特莱克脸色肃穆。罗宾出于对他的尊敬,没把这想法说出来。然后她突然想起另一件事。

"你应该知道吧?"她小心翼翼地说,"惠特克把一个女人的尸体藏在家里一个月。"

"嗯,"斯特莱克说,"我听说过。"

当时他正在巴尔干半岛,妹妹露西告诉他的。他在网上搜到惠特克走进法庭的照片。前继父模样大变,推了平头,留了胡须,斯特莱克差点认不出他来。但那双死死凝视的金色双眼和以前并无二致。斯特莱克如果没记错,惠特克的说法是他怕"又惹上无中生有的谋杀案",所以试图将尸体木乃伊化,用垃圾袋将它紧紧包起来,藏到地板下面。辩护律师宣称,他的当事人之所以选择这么一个新颖的方式处理问题,是因为他吸毒吸太多。法官对此并不买账。

"但人不是他杀的,对吧?"罗宾问道,试图回忆维基百科上的说法。

"她死了一个月才被人发现,我想验尸恐怕并不容易。"斯特莱克说。尚克尔所谓的"难看"的脸色又回来了。"要我说,我打赌是他杀的。一个人要有多走运，才会有两任女友都猝死在家，而他是无辜的，只是袖手旁观了？

"惠特克热爱死亡，热爱尸体。他说他年轻时当过挖墓工。他对尸体有种特殊的癖好。世人把他当成狂热的哥特信徒，装模作样的江湖骗子——那些奸尸幻想歌词，《撒旦圣经》，亚里斯特·克劳利之流——但他其实是个毫无道德可言的邪恶混蛋，而且他对所有人都是这么说的：他是个毫无道德的邪恶混蛋。结果怎么着？女人都抢着要他。

"我得点杯酒喝。"斯特莱克说，起身走向吧台。

罗宾看着他的背影，意外于他会这样突然爆发。他认为惠特克杀过两次人，但法庭不这么认为。据她所知，警方的证据也不足以支持这一观点。她已经习惯看斯特莱克坚持一丝不苟地收集并记录事实，听他不断重申直觉和个人好恶只能作为参考，决不能影响调查方向。当然，死者毕竟是他的母亲……

斯特莱克回来了，端着一杯尼克尔森淡啤酒，还拿着两份菜单。

"抱歉，"他坐下喝了一大口啤酒后，低声喃喃，"我想起很多已经很久没想起的事。那堆该死的歌词。"

"嗯。"罗宾说。

"老天在上，不可能是挖掘工，"斯特莱克沮丧地说，伸手捋了浓密的鬈发一下，结果完全没能改变它的走向，"他是个职业匪徒！他如果发现是我作的证，想报复，绝对会一枪打死我。他可不会费心思砍人腿，写歌词，这只会让警察找他的麻烦。他是个生意人。"

"沃德尔仍然认为是他？"

"是啊，"斯特莱克说，"他应该很清楚，匿名作证是绝对保密的，不可能走漏风声。否则城里到处都是警察的尸体。"

他控制住自己，没再继续批评沃德尔。沃德尔现在处于这样的位置，完全可以给斯特莱克找麻烦，但他表现得又体贴又热情。斯特莱克没忘记自己上次跟警察厅打交道时，因为某些警察心存怨恨，他被关在审问室里整整五个小时。

"你在军队里认识的那两个人呢?"罗宾压低声音。一群女白领坐到他们附近。"布罗克班克和莱恩。他们杀过人吗?我是说——"她补充,"我知道他们都当过兵。在战场之外呢?"

"莱恩如果杀过人,我不会吃惊,"斯特莱克说,"但据我所知他入狱前没杀过人。他后来入狱了。我只知道,他冲自己老婆动了刀子——把她绑起来,刺伤了她。他为此蹲了十年牢,但我不认为监狱能让他改邪归正。他已经出狱四年多,犯下杀人罪也不奇怪。

"我还没来得及告诉你——我在梅尔罗斯见到他的前任岳母。她说莱恩出狱后去了盖茨黑德,我们还知道他二〇〇八年可能在科比……不过,"斯特莱克说,"她还说莱恩病了。"

"什么病?"

"关节炎什么的。她不知道详情。身体有毛病的人能做出照片上的那些事吗?"斯特莱克拿起菜单,"好了。我饿得要命,你这两天除了薯片什么也没吃。"

斯特莱克点了炸鳕鱼和薯条,罗宾点了农夫套餐。然后斯特莱克改变话题。

"你觉得受害者看起来像二十四岁吗?"

"我——我不知道,"罗宾说,不想回想照片上光滑丰润的脸颊,结满冰霜的眼睛,但徒劳无功,"不,"她沉默顷刻后说,"我觉得它——她——看起来不到二十四岁。"

"我也觉得。"

"我可能……洗手间。"罗宾说,站起来。

"没事吧?"

"我去上个厕所——喝了太多茶。"

斯特莱克看着她走远,喝光啤酒,思考起他没告诉罗宾,也没告诉过任何人的另一条线索。

德国的一个女警官给他看了女孩的作文。斯特莱克记得作文的最后一段。那篇作文写在淡粉色的纸上,是小女孩的秀气笔迹。

小姐把名字改成阿纳斯塔西亚，染了头发，没人知道她去了哪里。她消失了。

录像带里，警官问道："这是你的愿望吗，布里塔妮？你想逃走，消失？"

"这只是个故事！"布里塔妮坚持这个说法，发出生硬的不屑笑声，纤细的手指绞成一团，一条腿盘在另一条腿上。她的金发稀疏，从长满雀斑的白皙脸颊两侧垂下来，眼镜在脸上摇摇欲坠。她让斯特莱克想起黄色的虎皮鹦鹉。"是我编的！"

DNA测试会证明冰箱里的那个女人是谁。警方会继续顺藤摸瓜，查明奥克萨娜·沃洛什纳的真实身份——如果那是她的真名。但斯特莱克仍然忧心忡忡，担心死者是布里塔妮·布罗克班克。他不知道这是妄想，还是正确的直觉。为什么寄来的第一封信署名是"凯尔西"？为什么那颗头颅显得如此年轻，婴儿肥的脸颊如此光洁而平滑？

"我该去跟踪银发了。"罗宾坐回桌边，看了手表一眼，遗憾地说。旁边那桌白领似乎在庆祝某位同事的生日：在众人的高亢笑声中，主角拆开礼物，拿出一件红黑相间的紧身胸衣。

"别管她了。"斯特莱克心不在焉地说。炸鱼薯条和罗宾的农夫套餐上了桌。他安静地吃了两分钟，突然放下刀叉，掏出笔记本，查找在哈德亚克位于爱丁堡的办公室里做的笔记，然后拿起手机。罗宾看着他敲手机键盘，不知道他要干什么。

"好了，"斯特莱克读完搜查结果说，"我明天去巴罗因弗内斯。"

"你去——什么？"罗宾无法理解，"为什么？"

"布罗克班克在那儿——应该在那儿吧。"

"你是怎么知道的？"

"我在爱丁堡时，发现他的养老金都寄到了巴罗因弗内斯。我刚才查了查他以前的家庭住址。有个名叫霍莉·布罗克班克的人在那儿生活，这人显然是他的亲戚。她应该知道他在哪儿。我如果能找到证据证明他过去几周都待在坎布里亚,那他肯定就没法在伦敦寄人腿或者跟踪你,不是吗?"

"关于布罗克班克,你还有什么事瞒着我?"罗宾问道,灰蓝色的眼睛眯起来。

斯特莱克假装没听见。

"我不在时,你好好在家待着。别管'第二次'了。银发如果真的跟其他赌客跑了,那只能怪他自己。没他的那份报酬,我们一样能活。"

"那我们可就只剩下一位客户了。"罗宾一针见血地说。

"要我说,如果抓不住这个疯子,我们会连一位客户都不剩,"斯特莱克说,"没人会雇我们。"

"你要怎么去巴罗?"罗宾问。

计划在她的眼前逐渐成形。她不是早就预见到这个可能性了吗?

"搭火车,"他说,"你也知道,我现在可没钱租车。"

"不如这样,"罗宾得意地说,"让我开着我的新车送你去——嗯,其实很老了,不过开起来没问题,是辆路虎!"

"你什么时候有了路虎?"

"从上周日起。是我父母的旧车。"

"哦,"他说,"嗯,听起来不错——"

"可是?"

"没有可是,你等于帮了我大忙——"

"可是?"罗宾重复。她看得出斯特莱克心存顾虑。

"我不知道会去多久。"

"无所谓。你刚才说过了,反正我得老实待在家里。"

斯特莱克仍然犹豫不决。他不禁想到,罗宾如此主动,有几分是为了伤害马修。他完全可以想象会计会如何看待这趟北行:没有确定的归期,只有他们两个人,还要在外面过夜。单纯的同事关系不该包括利用彼此,伤害伴侣。

"坏了。"他突然说,在口袋里翻找手机。

"怎么了？"罗宾瞬间警觉起来。

"我刚想起来——我和埃琳约好昨晚见面。操——我彻底忘了。等我一会儿。"

他走到街上打电话，留下罗宾一人吃饭。罗宾看着他庞大的身躯在落地窗外踱来踱去，把电话紧按在耳朵上，不禁好奇埃琳为什么不打电话或发短信，问问斯特莱克在哪儿。她随即想象起马修接下来的反应——不管斯特莱克心里是怎么猜测的，这是她第一次想到马修的反应——她好不容易回了家，结果只是拿上够换七天的衣服，开着路虎再次消失。

他没资格抱怨，罗宾有些挑衅地想，我和他已经没关系了。

但是她想到会见到马修，虽然只是打个照面，仍然觉得紧张不安。

斯特莱克翻着白眼回来了。

"麻烦大了，"他言简意赅地说，"我今晚去见她。"

罗宾不知道斯特莱克去见埃琳为什么会让她心情低落。她想自己应该是累了。在过去三十六小时中积攒的压力和震惊不可能因为她在酒吧吃顿饭就烟消云散。旁边的白领们大笑着欢呼起来：这回主角拆开的礼物是一副毛茸茸的手铐。

她不是在过生日，罗宾恍然大悟，她要结婚了。

"嘿，到底要不要我送你？"她单刀直入地问道。

"要，"斯特莱克说，似乎又觉得这主意不错（也许是与埃琳约会让他很开心？）"老实说，那样再好不过。谢谢。"

23

Moments of pleasure, in a world of pain.
Blue Öyster Cult,'Make Rock Not War'

痛苦世界中的片刻欢愉。

——蓝牡蛎崇拜乐队,《要摇滚,不要战争》

次日清晨,摄政公园里,树梢上挂着一层浓雾,雾像蛛网般又厚又软。斯特莱克生怕惊醒埃琳,飞速跳起身,按掉闹钟,将窗帘拢上挡光,单腿站在窗边,眺望雾气缭绕的公园。树木的枝叶披着初升的阳光,在迷雾之海里慢慢显现,他一时间出了神。只要留心,美几乎随处可见,但每日生活的重负总会让人忘却,这样慷慨的馈赠就在身边。他关于童年的记忆里有很多这样的美妙时刻,特别是在康沃尔郡度过的那些日子:蝴蝶翅膀般湛蓝的天空下,初见时熠熠发光的海面;特雷巴花园里,翠绿与墨绿交相辉映的神秘根乃拉小道;大风中青铜色的波浪,如海鸟展翅般扬起的雪白船帆。

在他身后,埃琳在昏暗的床上翻了个身,呼了口气。斯特莱克放轻动作,从窗帘后钻出来,拿起靠墙摆放的假肢,坐到她卧室的椅子里,装好假肢。然后他把衣服挂到手臂上,蹑手蹑脚地走出了门。

他们前一天晚上吵了架,这是他们在一起之后第一次吵架,这是每段关系都会有的里程碑。他周二错过约会,却没有接到她的任何信息时,本该意识到这是种警告。但他满心都是罗宾和碎尸案,无暇顾及这边。他打电话道歉时,埃琳的态度确实很冷淡,但埃琳当场就答应他的下一次邀约,所以他根本没想到,二十四小时后,他们实际见面时,她会如此冷若冰霜。他们共进晚餐,全程的对话艰难生硬,令斯特莱克坐立难安。他们吃完饭,斯特莱克主动提出离开,让她自己慢慢消气。他伸手去拿大衣时,埃琳发起脾气,但爆发很短暂,像湿火柴点着后迅速熄灭。随后埃琳崩溃,流着眼泪道着歉,喋喋不休地对他说话。斯特莱克听到了三点:第一,她正在接受心理咨询;第二,咨询师发现她有用被动攻击式行为解决问题的倾向;第三,斯特莱克周二爽约让她非常受伤,她一个人坐在电视前,喝掉了一整瓶红酒。

斯特莱克再次道歉,解释手上的案子很难办,案情的最新发展复杂难解又出乎意料。斯特莱克对爽约这件事表现出真切的悔意,最后说,她如果实在无法谅解,那他还是走人为妙。

埃琳扑进他的怀里,以此作为回答。他们直接上了床,享受这段关系里有史以来最棒的一次性爱。

斯特莱克在埃琳一尘不染的浴室里刮着胡子,头上是嵌入式顶灯,旁边挂着雪白的毛巾。他思考自己是否解脱得太容易了。他如果忘了和夏洛特的约会——他和这个女人反反复复纠缠了十六年——他此刻会全身挂彩,在冰冷的晨风中四处找她,或者使劲拉着她,不让她从高高的阳台上跳下去。

他一直将自己对夏洛特的情感定义为爱,那也是他对女性所抱有过的最深沉最浓烈的感情。但那段关系引起巨大的痛苦,深远影响经久不散,那种感情似乎已经变成病毒,他直到现在也不确定自己是否痊愈。不见她,不给她打电话,不给她的新邮箱发信(她用那个邮箱地址发来照片,给他看她在与旧男友结婚当日心神不安的脸)——这是他给自己开的三剂药,以此抵抗病毒将导致的种种症状。但他清楚自己并没有恢复健康，没有能力感受自己曾经感受过的情感。昨晚，埃琳的悲伤并没有像夏洛特从前的悲伤那样触及他的心灵深处。他觉得自己爱人的能力变得迟钝了，神经末梢仿佛永久性损坏。他没想伤害埃琳，见到她哭也并不开心；但他没有感同身受，那种感受对方痛苦的能力似乎消失了。说实话，埃琳啜泣时，他的一小部分自己已经在心里计划回家的路线。

斯特莱克在浴室里穿好衣服，轻轻走进昏暗的客厅，把剃须用品都扔进为巴罗因弗内斯之行准备的旅行袋里。右侧有扇门开了一条缝。他临时起意，伸手推开门。

那个他从没见过的小女孩平时要么去父亲家，要么就睡在这里。粉白两色的房间收拾得无比整洁，檐口周围的天花板上印着画有小仙女的壁纸。一排芭比娃娃整齐地坐在架子上，露出空洞的微笑，穿着五颜六色的华丽长裙，挺着圆锥形的胸。地板上有张手工地毯，地摊上织着北极熊的头。地毯旁边是一张白色的四帷柱小床。

斯特莱克不认识任何小女孩。他是两个男孩的教父，但他并非自愿当他们的教父。他还有三个外甥。康沃尔的老朋友家里有女儿，但斯特莱克几乎没怎么见过她们，印象里只有模糊的马尾辫和漫不经心的摆手："科莫舅舅好，科莫舅舅再见。"当然，他还有个妹妹，但露西从来没享受过有糖果粉色盖顶的四帷柱床，尽管她曾经对此渴望不已。

布里塔妮·布罗克班克有只柔软的狮子玩偶。他望着地上的北极熊，这份记忆突然冷不丁地冒出来：那只狮子长着一张滑稽的脸。她给狮子穿上粉色的蓬蓬裙。她的继父握着碎啤酒瓶冲向斯特莱克时，狮子就躺在旁边的沙发上。

斯特莱克回到客厅，在口袋里四处摸索。他总是随身带着笔记本和笔。他给埃琳留了张简短的便条，委婉地表示昨晚过得有多么愉快，然后将便条放在客厅的餐桌上。之后他背起旅行袋，溜出公寓，和办其他事时一样悄无声息。他和罗宾约好八点在伊灵车站碰头。

罗宾出门时,赫斯廷斯路上的最后一丝晨雾刚刚散去。她焦躁不安,眼皮沉重,一手提着装食物的购物袋,另一手拿着装满换洗衣服的旅行包。她打开灰色旧路虎的后盖,把旅行包扔进去,提着食物袋快步走向驾驶座。

在走廊里,马修试图拥抱她。她动作激烈地拒绝,两手抵在马修光滑温暖的胸膛上,将他推远,大声叫他让开。马修只穿着一条平角内裤。现在她担心马修会快速套上衣服,出门来追她。她使劲拉上车门,系好安全带,准备走人。但就在她转动钥匙发动车时,马修冲出房子。他光着脚,穿着 T 恤和运动裤。罗宾从没见过他的表情如此坦诚,如此脆弱。

"罗宾!"他喊道。罗宾一脚踏上油门,路虎离开路沿。"我爱你。我爱你!"

罗宾转动方向盘,摇摇晃晃地把车开出他们的停车位,路虎险些擦上邻居家的本田。后视镜里,马修整个人萎靡不振。他平时那么有自控力,此时却放开嗓子吼叫示爱,不在乎这会引起邻居的好奇、责备和嘲笑。

罗宾感到胸口一阵疼痛。现在是七点一刻,斯特莱克应该还没到车站。她在道路尽头左转,只想尽快拉开与马修的距离。

早上天刚亮,马修就起来了。罗宾正在打包行李,动作很轻,没想吵醒他。

"你要去哪儿?"

"协助斯特莱克查案。"

"你要在外面过夜?"

"应该是。"

"在哪儿?"

"我不知道。"

她不敢告诉马修目的地,免得他追过去。前一晚,她回到家里后,马修的表现让她心绪不宁。马修哭了,还恳求她。她从来没见过马修这个样子,马修在母亲去世时都没这样。

"罗宾，我们得谈谈。"

"已经谈够了。"

"你妈妈知道你要去哪儿吗？"

"知道。"

她撒了谎。罗宾还没告诉母亲婚约撤销的事，也没说自己要和斯特莱克一起北上。说到底，她已经二十六岁，这一切都与她母亲无关。但她知道，马修真正想问的是，她母亲是否知道婚礼取消了。他们两人都清楚，婚约如果还在，她不会开上路虎，和斯特莱克去一个不确定的地方。蓝宝石戒指还放在她脱下它的地方：书架上，马修以前的会计教材旁边。

"哦，该死。"罗宾低声说，眨眼让泪水落下，在静谧的街道上随意拐弯，尽量不去注意自己空荡荡的手指，也不去想马修痛苦的脸。

斯特莱克短暂步行一段，走过的路要比实际物理距离长得多。这就是伦敦，他抽着当天的第一根烟，心想。埃琳家外面是安静对称的纳什联排街道，看起来仿佛是香草味冰淇淋做的雕塑。穿着条纹西装的俄国邻居正要钻进奥迪，斯特莱克说了句早，得到一个生硬的点头。他进了贝克街车站，走过夏洛克·福尔摩斯的剪影，上了肮脏的伦敦地铁。在地铁里，他周围挤满喋喋不休的波兰工人，他们早上七点就精神抖擞地进入工作状态。然后他到了人头攒动的帕丁顿，在来往的行人中挤出一条路来，背着旅行袋走过沿街大大小小的咖啡馆。最后是希思罗机场快线上的几站路，旁边是从西部来的一大家子。清晨的天气依然寒冷，但他们已经换上佛罗里达风格的衣服。他们盯着站牌，像一窝紧张的狐獴，双手紧紧攥着行李箱把手，仿佛期待下一秒就会遇上拦路抢劫的匪徒。

斯特莱克提前十五分钟抵达伊灵车站，想抽烟想得要命。他把旅行袋扔到脚下，点了根烟，暗自希望罗宾别太守时，因为他觉得罗宾恐怕不会愿意让他在路虎里抽烟。但他刚抽了两口，缓过烟瘾，箱子般方正的路虎就转过弯，出现在眼前，可以透过挡风玻璃，清晰地看见罗宾那头金红色的闪亮秀发。

"我不介意,"罗宾见他背起旅行袋,作势要碾灭烟头,盖过引擎的隆隆声喊道,"只要你开着窗。"

斯特莱克爬进车里,把旅行袋扔到后面,关上车门。

"反正已经这么难闻了,"罗宾说,动作专业地换着很难换的挡,"一股狗味儿。"

路虎加速离开路沿。斯特莱克系好安全带,环顾车内。四处都很破旧,车内满是威灵顿靴和拉布拉多犬的沉闷气味。斯特莱克想起自己曾在波斯尼亚和阿富汗各种路面上开过的军事车辆,同时也对罗宾的家庭背景有了更多了解。这辆路虎诉说着泥泞的小路和耕过的农田。他想起罗宾说过,她叔叔有个农场。

"你养过小马吗?"

罗宾惊讶地瞥了他一眼,一瞬间露出正脸。他注意到罗宾的黑眼圈和苍白肤色。她显然没睡好觉。

"你为什么这么问?"

"这辆车好像参加过越野障碍赛。"

她的语气听起来像是在辩护:"嗯,养过。"

斯特莱克笑起来,把窗户开到最大,拿烟的左手搭到窗沿上。

"有什么好笑的?"

"我也不知道。它叫什么名字?"

"安格斯,"她说,向左拐弯,"它可讨厌了,总是拉着我到处乱跑。"

"我不信任马。"斯特莱克抽着烟说。

"你骑过吗?"

现在罗宾又笑了:马背上恐怕是能让斯特莱克坐立不安的为数不多的几个地方。

"没有,"斯特莱克说,"也没这个打算。"

"我叔叔那儿有能驮动你的马,"罗宾说,"克莱兹代尔重挽马。可强壮了。"

"我知道你是什么意思。"斯特莱克干巴巴地说,罗宾大笑起来。

斯特莱克沉默地抽着烟,看着罗宾集中精力对付早高峰拥堵的车流,意识到自己有多么喜欢逗她笑。他还注意到,他坐在这辆破旧不堪的路虎里,和罗宾随意聊着天,比昨晚和埃琳吃饭时快乐得多,也惬意得多。

他不是个会对自己撒谎的人。他完全可以狡辩说,罗宾代表了朋友之间的轻松相处,而埃琳则代表了两性关系里的困难和愉悦。但他明白,事实要比这种说法复杂得多,特别是在罗宾手上的蓝宝石戒指消失之后。从他们第一次见面起,斯特莱克就知道罗宾会威胁到自己心如止水的状态,但这是他这辈子有过的最棒的同事关系,放弃它是跟自己过不去。斯特莱克经历过纠缠多年的毁灭性感情,在如今的侦探事业里也投入过艰苦努力,做出过种种牺牲,他不能、也不会做出任何会影响这份合作关系的事。

"你是故意不理我的吗?"

"什么?"

老路虎的引擎实在太吵,他差点没听见罗宾的声音。

"我说,你和埃琳怎么样了?"

罗宾以前从来没有这么直率地问过他的私事。前天晚上那场开诚布公的交谈恐怕已经让两人的关系更近一层。他如果可以,会避免这种发展。

"还行。"他言简意赅地说,扔掉烟头,关上车窗。引擎的声音小多了。

"这么说,她原谅你了?"

"原谅什么?"

"原谅你彻底忘了约会的事!"罗宾说。

"哦,那件事。嗯。呃,没有——后来,算是吧。"

罗宾将车开上 A40 公路。斯特莱克语焉不详的回答让她突然有了清晰的想象:毛发旺盛、体型庞大、少了半条腿的斯特莱克,和一头金发、肤色白皙的埃琳,在雪白的床单上肢体交缠……她相信,埃琳的床单一定是白色的北欧风，干净极了。说不定有佣人为她洗衣服。埃琳是中上阶层的人，那么有钱，不可能在伊灵区拥挤的客厅里对着电视熨被套。

"马修呢？"他们上了高速，斯特莱克问，"你们怎么样了？"

"还行。"罗宾说。

"该死。"斯特莱克说。

罗宾忍不住笑出声，心里却有些不快：他几乎没讲埃琳的事，却反过来追问她。

"嗯，他想和我和好。"

"他当然想。"斯特莱克说。

"为什么是'当然'？"

"不让我钓鱼，那你也别想钓。"

罗宾不知道该对这句话作何反应，心里却一阵开心。她想这可能是斯特莱克第一次将她作为女人看待。她将这两句对话存在心里，留待独处时仔细回味。

"他向我道歉，叫我把戒指重新戴上。"罗宾说。她心里残存一丝对马修的忠诚，没有提起马修的哭泣和恳求。"可我……"

她的声音小下去。斯特莱克还想得到更多信息，但他没再追问，只是摇下车窗，点起第二根烟。

他们在希尔顿高速服务站停下歇脚。斯特莱克在汉堡王排队买咖啡，罗宾去了趟厕所。罗宾在洗手池的镜子前看了手机一眼。和她想的一样，马修又发来短信，但短信不再是恳求和安抚的语气。

> 你如果跟他上床，我们就彻底完了。你也许会认为这样才公平，但两件事可完全不一样。我和萨拉是很久以前的事，我们还小，我那么做不是为了伤害你。罗宾，考虑一下你要抛弃什么。我爱你。

"抱歉。"罗宾喃喃，往旁边走了一步，让一个不耐烦的女孩去用烘手机。

她又将马修的短信读一遍。早上那场追逐所引起的怜悯与痛苦被升腾的怒火取代。她不禁想，这才是真正的马修：你如果跟他上床，我们就彻底完了。所以她摘掉戒指，说不想嫁给他时，他并没相信她是认真的？只有他说完了，他们才"彻底"完了？但这两件事可完全不一样。她的不忠会比他的不忠性质更恶劣。在他眼里，她这趟北上之行只是报复，横死的女人和逍遥法外的凶手不过是嫉妒心的挡箭牌。

去你的，罗宾心想，把手机扔回兜里，走回咖啡馆。斯特莱克已经就坐，正大口吃着夹了香肠和培根的羊角面包。

斯特莱克注意到她涨红的脸和绷紧的下巴，猜到马修发来了信息。

"没事吧？"

"没事，"罗宾说，然后不等他开口就问，"你到底会不会给我讲布罗克班克的事？"

口气比她自己预想得还冲。马修在短信里的口吻让她怒火中烧——也让她思考起自己和斯特莱克晚上到底要睡在哪儿。

"如果你想听。"斯特莱克温和地说。

他从兜里掏出手机，点开在哈德亚克电脑上拍到的布罗克班克的照片，越过桌子把手机递给罗宾。

罗宾仔细端详照片上浓密的黑发和肤色黝黑的长脸。脸型很不普通，但并非毫无魅力。斯特莱克仿佛能读懂她的心思：

"他现在更难看了。这是他刚入伍时的照片。现在他一边的眼窝内陷，耳朵也变成菜花耳了。"

"他多高？"罗宾问道，想起那个一身皮衣、以挡风镜遮脸的快递员。

"跟我差不多，可能更壮。"

"你是在军队里认识他的？"

"嗯。"斯特莱克说。

她以为斯特莱克不会再说更多信息,过了几秒才意识到,斯特莱克是在等旁边一对挑选座位的老夫妇走远。他们走远后,斯特莱克说:

"他是第七装甲旅的少校,娶了牺牲战友的遗孀。这个女人有两个年幼的女儿。然后她和布罗克班克又生了个儿子。"

他刚读过布罗克班克的档案,清楚地记得所有事实。其实斯特莱克从来没有忘记过那些细节。这种案子会压在心里一辈子。

"大女儿叫布里塔妮。她十二岁时,在德国对同学说自己受到性虐待。同学告诉自己的母亲,母亲报了警。我们都去了——我自己没有和她说过话,做笔录的是个女警官。我只看过录像带。"

让斯特莱克难以忍受的是,这个小女孩努力表现得成熟,表现得若无其事。她吓坏了,不知道自己捅出事实后家里会变成什么样,想把说过的话都收回去。

不,她当然没有对索菲说过继父曾经威胁她:她如果说出去,他就杀了她妹妹!不,索菲没有撒谎——那只是个玩笑,仅此而已。她问索菲怎么才能不生孩子,那是因为——因为她很好奇,大家都想知道那种事。继父当然没说过,她如果告诉别人,他就把她妈妈砍成碎片。她腿上的伤?哦,那是——嗯,也是个玩笑——一切都是玩笑——他告诉她,她腿上的伤疤是她小时候被他砍的,他差点把她的腿砍下来,只是她妈妈正好走进来,看见了。他说他之所以那么做,是因为彼时还是婴儿的她踩坏了他种的花,但继父说的这些当然只是玩笑——她妈妈一定也会这么说。她只是不小心被困在铁丝网里,挣扎时腿被刺伤了,就是这么回事。他们可以去问她妈妈。继父没伤害过她。爸爸不会伤害她。

斯特莱克至今仍清晰地记得她强迫自己说出"爸爸"这个时候的表情:她看起来仿佛被人强迫咽下冰冷的牛肚,乖乖照做只是因为害怕受罚。她只有十二岁,却已经明白:她如果想让家里人好过,就必须闭上嘴,毫无怨言地让他为所欲为。

斯特莱克第一次向布罗克班克太太问话，就对她没有好感。她很瘦，涂了太多化妆品，事实上也是受害者。但在斯特莱克看来，她自愿牺牲了布里塔妮，以保另外两个孩子的安全。她故意无视丈夫和大女儿长时间单独出门这件事，蒙起双眼，什么也不看，与共犯没有任何区别。布罗克班克经常开车带布里塔妮出门，去附近的森林，去黑暗的小巷，总是过了很久才回来。他告诉布里塔妮，她如果把他在车里对她做的事告诉其他人，他就掐死她的母亲和妹妹，把她们全都切成碎片，埋在花园里。然后他会带着莱恩——他的亲生儿子，他唯一重视的家人——从此消失，谁也找不到他们。

"这是个玩笑，只是开玩笑罢了。我不是认真的。"

她瘦削的手指抽搐着，眼镜歪了，腿还没长到双脚能够到地面。她坚决拒绝接受体检。斯特莱克和哈德亚克去了布罗克班克家里，打算把他带回调查局。

"我们到了那里之后，他很生气。我告诉他我们的来意，他拿着碎掉的啤酒瓶向我扑过来。

"我把他揍晕了，"斯特莱克说这话时，声音里毫无胜利之意，"但我不该碰他。没这个必要。"

他从来没公开承认这一点，虽然在后续调查中一直全力支持他的哈德亚克对此心知肚明。

"他如果握着瓶子向你扑过来——"

"我完全可以把瓶子拿走，又不伤到他。"

"你说他很强壮——"

"他很生气。但我完全制得住他，用不着揍他。哈德亚克也在，我们是二对一。

"但说实话，我很高兴他冲我扑过来。我就是想揍他。一记右勾拳，直接把他揍得人事不省——他就是这么逃脱的。"

"逃脱——"

"逃脱刑罚，"斯特莱克说，"无罪释放。"

"怎么可能？"

斯特莱克又喝了口咖啡，因回忆而目光游离。

"我揍他之后，他就住院了，因为他当场脑震荡，后来又犯了癫痫。外伤性脑损伤。"

"哦，老天。"罗宾说。

"他需要接受紧急手术，以阻止他的大脑继续出血。癫痫不停发作。他们诊断出脑损伤，创伤性应激障碍，酗酒。不适合上庭。律师也来了，指控我犯了人身伤害罪。

"幸运的是，我这边的律师发现，就在我揍他之前的那个周末，他刚打过橄榄球。他们四处调查，发现比赛时有个十八英石重的威尔士人用膝盖顶了他的头，他被人用担架送下场。他全身都是泥和瘀青，在场的初级急救员没注意到他的耳朵出了血，就叫他回家好好休息。其实他那时就颅骨骨裂，我的律师叫医生检查了比赛后的 X 光片。所以颅骨损伤是威尔士前锋造成的，不是我。

"即便如此，如果没有哈迪作证，说当时是布罗克班克先拿着酒瓶冲过来，我的麻烦也不小。最后法庭判我是正当防卫，我不可能事先得知他的头骨裂了，或者预见到揍他会引起多大伤害。

"他们在他的电脑里发现了儿童色情影片。布里塔妮的话得到证实，有人多次目击她被继父开车带出去。她的老师也接受询问，说她在学校里越来越内向。

"他强奸了她整整两年，威胁说她如果说出去，他就会杀了她、她母亲，还有她妹妹。他还让她相信，自己曾经真心要砍掉她的腿。她小腿上到处都是伤痕。他说他差点就砍断她的腿，只是母亲正好进来，阻止了他。她母亲则说那些伤都是她婴儿时因为事故留下的。"

罗宾什么也没说，双手紧紧捂着嘴，眼睛睁得滚圆。斯特莱克的表情很吓人。

"他一直躺在医院里，医生想办法控制他的癫痫。如果有人去审问他，他就假装头脑晕眩，得了健忘症。好多律师围着他转，期待能狠狠捞一笔：医疗事故，人身伤害。他声称自己也是家暴受害者，那些儿童色情片只是精神疾病和酗酒问题的体现。布里塔妮坚持说一切都是她编的,她母亲到处哭诉,说布罗克班克从来没碰过孩子一根手指头,说他是个完美的父亲,她已经失去一个丈夫,不能再失去第二个。高层只想让整件案子尽快消失。

"他被判没有刑事责任能力,"斯特莱克说,黑眼睛直视着罗宾灰蓝色的双眼,"最后无罪释放,拿了一大笔赔偿金和养老金。他就那么走了,带着布里塔妮。"

24

Step into a world of strangers
Into a sea of unknowns ...
Blue Öyster Cult,'Hammer Back'

跨入陌生的世界

未知的海洋……

——蓝牡蛎崇拜乐队,《回锤》

　　咔嗒作响的路虎稳健地将道路大片抛到身后。早在巴罗因弗内斯的第一块指示牌出现之前,这趟上北旅程就已经显得过于漫长。地图并没准确显示这个港口离他们到底有多远,有多么与世隔绝。巴罗因弗内斯并不通往任何地方,也不会有人偶然路过;它本身就是一个终点,一个地理上的死胡同。

　　他们开过湖区最南端的田野,经过路边的羊群、干燥的石墙和风景如画的村庄,这些景色让罗宾想起自己在约克郡的家。然后他们穿过阿尔弗斯顿("斯坦·劳莱的出生地"),瞥见暗示海岸线即将出现的宽阔河口。过了中午,他们终于抵达城镇边缘的工业区。这里风景萧条,道路两边都是仓库和工厂。

"我们先吃点东西,再去布罗克班克家。"斯特莱克说。他已经对着巴罗的地图研究了五分钟。他不喜欢用电子导航设备,因为纸制地图无需等待加载,在不良环境下也不会消失。"前面有个停车场,在环岛左转。"

他们开过克雷文体育场破旧的侧门,这里是巴罗袭击者橄榄球队的主场。斯特莱克警惕地观察四周,寻找布罗克班克的身影,也因此领略到当地的独特特征。他是康沃尔人,本以为这里随处都能见到大海,能闻到海风的气味,但说这里是内陆也不会引人怀疑。最先吸引他注意力的是城外一座巨大的购物中心,四面八方都是高档商店时髦的门脸。但就在那些DIY商店和比萨餐厅中间,偶尔会有别具一格的建筑傲然挺立,与周围的一切格格不入,诉说这里曾经作为工业重地的繁华历史。装饰艺术风格的海关大楼如今已改建成餐厅;维多利亚风格的技术学校四处竖着古典雕像,门口的石碑上刻着经典拉丁语格言:"劳动征服一切"。再往下走,两边是成行的联排建筑,仿佛洛瑞画里的工人宿舍。

"我从没见过这么多酒吧。"罗宾拐弯,把车开进停车场,斯特莱克说。他很想来杯啤酒,但"劳动征服一切"这句箴言还在脑海。他最后遵从罗宾的建议,进了旁边的咖啡馆。

四月的阳光很明亮,但风从看不见的海上吹来,带来一丝凉意。"这不算过分吹嘘?"他对着咖啡馆的招牌喃喃。招牌上写着店名:"最后手段"。咖啡馆对面是家名叫"从头再来"的二手服装店,服装店隔壁是家生意兴旺的当铺。与不吉利的名字相反,"最后手段"里窗明几净,坐满喋喋不休的老太太。斯特莱克和罗宾吃饱饭,心满意足地回到停车场。

"如果他家没人在家,要盯着他家的房子,可不容易,"他们回到路虎里,斯特莱克给罗宾看地图,"在死路的最尽头,没地方躲。"

"你有没有想过,"罗宾发动车,有点轻率地问,"霍莉就是诺尔?他有没有可能变性了?"

"如果是这样,他可太好找了,"斯特莱克说,"穿上高跟鞋至少六英尺八,还有菜花耳。这里右拐,"路虎开过一家名叫"清贫之人"的夜总会,他又说,"老天,这儿的人可真爱实话实说。"

一座巨大的奶白色建筑在前方挡住海景,大楼表面有"BAE系统公司"几个字。大楼没有窗户,宽度几乎有一英里,看上去阴郁,咄咄逼人。

"我想霍莉应该是他的姐妹,也可能是他的最新一任妻子,"斯特莱克说,"左拐……这个霍莉和他的年纪差不多。右拐,我们要找的是斯坦利路……看来我们要把车停在BAE系统公司边上了。"

结果正如斯特莱克所料。笔直的斯坦利路一侧是住房,另一侧是顶端绕着铁丝网的高大砖墙。墙里就是那座诡异肃穆的工厂大楼,没有窗户,一片洁白,体积就够吓人的。

"'辐射范围边界'?"罗宾放慢车速,读着墙上的字。

"造潜艇的地方,"斯特莱克说,抬头看着铁丝网,"到处都是警告标识——你瞧。"

这条死胡同里空无一人,尽头是儿童公园和一个露天小停车场。罗宾停车,注意到墙顶的铁丝网上挂着好几样玩具。球显然是不小心扔上去的,但球旁边还有个折叠式婴儿车,婴儿车缠绕在高高的铁丝里。罗宾觉得有些不舒服:有人故意把它扔到谁也够不着的地方。

"你下车干吗?"斯特莱克从车后绕过来,问。

"我想——"

"布罗克班克如果在这儿,让我来对付,"斯特莱克说,点了根烟,"你别靠近他。"

罗宾回到路虎里。

"这次注意点,别再揍他了。"她对着斯特莱克逐渐走远的背影嘀咕。长时间坐在车里让斯特莱克膝盖僵硬,走起路来有些一瘸一拐。

有些房子的窗户擦得很干净,窗户里面,物品摆放整齐;有些窗户里挂着网状窗帘,窗帘清洁程度高低不一。还有几座房子看起来相当破旧,室内的窗棂上满是灰尘。斯特莱克走向一扇栗色房门,突然停住脚。罗宾注意到从街道尽头走来一群人,他们都穿着蓝色连体工装，戴着安全帽。布罗克班克在里面吗？斯特莱克停住脚，是想看清他吗？

不。斯特莱克在接电话。他转身背对着房门和那群工人，慢慢向罗宾走回来，脚步不再目标明确，变得散漫，注意力显然都放在电话上。

有一个工人个子很高，肤色黝黑，留着胡子。斯特莱克看见了吗？罗宾再次溜出路虎，装出发短信的样子，给那群工人拍了几张照片，尽量放大镜头倍率。他们拐过街角，消失了。

斯特莱克在离她十英尺的地方站住，抽着烟，听着电话另一头的人说话。旁边一座房子里，有个头发灰白的女人在二楼眯眼打量他们。罗宾为了打消她的顾虑，转过身给硕大的核电机构拍了照，假装自己是游客。

"是沃德尔，"斯特莱克说，从她身后走过来，面容严肃，"死者不是奥克萨娜·沃洛什纳。"

"他们是怎么知道的？"罗宾震惊地问。

"奥克萨娜回家了，之前三周都在顿涅茨克。亲戚的婚礼——他们没和她本人说上话，但是已经和她母亲打过电话，她说奥克萨娜在家。另外，房东也恢复得差不多了。她告诉警察，她当时那么震惊，部分原因是，她以为奥克萨娜放假回乌克兰了。她还说，那颗头看起来不是很像奥克萨娜。"

斯特莱克皱着眉把手机放回兜里。他希望这些消息能让沃德尔的注意力从马利身上转开。

"回车上去。"斯特莱克说。他陷入沉思，回身再次走向布罗克班克的房子。

罗宾回到驾驶座。楼上的女人还在盯着他们。

两个身穿显眼警服的女警察从远处走过来。斯特莱克走到栗色的房门前。金属拍打木头的声音在街上回荡。无人应答。斯特莱克正想敲第二次，两个女警官走到他身边。

罗宾坐直身体，想不出警察找他能有什么事。三个人短暂交谈几句,一起转过身走向路虎。

罗宾摇下车窗,毫无理由地觉得心虚。

"他们想知道,"斯特莱克走到罗宾能听到的范围内,喊道,"我是不是迈克尔·埃拉科特先生。"

"什么?"罗宾莫名其妙地说,没想到会听到父亲的名字。

她忍不住想到,也许是马修叫警察来找他们的——可是他干吗要说斯特莱克是她父亲?但他随即恍然大悟。

"这辆车登记在我父亲名下,"她说,"我做错什么了吗?"

"嗯,你停在双黄线上了,"一位女警官不带感情地说,"但这不是我们来这里的原因。你拍了好多照片。没关系,"她见到罗宾惊慌失措,补充道,"每天都有人拍。监控拍到了你。能给我看看你的驾照吗?"

"哦,"罗宾语气微弱地说,斯特莱克投来质询的目光,"我只是——我以为能拍到挺有艺术感的照片。铁丝网,白色的大楼,还有——还有云……"

她递出驾照,羞愧地不去看斯特莱克。

"埃拉科特先生是你父亲?"

"他把车借给我们开,仅此而已,"罗宾说,想象警察联系父母,告诉他们她在巴罗,身边不是马修,手上没有戒指,独自一人……

"你们两位的住址是?"

"我们不是——不住在一起。"罗宾说。

他们报上各自的姓名和住址。

"你是来找人的吗,斯特莱克先生?"另一位警官问道。

"诺尔·布罗克班克,"斯特莱克及时回答,"老朋友了。我们经过这儿,我觉得不如来看他一眼。"

"布罗克班克。"警察重复,把驾照还给罗宾。罗宾暗自希望这位女警官认识布罗克班克,这样自己的过失就没那么重要了。"不错的巴罗姓氏。好了,你们走吧。别再拍了。"

"我。很。抱歉。"两位警官转身离开,罗宾对斯特莱克做口型。

斯特莱克摇了摇头，恼火地咧嘴一笑。

"富有艺术感的照片……铁丝网……天空……"

"如果是你，你会怎么说？"她反问，"我总不能说我在拍工人，因为我觉得里面可能有布罗克班克吧——你看——"

她调出刚才拍的照片，发现个子最高的那个工人脸颊红润，粗脖子，大耳朵，不是他们要找的人。

离他们最近的房门开了。一直在二楼观察他们的那个女人走出来，拉着格子花呢的购物推车。她的表情变得柔和欢快。罗宾想她一定看到警察来了又走，相信他们并非间谍。

"老是这样。"她大声喊道，声音回荡在整条街上。她几乎把"老是"念成了"老师"。罗宾并不熟悉这种口音。她还以为自己挺了解坎布里亚方言呢，毕竟她的老家就在隔壁郡。"到处都有摄像头，拍车牌。我们都习惯了。"

"找出那个伦敦人。"斯特莱克语气愉快地说。女人好奇地顿了顿。

"伦敦来的？有什么事，大老远来巴罗？"

"找一个老朋友。诺尔·布罗克班克，"斯特莱克说，指向远处的房门，"可是没人应门。我想他应该在上班吧。"

她皱起眉。

"你说诺尔？不是霍莉？"

"能见到霍莉当然也很好，如果她在家的话。"斯特莱克说。

"她也在上班，"邻居看了手表一眼，说，"在维克斯敦的一家面包店。要不然，"女人带着一丝黑色幽默说，"你们也可以晚上去'鸦巢酒吧'看看。她一般都在那儿。"

"我们先去面包店吧——给她一个惊喜，"斯特莱克说，"具体位置在哪儿？"

"白色的小店，从复仇街上去就是。"

他们对她表示感谢。她为能帮上忙而开心不已，转身沿着街走远了。

181 | 罪恶生涯

"我没听错吧?"他们回到车上后,斯特莱克喃喃,抖开地图,"'复仇街'?"

"好像是叫这个名字。"罗宾说。

复仇街离得不远。他们开过横跨河口的大桥,桥两边有帆船在脏兮兮的水面上漂浮,或者停靠在泥滩上。实用性的工业建筑沿岸排列,之后是更多的联排住房,有些墙面上贴着鹅卵石,有些是红砖墙。

"可能都是船名。"他们开上安菲特里忒街,斯特莱克猜测道。

复仇街是条上坡路。两人在街上徘徊了几分钟,发现一家涂成白色的面包店。

"是她,"罗宾刚把车开到能清晰看见玻璃门的地方,斯特莱克就说,"一定是他的姐妹。你看看她的样子。"

在罗宾看来,那位面包店员的模样比大多数男人更严苛。她和布罗克班克一样,脸颊狭长,前额突出。她的目光严厉,眼睛周围画着厚厚的眼线,漆黑的头发向后梳成朴素的马尾辫。白色的围裙下是件黑色无袖T恤,粗壮的胳膊上满是刺青,从肩膀一路延伸到手腕,两只耳朵上都挂着好几个金环。眉间皱出的垂直细纹让她看起来好像永远在生气。

面包店里挤满人。斯特莱克看着霍莉将面包装进袋子里,想起梅尔罗斯的鹿肉派,差点流出口水。

"我不介意再吃一顿。"

"你不能在店里和她搭话,"罗宾说,"去她家,或者去酒吧,效果会好得多。"

"你可以进去给我买个派。"

"我们一小时前刚吃过!"

"那又怎样?我可没在节食。"

"我也没有,现在没有。"罗宾说。

她勇敢地说出这句话后想到还在哈罗盖特等待她的无袖婚纱。她真的不想穿了?捧花、宴席、伴娘、仪式后的第一支舞——都不要了？预付款是笔损失，礼物要退回去，得知真相后震惊的朋友和亲戚……

路虎里又冷又不舒服。罗宾开了好几个小时车，已经很累了。她想到马修和萨拉·夏洛克，忍不住又想哭。这个想法只存在了几秒钟，但她的心脏在这几秒钟里只虚弱地跳动了一次。

"介意我抽根烟吗？"斯特莱克说，没等她回答就摇下车窗，冷风吹进来。罗宾咽下一句反对，毕竟斯特莱克原谅她引来警察。不知道为什么，冷风让她平静一些，说出想对斯特莱克说的话。

"你不能去找霍莉。"

斯特莱克皱着眉转头看她。

"突然来找布罗克班克是一回事，但霍莉如果认出你，一定会警告布罗克班克，你在找他。让我去吧。我想好该怎么办了。"

"嗯——那可不行。"斯特莱克直白地说，"他很有可能和霍莉生活在一起，要么就住在两条街之外。他是个疯子。他如果觉得不妙，一定会想办法找到你。你不能一个人去。"

罗宾拉紧大衣，冷冷地说：

"你到底想不想听我的主意？"

25

> There's a time for discussion and a time for a fight.
> Blue Öyster Cult,'Madness to the Method'

> 讨论和争吵各有时机。
>
> ——蓝牡蛎崇拜乐队,《疯癫做法》

斯特莱克不情愿地承认,罗宾的主意不错。比起她要冒的风险,还是霍莉可能会给诺尔通风报信这件事更为严重。于是,霍莉五点和同事一起下班后,斯特莱克便神不知鬼不觉地跟踪她。罗宾则找了块泥淖荒地,在无人的路边脱下牛仔裤,换上从旅行包里拿出来的一条略带褶痕的正装长裤。

然后罗宾开车前往巴罗市中心。她刚把车开到桥上,斯特莱克就打来电话,告诉她霍莉没回家,而是去了复仇街尽头的酒吧。

"太好了,这样更容易,"罗宾冲摆在副驾驶座上、处于扬声状态的手机喊。路虎震动着,隆隆作响。

"什么?"

"我说这样会——没事,我马上就到!"

斯特莱克已经在鸦巢酒吧的停车场里等她了。他刚打开副驾驶座的车门，罗宾就低声喊道：

"趴下，趴下！"

霍莉出现在酒吧门口，手里端着啤酒。她现在只穿着无袖 T 恤和牛仔裤，魁梧得能装下两个罗宾。她点了支烟，眯眼扫视这片想必已烂熟于心的景色，目光在陌生的路虎上停留片刻。

斯特莱克已经挣扎着钻进车里，伏身低头，不让她看见。罗宾一踩油门，飞快地把车开走。

"我跟踪她时，她看都没看我一眼。"斯特莱克坐起身来。

"还是尽量别让她看见，"罗宾警告，"免得她注意到你，提高警惕。"

"抱歉，忘了你的成绩是'极其优秀'了。"斯特莱克说。

"去你的。"罗宾愤怒地说。斯特莱克吓了一跳。

"我只是开个玩笑。"

罗宾把车开进街边一座停车场，找了个从鸦巢门口看不见的地方停车，然后从提包里翻出下午买的一个小包裹。

"你在这儿等着。"

"不行。我去酒吧停车场看看布罗克班克会不会出现。把钥匙给我。"

罗宾没好气地把钥匙递给他，下车走了。斯特莱克看着她走向酒吧，不禁想知道她刚才的怒火从何而来。他心想：也许罗宾想到马修看不上她的这些成就，认为其不值一提。

鸟巢酒吧坐落在渡船路和斯坦利路交会的 U 形急弯上，是座鼓形硕大砖房。霍莉还站在门口，抽着烟，喝着啤酒。罗宾感到胃里因紧张而一阵反搅。是她主动要来的，找出布罗克班克的行踪是她一个人的责任。因自己的失误引来警察让她有些急躁，斯特莱克不合时宜的玩笑让她想起马修那些暗含讥讽的评论。对于自己接受反侦察培训这件事，马修先是正式祝贺她拿到优秀成绩，然后又话中带刺地暗示，这些所谓的知识不过是常识罢了。

罗宾的手机在兜里响了。她注意着霍莉望向自己的目光，拿出手机，看了看呼叫人。是母亲。她判断此刻不接会显得更为可疑，于是把手机举到耳边。

"罗宾？"琳达的声音响起。罗宾没看霍莉，径直走进酒吧。"你现在在巴罗因弗内斯？"

"对。"罗宾说。面前出现两扇门。她选择左边那一扇，里面是宽敞的酒吧，天花板很高，灯光昏暗。离门口不远处，两个男人穿着她眼熟的蓝色工装，打着台球。罗宾感觉到屋里所有人的目光都转向她这个陌生人，小心避开一切眼神接触，举着电话走向吧台。

"你在那儿干什么？"琳达质问道，不等她回答又说，"警察给我们打了电话，问爸爸是不是把车借给了你！"

"一场误会，"罗宾说，"妈妈，我现在不方便说话。"

她身后的门开了。霍莉从她身边走过，斜瞥她一眼，打量中带着些敌意。除了吧台里的短发女招待，她们是这里唯一的两名女性。

"我们给你家打了电话，"母亲没听见似的继续说，"马修说你和科莫兰出去了。"

"没错。"罗宾说。

"我问他，你们这周末有没有时间回家吃顿饭——"

"我周末为什么要去马沙姆？"罗宾疑惑地问。她用余光注意到霍莉在吧台边坐下，开始和BAE公司的几个穿蓝色工装的男人聊天。

"马修的爸爸过生日。"母亲说。

"哦，对。"罗宾说。她彻底忘了。他家要办生日宴会。很久以前，她就在日历上做了标记，然后渐渐习惯了记号的存在，甚至忘了这一天终将到来。

"罗宾，你没事吧？"

"我说了，妈妈，我现在不方便说话。"罗宾说。

"你还好吗？"

"好！"罗宾不耐烦地说，"我好极了。我回头再打给你。"

她挂了电话，转向吧台。女招待一直在等她点单，眼神毫不掩饰地打量着她，表情和斯坦利街上那个观察他们的女人一样。罗宾现在明白了，她们的戒心里不仅包含普通人对陌生人的警惕和排斥，还有对机密的保护意识。她感到心脏跳得比平时快了几分，用硬装出来的自信语气问道：

"你好，不知道能不能帮我一个忙？我在找霍莉·布罗克班克。听说她可能会来这里。"

女招待思索片刻，毫无表情地说：

"在那儿呢，吧台边上。喝点什么？"

"来杯白葡萄酒吧，多谢。"罗宾说。

她心里清楚，自己此刻所扮演的角色一定会喝葡萄酒。她不会有任何动摇，哪怕女招待的眼神隐含戒备，霍莉一言未发就显露出本能的排斥，玩台球的男人肆无忌惮地盯着她的身体看。她所扮演的女人很冷静，头脑清晰，目标远大。

罗宾付了酒钱，径直走向霍莉和与她闲聊的三个男人。他们注意到她，都沉默下来，好奇又谨慎。

"你好，"罗宾微笑着说，"你就是霍莉·布罗克班克吗？"

"嗯，"霍莉说，没什么好脸色，"你遂？"

"抱歉？"

在周围几个看好戏之人的目光下，罗宾纯靠意志力保持着微笑。

"你——是——谁？"霍莉模仿伦敦口音说。

"我叫维尼夏·霍尔。"

"哎哟，你的运气真差。"霍莉说，冲身边的一个工人咧嘴一笑，对方窃笑起来。

罗宾从提包里拿出名片。这是下午她自己去购物中心找地方印的，期间斯特莱克一直在面包房附近监视霍莉。斯特莱克建议她用自己的中间名，说："从名字看，你是个矫揉造作的南方人。"

罗宾递过名片，直盯着霍莉眼线浓厚的双眼，重复道："维尼夏·霍尔。我是个律师。"

霍莉的微笑消失。她皱起眉读着名片。罗宾花四点五英镑印了两百张名片。

哈德亚克-霍尔
人身伤害索赔法律事务所
维尼夏·霍尔
资深合伙人
电话：0888 789654
传真：0888 465877
电邮：venetia@h&hlegal.co.uk

"我在找你的兄弟诺尔，"罗宾说，"我们不如——"
"你怎么知道我在这儿？"
"邻居说你可能会来。"
她那些穿着蓝色工装的酒友露出冷笑。
"我们有消息带给你兄弟，"罗宾鼓起勇气继续说，"我们在找他。"
"我不知道他在哪儿，也不想知道。"
两个工人离开吧台，走向餐桌。只有一个工人还坐在霍莉身边，看着罗宾的尴尬模样，露出笑意。霍莉喝光酒，把五元钞票拍到男人面前，叫他替自己再买一杯，然后爬下吧椅，大步走向女厕所。她走路时双臂僵硬地摆在身体两侧，像个男人。
"她兄弟和她不怎么来往。"女招待说。不知何时，她已经凑到旁边，在听她们对话。她似乎为罗宾感到遗憾。
"那你呢，知道诺尔在哪儿吗？"罗宾有些绝望地问。
"他有一年多没来过这儿了，"女招待含糊地说，"你知道他在哪儿吗，凯文？"
霍莉的朋友一耸肩，替霍莉点了酒，暴露出格拉斯哥口音。
"唉，太可惜了。"罗宾说，声音冷静平稳，别人完全听不出她的心跳有多慌乱。她实在不想一无所获地回到斯特莱克身边。"我如果能找到他，他的家人有可能拿到一大笔赔偿金。"

她转身作势要走。

"给家人,还是给他本人的?"格拉斯哥人敏锐地问。

"这要看情况。"罗宾转回身,淡淡地说。维尼夏·霍尔不会和与案子无关的人打得火热。"如果家人履行过看护职责——我需要了解更多细节才能判断。有些亲戚已经领到赔偿金,"罗宾撒谎,"金额非常可观。"

霍莉回来了。她见到罗宾与凯文交谈,表情变得相当凶恶。罗宾走向女厕,心脏剧烈跳动,不知道刚才的谎言会不会起效。她看到霍莉与自己擦肩而过时的表情,觉得她有可能会追上来,把自己堵在水池边暴揍一顿。

结果,她从厕所出来时,看到霍莉正和凯文在吧台边交头接耳。罗宾知道不能逼得太狠;霍莉要么会上钩,要么不会。她系紧大衣的腰带,转头走向门口,脚步不快,但很坚定。

"喂!"

"嗯?"罗宾说,态度仍然冷淡。霍莉太没礼貌,维尼夏·霍尔可是习惯了他人对她毕恭毕敬。

"说吧,到底是怎么回事?"

凯文看起来很想插一脚,但他与霍莉的关系显然还没近到可以参与涉及对方财产这样的私人话题。他不满地让开位子,坐到老虎机前。

"去那儿说吧。"霍莉对罗宾说,端上新倒的啤酒,走向角落里钢琴边的一张桌子。

酒吧的窗台上放着几只瓶中船。它们与窗外工厂高墙后正在建造的庞然大物相比,显得美丽又脆弱。地毯花纹繁复,足以藏起千万块污渍;窗帘后的植物都萎靡不振。但四周不成套的装饰品和体育奖杯给这里增添了家庭般的温馨,身着蓝色工装的顾客彼此仿佛都是兄弟。

"哈德亚克-霍尔事务所的客户里有很多退伍军人,这些客户在战场之外遭受了本来可以避免的人身伤害,"罗宾说,背出事先想好的说辞，"我们在重审记录时看到你兄弟的卷宗。当然，具体事宜要等我们和他本人谈过之后才能确定，但我们非常希望他能加入我们的索赔队伍。我们非常擅长处理他这种案子。有他在，我们能给军队造成更大的压力，得到更多的赔偿金。索赔人越多，我们赢的机会就越大。当然，布罗克班克先生本人不需要支付任何费用，"她借用电视上的广告语，"不胜诉，不收费。"

霍莉表情严厉，什么都没说。她手上戴满廉价镀金戒指，只有用来戴婚戒的无名指空着。

"凯文说什么家里人能拿钱。"

"哦，没错，"罗宾愉快地说，"如果诺尔受伤这件事也影响到你，影响到其他家人——"

"当然影响到了！"霍莉低吼。

"具体有哪些影响？"罗宾问道，从提包里拿出笔记本，拿好铅笔，等着。

她要想从霍莉嘴里打探到尽可能多的信息，恐怕需要借助酒精的力量，利用霍莉心里的委屈。罗宾看得出，霍莉正在考虑怎么把故事讲得让律师爱听。

首先，她要澄清，她对受伤的兄弟并无怨怼。她小心翼翼地从诺尔十六岁参军讲起。他为军队献出了一切；军旅生活就是他的人生。是啊，大家根本不知道军人都做出了多少牺牲……罗宾知不知道，她和诺尔是双胞胎？是啊，在圣诞节那天出生的……诺尔和霍莉……

她兄弟是个禁忌的话题，能这样讲起他的事对她而言也是种解脱。与她同时住过同一个子宫的男人一头闯入大千世界，四处旅行，战斗，在英国军队里的地位越升越高。诺尔的勇敢与冒险精神同样也反映在她身上，虽然她一直留在巴罗。

"……然后他娶了个叫艾琳的女人。寡妇。还带着俩孩子。老天爷。人人不都说吗？好心没好报。"

"你的意思是？"维尼夏·霍尔捧着酒杯，礼貌地问。杯里的葡萄酒口感酸涩，高度只剩不到半英寸，已经被手焐得温热。

"娶了她，跟她生了个儿子。可爱的男孩……莱恩……真可爱。我们已经多久没见过他了？……六年吧？七年？婊子。有一天，她去看医生，结果趁机跑了。把孩子全带走了——要知道，儿子可是诺尔的一切。一切——什么无论生病健康，永不分离？哈！去他妈的。就在他最需要支持时跑了。婊子。"

看来诺尔和布里塔妮早就分开了。或者他又追踪到继女的下落？毕竟，对于改变他人生的那次受伤，布里塔妮和斯特莱克都要负责任。罗宾按捺住心跳，保持中立的表情。她真希望现在能给斯特莱克发短信。

老婆消失后，诺尔突然出现在老家，就是斯坦利街上那座地面上下各两层的旧宅。霍莉一辈子都住在那里。自从继父死后，她就一直独自生活。

"我让他住下了，"霍莉说，挺直背，"我们毕竟是家人。"

她没提起布里塔妮的指控。霍莉把自己描绘成一个饱含深情的亲人，慈爱的妹妹。她的言辞明显过于夸张，但罗宾早就明白，最荒诞的谎言里，往往也藏有几分真实。

她不知道霍莉是否了解那些虐待儿童的指控。事情发生在德国，诺尔最终也并未获刑。可是，布罗克班克如果真的大脑受损伤，是否还能保持警惕，对自己屈辱退伍的原因缄口不提？他如果真的清白无辜、身心受创，难道不会滔滔不绝地抱怨起自己所遭遇的不公待遇吗？

罗宾给霍莉买了第三杯酒，巧妙地转移话题，让霍莉谈诺尔回家后的样子。

"他变了个人。老是抽风，癫痫。吃一堆药。我刚卸下照顾继父的担子——他中风了——紧接着诺尔就回来了，抽搐个不停，我……"

霍莉用啤酒堵住后面的话。

"那一定很辛苦，"罗宾说，在小本子里写着笔记，"他有哪些行为困难？大家都说那些问题最难处理。"

"是啊，"霍莉说，"嗯。他的脑子被人从头骨里踢出来，脾气倒是好多了。他以前把家里砸烂过两次，老是冲我大吼大叫。"

"他现在出名了，你知道吗？"霍莉阴沉地说。

"抱歉？"罗宾没听懂。

"揍他的那玩意！"

"那玩——"

"他妈的科莫兰·斯特莱克！"

"哦，是啊，"罗宾说，"我听说过他。"

"就是他！当上他妈的私人侦探了，报纸上全是他！揍伤诺尔时还是他妈的军事警察……把他一辈子都他妈毁了……"

她嘟嘟囔囔地抱怨了一会儿。罗宾记着笔记，等待霍莉说起军事警察为什么要去找她兄弟，但她要么不知道，要么就是下了决心只字不提。罗宾唯一能确定的是，诺尔·布罗克班克将自己的癫痫完全归咎于斯特莱克。

诺尔在她家住了将近一年。霍莉将这段日子描述得如同炼狱：在他眼里，双胞胎姐妹就是出气用的，他在她家肆意宣泄自己的痛苦和愤怒。他后来经巴罗的老朋友介绍，去曼彻斯特当了保镖。

"他已经恢复到可以工作了？"罗宾问。根据霍莉先前所言，诺尔已经失去自控力，遇到一点小事就会勃然大怒。

"嗯，他那时差不多好了，不喝酒，老实吃药就没事。我可一点也没想挽留他，他住在这儿，可把我累死了，"霍莉说，突然想起被伤者严重影响生活的亲人才有钱拿，"我得了恐慌症。我看过医生了，病历里写着呢。"

在接下来十分钟里，霍莉不停地说，她兄弟的行为是多么影响她的生活。罗宾严肃而同情地点着头，不时插上一句鼓励："嗯，其他家属也这么说。""哦，没错，这一点在申诉时很重要。"她又给霍莉买了杯酒，后者听话地把酒接过去。

"我给你买一杯。"霍莉说，挣扎着想起身。

"不用，不用，这都包含在我们申诉的花销里。"罗宾说。她等着女招待倒好麦克文啤酒，看了手机一眼。马修又发来信息，罗宾没理他。斯特莱克也发来信息，她点开。

没事吧？

嗯，她回复。
"这么说，你兄弟在曼彻斯特？"她端着啤酒回到桌边，问霍莉。
"不在，"霍莉灌了一大口啤酒后说，"他被开除了。"
"哦，真的吗？"罗宾说，铅笔停在半空，"如果是因为他的身体情况，我们可以帮他控告对方不正当解雇——"
"不是因为这个。"霍莉说。

她阴沉而紧绷的脸上露出奇怪的表情，仿佛暴雨云中的银色闪电。有什么东西要挣扎着破茧而出。
"他回来了，"霍莉说，"一切回到从前——"
暴力，狂怒，砸坏家具。然后他找了份新工作，去了马基特哈伯勒。对于工作内容，霍莉语焉不详地说是"保安"。
"后来他又回来了。"霍莉又说。罗宾的脉搏骤然加快。
"他现在在巴罗？"她问。
"不在。"霍莉说。她醉了，逐渐忘了自己该向律师兜售什么样的故事。"他就回来了两周，但我这次跟他说，他如果再来，我就要报警，于是他就彻底消失。我得去趟厕所，"霍莉说，"再抽一根。你抽烟吗？"

罗宾摇摇头。霍莉摇摇晃晃地站起来，去了厕所。罗宾掏出手机，给斯特莱克发短信。

说他不在巴罗，也没和孩子们在一起。她醉了。我还在问。她要出去抽烟，你躲着点。

她按下发送键,随即后悔不该加上最后那一句,生怕再引来一句针对她反侦察能力的讽刺。但她的手机立刻就响了,斯特莱克只发来两个字:

收到。

霍莉过了好久才回来,身上有股罗斯曼香烟的气味。她把手里的白葡萄酒递给罗宾,自己端着第五杯啤酒坐下来。

"谢谢你。"罗宾说。

"跟你说,"霍莉哀怨地说,仿佛对话并未中断过,"他在这里,对我的健康极为不利。"

"那肯定,"罗宾说,"所以布罗克班克先生现在住在?"

"他可暴力了。他有一次推我,我的头撞到冰箱门上,我跟你讲过了吧?"

"嗯,讲过了。"罗宾耐心地说。

"他还把妈妈的盘子都摔坏了,我想阻止他,他一拳打肿我的眼睛——"

"真可怕。你肯定能拿到赔偿金。"罗宾撒谎,无视心里涌起的一丝罪恶感。她单刀直入地问起最重要的问题:"我们以为布罗克班克先生就在巴罗,因为他的养老金被寄到了这里。"

霍莉喝了四杯半啤酒,反应有些迟缓。她得知自己能拿到赔偿金,容光焕发:就连生活在她眉间刻下的皱痕和脸上那永恒的愤怒表情也消失了。但她一听到布罗克班克的养老金,又晕晕乎乎地戒备起来。

"不,不在这儿。"霍莉说。

"记录是这么说的。"罗宾说。

老虎机发出人工合成的叮当乐曲,在角落里闪烁;台球受到撞击,骨碌碌地滚过台面;四处传来混合着巴罗口音和苏格兰口音的低语。罗宾突然凭直觉明白真相,就像亲眼看到一样确定:霍莉一直在私自领取兄弟的军队养老金。

"当然了，"罗宾用令人信服的轻快语气说，"我们也知道，布罗克班克先生可能不会自己去领钱。当事人如果行为不便，有时会授权家人代为领取。"

"对。"霍莉立刻说。她苍白的脸上泛起阵阵红潮，看起来仿若少女，与刺青和耳洞很不协调。"他刚出来时，是我帮他领的。他老犯癫痫。"

罗宾心想：他如果连这点事都办不到，为什么要把养老金寄到曼彻斯特，再寄到马基特哈伯勒，最后又寄回巴罗？

"所以现在是你把钱寄给他？"罗宾问道，心跳再次加快，"还是他自己去领？"

"听着。"霍莉说。

她的上臂上有地狱天使刺青，一个戴着带翅膀头盔的骷髅头。她俯身凑到罗宾面前，骷髅随之一阵抖动。啤酒、香烟和糖分让她的呼吸闻起来有一股腐臭。罗宾连眉头都没皱。

"听着，"霍莉又说，"你能帮人争取到赔偿金？比如，比如他们……比如他们受了伤，或者……或者怎么样了。"

"没错。"罗宾说。

"那如果这个人已经……如果社会服务部本来……本来该管，但没管呢？"

"这要取决于具体情况。"罗宾说。

"我们九岁时，妈妈就跑了，"霍莉说，"把我们丢给继父。"

"真遗憾，"罗宾说，"那一定很苦吧。"

"七十年代的事，"霍莉说，"没人在乎。性虐待儿童。"

罗宾的心里压上沉甸甸的铅块。霍莉难闻的口气喷在她的脸上，斑驳的脸近在她眼前。霍莉完全不知道，眼前这个饱含同情、承诺给她大把钞票的律师是假的。

"他虐待我们，"霍莉说，"我继父。对诺尔也不例外。从我们很小的时候开始。我们会一起躲在床下。后来诺尔也开始虐待我。听着，"她认真地说，"他好的时候可以很好，诺尔。我们小时候可亲了。总之，"她的语气表明她受到双重背叛，"我们十六岁时，他就抛下我们，去参军了。"

罗宾本来没想再喝酒，此时还是端起杯子，喝了一大口。霍莉的第二位施虐者原本是帮她抵抗第一位施虐者的人：两个魔鬼中不那么邪恶的一个。

"他是个混蛋。"她说。罗宾听得出，她说的是继父，不是先打她然后又消失在国外的双胞胎兄弟。"不过，我十六岁时，他工作时出了意外，之后对付起来就容易了。工业化学品。那个老混蛋。整个人都废了。吃一堆止疼药之类的玩意。然后他就中风了。"

她流露出的恨意如此坚决，罗宾非常明白继父在她这里得到了怎样的照顾。

"老混蛋。"她轻声说。

"你看过心理医生吗？"罗宾听见自己问。

从言行举止看，我确实是个装腔作势的南方人。

霍莉冷哼一声。

"操，没有。这是我第一次给人讲这些。这种事，你应该听过不少吧？"

"哦，是啊。"罗宾应道。她必须这么说。

"诺尔上次回来时，"霍莉五杯啤酒下肚，咬字更加含糊不清，"我叫他滚远点，别来烦我。我说你要是不走，我就去找警察，告诉他们你以前是怎么虐待我的，看看他们怎么说。你可有案底，那么多小姑娘都说你乱摸。"

罗宾突然感到嘴里的酒变得苦涩。

"他丢掉曼彻斯特的工作就是因为这个。他摸了一个十三岁的小姑娘。在马基特哈伯勒恐怕也差不多。他不告诉我他为什么没了工作，但我知道他肯定又干了那种事。死性难改嘛，"霍莉说，"你说，我能起诉吗？"

"我想，"罗宾说，不想贸然提出建议，以免进一步伤害身边这位饱受折磨的女性，"报警应该是你最好的选择。你兄弟到底在哪儿？"

她问。她有点不顾一切了,只想得到想要的信息,离开这个地方。

"不知道,"霍莉说,"我告诉他我会报警,他发了狂,然后……"

她低声嘟囔一句,罗宾只听到"养老金"这几个字。

他告诉她,她如果不去报警,他就把养老金都给她。

于是她经常坐在这里,用兄弟给的封口费不要命地喝酒。霍莉知道他还在"乱摸"未成年的小姑娘……她听说过布里塔妮的指控吗?她在乎吗?还是她自己的伤口已经结了厚厚的痂,以至于她对其他小女孩的痛苦无动于衷?她还生活在每一次性虐待发生的那座房子里,窗户直对着铁丝网和砖墙……她为什么不逃跑?罗宾心想,她为什么不像诺尔那样跑掉?为什么要留在老房子里,面对着空白的高墙?

"你有没有他的电话,或者其他联系方式?"罗宾问。

"没有。"霍莉说。

"你如果能帮我联系上他,就能拿到一大笔钱。"罗宾走投无路,不再在意措辞。

"他以前待过一个地方……"霍莉思考了一会儿,又盯着手机看了几分钟,口齿不清地说,"在马基特哈伯勒……"

她花了很长时间,最后终于找到诺尔最后一个雇主的电话。罗宾记好号码,从钱包里拿出十英镑,塞进霍莉满怀期待的掌心。

"谢谢你帮忙。很大的忙。"

"都是同样的玩意儿,都一样。"

"是啊,"罗宾说,完全不知道自己到底在赞成什么,"我回头再联系你。我知道你的住址。"

她站了起来。

"嗯。回头见。都是同样的玩意儿。都一样。"

"她是说男人,"女招待说。她走来收拾霍莉面前堆积的空杯子,对茫然不解的罗宾微微一笑,"玩意儿就是男人。她是说,男人都一样。"

"哦,是啊,"罗宾说,几乎没意识到自己说了什么,"一点没错。非常感谢你。再见了,霍莉……多保重……"

26

> Desolate landscape,
> Storybook bliss ...
> Blue Öyster Cult,'Death Valley Nights'
>
> 荒凉的大地,
> 故事书里的幸福……
>
> ——蓝牡蛎崇拜乐队,《死亡山谷的夜晚》

"心理学界的损失,"斯特莱克说,"私人侦探业的福祉。干得太漂亮了,罗宾。"

他举起麦克文啤酒和她干杯。两人坐在路虎里吃着炸鱼配薯条,不远处就是奥林匹克快餐店。店里灯火通明,衬得周围夜色更浓。不时有人影在门口进出,人影进门时在灯光下化为三维实体,出门后又变成单薄的阴影。

"他老婆跑了?"

"对。"

"霍莉说他再也没见到那几个孩子?"

"嗯。"

斯特莱克沉思地呷着啤酒。他很想相信布罗克班克确实和布里塔妮失去了联系，可那混蛋万一又想办法找到了她呢？

"但我们还是不知道他在哪儿。"罗宾叹气。

"我们现在知道的是：他不在这儿，大概有一年都没回来过了，"斯特莱克说，"他把一切都怪在我的头上，还在到处虐待小姑娘，脑子比住院时清醒了那么一丁点。"

"为什么这么说？"

"他似乎没有四处宣扬自己犯过虐待儿童罪。他还找了工作，他原本完全可以待在家里，靠残疾人补助金生活。我想，他是觉得出门工作才有机会接触到小女孩。"

"别说了。"罗宾喃喃，思绪从霍莉的话跳到那颗冰冻的头颅上。她看起来那么年轻，丰润的脸颊上挂着一丝惊讶。

"所以，布罗克班克和莱恩都是自由之身，都在英国的某个地方恨着我。"

斯特莱克大口吃着薯条，在杂物箱里搜寻一番，拽出道路地图，沉默地翻了一会儿。罗宾把自己剩下的鱼和薯条重新用报纸包好，说：

"我得给妈妈打个电话。一会儿之后就回来。"

她下了车，走到旁边的街灯下，拨了父母家的电话。

"你没事吧，罗宾？"

"没事，妈妈。"

"你和马修怎么了？"

罗宾抬头望着群星闪耀的天空。

"我想我们是分手了。"

"你想？"琳达说。她听起来既不惊讶也不悲伤，只想知道全部真相。

罗宾一直担心说出这句话会让自己哭出来，但她的眼睛里没有泪水，她也不必强迫自己保持语气镇定。她也许变得更坚强了。她觉得，比起霍莉·布罗克班克绝望的人生经历和牧羊丛那个女孩的惨死，自己这点事实在没什么大不了的。

"是周一晚上的事。"

"是因为科莫兰吗?"

"不,"罗宾说,"是因为萨拉·夏洛克。马修有段时间一直和她上床,就在我……我回家之后。就是——你知道的。在我休学之后。"

两个年轻男人漫步走出快餐店,大概是喝多了,互相喊叫着脏话。其中一个注意到罗宾,捅了捅另一个。他们冲她走过来。

"你还好吗,宝贝?"

斯特莱克下了车,猛地关上车门,漆黑的身影比他们俩高出一个头。两个年轻人噤声,走远了。斯特莱克靠在车上点了根烟,脸隐藏在黑暗里。

"妈妈,你还在吗?"

"他是周一晚上告诉你的?"琳达问道。

"对。"罗宾说。

"为什么?"

"我们又因为科莫兰吵了起来,"罗宾嘟囔,看着几英尺开外的斯特莱克,"我说,'我们是纯粹的朋友关系,就像你和萨拉——'然后我看见他的脸——然后他就承认了。"

母亲长长地叹了口气。罗宾等着她说出安慰或睿智的话语。

"我的老天,"琳达说,沉默了好长时间,"你真的没事吗,罗宾?"

"我很好,妈妈,真的。我在工作呢。工作对我很有帮助。"

"为什么去巴罗?"

"我们在找一个人,斯特莱克觉得那条腿有可能是这个人寄的。"

"你们晚上住在哪儿?"

"旅客之家,"罗宾说,"当然是一人一间。"她飞快地补充。

"你出门以后联系过马修吗?"

"他一直给我发短信,说他爱我。"

她这么说时,突然想起自己还没读马修发来的最后一条短信。她完全忘记了。

"对不起,"罗宾对母亲说,"婚纱,典礼,还有其他一切……对不起，妈妈。"

"我担心的可不是这些东西，"琳达说，又问了一遍，"你还好吗，罗宾？"

"嗯，我很好，我发誓，"她犹豫一下，又有点挑衅地加了一句，"科莫兰很体贴。"

"但你总得跟马修谈谈，"琳达说，"这么久了……你不能无视他。"

罗宾失去冷静。她的声音因愤怒而颤抖，双手也抖个不停。

"我们两周前去看橄榄球赛，和萨拉以及汤姆一起去的。从大学到现在，萨拉和马修一直经常见面——他们一直在上床，就在我——我——他从来没和她断过联系，萨拉总是拥抱他，和他调情，挑拨我们的关系——我们看橄榄球赛时，她拿斯特莱克当话题。'哦，他可真有魅力，办公室里只有你们两个人？'我一直以为她只是单方面喜欢马修，我知道她在大学里就想勾引马修，但我从没——十八个月，他们在一起睡了十八个月——你知道马修对我说什么吗？说萨拉是去安慰他的……我先前让步了，说她可以来参加我们的婚礼，因为我没和他商量就邀请了科莫兰。这也算是对我的惩罚吧，因为我本来不想让她参加。马修每次经过她的办公室附近，都会和她一起吃饭——"

"我去伦敦看你。"琳达说。

"不，妈妈——"

"就一天。请你吃午饭。"

罗宾虚弱地笑了一声。

"妈妈，我的工作没有固定午休时间。"

"我会去伦敦的，罗宾。"

母亲的声音一旦变得如此坚决，和她争论只是浪费时间。

"我不知道什么时候回去。"

"嗯，你知道了再告诉我，我好订车票。"

"我……哦，好吧。"罗宾说。

她们互道再见，罗宾意识到自己终于涌出眼泪。她假装若无其事，但想到能见到琳达，她备感安慰。

她转头望向路虎。斯特莱克还靠在车上，也在打电话。还是假装在打？她说话的声音很大。斯特莱克在某些时候很体贴。

她低头看着手里的手机，打开马修的短信。

你妈妈来了电话。我告诉她你出差了。你如果不想参加我爸爸的生日宴会，跟我说一声。我爱你，罗宾。马修

又来了：他并不相信这段感情已经结束。"你如果不想参加……"仿佛这一切都只是她小题大做，仿佛她不可能会让这件事影响到他父亲的生日宴会……"我根本不喜欢你爸爸……"

她生气地打字，发送。

我当然不去。

她回到车里。斯特莱克似乎真的在打电话。地图摊在副驾驶座上：他正在研究马基特哈伯勒的莱斯特市。

"嗯，你也是，"她听见斯特莱克对着电话说，"嗯。回头见。"

埃琳，罗宾心想。

他上了车。

"是沃德尔吗？"她假装一无所知地问。

"埃琳。"他说。

她知道你和我一起出远门吗？就我们两个人？

罗宾感觉到自己的脸红了。她不知道这念头是从哪儿冒出来的。他们又不是……

"你想去马基特哈伯勒？"她举起地图问。

"不如顺便去一趟，"斯特莱克说，又喝了口酒，"那是布罗克班克最后工作过的地方。也许能找到点什么线索。不去查查看就太愚蠢

了……如果去……"

他从罗宾手里拿过地图，翻了几页。

"那儿离科比只有十二英里。我们可以顺道过去，看看二〇〇八年和一个女人在那儿同居的莱恩是不是我们要找的那位。那个女人还在，她叫洛兰·麦克诺顿。"

罗宾已经习惯斯特莱克对人名和细节的精准记忆。

"好吧。"她说，很高兴听到他们明早将进行下一段的调查，而不是开上大老远的路回伦敦。他们如果发现什么有意思的事，也许会在路上再住一晚，她就又有十二个小时不用见到马修了——但她随即想起，马修明晚就要为父亲的生日宴会往家赶了。不管怎样，她回家时公寓里都将空无一人。

"他会想办法去找她吗？"斯特莱克沉默了一会儿后，说出心里的疑虑。

"抱歉——什么？谁？"

"布罗克班克有没有可能过了这么多年还是去找布里塔妮，把她杀了？或者我负罪感太强，找错了目标？"

他用拳头轻捶一下路虎的车门。

"那条腿上面的伤，"斯特莱克自言自语地说，"和她腿上的伤一样。他曾经威胁小姑娘：'你小时候，我想把你的腿砍下来，结果你妈妈进来了。'他妈的混球。还有谁会给我寄一条带伤痕的腿？"

"嗯，"罗宾语速缓慢地说，"我想此人选择人腿的原因，也许和布里塔妮·布罗克班克无关。"

斯特莱克转头看着她。

"你继续说。"

"杀死那个女孩的人完全可以给你寄其他部位，结果都是一样的，"罗宾说，"胳膊，或者——或者是乳房——"她尽量让口气保持冷静，"警察和媒体还是一样会来找我们。客户还是会流失，我们同样会不知所措——但他寄的是右腿，切口和你截肢的位置一模一样。"

"我想这也符合那该死的歌词。不过——"斯特莱克整理思绪，

"不，我在说废话。寄胳膊也能达到同样的效果。脖子也是。"

"他明确指出你的残疾，"罗宾说，"你的断腿对他有什么意义？"

"鬼知道。"斯特莱克说，注视着罗宾的侧脸。

"英雄主义。"罗宾说。

斯特莱克嗤了一声。

"在错误的时间待在错误的地方，不是什么英雄。"

"你是位荣获勋章的老兵。"

"我不是因为被炸飞了才得到勋章的。我在受伤前就得了勋章。"

"你从来没告诉过我。"

罗宾转头正面对着他，但他不肯转移话题。

"继续说啊。为什么要寄腿？"

"你是在战争中负的伤。你受的伤代表了勇气，在逆境中坚韧不拔。媒体每次提到你，都会提到你的断腿。我想——对这个寄腿人来说——这条断腿代表的是名声、成就，还有——还有荣耀。他想诋毁你的残疾，把它和可怕的东西挂上钩，改变公众对你的印象，把你从英雄变成一个收到女孩碎尸的人。他想给你找麻烦，这没错，但他也想诋毁你的公众形象。这个人一定渴望你拥有的东西，想要受人瞩目，获得认可。"

斯特莱克弯下腰，从脚边的棕色袋子里掏出第二罐麦克文啤酒。易拉罐打开的清响回荡在冰冷的空气里。

"你如果说对了，"斯特莱克说，看着香烟的烟雾蜿蜒升入夜空，"如果我出名让这疯子寝食难安，那嫌疑最大的就是惠特克。他最渴望的就是出名。"

罗宾等着他说下去。对于继父，斯特莱克几乎什么都没讲过，不过互联网给罗宾提供了许多斯特莱克不肯分享的细节。

"在我认识的人里，他是最喜欢寄生于人的混蛋，"斯特莱克说，"像吸血一样吸取别人的名声，确实像是他会做的事。"

在狭小的车内空间里，罗宾能感觉到他又生气了。他对这三个嫌疑人的反应始终如一：布罗克班克让他产生负罪感，惠特克让他愤怒。他只有谈到莱恩时,才能保持几分客观。

"尚克尔没查到什么吗?"

"说他在卡特福德。尚克尔会找出他的下落。惠特克应该是躲在什么肮脏的角落里了。他一定在伦敦。"

"为什么这么肯定?"

"只有伦敦了,不是吗?"斯特莱克说,目光越过停车场望着成排的住房,"惠特克是约克郡人,他现在已经是彻底的伦敦佬了。"

"你不是好多年没见过他了吗?"

"我不用见他也知道。我了解他。他就是那种一心想干大事,到了首都就一直漂着,再也不肯离开的垃圾。他觉得只有伦敦配得上他。他想在最宏伟的舞台上大展身手。"

可是惠特克从来没能爬出首都最肮脏的角落。那是尚克尔活动至今的无法无天之地,贫穷和暴力像病毒一样肆意蔓延。没在那里生活过的人永远不会明白:伦敦本身就是一个国家。没在那里住过的人也许会憎恶这座城市,因为它比英国其他任何地方都拥有更多的权力和金钱,但他永远不会了解伦敦的贫穷生活是什么样子。这里的一切都比其他地方更贵,成功者与失败者之间的区别清晰得几近于残忍。埃琳在克拉伦斯巷的公寓里竖着奶油色的立柱;他母亲在白教堂非法占据的住所则污秽不堪。两者之间的差距不能光用英里来衡量,而是天与地的差距,中间隔着无法选择的随机的出身、判断失误和天降好运。他母亲和埃琳都是聪明又漂亮的女人,一个陷入毒品与污秽的沼泽,另一个则在一尘不染的玻璃窗后眺望摄政王公园。

罗宾也在想伦敦。伦敦让马修着迷,但他感兴趣的并不是罗宾每天调查时穿梭过的蛛网般的街道,而是这座城市闪闪发光的表面:最好的餐厅,最宜居的小区,仿佛伦敦是个规模庞大的大富翁游戏。他对约克郡和马沙姆并没有太多感情。他父亲是土生土长的约克郡人,去世的母亲则出身于萨里郡。她总是一副屈尊下嫁北方人的样子,坚持纠正马修和他妹妹金伯利的每一句方言。马修和罗宾开始约会时,罗宾的兄弟们都很嫌弃他不南不北的口音:不管罗宾怎么抗议，不管马修的名字多么约克郡，他们还是感觉到他对南方打心底的憧憬。

"生长在这地方，心态会变得很奇怪吧？"斯特莱克说，望着远处的房屋，"像个岛。我以前从来没听过这儿的口音。"

附近传来一个男人的声音，这个男人唱着充满激情的歌。一开始，罗宾还以为他在唱赞美诗。随即有更多声音传来，风向也变了，两人听清了几句歌词：

> Friends to share in games and laughter
> Songs at dusk and books at noon ...
> 和朋友一起游戏，共同欢笑
> 黄昏歌唱，正午读书……

"是校歌。"罗宾微笑着说。她逐渐看清唱歌的人：一群身着黑西装的中年人放声歌唱，走上巴克卢街。

"是葬礼，"斯特莱克猜测，"以前的老同学。你看。"

那群穿黑西装的人走过车边，其中一个人发现罗宾在看他们。

"巴罗男子文法学校！"他冲罗宾喊道，像进了球似的挥舞拳头。其他男人欢呼起来，喧闹声中带着醉意和惆怅。他们又唱起歌，逐渐消失在罗宾和斯特莱克的视野。

> Harbour lights and clustered shipping
> Clouds above the wheeling gulls ...
> 海港灯光，船只成群
> 云层下海鸥翱翔……

"故乡啊。"斯特莱克说。

他想起自己的舅舅特德，骨子里的康沃尔人。他一辈子都生活在圣莫斯，以后也将终老于此。他是那个小镇不可或缺的一部分，本地人只要还存在，他就不会被人遗忘，酒吧的墙上会一直挂着他站在救生艇边微笑的老照片。特德去世——斯特莱克希望那是二三十年后才会发生的事——他们会用巴罗文法学校哀悼校友的方式哀悼他：大口喝酒，尽情流泪，热烈庆祝曾经遇到过他这么一个人。黝黑笨重、强奸幼女的布罗克班克和发色狐红、虐待妻子的莱恩呢？他们会给自己出生的城镇留下什么？因他们离开而如释重负，害怕他们归来，绝望的人，丑陋的回忆。

"我们走吧？"罗宾轻声说。斯特莱克点点头，把燃烧的烟头丢进最后一口啤酒里，听到令他满足的嘶嘶声。

27

A dreadful knowledge comes ...
Blue Öyster Cult,'In the Presence of Another World'

令人畏惧的真相……

——蓝牡蛎崇拜乐队,《在另一个世界面前》

他们在旅客之家开两间客房,中间隔了五扇门。罗宾一直担心前台会问他们要不要双人房,结果对方尚未开口,斯特莱克就抛出一句"两个单间"。

两人乘电梯上楼。罗宾不该突然拘谨起来,真的,毕竟他们一整天都待在路虎里,挨得比现在还要近。罗宾走到第一间客房门口,说了句晚安。她说这话时感觉很奇怪,虽然斯特莱克并没停留。只是回了句"安",就继续向前走了。但他没有直接进屋,而是在房间门口站了片刻,看着她用房卡打开门,慌张地挥了一下手,进屋。

她为什么要挥手?莫名其妙。

她把旅行包扔到床上,走到窗边。外面是刚进城时路过的那片工业区,景色还是一样萧条。她感觉自己好像已经离开伦敦很久了。

中央空调的温度太高,罗宾使劲打开僵住的窗户。冰冷的夜风吹进来，瞬间赶跑室内沉闷的空气。罗宾给手机充上电，换上睡衣，刷了牙，钻进触感冰凉的床铺。

她想到斯特莱克就睡在五间客房之外，仍然觉得心神不稳。这一定是马修的错。"你如果跟他上床，我们就彻底完了。"

不羁的想象力突然起了作用：敲门声，斯特莱克随便找了个借口，推门进来了……

别傻了。

她翻了个身，把泛红的脸埋进枕头。想什么呢？都怪马修说了那些乱七八糟的东西，以己之心度人之腹……

斯特莱克此刻也还没睡。他在车里坐了一整天，身体僵硬酸痛。他把假肢卸掉以后，感觉真好。淋浴间并不是为了独腿人士设计的，他忍着不便，冲了个澡，小心地抓着浴室门内部的门闩，在热水里放松酸痛的膝盖。然后他用浴巾擦干身体，慢慢挪回床边，给手机插上充电线，全身赤裸地爬上床。

他用双手枕着头，仰望黑暗中的天花板，想着只隔了五间客房的罗宾。不知道马修有没有再发信息，会不会给她打电话，罗宾有没有利用这难得的独处时间痛哭一场。

狂欢的声音透过楼层传到他耳边，听起来好像是单身汉聚会：高亢的男性笑声、喊声、嘘声、撞门声。有人放起音乐，贝斯的震动穿透他的房间。让他想起睡在办公室里的那些夜晚，楼下的十二酒馆也会放音乐，行军床的金属床腿同样随贝斯而震动。他希望罗宾的房间没这么吵。她需要休息——明天还要开两百五十英里。斯特莱克打了个哈欠，翻过身，在震天响的音乐和吵嚷中酣然入睡。

第二天早上，他们如约在餐厅碰面。斯特莱克用魁梧的身躯挡住罗宾，罗宾偷偷摸摸地用自助餐厅提供的热水灌满保温瓶。两人都在盘子里堆满烤面包。斯特莱克抵挡住诱惑，没吃完整的英式早餐。他为了奖励自己，往背包里丢了好几个起酥面包。八点整，他们坐着路虎，开过风景壮丽的坎布里亚田野，穿过无边无际的石南丛和泥炭地，上了 M6 公路南段。

"抱歉，我没法替你，"斯特莱克呷着咖啡说，"离合器会要了我的命。咱俩都得撞死。"

"没关系，"罗宾说，"你也知道，我喜欢开车。"

他们在友好的沉默中加速前进。罗宾是唯一一个能让斯特莱克甘心当乘客的人。他其实对女司机抱有根深蒂固的偏见，只是从没说出来过。这要追溯到以往太多次痛苦的乘车经历——康沃尔的婶婶容易紧张又技术生疏，妹妹露西经常东张西望，夏洛特则不顾危险，横冲直撞。他在特别调查局的前女友特蕾西开得还不错，可是她有一次在又高又窄的山路上吓得半死，喘着粗气将车停在半道上，不愿继续开，不肯让他开。

"马修喜欢路虎吗？"路虎驶下某座高架桥后，斯特莱克问。

"不喜欢，"罗宾说，"他想买奥迪 A3。"

"当然了，"斯特莱克喃喃，声音被淹没在轰隆的车声中，"兔崽子。"

他们开了四个小时，抵达马基特哈伯勒。两人在交谈中确认，谁也没来过这个城镇。路上他们穿过一系列风景如画的小村庄，有盖着茅草的房顶、十七世纪风格的教堂、修建整齐的花园、"蜜罐街"这样的路名。斯特莱克想起光秃秃的高墙、铁丝网、巨大的潜艇工厂——那才是诺尔·布罗克班克童年时的风景。他为什么会来这里，来这样一个田园牧歌式的地方？霍莉提供的电话号码此刻就在他的钱包里，布罗克班克的最后一个雇主做的到底是什么生意？

他们到了马基特哈伯勒，儒雅而古老的气氛更加浓厚。圣狄奥尼修斯教堂年代悠久，风格华丽，骄傲地挺立在城镇中心。教堂旁边的中央路口有座独特的建筑，看起来像是踩着高跷的小木屋。

他们在木屋后方找了个地方停车。斯特莱克急于吸烟、伸展双腿，于是下了车，点起烟，走过去阅读牌匾。他得知，这座架高木屋是以前的语法学校，建成于一六一四年。木屋墙上四处印着金色的《圣经》语录。

世人重外表，上帝看内心。

罗宾留在路虎里，在地图上寻找开往科比的最佳线路。斯特莱克吸完烟，钻回副驾驶座上。

"好了，我去打个电话。你如果想伸展一下腿脚，我的烟快没了。"

罗宾翻了个白眼，接过他递来的十英镑纸币，出去买本森-赫奇。

斯特莱克拨了电话，第一次占线。他重拨过去，一个口音浓重的女声说：

"泰式兰花按摩。请问需要什么？"

"你好，"斯特莱克说，"我从朋友那儿拿到你们的电话。你们的店在哪儿？"

她说了个圣玛丽路上的地址。他翻了一下地图，发现那地方离自己只有几分钟路程。

"上午还有哪位小姐有空吗？"他问。

"你喜欢什么样的？"对方说。

斯特莱克在侧后视镜里看见罗宾回来了。微风吹起她金红色的长发，一包本森-赫奇在她手里闪着金光。

"黑发，"斯特莱克迟疑了一下，"泰国的。"

"有两位泰国小姐有空。你需要什么服务？"

罗宾拉开驾驶座的门，坐回车里。

"你们有什么服务？"斯特莱克问。

"单人精油按摩，九十英镑。双人精油按摩，一百二。全身裸体精油按摩，一百五。如果需要额外服务，你直接和小姐商量，行吧？"

"好，我要——嗯——单人按摩，"斯特莱克说，"一会儿就过去。"

他挂了电话。

"是家按摩店，"他看着地图，告诉罗宾，"不是治疗膝盖酸痛的那种。"

"真的?"她吓了一跳。

"这种店到处都是,"他说,"你也知道。"

他明白罗宾为何如此意外。挡风玻璃外的那片景色——圣狄奥尼修斯教堂,写满《圣经》的语法学校,繁荣的商业街,酒吧门口在微风中徐徐舒展的英国国旗——这幅画面仿佛是这个城镇的宣传海报。

"你要怎么——在哪儿?"罗宾问。

"不远,"他在地图上指给罗宾看,"我得先去取点钱。"

他真的要付钱嫖妓?罗宾惊慌地心想。但她不知道该怎么问,也不太想听到斯特莱克的回答。她开车找了个取款机,斯特莱克又在信用卡里透支了两百镑,指引罗宾开车到圣玛丽街。这条街在中心大道的尽头,看起来相当正经。道路两侧是一栋栋独立大厦,有许多地产商、美容沙龙和律师事务所。

"在那儿。"斯特莱克说,伸手一指。他们刚开过街角一家隐蔽的小楼。店门外挂着紫金相间的光滑招牌,印着"泰式兰花按摩",看起来十分普通,只有窗上黑色的百叶窗暗示店内的营业内容远远超过对酸痛关节的治疗性按摩。罗宾把车停到旁边的小巷里,目送斯特莱克消失在街角。

斯特莱克走向按摩店门口,注意到头顶招牌上的兰花酷似女性生殖器。他按了门铃,店门立刻开了,迎客的是位长发男人,个头几乎和斯特莱克一样高。

"我刚打过电话。"斯特莱克说。

保镖低哼一声,点头示意店内厚重的黑色挂帘。帘后是一间狭小的等候室,铺着地毯,摆着两张沙发。一位年长的泰国妇女坐在两个泰国少女身边,其中一个少女看起来不过十五六岁。角落里的电视上放着《百万智多星》。两位少女见到斯特莱克,表情从无聊转为警觉。年长的女人站起身,大口嚼着口香糖。

"你打过电话,是吧?"

"对。"斯特莱克说。

"喝点什么？"

"不用了，谢谢。"

"你喜欢泰国女孩子？"

"嗯。"斯特莱克说。

"要哪个？"

"她。"斯特莱克说，指向更年轻的那位姑娘。她穿着粉色露背装、绒面革迷你裙，脚上是一双廉价细跟高跟鞋。她微笑着站了起来，纤细的双腿让斯特莱克想起火烈鸟。

"好了，"女人说，"先付钱，再进单间，行吧？"

斯特莱克递出九十英镑，被选中的姑娘笑容灿烂，招招手。她的身体看起来还在发育，只有胸部成熟丰满，显然是假的。他想起埃琳女儿架子上的塑料芭比娃娃。

他们穿过一段不长的走廊，进了单间。房间不大，唯一的窗户上遮着黑色百叶窗，室内灯光昏暗，一股檀香味。角落里安着一个淋浴间，按摩桌上包裹着黑色人造革。

"要冲澡吗？"

"不用了，谢谢。"斯特莱克说。

"好。你可以去那儿脱衣服。"她说，指向另一个角落里拉起的帘子。那个空间小得不可能容下斯特莱克六英尺三的个头。

"我穿着衣服就好。有话想问你。"

她一点也不惊讶。她恐怕见过各式各样的客人。

"想让我脱掉上衣吗？"她轻快地说，伸手摸向颈后的带子，"脱的话，另加十英镑。"

"不用。"斯特莱克说。

"用手？"她提议，瞥了斯特莱克的裤裆一眼，"精油，手部按摩？二十英镑。"

"不，我只想和你谈谈。"斯特莱克说。

她的脸上掠过疑惑，随即满脸恐惧。

"你是警察。"

"不，"斯特莱克说，投降似的举起双手，"我不是警察。我在找一个人，诺尔·布罗克班克。他在这儿工作过。我想是看门的——可能是保镖。"

他挑这个姑娘，是因为她看起来非常年轻。他清楚布罗克班克的嗜好，认为他可能和这个姑娘接触最多。但她摇了摇头。

"他走了。"她说。

"我知道，"斯特莱克说，"我想知道他去了哪儿。"

"妈妈开除了他。"

老鸨是她的母亲？或者这只是个代称？斯特莱克不想去问那位"妈妈"，她看起来强硬又精明。斯特莱克如果去问她，恐怕要花一大笔钱，最后什么信息也得不到。他选中的这个姑娘看上去天真浪漫。她本可以通过承认布罗克班克曾经在这儿工作过向他要钱，但她并没想到这一点。

"你认识他吗？"斯特莱克问。

"他走的那周我刚来。"她说。

"为什么要开除他？"

女孩盯着房门。

"有谁知道他的电话号码，或者知道他去了哪儿吗？"

她犹豫不决。斯特莱克掏出钱包。

"二十英镑，"他说，"都是你一个人的，只要你告诉我谁知道他的消息。"

她望着他，像小孩一样揉搓短裙的裙边，然后从他手里抽走纸钞，深深塞进裙兜里。

"在这儿等着。"

他在人造革的按摩台上坐下，等待着。房间和正经按摩店一样干净，斯特莱克喜欢这一点。灰尘总是让他情欲全无，因为那会让他想起母亲和惠特克脏兮兮的公寓、遍布污渍的床垫、继父浑身的恶臭。在这里，看着旁边橱柜里整齐排列的精油，一个人很容易产生色迷迷的念头。裸体精油按摩听起来就令人愉悦。

不知道为什么，他突然想到等在车里的罗宾。他迅速站起身来，仿佛做坏事被人抓了个正着。不远处传来生气的泰语，房门随即猛然推开，妈妈出现在门口。他选的姑娘一脸惊恐地跟在后面。

"你只付了单人的钱！"妈妈愤怒地说。

妈妈和女孩一样，目光直视他的裤裆。她在检查他是否已经完事，是不是想多占便宜。

"他改主意了，"女孩替斯特莱克辩解，"他想要两个，一个泰国的，一个金发的。我们什么都没干呢。他改主意了。"

"你只付了一个人的钱。"妈妈吼道，用尖指甲指着斯特莱克。

斯特莱克听见外面沉重的脚步声，猜测那位长发保镖正在走过来。

"没问题，"他说，在心里暗骂一句，"我愿意付双人的钱。"

"再付一百二？"妈妈大声质问，不敢相信自己的耳朵。

"嗯，"他说，"行。"

她坚持要斯特莱克回到等候室付钱。一个身材圆润的红发姑娘坐在那儿，穿着一件弹力纤维低胸长裙，眼神充满期待。

"他想要金发。"斯特莱克交出一百二十英镑，之前的姑娘说。红发拉下脸。

"英格丽在陪客人呢，"妈妈说，把斯特莱克的钞票塞进抽屉，"你在这儿等着，等她出来。"

他在瘦削的泰国女孩和红发姑娘中间坐下来，看着《百万智多星》。过了一会儿，一个留着白胡子的矮小西装男快步走出走廊，避开所有人的目光，穿过黑色门帘，逃出了门。又过了五分钟，一位染着白金色头发的瘦削女郎也走出来。她穿着紫色弹力纤维裙和高到大腿的长靴，看起来和斯特莱克年纪差不多。

"你们跟英格丽走。"妈妈说。斯特莱克和泰国女孩顺从地回了单间。

"他不要按摩，"门一关，泰国女孩就悄声告诉金发女郎，"他想知道诺尔去哪儿了。"

金发皱眉望向斯特莱克。她的年纪也许是泰国女孩的两倍，但漂亮多了，深棕色的眼睛，高高的颧骨。

"你找他干什么？"她用纯正的埃塞克斯口音说，声音冷静，"你是警察？"

"不是。"斯特莱克说。

她的漂亮脸庞上突然闪过一阵恍然大悟。

"等一下，"她一字一顿地说，"我知道你是谁——你是那个斯特莱克！科莫兰·斯特莱克！破了卢拉·兰德里案的那个侦探，而且——老天啊——有人刚给你寄了一条人腿？"

"呃——嗯，没错。"

"诺尔简直三句话就提到你！"她说，"自从你上了新闻，我都没听他说过别的。"

"真的？"

"嗯，他说你把他打出了脑损伤！"

"不敢当。你和他很熟？"

"没那么熟！"她说，正确理解了斯特莱克话里的含义，"我认识他在北方的朋友约翰。约翰是个好人，以前是我的常客，后来去了沙特。嗯，他们好像是同学。他挺同情诺尔的，说他以前是军人，又遇上不少事。他介绍诺尔到这儿来工作，说他最近运气不好，还让我租间屋子给他住。"

她的语气表明，她认为约翰对布罗克班克的同情完全用错了地方。

"他在这里怎么样？"

"一开始还好，后来放低戒心，一天到晚抱怨个不停。抱怨军队，抱怨你，还抱怨他儿子——他时时刻刻想着儿子，想把儿子弄回来。他说他见不到儿子全是你的错，但我可不这么想。谁都明白，他前妻为什么不愿意让他接近孩子。"

"为什么？"

"妈妈发现孙女被他抱在腿上，他把手伸进女孩的裙子，"英格丽说,"她刚六岁。"

"哦。"斯特莱克说。

"他走时还欠我两周房租,不过之后再也没回来过,世界总算清净了。"

"你知道他被开除后去了哪儿吗?"

"不知道。"

"有联系方式吗?"

"我可能还存着他的手机号码,"她说,"不知道他还用不用。"

"能不能给我——?"

"我看起来像随身带着手机吗?"她问,高高举起双手。弹力裙和长靴凸显出每一处曲线,硬挺的乳头从超薄的布料里清晰地透出来。面对这样的邀请,斯特莱克强迫自己直视着她的眼睛。

"能不能回头见个面,可以把你的号码告诉我吗?"

"我们可不能给客人留电话。职业守则,甜心,所以我们才不能带手机。这样吧,"她说,上下打量斯特莱克,"既然是你,看在你揍过那混蛋,还是个战争英雄的分上,你就找个地方,等我下班见吧。"

"那就太好了,"斯特莱克说,"非常感谢。"

他不知道这个女人眼里那抹挑逗的亮光是否自己的幻觉。也许是按摩精油和不久前想象中的温暖裸体让他走神了。

他又在里面逗留二十分钟,让妈妈相信他已经充分享受了服务。然后他离开泰国兰花按摩,穿过马路上了车。

"两百三十英镑,换了一个以前的手机号。"他说。罗宾发动车子,加速开往市中心。"但愿能值回这个价。去亚当夏娃街——她说右拐就到——阿普尔比咖啡馆。她说下班后会去那儿找我。"

罗宾找了地方停车。他们等待时,吃着斯特莱克在早餐时偷来的起酥面包,讨论英格丽提供的信息。罗宾开始理解斯特莱克为什么会发福。在此之前,她没参与过持续二十四小时以上的调查。如果每顿饭都只能随处购买、在路上匆匆解决,快餐和巧克力很快会变成唯一的能量来源。

"就是她。"四十分钟后,斯特莱克说,艰难地爬下路虎,走进阿普尔比咖啡馆。罗宾看着金发女人一路走近。她穿着牛仔裤和人造皮夹克,身材和高级模特一样姣好,让罗宾想起银发。十分钟过去了;十五分钟过去了。斯特莱克和女人还没出来。

"给个电话号码要多久?"罗宾质问路虎。车里很冷。"你不是说要去科比吗?"

按照他的说法,在按摩店里什么也没发生。但谁知道呢,也许发生了。也许女孩在斯特莱克身上涂满精油,然后……

罗宾用手指敲打方向盘。她想着埃琳,想象着她知道斯特莱克今天的行动后会有什么反应。然后她回过神来,想起自己还没看马修有没有再发短信,就掏出手机。没有新消息。自从她说不去参加马修父亲的生日宴会,马修就没了音讯。

金发女人和斯特莱克出来了。英格丽似乎很不想放斯特莱克走。斯特莱克挥手告别,她凑上去亲了斯特莱克的脸颊一下,大摇大摆地走远了。斯特莱克注意到罗宾凝视的目光,有些难为情地苦着脸回来了。

"聊得很开心嘛。"罗宾说。

"没有。"斯特莱克说,把手机上的新联系人拿给她看:诺尔·布罗克班克 - 手机。"她太健谈了。"

罗宾如果是个男人,他一定会补充一句:"我差点就上了。"英格丽隔着桌子肆无忌惮地和他调情,慢慢滑动手机上的联系人名单,自言自语地说:不知道号码还在不在。以至于斯特莱克担心真的会一无所获。她问斯特莱克有没有体验过真正的泰式按摩,刺探他找诺尔到底有什么目的,问起他解决过的案件,特别漂亮模特坠楼案,让他出名的第一件案子。最后她带着亲切的微笑,坚持要他把自己的号码也记下来,"以防万一"。

"你想给布罗克班克打个电话试试吗?"罗宾问道,将斯特莱克的注意力从英格丽走远的背影上拉回来。

"什么?不。得好好考虑。他如果真的接了电话,我们只有一次机会，"他看了手表一眼，"走吧，我不想太晚到科——"

他手里的手机响了。

"沃德尔。"他说。

他接了电话，将手机调成扬声模式，让罗宾也能听见。

"怎么了？"

"查出尸体的身份了。"沃德尔说。他的语气表示，他们对他要说的人名肯定不陌生。随后的短暂沉默让斯特莱克心里一阵慌乱，那个有着鸟儿般大眼睛的小女孩又浮现在眼前。

"她叫凯尔西·普拉特，就是给你写信，咨询砍腿建议的那个姑娘。她是认真的，十六岁。"

如释重负和难以置信同时在斯特莱克心里阵阵激荡。他四处摸索着找笔，罗宾已经写了起来。

"她在职业学院的儿童教育系就读，和奥克萨娜·沃洛什纳是在考城市行业协会证书时认识的。凯尔西平时住在芬奇利，和同母异父的姐姐和姐姐的对象住在一起。她说要去实习两周，所以他们没报警，因为他们并没担心。按计划，她要今晚才回家。

"奥克萨娜说，凯尔西和姐姐处得不好，要求在她家借住两周，换个环境。看来她早就计划好了，所以才用奥克萨娜的地址给你寄信。她姐姐整个人都崩溃了，这也正常。我还没从她那儿问出什么，但她已经证实信上的笔迹是真的，凯尔西对砍腿之事的执着也没让她太惊讶。我们已经从凯尔西的梳子上取了DNA样本，和尸体DNA一致。的确是她。"

斯特莱克俯身读起罗宾的笔记，座椅吱呀一声。罗宾闻到他身上浓重的烟味，烟味中夹杂着一丝淡淡的檀香。

"她姐姐有同居对象？"斯特莱克问，"是个男人？"

"不是他。"沃德尔说。斯特莱克听得出，他已经仔细调查过了。"他四十五岁了，是个退役消防员，身体不好，肺部严重受损。在案发的那个周末，他有滴水不漏的不在场证明。"

"案发的那个周末？"罗宾说。

"凯尔西离四月一日晚上离开姐姐家。根据法医判断,案发时间是四月二日或三日——你收到她的腿是在四日。斯特莱克,我需要你回来接受询问。只是走个流程而已。对于她寄的那些信,我们需要一份书面证词。"

他要说的就这些。斯特莱克感谢沃德尔提供信息,沃德尔挂了电话。在随后降临的沉默中,罗宾仍然震惊得全身颤抖。

28

... oh Debbie Denise was true to me,
She'd wait by the window, so patiently.
Blue Öyster Cult, 'Debbie Denise'
Lyrics by Patti Smith

……哦，黛比·丹尼斯对我真心实意，
她等在窗边，耐心无比。

——蓝牡蛎崇拜乐队，《黛比·丹尼斯》
帕蒂·史密斯作词

"白跑一趟。死的不是布里塔妮。凶手不是布罗克班克。"

斯特莱克沉浸在如释重负的轻松感里。亚当夏娃街上的颜色突然焕然一新，路过的行人看起来精神抖擞，比他接电话之前顺眼多了。布里塔妮一定还活着。这一切不是他斯特莱克的错。那不是她的腿。

罗宾什么都没说。她听见斯特莱克声音里的满足，也感觉得到他有多欣慰。她从来没见过布里塔妮·布罗克班克，也为她平安无事而高兴。但事实并没有改变：有个姑娘被人残忍地杀害并分尸。斯特莱克瞬间摆脱的罪恶感似乎都飞到她身上。是她匆匆读完凯尔西的信，没回复就放进精神病函的抽屉里。罗宾不禁心想，她如果给凯尔西回信，建议她寻求专业帮助，事情会有所不同吗？如果斯特莱克打个电话，告诉凯尔西自己的腿是在战场炸飞，不是自己砍掉的，情况又会如何呢？她感到胃部因悔恨而隐隐作痛。

"你确定吗？"两人各怀思绪地沉默了一分钟后，罗宾问道。

"确定什么？"斯特莱克转头看着她。

"确定不是布罗克班克。"

"既然死的不是布里塔妮——"斯特莱克说。

"你刚才告诉我，那姑娘——"

"英格丽？"

"英格丽，"罗宾不耐烦地说，"就是她。你告诉我，她说布罗克班克三句话就会提到你。在他看来，是你害得他大脑受伤，妻离子散。"

斯特莱克皱眉看着她，陷入思考。

"我昨晚说过，凶手想抹黑你，贬低你在战场上获得的荣誉。这和我们了解的布罗克班克非常吻合，"罗宾继续说，"你想想看，他如果遇见凯尔西，发现她腿上的伤疤很像布里塔妮，听她说起自己有多想把腿砍掉，这难道不会——怎么说呢——在他心里引起波澜吗？我是说，"罗宾试探地说，"我们并不清楚他的脑损伤到底有多——"

"他的伤根本没那么严重，"斯特莱克反驳，"那是他在医院里装出来的。我知道他是装的。"

罗宾没说话，坐在方向盘后看着亚当夏娃街上来往的购物人群，不禁心生嫉妒。不管他们在烦恼什么，至少肯定不是烦恼碎尸和谋杀。

"你说的有道理。"斯特莱克终于说。罗宾听得出，她的话给斯特莱克浇了一盆冷水。"走吧。我们如果还想去科比，最好趁早出发。"

两个城镇的距离只有十二英里，开车没用多久。罗宾看着斯特莱克阴沉的表情，知道他正在回味之前对布罗克班克的讨论。路上的风景很普通，只有毫无起伏的田野、灌木丛和零星分布的几棵树。

"所以，莱恩，"罗宾说，想打破斯特莱克闷闷不乐的冥想，"他是怎么回事来着？"

"莱恩，嗯。"斯特莱克语速缓慢地回答。

她判断得没错，斯特莱克在思考布罗克班克。现在他逼着自己集中精力，整理思路。

"嗯，莱恩把妻子绑起来，拿刀刺伤了她；就我所知，他至少被人告过两次强奸罪，但都没判刑——在拳击场上，他差点咬掉我半边脸。一句话，他是个暴力又邪恶的杂种，"斯特莱克说，"不过，我之前也说过，他岳母说他出狱以后病了。她还说他去了盖茨黑德，但如果二〇〇八年在科比和女人同居的是他，那他也没在盖茨黑德待多久，"他又在地图上确定一下洛兰·麦克诺顿的住址，"年龄和时间都对得上号……去了就知道了。洛兰如果不在家，我们五点以后再去。"

罗宾根据斯特莱克的指示，开过科比的市中心。周围是大片的混凝土建筑和砖房，其中最显眼的是一家购物中心。市政府办公大楼主宰了整个地区的天际线，楼顶的天线横七竖八，仿佛一片铁青苔。这里没有中央广场，没有历史悠久的教堂，更没有高跷上的文法学校木屋。科比本来就是四五十年代为解决移民工人住房问题而建起的城镇，大多数房屋都死气沉沉，毫无活力。

"有一半街名都是苏格兰语。"罗宾说，开过阿盖尔街和蒙特罗斯街。

"这儿以前不是号称小苏格兰来着吗？"斯特莱克说，注意到爱丁堡公馆地产公司的一块牌子。他听说，在工业最发达时期，科比是英格兰领土内最大的苏格兰人聚集地。公寓的阳台上四处飘扬着印着圣安德鲁十字的苏格兰国旗和印着跃立金狮的苏格兰皇家旗。"莱恩在这儿会比在盖茨黑德自在得多，这么多老乡。"

五分钟后，他们开进另一片年代较老的城区。这里有些漂亮的石头建筑，还保留着科比在炼钢厂建成之前的模样。没过多久，他们就抵达洛兰·麦克诺顿所住的威尔顿街。

这里的房子每六户为一栋，每栋分为三组，组内两两对称。成对的两家大门紧挨在一起，窗户的排列则左右相反。每扇房门的门楣上都刻着一个名字。

"她家在那儿，"斯特莱克说，指向写着"夏野"的房门。与它成对的房子叫"北野"。

夏野门前的院子铺满细沙。北野院子里的草很久没割了，这让罗宾想起自己在伦敦的公寓。

"你最好和我一起去，"斯特莱克说，解开安全带，"有你在，她会安心得多。"

门铃好像坏了。斯特莱克屈起手指，大声敲门。一阵凶猛的狗吠表明家里至少有一个活物。然后他们听见一个女人的声音，生气又无可奈何。

"嘘！安静！别叫了！嘘！够了！"

门开了。罗宾刚瞥见一个面容憔悴的五十岁女性，一条毛发粗糙的杰克·罗素梗就冲出来，汪汪怒吼着，一口咬住斯特莱克的脚踝。幸运又遗憾的是，它咬到的是一根金属棒。梗犬哀叫一声，还没回过神来，罗宾就迅速弯下腰，抓住它的后颈，将它提到空中。梗犬完全没想到自己会瞬间腾空，大吃一惊，忘了挣扎。

"不许咬人。"罗宾说。

小狗显然认为有胆量抓它的人值得尊敬。它默许罗宾调整抓它后颈的位置，在空中扭动着，想舔她的手。

"抱歉，"女人说，"这是我母亲的狗，简直是场噩梦。你瞧，它还挺喜欢你的。奇迹啊。"

她留着棕色披肩长发，发根已经有些发白，薄薄的嘴唇两边出现木偶纹。她倚在拐杖上，一边的脚踝明显肿了，裹着厚厚的绷带，凉鞋里露出发黄的趾甲。

斯特莱克做了自我介绍，向洛兰出示驾照和名片。

"请问你是洛兰·麦克诺顿吗？"

"对。"她迟疑地说，目光转到罗宾身上。罗宾在梗犬后面对她报以安抚的微笑。"你是——怎么说的来着？"

"我是个侦探，"斯特莱克说，"我们在找唐纳德·莱恩，不知道你有没有他的消息。电话记录显示，大概两年前，他曾经和你一起住在这里。"

"嗯，没错。"她慢慢地说。

"他现在还在这里吗？"斯特莱克明知故问。

"不在了。"

斯特莱克示意罗宾。

"不知道我和我的同事能不能进去问你几个问题？我们找莱恩先生有事。"

片刻沉默。洛兰皱眉咬住嘴唇。罗宾抚摸着梗犬，它热诚地舔她的手，显然是闻到了起酥的气味。斯特莱克被它咬破的裤子在微风中飘起来。

"好吧，进来吧。"洛兰说，拄着拐杖退后，让他们进门。

屋里很闷，有股浓烈的沉滞烟味。四处的摆设都说明屋主是个老妇人：针织纸巾盒套，劣质荷叶边靠枕，干净的橱柜上摆着一排衣着花哨的泰迪熊。旁边的墙上挂着一幅硕大的挂画，画上是一个打扮成小丑模样的小孩，大大的眼睛睁得滚圆。斯特莱克实在无法想象唐纳德·莱恩生活在这里的样子，那就像房间角落里睡着一头公牛一样荒谬可笑。

他们一进门，梗犬就挣脱罗宾的怀抱，又冲斯特莱克吠叫起来。

"哦，闭嘴吧。"洛兰呻吟道。她一屁股坐进褪色的棕色天鹅绒沙发里，用两只手把缠着绷带的脚架到皮椅上，拿起身边的超级帝王牌香烟，点了一支。

"我得一直把脚抬高才行。"她解释道，叼着烟拿起已经塞满烟头的雕花玻璃烟灰缸，把烟灰缸放到腿上。"社区护士每天来帮我换绷带。坐吧。"

"怎么搞的？"罗宾问道，从咖啡桌边挤过去，坐到洛兰身边。梗犬立刻跳上沙发，终于不叫了。

"炸薯条的油浇到我的身上了，"洛兰说，"工作的时候。"

"老天,"斯特莱克说,坐到扶手椅里,"一定很疼。"

"嗯,是啊。医生说我至少要休息一个月。还好离急诊室不远。"

他们很快了解到,洛兰在本地医院的餐厅里工作。

"唐尼又干什么了?"脚踝的话题结束,洛兰吐了口烟,嘟囔道,"又是抢劫?"

"为什么说又?"斯特莱克谨慎地问。

"他抢了我的东西。"她说。

罗宾注意到,她直率的语气只是在逞强。洛兰说话时,手里细长的香烟一直在抖。

"什么时候的事?"斯特莱克说。

"他消失时。把我所有的首饰都拿走了。我妈妈的结婚戒指,还有其他所有珠宝。他明明知道那戒指对我有多重要。妈妈刚去世不到一年。是啊,莱恩就那么突然走了,再也没回来过。他刚出走时,我报了警,以为他出事了。然后我才发现钱包空了,所有的首饰都不见了。"

这件事至今仍让她感到耻辱,她憔悴的脸颊上泛起红晕。

斯特莱克在夹克衬兜里摸索片刻。

"我想先确定我们说的是同一个人。你认识这张照片上的人吗?"

他把莱恩前岳母在梅尔罗斯给他的一张照片递过去。照片上的莱恩穿着蓝黄相间的苏格兰短裙,身材魁梧,鼬鼠般漆黑的小眼睛和推成平头的狐红色头发清晰可辨。他站在登记处门外,罗娜挽着他的胳膊,肩宽不及他的一半。罗娜穿着婚纱,婚纱看起来非常不合身,可能是二手的。

洛兰盯着照片看了很久。最后说:

"我觉得是他。有可能。"

"这里没照出来,他左上臂有个很大的黄玫瑰刺青。"

"嗯,"洛兰语气沉重地说,"没错。是有一个。"

她盯着照片,抽了口烟。

"他以前结过婚,是吧?"她问,声音微微发颤。

"他没告诉你?"罗宾问道。

"没有。他说他没结过婚。"

"你是怎么认识他的?"罗宾问。

"在酒吧里,"洛兰说,"我认识他时,他不是这个样子。"

她转向身边的橱柜,挣扎着想起身。

"我帮你拿吧?"罗宾主动说。

"在中间那个抽屉里。可能还有两张照片。"

罗宾起身打开抽屉,梗犬又叫起来。抽屉里堆放着餐巾环、针织桌巾、纪念品模样的茶勺、牙签和不成捆的照片。罗宾把能找到的照片都拿在手里,回到洛兰身边。

"在这儿呢。"洛兰翻了一会儿照片后说,抽出一张,递给斯特莱克。多数照片里都是同一位老态龙钟的老太太,罗宾猜那是洛兰的母亲。

两人如果在街上擦肩而过,斯特莱克不会认出对方就是莱恩。曾经的拳击手体型臃肿了不少,特别是脸。他的脖子已经看不见了,皮肤绷得发紧,五官都变了个样。照片上,他一手揽着微笑的洛兰的肩,另一只手垂在身侧。他没有笑。斯特莱克眯眼细看。黄玫瑰的刺青还在,但有一部分被鲜红的皮肤斑遮住了。红斑向下蔓延,几乎覆盖他的整条前臂。

"他的皮肤怎么了?"

"牛皮癣性关节炎,"洛兰说,"很严重。所以他才能领患病津贴。他已经没法工作了。"

"哦?"斯特莱克说,"他之前做什么工作?"

"他到这儿是给一个大型建筑公司当经理,"她说,"但他没干多久就病了,没法再工作。他以前在梅尔罗斯开过建筑公司,是总经理。"

"真的?"斯特莱克说。

"嗯,家庭企业,"洛兰说,继续翻找照片,"从他爸爸手里接过来的。喏,还有张照片。"

他们在照片里牵着手,背景似乎是个啤酒花园。洛兰笑容灿烂,莱恩则一脸木然,肿胀的脸庞将眼睛挤成两条细缝。他的外表完全就是个要定期注射类固醇的病人。他的头发还是像狐狸一样红,但除此之外,斯特莱克很难认出那个一口咬住他脸颊的年轻拳击手。

"你们在一起多久?"

"十个月。我认识他时,我妈妈刚去世。她九十二岁了,一直和我生活在一起。我当时还在照顾隔壁的威廉斯太太,她八十七岁了,老年痴呆。她儿子在美国。唐尼对她很好,帮她割草买菜。"

斯特莱克心想,这家伙太会为自己打算了,洛兰会做饭,有自己的房子,刚继承了母亲的遗产,又没有需要照顾的家人。而他那时病了,没工作,没收入,能遇到这么一位可爱的中年妇女简直是天赐良机。他只要稍微费神隐藏起本性,就能在这里落稳脚跟。莱恩如果愿意,完全可以表现得很迷人。

"我刚认识他时,觉得他人挺好的,"洛兰忧郁地说,"他那时帮不上多少忙,因为生病,关节都肿了起来。他得定期去医院打针……后来他开始发脾气,我还以为是因为生病。病人不可能整天乐呵呵的,你说是吧?不是所有人都能像我妈妈那样。她可棒了,身体那么差,还一直面带微笑,而且……而且……"

"我帮你拿张纸巾。"罗宾说,动作缓慢地俯身去够针织套里的纸巾盒,以免惊动把头枕在她腿上的梗犬。

"你发现他偷走首饰以后,报警了吗?"洛兰拿到纸巾,在大口抽烟的间隙擦好眼泪后,斯特莱克问道。

"没有,"她粗声说,"有什么意义?肯定追不回来了。"

罗宾猜测洛兰并不想将自己的丢脸事公诸于众,不由得心生同情。

"他使用过暴力吗?"罗宾温和地问。

洛兰表情惊讶。

"没有。你们是为这个来的吗?他伤害到谁了?"

"我们还不确定。"斯特莱克说。

"我想他不会伤害别人,"她说,"他不是那种人。我对警察也是这么说的。"

"抱歉,"罗宾说,摸着昏昏欲睡的梗犬的头,"你不是没报警吗?"

"那是后来的事了,"洛兰说,"他走了以后一个多月吧。有人闯进威廉斯太太家里,打晕了她,把她家洗劫一空。警察想知道唐尼去哪儿了。我说:'他早走了,搬出去了。'反正不会是他干的,我这么告诉警察。他对威廉斯太太一直很好。他不会打晕一个老太太的。"

他们曾经在啤酒花园里手挽手。他给老太太割过草。她不肯承认莱恩有那么坏。

"我想你邻居没能形容出劫匪的样子吧?"斯特莱克问。

洛兰摇摇头。

"她没再回来过,在养老院里去世了。现在隔壁住着一大家子,"洛兰说,"三个小孩。你真该听听他们平时有多吵——他们还好意思抱怨狗叫!"

这趟旅程是真正的一无所获。洛兰不知道莱恩去哪儿了,想不起他除了梅尔罗斯提到过哪些城市,也没见过他的朋友。她意识到莱恩再也不会回来,就删掉了他的手机号码。她允许他们拿走两张莱恩的照片。除此之外,她没能提供任何线索。

两人起身告辞。梗犬大声抗议罗宾撤走温暖的大腿,强烈表示想拿侦探出气。

"够了,跳跳虎!"洛兰严厉地说,动作艰难地把挣扎的小狗按在沙发上。

"不用送了,"罗宾提高声音,压过梗犬的狂吠,"非常感谢你的帮助!"

他们走了。洛兰继续坐在烟雾缭绕、杂乱无章的客厅里,绑着绷带的脚踝架在躺椅上,心情也许比他们上门之前更加哀伤。两人在歇斯底里的狗叫声中走出院子。

"我们至少应该帮她泡杯茶什么的。"罗宾回到路虎里,内疚地说。

"她还没意识到,能摆脱他是件多幸运的事,"斯特莱克安慰她,"想想那位可怜的老太太,"他指向北野,"因为两百磅,被人打得半死。"

"你认为是莱恩干的?"

"当然是他妈的莱恩。"斯特莱克说,罗宾发动引擎。"他帮老太太割草买菜时,就踩好点了。别忘了一点,他得了那么严重的关节炎,仍然有能力割草,还差点打死一个老太太。"

罗宾感到又饿又累,被烟味熏得头疼。她点点头,说她也这么想。这是一次令人抑郁的会面,而她还要开两个半小时的车才能回到伦敦。

"不休息了,行吗?"斯特莱克说,看了手表一眼,"我跟埃琳说了今晚过去。"

"没问题。"罗宾说。

但是,不知道出于什么原因——也许是因为头疼,也许是因为那位坐在夏野房里,想着所有离开她的心爱之人的孤独女人——罗宾觉得自己随时都有可能哭出来。

29

I Just Like To Be Bad

《我就喜欢为非作歹》

有时候,他觉得很难与那些自以为是他朋友的人相处。他如果不是因为需要钱,才不会和那些人来往。他们的主要工作是盗窃,主要娱乐是在周日晚上四处嫖妓。他们都很喜欢他,把他视为同伴,哥们,和他称兄道弟。和他称兄道弟!

警察发现她时,他只想一个人待着,好好品味相关报道。报纸上的文章料很足。他满心自豪:这是他第一次在隐秘的地方进行杀戮,第一次有充裕时间安排好一切。他打算以同样的方式对待小秘书:先充分享受活着的她,然后再杀了她。

让他备感挫折的是,报道完全没提到那些信件。它们本来应该引警察去找斯特莱克,好好审问他,对他纠缠不休,把他的名字扔到新闻上,搅成一团烂泥,让愚蠢大众以为整件事都和他有关。

不管怎么说,相关报道铺天盖地。报纸上印着他杀她的公寓的照片,配着那个奶油小生警官的采访。他把报道都存下来。它们都是纪念品,就像他从她身上切下来保留的那些部分。

当然了,他必须藏好自己的骄傲和满足,不能让她发现。她现在可是块烫手山芋。她不开心，一点都不开心，生活并没像她所预计的那样进行。他不得不装出一副关心的样子，假装表示同情，假装自己是个好人——毕竟她很有用：她赚钱养家，还有可能会为他提供不在场证明。说不定什么时候就用得上她，他有过千钧一发的危险经历。

这是他第二次杀人，地点在米尔顿凯恩斯。兔子不吃窝边草，这是他始终遵守的准则之一。在那之前，他从来没去过米尔顿凯恩斯，之后也从没回去过。那儿也没有他认识的人。他偷了一辆车，孤身上阵，没有任何人知道。他早就准备好假车牌。那天他毫无计划地开车过去，想看看能否撞大运。第一次谋杀之后，他有过两三次失败的尝试：在酒吧和俱乐部里找女孩搭讪，找机会把她们单独约出来。这种手段没过去那么好使了。他的模样已经大不如前，他自己也很清楚。但他不想再挑妓女下手，以免让警方有规律可循。如果每次都找同一个类型的对象，他们很快就会发现一些线索。有一次，他跟着一个喝醉的姑娘走进一条小巷。但他还没把刀掏出来，一群小孩就嬉笑着跑出来，他只能转头离开。在那之后，他就不再用这种传统方式钓女孩，只靠武力。

他在米尔顿凯恩斯开了好几个小时车，连个目标的影子也看不见，越来越急躁。到了夜里十一点五十分，他差点就要放弃努力，直接去找妓女。这时他看见了她。她留着棕色短发，穿着牛仔裤，在路中央的环岛上和男友吵架。他开过他们身边，留意他们在后视镜里的倒影。他看着她怒气冲冲地发火，满怀愤怒，泪流满面，状态和喝醉差不了多少。她转头离开，身后暴怒的男人大吼两句，然后厌恶地一甩手，摇摇晃晃地走开了。

他把车掉个头，开回她身边。她一边走一边哭，用衣袖抹着眼泪。

他摇下车窗。

"没事吧，姑娘？"

"滚开！"

为了离他远点，她生气地一头钻进路边的树丛，命运就此尘埃落定。她再往前直行几百英尺，就会走上灯火通明的大路上。

他开下路边，把车停好，然后套上一顶毛绒帽，拿着刀下了车，不慌不忙地走向她消失的方向。他能听见她挣扎着想走出这片茂密树丛——城镇规划者大概是想给灰色的宽阔道路增添一丝亮色。这里没有路灯。他在树丛边缘绕行，路过的车辆不可能看清他的身影。她钻出树丛，回到人行道上，他就站在旁边，举刀逼她钻回去。

他在树丛里忙碌了一个小时，然后把尸体留在原地。他扯下她的耳环，毫无顾忌地挥着刀，砍下几处碎片。车流稍作停歇，他在黑暗中喘着气，快步走回偷来的车上，毛绒帽还戴在头上。

然后他开车走人，身体里的每一个细胞都饱含愉悦，口袋里微微渗出血。这时雾气才终于消散。

他上一次杀人时，开着单位的车。之后，在所有同事的众目睽睽之下，他把车彻底清洗一遍。但恐怕没人能洗掉布座套上的血，他的DNA一定到处都是。该怎么办？那是他这辈子最接近恐慌的一次。

他往北开了好几英里，把车丢在离主路很远的空旷田野里。周围没有建筑，应该不会有人看到他。他在寒风中瑟瑟发抖，取下假车牌，脱下一只袜子，在油缸里浸湿，扔进沾满血的前座，点燃袜子。车身过了好久才终于着火，他不得不反复靠近，把火苗引向正确的方向。半夜三点，车终于爆炸。他发着抖躲在树丛里看着，然后拔腿就跑。

那时还是冬天，他头上的毛绒帽不会太过惹眼。他把假车牌埋在一片树丛里，低着头继续快步前行，双手在衣兜里紧握着宝贵的纪念品。他本想把它们也埋了，结果下不去手。他用泥土糊住裤子上的血痕，进了车站也没摘帽子，缩在车厢角落里，假装喝醉了，对自己嘟嘟囔囔，散发出恶毒和疯狂的气息，让别人不敢靠近。每当他想避人眼目，这样的伪装都是最好的防线。

他回到家时，她的尸体已经被人发现。晚上，他把餐盘摆在腿上，吃着饭，看着电视上的报道。警察发现烧毁的车，但没发现车牌。结果和她争吵的男友被逮捕，证据软弱无力，但他仍然被判有罪——这证明他无与伦比的好运,证明宇宙是怎样保佑着他!他想到那个混蛋替自己蹲在监狱里,有时候还会笑出声来……

话说回来,他在黑暗里一连几个小时开着车,一直担心中途会碰上警察,担心有人要求搜查他的衣兜,或者某位目光敏锐的路人注意到他身上干涸的血。这一切都给他上了重要的一课:计划好一切细节。不要在任何事上碰运气。

所以他只能出门,去买一点维克斯感冒搽剂。现在最重要的是照顾好她,不能让她愚蠢的新计划打扰到自己。

30

> I am gripped, by what I cannot tell ...
> Blue Öyster Cult,'Lips in the Hills'

> 我心惊肉跳,却不知所为何事……

> ——蓝牡蛎崇拜乐队,《山中红唇》

在调查中,安排紧凑的行动和无所事事的等待总是交替出现,斯特莱克对此早已习以为常。但在去过巴罗、马基特哈伯勒和科比三地之后的那个周末,他陷入奇怪的紧张状态。

在过去两年里,他逐渐恢复平民生活,在军队里感受不到的种种压力也随之而来。同母异父的妹妹露西是唯一和他同享过童年时光的人。周六早上,露西早早打来电话,问他为什么没接受自己的邀请,来参加第二个外甥的生日宴会。他解释说自己出了趟远门,没看办公室电脑上的邮件。露西不肯听。

"你也知道,杰克可崇拜你了,"她说,"他很希望你能来。"

"抱歉,露西,"斯特莱克说,"我去不了。我会给他寄礼物的。"

斯特莱克如果还在特别调查局,露西不会像这样,试图以情感绑架他。那时候,他在世界各地出差,不必履行任何家庭义务;露西将军队看成冰冷无情的巨大机器，而他是机器里不可或缺的零件。现在的她则形容八岁大的儿子有多么可怜：守在花园门前，眼巴巴地等着科莫兰舅舅。斯特莱克不为所动。露西放弃，转而问他寄人腿的那个人抓到没有。她的语气表明，她好像认为收到人腿是件相当不体面的事。斯特莱克急于挂电话，敷衍地回答说警察会处理好一切。

他很喜欢这个妹妹，但他早就明白，两人的亲密关系完全是因为小时候曾在同一个屋檐下饱受伤害。除非外界条件逼迫，他从来不对露西吐露心声，因为推心置腹会引起她的警觉或焦虑。露西一直对他非常失望，认为他都三十七岁了，不能这么一无所有，缺乏那些她认为会让他幸福的东西：作息规律的工作，充裕的金钱，老婆和孩子。

她终于挂了电话，斯特莱克泡了当天的第三杯茶，拿着一叠报纸躺回床上。好几份报纸都印出"谋杀案死者凯尔西·普拉特"的照片。她穿着深蓝色校服，长了粉刺的朴素脸颊上挂着淡淡的微笑。

斯特莱克只穿着一条四角内裤，毛发旺盛的肚子圆滚滚的，因为他之前两周吃了那么多快餐和巧克力棒。他啃了一包下午茶饼干，读了几篇报道，但报道里面没有任何他不知道的东西。于是他转去阅读对第二天阿森纳对利物浦球赛的预测评论。

他读到一半，手机响了。斯特莱克没意识到自己的弦绷得有多紧；他飞快地接了，沃德尔吓了一跳。

"见鬼的老天，你接得也太快了吧。怎么回事，手机就在你的屁股底下？"

"什么事？"

"我们去过凯尔西的姐姐家——她叫哈兹尔，是个护士。我们正在调查凯尔西身边的人。我们搜过凯尔西的房间，也拿到了她的笔记本电脑。她平时上一个网上论坛，上面都是想把自己的身体部位砍下来的人。她在那上面问过你的事。"

斯特莱克挠了挠浓密的鬈发，盯着天花板，听他说。

"我们得到论坛上经常和她说话的两个人的一些信息。周一应该能拿到他们的照片——你有什么安排？"

"我会待在办公室。"

"她姐姐的男朋友,那个前消防员,说凯尔西一直问他有没有见过火灾时被困在楼里的人,还有遭遇车祸的人什么的。她是真心想要砍掉那条腿。"

"老天。"斯特莱克喃喃。

沃德尔挂了电话。斯特莱克没法再专心阅读酋长杯要如何洗牌了。他又盯着报纸读了几分钟,假装关心阿尔塞纳·旺热教练组的命运,然后放弃徒劳的抵抗,继续盯着天花板的裂缝,心不在焉地把手机翻来翻去。

他得知死者并不是布里塔妮·布罗克班克后,实在太如释重负,对受害者根本没有平时那么上心。现在他第一次思考起凯尔西和她写的那封信——他并没费心读过那封信。

斯特莱克无法理解有人会想把自己的腿砍掉。他不停转着手机,在脑海中整理关于凯尔西的一切信息,想创建出一个真实的形象,而不只是附着在她名字上的同情和反感。她十六岁,和姐姐关系不好,在学儿童教育……斯特莱克伸手拿过笔记本,在上面写下:"学校里的男友?老师?"她在网上询问他的事。为什么?她为什么会认为斯特莱克的腿是他自己砍的?是由报道引发的幻想吗?

"精神疾病?幻想狂?"他写道。

沃德尔已经在查她的网友。斯特莱克停住笔,想起照片上凯尔西冰冻的头颅,丰满的脸颊,结霜的双眼。婴儿肥。他一直觉得她应该不到二十四岁。说实话,她看起来连十六岁都不到。

他扔下铅笔,继续用左手来回转着手机,沉思着……

布罗克班克是"货真价实"的恋童癖吗?这是他调查另一桩军内强奸案时,一位心理学家曾经说过的话。他是只能对儿童产生性欲,还是另一种暴力虐待狂,挑上小女孩只是因为她们最好下手,稍微威胁两句就能沉默不语?如果有其他易得手的对象,他会不会同样来者不拒?简言之,在布罗克班克看来,一个有点男孩子气的十六岁少女会不会太老了,让他提不起兴致?还是只要有机会,随便哪个能轻易恐吓住的对象都行？斯特莱克曾经调查过一个十九岁的士兵，他想强奸一位六十七岁的老妪。有些男人的暴力性冲动不挑对象，需要的只是时机。

斯特莱克还没打过英格丽给他的那个电话。他抬起漆黑的眼睛，望向狭窗外微亮的天空。他也许可以把布罗克班克的号码交给沃德尔。他也许应该现在就打电话……

他翻着手机通讯录，随即又改变主意。到目前为止，他把自己怀疑的对象都告诉了沃德尔，结果呢？一无所获。沃德尔在办公室里忙碌，梳理情报，追踪他选择的线索，对斯特莱克的意见毫不重视——至少斯特莱克是这么想的。毕竟这只是直觉，没有证据。沃德尔拥有警察当局的全部资源，至今仍未找到布罗克班克、莱恩和惠特克的下落，他恐怕并没把这三个人当成重要嫌犯。

不。斯特莱克如果想找到布罗克班克，显然应该沿用罗宾提出的伪装法：假装帮前少校追讨补偿费的律师。毕竟他们已经在巴罗赢得他姐妹的信任，这在日后也许会成为宝贵的筹码。斯特莱克坐起身来，想着不如现在就给罗宾打电话，把布罗克班克的号码给她。他知道，她现在正一个人待在伊灵的公寓里。马修回了马沙姆。他可以打个电话，说不定——

哦，不行，你这个白痴。

他想象自己打了电话，和罗宾一起坐在托特纳姆酒吧里。他们都无事可做。不如喝上一杯，讨论案情……

周六晚上？滚你的！

斯特莱克猛然站起身，仿佛连躺在床上都是种痛苦。他穿上衣服，出门去了超市。

他买完东西，提着鼓鼓囊囊的购物袋，往丹麦街走，觉得看见了沃德尔派来的便衣警察。他们站在附近，注意着戴毛线帽的高大男人。有个穿羊毛外套的年轻人异常警觉，目光在斯特莱克身上停留了片刻。

又过了很久，埃琳才给斯特莱克打电话。斯特莱克已经独自吃过晚饭。他们从来没在周六的晚餐时间约会过。埃琳说话时，斯特莱克能听见埃琳的女儿在后面玩耍。他们已经约好周日一起吃饭，她想知道斯特莱克能不能提前过去。她丈夫决心卖掉克拉伦斯巷的值钱公寓，她最近在看房子。

"你要不要一起去？"她问，"明天两点，我要去看样板间。"

他清楚，这一邀约并不是因为埃琳希望他有朝一日能住过去——他们刚约会三个月——而是因为她无论何时都希望有人作陪。至少斯特莱克是这么认为的。她身上那股冷淡的独立气息只是伪装。她如果真的愿意独处，就不会跟着哥哥去参加一帮陌生人的聚会，说不定也不会与斯特莱克相遇。当然，这也无可厚非，喜欢社交并没什么不好。但在过去一年里，斯特莱克随心所欲地一个人生活，独处的习惯很难改变。

"去不了，"他说，"抱歉。有活要干，三点才完。"

这个谎言很逼真，埃琳没多说什么。他们约好照原计划晚上在餐厅见面。他可以放心观看阿森纳对利物浦的球赛了。

斯特莱克挂上电话，再次想起罗宾，想起她正一个人待在和马修同住的房子里。他摸过香烟，开了电视，在黑暗中重新躺回枕头上。

罗宾过了一个奇怪的周末。她决心不沉溺在悲哀的情绪里，尽管自己孤独一人，而斯特莱克去了埃琳家（这念头是从哪儿蹦出来的？他当然去了，毕竟是周末嘛，他爱怎么过都不关她的事）。她在笔记本电脑前坐了好几个小时，坚持不懈地调查两件事——一件以前查过，另一件则是她新想到的。

周六深夜，她在网上有了新发现。她得意洋洋地跨了三大步，穿过狭小的客厅，差点就给斯特莱克打电话。她按捺住骤然加速的心跳和呼吸，花了好几分钟才平静下来，决定等到周一再说。面对面告诉他的效果会更令她满足。

母亲知道她一人在家，前后打来两次电话，追问什么时候才能来伦敦看她。

"我不知道,妈妈,现在不行。"周日早上,罗宾叹息着回答。她穿着睡衣坐在沙发上,笔记本电脑又打开了。她正和一个身体完整性认知失调患者在网上聊天,对方的网名是"<<Δevotee>>"。她要不是担心母亲会毫无预兆上门拜访,并不想接电话。

  <<Δevotee>>:你想砍在哪儿?
  希冀奇迹:大腿中间
  <<Δevotee>>:两腿都砍?

"明天怎么样?"琳达问。
"不行,"罗宾不假思索地说,然后和斯特莱克一样流利地撒谎,"有个工作刚完成一半。下周会方便一些。"

  希冀奇迹:对,两条腿。你知道有谁这么做过吗?
  <<Δevotee>>:不能在留言板上说。你住在哪儿?

"我还没见到他,"琳达说,"罗宾,你在打字吗?"
"没有,"罗宾再次撒谎,手指悬在键盘上空,"你没见到谁?"
"马修!"
"哦。嗯,是啊,我想他这周是不会上门了。"
她放轻打字的声音。

  希冀奇迹:伦敦。
  <<Δevotee>>:我也是。有照片吗?

"你们去参加坎利夫先生的生日宴会了吗?"她问道,希望自己的声音能掩盖敲击键盘的声音。
"当然没有!"琳达说,"好吧,你告诉我下下周哪天有空,我再订票。感恩节快到了,车票会很难买的。"

罗宾表示同意，和琳达亲热地互道再见，把注意力全部转回<<Δevotee>>身上。遗憾的是，罗宾一旦拒绝给他或她（她相信这是个他）照片，<<Δevotee>>就对交谈失去兴趣，没再回复她的留言。

她以为马修会在周日晚上回来，但马修没有。晚上八点，她看了厨房里的挂历一眼，发现他把周一的假也请了。他们计划这个周末时，她应该同意周一不去上班，并告诉马修她会向斯特莱克请假。还好他们分手了，真的，她安慰自己，要不又得为她不规律的工作时间吵一架。

她回到空荡荡的卧室，终于还是忍不住哭了起来。四处摆放的东西都诉说着他们曾经共度的日日夜夜：第一次过情人节时，马修送她的毛绒大象——那时的马修还没这么成熟，罗宾记得他拿出礼物时满脸通红。罗宾过二十一岁生日时，他送的珠宝盒。那么多照片——去希腊和西班牙度假，正装出席他姐姐的婚礼。最大的一张照片是在马修毕业时拍的。两人手挽着手，马修穿着学士袍，罗宾穿着夏季长裙，笑容灿烂。如果不是因为那个戴猩猩面具的男人，她可以获得同样值得庆祝的成就。

31

Nighttime flowers, evening roses,
Bless this garden that never closes.
Blue Öyster Cult,'Tenderloin'

深夜的花朵，傍晚的玫瑰，
祝福这座永不关闭的花园。

——蓝牡蛎崇拜乐队，《牛腰肉》

第二天早上，春日的灿烂阳光在门外迎接罗宾，令她心情愉悦。她坐地铁去托特纳姆法院路，没忘了要警惕四周，并没看见戴毛线帽的高大男人。路上最醒目的是媒体对皇室婚礼的兴奋报道，上班族手里的报纸几乎全都在首页印着凯特·米德尔顿的照片。罗宾再次强烈感受到中指上空空荡荡的缺失感，她戴了那枚订婚戒指几乎整整一年。但能把调查结果分享给斯特莱克让她兴奋又期待，心情并没有受到太多影响。

她刚走出托特纳姆法院路车站，就听见一个男人喊她的名字。一瞬间，她还以为是马修埋伏在这里，随即就看见斯特莱克背着背包，在人群中挤出一条路来。罗宾判断他昨天在埃琳家过了夜。

"早。周末过得还好吗？"斯特莱克问，不等她回答又说，"抱歉。不。周末显然糟透了。"

"有些部分还好。"罗宾说。两人在布满路障和地洞的街上并肩前行。

"发现什么了？"斯特莱克越过电钻的声音喊。

"什么？"她回喊。

"你。发。现。什。么。了。吗？"

"你怎么知道我发现什么了？"

"你的表情，"他说，"一看就是迫不及待地要告诉我什么事情。"

她咧嘴一笑。

"有电脑才能告诉你。"

他们转过街角，上了丹麦街。一个全身黑衣的男人站在办公室门外，抱着一大捧玫瑰。

"哦，老天在上。"罗宾低声说。

突如其来的恐惧平息下去。在那一瞬间，她眼里没有花朵，只有那个一身黑衣的人——不是那个送货员。当然了。两人走过去。送花的是个留着长发的青年，来自"花之洋"花店，没戴头盔。他把五十朵玫瑰递给罗宾，斯特莱克从来没见过这么不高兴的收花人。

"一定是他爸爸的主意。"罗宾阴沉地说。斯特莱克为她拉开大门，她一头冲进去，完全不顾及手里的鲜花。"'女人都爱玫瑰。'他爸爸以前这么说过。一束该死的花——这就能解决一切问题。"

斯特莱克跟着她爬上金属楼梯，心里暗暗觉得好笑，但小心地不表现出来。他打开办公室的门，罗宾走到桌边，扔下花束，任凭它们在系着缎带、盛着绿色液体的塑料袋里微微颤抖。花束里附了张卡片，她不想在斯特莱克面前打开卡片。

"所以？"他问，把背包挂到门旁的木钉上，"你发现了什么？"

罗宾还没回答，外面就传来一阵敲门声。沃德尔的身影在毛玻璃外清晰可辨：波浪鬈发，皮夹克。

"我正好在附近，就过来看看。不算太早吧？楼下的人放我进来的。"

他一进门，目光就落到罗宾的玫瑰上。

"你过生日？"

"不是，"她简单地说，"谁想喝咖啡？"

"我来泡吧，"斯特莱克说，走到水壶边，对罗宾说，"沃德尔有东西要给我们看。"

罗宾的心沉下去：警察赶在她前头了？她干吗不在周六晚上直接给斯特莱克打电话呢？

沃德尔坐到仿皮沙发上。如果坐在沙发上的人超过一定重量，这张沙发就会发出响亮的放屁声。警察吃了一惊，小心翼翼地挪了挪身体，打开手里的文件夹。

"凯尔西经常上一个网站，这个网站上面都是想砍掉自己手脚的人。"沃德尔告诉罗宾。

罗宾坐到桌后的位子里。玫瑰一定降低了她在警察心目中的地位。她不耐烦地拿起花束，摆到身后的地上。

"她提到了斯特莱克，"沃德尔说，"问有没有人知道斯特莱克的事。"

"她用的网名是'无处可去'吗？"罗宾问，尽量保持正常的语气。沃德尔震惊地抬起头来，斯特莱克也转过身看她，咖啡勺僵在半空。

"嗯，是这个名字，"警察瞪着她，"你怎么知道的？"

"上周末，我发现了那个论坛，"罗宾说，"我当时心想，这个'无处可去'也许就是那个写信的女孩。"

"老天爷，"沃德尔说，目光从罗宾跳到斯特莱克身上，"我们真该雇用她。"

"她已经有工作了，"斯特莱克说，"继续说啊。凯尔西发了帖子……"

"嗯，后来她和这两个人互相发过邮件。没什么特别有用的信息，我们还在调查他们有没有见过她——在现实生活里。"沃德尔说。

真奇怪，斯特莱克想，在他小时候，"现实生活"指沉闷的成人生活，与孩童在其中玩耍时的幻想世界相对应。如今这个词的意思是互联网以外的一切。他把咖啡端给沃德尔和罗宾，去里间找了把椅子，免得和沃德尔一起坐在放屁沙发上。

他拽着椅子回来，沃德尔正在给罗宾看两个人的脸书主页。

罗宾认真地读着，读完递给斯特莱克。两个人一男一女，女士身材粗壮，脸庞圆润，肤色白皙，留着黑色短发，戴眼镜。男人则发色浅淡，两眼歪斜且不对称，看起来二十多岁。

"这个女人说自己有截肢认同，先不管这是什么意思。这个男的则在论坛上到处留言，找人帮忙砍掉四肢。要我说，他们俩都病得不轻。你们见过这两个人吗？"

斯特莱克和罗宾都摇摇头。沃德尔叹了口气，把打印件收起来。

"恐怕希望不大。"

"和她有过交往的其他人呢？她在学校里有男友吗？老师呢？"斯特莱克想起周六考虑过的问题。

"嗯，姐姐说凯尔西自称有个神秘男友，但姐姐与其男友从未见过这个神秘男朋友。姐姐哈兹尔不相信真的有这么个人。我们和凯尔西在学校里的两个朋友谈了，她们都没见过这位男友，我们还会继续调查。"

"说到哈兹尔，"沃德尔说，端起咖啡喝了两口，"我答应她传话给你。她想见见你。"

"我？"斯特莱克惊讶地说，"为什么？"

"不知道，"沃德尔说，"我猜她是想面对全天下进行自我辩解。她是搞房地产的。"

"自我辩解？"

"她很自责，因为她一直认为凯尔西想砍腿这件事很诡异，说她只是哗众取宠。她觉得是因为自己这种态度，凯尔西才会去找别人帮忙。"

"她知道我从来没回过信吧？我没和凯尔西实际交流过。"

"嗯，嗯，我跟她解释过了。她还是想和你谈谈。我也不知道，"沃德尔有点不耐烦，"是你收到了她妹妹的腿——你也知道一个人在震惊中是什么状态。再说了，毕竟是你嘛，"沃德尔的声音微微尖锐起来，"她大概是觉得警察这么彷徨无助，奇迹男孩说不定能迅速解决问题。"

罗宾和斯特莱克小心地不看彼此。沃德尔怏怏不乐地说：

"我们该多注意对哈兹尔的态度。找她男朋友问话的警官有点咄咄逼人，她就摆出防范的态度。有你在，她也许会更合作一些，毕竟你这位侦探已经拯救过无辜的人，让他们免受牢狱之灾。"

斯特莱克决定对他的潜台词不予理会。

"当然了，我们必须找与死者住在一起的人问话，"沃德尔对罗宾补充说明，"这是调查过程的一部分。"

"嗯，"罗宾说，"当然。"

"除了姐姐的对象和这个可能不存在的男朋友，还有其他与死者接触比较多的男人吗？"斯特莱克问。

"她的心理医生，五十多岁，瘦小的黑人。在她死的那个周末，医生去布里斯托尔看亲戚了。还有教堂里的青少年组长，叫戴瑞尔，"沃德尔说，"一身粗蓝布工作服，很胖。我们问话时，他从头哭到尾。那个周日，他一直待在教堂。他没什么可查的，我看他根本举不起斧子。我们了解的就这些。她的同学几乎都是女生。"

"教堂那个青少年组里没男孩？"

"那里面基本都是女生。最大的男孩十四岁。"

"警察愿意让我去见哈兹尔吗？"斯特莱克问。

"我们不能阻止你，"沃德尔耸耸肩，"我是赞成的，因为你会把有用的消息告诉我，但我不觉得你还能问出什么。我们把能问的人都问过了，搜过凯尔西的房间，也拿走了她的笔记本电脑。我个人敢打赌，我们问的那些人什么也不知道。他们都以为她去参加实习了。"

沃德尔对咖啡表示感谢，对罗宾流露出特别热情的微笑（不过没得到回应），就此告辞。

"对布罗克班克、莱恩和惠特克,他连一个字都没提,"沃德尔的脚步声消失后,斯特莱克不满地嘟囔,"你也没告诉我你在网上东查西查。"他对罗宾说。

"没有任何证据表明她就是写信的女孩,"罗宾说,"但我确实觉得凯尔西会上网寻求帮助。"

斯特莱克站起身,拿起她桌上的咖啡杯,走向门口。罗宾不满地说:

"你就不想听听我发现了什么吗?"

他惊讶地转回身。

"不是关于她的网名?"

"不是!"

"那是什么?"

"我找到了唐纳德·莱恩。"

斯特莱克什么都没说,一脸茫然地站着,两手各端着一个咖啡杯。

"你找到了——什么?怎么找到的?"

罗宾打开电脑,叫斯特莱克过去,开始打字。他凑过去,目光越过她的肩头,盯着屏幕。

"首先,"她说,"我了解一下牛皮癣性关节炎的信息。然后……你看。"

她调出"捐呗"慈善组织的网页。页面上有张小照片,照片里,一个男人死死盯着镜头。

"他妈的,是他!"斯特莱克说,声音大得让罗宾惊跳起来。斯特莱克放下杯子,拽过一把椅子,打算坐下来好好看,结果碰翻罗宾的玫瑰。

"妈的——抱歉——"

"我不介意,"罗宾说,"你坐在这儿,我收拾一下。"

她让开位置,斯特莱克在她的转椅里坐下。

照片很小,斯特莱克点击放大。这个苏格兰人站在一个狭窄的阳台上，两边的护栏上长着茂密的绿草。他没笑，右臂下撑着根拐杖，那头四处乱翘的硬短发还覆盖在前额上，但颜色深了许多，不再是狐毛般的红色。他剃了胡子，皮肤上看起来有很多凹坑，脸颊比洛兰给的照片里瘦一些。但比起在拳击场上咬住斯特莱克、身材如大理石雕像般发达的那个时期，他还是胖了不少。他穿着黄色T恤，对右上臂的玫瑰刺青做了些改变：现在有把匕首刺入玫瑰，血滴图案一路蔓延至手腕。莱恩身后是一片排列并不对称的窗户，黑色和银色模糊成一片。

他用了自己的真名：

唐纳德·莱恩的募捐请愿

我是一名英国退役老兵，患有牛皮癣性关节炎。我为关节炎研究而募捐。请慷慨解囊。

网页创建于三个月前。他的目标是一千英镑，至今为止募集到零元。

"他没说为了钱愿意做什么，"斯特莱克评论道，"只说'给我钱'。"

"不是给我，"罗宾蹲在地上反驳，用厨房纸擦着溅出来的水，"是给慈善组织。"

"他当然这么说了。"

斯特莱克眯眼看着阳台上莱恩身后的窗户。

"你想到什么了吗？那些窗口的排列。"

"一开始，我想到了小黄瓜楼，"罗宾说，把湿透的纸巾扔进垃圾箱，站起身来，"但图案不一样。"

"没说他住在哪儿，"斯特莱克点击网页，希望找到更多信息，"'捐呗'肯定保留着他的信息。"

"坏人也会生病，我对此有点意外。"罗宾说。

她看了手表一眼。

"再过十五分钟,我就得跟踪银发了。我最好现在就走。"

"嗯,"斯特莱克说,仍然盯着莱恩的照片,"保持联系——对了,有件事要交给你。"

他从兜里掏出手机。

"布罗克班克。"

"所以你仍然觉得有可能是他?"罗宾问,大衣刚穿了一半。

"也许吧。我想让你给他打电话,假装是维尼夏·霍尔,继续演人身伤害索赔律师。"

"哦。好吧。"她说,掏出自己的手机,输入斯特莱克提供的号码。她表现得冷静务实,内心却在暗自狂喜。维尼夏是她的主意,她创造的角色。斯特莱克现在把整个调查任务都交给了她。

她在阳光下的丹麦街上走了一半,才想起委顿的玫瑰中还有张卡片,而她没看就将卡片丢在一边。

32

What's that in the corner？
It's too dark to see.
Blue Öyster Cult，'After Dark'

角落里是什么？
太黑了，看不清。

——蓝牡蛎崇拜乐队，《天黑之后》

一整个下午，罗宾都被车流声和噪音环绕，直到五点才有机会给布罗克班克打电话。她看着银发一如既往地去上班，走进俱乐部隔壁的日本餐厅，点了杯绿茶，找了个安静的角落坐下。然后罗宾观察了五分钟，确保背景噪音听起来像是办公楼外的繁华街道，按捺住加速的心跳，拨了布罗克班克的手机号码。

号码正常，至少有人在用。罗宾听着铃声，等了二十秒，以为不会有人接，但电话最后通了。

粗重的呼吸声传过来。罗宾一动不动地坐着，手机紧按在耳边。幼童奶声奶气的声音让她惊跳起来。

"喂！"

"喂?"罗宾谨慎地说。

远处传来女人含糊的声音:

"你干吗呢,扎哈拉?"

刺啦刺啦的噪音,女人的声音更近了:

"那是诺尔的手机,他一直在找——"

电话断了。罗宾慢慢放下手机,心脏狂跳,想象着不小心按了挂断键的细小手指。

手机在她手里震动起来:布罗克班克的号码。对方拨了回来。她做了次深呼吸,接了。

"你好,维尼夏·霍尔。"

"什么?"刚才那个女人的声音。

"维尼夏·霍尔,哈德亚克-霍尔事务所。"罗宾说。

"什么?"女人重复,"刚才是你打来电话的吗?"

她有伦敦口音。罗宾感到嘴里发干。

"嗯,是我打的,"罗宾/维尼夏说,"我找诺尔·布罗克班克先生。"

"什么事?"

罗宾短暂停顿(难以察觉),说:

"请问你是?"

"干吗?"女人越来越不耐烦,"你是谁?"

"我叫维尼夏·霍尔,"罗宾说,"我是个律师,专门负责人身伤害索赔案。"

一对夫妇坐到罗宾面前,大声讲起意大利语。

"什么?"电话那头的女人又问一遍。

罗宾在心里暗自咒骂邻桌的客人,提高声音,把在巴罗对霍莉讲过的话复述一遍。

"有赔偿金给他?"不知是谁的女人说,敌意稍微减退。

"对,如果能胜诉的话,"罗宾说,"请问——"

"你怎么知道他的?"

"我们在调查其他案子时发现了布罗克班克先生的档案——"

"能赔多少钱?"

"这要看情况,"罗宾深吸一口气,"布罗克班克先生在吗?"

"上班去了。"

"请问他在哪儿——"

"我叫他打给你吧。打这个号码,没错吧?"

"嗯,多谢,"罗宾说,"我九点上班。"

"维尼——梵——你叫什么来着?"

罗宾为她拼出维尼夏。

"嗯,好,那就这样。我叫他回电话。拜拜。"

罗宾走向地铁,想给斯特莱克打电话,告诉他进展,但斯特莱克的电话占线。

她沿楼梯走进车站,情绪逐渐低落下去。马修应该已经到家了。她感觉自己已经很久没见过前未婚夫了,也并不期待与他再会。她坐上回家的地铁,希望能有理由不回家,但她答应过斯特莱克,天黑以后不出门。

四十分钟后,她抵达伊灵车站。她不情愿地走向公寓,又给斯特莱克拨了个电话。他这回接了。

"干得好!"斯特莱克听说她接通了布罗克班克的电话,如此说道,"你说这女的有伦敦口音?"

"我这样觉得,"罗宾说,感觉斯特莱克找错了重点,"还有个女儿,听起来年纪很小。"

"嗯。所以布罗克班克才会上门。"

她以为斯特莱克会对那个小孩表示出更多的关心,毕竟小女孩身边就有一位罪行累累的儿童强奸犯。但斯特莱克没有,反而语气轻快地转移了话题。

"我刚才在和哈兹尔·弗利打电话。"

"谁?"

"凯尔西的姐姐,记得吗?她先前说她想见我来着,我们约好了周六见面。"

"哦。"罗宾说。

"之前都没空——那个疯爸爸从芝加哥回来了。这样也好。我们总不能永远指着'第二次'吃饭。"

罗宾没说话。她还在想那个接电话的小孩。斯特莱克的反应让她很失望。

"你没事吧?"斯特莱克问。

"没事。"罗宾说。

她走到赫斯廷斯路的尽头。

"嗯,明天见。"她说。

斯特莱克也说了明天见,挂了电话。罗宾没想到给斯特莱克打过电话后情绪会更糟,带着几分焦虑走向自己家的前门。

结果她无需担心。从马沙姆回来的马修已经不是每小时发短信求罗宾和他谈一谈的那个马修了。他睡在沙发上。之后的三天里,他们小心翼翼地绕过彼此生活,罗宾冷淡而客气,马修则假装殷勤,有时候态度夸张得几近滑稽。罗宾刚喝完水,他就马上去洗杯子。周四早上,他尊敬地问罗宾工作进展如何。

"哦,拜托。"罗宾丢下这么一句,大步经过他身边,出了门。

她猜马修的家里人叫他拉开点距离,给她时间考虑。他们还没讨论过要如何通知大家婚礼已经取消,马修显然不想提起这个话题。每一天,罗宾都想提起这件事,但最后又都不了了之。她有时扪心自问,这样退缩是不是因为她在内心深处还想重新把戒指戴上。她有时会告诉自己,这只是因为她太累了,没有精力进行最艰难、也最痛苦的一场谈话。她仍然不赞成母亲来访,心里却暗自希望能从琳达那里获得力量和安慰,提起精神,面对最后的结局。

她桌上的玫瑰慢慢枯萎。没人费心换水,它们在包装纸里安静地逐渐死去。罗宾很少去办公室,没机会扔掉花。偶尔去拿东西的斯特莱克则觉得不该由自己来扔,里面的卡片还没打开。

斯特莱克和罗宾前一周见了很多人，现在又恢复以往的工作安排，轮流监视银发和疯爸爸，很少有机会碰头。疯爸爸从美国回来了，一落地又跟踪起两个年幼的儿子。到了周四下午，布罗克班克还是没有回音，两人在电话里讨论起罗宾是否应该再打一次电话。斯特莱克思考了一番，认为维尼夏·霍尔是位日程繁忙的律师，手头要忙的案子多的是。

"他明天如果还不回电话，你再给他打。到明天就一周了。他的那位女性朋友也许忘了告诉他。"

罗宾结束和斯特莱克的通话后，继续在肯辛顿的埃奇街四处漫步。疯爸爸的家人都住在这里。这地方的景色并没能改善罗宾的心情。她开始在网上搜索租房信息，但斯特莱克付的薪水能负担的地方比她想象中还糟糕，最好也不过是合租房里的单人间。

周围都是漂亮的维多利亚时代马厩房，房门光亮明净，墙上爬满绿叶植物，方形的上下推拉窗颜色明亮。这一切代表舒适奢华的生活方式，是马修一度渴望拥有的生活方式。他那时以为罗宾会找一份高薪工作。罗宾一直说自己不在乎钱，至少没有他那么在乎。她是真的这么想，到现在也一样。但她走在这条漂亮而静谧的小路上，不禁怀疑有谁不会对这个地方心生向往。与这里相比，她刚浏览过的那些出租房屋相形见绌："小卧室，家里严格素食，手机仅允许在卧室使用"；还有哈克尼那些小如橱柜的单间："住客友善热情，热烈欢迎你的到来！"

手机又响了。她以为是斯特莱克，从大衣口袋里掏出手机，胃部随即一阵翻搅：是布罗克班克。她深吸一口气，接了电话。

"维尼夏·霍尔。"

"你是律师？"

她并未想象过布罗克班克会有怎样的嗓音。在她心里，此人是个虐待儿童的怪物，握着碎酒瓶的长下巴恶棍，据斯特莱克所说，他还假装自己有健忘症。他的声音低沉浑厚，口音没有双胞胎姐妹那么重，但明显能听出他是巴罗人。

"对,"罗宾说,"请问是布罗克班克先生吗?"

"啊,没错。"

他的沉默令罗宾胆战心惊。罗宾快速讲了补偿金的故事,要求和他见面。他没说话。罗宾忍住不安,等待着——维尼夏·霍尔充满自信,不会慌乱地找话说。但电话里嗡嗡的背景音让罗宾有些不知所措。

"你是怎么知道我的啊?"

"我们在调查中看见了你的卷宗——"

"调查什么?"

罗宾为何如此强烈地感觉到敌意?他不可能就在附近,但罗宾还是抬头环顾四周。阳光下,优雅的街道上空无一人。

"我们在调查与你的案子类似的案子,还有很多军人也在战场之外受到人身伤害。"她说,希望声音没这么高。

又是一阵沉默。一辆车转过街角,开过来。

该死,罗宾焦急地想。那辆车的驾驶者正是她该秘密监视的疯爸爸。她转头看车时,疯爸爸看清了她的正脸。她低下头,走得离学校越来越远。

"所以呢,要我做什么?"诺尔·布罗克班克在她耳边问。

"我们能不能见个面,聊聊你的经历?"罗宾问道,心跳快得让胸口有些发疼。

"你不是说你已经了解我的事了?"他说,罗宾感到脖子后面的汗毛都竖了起来,"一个叫科莫兰·斯特莱克的混蛋把我打出了脑损伤。"

"嗯,我在文件里读过,"罗宾有些喘不过气,"但你最好还是写份声明书,好让我们——"

"声明书?"

短暂的沉默里充满危险。

"你真的不是公差?"

北方人罗宾·埃拉科特听得懂,伦敦人维尼夏·霍尔听不懂。"公差"是坎布里亚地区对警察的称呼。

"不是什么——抱歉,我没听懂。"她说,装出礼貌又疑惑的语气。

疯爸爸在分居的妻子家门口停了车。他的两个儿子随时可能出门,在保姆的带领下去小朋友家玩。他如果跟在后面,罗宾需要拍照存证。她没做好这份有钱可拿的正式工作。她本来应该用相机记录下疯爸爸的一举一动。

"警察。"布罗克班克凶狠地说。

"警察?"她说,假装觉得惊讶和好笑,"当然不是。"

"你确定?"

疯爸爸分居妻子家的门开了。罗宾瞥见保姆的红发,听见车门打开的声音。她强迫自己发出莫名其妙、受到冒犯的声音。

"嗯,我当然确定。布罗克班克先生,你如果没兴趣——"

她握紧手机的手已经汗湿。然后布罗克班克的反应让她吓了一跳:

"行,见面吧。"

"那太好了。"罗宾说。保姆领着两个小男孩上了街。"你住在哪儿?"

"肖尔迪奇。"布罗克班克说。

罗宾感到每根神经都在刺痛。他在伦敦。

"在哪儿见面会比较方便?"

"什么声音?"

疯爸爸走过去,保姆对他大喊起来。男孩之一放声大哭。

"哦,是我——今天轮到我接儿子放学。"罗宾大声说,压过背景里的尖叫和呼喊。

电话那头又是一阵沉默。务实的维尼夏·霍尔应该马上开口,罗宾却因恐惧而说不出话来,尽管她告诉自己没有必要害怕。

他用罗宾从未听过的恶毒语气开了口,他的嘴离话筒很近,好像在罗宾耳边低语。

"我认识你吗,小姑娘?"

罗宾张开嘴,一个字都没说出来。电话断了。

33

> Then the door was open and the wind appeared ...
> Blue Öyster Cult,'(Don't Fear) The Reaper'
>
> 然后门开风起……
>
> ——蓝牡蛎崇拜乐队,《(别怕)死神》

"我搞砸了布罗克班克的来电,"罗宾说,"实在对不起——可我不知道到底是怎么搞砸的!我也没拍疯爸爸的照片,我离得太近了。"

周五早上九点,斯特莱克到了办公室。他不是从阁楼下来的,而是从街上走了进来,衣着整齐,背着背包。罗宾听见他一边爬楼一边哼歌。他在埃琳家过了夜。前一天晚上,罗宾给他打电话,讲了与布罗克班克的通话,但斯特莱克不方便说太久,告诉她今天再谈。

"别管疯爸爸了,回头再处理他,"斯特莱克说,把水壶烧上水,"对布罗克班克,你处理得不错。我们现在知道他在肖尔迪奇,知道他还想着我,也知道他怀疑你是警察。他的疑心从哪儿来?是因为他在全国各地乱摸小姑娘,还是因为他最近刚把一个少女砍成碎片?"

罗宾听到布罗克班克在耳边说了那最后八个字之后,一直心神不宁。前一晚,她和马修几乎一句话都没说。她无处排解突如其来的糟糕心情，也不明白自己为什么会如此动摇。她把希望都放到斯特莱克身上，盼望着今天上班见到他，和他讨论一下那不祥的八个字："我认识你吗，小姑娘？"她需要的是平常那个严肃而谨慎的斯特莱克，那个把人腿当作威胁，警告她天黑后不要出门的斯特莱克。现在这个人却兴致勃勃地冲着咖啡，用淡泊的语气谈论虐待和谋杀儿童事件，没能给她带来丝毫安慰。他不知道被布罗克班克在耳边低喃是种什么感觉。

"不仅如此，"罗宾语气僵硬地说，"他还和一个小女孩生活在一起。"

"他们也许没住在一起。谁知道他把手机丢在哪儿了。"

"好吧，"罗宾说，心情更加焦躁，"换种更严谨的说法：我们知道他有机会接近一个小女孩。"

罗宾转过身，翻看一大早摆在办公室门口的信。罗宾想到斯特莱克哼着歌上楼的样子，不禁心生愤懑。看来他在埃琳家过得很愉快，在工作之外得到了娱乐和休养。罗宾也很想有一个可以逃离的地方，在白天的紧张繁忙和夜晚的冰冷沉默中稍作休憩。她知道自己这样不可理喻，但仍然备感恼火。她拿起桌上枯萎的玫瑰，把它们头朝下扔进垃圾桶。包装袋里的水早已干涸。

"我们帮不了那个小孩。"斯特莱克说。

罗宾感到一阵强烈而痛快的愤怒。

"好啊，那我就不担心了。"

她想拿出信封里的账单，却一下子把未拆的信封撕成两半。

"你以为她是唯一一个有可能受虐待的小孩？这样的孩子在伦敦有上百个。"

罗宾本来以为，看到她这么生气，斯特莱克至少能把口气放柔和一些。罗宾回过头。斯特莱克微微眯眼看着她，目光里毫无同情。

"你想担心就担心好了，但这纯属浪费精力。你和我什么也做不了。布罗克班克没被登记在恋童癖名单上。他没有案底。我们都不知道那个孩子是谁，她——"

"她叫扎哈拉。"罗宾说。

她惊慌地意识到自己提高了声音,脸色变得通红,泪水也涌入眼睛。她迅速转回头,但已经晚了。

"嘿。"斯特莱克温和地说,罗宾使劲挥手,让他闭嘴。她不肯就此崩溃,固执地想继续工作。

"我没事,"她咬着牙说,"真的。别管我。"

她没法形容布罗克班克最后那句话是多么具有威胁性。"小姑娘",他这么叫她。她已经不是小姑娘了。她不像孩子那样软弱无力——再也不会了。可是扎哈拉,不管她是谁……

她听见斯特莱克出了门,不久,一大卷手纸进入她模糊的视线。

"谢谢。"她鼻音浓厚地说,从斯特莱克手里接过手纸,擤了擤鼻涕。

他们沉默了几分钟。罗宾不时擦眼睛,擤鼻涕,就是不看斯特莱克。斯特莱克仍然站在她旁边,始终没进属于他的里间办公室。

"干吗?"罗宾说,再次愤怒起来,因为斯特莱克就站在那儿看着她。

斯特莱克咧嘴一笑。尽管他们刚进行了那样的对话,罗宾还是突然忍俊不禁。

"你要在这儿站一早上吗?"她用恶狠狠的语气说。

"不,"斯特莱克咧嘴笑着说,"我有东西想给你看。"

他在背包里摸索了一会儿,掏出一份闪亮光滑的地产宣传单。

"埃琳拿的,"他说,"她昨天去看了,想在那儿买套房子。"

罗宾脸上的笑意消失得无影无踪。斯特莱克为什么觉得他女友买套天价公寓会让罗宾高兴起来?难道他是想宣布(罗宾的糟糕的情绪开始崩溃),他要和埃琳同居了?她眼前闪过快进的电影画面:楼上空了,斯特莱克住在奢侈的套房里,她则在伦敦边缘蜗居,在房间里小声打着电话,生怕被素食主义房东听见。

斯特莱克把宣传单放到她面前。宣传单上面印着一栋现代高楼,盾牌形的楼顶像张诡异的脸,三只风力涡轮机组成了眼睛。下面印着："SE1公寓，伦敦最炙手可热的私人住宅。"

"怎么样？"斯特莱克说。

他炫耀的态度让罗宾火冒三丈，一半是因为斯特莱克本不是会因为沾光享福而洋洋自得的那种人，另一半则是因为她还没来得及回答，玻璃门外传来敲门声。

"见鬼的老天。"斯特莱克打开门，震惊地说。走进来的是尚克尔。他打着响指，身上散发出烟草、大麻和汗臭的混合气味。

"我正好在附近，"尚克尔说，不自觉地模仿埃里克·沃德尔，"我帮你找到他了，本森。"

尚克尔一屁股坐到仿皮沙发上，双腿大大咧咧地向外敞着，从怀里掏出一包梅费尔牌香烟。

"你找到惠特克了？"斯特莱克问。他主要是震惊于尚克尔居然这么早就起床。

"你还叫我找谁了？"尚克尔说，深吸一口烟，显然很享受他引起的骚动，"卡特福德的百老汇街。薯条店楼上的公寓。铜钉跟他一起。"

斯特莱克伸出手，和尚克尔握了手。来访者镶着金牙，上嘴唇也因伤疤而扭曲，但他的微笑非常孩子气。

"喝咖啡吗？"斯特莱克问他。

"嗯，喝。"尚克尔说，看来还在为自己造成的效果而沾沾自喜。"还好吗？"他开开心心地问罗宾。

"嗯，谢谢。"她回以僵硬的微笑，低头继续拆信。

"好事扎堆来啊。"斯特莱克小声对罗宾说。水壶大声咕噜噜地烧着开水，尚克尔抽着烟看短信，没听他们说话。"他们三个都在伦敦。惠特克在卡特福德，布罗克班克在肖尔迪奇，而莱恩在大象堡——至少三个月之前还在。"

她表示同意，然后才意识到斯特莱克说了什么。

"你怎么知道莱恩在大象堡？"

斯特莱克敲了敲桌上的公寓宣传单。

"你以为我为什么要给你看这个？"

罗宾不明白他在说什么。她一脸茫然地盯着宣传单看了几秒，突然恍然大悟。大楼弧形的侧墙上，黑银相间的窗户组成断断续续的竖线。莱恩那张照片的背景里就是这种窗户。

"哦。"她低声说。

斯特莱克并不是要和埃琳同居。她不知道自己为什么又脸红了。她的情感简直乱了套。到底是怎么回事？她转过身去重新看信，不让两个男人看见她的脸。

"我不知道有没有足够的现金给你，尚克尔，"斯特莱克翻着钱包说，"我陪你下去，找个取款机吧。"

"没问题，本森，"尚克尔说，俯身把烟灰弹进罗宾的垃圾箱，"如果要我帮你对付惠特克，你知道该去哪儿找我。"

"嗯，谢了。应该用不着你。"

罗宾伸手拿起最后一封信。它手感坚硬，有一角比其他地方更厚，感觉像是塞了什么小玩意的贺卡。罗宾刚想打开，突然注意到信封上的收件人不是斯特莱克，而是她。她停住手，盯着信封犹豫不决。她的名字和办公室地址是打印出来的，邮戳来自伦敦市区，发信时间是昨天。

斯特莱克和尚克尔的声音在旁边交替起伏，她没注意到他们到底在说什么。

没事的，她对自己说，你想太多了，不可能再来一次。

她使劲咽了口口水，拆开信封，把卡片拿出来。

卡片上印着一幅杰克·维特利亚诺的画。画上是一位金发女郎，侧身坐在一把套着防尘罩的椅子里。她端着茶杯，穿着黑色高筒袜的修长双腿优雅地架在一起，搭在垫脚凳上。卡片外面没贴任何东西。她先前感觉到的那个小物体被夹在卡片里面了。

斯特莱克和尚克尔还在说话。一丝腐臭穿过尚克尔身上的汗臭，飘进罗宾的鼻孔。

"老天爷。"罗宾轻声说，两个男人都没听见。她翻开印着维特利亚诺画作的卡片。

一只腐烂的脚趾被透明胶带贴在卡片里面。卡片上印着精致的大写字母：

SHE'S AS BEAUTIFUL AS A FOOT
她美如脚。

她松手把卡片扔回桌上，站起来，转头望向斯特莱克。她的所有动作仿佛都变成了慢动作。斯特莱克看见她惊恐的脸，望向桌上的可怖事物。

"离它远点。"

她照做了，颤抖的身体虚弱无力，心里暗自希望尚克尔不在。

"怎么了？"尚克尔说，"什么？那是什么？什么东西？"

"有人给我寄了一只脚趾。"罗宾用不属于自己的冷静声音说。

"你他妈在开玩笑。"尚克尔说，兴致盎然地要上前。

斯特莱克伸手挡住他，不让他拿起从罗宾手里滑落的卡片。他认得那句话，《She's as Beautiful as a Foot, 她美如脚》也是蓝牡蛎崇拜乐队的一首歌。

"我这就给沃德尔打电话。"斯特莱克说，但没拿手机，而是撕下便签纸，写下一个四位数字，从钱包里抽出信用卡。"罗宾，你先带尚克尔去取钱，取完再回来。"

她接过便签和信用卡，对有机会呼吸新鲜空气感激不已。

"尚克尔，"两人走到玻璃门边，斯特莱克语气严厉地叫了一声，"你送她回来，知道了吗？把她送回办公室来。"

"没问题，本森。"尚克尔兴致勃勃地说。他每次面对诡异的事物，闻到危险的气味，总是这样精神焕发。

34

The lies don't count, the whispers do.
Blue Öyster Cult, 'The Vigil'

谎言不重要，耳语才算数。

——蓝牡蛎崇拜乐队，《守夜》

当天晚上，斯特莱克独自坐在阁楼公寓的餐桌边。椅子很不舒服，他膝盖的断面因走了好几个小时的路而隐隐作痛。他一直在监视疯爸爸——疯爸爸请了假，去跟踪参观自然历史博物馆的小儿子。那家伙自己就是老板，不然他一定会因为频繁请假被开除。没人负责记录银发的动向。斯特莱克听罗宾说她母亲当晚就会抵达伦敦，当场放了她三天假。他坚持要她回家休息，驳回她所有的反对意见，亲自送她上地铁，要求她一到家就发短信报平安。

斯特莱克打了个哈欠，累得不想起身挪到床上。杀手的第二份礼物让他心烦意乱，尽管他没对罗宾显露分毫。最初送来的人腿已经足够吓人，但随着时间的推移，他心里还是存了一丝侥幸，希望凶手写下罗宾的名字只是出于恶毒的玩笑心理。但这次的脚趾仍然是寄给她的，只是顺便对斯特莱克使了个眼色（"She's As Beautiful As a Foot,

她美如脚"）。不管对方是谁，他一定已经把罗宾列为目标。就连卡片上那幅画的名字也是精挑细选过的，仿佛不祥的预言：孤独一人的长腿金发女郎：《我在想你》。

斯特莱克一动不动地坐着，怒火在心中熊熊燃烧，赶走了疲惫和睡意。他想起罗宾惨白的脸，明白她也认清了事实：疯子寄腿给她并非一时冲动。尽管如此，她仍然激烈反对休假，指出现在仅有的两项任务时间往往冲突。斯特莱克不可能自己兼顾两边，每天都必须在银发和疯爸爸之间做出选择。但斯特莱克态度坚决：她母亲回了约克郡，她才能回来上班。

仇视他们的凶手已经成功将他的客户数量缩减到两人。警察刚刚结束对办公室的第二次搜索。沃德尔承诺不对外透露卡片和脚趾的事，但斯特莱克还是担心媒体会得到风声。他认为杀手的目标之一就是让媒体和警察针对自己，所以惊动媒体只会让凶手得利。沃德尔对此表示赞同。

手机铃声响彻狭小的厨房。斯特莱克瞥了手表一眼：晚上十点二十。他抓起手机，瞄到沃德尔的名字，将手机按到耳边，心思还在罗宾身上。

"好消息，"沃德尔告诉他，"呃，算是好消息吧。他没杀别人，那是凯尔西的脚趾。另一条腿上的。不浪费则不匮乏，嗯？"

斯特莱克没心情开玩笑，简单回了两句。沃德尔挂了电话，斯特莱克坐在餐桌边，陷入沉思。车辆的灯光在楼下查令十字街上来来去去。他突然想起第二天早上还要去芬奇利见凯尔西的姐姐，这才开始进行繁重的卸除假肢工作。

母亲从前总是居无定所，所以斯特莱克十分了解伦敦。但他总有没去过的地方，芬奇利就是其一。他只知道这个地区在二十世纪八十年代是玛格丽特·撒切尔的选区。那个时候，莱达带着他和露西在无人居住的破旧公寓间流浪，去的都是白教堂和布里克斯顿那样的地方。芬奇利离市中心太远，无法满足他们依赖于公共交通和外卖的日常生活，物价也太昂贵，他们根本负担不起。莱达经常连投币电表所需的硬币都找不出来。妹妹露西曾经向往地形容那儿是"正经人家"住的地方。后来她嫁给了一个工程统计员，生了三个无可挑剔的儿子，她童年时对整洁、秩序和安全的渴望全部得到满足。

斯特莱克坐地铁到了西芬奇利站，忍受着膝盖的不适，走了很久，终于到了夏日街。他没打车，因为他的经济情况很不乐观。天气暖和，他出了汗。他走过一排又一排静谧的独立别墅，在心里咒骂这里绿意盎然的安静气氛，没有标志性建筑。他从车站走了半小时，终于找到凯尔西·普拉特的房子。它比周围的许多房屋都小，墙壁刷成白色，门口有扇铁门。

他按了门铃，房子里立刻有了动静。房门是毛玻璃的，和他办公室的门一样。

"应该是侦探来了，亲爱的。"说话的人带着北部口音。

"你去开啊！"女人高亢的声音回答。

一大片红色出现在玻璃门后面。门开了，露出客厅一角。来应门的是个身材魁梧的男人，光着脚，裹着一条紫色浴袍。他已经谢顶，脸上留着茂密的灰白色胡子，配上紫色浴袍，几乎像个圣诞老人，只是脸上的表情并不快乐。他用浴袍袖子使劲抹着脸，眼镜下的双眼肿成两条缝，就像被蜜蜂叮了。他红润的脸颊上满是泪水。

"抱歉。"他粗声说，挪了两步，让斯特莱克进去，"我值夜班。"他如此解释身上的穿着。

斯特莱克侧身钻进去。男人身上有一股欧仕派香水和樟脑的气味。两个中年女人在楼梯脚下紧紧拥抱，一个金发，一个黑发，都在低声啜泣。在斯特莱克的注视下，两人擦着眼泪分开了。

"抱歉，"黑发女人说，"谢尔是我们的邻居。她去马盖鲁夫度假了，刚听——听说凯尔西的事。"

"抱歉，"双眼通红的谢尔说，"我不打扰你了，哈兹尔。有什么需要就来找我。什么事都行，雷——什么事都行。"

谢尔从斯特莱克身边挤过去，对他说了句"抱歉"，和雷拥抱在一起。两人一动不动地待了片刻，两具庞大的身躯互相挤着，肚子对着肚子，胳膊揽着脖子。雷又哭起来，把脸埋在她宽阔的肩上。

"进来吧。"哈兹尔哽咽地说，揉着眼睛，带头进了客厅。她长得很像勃鲁盖尔画里的农民，脸颊饱满，下巴凸出，鼻梁粗大。她的眼睛哭得红肿，眉毛粗厚得仿佛两条灯蛾。"这一周都是这样。大家都听说了，到我们家来……抱歉。"她深吸一口气。

斯特莱克进门不到两分钟，他们已经对他说了五六次抱歉。在其他文化里，人们也许会因表现悲痛不够而觉得羞耻，但在静谧的芬奇利，人们则因被外人目睹悲恸而觉得羞耻。

"大家都不知道该说什么，"哈兹尔低声说，抹去眼泪，挥手让斯特莱克坐到沙发上，"她又不是出了车祸，或者病死的。大家不知道该怎么表达，毕竟她是——"她犹豫片刻，最终还是没能说出来，发出响亮的吸气声。

"我很遗憾，"斯特莱克也表示歉意，"我知道，你这段日子里很不好过。"

客厅里收拾得很整洁，但冷色调产生一种拒人于千里之外的气氛。三件套的沙发上罩着银灰色条纹布，白色的墙纸上印着灰色细条纹，靠垫摆成菱形，壁炉台上的装饰品完美对称。电视屏幕上一尘不染，反射着从窗外透入的光。

网眼窗帘外闪过谢尔的朦胧身影，谢尔还在擦眼泪。雷光脚走过客厅门外，抬起眼镜，用浴袍的腰带抹眼睛，驼着背。哈兹尔仿佛听到斯特莱克的心声，解释道：

"雷摔得脊椎骨断了。有座寄宿公寓着了火，他去营救里面的一家人。墙塌了，他的梯子倒了。他从三层楼上掉了下来。"

"老天。"斯特莱克说。

哈兹尔的手和嘴唇都在颤抖。斯特莱克想起沃德尔的话：警察应该注意对待她的态度。她正处于震惊之中。斯特莱克如果表现出对雷的怀疑，或者问话的方式过于粗暴，哈兹尔都会认为他残忍无情，不可饶恕，只知道强化他们正在经历的巨大痛苦。斯特莱克很清楚警察会怎样残忍地直戳当事人的伤口，他当过这样的警察，也当过这样的当事人。

"要喝咖啡或茶什么的吗?"雷嘶哑的声音传过来,斯特莱克猜他大概在厨房里。

"你去睡吧!"哈兹尔喊道,将湿乎乎的纸巾攥成一团,"我来泡!你快睡!"

"你确定?"

"睡吧,我三点叫你!"

哈兹尔拿了张新纸巾,把纸巾当成毛巾那样擦了擦脸。

"他不肯领残疾失业救济金,可是也找不到正经工作。"她低声对斯特莱克说。雷吸着鼻子,拖着脚从门外走回去。"背驼了,年纪也大了,肺也不好。只能干那种领现金的杂活……夜班……"

她的声音越来越小,嘴唇颤抖,目光终于第一次直视斯特莱克的眼睛。

"我不知道自己为什么叫你来,"她坦白,"我的头脑一片混乱。警察说她给你写了信,但你从来没回过,然后你就接到她的——她的——"

"你一定非常震惊。"斯特莱克说,心里明白自己说什么都不及她内心感受的万一。

"实在是——"她有些狂乱地说,"——太可怕了。太可怕了。我们什么都不知道,什么都不知道。我们还以为她去参加学校的实习了。警察上门时——她说她去实习,我就相信了,去什么学校集训。听起来没问题——我根本没想到——她可会撒谎了。她老是撒谎。她跟我住了三年,我还是没能——我是说,我没能让她改掉撒谎的毛病。"

"她都为什么事撒谎?"斯特莱克问。

"随便什么事,"哈兹尔说,挥了一下手,"某天是周二,她会说是周三。她的有些谎毫无意义。我不知道她为什么要这样。我不知道。"

"她为什么要来你这里住?"斯特莱克问。

"她是我——她是我同母异父的妹妹。我二十岁时，爸爸去世了，妈妈嫁给一个同事，生下凯尔西。我们相差二十四岁——我搬出去自己住了——我更像她的舅妈，而不是姐姐。三年前，妈妈和马尔科姆在西班牙出了车祸。酒驾。马尔科姆当场死亡，妈妈昏迷四天后，也去世了。我们没有其他亲戚，我就叫凯尔西搬过来和我们一起住。"

斯特莱克看着无比整洁的客厅，摆成菱形的靠垫，光洁明亮的家具，很难想象十几岁的少女在这里怎么住。

"我和凯尔西关系不好。"哈兹尔说，似乎又听见斯特莱克心里的疑问。她指了指楼上——雷正在楼上睡觉——眼泪又流出来。"凯尔西很情绪化，老是闷闷不乐，雷比我有耐心。他有个儿子，已经成人，在国外工作。他比我更会照顾小孩。然后警察冲进门，"她突然愤怒起来，"告诉我们她已经——还审问雷，好像他会——就算再过一百万年，他也不会——我跟他说，这简直是一场噩梦。电视上有时候会播那种新闻，呼吁离家出走的孩子回家——还有人上法庭接受审判——但你不会想到……你不会想到……我们都不知道她失踪了。我们如果知道，一定会去找她。可我们根本不知道。警察问了雷好多问题——他什么时候待在哪儿，诸如此类——"

"他们告诉我，他和这件事没关系。"斯特莱克说。

"是啊，他们现在总算是相信了，"哈兹尔脸上挂着泪水，生气地说，"有三个人证明他去参加了男士聚会，从头到尾都和他们待在一起，还有该死的照片为证……"

她永远不能理解，和凯尔西一起生活的男人为什么还要为她的死接受询问。斯特莱克听过布里塔妮·布罗克班克和罗娜·莱恩的陈述，也见过太多和她们一样的女性，深知大多数强奸犯和杀手都不是在黑暗中窜出楼梯间的陌生人，而是父亲、丈夫、母亲或姐妹的男朋友……

哈兹尔迅速擦去流出眼眶的泪水，突然问道：

"你把她那封幼稚的信怎么样了？"

"我的助手把它放进我们用来保管奇怪信件的抽屉里了。"斯特莱克说。

"警察说你从来没回过信。还说他们发现的那些回信都是伪造的。"

"没错。"斯特莱克说。

"伪造信的人一定知道,她对你很感兴趣。"

"嗯。"斯特莱克说。

哈兹尔大声地擤了擤鼻子,问道:

"要喝茶吗?"

他点了头,觉得哈兹尔需要找个机会调整情绪。哈兹尔走出客厅,他立刻环顾四周。他身边的角落里摆着几张小桌子,其中一张桌上摆着客厅里的唯一一张照片,照片里是个戴草帽的女人。她灿烂地笑着,看起来六十多岁。他猜那是哈兹尔和凯尔西的母亲。照片旁边的桌面上有一块地方比周围颜色略深,似乎曾经也摆过照片,遮挡住阳光,延缓那一小块廉价木头的褪色过程。斯特莱克猜那里曾经摆着凯尔西穿着校服的照片,就是报纸上登的那一张。

哈兹尔端着托盘回来了,盘子上放着两杯茶,一盘饼干。她把斯特莱克那杯茶小心地放到母亲的照片旁边,还在下面垫了杯垫。斯特莱克说:

"听说凯尔西有个男朋友。"

"瞎说,"哈兹尔嗤之以鼻,坐回扶手椅里,"她撒谎。"

"你为什么这么认为——"

"她说他叫尼尔。尼尔。开玩笑。"

她又流泪。斯特莱克一头雾水,不明白凯尔西的男朋友为什么不可能叫尼尔。哈兹尔看出他的不解。

"单向乐队。"她透过纸巾说。

"抱歉,"斯特莱克仍然迷惑不解,"我不——"

"那支乐队在《X音素》上拿了第三。她简直着了迷——她最喜欢的就是乐队里的尼尔。所以她说她认识了一个叫尼尔的男孩,十八岁,会骑摩托车,你说说,我们还能怎么想?"

"哦。我明白了。"

"她说她是在心理咨询师那里认识尼尔的。她一直在看心理医生。她说她和尼尔是在等候室认识的，尼尔去看心理医生，是因为他爸妈都死了，和她一样。我们根本没见过他。我跟雷说：'她又来了，又在胡说八道。'雷对我说：'别管她了，她自己开心就行。'可我不喜欢她撒谎，"哈兹尔生气地瞪着眼睛，"她一直都在说谎。她有一天手腕上贴着膏药回家，说不小心划伤了，结果是刺了单向乐队的刺青。她说要去实习，结果呢……她一直撒谎，一直撒谎，到最后就变成了这样！"

她艰难地忍住喷薄欲出的眼泪，紧抿住颤抖的嘴唇，拿纸巾使劲按住眼睛。她深吸一口气，又说：

"雷有自己的猜测。他想告诉警察来着，但他们根本不听，只想知道出事时他在哪儿——雷有个朋友叫里奇，里奇经常介绍些园艺活给雷。凯尔西见到里奇是在——"

她讲着雷的理论，不停重复繁琐的细节。不常作证的人讲起事情往往都会这样漫无头绪。斯特莱克认真而耐心地听着。

哈兹尔从抽屉里拿出一张照片，向斯特莱克证明，出事那天，雷确实在滨海肖勒姆和三个朋友一起参加男士聚会。里奇也在照片上，哈兹尔给斯特莱克看里奇的伤。照片上，里奇和雷坐在一片海冬青丛边，在阳光下眯着眼睛，举着啤酒咧嘴微笑。雷的秃头上汗水闪闪发亮，映照出里奇发肿的脸——他的脸上缝了好几针，还有淤青，一只脚套在手术鞋里。

"——你瞧，里奇刚出车祸没多久，就来过我们这儿。雷认为凯尔西是看到他才想好了计划，打算自己砍掉腿，再假装出了车祸。"

"里奇不会就是她的男朋友吧？"斯特莱克问。

"里奇！他很单纯，如果有这回事，一定会告诉我们的。而且凯尔西和他不熟。那都是她编出来的。我看雷想得没错。她计划好偷偷砍腿，再假装是坐男友摩托车时摔的。"

凯尔西现在如果躺在医院里，自称坐摩托车时出了事故，假装为了保护虚构中的男友而不肯进一步解释,那雷的这套理论确实站得住脚。斯特莱克礼貌地表示,这确实是十六岁少女会想出来的计划,考虑全面但又目光短浅。但这一点也不重要:不管凯尔西是否计划假装出车祸,现在的证据表明,她最后放弃了这个计划,转而给斯特莱克写信,询问他的意见。

话说回来,这是第一次有人提到凯尔西可能与骑摩托车的人有关。斯特莱克问哈兹尔,她为什么如此确定她不可能有男朋友。

"嗯,她上的是儿童教育专业,班上几乎没有男生,"哈兹尔说,"她还能在哪儿遇见那么一位尼尔?她在学校里从来没交过男朋友。她去看心理医生,有时候去离这儿不远的教堂礼拜,参加了教堂的一个青少年小组,但骑着摩托车的尼尔可不会去那儿。"哈兹尔又说:"警察去调查了,还询问了她的几个朋友。小组组长戴瑞尔可伤心了。今天早上,雷在回家的路上碰见他了,说他刚看见自己,就在马路对面哭起来。"

斯特莱克想记笔记,但这样做会影响此刻坦诚的气氛。

"戴瑞尔是什么人?"

"跟他没关系。他是教堂里的青少年辅导员,布拉德福德人,"哈兹尔不太确定地说,"雷说他肯定是同性恋。"

"她在家有没有谈起过——"斯特莱克考虑措辞,"她对自己的腿是怎么想的?"

"没对我说过,"哈兹尔直白地说,"我不肯听她说,也不想听她说,我受不了。她十四岁时告诉过我,我把我的感受都跟她说了。她就是哗众取宠。"

"她腿上有一些时间久远的伤痕。那是——"

"妈妈去世后她自己割的。好像嫌我要担心的事还不够多似的。她拿绳子捆在腿上,想阻断血液循环。"

她的表情里混杂着厌恶和愤怒。

"妈妈和马尔科姆死的时候,她就坐在后座上。我给她找了个心理医生,医生觉得她这么对待自己的腿是在呼救、哀悼、幸存者的内疼，具体我记不清了。但她说不是，说她一直都不想要那条腿……我不懂。"哈兹尔使劲摇头。

"那她和其他人谈过吗？和雷呢？"

"嗯，说过一点。雷知道她什么样。我和凯尔西住在一起不久，他搬了进来，凯尔西给他讲了一堆匪夷所思的东西——什么她爸爸是间谍，所以他们的汽车才会爆炸，诸如之类。雷知道她爱撒谎，但并不生气，只会试图转移话题，问她在学校过得怎么样……"

她的脸涨成难看的深红色。

"你知道她想怎么样吗？"她爆发了，"她想坐在轮椅里，被人推着到处走，让别人都像照顾婴儿似的宠着她，所有注意力都放在她身上。就是为了这个。我找到她的日记，日记大概是一年以前写的。她写的那些东西、想象出的那些东西、那些幻想，简直愚蠢透顶！"

"比如说？"斯特莱克问。

"比如把腿砍掉，坐着轮椅被人推着，在台下看单向乐队表演。演出结束后，他们会围过来对她嘘寒问暖，因为她是个残疾人，"哈兹尔几乎不换气地说完这些话，"你能想象吗？令人作呕。真正的残疾人并不希望自己残疾了。我是当护士的，我太清楚了。我每天都会见到他们。呃，"她瞥了斯特莱克的小腿一眼，"你当然也清楚。

"不是你干的吧？"她突然直接问道，"不是——不是你——不是你自己砍的吧？"

斯特莱克不禁想到，哈兹尔想见他，是否就是为了问这个。已经发生的一切让她不知所措，她仿佛漂在海上，急需一根救命稻草。她也许下意识地想要证明没人会真的那么想——即便她妹妹已经不在人世，再也无法得到她的理解——证明现实世界里的靠垫都该摆成规矩的菱形，肢体残缺只能因为事故，不管是墙面倒塌还是路边的炸弹爆炸。

"不，"他说，"我的腿是炸断的。"

"我就说嘛，你看！"她说，泪水又涌上来，语气里带着勉强的胜利感，"我就知道，我本来可以这么告诉她……只要她问我……可是她说,"哈兹尔喘了一大口气,"说什么那条腿根本就不该存在,长在她身上就是个错误,必须去掉才行——像肿瘤似的。我可不想听她这么胡言乱语。雷说他试图说服凯尔西,告诉她她根本不知道自己在说什么,像他那样进医院可不是什么舒服的事,好几个月只能一动不动地躺着,打着石膏,长褥疮,皮肤感染。雷没生气。只是跟她说,到院子里来帮我干点活吧,试图以此分散她的注意力。

"警察告诉我们,她在网上和有类似想法的人聊天。我们根本不知道。毕竟她已经十六岁了,我们不能再随便看她的电脑了,你说是吧?我就算去看她的电脑,也不知道该看什么。"

"她有没有对你提起过我?"斯特莱克问。

"警察也这么问了。没有。我和雷都不记得她提起过你。我说这话没有别的意思——我也知道卢拉·兰德里的案子,但我不记得你的名字,见到你也认不出来。她如果提起过你,我一定会记得。你的名字挺滑稽的——你别生气。"

"朋友呢?她经常出去玩吗?"

"她几乎没有朋友。她不是受人欢迎的那种女孩。她对同学也一直撒谎,谁喜欢撒谎的人呢?同学都欺负她,觉得她是个怪人。她几乎不怎么出门。我可不知道她哪有机会认识那个尼尔。"

斯特莱克对她如此愤怒并不感到惊讶。在她这个一尘不染的家里,凯尔西是个不受欢迎的累赘。现在她将一辈子都摆脱不掉内疚和哀恸、恐惧和遗憾——她的妹妹还没长大成人,还没甩掉那些让姐妹俩关系疏远的古怪念头,就死了。

"我可以用一下洗手间吗?"斯特莱克问。

她抹着眼泪点点头。

"直走,上楼梯就是。"

斯特莱克清空膀胱,读着水槽上方相框里的奖状:"消防员雷·威廉斯,以此表彰他英勇卓越的功勋"。他强烈怀疑,把奖状挂在这种地方的不是雷,而是哈兹尔。除此之外,洗手间里没什么可看的,所有地方都和客厅里一样干净整洁,连药品柜里也一样。斯特莱克观察一番，发现哈兹尔还没绝经，他们批量买了好多牙膏，他们中有一个人有痔疮。

他悄无声息地离开洗手间。旁边紧闭的屋门内传来隐约的鼾声，是雷正在熟睡。斯特莱克果断地向右走了两步，进了凯尔西住的小房间。

一切都是淡紫色：墙面，床罩，灯罩，窗帘。斯特莱克心想，他没有见过其他房间，但能猜出，在这栋房子里，秩序凌驾于混乱之上。

墙上挂着一大块软木板，避免墙面上出现难看的钉孔。凯尔西在木板上贴满五个英俊男孩的照片，斯特莱克推测那就是单向乐队。他们的头部和双腿超过木板的边界。出现次数最多的是个金发男孩。除了单向乐队成员的照片，她还贴了些剪报：小狗的照片，大多数都是西施犬；零散的字词和流行语："占领"，"社恐"，"点赞"。还有好多"尼尔"，背景往往是桃心。草率而混乱的拼贴彰显出的个性和房间形成鲜明对照：她不会把床罩拉得那么整齐，也不会把淡紫色的小地毯摆得如此方正。

狭窄的书柜上书不多，其中最显眼的是本崭新的《单向乐队：永远年轻——我们在 X 音素的故事》。旁边摆着"暮光之城"系列小说，一个首饰盒，一堆连哈兹尔都没能摆放对称的饰品，塞满廉价化妆品的塑料盘，两三只毛绒玩具。

斯特莱克根据哈兹尔的体重判断，她上楼一定会发出明显的脚步声。斯特莱克大胆地打开抽屉。警察肯定把重要的东西都拿走了：笔记本电脑，写着字的纸片，电话号码，人名，日记——如果哈兹尔偷看后，凯尔西还有心情再写日记的话。抽屉里留着一些杂物：一包信纸，寄给他的信就是用这种纸写的；任天堂旧游戏机，假指甲，危地马拉恐怖娃偶。床头柜最深的角落有只毛茸茸的铅笔袋，里面装着几板锡纸胶囊药板。斯特莱克把药板拿出来：芥末黄卵形胶囊，标签上写着"泰尔丝"。他扯下一块药板，塞进口袋里，合上抽屉，走到衣柜前。衣服堆得相当杂乱，柜子里有股霉味。凯尔西喜欢穿黑色和粉色。他迅速摸起衣服上的褶皱，把口袋都搜了一遍，什么也没找到。只有一条宽松的长裙兜里有张揉皱的存衣凭条，上面写着"18"。

斯特莱克下了楼，哈兹尔仍然坐在原地，一动未动。斯特莱克去得再久，她恐怕也不会注意到。斯特莱克走进客厅，她吃了一惊，略微起身。她显然又哭了一场。

"多谢你能来，"她嘶哑着嗓子说，站起身来，"对不起，我——"

她再次哭起来。斯特莱克伸手搭上她的肩，回过神时，她已经把脸埋在他的胸前，紧抓着他的衣领啜泣着，毫无做作之态，只有纯粹的痛苦。斯特莱克拥住她的双肩，他们就这样站了大概一分钟。然后她做了几次深呼吸，退了两步，斯特莱克的双臂又垂回身侧。

她摇了摇头，什么也说不出来，默默地送斯特莱克出门。斯特莱克再次表示遗憾和慰问，她点点头。阳光射入色彩黯淡的门廊，她的脸色一片惨白。

"多谢你亲自过来，"她低声说，"我就是想见你一面，我也不知道为什么。真的很抱歉。"

35

Dominance and Submission

《支配与服从》

他离家之后,曾和三个女人同居过,但现在这个——也就是"它"——简直是在挑战他的极限。三个肮脏的婊子都说爱他,不管那是什么意思。所谓的爱让前两个极易操控。当然,所有女人在内心深处都是爱出轨的荡妇,索求永远大于付出。但前两个远远没有它这么过分。他不得不忍受着前所未有的折磨,因为它是他宏伟计划中不可或缺的一部分。

即便如此,他仍然经常幻想杀死它。刀刃深深捅入腹部后,它那张愚蠢的脸一定会垮下来,无法相信宝贝(它叫他宝贝)竟然会杀了自己。灼热的血液流过他的双手,铁锈味蔓延在空气中,惨叫声余音不绝……

他假装好人,等于是挑战自控力的极限。他很容易就能表现出魅力,将她们吸引过来,与她们搞好关系。这是他与生俱来的才能。但长时间维持这样的伪装是另外一回事。他忍耐了这么久,快要撑不住了。有时候,它的呼吸声都让他想掏出刀来,捅破它那该死的肺……

他得马上干一个,不然就要他妈的爆炸了。

周一清晨，他找了个借口溜出去。他打算去丹麦街埋伏起来，等待上班的小秘书，但在接近目的地时感到一丝不对劲，仿佛有老鼠胡须在心里轻轻拂过。

他在路对面的电话亭边站住脚，眯眼望着丹麦街路口的身影。对方站在一家乐器店门口，店铺粉刷得如马戏团般鲜艳。

他了解警察，了解他们的行为规律。那个年轻人把双手插在羊毛外套的口袋里，假装只是个无所事事的路人……

他像了解自己发明的跟踪法那样了解警方的跟踪法。他如果愿意，完全可以变成隐形人。瞧瞧那个混蛋，站在街角，以为穿件羊毛外套就能混迹在人群里了……别班门弄斧了，伙计。

他慢慢转过身，走到对方看不见的电话亭后方，摘下毛线帽。斯特莱克追他时，他就戴着这顶帽子。羊毛外套也许正以此为线索。他早该想到斯特莱克会叫警察来。该死的懦夫……

不过他们并没能拼凑起通缉照，他心想，沿着马路往回走，自信心再次膨胀。斯特莱克曾经与他近在咫尺，结果毫无察觉，根本就不知道他是谁。他干完小秘书这一票，公众、警察和媒体的视线会像泥石流般迅速压垮斯特莱克，让他声名狼藉，带着该死的侦探生意见鬼去——他无法保护员工，还会因为她的死成为最大的嫌疑人，从此一蹶不振……老天，那感觉该有多爽快！

他已经在计划下一步的行动了。他打算去小秘书经常跟踪金发小姐的经济学校，找机会和她搭上话。在此之前，他得先去买个新帽子，再换副墨镜。他摸了摸口袋。没多少钱。他妈的一贯如此。他得强迫它回去工作。它总是在家抱怨不止，愚蠢地哭诉，找借口。他已经受够了。

最后他买了两顶新帽子：一顶棒球帽，一顶灰色羊毛帽。他把之前戴的黑毛线帽扔进剑桥广场的垃圾桶，然后坐地铁去霍尔本。

小秘书不在。经济学校里也没有学生。他四处徒劳地寻找金红色的头发，然后想起今天是复活节后的星期一，学校放假。

过了两个小时，他回到托特纳姆法院路上，在绿薄荷犀牛门口徘徊一会儿,仍然没看见小秘书的身影。

之前几天,他没有机会出来找小秘书。此刻,失望几乎让他感到实实在在的疼痛。他烦躁不安地走进安静的小街,希望能撞上一两个姑娘。任何女人都行,不一定非得是小秘书。他口袋里的刀子已经不在乎对象了。

也许是他送的贺卡吓到了小秘书。那可不是他的本意。他想让小秘书害怕,六神无主,但继续为斯特莱克工作。小秘书可是他接近那杂种的唯一桥梁。

傍晚时分,他怀着苦涩的失望心情,回到它身边。他知道,在接下来的两天里,他必须陪着它。他想到这一点,最后一丝自控力也消失得无影无踪。他如果能以计划中对待小秘书的方法对待它,那他该有多么轻松啊。他一定会快步赶回家,拿出刀来——但他不敢。他必须让它活着,继续为他做牛做马。

他和它一起待了不到四十八小时,心里的狂怒和暴力就已经控制不住,即将爆发。周三晚上,他告诉它,自己第二天有事,要早起,并直白地说它也该回去工作了。它又哭哭啼啼地抱怨起来,他终于忍不住发了火。它被他突如其来的爆发吓到,想要安抚他:它需要他,不能没有他,它很抱歉……

他假装生气,和它分开睡,然后利用这份自由手淫,但事后并不觉得满足。他真正渴望、需要的是通过尖锐锋利的金属与女性的肉体相连,看着鲜血迸溅,感受自己的权威,倾听对方是如何全身心服从于他——尖叫和恳求,死前的抽噎和呜咽。以往的回忆并没能安抚他,反而让这股渴望烧得越来越烈。他太想再做一次了。他需要小秘书。

周四凌晨,他四点三刻就起了床,穿好衣服,戴上棒球帽,穿过伦敦,去小秘书和小白脸同居的公寓。他抵达赫斯廷斯路,太阳已经升起来。在他们房子的不远处停着一辆旧路虎,路虎给他提供了不错的庇护。他靠到路虎上,透过挡风玻璃观察她家的窗户。

七点钟,客厅里有了动静,小白脸穿着西装出现在窗口。他看起来紧张疲惫，闷闷不乐。你现在就不高兴了？愚蠢的杂种……等我跟你的女朋友玩过……

然后她终于出现，身边还有一位年长的妇人，妇人和她长得很像。

见鬼的老天。

她这是要干吗？和她妈妈一起出门？操。这简直是对他的嘲讽。有时候，整个世界都与他作对，不让他去做自己想做的事，让他四处碰壁。他恨死这种感觉了：自己不再全知全能，万事万物将他层层禁锢，他退化成一个在挫折中发怒的平凡人。一定会有人为此付出代价。

36

I have this feeling that my luck is none too good ...
Blue Öyster Cult,'Black Blade'

我感觉运气不佳……

——蓝牡蛎崇拜乐队,《黑色刀锋》

周四早上,闹钟响起来。斯特莱克伸出一只沉重的胳膊,一把拍在老式闹钟顶上,将它拍下床头柜。他眯起眼,看着从单薄窗帘外透入的阳光,不情愿地承认,那沉闷而执着的铃声是对的。他太想翻个身继续睡,用胳膊挡住眼睛,又躺了几秒钟,挡住新一天的来临。然后他呻吟着叹口气,一把掀开被子。几分钟后,他伸手去开洗手间的门,想起自己在过去五天里,平均每天只睡了三小时。

正如罗宾所料,罗宾放假意味着他必须在银发和疯爸爸之间做出选择。后者最近突然出现在两个年幼的儿子面前,吓得他们哇哇大哭。斯特莱克目击过那一幕后,决定将他视为首要目标。他让银发继续她那无懈可击的日程,一周大部分时间都在给跟踪狂父亲拍照,不停拍下他偷窥孩子、一旦母亲不在就上前搭话的证据。

斯特莱克除了跟踪疯爸爸,还在做自己的调查。在他看来,警察的行动速度太慢了。对于凯尔西·普拉特之死，现在仍然没有任何证据排除布罗克班克、莱恩和惠特克的嫌疑。在之前五天里，他把所有闲暇时间都用上了，和以前在军队里侦查时一样不分昼夜、坚韧不拔。

他用独腿站着，将淋浴开关顺时针旋转。让他瞬间清醒的冷水冲过肿胀的眼皮，流过前胸、胳膊和腿上的黑色汗毛，激起一阵阵鸡皮疙瘩。这间浴室非常小，好处是他就算失去平衡，也没有地方可以摔倒。他洗净身体后，单腿蹦回卧室，用毛巾把全身上下简单擦了一遍，打开电视。

皇室婚礼将在明天举行，所有新闻频道都在讲典礼的准备情况。他绑好假肢，穿戴整齐，喝着茶吃了烤面包。期间主持人和嘉宾一直在电视里兴奋地喋喋不休，说有多少人已经在道路两边和威斯敏斯特教堂门外搭好帐篷，又有多少游客专程来到伦敦观赏典礼。斯特莱克关掉电视，下楼去办公室。他打着哈欠，想知道媒体对于皇室婚礼铺天盖地的报道是否会影响到罗宾。自从他们上周五接到那张印有杰克·维特利亚诺绘画的骇人卡片，斯特莱克就再也没见过她。

斯特莱克刚在楼上喝了一大杯茶，可还是一进办公室就烧了水，然后把之前闲暇时收集的清单放到罗宾桌上：脱衣舞会，大腿舞俱乐部，按摩店。罗宾回来后，斯特莱克打算叫她继续在网上调查肖尔迪奇的此类场所，这样她就能安全地待在家里工作了。斯特莱克如果能说服罗宾，会叫罗宾跟母亲回马沙姆。罗宾接到卡片时那惨白的脸色，让他一整个星期都难以释怀。

他又打了个大大的哈欠，坐到罗宾的桌前，查起电子邮件。他想让罗宾回家，但还是很期待能见到她。他想念罗宾在办公室里的样子，她乐观又脚踏实地的态度，与生俱来的善良。他还想和罗宾分享自己对那三个男人的调查进展。

到目前为止，斯特莱克为了寻找惠特克的踪迹，已经在卡特福德待了将近十二个小时。惠特克的住处在一家薯条店楼上，门口是条人来人往的步行街，对面就是卡特福德剧院。剧院周围有鱼店、假发店、咖啡馆和面包店,每家店铺楼上都是一所公寓,有三扇排列成三角形的拱窗。尚克尔所说的窗口总是挂着薄帘。白天,步行街上到处都是小摊,小摊给斯特莱克提供了不少藏身之所。捕梦网摊的熏香和旁边冰块上的生鱼味混合在一起,充斥他的鼻孔。他后来习惯了,闻了也没有感觉。

接连三个晚上,斯特莱克站在公寓对面的剧院门口,盯着薄帘后晃动的人影。周三晚上,薯条店旁边的门开了,一个瘦弱的少女钻出来。

脏兮兮的黑发向后挽起,露出憔悴温顺的脸庞。她的脸色白中带紫,很可能得了肺病。她穿着露脐上衣,外面罩了件灰色套头衫,拉链一直拉到领口。瘦削的双腿上穿着裤袜,像管道清洁工。她将双臂紧紧交叉在胸前,侧身靠到薯条店门上,用体重把门推开一条缝,然后一头栽倒似的钻进去。斯特莱克快步跨过街道,伸手扶住差一点就关上的门,站到她身后排队。

她排到柜台前,店里的男人叫了她的名字。

"还好吗,斯蒂芬妮?"

"嗯,"她低声说,"两杯可乐,谢了。"

她的耳朵上有好几个耳洞,鼻子和嘴唇上穿了环。她用硬币付了款,低着头走了,没看斯特莱克一眼。

斯特莱克回到街对面黑黝黝的门洞里吃薯条,视线始终紧盯着店铺上方透出灯光的窗口。她买了两杯可乐,这意味着惠特克在家。他可能正全身赤裸地躺在床垫上,就像斯特莱克小时候经常目睹的那样。斯特莱克以为自己已经能置身事外,但他站在薯条店里排着队,意识到自己离那混蛋可能只有几英尺远,挡在他们中间的只有单薄的木板和混凝土天花板,他的脉搏还是不禁剧烈加快。他固执地站在原地,一直等到夜里一点,窗里的灯光全都熄灭。惠特克的身影没有出现。

莱恩那边也一样。他用谷歌地图街景仔细调查一番,发现"捐呗"网站上那张照片里的阳台属于沃拉斯顿小巷里的一座公寓。那是座破旧不堪的矮宽楼房，离 SE1 大楼不远。公寓的电话簿和选民注册记录上都没有莱恩，斯特莱克觉得他有可能是借住在别人家，或者租住在没装电话的房子里。周二晚上，他在附近蹲守了好几个小时，带了一副夜视望远镜，以便天黑后还能观察没挂窗帘的室内，结果还是没能在公寓附近见到苏格兰人的身影。他不想让莱恩发现自己在找他，就没挨家挨户地上门询问，而是躲在附近横跨铁路线的砖制拱桥下。那片隧道般的空间里挤满小商铺：厄瓜多尔咖啡馆，理发店。斯特莱克坐在大声喧哗的南美人中间，安静地吃喝，沉默而严肃，所以备受瞩目。

他在罗宾的椅子里伸了个懒腰，再次打了个哈欠，发出一声疲惫的叹息，所以没听见在走廊里响起的脚步声。他意识到有人上门，看了手表一眼——肯定不是罗宾，她说过，母亲回家的火车十一点才开——已经有一个身影爬上毛玻璃外的平台。敲门声过后，"第二次"走进办公室，斯特莱克大吃一惊。

"第二次"是个大腹便便的中年商人，外表邋里邋遢、十分平凡，实际相当富有。他的脸毫无特点，既不英俊也不和蔼，此刻正因惊愕而扭曲成一团。

"她甩了我。"他开门见山地告诉斯特莱克。

他一屁股坐进仿皮沙发里，被放屁的声音吓了一跳。这恐怕是当天第二件让他吃惊的事。这个人显然完全没想到自己会被银发甩掉。他的打算是收集好金发女友出轨的证据，摆到她面前，当面提出分手。斯特莱克对"第二次"了解得越多，就越明白他的喜好：以这种方式与女友分手对他而言相当于令人满足的性高潮。他似乎是虐待狂、偷窥狂和控制狂的奇异混合体。

"真的？"斯特莱克说，站起身走向水壶。他需要咖啡因。"我们一直紧盯着她，没有迹象表明她有其他男人。"

事实上，他之前一周没跟踪过银发，只是偶尔接到乌鸦的电话。他在追踪疯爸爸时，还拒听了乌鸦的两个电话，让其直接进入语音信箱。他不记得自己是不是听了所有语音留言。他在心里暗自希望乌鸦没在留言里警告说有另一个男人出现,这个男人愿意给银发出学费,以换取某些特殊服务。要不然,他就得永远和"第二次"的钱说再见了。

"那她为什么要甩我?""第二次"质问道。

因为你是个该死的怪胎。

"嗯,我不能保证没有第三者,"斯特莱克谨慎地挑选词句,把速溶咖啡倒进马克杯里,"但我得说,如果真有,那她的保密工作做得可真严实。我们一直紧紧跟着她呢。"他撒谎。"喝咖啡吗?"

"我还以为你是这行里最棒的,""第二次"嘟囔,"不用了,我不喝速溶的。"

斯特莱克的手机响了。他从兜里掏出手机,看到来电显示:沃德尔。

"抱歉,我接一下。"他对不满意的客户说,按下通话键。

"嗨,沃德尔。"

"马利的嫌疑排除了。"沃德尔说。

斯特莱克实在太累了,一时间竟然没明白他在说什么。然后他反应过来,沃德尔说的是那个曾经砍下尸体上阴茎的匪徒,沃德尔心中寄人腿的最大嫌疑人。

"挖掘工——哦,"斯特莱克表示自己在认真听,"不是他?"

"不可能是他。案发时,他在西班牙。"

"西班牙。"斯特莱克重复。

"第二次"用粗大的手指敲打沙发扶手。

"对,"沃德尔说,"见鬼的梅诺卡岛。"

斯特莱克喝了口咖啡。咖啡很浓,他仿佛直接把沸水倒进了咖啡罐。他感到头骨内侧隐隐作痛。他以前很少头疼。

"之前给你看过照片的那两个人有进展了,"沃德尔说,"就是在凯尔西问起你的那个变态网站上发帖的一男一女。"

斯特莱克隐约记得沃德尔给他看过的照片:眼睛不对称的青年,戴眼镜的黑发女人。

"我们找他们问过话了。他们从来没见过凯尔西，只和她在网上交流过。而且，在她死的那一天，那个男的有非常可靠的不在场证明：他在利兹的阿斯达超市连着值了两班。我们查过了。

"不过，"沃德尔说，斯特莱克听得出，沃德尔认为接下来的信息很有价值，"论坛上还有一个网名叫'迷恋者'的人，他们俩都对此人感到有点害怕。这个人对截肢者很着迷，喜欢问女人具体想在哪个位置截肢，还试图和几个人在线下见面。他最近没有出现在这个网站上。我们正在找他。"

"嗯，"斯特莱克说，强烈意识到"第二次"越来越不耐烦，"听起来有希望。"

"嗯，我也没忘了那个给你写信、说喜欢你的断腿的家伙，"沃德尔说，"我们也在调查他。"

"很好，"斯特莱克心不在焉地说，抬起一只手，向打算起身的"第二次"表示马上就完，"听着，沃德尔，我现在不方便。回头再说。"

斯特莱克挂断电话后，努力安抚因等待而心生愤怒的"第二次"。斯特莱克并没有问，对于抛弃他的女友，他到底想让他做些什么。斯特莱克想继续做这桩生意呢。他忍着头疼，大口喝着浓黑的咖啡，满心只想叫"第二次"赶紧滚蛋。

"所以，"客户说，"你打算怎么办？"

斯特莱克不知道"第二次"是希望自己逼迫银发跟他和好，在全伦敦跟踪银发、揪出新男友，还是直接给退钱。他还没回答，金属楼梯上传来杂乱的脚步声和女人的说话声。"第二次"惊恐又疑惑地瞥了斯特莱克一眼，没来得及说话，玻璃门就打开了。

斯特莱克觉得，罗宾似乎高了一些：更高，更美，满脸尴尬。她身后的女人显然是她母亲——如果是在平时，斯特莱克一定会觉得好笑又好奇。母亲比罗宾矮胖些，但有着和她一样的金红色头发和灰蓝色双眸，表情也是斯特莱克早已熟悉的罗宾式表情：友善又精明。

"真抱歉，"罗宾说，瞥见"第二次"，咽下已到嘴边的话，"我们去楼下等——走吧，妈妈——"

不开心的客户站起来，一脸愠怒。

"不，不，没关系，"他说，"是我没预约就来了。我这就走。把最后一张发票寄给我就好，斯特莱克。"

他大步走出门。

一个半小时后，罗宾和母亲沉默地坐在出租车里，前往国王十字车站。琳达的行李箱在车里微微摇晃。

琳达坚持要在回约克郡前见斯特莱克一面。

"你在他那儿工作一年了。他应该不介意我去打个招呼吧？至少让我看看你工作的地方，这样你说起办公室里的事情时，我能想象出画面……"

罗宾极力婉拒，光是想到把母亲介绍给斯特莱克，就觉得万分尴尬。这举动似乎幼稚、愚蠢又不合礼节。她最担心的是，斯特莱克见到她和母亲一起出现，恐怕会更坚信，凯尔西事件把她吓得六神无主。

罗宾非常后悔，她接到那张印有维特利亚诺画作的卡片时不该表现得那么慌张。她应该尽力掩饰心里的恐惧。毕竟，斯特莱克已经知道强奸案的事。他嘴上说那无关紧要，但她心里清楚，那件事对斯特莱克有影响：已经有太多人告诉她应该做什么，又不该做什么。

出租车在内环上转弯。罗宾提醒自己，她们撞上"第二次"并不是母亲的错。她应该事先给斯特莱克打个电话。她本来希望斯特莱克已经出门，要么就还在楼上。她打算带琳达参观一下办公室，然后不等斯特莱克出现就走人。她怕如果事先打电话，斯特莱克会特意来迎接她母亲——他总是充满好奇心，喜欢恶作剧。

三人见面后，琳达和斯特莱克聊天。罗宾在一边泡茶，故意保持沉默。她怀疑，母亲之所以这么想见斯特莱克，是为了亲自判断他和女儿有多亲密。还好，斯特莱克外表邋邋遢遢，看起来比实际年龄老十岁——他显然又为了工作牺牲睡眠，下巴上都是胡茬，挂着浓重的黑眼圈。琳达现在总不会认为罗宾对老板暗怀情愫吧。

"我挺喜欢他的。"琳达说。她们已经可以看见圣潘克拉斯车站的红墙了。"我得说,他虽然其貌不扬,人还挺有魅力的。"

"是啊,"罗宾冷淡地说,"萨拉·夏洛克也是这么想的。"

她们出门赶车之前,斯特莱克要求在里间和她单独谈五分钟。斯特莱克给了她一份清单,上面都是肖尔迪奇的按摩店、脱衣舞场和大腿舞俱乐部的名字。斯特莱克叫她按这张清单挨个打电话,追寻诺尔·布罗克班克的踪迹。

"我越想就越觉得,"斯特莱克说,"他应该还在当保镖。那么大的个子,有前科,还有脑损伤,还能干什么?"

琳达在一边听着,斯特莱克没说他认为布罗克班克还待在色情行业里,在这一行最容易接触到脆弱女性。

"好,"罗宾说,把斯特莱克的清单留在桌上,"我去送妈妈,回来再——"

"不,我想让你在家里调查。把打过的电话号码都记下来,我回头给你报销电话费。"

罗宾想起真命天女的《百战娇娃》海报。

"那我什么时候才能回来?"

"看你需要多久才能打完那些电话。"他说,然后正确理解了她的表情:"你瞧,'第二次'这下是彻底跑了。我一个人也能应付疯爸爸——"

"凯尔西呢?"

"你不是要调查布罗克班克吗,"他说,指着罗宾手里的清单,然后又说(他头疼欲裂,但罗宾并不知道),"你想啊,明天没人上班,银行假,加上皇室婚礼——"

斯特莱克的意思再清楚不过:斯特莱克想让她回家待着。她不在时,有什么东西变了。斯特莱克也许终于想起她没接受过军事警察训练,接到人腿之前从没见过尸块,在这种极端情况下根本帮不上忙。

"我刚休了五天——"

"看在老天的分上，"他失去耐心，"你只要打打电话，做做记录就行——干吗非得到这儿来？"

只要打打电话，做做记录就行。

她还记得，埃琳称她为"斯特莱克的秘书"。

罗宾此刻坐在母亲身边，火山喷发般的愤怒和怨怼吞没了理智。斯特莱克在沃德尔面前让她看碎尸的照片，还说她是自己的搭档。可是她没签过新合同，两人也没就她的待遇做过正式沟通。斯特莱克的手指很粗，罗宾打字要快得多；大部分收据和电子邮件是罗宾处理的，文件归档也是她在管。罗宾心想，也许是斯特莱克自己亲口告诉埃琳，她只是个秘书。也许所谓的"搭档"只是个安慰她的说法，只是种比喻。也许（她自己也清楚，她现在正故意给自己火上浇油）斯特莱克和埃琳背着埃琳的丈夫共进晚餐时，曾经拿自己的种种不适宜之处作为谈资。他可能向埃琳坦诚，不该雇个女人；毕竟她最开始只是个临时工。他说不定把强奸事件也告诉了埃琳。

"我那段时间过得也很艰难，你知道吗？"

"你只要打打电话，做做记录就行。"

她为什么要哭？愤怒和沮丧的泪水流过脸颊。

"罗宾？"琳达说。

"没事，没事。"罗宾急忙说，用手掌抹着眼睛。

她在家与母亲及马修一起待了五天，迫不及待地想回去工作。狭小的公寓里充满三角的尴尬沉默，琳达和马修一定趁她去厕所时小声说过话，但她选择缄口不问。她不想再困在家里。有种念头毫无理由：她觉得伦敦中心比赫斯廷斯路更安全，她在中心区可以随时警惕戴毛线帽的大个子。

出租车终于在国王十字车站停下。罗宾极力控制心里的情感，时刻感觉到琳达在一边投来的关注的目光。她们穿过人群，走向琳达乘车的站台。今晚，罗宾又要和马修单独在一起了，那场决定命运的谈话已经不远。她本来不想让琳达来，但罗宾和母亲离别在即，不得不承认，母亲给予了她慰藉。

"好了。"琳达上车,把行李箱在行李架上放好,回到站台上来,与女儿共度最后的两分钟。"这个给你。"

她递出五百英镑。

"妈妈,我不能要——"

"你拿着,"琳达说,"存起来,找个新住处——要么就为婚礼买双周仰杰的鞋。"

周二,她们去邦德街闲逛了一阵,透过橱窗眺望完美无瑕的珠宝,比二手车还贵的包,还有两人都无法欣赏的设计时装。那里与哈罗盖特的商店天差地别。罗宾注视最久的是鞋店。马修不喜欢她穿高跟鞋。她说自己想要几双五英寸高的高跟鞋,以此作为挑衅。

"我不能拿。"罗宾重复道。车站里一片喧哗。再过几个月,父母就要为她哥哥斯蒂芬的婚礼付一半的钱。他们已经为她的婚礼付过定金,而典礼已经推迟过一次;他们还买了婚纱,付了改衣费,损失了第一次的婚车定金……

"我让你拿着,"琳达严厉地说,"要么投资在单身生活上,要么去买婚礼用的鞋。"

罗宾挣扎着不让自己哭出来,没说话。

"不管你的决定是什么,爸爸和我都完全支持,"琳达说,"但我希望你问问自己,你为什么还没把婚礼取消的事告诉任何人?你不能一直生活在这样的僵持状态里,对你们两个人都不好。钱你拿着。好好做决定。"

她紧紧抱住罗宾,亲了她的耳侧一下,上了火车。罗宾一边挥手一边保持微笑。火车开了,把母亲带回马沙姆,带回父亲、拉布拉多犬和一切友好熟悉的事物身边。罗宾无力地坐到冰冷的金属长椅上,用双手捂住脸,对着琳达刚给的钞票无声地大哭。

"振作点,亲爱的。天涯何处无芳草。"

她抬起头。一个蓬头垢面的男人站在她面前,凸起的大肚子下勒着皮带,脸上挂着不怀好意的笑容。

罗宾慢慢站起来。她的身高和男人差不多,两人的目光在同一个高度。

"滚。"她说。

男人眨了眨眼，笑容消失。罗宾转身走了，把琳达的钱揣进口袋里。男人在她身后喊着什么，但她没听清，也不在乎。她心里升起一股对此类男人的愤怒：他们认为外露的情感就等于一扇诱人的门，假装逛着葡萄酒架偷窥胸部，将女性的存在本身视为恬不知耻的邀请。

她的愤怒越燃越烈，对象里也包括斯特莱克。斯特莱克认为她是个负担，最好回家守着马修；对于她帮忙发展起来的生意，斯特莱克宁可冒着前功尽弃的风险一手包办，也不想让她去做她擅长的事，她有时候比他更能胜任的事，就因为他觉得她七年前在错误的时间进了不该进的楼梯间，从而有了某种无法跨越的障碍。

好吧，她会给斯特莱克那些该死的大腿舞俱乐部和脱衣舞俱乐部打电话，寻找那个叫她"小姑娘"的混蛋。但除此之外，她还有别的事要做。她本来想找机会告诉斯特莱克，但琳达要赶车，她没来得及提。斯特莱克叫她老实待在家里时，她已经没有了告诉他的心情。

罗宾系紧腰带，紧皱眉头，大步前行，打算独自一人去调查斯特莱克也不知道的线索。

37

This ain't the garden of Eden.
Blue Öyster Cult,'This Ain't the Summer of Love'

这里不是伊甸园。

——蓝牡蛎崇拜乐队,《这不是爱的夏天》

罗宾觉得,反正要待在家里,不如看看皇室婚礼。第二天一大早,她就在客厅的沙发上占好位置,把笔记本电脑放在腿上,手机摆在身边,调低电视机的音量。马修也放假,但他一直待在厨房里,躲在她看不见的地方。马修今天没问她要不要喝茶,没问她的工作怎么样了,也没有显出那种过分的殷勤。罗宾觉得,母亲走后,马修变得不太一样了。琳达在与马修悄声交谈时也许说服了马修,让他相信一切已经无法挽回。

罗宾明白,最后的致命一击只能由自己来完成。琳达临走时说的话加剧了她的紧迫感。她还没找到新的住处,但必须告诉马修自己要搬走,和他商量好对朋友和家人的统一说辞。可是她仍然坐在沙发上工作,不去处理那个挤在公寓里、紧压四壁、让空气僵硬的问题。

主持人和评论员都戴着胸花,评价威斯敏斯特教堂里的装饰。参加婚礼的名人排成长队，逐一入场。罗宾心不在焉地听着，记下肖尔迪奇周边大腿舞俱乐部、脱衣舞俱乐部和按摩店的电话号码。她不时拖动网页，阅读客人对某家店的评价，希望有人不经意提起一个叫诺尔的保镖，但评论全都只提到了在店里工作的女人。客人往往以她们对工作是否热情作为评价标准。某家按摩店的曼迪"服务了整整三十分钟"，"从来不会催你"；拜耳特维脱衣舞俱乐部的雪莉漂亮极了，总是"很合作，经常开怀大笑"。"我极力推荐佐伊，"一位客人说，"身材棒极了，最后绝对是'幸福结局'！！！"

她此刻如果处于另一种心情——或者正过着一种生活——也许会觉得这些评价很滑稽。这么多男人付钱享受性爱，心里却愿意相信女人的热情是真的，相信她们这样付出是为了愉悦，听了他们的笑话真的乐不可支，从心底享受为他们提供裸体按摩和手淫服务。有位顾客还为自己最喜欢的姑娘写了首诗。

罗宾把找到的电话号码都记下来，但心里认为有脑部病史的布罗克班克不可能在高档场所工作。那些地方的网站很有艺术感，照片都经过精心打光，姑娘的裸体用软件修过，旁边的文字邀请夫妇一同前往。

罗宾知道，妓院虽然违法，但在网上很容易就能找到相关信息。她自从在斯特莱克手下工作，逐渐学会从网上的偏僻角落搜出自己需要的东西。很快，她就找到看起来快要倒闭的色情信息分享站，将上面提到的地方与那份清单一一对照。在这个市场的最低端，没有人写诗："六十英镑就能后入"。"都是外国女人，没有英国人"。"非常年轻，可能还算干净。其他那些，你可不会想把鸡巴放进她们的身体。"

他们往往只会提到大概地点。罗宾知道，斯特莱克不会允许她亲自去调查那些地下室和住宅，不管里面工作的"大多都是东欧妞"，抑或"全是中国女人"。

她想休息一下，也希望能缓解胸口紧绷的感觉，就抬头望向电视机。威廉和哈里王子正并肩走入会场。罗宾正看着电视节目，客厅的门开了，马修端着一杯茶走进来。他没有主动提出给罗宾泡一杯，只是在扶手椅里坐下，什么都没说，沉默地盯着电视机。

罗宾继续工作，强烈地意识到马修的存在。他以前从来没有这样一言不发地坐在她旁边，也没有尊敬过她的独立空间——完全不打扰她，连她要不要茶都没问。这也是马修第一次没有拿起遥控器换台。

摄像机转向戈林酒店门外。媒体在那里蹲守，准备捕捉凯特·米德尔顿身着婚纱的第一个镜头。罗宾目光悄悄越过电脑，瞥着电视，一边慢慢读着对商业路附近一家妓院晦涩难懂的评论。

一阵兴奋的评论和欢呼声传来，罗宾抬起头，看见凯特·米德尔顿钻进一辆加长轿车。长长的蕾丝袖，和罗宾的婚纱去掉的袖子一样……

轿车慢慢开走。能够透过车窗隐约看见凯特·米德尔顿的身影，她就坐在她父亲身边。她选择将头发放下来。罗宾也是这么计划的，马修喜欢她那样。不过现在这已经不重要了……

沿路的人群都在欢呼，四处都是国旗的海洋。

马修转向她，罗宾假装正忙着看电脑。

"要喝茶吗？"

"不用。"她说。"谢谢。"她意识到自己的口气有多激烈，又不情愿地补了一句。

手机在她身边响起。在休息日，她的手机每次响起，马修都会皱起眉，闷闷不乐。马修总是觉得是斯特莱克来的信息，有时候的确是。但今天，马修只是转回头继续看电视。

罗宾拿起手机，读起刚来的短信：

我怎么确定你不是记者？

这是她瞒着斯特莱克调查的那条线。她早就准备好答案。屏幕上，人群欢呼着目送轿车前行。她按着键盘：

记者如果知道你的事，早就去你家门外等着了。我先前叫你在网上查查我。有我在欧文·奎因谋杀案里上庭作证的照片。

你搜到了吗？

她放下手机，心跳加快。

凯特·米德尔顿在教堂门口下了车。在蕾丝婚纱里，她的腰看起来细得要命。她显得那么幸福……真正的幸福……罗宾感受着激烈的心跳，看着头戴银冠的美丽女人走进教堂。

手机又响了。

嗯，我看见了。所以呢？

马修对着茶发出诡异的声音。罗宾没理他。马修大概以为她在给斯特莱克发短信。马修每次这么想，都会做出鬼脸，发出不耐烦的声音。罗宾点开手机的照相功能，举起来，对着自己拍了张照。

闪光灯让马修吓了一跳，抬起头。马修在哭。

罗宾把自己的照片附在短信里发送，手指微微颤抖。她不想看马修，就又望向电视。

凯特·米德尔顿和她父亲正慢慢走上铺着紫色地毯的过道，两边都是大批戴着帽子的宾客。成千上万个童话故事汇集起来，在罗宾面前上演：平凡女人慢慢走向王子，美不可抵挡地汇入上流社会……

罗宾不禁回想起马修求婚的那个晚上。在皮卡迪利广场的爱神雕像下，马修单膝下跪，引来台阶上几个流浪汉嘲讽的笑声。罗宾大吃一惊，不知所措。马修牺牲他最好的一套西装，跪在潮湿肮脏的石头上，旁边飘来阵阵酒气和汽车尾气。小巧的蓝色天鹅绒盒，闪闪发光的蓝宝石，比凯特·米德尔顿的更小，光芒也更黯淡。后来马修告诉她，他选择这枚戒指是因为戒指的颜色和她眼睛的颜色很配。罗宾说了我愿意，一个流浪汉站起来，醉醺醺地鼓起掌来。马修高兴坏了，皮卡迪利闪烁的霓虹灯照得他的脸忽明忽暗。

整整九年，他们分享彼此的人生，一起成长，相亲相爱，吵架又和好。整整九年,他们携手挺过本来会让他们分离的伤害和痛苦。

她记得,在马修求婚后的第二天,中介就把她派到斯特莱克那里。那似乎已经是很久很久以前的事了。她觉得自己现在和当时好像是两个不同的人……她本来也确实以为自己变了一个人,直到斯特莱克叫她回家抄电话号码,缄口不提她什么时候才能作为他的搭档回去工作。

"他们分手过。"

"什么?"罗宾说。

"他们。"马修说,声音哽咽。他冲电视点点头。威廉王子正好转过头,看着自己的新娘。"他们分手过一阵子。"

"我知道。"罗宾说。

她想保持冷静的语气,但马修的表情失魂落魄。

"但也许在内心某个地方,我觉得你值得拥有比我更好的对象。"

"是不是——我们真的结束了?"他问。

凯特·米德尔顿走到威廉王子身边。他们似乎因为能走到一起而心花怒放。

罗宾盯着电视,知道自己的回答将会给一切一锤定音。订婚戒指还摆在她脱下它的地方,书架上的会计教材旁边。她放下它之后,谁也没有动过它。

"亲爱的朋友们……"威斯敏斯特的牧师开口。

她想起马修第一次开口约她出去,记得两人从学校走回家,她的内心因兴奋和自豪而灼热不已。她记得在巴斯的一家酒吧里,萨拉·夏洛克咯咯笑着向他靠去,马修微微皱起眉,躲开了。她想起斯特莱克和埃琳——和他们有什么关系?

她记得马修脸色惨白,浑身颤抖地待在医院里。强奸案发生后,她必须留院观察二十四小时。马修为了陪她,翘掉一场考试,没请假就直接去了医院。马修的母亲对此不太高兴。马修只能在暑假里重考。

我那时二十一岁，什么都不知道，但我现在知道了：你是独一无二的，我不可能像爱你这样爱别人……

萨拉·夏洛克，无疑是在他醉酒时乘虚而入，伸臂拥抱住他，听他讲他对罗宾的复杂感情：她有人群恐惧症，受不了被他触碰……
手机响了。罗宾条件反射地拿起来看。

好吧，我相信是你。

她不敢相信自己读到了什么，没回复就把手机放回沙发上。男人在哭泣时会显得如此可怜。马修的眼睛红红的，肩膀上下起伏。
"马修，"罗宾在马修无声的抽噎中低声说，"马修……"
罗宾伸出手。

38

Dance on Stilts

《踩着高跷跳舞》

黄昏的天空泛着大理石纹路般的粉红色，街上仍然人头攒动。上百万的伦敦人和外地人挤在街上：红白蓝三色帽，国旗，塑料王冠。大口喝着啤酒的蠢货，手里牵着脸上涂了颜料的小孩。所有人都在感伤的情绪中摇摇晃晃，挤满地铁和街道。他在人群中穿行，四处寻觅自己需要的东西，路上不止一次听到有人唱起国歌。唱歌不成调的醉汉，还有一群兴高采烈的威尔士女人在车站外挡住他的去路。

他出门时，它还在哭。婚礼让它暂时忘记自己的痛苦，表现出浓得发腻的爱意，流了自伤自怜的眼泪，还直白地暗示对承诺和相伴的渴望。他一直忍耐着，每一根神经、每一个细胞都集中在今晚要做的事上。他一心想着即将到来的释放，表现得既耐心又亲切，结果它以怨报德，胆大包天，不让他走。

他已经穿上内藏利刃的外套，终于忍不住发了火。他从来没对它动过手，但他懂得怎么运用词句和身体语言恐吓它，让心里的野兽突然窜出来，震慑它。然后他重重地摔上门，走了，它原地惊恐不已。

他穿过人行道上喝酒的人群，心里清楚回头要花大力气去哄它。

无聊的花束，伪装的悔意，关于压力太大的说辞……他想到这里，不禁露出凶狠的表情。他横冲直撞地挤过人群，粗暴地撞开好几个人。他身材魁梧，态度凶恶，没人敢与他正面冲突。他觉得他们就像九柱地滚球里的木柱，也像木柱般一文不值。对他而言，其他人的重要性完全取决于他们有多少利用价值。所以小秘书才会在他心里占有一席之地，他以前从来没花这么长时间追踪一个女人。

对了，他在上一个女人身上也花了不少时间，但那不一样：那个愚蠢的小婊子欢天喜地地扑入他的掌心，仿佛被人砍成碎片就是她的人生理想。说起来，事实的确如此……

回忆让他微笑起来。染成桃红色的浴巾，鲜血的气味……他又沐浴在全知全能的感觉里。他今晚一定能得手，他感觉得到……

> Headin' for a meeting, shining up my greeting...
> 在去约会的路上，琢磨如何开场……①

他四处张望，想找一个不小心与人群走散、多愁善感的醉酒女孩，但目所能及的女人都扎堆走在一起。恐怕还是妓女更容易下手。

时代不同了。以前不是这样的。有了手机和网络，妓女不用再站街了。现在买个女人就像叫外卖一样容易。但他不想在网上或某个婊子的手机里留下痕迹。现在只有一些渣滓还站在街上，他熟知她们出没的所有地点。得选个和他毫无关系、也离它非常遥远的地方……

离午夜差十分，他走在夏克韦尔街头，将夹克领子竖起来，遮住下半张脸，帽子在额头上压得低低的，怀里的刀随着他走路重重拍打胸口。他带了一把笔直的切肉刀，还有一把便携式弯刀。他走过咖喱店和酒吧灯火通明的窗口，路过四处飘扬的国旗。他就算要花一整个晚上，也一定要找到一个目标……

有三个女人站在灯光昏暗的街角，穿着迷你裙，一边抽烟一边聊

---

① 蓝牡蛎崇拜乐队《Dance On Stilts, 踩着高跷跳舞》的歌词。

天。他从街对面走过，其中一个女人喊了一句。他没理这个女人，继续往前走进黑暗。人太多了。三个人就意味着会有两个目击者。

徒步狩猎比开车更容易，也更困难。走路不用担心被摄像头拍到车牌，但带对方去哪儿就是问题，事后逃走也麻烦得多。

他又在街上闲逛了一个小时，最后走回之前那三个妓女所在的街头。现在只剩下两个了。只有一个目击证人，好办多了。而且他的脸几乎全被遮住了。就在他犹豫时，一辆车慢慢停下来，司机和一个妓女搭上话。这个妓女上了车，车开走了。

他感到带着毒性的巨大喜悦在血管和脑袋里迅速蔓延。很像他第一次杀人时的感觉：长相更丑的那个留到最后，可以让他为所欲为。

没时间犹豫了。她的两个同伴随时都会回来。

"又回来啦，宝贝？"

她的声音很刺耳。但她看起来挺年轻，头发染成棕红色，留成疏于打理的波波头，两只耳朵和鼻子上都穿了洞。她的鼻子湿润泛红，她好像感冒了。她披着皮夹克，穿着革制迷你裙，脚上的高跟鞋高极了，整个人摇摇欲坠。

"多少钱？"他问，几乎没听她的回答。重要的是地点。

"你愿意的话，可以去我那儿。"

他答应了，心里很紧张。她的住处最好是单独的房间，没人在楼梯上走动，没人能听见或看见，只是一间肮脏黑暗的小屋，最适合发现尸体。万一是和人同居的宿舍或者真正的妓院，有其他女人四处走动，又老又胖的老鸨在前台盯梢，或者更糟，有皮条客……

灯还没变绿，妓女就摇摇摆摆地走上马路。他一把抓住她的胳膊，把她拽回来，一辆白色卡车呼啸而过。

"救命英雄！"她咯咯笑道，"谢了，宝贝。"

他看出妓女嗑了药。这样的女人他见得多了。妓女发红潮湿的鼻子让他感到厌恶。路边的橱窗映出两人的影像，他们俩看起来仿佛父女，妓女又矮又瘦，他又高又壮。

"看婚礼了吗？"妓女问。

"什么?"

"皇室婚礼。她可真美。"

就连这个肮脏的小妓女都一心扑在婚礼上。他们走着路,妓女说着婚礼的情况,不停哈哈大笑,踩着廉价高跟鞋,跌跌撞撞。他始终保持沉默。

"遗憾的是,他妈妈没能亲眼见到他结婚,你说呢?到了,"女人说,指向前方一条街之外的公寓,"我就住那儿。"

他抬头望去:路灯照亮的楼门前有人站着,一个男人坐在台阶上。他立刻停住脚步。

"不行。"

"怎么了?别担心那些人,宝贝,他们都认识我。"她热切地说。

"不行。"他又说,伸手紧抓住妓女纤细的胳膊,怒火猛然升起。她想玩什么把戏?她以为他是昨天才出生的?

"去那儿。"他说,指向两栋楼之间的阴暗窄巷。

"宝贝,我那儿有床——"

"去那儿。"他生气地重复。

她眨着妆容浓重的眼睛看他,有点退却。但她的头脑不太清醒,愚蠢的婊子。他的存在无声地压倒了她。

"嗯,好吧,宝贝。"

他们的脚步咯吱作响,地上似乎有些碎石。他生怕遇到安全灯和探测器,但他们在小巷里走了二十英尺后,迎接他们的只有一片更浓厚的黑暗。

他早就戴好手套。他递出钞票,她拉下他的裤链。他还软着。她在黑暗中跪下来,努力让他胀大。他无声地伸手入怀,探入尼龙内衬,将两把刀分别提在左右手上,握住塑料刀柄的掌心出了汗……

他冲着她的小腹狠狠踢了一脚,她向后飞出去。他根据哽住的喘息和碎石被压碎的响声,判断出女孩的位置,迅速跑过去。他的拉链还开着,裤子逐渐滑下来。黑暗中,他被妓女绊了一跤,直接倒在她身上。

切肉刀捅了又捅,刀碰到骨头,大概是肋骨。他又重插一次。妓女的肺部发出泄气声。然后妓女突然尖叫起来，让他大吃一惊。

他跨坐在她身上，她激烈地挣扎，他找不到她的喉咙。他左手握着弯刀，使劲一挥，但不知道怎么的，她居然还有力气再次尖叫——

他骂起脏话，切肉刀不停地捅啊捅。她抬手抵抗，他刺穿她的手掌。他突然有了主意——他一把按下她的胳膊，用膝盖抵住，将刀高高举起——

"你他妈不要脸的……"

"是谁？"

见鬼的地狱。

男人的声音从街道传入黑暗：

"是谁？"

他挣扎起身，拉好裤子，尽量不出声地退开，两把刀都攥在左手里，右手拿着她的两根手指，骨头硬硬的，流着血，还很温暖……她还在呻吟……然后发出长长的呼气声，终于安静……

他跌撞着走向未知的方向，离她毫无动静的身体越来越远。他的所有感官高度紧张，像是听到猎狗动静的猫。

"没事吧？"男人的声音回荡在街上。

他碰到一堵墙。他摸索墙面，然后摸到铁丝网。他就着远处微弱的路灯光，望见墙外似乎是家破旧的修车店，车辆的轮廓在黑暗中显得相当瘆人。他听见刚才的地方有脚步声传来：那个男人来调查尖叫声的根源了。

不能慌。不能跑。发出声音就完了。他沿着围住旧车的铁丝网慢慢移动，走向旁边的一片黑暗。那里要么是通往街道，要么就是个死胡同。他把血淋淋的刀放回外套，把她的手指塞进口袋，屏住呼吸，小步前行。

小巷里回荡着呼喊：

"他妈的活见鬼！安迪——安迪！"

他跑起来。他们喊叫着，应该听不见他的动静。宇宙仿佛又变成他的朋友，在他面前铺好柔软的草地，助他冲进前方崭新的黑暗……

死胡同，六英尺高的墙。他能听见墙外的车流声。没办法了。他手脚并用地爬起来，喘息着，暗自希望自己依然年轻又强壮。他试图把自己拉上去，双脚探索着借力的地方，肌肉发出抗议的哀鸣……

恐慌会令人创造出奇迹。他爬上墙，翻到另一侧，然后重重地落下去。他忍耐着膝盖的抱怨，踉跄两步，找回平衡。

继续往前走……往前走……自然一点……自然……自然……

车流在他身边呼啸而过。他偷偷在夹克上抹了抹手上的血。远处传来隐约的喊叫声……他必须尽快离开这里。他决定去它不知道的那个地方。

公交站。他小跑几步，加入等车的队伍。只要能离开这里，去哪儿都行。

他的大拇指在车票上留下一个血印。他把车票深深塞入口袋，摸到妓女的手指。

车开了。他缓慢地深呼吸，让自己冷静下来。

公交车二层有人又唱起国歌。车开始加速，他的心脏咚咚作响。然后他的呼吸逐渐恢复正常。

他盯着肮脏车窗上自己的影像，手在衣兜里转动妓女仍然温暖的小指头。恐慌褪去，狂喜取而代之。他对自己的影像微笑，与世上唯一能懂的人分享这份胜利。

39

> The door opens both ways ...
> Blue Öyster Cult,'Out of the Darkness'
>
> 门向两边开……
>
> ——蓝牡蛎崇拜乐队,《来自黑暗》

"你看啊,"周一早上,埃琳端着一碗燕麦片,站在电视前,震惊地说,"简直难以置信!"

斯特莱克刚走进厨房。经过周日晚上的惯例约会,他刚洗了澡,换上衣服。房子里一尘不染,装潢以奶油色和白色为主,到处都是不锈钢表面和柔和的灯光,仿佛太空时代的手术室。餐桌后的墙上挂着等离子电视,奥巴马总统正在台上讲话。

"他们杀死了奥萨马·本·拉登!"埃琳说。

"活见鬼。"斯特莱克说,停住脚步,读着屏幕下方的滚动字幕。

他刮了胡子,换了干净衣服,但那副累坏了的神态并没得到任何缓解。追踪莱恩和惠特克时积累的疲惫开始逐渐显现:他的双眼充血,皮肤变得灰蒙蒙的。

他走到咖啡壶前,给自己倒了一杯,仰头一饮而尽。昨晚,他差点压在埃琳身上睡着了,能坚持做完也算是上周为数不多的成就之一。现在他靠在不锈钢台面上,看着外表无懈可击的总统,从心底感到嫉妒。总统可算是解决了他的对手。

埃琳开车把斯特莱克送到地铁站,一路上都在谈本·拉登之死。

"不知道他们冲进去之前,"她说,在地铁站外停下车,"有多么确定里面是他本人。"

斯特莱克也在想这一点。当然,本·拉登的外表很有特点,身高超过六英尺……他的思绪又回到布罗克班克、莱恩和惠特克身上,直到埃琳再次开口。

"我和同事约好周三晚上去喝一杯,你如果愿意,也可以来,"她的声音听起来有点拘谨,"邓肯和我基本谈好了。我不想再偷偷摸摸的了。"

"抱歉,去不了,"他说,"还要继续做那些监视工作。我告诉过你了。"

他告诉她,布罗克班克、莱恩和惠特克都是有钱可拿的正式活计。要不然,她不可能理解他至今毫无成果的执着追逐。

"好吧,那我就等你的电话了。"她说。斯特莱克捕捉到她语气里的一丝冷意,但没有做出任何反应。

值得吗?他把背包挎在肩上,走入地铁站,如此问自己。他问的不是那三个男人,而是他与埃琳的关系。一开始,只是你情我愿的消遣,现在这关系变得越来越像一份沉重的责任。他们总在相同的时间和餐厅约会,千篇一律得已经有些无聊。但埃琳提议打破这样的规律,他却发现自己并不乐意。他随便就能想出一大堆比起和广播三台主持人喝酒更乐意做的事,排在首位的就是睡觉。

他能感觉到,埃琳很快就会介绍女儿给他认识。斯特莱克这三十七年来,一直尽力躲避"妈妈的男友"这一头衔。他记得莱达的那些男友——有些形象还好,大部分都不怎么样,其中最差劲的就是惠特克。他对这个头衔有种几近恶心的反感。他一点也不想在任何小孩眼中看见恐惧与不信任,就像以前每次有陌生男人进门,妹妹露西眼里的那种神情。他不知道自己那时是什么眼神。他一直主动关闭头脑，不去想莱达作为女人的那一部分，把注意力转移到她的拥抱和笑声上，还有他每有成就时，莱达表现出的那份母亲的骄傲。

他在诺丁山门站下了地铁。他刚走出车站，手机就响了：已经与疯爸爸分居的客户发来短信。

> 你知道两个孩子今天不在学校吧？银行假。他们在姥姥、姥爷家。他不会跟到那儿去。

斯特莱克低声骂了一句。他确实忘记了银行假这回事。往好处想，这下他没事了，可以回办公室处理一些文件，在天黑之前就抵达卡特福德百老汇。他只希望这条短信是在他跑到诺丁山来之前发来的。

四十五分钟后，斯特莱克爬着通往办公室的金属楼梯，无数次问自己为什么不叫房东把电梯修好。他站到办公室的玻璃门外，一个更紧迫的问题冒出来：里面的灯为什么开着？

他猛然推开门，动静大得让罗宾在椅子里惊跳起来，虽然她早就听见了他费力的脚步声。两人互相瞪视，罗宾的眼里带着挑衅，他的眼里带着责备。

"你在这儿干吗呢？"

"工作。"罗宾说。

"我叫你在家工作。"

"都办完了，"她说，拍了拍桌上的一叠纸，上面写满笔记和电话号，"这是我能在肖尔迪奇找到的所有电话。"

斯特莱克望向她的手。吸引他注意力的不是那叠整整齐齐的纸，而是蓝宝石订婚戒指。

一阵沉默。罗宾不知道自己的心跳为何如此剧烈。她为什么这么想要为自己辩护……嫁不嫁马修是她自己的事……为什么要对自己重申这句话？简直太荒谬了……

"又戴上了？"斯特莱克说，转过身背对她，把外套和背包挂好。

"嗯。"罗宾说。

又一阵短暂沉默。斯特莱克转回身看着她。

"我没事要你做。只剩下一个客户了，我自己也能对付疯爸爸。"她眯起灰蓝色的眼睛。

"布罗克班克、莱恩和惠特克呢？"

"他们怎么了？"

"你不是在找他们吗？"

"嗯，可这不是——"

"你要怎么一个人对付四份委托？"

"他们算不上委托。没人付钱——"

"所以他们只是你的业余爱好？"罗宾说，"我整个周末调查电话号码，就是为了你的爱好？"

"听着——我想找到他们，没错。"斯特莱克说，努力组织语言。阻碍他的除了浓重的疲惫，还有他难以定义的其他情感（订婚戒指回来了……他一直怀疑事情会这样发展……叫她回家待着，让她有时间与马修相处当然对此起了作用）。"可我不——"

"你倒是愿意让我开车送你去巴罗。"罗宾说。对这场讨论，她早就做好准备。她知道斯特莱克肯定不愿意让她回来上班。"你也没反对我去找霍莉·布罗克班克和洛兰·麦克诺顿问话。现在又有什么不一样？"

"你又接到了一块他妈的碎尸，这就是不一样，罗宾！"

他没想喊，但在文件柜上激起回音。

罗宾不为所动。她以前见过斯特莱克生气的样子，听过他骂人，见过他一拳打在文件柜的金属抽屉上。这吓不到她。

"没错，"她冷静地说，"我确实被吓到了。我想大多数人接到夹着脚趾的贺卡都会被吓到。你自己看起来也被吓得够呛。"

"嗯，所以我说——"

"——你现在想一个人处理四份委托。是你叫我回家的，我可没请假。"

她重新戴上戒指让马修欣喜若狂,马修帮她准备好回来工作的说辞。回想起来,当时的场面还真是异乎寻常:马修扮演斯特莱克,她陈述理由。她只要答应在七月二日嫁给马修,马修简直愿意帮她任何忙。

"我本来想直接回来——"

"你想直接回来工作,"斯特莱克说,"并不等于这是最好的选择。"

"哦,我不知道你还是个职业治疗师。"罗宾掌握分寸,语带讽刺地说。

"听着——"斯特莱克说。罗宾的冷静和理智比愤怒和眼泪更让他生气(蓝宝石在她的手上发出高傲的光芒)。"我是你的老板,我来决定——"

"我还以为我们是搭档。"罗宾说。

"都一样,"斯特莱克说,"是搭档也好,不是也好,我都有责任——"

"所以你宁可看着自己的生意倒闭,也不肯让我工作?"罗宾说,苍白的脸上泛起愤怒的红晕。斯特莱克一边觉得自己占了下风,一边又因为她失去冷静而感到莫名的愉悦。"是我帮你发展到今天的!你这样正中他的下怀,不管他是谁!让我退居二线,不管能赚钱的委托,把自己逼成——"

"你怎么知道我——"

"因为你脸色难看得像个鬼。"罗宾直率地说。斯特莱克完全没想到她会这么说,差点大笑出声。这是他几天来第一次想笑。

"我们要么是搭档,"她继续说,"要么就不是。你如果把我当成什么瓷器,只有确定不会碰坏时才拿出来用,那——那我们就完了。你的生意也完了。我还不如答应沃德尔——"

"答应什么?"斯特莱克语气尖锐地说。

"答应他的建议,去警察局申请工作。"罗宾说,直视斯特莱克的脸。"要知道,这对我来说可不是一场游戏。我已经不是小孩了。我遭遇过比收到脚趾更糟的事,也活下来了。所以——"她暗自鼓起勇气。她本来没想把话说得这么绝:"——你决定吧。决定我到底是你的搭档,还是——还是负担。你如果没法依靠我——你如果不让我和你一样去冒险——那我还不如——"

她的声音几乎哽住,但她还是咬牙说下去。

"——还不如走人了事。"她说。

她激动地转过椅子,结果用力过度,面对着墙。她用剩下的最后一点尊严调整方向,对着电脑,点开一封又一封电子邮件,等着斯特莱克的回应。

她没把自己追查的线索告诉斯特莱克。她要先确定自己是斯特莱克的搭档,然后再分享信息——要不就当作临别的礼物。

"不管他是谁,他以砍杀女性为乐,"斯特莱克轻声说,"他也表达得很清楚,他想对你做同样的事。"

"这我明白,"罗宾语气紧绷地说,目光停留在电脑屏上,"但你明不明白,他既然知道我在哪儿工作,就一定也知道我住在哪儿。他如果下了决心,我不管去哪儿,他都会追过去。你明不明白,比起坐在家里等着他行动,我更愿意帮你抓住他?"

她绝对不会求斯特莱克。她一连删了十二封垃圾邮件,斯特莱克才语气沉重地开口:

"好吧。"

"什么好吧?"她问,谨慎地回头看斯特莱克。

"好吧……你可以回来工作了。"

罗宾喜形于色。斯特莱克没笑。

"哦,开心点吧。"罗宾说,站起身绕过桌子。

在一瞬间,斯特莱克有个疯狂的想法:罗宾会拥抱他。罗宾看起来就是这么开心(她有了那枚戒指保护,也许斯特莱克对她而言又变成一个可以拥抱的安全对象,性别模糊,不会造成任何威胁)。但罗宾只是走向水壶。

"我找到线索了。"罗宾告诉他。

"是吗?"斯特莱克说,仍在努力试图弄清眼前的情况。(让她去做什么才不算太危险?她去哪儿才算安全?)

"嗯,"她说,"我联系上了在'身体完整性认知失调'论坛上和凯尔西说过话的人。"

斯特莱克打了个大大的哈欠,一屁股坐到仿皮沙发上。沙发在他的重压下发出惯常的放屁声。他努力思考罗宾在说谁——他太缺觉了,平常浩瀚而精准的记忆已经失灵。

"那个……男的还是女的?"他问,隐约想起沃德尔给他看过的照片。

"男的。"罗宾说,用沸水冲茶包。

他们相识以来第一次,斯特莱克为有机会训斥她感到开心。

"你一直背着我上那些网站?和一堆匿名皮条客捉迷藏,连自己在和谁打交道都不知道?"

"我早就告诉过你,我上过那个论坛!"罗宾生气地说,"我在留言板上看见凯尔西问起你的事,记得吗?她的网名叫'无处可去'。沃德尔来时,我都告诉你了。他可是佩服得很。"她补充。

"沃德尔赶在你前头了,"斯特莱克说,"他找那两个人问过话了,没用。他们都没见过凯尔西。他现在在调查一个叫'迷恋者'的人,这家伙曾经在论坛上约过女人。"

"我知道'迷恋者'这个人。"

"怎么知道的?"

"他要求看我的照片,我没发,他就没再回我了——"

"你在和那帮疯子调情?"

"哦,看在老天的分上,"罗宾不耐烦地说,"我假装和他们一样得了认知失调症,谈不上调情——我看'迷恋者'没什么问题。"

她递给斯特莱克一杯茶,茶的浓度正合斯特莱克的口味。奇怪的是,茶并没让他高兴,他更生气了。

"你觉得'迷恋者'没问题?你有什么根据?"

"我收到那封寄给你的信以后，查了查慕残者——那个非常迷恋你断腿的人，还记得吗？那是种性偏离，但和暴力没什么关系。我想'迷恋者'最多只会想着那些即将残疾的人，对着键盘手淫。"

斯特莱克不知道该回答什么，就喝了口茶。

"总之，"罗宾说（斯特莱克没有感谢她泡茶，这让她心怀不满），"和凯尔西在网上说过话的那个男人，他也想截肢——他对沃德尔撒了谎。"

"什么意思，撒了谎？"

"他其实和凯尔西见过面。"

"哦？"斯特莱克说，努力保持平淡的语气，"你是怎么知道的？"

"他都告诉我了。警察找他时，他吓坏了——他的家人和朋友都不知道他想砍掉自己的腿——他一慌，就说从来没见过凯尔西。他怕他如果说见过，他的病就会曝光，因为他还得上庭作证什么的。"

"总之，他相信我不是记者也不是警察——"

"你把真实身份告诉他了？"

"嗯，这样做最好。他相信我说的是实话，就同意和我见面。"

"你怎么知道他真的会见你？"斯特莱克问。

"我们有警察没有的优势。"

"比如？"

"比如，"她冷冷地说，希望能提供一个不一样的答案，"你。杰森迫不及待地想见你。"

"我？"斯特莱克莫名其妙，"为什么？"

"因为他相信，你的腿是自己砍的。"

"什么？"

"是凯尔西告诉他的，凯尔西说你的腿是自己砍的。他想知道你是怎么砍的。"

"见鬼的耶稣基督，"斯特莱克说，"他有精神病吧？他当然有，"他自问自答，"他就是个精神病。他想砍掉自己的腿。见鬼的耶稣基督。"

"嗯，要知道，对于'身体完整性认知失调'是精神疾病还是大脑异常，现在还有争论，"罗宾说，"如果扫描患者的大脑——"

"随便吧，"斯特莱克挥了一下手，"你为什么觉得这疯子能帮上忙？"

"他见过凯尔西！"罗宾不耐烦地说，"凯尔西一定跟他说过，她为什么如此坚信你也是他们的一员。杰森十九岁，在利兹的阿斯达超市上班。他有个姑姑住在伦敦，他会住到姑姑家，然后过来见我。我们还在商量时间，他得看看排班表。

"你想啊，无论是谁让凯尔西相信你是自愿砍腿的，杰森和他之间只隔着凯尔西一个人。"罗宾继续说。斯特莱克对她独自调查的成果如此缺乏热情，让她既失望又恼火。但她心里留着一丝希望，斯特莱克也许很快就会收起这种批判的态度。"而那个人应该就是凶手！"

斯特莱克又喝了两口茶，让疲惫的大脑慢慢消化她提供的信息。她的逻辑无懈可击。能说服杰森见面是项了不起的成就。他应该夸奖她。但他只是默不作声地喝着茶。

"你如果认为我应该给沃德尔打个电话，把这些都告诉他——"罗宾带着明显的愤懑说。

"不，"斯特莱克连忙说，急切的态度让罗宾感到一丝满足，"我们先听听他能提供什么信息……先别浪费沃德尔的时间。和杰森见过面再说吧。他什么时候来伦敦？"

"我不知道，他正在准备请假。"

"我们可以去利兹见他。"

"他想自己过来。他不想让认识他的人发现。"

"好吧。"斯特莱克生硬地说，揉着充血的眼睛，试图想出一个计划，让罗宾既有事做又安全无虞。"那你继续跟他沟通吧，再打打这些电话，看看能不能找到布罗克班克的线索。"

"我已经在打了。"她说。斯特莱克听出她话中暗含的叛逆，以及对于回到街上实地调查的坚持。

"对了，"斯特莱克说，脑袋急速运转，"我想让你去沃拉斯顿小巷守着。"

"找莱恩?"

"没错。低调点,天黑之前就回家。你如果看见那个戴毛线帽的家伙,赶紧走人,要不就启动防狼警报器。最好同时做这两件事。"

斯特莱克的阴沉语气并没能浇熄罗宾的喜悦。她终于可以重新工作了,作为和他完全平等的搭档。

她不可能知道,斯特莱克相信她只会一无所获。斯特莱克不分昼夜地盯着那排公寓的入口,经常更换位置,用夜视望远镜扫视阳台和窗口。没有任何迹象表明莱恩在里面出没:没有魁梧的身影在窗帘后方晃动,没有低低的发际线和鼬鼠似的黑色小眼睛,也没有撑着拐杖或像打拳击时那样仰首阔步的巨汉(对于唐纳德·莱恩,斯特莱克从不想当然)。斯特莱克仔细打量过在那片楼群进出的每个人,认真与"捐呗"网站上的照片和戴着毛线帽的身影比对,结果没有发现任何相似的人。

"好了,"他说,"你去盯着莱恩——把跟布罗克班克有可能上班的地方的号码给我一半,我们分头打。我继续盯着惠特克。别忘了定时跟我联系,行吧?"

他从沙发上爬起来。

"当然没问题,"罗宾兴冲冲地说,"哦,对了——科莫兰——"

他在走向里间的路上转回身。

"——这是什么?"

她举起斯特莱克在凯尔西的抽屉里找到的泰尔丝胶囊。他在网上查了查这种胶囊的功效,然后把药放进罗宾的公文格。

"哦,那个啊,"他说,"没什么。"

罗宾没那么高兴了。斯特莱克有些内疚。他知道自己表现得像个乖戾的混蛋。罗宾又没做错什么。他振作起精神。

"治粉刺的药,"他说,"凯尔西的。"

"对啊——你去她家了——还见到了她姐姐!怎么样?她都说什么了?"

斯特莱克不想给她讲哈兹尔·弗利。那场会面好像已经是很久以前的事了。他疲倦极了,但仍然毫无理由地想要和罗宾作对。

"没得到什么新信息,"他说,"没说什么重要的事。"

"那你为什么把药拿回来?"

"我以为可能是避孕药……也许她有些她姐姐不知道的秘密。"

"哦,"罗宾说,"所以确实没什么。"

她把药扔进垃圾桶。

斯特莱克出于简单而纯粹的自尊心,不肯就此罢休。罗宾找到了很好的线索,而他两手空空,只对治疗粉刺的特效药有了大致了解。

"我还发现了一张条。"他说。

"一张什么?"

"衣帽间的存衣条。"斯特莱克说。

罗宾等着他解释,结果他什么也没说。斯特莱克打了个哈欠,承认自己输了。

"回头见。随时告诉我你在哪儿,在干什么。"

他进了里间,关上门,在自己的办公桌后面坐下,向后瘫倒在椅子里。他已经为阻止罗宾出门工作尽了最大的努力。他现在只想听到罗宾离开的声音。

40

> ... love is like a gun
> And in the hands of someone like you
> I think it'd kill.
> Blue Öyster Cult,'Searchin' for Celine'

>……爱像把枪
>在你这样的人手里
>足以一击毙命。

>——蓝牡蛎崇拜乐队,《寻找赛琳》

罗宾比斯特莱克小十岁。她来斯特莱克这儿工作时,只是个临时秘书,不被需要,不受欢迎。那是斯特莱克职业生涯的谷底。他本想只雇罗宾一周,连这也只是出于一见面就差点把她撞下楼梯摔死的歉疚心理。不知道怎么回事,罗宾说服他让她留下,先是一周,然后是一个月,后来再也没有离开。罗宾帮他走出濒临破产的困境,努力工作,让他的生意蒸蒸日上。罗宾边做边学,现在唯一的要求就是在他的生意再一次面临困境时站在他身边,一起为生存而奋斗。

所有人都喜欢罗宾。他也喜欢罗宾。两人同甘共苦这么久,他怎么可能不喜欢罗宾？但是，从一开始，他就告诉过自己：到此为止，不能再接近。他们必须保持一定的距离，死守一定的界限。

在罗宾出现那天，他刚刚与夏洛特彻底分手。他们的感情断断续续地维持十六年，至今他都说不清其中的欢乐和痛苦哪个更多。罗宾热心而乐于助人，对他这行有着极大的兴趣，还很欣赏他的个性（他既然要坦诚面对自己，干脆坦诚到底）——这一切就像药膏，慰藉了他在眼圈乌青和皮肤擦伤痊愈很久后仍然隐隐作痛的心。

从这一点来说，罗宾中指上的那枚蓝宝石戒指是种恩赐。它是一面保护盾牌，一个终止句号。它扼杀了他们进一步发展的可能性，让他可以自由地……自由地什么？依靠罗宾？和罗宾做朋友？两人之间的屏障已经难以察觉地渐渐消除。现在回想起来，斯特莱克意识到，他们对彼此分享过不为人知的秘密。罗宾知道夏洛特声称不小心流产而失去的那个婴儿——也许它从来没存在过，或者是人为失去的。就斯特莱克所知，知道这件事的一共只有三个人。而他则知道马修曾经出轨，这件事的知情者恐怕也屈指可数。尽管他一直决心与罗宾保持距离，他们还是逐渐相互依靠。在去黑兹利特酒店的路上，他一直挽着罗宾的腰，他还清楚地记得那份手感。罗宾个子很高，搂起来很容易。他可不喜欢一直歪着身子。他一直不太喜欢小个子的女人。

马修不会喜欢这样的，罗宾当时说。

马修如果知道斯特莱克有多享受那一刻，会更不开心。

她的长相远比不上夏洛特。夏洛特的美貌足以让男人张口结舌，惊艳到无话可说。罗宾也是位性感姑娘——斯特莱克每次看见她弯腰去关电脑，都会重新认识到这一点。但她还不足以让男人感觉如遭雷击。相反，她会让男人变得更加绕嘴多舌，想想沃德尔。

但他喜欢罗宾的脸，喜欢她的声音，喜欢待在她身边。

倒不是说他想和罗宾在一起——那太疯狂了。他们不可能在共事的同时保持情人关系。再说，她也不是能当情人的那种女孩。在他们相处的这段时间里，她要么订婚了，要么就是婚礼暂时搁浅。在他眼中，罗宾是那种只能用来结婚的女人。

他几乎有些生气地总结起罗宾的一切，将她视为和自己完全不一样的存在，来自一个更加安全、更加与世隔绝、更加传统的世界。她的爱人是从高三就在一起的男友（虽然斯特莱克现在更理解她为何会这么选择）。她生长于约克郡的中产阶级家庭，父母的婚姻维持了数十年，至今仍然非常幸福。她家里有条拉布拉多狗，一辆路虎，还曾有过一匹小马，斯特莱克如此提醒自己，一匹小马！

但其他记忆也纷至沓来，描绘出罗宾与这些安稳有序的过去格格不入。闯进侦探事务所的这个女人就算在特别调查局任职也不奇怪。这个罗宾上过高级驾驶课，在追逐凶手的过程中被撞出脑震荡，在斯特莱克被人捅伤后冷静地拿大衣裹住他流血的胳膊，带他去了医院。这个罗宾在嫌疑人面前信口开河，钓出连警察都没能取得的信息。她创造并成功扮演了维尼夏·霍尔，说服一个想砍掉自己腿的吓坏了的年轻人敞开心扉。她无数次在斯特莱克面前表现出独创思考、足智多谋和勇气。她完全可以胜任便衣警察的职位——如果她没有不小心走进黑暗的楼梯间，撞上一个戴着面具的混蛋。

这样的女人就要嫁给马修了！马修，期待她在人力资源部就职、拿着高薪和他过上体面生活的马修。他喃喃抱怨她漫长又不规律的工作时间，微不足道的薪水……罗宾难道就不明白，嫁给他是多么愚蠢的一个决定？她干吗非要把那枚该死的戒指戴回来？去巴罗的那趟旅途难道没有让她尝到自由的甜头？回想起那两天，斯特莱克心里涌起一阵几乎令其不安的甜蜜。

她的决定极其错误，仅此而已。

仅此而已。他不是为了自己才这么想。罗宾不管是订了婚、已婚还是单身，他都不可能有任何行动，即便他现在被迫承认自己对她的感情。他会重新建立起同事之间应有的距离，弥补罗宾的酒后真言和北上的亲密旅行造成的破坏。他本来已经快要下决心终止和埃琳的关系，现在决定维持现状。身边还是有个女人为好，感觉更安全。埃琳长得很美，在床上既热情又专业，足以弥补她在其他方面明显的不足。

他不禁自问：罗宾变成坎利夫太太之后，还会在这里工作多久？马修一定会利用丈夫的地位对她施加影响，让她放弃这个既危险又没钱的职位。她的前途可以预见：一张婚床，随时等她躺下休息。

　　不过两个人只要曾经分过手，很容易就会再次分手。他太了解了。他和夏洛特分过多少次？他们的关系曾经破裂过多少次，他们又努力弥补过多少次？到了最后，镜片上除了裂痕，什么都没有了。他们被蛛网般的裂缝和鸿沟紧紧包围，仅凭希望、痛苦和幻觉苦苦支撑。

　　罗宾和马修的婚礼两个月后举行。

　　还来得及。

41

See there a scarecrow who waves through the mist.
Blue Öyster Cult,'Out of the Darkness'

你看,稻草人在雾中挥手致意。

——蓝牡蛎崇拜乐队,《来自黑暗》

自然而然,斯特莱克和罗宾在之后一周里没怎么见面。他们蹲守在不同的地方,通过手机互通消息。

正如斯特莱克所料,沃拉斯顿小巷一带并没有前皇家直属边境军人的任何踪迹。他也没能在卡特福德见到要找的人,只有瘦削的斯蒂芬妮在薯条店楼上进进出出。斯特莱克不可能二十四小时都守在那儿,但差不多把斯蒂芬妮所有的衣服看了个遍——她只有几件脏兮兮的球衣和一件破旧的套头衫。尚克尔满怀信心提供的情报如果没错,她是个妓女,她恐怕并不经常出门工作。斯特莱克小心地不让她看见自己,但她就算看见了,那双空洞的眼睛恐怕也不会流露出什么情感。它们蒙着一层迷雾,充盈着源自内心的黑暗,对外面的世界视而不见。

斯特莱克想确定惠特克是一直躲在卡特福德百老汇的公寓里,还是始终没有回来。但这个地址没有注册过电话号，网上的记录显示屋主是德尔沙克先生。他要么把房子租了出去，要么就是没法赶走在里面非法寄居的人。

这天晚上，侦探站在剧场门口抽烟，盯着透出灯光的窗口，怀疑后面的动静是不是自己的幻觉。手机响了，沃德尔打来的。

"斯特莱克。怎么了？"

"有发展了，"警察说，"我们这位老朋友又作案了。"

斯特莱克换了只耳朵听电话，尽量远离过往行人制造出的噪音。

"接着说。"

"有人在夏克韦尔捅伤一个妓女，砍断她的两根手指，把手指作为纪念品带走了。他特意带走了手指——把她的胳膊按住，专门对着手砍。"

"老天。什么时候的事？"

"十天前——四月二十九号。她一直昏迷，现在刚醒。"

"她活下来了？"斯特莱克说，目光终于离开惠特克在或不在的窗口，注意力完全放到沃德尔身上。

"真是他妈的奇迹，"沃德尔说，"他捅了她的肚子，刺穿肺，又砍了手指。谢天谢地，他没刺中致命部位。我们基本可以断定，他当时以为她死了。她领他走进两座楼中间，给他口交，他拿出刀来。两个学生沿着夏克韦尔街往下走，听见她的惨叫，就走进小巷看是怎么回事。他们晚到五分钟，她就死定了。她接受两次输血才活下来。"

"然后呢？"斯特莱克说，"她怎么说？"

"嗯，她服用了太多止痛药，不记得袭击的过程。她认为对方是个大个子白人，戴着帽子，穿着黑色夹克，夹克领子竖了起来。基本看不清脸。但她觉得袭击者是北方人。"

"哦？"斯特莱克说，心脏跳得飞快。

"她是这么说的，但她现在还糊里糊涂的。哦，他还救了她，没让她出车祸。这是她记得的最后一件事。一辆卡车开过来，他伸手把她拽回人行道上。"

"真是个绅士。"斯特莱克说，对满天繁星吐了口烟。

"是啊，"沃德尔说，"他可不希望自己打算收藏的东西受伤，你说是吧？"

"有可能拼个人像出来吗？"

"我们派速写师明天去见她，但我不抱什么希望。"

斯特莱克站在黑暗里沉思。他听得出，凶手再次犯案让沃德尔相当动摇。

"我那几个人有消息吗？"他问。

"还没有。"沃德尔一句带过。斯特莱克一阵恼火，但没再追问下去。他需要通过沃德尔了解调查进展。

"你那个'迷恋者'呢？"斯特莱克问，转身望向惠特克公寓的窗口。没有任何变化。"查得怎么样了？"

"我想让网络犯罪小组去查他，但他们现在正忙着呢，"沃德尔说，语气略含不满，"他们认为他只是个普通变态，要么就是暴露狂。"

斯特莱克想起罗宾也认为那个人没问题。他没什么可说的，就和沃德尔告别，回到冰冷的门洞里，抽着烟，继续盯着惠特克的窗口。

第二天早上，斯特莱克和罗宾意外在办公室碰了面。斯特莱克把装有疯爸爸照片的文件夹夹在腋下，打算不进办公室直接出门。结果他透过毛玻璃瞥见罗宾隐约的身影，又改变主意。

"早上好。"

"早。"罗宾说。

她很高兴能见到斯特莱克，更高兴见到斯特莱克露出微笑。最近两人的谈话里总是带着一种诡异的僵硬感。斯特莱克穿着他最高级的一套西装，显得比平时瘦一些。

"怎么穿得这么精神？"罗宾问。

"律师临时召唤。疯爸爸的老婆想让我把收集到的材料拿去给律师看，证明疯爸爸老是埋伏在学校外面，突然就出现在孩子面前。昨天晚上,她给我打了电话,疯爸爸当时就在门口,生气地威胁她。她打算告他,申请禁令。"

"那我们不用再跟踪他了?"

"恐怕还得跟踪。疯爸爸可不会乖乖听话,"斯特莱克说,看了手表一眼,"先不管他了——我只有十分钟,有消息要告诉你。"

他把发生在夏克韦尔的袭击妓女案讲给她听。他讲完后,罗宾的表情沉思而肃穆。

"他砍了她的手指带走?"

"嗯。"

"你说过——我们在羽毛酒吧时——你说凯尔西不可能是他杀的第一个人。你说,你认为他得慢慢在实践中想到对凯尔西做那样的事。"

斯特莱克点点头。

"那警察有没有找到别的谋杀案?有女人的身体部位被带走的案子。"

"肯定有。"斯特莱克说,暗自希望自己是对的,在心里记下回头要问问沃德尔。"不管怎样,"他说,"有了这个新案子,他们一定会继续调查下去。"

"她还能再认出他吗?"

"就像我刚才说的,他把脸遮住了。大个子,白人,黑色夹克。"

"从伤者身上查出 DNA 了吗?"罗宾问道。

两人同时想到罗宾出事后在医院所经历的一切。斯特莱克调查过多起强奸案,了解整个过程。罗宾则突然想起那些痛苦的回忆:对着样品瓶撒尿,一只眼睛被打得根本睁不开,全身疼痛,喉咙被掐得青紫。然后她在诊查床上躺下来,女医生温和地分开她的膝盖……

"没有,"斯特莱克说,"他没——没有插入行为。好了,我得走了。你今天不用再跟疯爸爸了,他肯定知道自己搞砸了,我看他今天不会去学校。你还是去沃拉斯顿盯着——"

"等一下!我是说,你如果还有时间的话。"她补充道。

"两分钟吧,"他又看了看表,"怎么了?你没发现莱恩吧?"

"没有,"她说,"但我觉得——只是有可能啊——我好像找到布罗克班克了。"

"开玩笑!"

"是商业街旁边的一家脱衣舞俱乐部。我在谷歌街景上查过,看起来挺差劲的一个地方。我打了电话,说我找诺尔·布罗克班克。一个女人说'谁',然后又说'你找奈尔'。她用手挡住话筒,问另一个女人新来的保镖叫什么。他显然上班不久。我描述他的特征,那个女人说:'嗯,你说的就是奈尔。'当然了,"罗宾自我批评,"也可能根本不是他,而是个叫奈尔的黑人,但我说他下巴很长,那个女人马上就说——"

"干得漂亮,"斯特莱克说,再次看表,"我得走了。把脱衣舞俱乐部的地址发给我。"

"我可以——"

"不,我希望你继续盯着沃拉斯顿小巷,"斯特莱克说,"保持联系。"

他关上玻璃门,金属楼梯上的脚步声渐渐远去。罗宾努力为他那句"干得漂亮"而高兴,但仍然希望能有点别的事做,而不只是一连几个小时盯着沃拉斯顿小巷。她开始怀疑莱恩并不在那儿。更糟的是,斯特莱克大概也清楚这一点。

与律师的见面简短却收获颇丰。斯特莱克把大量照片摆到桌上,它们生动地记录了疯爸爸持续违反监护权规定的证据。律师喜出望外。

"哦,太棒了。"他对着一张放大后的照片眉开眼笑地说。照片上,小儿子泪眼汪汪地躲在保姆身后,父亲面目狰狞地伸手指着他,几乎和保姆鼻尖对鼻尖。"太棒了,太棒了……"

他注意到客户的表情,连忙掩饰幸灾乐祸的笑容,邀请斯特莱克喝茶。

一个小时后，斯特莱克跟着斯蒂芬妮走进卡特福德的购物中心。他还穿着西装，但已经把领带解下塞进兜里。他从一座巨大的纤维玻璃雕塑下方走过，雕塑是一只咧嘴微笑的黑猫，蹲在通往购物中心的过道横梁上。它足有两层楼高，向下伸着爪子，尾巴高高翘起，看起来随时都会跃到下方路过的顾客头上，或是一爪将他们捞起来。

跟踪斯蒂芬妮纯属心血来潮。斯特莱克之前从未跟踪过她。他打算亲眼确认她的目的地和见面对象，然后回到公寓附近继续蹲守。她的走路姿势一如既往：双臂紧紧抱在胸前，仿佛不这样做就会散架。她穿着斯特莱克眼熟的灰色套头衫，下身是黑色的迷你裙和裤袜，脚穿一双硕大的运动鞋，衬托得双腿细如树枝。她去了趟药店。斯特莱克透过橱窗看到她坐在椅子上等药，整个人缩成一团，目光紧盯着自己的脚尖，不去看任何人。然后她拿到装药的白色纸袋，出门沿原路返回，经过伸着爪的巨大黑猫，显然要打道回府。但他回到卡特福德百老汇后，没有进公寓，而是笔直穿过薯条店，在加勒比黑人食品中心右拐，钻进购物中心后方一家名叫"卡特福德公羊"的小酒吧。酒吧似乎只有一扇窗户，外部装潢以木头为主，看起来像座维多利亚风格的木亭，门口贴满快餐、空中极限运动和无线网络的广告单。

酒吧周围是步行街，只有稍远处停了辆破旧的灰色福特全顺，让斯特莱克有地方隐藏。他犹豫着接下来该怎么做。在这里与惠特克撞上并没有好处。酒吧太小，如果斯蒂芬妮真的要见他前继父，斯特莱克只要进门就会被人发现。他现在只想远距离观察惠特克，将他现在的长相与那个戴毛线帽的身影，和在法院路出现过的迷彩服身影作比较。

他靠到福特车上，点了支烟，打算找个距离更远的地方，看看谁会和斯蒂芬妮一起离开酒吧。他刚这么决定，福特车的后门突然开了。

斯特莱克匆忙向后退几步。四个男人依次跳下车，车内飘出一股浓重的烟雾，夹杂塑料燃烧般的酸气。前特别调查局成员立即闻出那是可卡因。

四个人都衣衫褴褛，牛仔裤和T恤脏兮兮的。他们面容憔悴，脸上已提前出现皱纹，很难判断年龄。有两个人的嘴瘪进去，一看就是没了牙。他们没想到会有个陌生人站在这么近的地方，还一身干净西装，但随即就从斯特莱克吃惊的表情判断出他不知道车里有什么，赶紧撞上门。

三个人摇摇晃晃地走向酒吧，第四个却没动。他盯着斯特莱克，斯特莱克也盯着他。是惠特克。

他比斯特莱克记忆里还要魁伟。斯特莱克知道他身高和自己差不多，但忘了他的块头有多大，肩膀有多宽，遍布刺青的皮肤下骨头有多重。他单薄的T恤上印着"超级杀手"乐队的图案，那是一支具有军国主义倾向、信奉神秘主义的乐队。两人互相凝视，T恤在风的吹拂下拍打着惠特克，肋骨的轮廓显出来。

他脸色蜡黄，形容枯槁，看起来像个枯萎的苹果。整张脸瘦得皮包骨，高挑的颧骨下，脸颊深陷。那头乱糟糟的头发在鬓角处有些稀疏，数条鼠尾辫绕过长长的耳垂，两边耳朵里都塞着银制扩耳环。两人就这么站着，斯特莱克穿着意大利西装，一反常态地仪表堂堂，而惠特克身上一股可卡因味，金色的眼睛仍然像个异教牧师，眼皮比以前更加松弛，布满细纹。

斯特莱克不知道他们就这样互相瞪视了多久。纷繁思绪从斯特莱克的脑中流过……

惠特克如果就是凶手，见到斯特莱克，也许会恐慌，但不会过于惊讶。他如果不是凶手，见到站在车外的斯特莱克，应该会极度震惊。但惠特克从来都表现得异于常人，喜欢显得泰然自若，全能全知。

然后惠特克终于有了反应，斯特莱克立刻觉得自己的猜想全都毫无道理。惠特克咧嘴一笑，露出发黑的牙齿。二十年前的仇恨在斯特莱克心里瞬间重燃，他非常想一拳打在惠特克的脸上。

"瞧啊，瞧啊，"惠特克轻声说，"这不是夏洛克·他妈的福尔摩斯下士嘛。"

他转过头。斯特莱克透过他稀疏的头发看见他的头皮，内心有些幸灾乐祸。惠特克虚荣极了，一定不喜欢谢顶这件事。

"班卓！"惠特克冲三名同伴里落在最后面的那个喊，对方刚走到酒吧门口，"把她带出来！"

他脸上仍然挂着肆无忌惮的微笑，但疯狂的目光摇摆不定，从福特车跳到斯特莱克身上，又转回酒吧门口。那双脏兮兮的手握成拳又松开。他表现得满不在乎，其实相当紧张。他为什么不问斯特莱克为什么会来这儿？他也许已经知道斯特莱克为什么而来？

名叫班卓的同伴回来了，拽着斯蒂芬妮纤细的手腕，把她拉出门外。斯蒂芬妮的另一只手抓着药房的白色纸袋。在她和班卓肮脏廉价服装的映衬下，那袋子显得格外纯洁耀眼。一根金色项链在斯蒂芬妮的脖子上左右摇晃。

"为什么要——怎么——"她不明所以地抗议。

班卓把她推到惠特克身边。

"去买杯酒。"惠特克指示班卓，后者顺从地快步走开。惠特克伸手摸斯蒂芬妮瘦削的后颈，斯蒂芬妮抬头望着他，表情和当年的莱达一样，充满几近奴性的崇拜。斯特莱克永远也不会明白斯蒂芬妮到底在惠特克身上看见了什么美好的东西。然后惠特克的手指在她的颈后收紧，那片皮肤被掐得发白。他抓着斯蒂芬妮的脖子，摇晃她，没用力到引起过路人的警惕，但足以让斯蒂芬妮的表情变成凄惨的恐惧。

"你知道吗？"

"知道什——什么？"斯蒂芬妮结结巴巴地说，药片在白色纸袋里哗啦作响。

"他！"惠特克轻声说，"你最感兴趣的家伙，你这个肮脏的小婊子——"

"放开她。"斯特莱克终于开口。

"我听过谁的命令吗？"惠特克轻声问斯特莱克，笑容放肆，目光疯狂。

他突然用双手攥住斯蒂芬妮的脖子，将她举到空中，力气大得吓人。斯蒂芬妮挥舞双手，蹬着腿，脸色开始发紫。纸袋掉到地上。

斯特莱克什么都没想，只是重重一拳打在惠特克的肚子上。惠特克抓着斯蒂芬妮向后跌去。斯特莱克还没来得及有下一步动作，就听见斯蒂芬妮的头颅撞在水泥地上。惠特克一时喘不过气，挣扎着想要站起来，发黑的牙齿间吐出一串脏话。斯特莱克用眼角余光看见那三个同伴争先恐后地钻出酒馆，班卓一马当先：他们透过窗户看见了一切。其中一个人拿着一把生锈的短刀。

"来啊！"斯特莱克挑衅道，站稳脚跟，张开双臂，"叫警察来看看你们的移动毒品站！"

惠特克还在喘气，做了个手势，让同伴保持距离。这是斯特莱克第一次见他表现得如此理智。酒吧的窗户上冒出好多看戏的脸。

"你他妈的……操你妈……"惠特克喘息道。

"嗯，我们是该讲讲妈妈的事。"斯特莱克说，扶斯蒂芬妮起身。他感到头脑里血液上涌，一心想把惠特克那张蜡黄的脸揍成肉浆。"他杀了我妈妈。"他盯着斯蒂芬妮空洞的眼睛说。斯蒂芬妮的胳膊细极了，他的手几乎可以环握成拳。"你听见了吗？他已经杀了一个女人。也许还不止。"

惠特克想抓住斯特莱克的膝盖，把他拽倒在地。斯特莱克一脚踢开他，仍然扶着斯蒂芬妮。她白皙的后颈上浮现发红的手印，旁边还有项链的印痕。项链上挂着一颗扭曲的心。

"跟我走吧，现在就走，"斯特莱克对她说，"他是个该死的杀手。去妇女避难所，离他远点。"

斯蒂芬妮的眼睛仿佛两个窥视孔，里面只有一片斯特莱克从未见过的黑暗。从表情看，斯蒂芬妮仿佛听到斯特莱克说要送她一匹独角兽：他的话纯属胡言乱语，存在于不可能的世界里。惠特克虽然掐住她的脖子，让她几乎说不出话，她还是一把挣开斯特莱克，仿佛他是个绑架犯。然后她蹒跚着走到惠特克身边，以保护的姿态弯下身去，那颗扭曲的心在胸前来回摇晃。

惠特克让斯蒂芬妮把自己扶起来，转身对着斯特莱克，揉揉被斯特莱克打中的腹部，然后疯疯癫癫地大笑起来，笑声活像个老太太。是惠特克赢了，两人都对此心知肚明。斯蒂芬妮紧紧靠在他身边，仿佛他是救人的英雄。惠特克把肮脏的手指深深插入她脑后的头发，使劲拽她过来，舌头舔过斯蒂芬妮的喉咙，同时用另一只手向同伴示意，叫他们回到车上。班卓钻进驾驶座。

"回见，恋母狂。"惠特克对斯特莱克耳语，推着斯蒂芬妮从后门上了车。几名同伴叫喊着嘲讽的脏话，惠特克直视着斯特莱克的眼睛，咧嘴笑着，做了那个斯特莱克熟悉的抹脖子的手势。然后他关上车门，车开走了。

斯特莱克回过神来，突然意识到周围已经站满人。他们都瞪大眼睛盯着他，茫然而惊恐，仿佛是灯光忽然亮起后看台上的观众。酒吧的窗户上仍然挤满看戏的脸。在那辆老破车转弯之前，他在心里记下车牌号，然后怒气冲冲地转身走人。旁观的人群四散开来，给他让出一条路。

42

I'm living for giving the devil his due.
Blue Öyster Cult,'Burnin' for You'

我活着就是为了给恶魔正名。

——蓝牡蛎崇拜乐队,《为你燃烧》

总会有搞砸的时候,斯特莱克告诉自己。他的军旅生涯也并非全无闪失。不管怎么努力训练,检查每一项器材,为每一个偶然做好准备,仍然会有意想不到的灾难发生。有一次,在波斯尼亚,一部手机毫无预兆地突然没了电,引发一连串连锁反应,导致斯特莱克的朋友在莫斯塔尔开进错误的街道,差点丢了性命。

尽管如此,在特别调查局里的下属如果在跟踪人时靠到一辆随便停放的车上,根本没看看车里有没有人,斯特莱克一定会对他大发雷霆。他本来没想与惠特克碰面,至少他是这么告诉自己的。但他严肃地反思一会儿后,不得不承认自己的实际行为与想法背道而驰。他在惠特克公寓的蹲守了那么久,处于一无所获的沮丧状态,根本没想到避开酒吧窗口。不过,他尽管不可能预想到惠特克就在车里,能揍他一拳也让他有种邪恶的喜悦感。

老天啊，他真的很想伤害惠特克。那种洋洋得意的大笑，鼠尾辫，"超级杀手"T恤，带着酸味的气息，紧攥白皙脖颈的手指，字字针对母亲的骂人话——斯特莱克一看见惠特克，心里就爆发出十八岁时的情感：勇猛好战，不计后果。

除了揍惠特克那一拳带来的满足感，这次偶然会面并没带来任何其他有用的东西。他无论怎么靠记忆进行比对，都无法光凭外表判断惠特克到底是不是那个戴毛线帽的大个子。他在苏豪广场追逐的那个人没有惠特克纠结的发辫，但很容易就能把长发绑起来塞到帽子里；那个身影比惠特克更显高大，但很难说这不是加厚夹克的功劳。惠特克见到斯特莱克时的反应也无法成为线索。斯特莱克越思考，就越难以判断惠特克洋洋得意的表情里是否带有胜利的意味，也不知道他用脏手在空中划过的抹脖子手势是否和以往一样，只是一种没有真正威胁的戏弄，为了显得邪恶吓人而做出的孩子气的报复举动。

总结下来，这次碰面使斯特莱克确定，惠特克还和以前一样自恋而暴力。除此之外，斯特莱克还知道了两件事。第一，斯蒂芬妮对斯特莱克表现出好奇过，这让惠特克相当生气。斯特莱克推测，斯蒂芬妮好奇，应该只是因为他曾经是惠特克的继子，但也不排除是因为惠特克想要报复他，或者曾经透露过这样的想法。第二，惠特克交了些男性朋友。他对某些女人一直有种斯特莱克无法理解的吸引力，但在他们一起生活的那段时间，几乎所有男性都讨厌他，鄙视他。他们厌恶他小题大做，关于撒旦的胡言乱语，一定要排在首位的好胜心，还有吸引女性的奇特魅力。但是现在，惠特克似乎找到了同伴。他参与聚众吸毒，有人甘心被他呼来喝去。

斯特莱克判断，现在他唯一能做的事就是把这一切告诉沃德尔，包括那辆车的车牌号。他希望警察去车里搜索毒品和其他犯罪证据，如果能顺便搜查薯条店楼上的公寓，那更好。

沃德尔听到斯特莱克强调他闻见可卡因的气味，并没表示出太多热情。通话结束后，斯特莱克不得不承认，他如果是沃德尔，也不会光凭这份目击证词就去申请搜查令。沃德尔显然认为斯特莱克对前继父怀恨在心,斯特莱克就算指出蓝牡蛎乐队歌词的重要性,也无法改变沃德尔的心意。

晚上,罗宾照例打来电话,报告当天的情况。斯特莱克把自己遇到的事对她讲了,心中一阵安慰。罗宾也有消息告诉他,但一听说他撞见惠特克,就忘记了讲,专注地听他讲完整件事。

"嗯,我很高兴你揍了他。"罗宾听完斯特莱克批判自己太冲动后说。

"你很高兴?"斯特莱克惊讶。

"当然。他差点把那姑娘掐死!"

话一出口,罗宾就后悔了。她不想再让斯特莱克回想起她本不该告诉他的那件事。

"我作为侠客,可是够差劲的。她跟着惠特克一起摔倒了,脑袋磕在地上。我没能成功得手,"他思考了片刻后补充,"我是指她。她本来有机会离开,我可以送她去避难所,把一切都安排好。她到底为什么要回惠特克身边?女人为什么老是这样?"

在罗宾犹豫的一瞬间里,斯特莱克意识到自己可能说错了话。

"我想——"罗宾开口,斯特莱克同时说:"我不是说——"

两人都住口。

"抱歉,你接着说。"斯特莱克说。

"我只是想说,很多受害者都会紧抓着虐待他们的人不放,对吧?他们被洗脑了,相信自己已经无路可逃。"

我就是他妈的出路,就站在她眼前!

"你看见莱恩了吗?"斯特莱克问。

"没有,"罗宾说,"跟你说,我真的不认为他在那儿。"

"我还是觉得应该——"

"听着,我已经基本知道每户公寓里都住着什么人,只有一户例外,"罗宾说,"其他所有公寓都有人进出。最后那家要么没人住,要么就是有人死在里头了。那扇门从来没开过,我也没见过护工和护士上门。"

"再观察一周吧,"斯特莱克说,"对于莱恩,这是我们唯一的线索。听着,"罗宾想抗议,斯特莱克有些不耐烦,"我也要去蹲守那家脱衣舞俱乐部。"

"但我们知道布罗克班克在那儿。"罗宾语气尖锐地说。

"我亲眼见到了才信。"斯特莱克反唇相讥。

几分钟后,他们互道再见,都没怎么掩饰对对方的不满。

所有调查都会遇到干涸的低谷,线索和调查动力同时濒临枯竭。斯特莱克虽然这么想,依旧无法释然。拜寄人腿的凶手所赐,他现在没了经济来源。最后一位付钱的客户是疯爸爸的妻子,连她也不再需要他的服务——疯爸爸为了防止法官给他下更严厉的禁令,乖乖遵守现在的禁令。

如果失败与变态的双重臭气继续在办公室里萦绕,他迟早要关门大吉。正如他所料,他的名字在网上已经和凯尔西·普拉特被谋杀分尸案密不可分。残忍血腥的作案细节不但掩盖了他的成功史,还给他的侦探业务染上巨大污点。没人愿意雇佣如此臭名昭著的侦探,没人喜欢一个和未解谋杀案如影随形的男人。

斯特莱克出发去找布罗克班克时,内心依然坚定,但也有些走投无路的感觉。这家脱衣舞俱乐部由酒吧改建而成,立在肖尔迪奇商业街附近的小路上。门面两边的砖墙已经开始坍塌,窗户涂得漆黑,白色线条画出粗陋的裸女像。双拉门上方的黑色油漆有些剥落,金色宽型字母代表的仍是曾经的酒吧名"撒拉逊"。

这片地区有许多伊斯兰教徒。他们裹着头巾,戴着花帽,逛着街边的廉价服装店。那些名为"国际时尚"和"米兰制造"的小店里摆着模样悲伤的塑料模特,它们戴着人造假发,穿着尼龙和化纤服装。商业街上挤满孟加拉银行,模样简陋的房地产中介,英文学校,肮脏橱窗后摆着过期水果的破烂杂货店。这里没有供人歇脚的长椅,连堵可以代替长椅的矮墙也没有。斯特莱克不停更换落脚点,长时间的站立让膝盖很快就抱怨起来。布罗克班克仍然不见人影。

俱乐部门口的男人矮胖得看不见脖子，进出的只有客人和脱衣舞者。来去的姑娘和这个工作场所一样，打扮要比绿薄荷犀牛的舞者朴素得多。有几个舞者身上有刺青，四处打了洞，有几个体态丰满。还有一个舞者看起来已经喝醉了，尽管这时刚上午十一点。斯特莱克在俱乐部正对面的烤肉店里透过窗户看着，觉得她比其他人更加衣衫褴褛。就这样，他在撒拉逊蹲守了整整三天。他一开始满怀信心，还对罗宾说过那些话，但还是不情愿地承认，布罗克班克要么从来没在那儿工作过，要么就是已经被开除了。

周五早上，毫无线索的抑郁状态还在持续。斯特莱克正在一家名叫"世界风尚"的极其惨淡的服装店门口徘徊，手机响了。罗宾在他耳边说：

"杰森明天就到伦敦。想砍腿的那家伙，截肢爱好者论坛上的那个。"

"太好了！"斯特莱克说，光是可以问别人问题就让他松了口气，"去哪儿见他？"

"不是他，是他们，"罗宾说，语气有些保留，"我们要见杰森和'暴风雨'。暴风雨是个女——"

"我没听错吧？"斯特莱克插话，"'暴风雨'？"

"恐怕不是本名，"罗宾淡淡地说，"她就是在网上和凯尔西说过话的那个女人。黑发，戴眼镜。"

"哦，对，我记得。"斯特莱克说，把手机夹在下巴和肩膀之间，点了支烟。

"我刚和她通过电话。她是身体完整性认知失调社区里的积极分子，气势十足，我有点招架不住。但杰森觉得她可棒了，有她在场，杰森似乎会更安心。"

"好吧，"斯特莱克说，"我们要去哪儿见杰森和暴风雨？"

"他们想去画廊餐厅，就是萨奇画廊的咖啡馆。"

"真的？"斯特莱克隐约记得杰森在阿斯达超市工作，难以想象他来伦敦最想看的是现代艺术。

"暴风雨坐轮椅,"罗宾说,"那地方的残疾人服务设施好像非常齐全。"

"行,"斯特莱克说,"几点?"

"一点,"罗宾说,"她——呃——她问我们能不能请客。"

"看来我们非请不可了。"

"还有——科莫兰——我上午能请个假吗?"

"嗯,当然可以。没事吧?"

"没事,我只是——有些婚礼事宜要安排。"

"没问题。嘿,"他抢在罗宾挂断之前又说,"我们在见他们之前,要不要先找个地方见面,商量一下询问策略?"

"那就太好了!"罗宾说。她的热情让斯特莱克有些感动。斯特莱克提议在国王路的三明治餐厅碰头。

43

Freud, have mercy on my soul.
Blue Öyster Cult,'Still Burnin'

弗洛伊德，放过我的灵魂吧。

——蓝牡蛎崇拜乐队，《燃烧不止》

第二天，斯特莱克在国王路的"即刻食用"快餐店里等了五分钟，罗宾背着个白袋子出现了。对于女性时尚，他和其他退伍士兵一样一无所知，但他认得周仰杰这个牌子。

"鞋。"他给罗宾点了杯咖啡，指着罗宾的袋子说。

"猜得不错，"罗宾咧嘴一笑，"鞋，没错。在婚礼上穿的。"她补充。他们也该直面这一事实了。自从她重新戴上订婚戒指，这个话题似乎就变成了奇怪的禁忌。

"你会参加，没错吧？"他们在窗边找了个地方坐下后，罗宾又说。

斯特莱克不禁自问，他以前答应过要参加吗？他已经接到崭新的请柬，和上次那封一样，是印着黑色字体的奶油色硬卡片。但他不记得自己说过会去。罗宾期待地看着他，让他想起露西每次试图说服他去参加外甥生日宴会时的样子。

"嗯。"他不情愿地说。

"要我帮你答复吗?"罗宾问。

"不用,"他说,"我来吧。"

他这下得打电话给罗宾的母亲了。这就是女人绑架你的方式。她们会把你加到名单里,迫使你许诺。听听她们的那些话,仿佛你不出现就会有一盘热气腾腾的食物无人惠顾,一把镀金椅子无人临幸,一张名牌羞愧地摆在桌上,向全世界宣扬你的粗暴失礼。他简直想不出还有什么比他睁眼看着罗宾嫁给马修更不想干的事。

"你想——要我邀请埃琳吗?"罗宾继续发问,希望斯特莱克的表情不这么阴沉。

"不用。"斯特莱克不假思索地说,但他在罗宾的提议中听出恳求的意味。最后还是对罗宾的好感占了上风,让他端正了态度:"让我看看鞋吧。"

"你才不想看!"

"是我自己要看的,没错吧?"

罗宾从袋子里拿出鞋盒,毕恭毕敬的动作让斯特莱克感到好笑。她掀开盒盖,展开里面的包装纸。那是一双闪闪发亮的香槟色鞋,鞋跟很高。

"在婚礼上穿有点狂野了吧,"斯特莱克说,"我还以为会更加……不知道怎么说……花哨一点。"

"反正基本看不见,"她说,食指抚过细跟,"店里也有厚底鞋,不过——"

她没说完这句话。是马修不喜欢她显得太高。

"该怎么对付杰森和暴风雨?"她问,把鞋盒合上,放回袋子里。

"你主导,"斯特莱克说,"一直是你在和他们联系。如果有必要,我会参与。"

"你知道吧?"罗宾有点尴尬,"杰森肯定会问起你的腿。他以为是你——你要撒谎说其实是你自己砍的。"

"嗯，我知道。"

"那就好。我不想让你觉得受了冒犯什么的。"

"应该没问题，"斯特莱克说，看着罗宾的担忧的表情，暗自觉得好笑，"我不会揍他的，如果你在担心这个的话。"

"嗯，那就好，"罗宾说，"从他的照片来看，你一拳就能把他打成两半。"

两人并肩走在国王路上，斯特莱克抽了根烟。画廊的大门不在路边，而是藏在一座戴假发、穿长袜的汉斯·斯隆爵士雕像身后。他们走进镶在淡色砖墙中的拱门，里面是铺着草坪的广场。要不是周围充满街道的喧哗，这里几乎像座乡村别墅。广场三面都是十九世纪风格的建筑物，他们要去的画廊餐厅在最前方状似军营的楼里。

斯特莱克以为所谓画廊餐厅不过是画廊隔壁的快餐店，此刻终于意识到这地方比他想象中要高档许多。他不禁想起自己银行的透支额度，有些后悔要请四个人在这里吃饭。

餐厅内部狭长，左手边的拱门通往另一片更大的空间。到处铺着洁白的桌布，侍者全都衣冠楚楚，墙上挂满现代艺术画，画作加强了斯特莱克对于花费的疑虑。他们跟着领班穿过拱门，走进内间。

在周围衣着高雅的女性顾客的衬托下，他们要见的那两个人非常显眼。杰森瘦得像竹竿，鼻梁狭长。他穿着栗色套头衫和牛仔裤，仿佛随时会受惊逃走，低头盯着餐巾的样子像只模样邋遢的鹤。暴风雨似的黑发明显是染的。她戴着镜片很厚的方形黑框眼镜，外表和杰森截然相反：肤色白皙，身材矮胖，轮廓深邃的小眼睛仿佛嵌在馒头上的葡萄干。她穿着黑色T恤，丰满的胸前印着彩色卡通小马。她坐在桌边的轮椅里，面前和杰森一样摆着菜单，已经给自己点了一杯葡萄酒。

她看见斯特莱克和罗宾走近，露出灿烂的笑容，伸出短粗的手指捅了杰森的肩一下。男孩惴惴不安地转过头，斯特莱克注意到他淡蓝色的双眼不对称，高低相差足足有一厘米。这让他显得相当脆弱，仿佛造物者在仓促中完成的次品。

"你们好,"罗宾说,微笑着先对杰森伸出手,"终于见到你了。"

"你好。"他低声喃喃,无力地伸手回应。然后他飞快地瞥了斯特莱克一眼,脸红起来。

"哦,你好啊!"暴风雨对斯特莱克伸出手,仍然笑容灿烂。她灵巧地操纵轮椅,退后几英寸,叫斯特莱克从隔壁桌搬把椅子过来。"这里棒极了,要进来很方便,服务员也特别乐于助人。打扰一下!"她大声喊住从旁边走过的侍者,"能帮我们再拿两份菜单过来吗?"

斯特莱克在她身边坐下来。杰森挪了挪,给罗宾让出空间。

"这地方不错吧?"暴风雨说,呷了口葡萄酒,"服务员都特别理解我们坐轮椅的需要,热情极了。我一定要在网站上推荐这里,我正在整理对残疾人友好的餐厅名单。"

杰森垂头读着菜单,显然不敢和任何人有眼神接触。

"我叫他别客气,随便点,"暴风雨态度自然地告诉斯特莱克,"他不知道你解决那两个案子挣了多少钱。我跟他说,媒体都愿意为你自己的故事付一大笔。你现在专门解决特别出名的案子吧?"

斯特莱克想到跌到谷底的存款,办公室楼上豪华阁楼的租金,还有那条人腿对业务的影响。

"我们尽力而为。"他说,不去看罗宾。

罗宾点了最便宜的沙拉和一杯水。暴风雨点了开胃菜和主菜,劝杰森和她一样尽情点单,然后收起四份菜单,还给侍者,仿佛她才是慷慨的请客人。

"那么,杰森——"罗宾开口。

暴风雨立刻压过罗宾的声音,对斯特莱克说:

"杰森可紧张了。他根本没想清楚见你会产生怎样的影响。是我给他一条条解释听的。我们不分日夜地打电话,你真该看看我的电话单——我应该收你电话费,哈哈!不过说真的——"

她的表情突然严肃起来。

"——我们需要你先保证,不会把一切告诉警察,不会给我们惹来麻烦。我们本来就不知道什么有用的信息嘛。她只是个有心事的可怜姑娘。我们什么都不知道。我们只见过她一面,不知道到底是谁杀了她。我们相信你比我们更清楚这一点。杰森说他和你的搭档联系上了,说实话,我听了以后挺担心的,没人知道我们这个社群受到多少迫害。我自己就接到过死亡威胁——我应该雇你调查调查这件事,哈哈。"

"谁威胁过你?"罗宾语气礼貌地问。

"要知道,那是我的网站,"暴风雨说,无视罗宾,继续对着斯特莱克说话,"是我在管。我就像童子军训导员——或者修道院院长,哈哈……总之,大家都来找我谈心,向我寻求建议,所以无知的人想攻击我们,首先一定会找上我。我也没法控制自己。我经常替别人战斗,是不是,杰森?总之,"她说,停下来喝了一大口酒,"在你保证杰森不会因此惹上麻烦之前,我不会让杰森和你说话。"

斯特莱克不知道她为什么认为自己有这个权力。事实是,她和杰森都向警察隐瞒了情报。不管理由为何,不管那些情报到最后有没有用,他们的选择很愚蠢,还有可能造成不小的损失。

"我不认为你们会惹上麻烦。"他简单地撒了个谎。

"嗯,好吧,我听到你这么说就放心了,"暴风雨带着几分满足说,"因为我们确实想帮忙,这是毋庸置疑的。我之前对杰森说,那个男人如果特意寻求"身体完整性认知失调"网络社区的人下手——绝对有这个可能——那么,怎么说呢,见鬼,那么我们就有义务帮忙。如果真是这样,我不会惊讶。出现在网站上的那些辱骂和仇恨,简直令人难以置信。我是说,那显然是出于无知,但有些明明应该站在我们这边的人也跑来辱骂我们,他们明明最了解受歧视的滋味。"

他们点的饮品来了。让斯特莱克震惊的是,东欧侍者举起他点的炮火啤酒,眼看就要将其倒进装满冰块的杯子里。

"嘿!"斯特莱克语气尖锐地说。

"啤酒是常温的。"侍者说,显然没想到斯特莱克的反应会如此激烈。

"看在老天的分上,"斯特莱克嘟囔,把冰块都倒出来。他面对巨额午餐账单,就算喝没加冰的啤酒,也感觉糟糕。侍者带着几分恼怒为暴风雨倒上第二杯葡萄酒。罗宾瞅准机会:

"杰森,你第一次联系凯尔西时——"

暴风雨放下杯子,打断罗宾的话。

"嗯,我查过记录了,凯尔西第一次上我们网站是在去年十二月。嗯,我也对警察说了这一点,还把记录拿出来给他们看了。凯尔西问起了你,"暴风雨对斯特莱克说,语气表明,斯特莱克应该为自己能出现在她的网站上感到荣幸,"然后她和杰森说上了话。他们交换通信地址,后来开始直接联系。对吧,杰森?"

"嗯。"杰森有气无力地说。

"然后凯尔西提出见面,杰森就联系我了——对吧,杰森?——他觉得我去的话,他会更安心,因为毕竟是网友见面嘛,不知道会怎么样。谁知道她是谁呢,也许是个男人。"

"你为什么愿意见凯尔——"罗宾问杰森,但暴风雨再次打断她。

"当然是因为他们都对你感兴趣了,"暴风雨对斯特莱克说,"是凯尔西让杰森对你产生兴趣的,对吧,杰森?她了解你的一切。"暴风雨露出不怀好意的微笑,仿佛曾和凯尔西分享过什么不体面的秘密。

"关于我,凯尔西都告诉过你什么,杰森?"斯特莱克问男孩。

杰森听到斯特莱克直接对自己说话,脸涨得通红。罗宾突然觉得他是同性恋者。罗宾曾在留言板的一部分幻想文字里感受到过色情的气息,"迷恋者"的文字最直白。

"她说,"杰森嘟囔,"她哥哥认识你,和你一起工作过。"

"真的?"斯特莱克说,"你确定她说的是哥哥?"

"嗯。"

"她可没有哥哥,只有一个姐姐。"

杰森不对称的眼睛紧张地扫过桌上的餐具,然后又回到斯特莱克身上。

"我确定她说的是哥哥。"

"他在军队里和我一起工作过?"

"不,应该不是军队。是后来。"

她老是撒谎……今天明明是周二,她都会说是周三。

"哎,我怎么记得她说是她男友告诉她的,"暴风雨说,"她说她有个男友叫奈尔,杰森——记得吗?"

"尼尔。"杰森嘟囔。

"哦,是吗?好吧,尼尔。我们喝完咖啡,他还来接她来着,记得吗?"

"等等。"斯特莱克说,举起一只手,暴风雨听话地住了口。"你见过尼尔?"

"嗯,"暴风雨说,"他来接凯尔西了。骑着摩托车。"

一阵短暂的沉默。

"所以,一个骑摩托车的男人接走了她——你们是在哪儿见她的?"斯特莱克问,冷静的语气掩饰住骤然加快的心跳。

"托特纳姆法院路上的红餐厅。"暴风雨说。

"那儿离我们的办公室不远。"罗宾说。

杰森的脸更红了。

"哦!凯尔西和杰森都知道,哈哈!你们想碰碰运气,看能不能撞上科莫兰,是不是啊,杰森?哈哈哈。"暴风雨愉快地大笑起来,侍者端来她的开胃菜。

"一个男人骑着摩托车接走了她,杰森?"

暴风雨嘴里塞满食物,杰森终于有机会开口。

"嗯,"他说,偷瞄斯特莱克一眼,"他在街边等凯尔西。"

"你看见他长什么样了吗?"斯特莱克问,但已经猜到答案。

"没有,他在——他躲在街角绕过去一点的地方。"

"他一直戴着头盔。"暴风雨说,喝了口葡萄酒,咽下食物,迫不及待地又加入谈话。

"你还记得,他的摩托车是什么颜色吗?"斯特莱克问道。

暴风雨觉得是黑的,杰森认为是红的。两人都表示车停得太远,看不出型号。

"对于这个男朋友,凯尔西还说过什么吗?"罗宾问。

两人都摇摇头。

暴风雨长篇大论地解释起她的网站提供的科普文章和支持服务。他话说到一半,主菜上了。她的嘴里塞满薯条,杰森终于鼓起勇气,直接向斯特莱克发问。

"是真的吗?"他突然问,再次满脸通红。

"什么是真的吗?"斯特莱克问。

"就是你——那个——"

暴风雨大口咀嚼食物,坐在轮椅里向斯特莱克俯过身,伸手搭在他的胳膊上,咽下薯条。

"你是不是自己砍的。"她低语,冲斯特莱克轻眨一下眼。

她移动身体时,粗壮的双腿突然动了起来,不是被身躯拖动,而是自己发力的。斯特莱克被炸断腿后,在塞里奥克医院见过许多因战争而瘫痪或残废的人,见过他们废掉的腿,也见过他们为了拖动腿部而艰难地让上身使力。他终于明白暴风雨的行为,感觉如遭雷击。她并不需要轮椅。她身体健全。

奇怪的是,是罗宾的表情让他保持冷静和礼貌。罗宾看暴风雨的眼神里充满厌恶和愤怒,这让他心里好受多了。他对杰森说:

"你得先告诉我你听到了什么,我再告诉你是不是真的。"

"嗯,"杰森说,他基本没碰自己点的安格斯牛肉汉堡,"凯尔西说,你和她哥哥一起去酒吧喝酒,你——你喝醉了,就对她哥哥说了真话。她说,你大概是在阿富汗拿了把枪走出营地,在黑暗里走得远远的,然后——你开枪打中自己的腿,找医生把它给砍了下来。"

斯特莱克喝了一大口啤酒。

"我为什么要这么做?"

"什么?"杰森说,困惑地眨着眼。

"我是为了要找借口退伍,还是?"

341 | 罪恶生涯

"哦,不是!"杰森说,不知为何略带受伤的表情,"不,你——"他的脸一片通红,像是全身的血液都涌了上来,"——你和我们一样。你需要这么做,"他低声说,"你非截肢不可。"

罗宾突然觉得无法直视斯特莱克,假装在看旁边的一幅画。画上是一只拿着鞋的手,至少她是这么认为的。也可能是棕色花盆里种着粉色的仙人掌。

"她——哥哥——给凯尔西讲我的事的那个人——他知道凯尔西想砍掉自己的腿吗?"

"我不知道,应该不知道吧。凯尔西说,她只告诉了我一个人。"

"所以你觉得她哥哥只是偶然提起——"

"谁也不会公开这种事,"暴风雨说,终于抓住机会插话,"大家都觉得很羞愧,非常难为情。我在公司也没说过,"她愉快地说,挥手示意自己的腿,"我跟他们说,我后背受了伤。他们如果知道我其实没事,不可能理解。还有医疗行业的误解,那实在让人难以置信。我已经换了两个家庭医生,可不想再听他们给我推荐该死的精神科医生了。不,凯尔西说她从来没告诉过别人,可怜的小姑娘。她没有任何人可以依靠。所以她才会来找我——当然了,还有你,"她对斯特莱克说,微笑里带着一丝谦虚,因为斯特莱克没像她这样向凯尔西伸出援手,"要知道,你不是一个人。人们一旦达成目的,就会远离我们的社群。我们都懂——都理解——但如果能有人留下来,描述一下终于得到属于自己的身体是种什么感受,那对我们会是一种极大的鼓励。"

罗宾担心斯特莱克会火冒三丈,在这个艺术爱好者低声交谈的白色空间里大嚷大叫。但她又想,如果没有一点自控力,特殊调查局的前调查员恐怕无法坚持这么多年的讯问工作。他对暴风雨礼貌地微笑,笑容也许有点阴沉,但他还是平静地转向杰森,又问:

"所以你觉得,凯尔西来找我不是她哥哥出的主意?"

"不,"杰森说,"我想应该都是她自己的主意。"

"那她找我到底是为了什么?"

"哎,那还不简单,"暴风雨笑着插嘴,"她想听听你的建议,该怎么变成你这样!"

"你也是这么想的吗,杰森?"斯特莱克问。男孩点点头。

"嗯……她想知道把腿伤成什么样才能截肢,我想她觉得你可能会帮她介绍医生。"

"这才是最重要的问题,"暴风雨说,显然没注意到斯特莱克对她的态度,"可靠的外科医生太难找了。他们一般都毫无同情心。有些人自己动手,结果丧了命。以前苏格兰有个很棒的外科医生,帮几个'身体完整性认知失调'的患者截了肢,但后来被人阻止了。那已经是十年以前的事了。有些人会去国外做手术,但不是人人都那么有钱,一张机票就要很多钱……你这下明白凯尔西为什么这么想出现在你的联系人列表上!"

罗宾咣啷一声放下刀叉,替斯特莱克感到受了冒犯。"联系人列表"?好像残疾只是斯特莱克从黑市买来的一件稀有艺术品……

斯特莱克又问了杰森和暴风雨大约一刻钟,确定他们真的不知道更多信息。根据他们的描述,凯尔西是个走投无路的小女孩,实在太渴望截肢,为此不惜付出任何代价。她的这两位网友都对她表示赞许。

"唉,"暴风雨叹了口气,"她就是那样。她以前已经试过一次,用绳子。有人实在没有其他办法,就把腿伸到铁轨上。有个人拿液氮去冻腿。美国有个女孩故意在滑雪时跳歪,但这么做很危险,不一定能致残到你想要的那种程度——"

"你想要到什么程度?"斯特莱克问她,抬手示意侍者结账。

"我想要脊椎瘫痪,"暴风雨非常平静地说,"高位截瘫,嗯。最好找外科医生来做。我在找到愿意做的外科医生之前,只能尽力而为。"她说,又挥手示意轮椅。

"你也用残疾人专用卫生间和升降梯,把一切都做得很到位,嗯?"斯特莱克问。

"科莫兰。"罗宾用警告的口气说。

罗宾知道会这样。斯特莱克面临巨大的压力，又睡眠不足。罗宾也许应该庆幸，至少他们把要问的问题都问完了。

"这是一种需要，"暴风雨泰然自若地说，"我从小就知道，这个身体不是我的。我非瘫痪不可。"

侍者来了。罗宾抬手接过账单，斯特莱克好像根本没注意到这件事。

"麻烦你快一点。"罗宾对侍者说，侍者表情阴沉。斯特莱克刚才因为他往啤酒里放冰块吼过他。

"你认识很多残疾人？"斯特莱克问暴风雨。

"我认识两三个，"她说，"当然，我们有很多共同——"

"你们没有任何共同点。一点都他妈没有。"

"我就知道。"罗宾低声喃喃，从侍者手里夺过刷卡机，把自己的信用卡塞进去。斯特莱克站起来，俯身瞪着暴风雨。暴风雨看起来突然失去勇气，杰森则在座位上缩成一团，好像想躲进套头衫里。

"走吧，科莫——"罗宾说，从刷卡机里拽出信用卡。

"告诉你们吧，"斯特莱克对暴风雨和杰森说，不顾罗宾已经拿起大衣，使劲把他往外拉，"我坐的车爆炸了。"杰森伸手捂住通红的脸，满眼是泪。暴风雨只是睁大眼瞪着斯特莱克。"司机瞬间被炸成了两半——变成那样应该会让你很受瞩目吧，嗯？"他恶狠狠地问暴风雨，"可他死了，所以也没他妈的那么拉风。另一个人半边脸没了——我的半条腿被炸没了。这跟自愿可半点关——"

"好了，"罗宾说，抓住斯特莱克的胳膊，"我们走了。多谢你能来见我们，杰森——"

"去看病，"斯特莱克大声说，伸手指着杰森，在顾客和侍者的注视下被罗宾拉向门口，"快他妈的去看病。看看脑袋。"

他们走到离画廊足有一个街区的路上，斯特莱克的呼吸才逐渐恢复平静。

"好吧，"他说，尽管罗宾并没开口，"你警告过我了。抱歉。"

"没关系，"罗宾温和地说，"要问的都问完了。"

他们沉默地又走了几码。

"你付钱了？我没注意。"

"嗯。我会从零钱罐里拿的。"

他们继续往前走，路过西装革履、脚步匆匆的男男女女。一个绑着脏辫的波西米亚风格的姑娘从旁边飘过，身上穿着佩斯利涡旋纹长裙，手里却拿着五百英镑的包，这说明她的嬉皮士身份和暴风雨的残废一样虚假。

"你至少没揍她，"罗宾说，"毕竟她坐着轮椅，旁边还有那么多艺术爱好者。"

斯特莱克大笑起来。罗宾摇摇头。

"我就知道你会控制不住。"她叹了口气，随即也笑起来。

44

Then Came the Last Days of May

《五月的最后几天》

  他还以为她死了。他没在电视上看见相关新闻，不过并未想到她没死，因为她是个妓女。他杀的第一个妓女也没上电视。妓女根本就他妈的不算什么，什么都不是，没人在乎。小秘书才是大新闻，因为她在那混蛋手下工作——清清白白的女孩，有个英俊的未婚夫，媒体最喜欢这种故事……

  他不明白那婊子怎么会还活着。他记得刀捅进她身体的感觉，金属刺穿她皮肤导致的破裂声，捅到骨头的摩擦声，血液的喷涌声。报纸说是学生发现了她。该死的学生。

  不过，反正他还留着她的手指。

  警察根据妓女的描述拼凑了一张人像。真是他妈的笑话！警察不过是剃了毛、穿上制服的猴子，所有警察都是。他们真的以为这张画像能帮上忙？画像里的人一点都不像他，可以说那是任何人，连是白人黑人都分不清。他简直想大笑出声，但她就在旁边，她不会喜欢他对着死去的妓女和通缉犯画像发笑……

  她现在相当不听话。他先前粗暴对待她，现在不得不努力弥补，对她道歉，装出温柔的模样。"我只是心情不好，"他说，"非常不好。"他不情愿地搂住她，给她买来该死的花，把花留在家里，假装为发脾气而后悔。结果她得寸进尺了。所有女人都这样，一有机会就贪婪地想要更多。

"我不喜欢你走。"

你要是再没完没了，我他妈的就让你永远消失。

他对她花言巧语一番，说有个工作机会。结果她胆大包天，第一次追问他的事：谁告诉你的？你要去多久？

他看着她说话，想象着举起拳头，狠狠地揍在她那张恶心的脸上，听到骨头断裂的声音……

但他短时间内还需要她，至少在干完小秘书这一票之前需要。

她爱着他，这就是他的王牌。他只要威胁永远离开，就能让她乖乖听话。但他不想老用这招。所以他继续送花，吻她，用温柔的态度软化她，让她愚蠢迂腐的头脑逐渐忘了他之前的暴怒。他喜欢往她喝的饮料里添点料，让她情绪不稳，把脸埋在他怀里，哭泣，紧紧抓着他不放。

耐心，温柔，态度坚决。

她最后同意：他可以离开一周，整整一周，去做他想做的任何事。

45

Harvester of eyes, that's me.
Blue Öyster Cult,'Harvester of Eyes'

眼球收割机，就是我。

——蓝牡蛎崇拜乐队，《眼球收割机》

侦缉督察埃里克·沃德尔听说杰森和暴风雨对警察撒了谎，可不太高兴。但斯特莱克应他的邀约，在周一晚上去羽毛酒吧与他见面时，他并未表现得如斯特莱克想的那么生气。理由很简单：骑着摩托车的男人去红餐厅接走了凯尔西，这与沃德尔现在最中意的新理论完全吻合。

"你还记得他们网站上那个叫'迷恋者'的人吗？对残疾人士有特殊爱好，在凯尔西死后就销声匿迹了的那个。"

"记得。"斯特莱克说，想起罗宾曾和他说起过这个人。

"我们查出他的身份了。你猜他的车库里有什么？"

暂时还没人被逮捕，所以恐怕不是碎尸。斯特莱克合作地猜了一下："摩托车？"

"是辆川崎忍者。"沃德尔说，"我知道我们要找的是本田，"他堵住斯特莱克的话,"但我们一上门,他吓得差点尿裤子。"

"刑侦局找上门,很多人都会是这种反应。然后呢?"

"他是个爱出汗的小个子,名叫贝克斯特,销售员。二月三日那个周末,还有二十九日,他都没有不在场证明。他离婚了,没孩子。他说他在第二次袭击发生那天一直待在家里看皇室婚礼。家里如果没有女人,你会看皇室婚礼吗?"

"不会。"斯特莱克说。他只在新闻上看到婚礼的片段。

"他说那辆车是他哥哥的,暂时存放在他家。不过在我们询问过后,他承认他骑过。所以他会骑摩托车,完全有可能租一辆本田。"

"他对网上的事怎么说?"

"他一直说那没什么,说他只是瞎写着玩,断肢不会让他兴奋。但我们问能不能看看他的电脑,他不愿意,说要先问问律师。所以我们就先走了。明天再去一趟,再和他友好地谈谈。"

"他承认在网上和凯尔西说过话吗?"

"我们拿着凯尔西的笔记本电脑呢,还有暴风雨给的记录,他没办法否认。他问凯尔西打算怎么处理自己的腿,还提议和她见面。凯尔西拒绝了——至少在网上是拒绝了。他妈的,我们一定会好好查查他,"沃德尔见斯特莱克面带怀疑,又说,"他没有不在场证明,有一辆摩托车,对断肢有特殊爱好,还想和凯尔西见面!"

"嗯,是啊,"斯特莱克说,"还有其他线索吗?"

"有,我下面要说到的事才是我想见你的原因。我们找到你那位唐纳德·莱恩了。他住在大象堡的沃拉斯顿小巷。"

"真的?"斯特莱克大吃一惊。

沃德尔对于终于能吓到斯特莱克很得意,不禁咧嘴一笑。

"嗯,他病了。我们在'捐呗'网站上发现了他,找网站的人拿到地址。"

这就是斯特莱克和沃德尔的区别。沃德尔还拿着警徽,拥有斯特莱克退伍时放弃的各种权力。

"你见过他了?"

"我派了几个人过去。他不在，但邻居说那的确是他的公寓。他租了房子，一个人住，病得很厉害。他们说他回苏格兰了，参加什么朋友的葬礼，很快就回来。"

"编得不错，"斯特莱克对着啤酒喃喃，"莱恩在苏格兰如果有朋友，我就把这个杯子吃下去。"

"随便你吧，"沃德尔说，觉得好笑，又有些不耐烦，"我还以为你会很高兴我们去找你那几个人呢。"

"我是挺高兴的，"斯特莱克说，"你确定他病了？"

"邻居说他一直拄拐，好像还经常住院。"

包着皮套的电视机在他们头顶上无声地播放上个月的球赛，阿森纳对利物浦。斯特莱克看着范佩西踢进点球。当时他在阁楼里用小电视看直播，以为这个点球能帮阿森纳赢来一场他们急切需要的胜利。结果并没如他所料，作为枪迷的他同样运气不佳。

"你现在有女友吗？"沃德尔突然问。

"什么？"斯特莱克吓了一跳。

"可可挺喜欢你的长相，"沃德尔说，故意露出嘲讽的微笑，向斯特莱克表明他觉得可可的想法特别滑稽，"我老婆的朋友，可可。红发，记得吗？"

斯特莱克记得可可是个艳舞演员。

"我答应帮她问问你，"沃德尔说，"我还告诉她，你是个处境凄惨的混球。她说她不介意。"

"告诉她，好意我心领了，"斯特莱克说，这是真心话，"不过我有女友了。"

"不是你在工作上的搭档吧？"沃德尔问。

"不是，"斯特莱克说，"她要结婚了。"

"那可是你的损失，哥们，"沃德尔打了个哈欠，"我如果是你，肯定会约她。"

"所以，这是什么意思？"第二天早上，罗宾在办公室里说，"你为什么一听说莱恩确实住在沃拉斯顿小巷，就叫我别再监视那儿？"

"听我说完，"斯特莱克泡着茶，"根据邻居的说法，他现在出门了。"

"你刚告诉我，你不相信他真的回苏格兰了！"

"自从你开始监视，他公寓的门就没开过。这说明他确实在别的地方。"

斯特莱克往两个杯子里放茶包。

"我不相信他要参加什么朋友的葬礼，但他有可能回了梅尔罗斯，再管他发疯的母亲要点钱。这就是我们这位唐尼度假的方式。"

"他回来时，总得有人在那儿——"

"会有人在那儿，"斯特莱克安抚罗宾，"我想把你换到——"

"布罗克班克？"

"不，布罗克班克由我负责，"斯特莱克说，"我想让你去试试斯蒂芬妮。"

"谁？"

"斯蒂芬妮。惠特克的姑娘。"

"为什么？"罗宾大声说。水壶发出惯常的咔哒声和咕噜声，把蒸汽喷到后面的窗户上。

"我想知道她能不能告诉我们惠特克的行踪。在凯尔西死的那一天，还有夏克韦尔那个姑娘被砍掉手指的那一天，也就是四月三日和二十九日，惠特克的行踪。"

斯特莱克往茶包上倒水，加牛奶后搅拌，茶匙在杯子里发出清脆的敲击声。罗宾不知道该对于这样的安排感到高兴还是愤慨。总体而言，她还算开心，但她仍然怀疑斯特莱克想让她退居二线。

"你还觉得惠特克有可能是凶手？"

"没错。"斯特莱克说。

"但你没有任何——"

"对他们几个，我都没有证据，不是吗？"斯特莱克说，"我只想继续调查，直到确定是谁，或者排除他们所有人。"

他把茶递给罗宾,坐到仿皮沙发上。沙发难得没有发出放屁声。微不足道的成就,但总比什么都没有强。

"我本想靠外表排除惠特克,"斯特莱克说,"可是,怎么说呢,戴毛线帽的也有可能是他。我只知道一点:他和我上次见到他时一样混蛋。我彻底搞砸了斯蒂芬妮的事,她不可能再跟我说话,但你还能想办法和她谈谈。她如果能提供惠特克的不在场证明,或者告诉我们谁能提供,那我们就能排除惠特克。要不然,他还是有嫌疑。"

"我去找斯蒂芬妮,你呢?"

"继续盯着布罗克班克。我决定了,"斯特莱克说,伸直双腿,满足地喝了口茶,"我明天就进店,看看他到底怎么回事。我已经受够了吃着烤肉卷,在服装店闲逛,等他出现。"

罗宾什么都没说。

"怎么了?"斯特莱克看着她的脸。

"没什么。"

"有话直说。"

"好吧……他如果真的在呢?"

"那我也没办法——我不会揍他的。"斯特莱克读懂她的担忧。

"好吧。"罗宾说,又补充一句,"但你揍了惠特克。"

"那不一样。"斯特莱克说。罗宾没反应,他又说:"惠特克不一样。他可是亲戚。"

罗宾笑了起来,尽管并不十分愿意笑。

斯特莱克在走进商业街旁边那家撒拉逊酒吧之前,先找了台取款机,取了五十英镑。机器直率粗暴地显示,他的存款余额已经为负。斯特莱克沉着脸把一张十镑纸钞递给撒拉逊门口的短脖子保镖,掀开黑色塑料长条组成的门帘,走进里间。里面灯光昏暗,但仍然没能成功掩盖住这里的破旧。

酒吧的装潢彻底消失,从现在的装潢看,这里仿佛是一家倒闭的社区活动中心,阴暗,死气沉沉。地板是抛过光的松木,反射出头顶上的霓虹灯。霓虹灯横跨整个吧台，墙壁比吧台高不了多少。

  时间刚过正午，酒吧尽头的小舞台上已经有姑娘绕着钢管旋转。她全身都沐浴在红色的灯光里，身后摆着互成角度的镜子，把每一寸坑洼不平的肌肤都暴露无遗。在滚石乐队（Rolling Stone）《Start Me Up, 立即出发》的歌声中，她慢慢解开胸罩。周围一共有四个男人，都坐在高高的吧椅上，面对着各自的高圆桌，一会儿看着姑娘笨拙地在钢管上晃来晃去，一会儿看着大屏幕电视上的天空体育台。

  斯特莱克径直走向吧台，那里有张告示："手淫的顾客将会被赶出门。"

  "喝点什么，甜心？"一个长发女孩问他。女孩涂着紫色眼影，挂着鼻环。

  斯特莱克点了杯约翰·史密斯啤酒，在吧台边坐下。除了门口的保镖，唯一的男性员工正坐在脱衣舞者身边的唱片机后面。他是个矮胖的中年人，一头金发，和布罗克班克没有半点相似之处。

  "我来这儿，是想见个朋友。"斯特莱克对女招待说。她没有别的客人要服务，正靠在吧台上，眼神迷蒙地望着电视，摆弄着长长的指甲。

  "哦？"她无聊地说。

  "嗯，"斯特莱克说，"他说他在这儿工作。"

  一个穿着迷彩服的男人走近吧台，女招待没搭理斯特莱克，走过去接待这个人了。

  《Start Me up, 立即出发》播完了，舞者也停下。她裸着身体跳下舞台，抓了条袍子披上，掀起门帘，消失在舞台后面。没人鼓掌。

  另一个女人从门帘后面溜出来。她穿着非常短的尼龙和服和长筒袜，在酒吧里绕了一圈，举着空啤酒杯向顾客示意。他们一个个地把手伸进口袋，给了她一些零钱。最后她走到斯特莱克身边，斯特莱克扔了两枚一镑硬币进去。然后她端着零钱杯走向舞台，小心地把杯子放到DJ的唱片机旁，脱下和服，穿着胸罩、内衣、长袜和高跟鞋上了台。

"先生们，你们一定会喜欢下面这场演出……请大家热烈欢迎可爱的米娅！"

她对着加里·努曼 (Gary Numan) 的《"Friends" Electric？"朋友"带电吗？》摇摆起来，动作和音乐没有任何协调性可言。

女招待回到斯特莱克身边靠着。从这里看电视最清楚。

"嗯，我刚才在说，"斯特莱克又说，"我有个朋友，他说他在这儿工作。"

"嗯嗯。"她说。

"他叫诺尔·布罗克班克。"

"哦？我不认识。"

"哦。"斯特莱克说，假装环顾四周，虽然他已经确定布罗克班克不在这里，"我也许找错地方了。"

第一个脱衣舞者掀开门帘出来，身上穿着一件泡泡糖粉色吊带裙，裙子下摆刚垂到她的胯下。不知道为什么，这衣服让她比之前裸体时更显猥亵。她走到穿迷彩服的男人身边，问了句什么，男人摇摇头。她四处张望，对上斯特莱克的目光，微笑着向斯特莱克走来。

"你好啊。"她带着爱尔兰口音说。因为舞台的红色灯光，斯特莱克先前以为她的头发是金色，现在发现其实是鲜艳的铜色。她涂着厚厚的橘色唇膏，戴了浓密的假睫毛，实际应该是在上学的年纪。"我叫奥拉。你呢？"

"凯莫兰。"斯特莱克说。经常有人不会念他的名字，这么叫他。

"你想欣赏私人演出吗，凯莫兰？"

"在哪儿演出？"

"在里面，"她说，指向舞者进出的门帘，"我没在这里见过你。"

"嗯，我是来找朋友的。"

"那姑娘叫什么名字？"

"是个男人。"

"那你可来错地方了，亲爱的。"她说。

她太年轻，被她叫亲爱的，斯特莱克觉得自己有些下流。

"我能给你买杯酒吗?"斯特莱克问。

她犹豫片刻。私人演出挣的钱更多,但他也许是那种需要先熟络一番的男人。

"那好吧。"

斯特莱克花天价买了杯加青柠伏特加。女孩坐到他身边,认真地呷着酒,大部分乳房都露在外面。她皮肤的质感让斯特莱克想起被杀的凯尔西:光滑紧致,包着年轻的脂肪。她肩上刺着三颗小小的蓝星星。

"你也许认识我朋友?"斯特莱克说,"诺尔·布罗克班克。"

小奥拉不是傻瓜。她瞥了斯特莱克一眼,眼神里有怀疑和打量。她和马基特哈伯勒的那个按摩小姐一样,想知道斯特莱克是不是警察。

"他欠我的钱。"斯特莱克说。

女孩又打量了他一会儿,光滑的前额微微皱起,然后信了他的谎话。

"诺尔,"她重复了一遍,"我想他已经走了。你等等——埃迪?"

百无聊赖的女招待仍然盯着电视机。

"嗯?"

"德斯两周前开除的那个人叫什么?只来了几天的那个。"

"不知道他叫什么。"

"嗯,我想被开除的那个人就叫诺尔。"奥拉告诉斯特莱克,然后突然直白地说:"给我十镑,我帮你确定一下。"

斯特莱克在心里叹了口气,递出钞票。

"你在这儿等着。"奥拉愉快地说。她滑下吧椅,把钞票塞进弹力内裤,态度随便地拽了拽裙摆,步子轻快地走到 DJ 身边。DJ 听着奥拉的话,冲斯特莱克皱着眉。最后他简单地一点头,宽厚的下颌在红色的灯光中闪闪发亮。奥拉小跑回来,一脸得意。

"我说对了!"她对斯特莱克说,"我当时不在,不过听人说他好像抽风了。"

"抽风？"

"嗯，那是他来这儿的第一周。大个子，对吧？下巴很大？"

"没错。"斯特莱克说。

"嗯，他迟到了，德斯很不高兴。那就是德斯，那边那个。"她毫无必要地补充，伸手指着DJ。对方怀疑地望着斯特莱克，把《"Friends" Electric？"朋友"带电吗？》换成辛迪·劳帕（Cyndi Lauper）的《Girls Just Wanna Have Fun, 女孩只想玩得开心》。"德斯正在训他，他突然倒在地上，开始抽搐。他们说，"奥拉加强语气，"他尿裤子了。"

斯特莱克不认为布罗克班克会为了躲过德斯的训话故意尿裤子。看来他是真的犯了癫痫。

"然后呢？"

"那家伙的女朋友从后面跑出来——"

"谁是他的女朋友？"

"等一下——爱迪？"

"嗯？"

"那个黑人女孩叫什么来着？接发，胸部很棒，德斯不喜欢的那个？"

"艾丽莎。"爱迪说。

"艾丽莎，"奥拉对斯特莱克说，"她从后面跑出来，冲德斯大喊大叫，叫他赶紧叫救护车。"

"他叫了吗？"

"嗯。救护车把你找的人带走了，艾丽莎也跟着走了。"

"布洛克——诺尔之后回来过吗？"

"有人骂他就能让他倒在地上尿裤子，那还要他当保镖干吗？不是吗？"奥拉说，"我听说，艾丽莎想让德斯再给他一次机会，但德斯从来不给人第二次机会。"

"所以艾丽莎就说德斯是个该死的紧屄，"爱迪说，突然从发呆状态里走出来，"德斯就把她也给开了。愚蠢的婊子。她可需要钱了，她有孩子要养。"

"这是什么时候的事？"斯特莱克问奥拉和爱迪。

"两周以前吧，"爱迪说，"不过那家伙是个变态。走了才好。"

"他怎么变态了？"斯特莱克问。

"一看就知道，"爱迪带着一种饱经风霜的疲惫感说，"一看一个准。艾丽莎挑男人的眼光太差劲了。"

第二个脱衣舞者脱得只剩下丁字裤，冲寥寥无几的观众热情地扭臀。两个年纪稍长的男人刚走进门，在走向吧台的路上愣了神，目光都盯着即将脱掉的丁字裤。

"你知道怎么才能找到诺尔吗？"斯特莱克问爱迪。她显得太无聊，好像不会为了情报要钱。

"他和艾丽莎一起住，在堡区一带，"女招待说，"艾丽莎申请了市政府的福利房，可是老抱怨那儿有多差劲。我不知道具体在哪儿，"她堵住斯特莱克的话，"我从来没去过。"

"我还以为她喜欢那儿呢，"奥拉含糊地说，"她说那儿有家不错的幼儿园。"

舞者脱下丁字裤，举到头顶，像套马索似的晃动着。两名新顾客饱了眼福，走到吧台边上。其中一个的年纪足以当奥拉的爷爷，浑浊的眼睛盯着她的胸部。奥拉公事公办地打量他一番，转头看着斯特莱克。

"你想不想看私人表演？"

"还是算了。"斯特莱克说。

他的话还没出口，奥拉已经放下酒杯，滑下吧椅，飘向那个年过花甲的老头。他咧嘴一笑，嘴巴就像个空洞，没几颗牙。

一个身影出现在斯特莱克身边，是那个没脖子的保镖。

"德斯叫你。"他说，语气带着威胁，但声音太尖锐了，与宽厚的身材很不协调。

斯特莱克转过头去。房间对面的DJ盯着他，招手示意。

"有什么问题吗？"斯特莱克问保镖。

"如果有，德斯会告诉你的。"他的回答带有几分不祥。

斯特莱克穿过房间,走向 DJ,仿佛是被班主任叫到办公室的大个子学生。他觉得这情况无比滑稽,但也只能在旁边等着。第三名脱衣舞者把她那杯硬币安全地放到唱片机旁,脱下紫色浴袍,穿着黑色蕾丝和派斯派克高跟鞋,上了台。她身上满是刺青,浓妆艳抹的脸上有好多雀斑。

"先生们,奶子、屁股和格调集于一身——杰奎琳!"

托托合唱团(Toto)的《Africa,非洲》开始播放。杰奎琳绕着钢管转圈,技巧远超之前两位同事。德斯用手遮住话筒,向前俯身。

"过来,伙计。"

在舞台的红色灯光下,他显得比第一眼看上去老成,也更严厉。他的眼神相当精明,下巴上有道伤痕,和尚克尔脸上的伤痕几乎一样深。

"你问那个保镖的事干什么?"

"他是我的朋友。"

"他没签过合同。"

"我没说他签过。"

"根本不是他妈的不公平解雇。他可从来没告诉过我他会抽风。是艾丽莎那个婊子叫你来的吗?"

"不是,"斯特莱克说,"我听说诺尔在这儿工作。"

"艾丽莎是头发疯的母牛。"

"我不认识她。我只是想找诺尔。"

德斯挠着腋窝,怒视斯特莱克。四英尺开外,杰奎琳让胸罩肩带滑下肩膀,扭头瞪着台下的五六个观众。

"那混蛋要是进过特种部队才他妈怪。"德斯激动地说,仿佛斯特莱克坚持说他进过。

"他是这么说的?"

"他女人艾丽莎是这么说的。军队才不会要那种废物呢。再说,"德斯眯起眼睛,"我不喜欢的不止这一点。"

"哦?还有什么?"

"那就是我自己的事了。你替我告诉艾丽莎,不只是因为该死的抽风。你让艾丽莎去问问米娅,我为什么不想让他回来。你告诉艾丽莎,她如果再他妈对我的车做什么蠢事,或者派朋友过来抓我的把柄,我就上法庭告她。你就这么告诉她!"

"没问题,"斯特莱克说,"你有她家的地址吗?"

"赶紧滚,听见没?"德斯龇牙低吼,"赶紧给我滚蛋。"

他俯身对着话筒。

"真棒。"他说,目光里有种专业的淫荡。杰奎琳在紫色的光线下有节奏地晃动胸部。德斯冲斯特莱克做了个"快滚"的手势,转回去对着他那叠老唱片。

斯特莱克放弃了,任凭保镖送他到门口。没人注意他,观众仍然一会儿看杰奎琳,一会儿看电视屏幕里的里奥·梅西。斯特莱克到了门口,侧身让一群穿着西装的年轻人进门,他们看起来已经有点醉了。

"奶子!"第一个进门的年轻人喊,指着脱衣舞者,"奶子!"

保镖对这种进门方式表达了不满。他们并不激烈地争吵了一会儿,最后年轻人在朋友和保镖的批判下屈服,胸口被他们用食指戳了好几下。

斯特莱克耐心地等着他们吵完。那群年轻人终于进了门,他在雅兹(Yazz)《The Only Way Is Up,向上爬才有出路》的前奏中离开了酒吧。

46

Subhuman

《类人》

　　他和战利品独自待在一起,感到自己无比完整。这些战利品证明他高人一等,拥有惊人的能力,能瞒过猴子似的警察和羊群般的民众,像半神一样随心所欲,任取所需。

　　当然,他们给予他的远不止于此。

　　杀戮过程并不会让他勃起。他事前想象杀戮时会。他会想着要做什么准备,在头脑中反复思考各种可能,同时激烈地手淫。事后也一样——比如现在,他拿着从凯尔西身上砍下的乳房,触感冰凉,富有弹性,有些干瘪,离开冰箱数次后已经发硬——现在,他毫不费力就硬得像根旗杆。

　　他最新得到的手指就在冰盒里。他拿出一根凑到嘴边,狠狠地咬下去。他想象着妓女的身体还连在上面,想象着她因痛苦而发出尖叫。他咬得更深,享受着冻肉开裂的触感,牙齿紧紧啃着骨头,一只手匆忙拽着运动短裤的松紧带……

　　之后他把藏品放回冰箱,关上冰箱,咧嘴笑着,轻轻拍了拍冰箱。里面很快就会充满存货。小秘书一点也不矮,目测至少有五英尺七寸。

只有一个小问题……他不知道小秘书在哪儿。他没能一直跟着小秘书。今天早上，小秘书没去办公室。他去伦敦经济与政治学院，找到那个银发小婊子，但没看见小秘书的身影。他在托特纳姆法院路和托特纳姆酒吧都找过。不过这只是暂时的，他一定会嗅出小秘书的踪迹。如果有必要，他明天早上就去伊灵站等小秘书。

他给自己泡了杯咖啡，又往里倒了点威士忌。这瓶威士忌已经在这儿放了好几个月。这个肮脏的藏身洞是他用来安放宝物的地方，是他的秘密花园。这里摆设不多，只有一个烧水壶，几个裂了口的马克杯，一个冰箱——他的祭坛——一张睡觉的床垫，一个放 iPod 的底座。最后这件东西很重要，是他仪式中不可缺少的部分。

他第一次听到他们的音乐时，觉得那简直是垃圾。但他对斯特莱克的执着越来越深，也越来越喜欢他们的歌。他跟踪小秘书时，擦洗刀具时，都喜欢戴着耳机听音乐。他们的作品对他来说仿若天籁。有些歌词会留在他心里，仿佛教堂礼拜时的祷词。他听得越多，就越觉得他们懂他。

女人一面对刀刃就只剩下本能，因恐惧而变得简单干净。她们为性命而发出的恳求只能用纯洁来形容。"崇拜"（他私下这么称呼这个乐队）一定明白。

他把 iPod 放到底座上，选了最喜欢的一首歌，《Dr. Music, 音乐博士》。然后他走向水池，那里放着开裂的剃须镜、刮胡刀和剪刀。有这些工具，一个人就可以彻底改头换面。

埃里克·布鲁姆的歌声从扬声器里传出来：

> Girl don't stop that screamin'
> You're sounding so sincere...
> 姑娘，别停下那尖叫声
> 你听起来如此虔诚……

47

I sense the darkness clearer ...
Blue Öyster Cult,'Harvest Moon'

我感到黑暗更加清晰……

——蓝牡蛎崇拜乐队,《收获的满月》

今天是六月一日,罗宾终于可以说:"我下个月就结婚了。"七月二日突然变得很近。哈罗盖特的裁缝想让她最后再试一次婚纱,但她不知道自己能不能抽时间回趟家。起码鞋已经准备好了。母亲负责处理亲友对请柬的答复情况,不时告诉她宾客名单的最新变化。不知为何,罗宾觉得有些置身事外。她在卡特福德百老汇无聊地蹲守,一连几个小时监视薯条店楼上的公寓,和那些问题仿佛隔着一整个世界:该摆什么花,谁和谁坐在一起,她有没有向斯特莱克请好假,好去度为期两周的蜜月——这是马修问的。他安排好有关蜜月的所有事情,打算给罗宾来个惊喜。

她不知道婚礼怎么突然就近在咫尺了。下个月,就在下个月,她就要变成罗宾·坎利夫了——她是这么认为的。马修显然期待她能用他的姓。这几天,马修一直情绪高昂,在走廊里无声地拥抱她,对她漫长的工作时间毫无怨言，即便罗宾的工作占用了本该由他们共度的周末。

前几天，都是马修开车把她送到卡特福德。他在给布罗姆利区的一家公司做审计，正好顺路。马修之前对路虎嗤之以鼻，现在却换了态度。他仍然换不好挡，在路口经常无法顺利启动车子，但还是表示这礼物非常棒，琳达能送车给他们太好了，他们靠这辆车，出城很方便。昨天，他在路上问起，要不别请萨拉·夏洛克来参加婚礼。罗宾看得出，他鼓足勇气才问出口，生怕提到萨拉的名字会引起争吵。罗宾思考了一会儿，分析自己的感受，最后拒绝了这个提议。

"我不介意，"她说，"她来更好。没关系。"

如果现在撤销邀请，萨拉就会知道，罗宾刚刚得知多年前发生了什么。罗宾宁可让萨拉误以为她早就知道，马修早就坦白过，而她罗宾不介意。她要维护自己的尊严。母亲也问起萨拉是否出席，说萨拉和马修的同学肖恩来不了了，该由谁去坐萨拉身边空出来的座位？罗宾以提问代替回答。

"科莫兰回复邀请了吗？"

"没有。"母亲说。

"哦，"罗宾说，"嗯，他说他会回复的。"

"你想让他坐到萨拉旁边？"

"不，当然不行！"罗宾怒喝。

一阵沉默。

"抱歉，"罗宾说，"抱歉，妈妈……我压力有点大……你能不能把科莫兰安排到……我也不知道……"

"他女友来吗？"

"科莫兰说不来。随便安排他坐哪儿吧，只要不是该死的——我是说，别把他安排到萨拉身边。"

罗宾找了个地方站好，等待斯蒂芬妮出现。这是今年到目前为止最暖和的一天，来卡特福德百老汇购物的人都穿着T恤和凉鞋，黑人女性裹着色彩艳丽的头巾。罗宾在夏季长裙外披件旧牛仔夹克，靠到剧院墙外一个她已经很熟悉的凹洞里，假装无所事事地打电话，又走到最近的小摊前，随便看看熏香、蜡烛和线香。

你如果认为自己正在做的事毫无意义，就很难集中注意力。斯特莱克坚持认为惠特克仍然是杀死凯尔西的嫌疑人，但罗宾并没有被他说服。她越来越倾向于沃德尔的观点：斯特莱克对前继父心怀怨恨，被仇恨蒙蔽了双眼，失去一贯准确的判断力。罗宾不时抬头瞥向惠特克住处窗口毫无动静的窗帘，想起斯蒂芬妮被惠特克拉进车。斯蒂芬妮也许根本不在家。

她觉得今天恐怕又是白费工夫，再次对斯特莱克感到不满。她现在最不高兴的是斯特莱克抢走了他寻找布罗克班克的任务。不知道为什么，罗宾觉得布罗克班克是属于她的目标。要不是她成功扮演了维尼夏·霍尔，他们不会知道布罗克班克就生活在伦敦；要不是她敏锐地发现奈尔就是诺尔，他们也不可能一路追到撒拉逊酒吧。就连她耳边的那句低喃——"我认识你吗，小姑娘？"——也是她和布罗克班克之间奇特关联的一部分，不管这句话有多吓人。

生鱼和熏香的气味混合在一起，充斥她的鼻腔。在她的脑海里，这股混合气味已经等同于惠特克和斯蒂芬妮。她向后靠在冰冷的石墙上，看着毫无动静的公寓门，思绪又转回扎哈拉身上，仿佛被垃圾箱吸引的狐狸。自从这个小女孩接了布罗克班克的手机，罗宾每一天都会想起她。斯特莱克从脱衣舞俱乐部回来后，罗宾详细询问小女孩母亲的情况。

斯特莱克说，布罗克班克的女友叫艾丽莎，是个黑人。这么说，扎哈拉也是个黑人小女孩。也许她长得就像现在从街上蹒跚走过的那个小孩：留着僵硬的脏辫，紧紧抓着母亲的食指，用肃穆的黑眼睛看着罗宾。罗宾露出微笑，小女孩毫无反应，只是继续打量着她。罗宾一直冲她微笑，小女孩为了保持和她对视，转过头，最后身体扭了几乎一百八十度，穿着凉鞋的脚绊了一下。她摔倒在地，号啕大哭；母亲冷漠地将她一把提起，抱着走了。罗宾感到一阵内疚，重新盯着惠特克的窗口，听着小孩的哭声回荡在街上，离她越来越远。

根据斯特莱克提供的信息，扎哈拉生活在堡区的公寓里。扎哈拉的母亲抱怨住得太差，但斯特莱克说有个姑娘……

有个姑娘说……

"对了！"罗宾兴奋地低喃，"当然了！"

斯特莱克想不到——他当然想不到了，他是个男人！她在手机上打起字来。

堡区有七家幼儿园。罗宾心不在焉地把手机塞回兜里，因自己的想法而激动不已。她在小摊间漫步，偶尔瞥瞥惠特克的窗口和一直紧闭的门，思绪完全放在如何追踪布罗克班克上。她能想到的选择有两种：去七家幼儿园依次蹲守，找一个黑人母亲和她名叫扎哈拉的女儿（但她怎么确定没找错人？）；或者……或者……她在一家卖民族首饰的小摊旁站住脚，没注意到眼前是什么，全神贯注地思考着。

完全出于偶然，她的目光从一对羽毛和串珠编的耳环上移开，正好看见斯蒂芬妮走出薯条店旁的门。斯特莱克的描述相当准确。斯蒂芬妮肤色苍白，眼睛红红的，在明亮的光线下使劲眨着眼睛，像只得了白化病的兔子。她靠到薯条店门上，等门被她的身体压开后一头跌进去，走向柜台。罗宾还没整理好思绪，斯蒂芬妮已经拿着一罐可乐和她擦肩而过，穿过那扇白门进了楼。

可恶。

"没事，"一小时后，罗宾给斯特莱克打电话，"她还在。我没找到机会，她出来不到三分钟就回去了。"

"继续盯着，"斯特莱克说，"她说不定还会再出来。我们至少知道她醒着。"

"莱恩那边怎么样了？"

"我在时没看见他，我刚回办公室。大新闻：'第二次'原谅我了。他刚走不久。我们需要钱，我没法拒绝。"

"哦，看在老天的分上——他这么快就又有女友了？"罗宾问。

"没有。他想让我查查一个和他眉来眼去的大腿舞舞女，看看她是不是已经有男人了。"

"他干吗不自己问?"

"他问过了。她说没有,但女人都是爱出轨的邪恶骗子,罗宾,你也清楚。"

"嗯,是啊,当然了,"罗宾叹了口气,"我忘了。听着,我有主意了,布洛——等一下,有情况。"

"没事吧?"他语气尖锐地问。

"没事……等一会儿……"

一辆面包车开到她面前。罗宾把手机按在耳边,慢慢绕到面包车前面,想看看到底是怎么回事。她看到司机剃了个平头,但挡风玻璃反射出的阳光太灿烂,她看不清司机的五官。斯蒂芬妮出现在路边。她用双臂紧紧抱着自己,笔直地穿过街道,爬进车的后门。罗宾后退一步,给车让路,假装打电话。她和司机的目光相遇,对方有一双黑眼睛,眼睛隐藏在兜帽之下。

"她走了,上了一辆挺旧的面包车,"罗宾告诉斯特莱克,"司机长得不像惠特克,可能是混血,也可能是地中海人。看不清楚。"

"嗯,你知道斯蒂芬妮是做什么的。她可能是去给惠特克赚钱了。"

罗宾让自己尽量不去介意他实事求是的语气。她提醒自己,为了不让斯蒂芬妮被掐死,斯特莱克揍了惠特克一拳。她沉默片刻,望向报刊铺的橱窗。皇室婚礼热潮的痕迹仍然随处可见,收银的亚洲男人背后挂着一面英国国旗。

"你想让我怎么办?你如果愿意查'第二次'的新对象,我可以去沃拉斯顿小巷替你看着点。这样——哦!"她惊呼一声。

她刚转过身,撞上一个留着山羊胡的高大男人。男人骂了一句。

"抱歉。"她条件反射地说。对方粗暴地撞开她,进报刊铺。

"出什么事了?"斯特莱克问。

"没事——我不小心撞了人——这样吧,我去沃拉斯顿小巷。"

"好吧,"斯特莱克沉默片刻后说,"如果莱恩出现,你只要拍张照就好。别接近他。"

"我没想接近。"罗宾说。

"有消息就通知我。没消息也告诉我。"

能回沃拉斯顿小巷激起的兴奋在罗宾走到卡特福德站时就消失殆尽。她不知道自己为什么突然沮丧又紧张。也许是因为她饿了。她决心戒掉巧克力,以免挤不进改过的婚纱,就买了条看上去让人毫无食欲的能量棒,上了地铁列车。

列车载着她开向大象堡。罗宾嚼着味如锯末的能量棒,下意识地揉着和那个山羊胡大个子冲撞过的肋骨。在伦敦生活,被路人责骂是家常便饭;在马沙姆,可从来没有陌生人对她骂过脏话,一次都没有。

不知道为什么,她突然抬头环顾四周。乘客寥寥的车厢里没有大个子男人,隔壁车厢也没人向这里窥探。她现在回想起来,有些过于疏忽:卡特福德百老汇已经是个她熟悉的地方,她又满脑子都是布罗克班克和扎哈拉的事。她如果留心,会不会发现有人在偷偷监视她……不,她一定是多心了。早上是马修开着路虎送她过去的,杀手怎么可能一路跟到卡特福德?除非他一直等在赫斯廷斯路的某辆车里。

不管怎样,她不能放松警惕。她下了地铁列车,注意到身后走着一个高个子黑人,就故意放慢速度,让他先过去。他根本没看她第二眼。一定是我自己想多了,她心想,把没吃完的能量棒扔进垃圾箱。

下午一点半,她抵达沃拉斯顿小巷的前院。在破旧老房子的后方,SE1公寓高耸入云,仿佛来自未来的间谍。在卡特福德市场里浑然天成的长裙和牛仔外套,在这里显得有点学生气。罗宾又假装在打电话,漫不经心地一抬头,心脏差点停跳一拍。

情况变了。窗口的垂帘拉开了。

她警觉地继续走着路,以免有人在窗口张望。她想找个阴影处,盯着那个阳台。她一心寻找最佳监视地点,同时努力让打电话的表演显得真实,没注意到脚下的路。

"不!"罗宾惊叫。她的右脚一滑,左脚绊在长裙里,身体歪成不雅的劈叉姿势,随即失去平衡,倒向旁边。手机掉在地上。

"哦,该死。"她呻吟道。让她滑倒的是一摊呕吐物,也可能是排泄物。她的裙子和凉鞋都脏了,双手也在撑住地面时擦伤。她最关心的还是那摊黄棕色黏稠液体究竟是什么。

旁边有个男人大笑起来。她觉得恶心又丢脸,忙着避开污秽,站起身,还没来得及去看那阵笑声来自何处——

"抱歉,宝贝。"带着苏格兰口音的轻柔声音从罗宾身后传来。罗宾迅速转过头,感觉仿佛有电流在体内窜过。

天气很暖和,但他戴着有耳罩挡风帽,穿着红黑格子外套和牛仔裤。他撑着一对金属拐杖,笑着低头看罗宾。他的脸上满是深深的痘痕,苍白的脸颊和下巴上有,连那双小黑眼睛下方的眼袋上都有。他的脖子很粗,肉被衣领勒得堆出来。

他一只手提着一个塑料袋,里面装着几样日常用品。罗宾看见他手上刺的匕首,知道那刺青一直沿着手臂向上延伸,刺穿一朵黄玫瑰。他手腕上刺的几滴血看起来很真实,好像真的正从他的身体里流出。

"你得洗洗,"他说,指着罗宾的脚和裙摆,又咧嘴一笑,"再拿刷子刷刷。"

"是啊。"罗宾惊魂未定地说。她捡起手机,屏幕摔裂了。

"我就住在那儿。"他说,点头示意罗宾之前一个月都在监视的公寓,"你可以上去洗洗。"

"哦,不用——没关系的。非常感谢。"罗宾屏着气说。

"不客气。"唐纳德·莱恩说。

他的目光从上往下扫过罗宾的全身。罗宾感到皮肤一阵刺痛,仿佛被他的手指实际碰触过。他支起拐杖转身走开,塑料袋笨拙地左右摇晃。罗宾站在原地,清晰地感到血液都涌上脸。

他没再回头,帽子上的耳罩像狗耳朵一样左右摇摆。他动作艰难地慢慢绕到公寓侧面，消失了。

"我的老天。"罗宾低声说，双手和膝盖阵阵作痛。她心不在焉地撩开脸上的头发，通过气味明白地上那摊只是咖喱，不禁如释重负。她快步走到唐纳德·莱恩看不见的角落，按着碎裂的屏幕，给斯特莱克打电话。

48

Here Comes That Feeling

《那种感觉又来了》

席卷整个伦敦的热潮是他的敌人。他无法把刀藏到 T 恤里,对他至关重要的帽子和衣领也变得十分可疑。他别无他法,只能在她不知道的藏身处等待着,无能为力,怒火中烧。

到了周日,天气终于变了。雨水将公园里的炎热一扫而空,车上的雨刷翩翩起舞,游客穿上塑料雨披,趟着积水奋勇向前。

他满怀兴奋,信念坚定,把帽子戴在头上,压低,穿上特制外套,出了门。在他撕开内衬做成的狭长口袋里,刀子随着他走路的节奏一下一下地拍打胸口。他捅了那个贱人,把她的手指存放在冰盒里,可首都的街道仍然和之前一样热闹,游客和本地人像蚂蚁一样来来去去。有些人买了印着国旗的雨伞和帽子。他故意挤上前去,享受着把他们撞到一边的快感。

他对杀戮的渴望日益迫切。无法行动的那几天一眨眼就过去了,她给的自由时间越来越少,而小秘书还无忧无虑地活着。他寻找了好几个小时,最后突然迎面撞上她。那个厚颜无耻的婊子,就这么走在光天化日之下——可惜周围的目击者太多了……

自控力低下——该死的精神医生如果知道他见到小秘书后做了什么，一定会这么说。自控力低下！他只要愿意，完全能控制自己的冲动。他拥有超人的狡黠与聪慧，已经杀死三个女人，捅伤一个，警察至今稀里糊涂。所以，让那个精神医生带着他的愚蠢诊断见鬼去吧——他捱过空虚的这几天，好不容易见到小秘书，实在太想吓唬她了。他想靠近小秘书，非常近，近得足以闻到小秘书身上的气味。他想对小秘书说话，凝视小秘书惊恐的眼睛。

然后小秘书昂首阔步地走了。他没敢跟上去，时机还不成熟。但放小秘书走让他难受得简直要发疯。小秘书现在本该变成一堆肉块，躺在他的冰箱里。他本该已经见过小秘书面对死亡时的惊恐表情——在那个瞬间，她们整个人都属于他，是供他享乐的玩物。

他在略带寒意的雨里走着，怒火中烧。今天是周日，小秘书又跑了，回到他无法接近的地方，因为小白脸一直都在。

他需要更多的自由，比现在多得多的自由。真正的障碍是她，她一直待在家里，监视他的一举一动，紧紧抓着他不放。必须改变这个局面。他已经逼她不情愿地回去工作了。他决定对她撒谎，说他找到一份新工作。如果有必要，他可以靠偷窃得到现金，说那是挣来的薪水——他以前这样干过很多次。他自由之后，可以随时监视小秘书，等她不小心放松戒备，等周围空无一人，等她在不该转弯的街角转弯……

在他眼里，过往的行人和机器一样毫无生气。愚蠢，愚蠢，愚蠢……他不管走到哪里，都在寻找，寻找下一个对象。不是小秘书，不是她，因为那婊子又走进白色的房门，回到小白脸身边去了。随便什么女人都可以，只要够蠢，醉得够厉害，愿意和带着刀的男人并肩走上一段。他必须在回到她那里之前做掉一个，必须这样。只有这样，他才有力气坚持下去，假装是她所爱的那个男人。他在帽子的掩护下观察着她们，逐个排除：有男人陪伴的女人，带着孩子的女人。没有独自一人的女人，没有能满足他条件的……

他走了好几英里，一直走到天黑，走过男女谈笑调情的酒吧，走过餐厅和电影院,观察着,等待着,如猎人般耐心。周日晚上,妓女都早早收工,但没关系:到处都有远道而来的旅客,这些旅客被伦敦的历史和神秘吸引……

快到午夜时,他训练有素的眼睛一眼挑出她们,她们在他眼里如同草丛里肥硕的蘑菇:一群女孩站在街边,步履踉跄,叫嚷笑闹着挥手告别。她们站在一条年久失修的破旧小路上,这种地方是他的最爱:醉酒后的挣扎和女孩的尖叫不会引来任何人的注意。他在她们身后跟着,保持十英尺的距离,看着她们在路灯下走过,用胳膊顶着彼此,咯咯发笑,只有一个例外。她看上去最年轻,也醉得最厉害,据他判断,就快吐了。她踩着高跟鞋蹒跚而行,稍微落在人群之后。愚蠢的小婊子。朋友都没注意到她的状态。她们酒醉的程度刚刚好,摇摇晃晃地走着,发出阵阵欢声笑语。

他默默跟在后面,样子自然极了。

她如果在街上吐了,呕吐声会引起朋友的注意,她们会停下来围住她。她如果忍住想吐的冲动,就不会发出声音。她和其他人的距离渐渐拉开。姑娘不停地左右摇晃,让他想起上一个那双愚蠢的高跟鞋。可不能让这个活下来,对警察描述他的长相。

有辆出租车开过来。他在心中预想到了一切,事实也正如他所料那样发展。她们挥舞手臂高声叫喊,然后一个个钻进去,圆滚滚的屁股挤在一起。他加快步子走过去,低着头藏好脸。路灯反射在水洼里,"空车"的指示灯灭了,引擎轰隆一声加速……

她们忘了她的存在。她摇晃着撞上墙,举起一只手,撑住自己。

他也许只有几秒钟的时间。她的哪个朋友也许会想起她没上车。

"你没事吧,亲爱的?很难受吗?来,来这边。没事的。到这儿来。"

他拉着女孩钻进旁边的小路。女孩开始反胃,无力地想要挣开他的手,喘着粗气。然后她吐出来,呕吐物四处飞溅,让她自己难以呼吸。

"你个脏婊子。"他低吼,一只手已经握住夹克里的刀柄。他抓住女孩,把她使劲拉向成人影碟店和旧货店之间的阴暗窄巷。

"不。"她喘息道,随即又被呕吐物噎住,又要吐。

街对面有扇门开了,灯光倾泻而出,照亮一段台阶。一群人大笑着冲出来。

他一把将女孩按在墙上,吻上去,不顾她的挣扎。她嘴里有股呕吐物的味道。对面的门关上,灯光也消失,那群人吵闹着走过两人身边,声音在静谧的夜晚里传得很远。

"见鬼的地狱。"他离开她的嘴唇,厌恶地说,但仍然用身体将女孩堵在墙上。

女孩吸了口气,想叫,但他已经准备好,把刀深深捅进她的肋骨之间,轻松无比,不像上一个,挣扎得那么激烈,那么执着。未出口的叫声消失在她还残留着呕吐物的唇上,热血涌过他的手,浸湿手套。她不由自主地抽搐起来,张嘴似乎想要出声,眼睛向上翻去,被刀钉住的身体逐渐瘫软。

"好孩子。"他低声说,抽出弯刀。女孩倒在他的怀里,断了气。

他将女孩往窄巷里拖得更深,旁边是一堆等待回收的垃圾。他踢开几个黑色垃圾袋,把她扔到角落里,掏出砍刀。留下纪念品是至关重要的环节,但他不能久留。随时会有另一扇门打开,喝醉的朋友也有可能会坐着出租车回来……

他又砍又切,把冒着血的温暖战利品放进口袋,将垃圾袋堆到女孩身上。

整个过程不到五分钟。他感觉自己像个国王,像个神。他转身走了,刀都安全地藏在怀里。他在冰冷清新的夜风中喘着气,回到主路上后小跑一段。他跑出一个街区后,听见远处传来尖利的女声:

"希瑟!希瑟,你个笨牛,你在哪儿?"

"希瑟听不见你喊她。"他在黑暗中低喃。

他想掩藏脸上的笑容,就用衣领挡住脸,但无法压抑心里的狂喜。在口袋深处,他用潮湿的手指摆弄着富有弹性的软骨,旁边的皮肤上连着她甜筒形状的塑料耳环。

49

It's the time in the season for a maniac at night.
Blue Öyster Cult,'Madness to the Method'

如今正是狂人在夜晚出没的最佳时节。

——蓝牡蛎崇拜乐队,《疯癫做法》

六月进入第二周,天气依然凉爽,隔三岔五地下雨,不时刮大风。阳光下,华丽灿烂的皇室婚礼逐渐变成回忆,浪漫的热潮慢慢退去,商店橱窗里与婚礼相关的商品和祝贺横幅也被撤下。首都的报纸恢复日常的平庸状态,包括即将来临的地铁系统罢工。

到了周五,令人惊骇的新闻占据报纸头版:有人在几个垃圾袋下发现一位年轻女人残缺不全的尸体。警察呼吁市民提供线索,几个小时后,全世界就都知道了,有位二十一世纪的开膛手杰克正在伦敦街头徘徊。

已经有三位女性惨遭毒手,被人杀死后尸体又遭分解,但伦敦警察仍然毫无头绪。他们拿出手头所有的资料——每起案件的发生地点,三位受害者的照片。媒体发现他们来得有点晚,铁了心要追回失去的时间。他们之前把凯尔西·普拉特案报道成虐待狂犯下的独立案件，对第二名受害者，十八岁的妓女莉拉·蒙克顿则几乎毫无关注。在皇室婚礼那天，一个卖淫女孩不可能压过新晋王妃的风头。

第三名受害者就不一样了。希瑟·斯玛特，二十二岁，诺丁汉出身，在建筑协会工作。头条新闻的材料全都准备就绪，几乎是自动写成的：希瑟有份稳定工作，有个小学老师男友，来伦敦只是想看看首都的著名景点。这样的女主角极易引起民众的同情。在案发那天，希瑟去看了《狮子王》音乐剧，在中国城吃了广东点心，在海德公园里和骑马的卫兵合了影。她来庆祝嫂子的三十岁生日，最后却在一家成人影碟店的后院里死去，死状凄惨恐怖，这足够写好几篇评论专栏。

和所有脍炙人口的故事一样，这件事像阿米巴虫一样迅速繁殖，从中生发出新的报道、意见专栏和分析文章，每篇文章又引出反对意见。有人指出英国年轻女性太爱喝酒，随即有人批评说，这是在指责受害者。有人在惊恐中写下关于性侵犯的科普文章，不停指出英国的犯罪率比其他国家要低得多。有记者采访无意中抛下希瑟一人的那几个朋友，她们惊慌失措，内疚不已。社交媒体上充斥对她们的指责和辱骂，随即又有人挺身而出，为这几个处于哀悼中的年轻女性辩护。

每篇报道上都笼罩着凶手的阴影，那个喜欢将女人砍杀后分尸的疯子。媒体再度聚集丹麦街，寻找那个接到凯尔西断腿的男人。斯特莱克决定让罗宾趁机放假，去马沙姆最后试一次婚纱。他们之前就这件事讨论过很多次，一直没找出合适的时间。他自己又背着包去尼克和艾尔莎家借宿，无比强烈地意识到自己的无能。便衣警察还在丹麦街放哨，注意可疑邮件。沃德尔担心还会有碎尸寄给罗宾。

在全国媒体的注视下，沃德尔背负巨大的调查压力，希瑟的尸体被发现六天后，他才有时间与斯特莱克见面。斯特莱克又在傍晚时分去了羽毛酒吧。沃德尔形容憔悴，一看就急于找人谈谈案情，既参与其中又是局外人的斯特莱克是最合适不过的人选。

"这周难熬透了。"沃德尔叹息道，接过斯特莱克递来的啤酒。"我他妈又开始抽烟了。阿普丽尔可生气了。"

他一连喝了几口啤酒，对斯特莱克讲起希瑟的尸体被发现的过程。斯特莱克已经注意到,媒体的报道在很多重要细节上互相矛盾,不过都责备警察居然在案发二十四小时后才发现她。

"她和那几个朋友都烂醉如泥,"警察直白地说,"四个人上了出租车,醉得神志不清,忘了希瑟的存在。出租车开出一个街区,她们才想起她没上车。

"司机很生气,因为她们吵得很,又没礼貌。他说不能在路中央掉头,有个姑娘就开始骂他。他们吵了起来。过了五分钟,司机才同意掉头去接希瑟。

"她们回到离开希瑟的地方——要知道,她们都是诺丁汉人,对伦敦一点也不熟悉——希瑟不见了。车沿着路边慢慢开,她们坐在车里,开着窗喊叫希瑟的名字。然后有个姑娘说希瑟好像在远处上了一辆公交车,于是两个姑娘下了车——这个说法根本不可信,她们都醉得七荤八素——大喊大叫地跑过去追赶公车。另外两个姑娘从车窗里探出头,喊叫着让她们上车,一起坐车去追公交车。然后之前和司机吵起来的那个姑娘管司机叫巴基斯坦佬,司机就让她们都滚下车,自己开车走了。

"所以,基本上,"沃德尔疲惫地说,"我们之所以没能在二十四小时之内找到她,都是因为酒精和种族歧视。那帮傻妞认为希瑟上了公交车,我们浪费了一天半,只找到一个和希瑟穿着类似外套的女人。然后成人影碟店老板出门扔垃圾,发现她就躺在一堆垃圾袋底下,鼻子和耳朵被砍掉了。"

"这么说,那部分是真的。"斯特莱克说。

所有媒体对尸体损毁情况的报道一致。

"嗯,那是真的,"沃德尔语气沉重,"'夏克韦尔开膛手'。真是个脍炙人口的名字。"

"目击者呢?"

"没人看见任何东西。"

"那'迷恋者'和他的摩托车呢?"

"排除了,"沃德尔表情严肃地承认,"对于希瑟的死,他有十分牢靠的不在场证明——亲戚的婚礼。对于其他两起案子，我们也没有足够的证据指控他。"

斯特莱克感觉沃德尔还有别的事要告诉他，就耐心地等着。

"我不想让媒体知道，"沃德尔低声说，"我们认为，他还杀过另外两个女人。"

"老天，"斯特莱克从心底感到震惊，"什么时候的事？"

"很久了，"沃德尔说，"利兹区的未解决谋杀案，二〇〇九年。一个妓女，卡迪夫人，被人用刀捅死。他没从尸体上砍下任何部位，但是拿走了死者一直戴着的项链，把尸体扔在城外的水沟里。过了两周，尸体才被人发现。

"然后是去年，一个女孩在米尔顿凯恩斯被谋杀并肢解。她叫萨迪·洛奇。警察逮捕她的男友。我都调查过了。这个男友的家里人做了很多工作，最后他上诉，接着被无罪释放。没有任何证据证明是他做的，他只是和死者吵了一架，曾经用折刀威胁过别人。

"我们找了心理学家和法医鉴定组调查五起案子，结论是它们有很多共同点，足以证明罪犯是同一个人。他应该有两把刀，一把砍刀，一把弯刀。受害者都是弱势群体——妓女，喝醉的女人，情绪不稳的女人——受害者都是在街上被他带走的，只有凯尔西例外。他从所有死者上都拿走了纪念品。现在还无法确定能不能从死者身上取得相同DNA，估计希望不大。他应该没有和她们发生过性关系，他的兴趣不在那方面。"

斯特莱克饿了，但觉得还是不要打断沃德尔闷闷不乐的沉默。警察又喝了些啤酒，避开斯特莱克的目光，说："我在查你那几个人。布罗克班克、莱恩和惠特克。"

也他妈差不多是时候了。

"布罗克班克挺值得深究。"沃德尔说。

"你找到他了？"斯特莱克的啤酒杯停在嘴边。

"还没有，但我们知道他是布里克斯顿一家教堂的常客，直到五周前。"

"教堂？你确定是同一个人？"

"身材高大的退伍士兵，曾经的橄榄球运动员，长下巴，一只眼睛陷进去，菜花耳，黑发，平头，"沃德尔倒背如流，"名字叫诺尔·布罗克班克。身高六英尺三四。浓重的北方口音。"

"是他没错，"斯特莱克说，"教堂？"

"等我一会儿，"沃德尔说，站起身来，"我去方便一下。"

为什么是教堂呢？斯特莱克心想，走到吧台边，又要了两杯啤酒。酒吧里的人渐渐多起来。他拿着菜单和啤酒一起回到桌边，无法集中精神。合唱班的小女孩……他不会是第一个……

"这下舒服多了，"沃德尔回来了，"我还想出去抽根烟，待会儿——"

"你先说完布罗克班克的事。"斯特莱克说，把啤酒推到他面前。

"说实话，我们找到他纯属偶然，"沃德尔说，坐下来接过啤酒，"我手下的一个人在跟踪一个本地毒贩头子的母亲。我们不相信这位母亲有她自己说得那样清白，就派人跟着她去了教堂，结果布罗克班克就站在门口，分发赞美诗集。他不知道我们的人的身份，就和他攀谈起来，我们的人也不知道有人要找布罗克班克。

"过了四周，我们的人听说我正在为凯尔西·普拉特案找诺尔·布罗克班克，就告诉我，他一个月前在布里克斯顿遇到过叫这个名字的人。你瞧，"沃德尔说，露出远不及平时开心的微笑，"我对你提供的线索还是很上心的，斯特莱克。经过名模兰德里案，只有白痴才会无视你的意见。"

你在"挖掘工"马利和"迷恋者"身上都无功而返后，才想起我来，斯特莱克心想，但在发出赞叹和感激的声音后，然后回到刚才的话题。

"你说布罗克班克已经不去教堂了？"

"是啊，"沃德尔叹了口气，"我昨天去了一趟，和那儿的教区牧师聊了两句。他很年轻，充满激情，那是座内城区的教堂——你了解那种人。"沃德尔说。他这次说错了，斯特莱克对这个职业的了解仅来源于军队牧师。"他和布罗克班克谈过很久。他说布罗克班克一直过得很辛苦。"

"大脑损伤，因病退役，失去所有家人，诸如此类的废话？"斯特莱克问。

"差不多是这样吧，"沃德尔说，"还说很想儿子。"

"哦，"斯特莱克阴沉地说，"牧师知道布罗克班克住在哪儿吗？"

"不知道，不过他女友——"

"艾丽莎？"

沃德尔蹙起眉，从夹克内兜里掏出笔记本，翻了两页。

"嗯，没错，"他说，"艾丽莎·文森特。你是怎么知道的？"

"他们俩都刚被一家脱衣舞俱乐部开除。我稍后再解释，"斯特莱克连忙说，不让沃德尔岔开话题，"继续说吧，艾丽莎怎么了？"

"嗯，她在伦敦东部申请了福利房，那儿离她母亲家不远。布罗克班克告诉牧师，他会搬过去，和女友以及女友的两个孩子住在一起。"

"两个孩子？"斯特莱克说，思绪飞到罗宾身上。

"两个女儿，年纪都不大。"

"知道福利房在哪儿吗？"

"还不知道。牧师对他离开很遗憾。"沃德尔说，焦躁不安地瞥着门口，有两个人站在路边抽烟。"不过他说，四月三日的那个周日，布罗克班克一直在教堂。就是凯尔西死去的那个周末。"

斯特莱克看到沃德尔越来越坐立不安，对这句话未作评论，提议一起出门抽支烟。

他们并肩抽烟，就这样站了几分钟。上班族在他们面前来来去去，因长时间工作而疲惫不堪。夜色越来越浓，两人头顶上是一片颜色混沌的狭窄天空，空洞而单调，夹在逐渐逼近的深蓝色夜幕和缓缓下沉的橘红夕阳之间。

"老天，我好久没这样过了。"沃德尔说，陶醉地吸着烟，仿佛那是续命的奶水。他又提起刚才中断的话题："所以，在那个周末，布罗克班克一直在教堂里帮忙。听说他和孩子们相处得不错。"

"那肯定。"斯特莱克嘟囔。

"如果是他，那他胆子真够大的，"沃德尔说，冲道路对面吐着烟，望着伦敦交通办公室门口爱泼斯坦的雕塑《昼》。雕塑由两个人组成：一个男人坐在王座上，一个男孩扭着身体站在他面前，抱着国王的脖子，同时把生殖器露给观众看。"杀人分尸，然后若无其事地回到教堂。"

"你是天主教徒吗？"斯特莱克问。

沃德尔吓了一跳。

"我还真是，"他疑惑地说，"怎么了？"

斯特莱克摇摇头，淡淡一笑。

"我知道疯子不会在乎这种事，"沃德尔有些辩护似的说，"我只是想说……反正我已经派人去调查他现在具体住在哪里。如果是福利房，如果艾丽莎·文森特不是假名，应该不难查。"

"那太好了。"斯特莱克说。警察拥有的资源是他和罗宾所无法企及的，警察也许很快就能得到确切信息。"莱恩呢？"

"嗯。"沃德尔说，按灭第一支烟，立马又点一支，"对他，我们知道的就更多了。他一个人在沃拉斯顿小巷生活了十八个月了，靠残疾人福利金生活。二日三日那个周末，他得了肺部感染，他的朋友迪克去他家照顾他。他连商店都去不了。"

"这也太赶巧了。"斯特莱克说。

"很可能是真的，"沃德尔说，"我们找迪克问过，他证实了莱恩的话。"

"警察上门调查他的行踪，莱恩惊讶吗？"

"一开始显得挺意外。"

"他让你们进门了吗？"

"没遇到这个问题。我们过去时，他正拄着拐，走在停车场里，我们是在旁边的咖啡馆里问话的。"

"隧道里那家厄瓜多尔咖啡馆？"

沃德尔盯着斯特莱克看了一会儿，侦探毫不示弱地回瞪。

"你也跑去监视他了？可别给我们搞砸了，斯特莱克。我已经安排人了。"

斯特莱克想说，你只是因为媒体的压力和自己调查的线索毫无结果，才派警力去调查我提供的三名嫌疑人。但他最终没把这话说出来。

"莱恩不傻，"沃德尔继续说，"我们还没问几句，他就知道我们为什么找他。他也知道是你把他的事告诉我们的。他读过关于你收到人腿的报道。"

"那他的看法呢？"

"我能听出来，他的看法是，犯人'就不能换个好点的对象吗'，"沃德尔笑了一下，"但大体上没什么特别的，有点好奇，又有点戒备。"

"他看起来病得重吗？"

"嗯，"沃德尔说，"他不知道我们要去。我们见到他时，他拄着拐杖，走得可慢了。近看状态也不好，眼睛里全是血丝，皮肤跟裂了似的。病怏怏的。"

斯特莱克什么都没说。他仍然对莱恩的病情抱有怀疑。他亲眼看过照片里莱恩注射胰岛素的模样，还有皮肤上的那些瘢痕，但仍然有些固执地不愿相信莱恩真的病了。

"其他几个女人死时，他在哪儿？"

"他说他一个人在家，"沃德尔说，"没人能证明，但也没有反面证据。"

"哈。"斯特莱克说。

他们回到酒吧。一对夫妇占了他们先前的桌子，他们就在临街落地窗旁的一张桌边坐下。

"惠特克呢？"

"嗯，我们昨晚去找他了。他跟着乐队巡回演出呢。"

"你确定？"斯特莱克怀疑地问，想起尚克尔说惠特克对外声称是这样，实际是靠斯蒂芬妮挣钱养家。

"嗯，我确定。我们先去找了他那个吸毒的女友——"

"进门了？"

"她站在门口跟我们谈的，意料之中，"沃德尔说，"公寓里面臭死了。总之，她说惠特克跟乐队的人在一起，提供了演出地址，我们就去了。他还真在。门外停着一辆挺旧的面包车，乐队比那车还老呢。你听说过'死亡崇拜'吗？"

"没有。"斯特莱克说。

"没关系，他们的水平烂透了，"沃德尔说，"我耐着性子听了大概半小时，才见到惠特克。演出是在旺兹沃思一家酒吧的地下室，后来我耳鸣了一整天。"

"惠特克好像知道我们会去，"沃德尔又说，"我听说，几周前，他一下车就看见你了。"

"我跟你说过，"斯特莱克说，"可卡因的烟——"

"嗯，嗯，"沃德尔说，"听着，我一点也不信他的话。他说在皇室婚礼那天，也就是夏克韦尔的那个妓女被杀那天，斯蒂芬妮可以给他提供一整天的不在场证明。至于凯尔西和希瑟，他说两起案件发生时，他都和'死亡崇拜'在外巡演。"

"在三起谋杀案发生时都有不在场证明，嗯？"斯特莱克说，"真全面。'死亡崇拜'证实他的说法了？"

"说实话，他们的态度挺暧昧，"沃德尔说，"主唱戴着助听器，我不知道他有没有听清我的问题。别担心，我派了人去调查他们的证词。"沃德尔见斯特莱克皱眉，又补充一句，"我们会搞清楚他当时到底是不是真的在参加巡演。"

沃德尔打了个哈欠，伸了个懒腰。

"我得回局里了，"他说，"今天恐怕又要熬夜。媒体的报道一出，情报简直是成山来。"

斯特莱克饿极了，但酒吧里很吵，他宁愿找个可以思考的地方吃东西。他和沃德尔一起沿街走了一段，又抽起烟。

"心理学家指出，"沃德尔说，夜幕在他们上方的天空上伸展开来，"我们的判断也许是对的，对方是个连环杀手，也是个机会主义者，作案手法相当娴熟——他肯定喜欢事先策划，否则不可能这么多次都能全身而退——但凯尔西不一样。凶手知道她住的地方，和她通过信，还知道没有别人在家：这说明他早有准备。

"问题是，我们好好调查过了，没有发现任何表明你这三个人接近过她的证据。我们把凯尔西的电脑拆了个干净，里面什么都没有。她只把腿的事告诉了那两个怪人，杰森和暴风雨。她几乎没有朋友，仅有的几个熟人都是女孩。她的手机里也没有任何可疑信息。从我们现在了解的情况来看，你这几个人都没有在芬奇利或牧羊丛生活、工作过，更别提她学校附近的地方了。他们和凯尔西也没有共同的熟人。他们怎么可能接近她、利用她，又不被她的家人发现呢？"

"要知道，凯尔西喜欢撒谎，"斯特莱克说，"别忘了那个幻想中的男朋友最后在现实里出现，从红餐厅接走她。"

"是啊，"沃德尔叹了口气，"我们还没找到那辆该死的摩托车。媒体刊登了关于摩托车的细节，但没有人提供消息。

"你的搭档怎么样了？"他又说，在警局的玻璃门外停住脚，显然决定把香烟抽到头再扔，"没吓着吧？"

"她没事，"斯特莱克说，"她回约克郡试婚纱了。是我让她放假的，她最近周末都在加班。"

罗宾这次没抗议。留下来又能怎么样呢？媒体驻守在丹麦街，薪水这么低。何况警察已经盯上布罗克班克、莱恩和惠特克，事务所只能对警方的效率望尘兴叹。

"祝你好运。"斯特莱克对沃德尔说。警察举起一只手，和斯特莱克告别，随即消失在警局大楼里。门口，印着"新苏格兰场"的菱形石碑缓缓旋转。

斯特莱克走向地铁站，想着一会儿要吃烤肉卷，同时想着沃德尔刚才提出的问题。他的三个嫌疑人是怎么接近凯尔西·普拉特，了解她的行为、获取她的信任的？

他想着孤身住在沃拉斯顿小巷破旧公寓里的莱恩。他领着残疾人救济金，体态臃肿而多病，看起来远不止三十四岁。他以前是个很幽默的人。他还有能力迷住年轻姑娘，让姑娘愿意坐上他的摩托车，瞒着家人，带他回牧羊丛的公寓吗？

惠特克呢？满身可卡因的臭气，牙齿黄黑，头发稀疏。惠特克曾经拥有惊人的魅力，如今，吸毒的瘦弱的斯蒂芬妮紧抓着他不放。但凯尔西的偶像是个干干净净的金发男孩，年龄比她本人还小着几岁。

还有布罗克班克。在斯特莱克看来，体格魁梧、皮肤黝黑的前橄榄球侧卫令人作呕，与尼尔简直天差地别。布罗克班克曾经生活、工作的地方距离凯尔西的家和学校数英里。两人都会去教堂，但两座教堂中间隔着一条泰晤士河。如果两座教堂有什么联系，警察一定已经发现了。

凯尔西和斯特莱克怀疑的三个男人没有任何明显的联系。但这能排除他们的嫌疑吗？逻辑思考的结论是肯定的，但在斯特莱克的心里，有个顽固的声音在说不。

50

I'm out of my place, I'm out of my mind ...
Blue Öyster Cult, 'Celestrial the Queen'

我无所适从，我六神无主……

——蓝牡蛎崇拜乐队，《天空女王》

罗宾回家之后，一直觉得缺乏现实感。她和任何人都合不上拍，包括母亲。母亲一心扑在婚礼的筹备工作上，见她不停查看手机，跟踪夏克韦尔开膛手的消息，虽然表示理解，但也有点不耐烦。

罗宾坐在熟悉的厨房里，朗特里趴在她脚边打盹。木头餐桌擦得一尘不染，上面放着婚礼的座位安排表。罗宾终于意识到她推给母亲的责任有多少。琳达问个不停：给来宾送什么礼物，让谁发言，伴娘穿什么鞋，罗宾的头纱怎么办，什么时候有时间和神父见个面，客人送的礼物该寄到哪里，要不要把马修的婶婶苏安排在主桌。罗宾以为回家会让自己放松，结果被问题淹没：一边是母亲源源不断的细节安排，另一边则是弟弟马丁追问希瑟·斯玛特的尸体被发现的过程。最后罗宾发起脾气，认为弟弟没有一点同情心；累坏了的琳达就此宣布，谁也不许在家里提起谋杀案的事。

与此同时，马修则因罗宾还没向斯特莱克请蜜月假而生气，不过他忍着没发作。

"肯定没问题，"晚饭时，罗宾这么说，"我们现在没什么委托，科莫兰说警方已经接手所有调查。"

"他还没回复我。"琳达说，密切关注罗宾的进食量。

"谁？"罗宾问。

"斯特莱克。他没答复要不要参加婚礼。"

"我会提醒他的。"罗宾说，喝了一大口葡萄酒。

她没告诉家里人，也没告诉马修，她睡在自己的床上，至今还会因噩梦而半夜惊醒。强奸案发生后的几个月里，她在这张床上度过了大部分时光。在梦里，总有一个大个子男人追她。他有时会一头撞进罗宾和斯特莱克的办公室，更多的时候则是站在伦敦的阴暗街道上，手里的刀寒光闪闪。今天早上，他差点挖出罗宾的眼睛。罗宾喘着气惊醒，马修睡眼蒙眬地问她说了什么。

"没什么，"罗宾回答，撩起前额上汗湿的头发，"没什么。"

马修独自回伦敦处理工作上的事。他似乎很希望罗宾留在马沙姆，和琳达一起为婚礼做准备。周一下午，母女俩一起去圣母玛利亚教堂见神父，最后一次讨论婚礼的流程。

罗宾努力集中精神听牧师热情的建议和鼓励，但她的目光总是不停转向祭坛右侧的巨型螃蟹石雕。它看起来似乎正紧趴在教堂的墙上。

童年时，这只螃蟹让她好奇不已。她不明白教堂里为什么会有一只巨大的石螃蟹在墙上攀爬。琳达为了满足她的好奇心，去本地图书馆查阅历史资料。她骄傲地告诉女儿，螃蟹是历史上斯科洛普家族的象征，石螃蟹上方就是他们的纪念碑。

九岁的罗宾感到失望。真正的解释其实并不重要，她只想享受一个人追查真相的感觉。

第二天，斯特莱克打来电话时，罗宾正站在裁缝店箱子般狭小的更衣间里,对着镀金镜子,闻着新地毯的气味。罗宾给斯特莱克设了特殊铃声,一听就知道是他的电话。她飞快地俯身去拿手提包,裁缝发出惊讶而恼火的叫声:她正十指飞舞地用大头针钉薄纱,罗宾突然这么一动,薄纱被拽得从她手里滑出去。

"喂?"罗宾说。

"喂。"斯特莱克说。

罗宾听他吐出这么一个字,就知道出事了。

"哦,老天,又有人死了?"罗宾脱口而出,忘了裁缝正蹲在地上,重整婚纱裙摆。裁缝在镜子里瞪着她,嘴里叼满大头针。

"抱歉,能给我两分钟吗?不是说你!"她冲斯特莱克说,生怕他挂断。

"抱歉,"裁缝离开、拉好挂帘后,罗宾穿着婚纱,坐到角落里的小板凳上,"刚才有人在。是不是又有人死了?"

"嗯,"斯特莱克说,"但不是你想的那样。是沃德尔的哥哥。"

罗宾疲惫的大脑全速运转,但想不出个所以然。

"和案子无关,"斯特莱克说,"他走在人行道上,被一辆超速的卡车撞死了。"

"老天。"罗宾难以置信。她忘了死亡有各种形式,不仅有被疯子用刀砍死这一种。

"挺惨的。他有三个孩子,第四个已经在妻子的肚子里。我刚跟沃德尔通完电话。不该发生的事故。"

罗宾的大脑似乎又开始工作了。

"所以沃德尔——"

"奔丧假,"斯特莱克说,"猜猜顶替他的是谁?"

"不会是安斯蒂斯吧?"罗宾突然忧心忡忡。

"比他更糟。"斯特莱克说。

"不会——不会是卡佛吧?"罗宾感到大事不妙。

斯特莱克在侦探生涯里办过两个很出名的案子,在这两个案子上抢了警方的风头,得罪了不少警察。其中水平与他相差最远,所以对他怨恨也最深的就是罗伊·卡佛督察。督察在调查著名模特从豪华公寓坠亡一案时，种种失误被媒体详尽记录，并夸张地大肆报道。他是个随时满身大汗的男人，经常一身头皮屑，满是斑点的脸发紫，像腌牛肉。他一向讨厌斯特莱克。侦探公开证明他没能判断那是一起谋杀案后，这种反感变本加厉。

"一点没错，"斯特莱克说，"他刚来这儿坐了三小时。"

"哦，老天——为了什么？"

"你说呢？"斯特莱克说，"你知道是为了什么。这对卡佛来说简直像场春梦，他可算有借口审问我了。他差点就管我要不在场证明，也问了寄给凯尔西的那几封伪造信好久。"

罗宾呻吟一声。

"他们为什么要让卡佛——毕竟，他以前办事——"

"我们觉得难以置信，但他也不是一直这么混蛋。上司一定觉得，他在兰德里案里的表现只是运气不佳。这种安排只是暂时的，沃德尔还会回来。但卡佛已经警告我别插手。我问他对布罗克班克、莱恩和惠特克的调查有什么进展，他的回答基本是叫我带着自负和直觉滚远点。我敢说，我们再也没法获得关于案情进展的第一手信息了。"

"但他总得跟着沃德尔的安排走，"罗宾说，"没错吧？"

"他显然宁可把自己那话儿切下来，也不希望他的案子再被我解决。我看他不会追查我提供的线索。他好像认定我破了兰德里案纯属走运，并且觉得我这次指出那三个嫌疑人只是在自我卖弄，"斯特莱克说，"我他妈真希望自己在沃德尔走之前就问到了布罗克班克的地址。"

罗宾听着斯特莱克说话，沉默了大概一分钟。裁缝觉得可以来看看情况，就把头探进挂帘。罗宾不耐烦地挥手赶走她，听到这里突然喜形于色。

"我们有布罗克班克的地址啊。"挂帘重新拉好后，罗宾骄傲地告诉斯特莱克。

"什么？"

"我没告诉你查出他地址的方法，是因为我觉得沃德尔会查到，但我最终为了以防万一——还是给当地的几家幼儿园打了电话，假装自己是扎哈拉的妈妈艾丽莎。我说我想确认一下，幼儿园有没有记对我们的新地址。有一家幼儿园的人把家长联络簿上的地址给我念了一遍。他们住在堡区的布隆丁街。"

"我的老天，罗宾，你也太棒了！"

裁缝终于回到岗位上，发现准新娘看上去比之前开心多了。罗宾一直对改婚纱这件事兴致缺缺，让裁缝对工作都没了热情。罗宾是顾客里最漂亮的一位，裁缝本打算完工后照张宣传照。

"很漂亮。"罗宾说，看着裁缝拉直最后一条衣褶。两人一起欣赏镜中的准新娘。"真的很漂亮。"

她终于觉得婚纱看起来确实不错。

51

Don't turn your back, don't show your profile,
You'll never know when it's your turn to go.
Blue Öyster Cult, 'Don't Turn Your Back'

别留下破绽,别表露身份,
不知何时就轮到你。

——蓝牡蛎崇拜乐队,《别留下破绽》

"社会各界都提供了大量的情报。我们现在正在调查超过一千两百条线索,其中一些相当有价值,"侦缉督察罗伊·卡佛说,"对于曾运输过凯尔西·普拉特部分遗体的CB750型红色本田摩托车,我们还在收集目击情报。如果有人在希瑟·斯玛特被害的六月五日晚上去过老街,欢迎与警方联系。"

头条新闻的标题明明写着"警察追踪夏克韦尔开膛手新线索",底下简短的报道里却没什么内容,在罗宾看来完全文不对题。当然,卡佛恐怕并不会把真正的进展告诉媒体。

大部分版面都被现有五名受害者的照片占据,她们的身份和遇害日期以黑体字印在胸前。

玛蒂娜·罗西，二十八岁，妓女，被刀刺身亡，项链失窃。

玛蒂娜是个身材丰满的黑人，穿着一件白色露脐装，模糊的照片看起来像张自拍。她脖子上挂着个心形竖琴挂坠。

萨迪·洛奇，二十五岁，行政助理，被刀刺身亡，尸体残缺不全，耳环失窃。

她长得很漂亮，留着利落的短发，耳朵上挂着圆环。照片四周有经过裁剪的人影，原照似乎是张家庭合影。

凯尔西·普拉特，十六岁，学生，被刀刺身亡，后惨遭分尸。

照片里是罗宾熟悉的脸庞，圆润而平凡。这个曾给斯特莱克写信的女孩穿着校服，一脸微笑。

莉拉·蒙克顿，十八岁，妓女，被刀刺伤，手指被犯人砍断，最终幸免于难。

模糊的照片上，女孩脸色憔悴，蓬乱的短发染成亮红色，好几只耳环在闪光灯下反着光。

希瑟·斯玛特，二十二岁，金融机构雇员，被刀刺身亡，鼻子和双耳被犯人割下带走。

她留着棕灰色鬈发，圆脸上长了好多雀斑，表情纯真，笑容腼腆。

罗宾深深叹了口气,从《每日快报》上抬起头来。马修去高威科姆做审计了,今天没能开车送她。她从伊灵坐了一小时二十分钟的车才到卡特福德,车上挤满游客和上班族,大家都在伦敦灼热的天气里大汗淋漓。她站起身,走向车门,和其他乘客一起随着车的节奏摇晃。列车减慢速度,在卡特福德桥站停下来。

她回来已经有一周了,工作的气氛有些奇怪。斯特莱克显然不打算乖乖听话,远离调查,但他对卡佛说的话相当上心,做事十分谨慎。

"他如果能证明警察的调查被我们搞砸了,那我们的生意就完了,"斯特莱克说,"你也知道,他一定会说我妨碍办案,不管事实如何。"

"那我们为什么还要继续调查?"

罗宾故意唱反调。斯特莱克如果真的说要放手不管,她一定会非常沮丧,非常不开心。

"因为卡佛觉得我提供的嫌疑人毫无价值,而我觉得他是个无能的混蛋。"

罗宾大笑起来,但笑声戛然而止,因为斯特莱克叫她回卡特福德,继续找机会接触惠特克的女朋友。

"还要找她?"罗宾问,"为什么?"

"你明白为什么。我想看看斯蒂芬妮能不能提供他在关键日期的不在场证明。"

"不如这样吧,"罗宾鼓起勇气,"我在卡特福德待了好久了。你如果不介意,我更愿意去调查布罗克班克。要不,我去找艾丽莎试试?"

"你如果想换,还有莱恩呢。"斯特莱克说。

"我摔倒时,他近距离看过我的脸,"罗宾立刻反对,"你不觉得你去跟莱恩更好吗?"

"你不在时,我一直在监视他的公寓。"

"结果呢?"

"他大多数时间都蹲在家里,偶尔去趟商店。"

"所以你觉得不是他?"

"我还没完全排除他,"斯特莱克说,"你为什么这么想负责布罗克班克?"

"这个嘛,"罗宾勇敢地说,"我觉得我已经跟了他很久。我找霍莉问出了在马基特哈伯勒的地址,找幼儿园问到了在布隆丁街——"

"你还在担心和他一起住在一起的那两个小孩。"斯特莱克说。

罗宾想起卡特福德百老汇那个绑着脏辫盯着自己看、最后跌倒的黑人小女孩。

"我是担心,那又怎么样?"

"我更希望你能去找斯蒂芬妮。"斯特莱克说。

罗宾一阵恼火,干脆开口要两周假期。

"两周?"斯特莱克惊讶地抬起头。罗宾以往恳求他让她留下来工作,从来没主动要过假期。斯特莱克现在一时很不习惯。

"度蜜月。"

"哦,"他说,"对了。嗯。没多久了吧?"

"当然。七月二日就是婚礼了。"

"老天,那就只有——多久?——三周了?"

他没注意到日期也让罗宾很恼火。

"对,"罗宾说,站起身去拿外套,"能麻烦你回复一下是否出席吗?"

就这样,她回到卡特福德繁忙的商业街上,闻着熏香和生鱼的气味,站在百老汇剧院舞台门外的石熊雕塑下,毫无意义地等待着。

罗宾今天戴了顶草帽,藏起头发,还戴了副墨镜。但她再度潜伏到惠特克和斯蒂芬妮窗口对面时,几个摊主仍然露出认识她的神情。她恢复监视工作后,只见过斯蒂芬妮两次,每次都只是匆匆一瞥,根本没有机会搭话。惠特克则根本没有出现过。罗宾靠到剧院凉爽的灰色石墙上，打了个哈欠，准备度过漫长而无聊的一天。

临近傍晚时，她又热又累，努力抑制心里的烦躁：母亲一整天都在不停发来短信，继续询问婚礼相关事宜。最后她让罗宾给花店打电话，说花店的人还有点细节要确认。罗宾接到这条信息时，刚决定去买点喝的。她想象着回信息说全用塑料假花母亲会作何反应——头冠也是，捧花也是，教堂里各处放的桌花也是，只要能让花店的人别再问问题。她穿过街道，走向薯条店，打算买杯冷饮。

她还没碰到门把手，就和某个冲向薯条店门口的人撞了个正着。

"抱歉，"罗宾下意识地说，又忍不住加了一句，"老天啊。"

斯蒂芬妮的脸肿得发紫，一只眼睛几乎没睁开。

两人冲撞的力道很大，斯蒂芬妮太瘦，被罗宾撞得弹出去，险些跌倒。罗宾伸手扶住她。

"老天——出什么事了？"

她那种熟人的语气表明，她仿佛早就认识斯蒂芬妮。从某种角度而言，的确如此。罗宾每天看着她规律进出，熟悉她的身体语言、着装、对可乐的喜爱，甚至对她产生了单向的亲近感。现在，罗宾自然地问出没有哪个英国人会问陌生人的问题："你还好吗？"

她不知道自己是怎么办到的，但两分钟后，她已经领着斯蒂芬妮走到和薯条店相隔几扇门的剧院咖啡馆，在凉爽的阴影里坐下。斯蒂芬妮显然正忍受疼痛，羞于被人见到自己被打成这个样子，但实在太饿太渴，没法再待在楼上的公寓里。现在罗宾主动请她吃饭，这突如其来的热情让她猝不及防，忍不住就跟着罗宾走了。罗宾喋喋不休地说着没有意义的话，推着斯蒂芬妮走下街道，撒谎说请她吃饭是为了弥补将她撞倒这件过失。

斯蒂芬妮接过芬达和吞拿鱼三明治，喃喃道谢。她吃了几口三明治，又把三明治放下，用手托住脸颊，好像很痛。

"牙？"罗宾关心地问。

女孩点点头，能睁开的那只眼睛里有泪光。

"是谁干的？"罗宾迫切地问，伸手越过桌面，握住斯蒂芬妮的手。

她在即兴扮演某个角色,在实践中让人物成形。草帽和夏季长裙为她的新角色增色不少,衬托出一个热爱冒险的嬉皮姑娘,满心以为自己能拯救斯蒂芬妮。罗宾感到斯蒂芬妮轻轻回握一下自己的手,但仍然摇头,表示不会出卖打她的人。

"你认识的人?"罗宾低声问。

眼泪滑下斯蒂芬妮的脸颊。她撤回手,喝芬达。冷饮流过口腔时,她又做了个苦脸。罗宾猜测,她的牙被打裂了。

"是你的父亲吗?"罗宾低语。

这是最明显的猜测,斯蒂芬妮看起来还不到十七岁。她瘦得几乎没有胸部。泪水冲刷开她每天都会画的眼线。她脏兮兮的脸有些孩子气,上牙似乎向前凸出,但紫灰色的淤青盖住一切。惠特克揍得她右眼里的血管都裂开了,眼里的可见部分一片深紫。

"不是,"斯蒂芬妮低声说,"男朋友。"

"他在哪儿?"罗宾问,再次伸出手去。斯蒂芬妮的手拿过芬达,变得冰凉。

"他出门了。"斯蒂芬妮说。

"他和你一起住?"

斯蒂芬妮点点头,又喝了些芬达,努力让冷饮远离受伤的那一侧口腔。

"我不想让他走。"斯蒂芬妮低语。

罗宾俯身凑得更近些,女孩原本的决心在温柔和糖分面前消失得无影无踪。

"我想和他一起去,他不让我去。我知道他去嫖了,我知道。他还有别人,我听班卓提起过。他在别的地方还有女人。"

罗宾简直难以置信。斯蒂芬妮最痛苦的不是牙齿断裂和满脸的淤青,而是肮脏的毒贩惠特克正在别处,和其他女人睡觉。

"我只是想和他一起去。"斯蒂芬妮重复,眼泪流得更多,那只肿胀的眼睛变得更红。

罗宾知道，她正扮演的这个冲动而善良的姑娘会对斯蒂芬妮说教一番，叫她赶紧离开打她的男人。可问题在于，她如果真这么说了，斯蒂芬妮一定会转身就走。

"你想跟他一起去，他就生气了？"罗宾问，"他去哪儿了？"

"他说他和'崇拜'在一起，和上次一样——'崇拜'是个乐队，"斯蒂芬妮喃喃，用手背抹了抹鼻子，"他和他们一起巡演——但那只是个借口，"她哭得更厉害了，"他就是想出去操别的姑娘。我说我也要去——因为他上次叫我一起去来着——我为了他，跟整个乐队的人都做过。"

罗宾尽量假装没听懂她说了什么。但在纯粹的善意之外，她肯定还是忍不住流露出一丝愤怒和憎恶，因为斯蒂芬妮突然退缩。她并不想受到评判，她每一天都在被人指指点点。

"你去看医生了吗？"罗宾轻声问。

"什么？没有。"斯蒂芬妮说，瘦削的双臂环抱住身体。

"你的男朋友，什么时候回来？"

斯蒂芬妮只是摇摇头，耸了一下肩。罗宾之前创造出的交心气氛已经消失。

"那个崇拜乐队，"罗宾说，头脑飞速运转，嘴里发干，"不会是'死亡崇拜'吧？"

"是啊。"斯蒂芬妮有点惊讶。

"是哪场演出？我刚看过一场！"

看在老天的分上，千万别问我是在哪儿看的……

"是在一家酒吧里，叫绿——绿色提琴，之类的。在恩菲尔德。"

"哦，不，不是同一场，"罗宾说，"你是在哪天看的？"

"我去上个厕所。"斯蒂芬妮低声说，环顾咖啡馆，走向洗手间。

洗手间的门关上后，罗宾连忙在手机里搜索关键词，搜了几次才找到需要的信息：六月四日的那个周六，也就是希瑟·斯玛特遇害前一天，"死亡崇拜"在恩菲尔德的"提琴手的绿地"酒吧演出。

咖啡馆门外的阴影变长了。其他顾客都已经离开，只剩下她们这一桌。夜晚即将来临，这里显然很快就会关门。

"谢谢你的三明治，"斯蒂芬妮走回罗宾身边，"我得——"

"再点些什么吧，巧克力之类的。"罗宾劝她，尽管在旁边擦拭桌面的女侍一脸想把她们赶走的表情。

"为什么？"斯蒂芬妮说，流露出一丝怀疑的神情。

"我真的很想和你谈谈你的男友。"罗宾说。

"为什么？"少女重复，有些紧张。

"坐下好吗？没什么坏事，"罗宾哄她，"我只是担心你。"

斯蒂芬妮犹豫一下，慢慢坐回椅子里。罗宾注意到她的脖子上有一圈明显的红色印迹。

"他不会——他不会还想掐死你吧？"罗宾问。

"什么？"

斯蒂芬妮伸手摸摸细瘦的脖子，泪水又在眼里打转。

"哦，这是——这是项链勒的。他送了我一条，然后他——因为我挣的钱不够多，"她说，忍不住又哭起来，"他拿去卖了。"

罗宾想不出还能做什么，就伸出双手，紧紧抓住斯蒂芬妮的手，仿佛斯蒂芬妮正坐在一个随时可能飘走的平台上。

"你说他让你……和整个乐队？"罗宾轻声问。

"那是免费的，"斯蒂芬妮泪汪汪地说，显然还在介意自己的挣钱能力，"我只给他们口交。"

"演出之后？"罗宾问，收回一只手，拿了几张纸巾给她。

"不是，"斯蒂芬妮擤了擤鼻子，"第二天晚上。我们在车里过了一夜，就在主唱家门外。他就住在恩菲尔德。"

罗宾从没想到憎恶和喜悦两种情感会同时出现。斯蒂芬妮六月五日如果一直和惠特克在一起，那希瑟·斯玛特不可能是惠特克杀的。

"他——你男朋友，他也在吗？"她把声音放得很轻，"他一直在旁边吗？你——的时候——"

"这他妈的是怎么回事？"

罗宾抬起头来。斯蒂芬妮一把抽回手，满脸惊恐。

惠特克站在桌边，俯视她们。罗宾在网上见过照片，一眼就认出他。他个子很高，骨架也宽，但看起来骨瘦如柴。他穿着一件黑色T恤，T恤已经被洗得发灰。那双如邪教牧师般的金色眼睛目光灼人。他的头发杂乱纠缠，脸色憔悴发黄。罗宾对他感到阵阵厌恶，但仍然能感觉到他身上那股奇特的疯狂气质，腐肉臭气般的吸引力。他和所有肮脏腐烂的东西一样，让人涌起一股可耻却强烈的冲动，想要上前一探究竟。

"你是谁啊？"他问，语气并不激烈，有种如猫打呼噜般的悠闲。他的目光毫不掩饰地扫视罗宾的长裙。

"我在薯条店门外撞到你的女朋友，"罗宾说，"我请她喝杯饮料。"

"是吗？"

"我们要关门了。"女侍大声说。

罗宾看得出，惠特克的出现让女侍难以忍受。出售食物的地方不会欢迎他的阔耳环、刺青、疯狂的眼神，以及那股气味。

斯蒂芬妮表情惶恐，但惠特克根本没理她，全部注意力都在罗宾身上。罗宾无比强烈地感受到他的存在。罗宾结了账，离开咖啡馆。惠特克跟在她身后，也离开咖啡馆。

"嗯——那就再见了。"罗宾对斯蒂芬妮低声说。

她暗自希望能拥有斯特莱克的勇气。斯特莱克敢在惠特克面前叫斯蒂芬妮跟自己走，但罗宾现在只觉得嘴里发干。惠特克直盯着她，仿佛在粪堆上发现了什么稀奇玩意。在他们身后，女侍锁上咖啡馆的门。不断下沉的夕阳投下凉爽的阴影，但罗宾只觉得这条街上炎热，气味难闻。

"你就是关心她一下，嗯，亲爱的？"惠特克轻声问，罗宾不知道他语气里的恶意和甜蜜哪个更多。

"我只是有点担心，"罗宾说，强迫自己直视那双分得很开的眼睛，"斯蒂芬妮看起来伤得很重。"

"这个？"惠特克说，伸手示意斯蒂芬妮肿成紫灰色的脸，"她从自行车上摔下来了。对吧，斯蒂芬？笨手笨脚的小母牛。"

罗宾突然明白斯特莱克为什么对这个男人怀有那么强烈的恨意。她也很想揍惠特克一拳。

"回头见，斯蒂芬妮。"罗宾说。

她不敢在惠特克面前给女孩留电话，就转身走了，觉得自己是个差劲的懦夫。斯蒂芬妮就要跟着惠特克上楼了。罗宾觉得自己应该再做点什么。可是做什么呢？她做什么才能改变这种情况？她能报警，控诉惠特克家暴吗？这会影响卡佛办案吗？

她彻底走出惠特克的视野范围，背后如有蚂蚁爬过的感觉才终于消失。她掏出手机，给斯特莱克打电话。

"我知道，"她堵住斯特莱克训斥的话，"时间很晚了。我已经在去车站的路上了。你听我说完就知道为什么了。"

罗宾在渐渐变冷的街头快步走着，把斯蒂芬妮的话都告诉了斯特莱克。

"所以他有不在场证明？"斯特莱克慢慢地说。

"在希瑟被害那天有，如果斯蒂芬妮说的是实话。我确实认为她没撒谎。那时她一直和惠特克待在一起——还有'死亡崇拜'乐队。"

"她说惠特克当时也在场？在她为乐队服务时？"

"我觉得是。她刚要回答，惠特克就出现了——等一下。"

罗宾站住脚，环顾四周。她走得太快，不小心转错了弯。太阳马上就要下山了。她的眼角余光瞥到一个身影在墙后掠过。

"科莫兰？"

"我在。"

也许那个身影是她想象出来的。她正站在一条自己不熟悉的街上，两边都是住宅，大部分窗口都亮着灯，不远处还有一对夫妇并肩而行。她告诉自己：我很安全，我没事。原路返回就好。

"没事吧？"斯特莱克语气尖锐地问。

"没事，"罗宾说，"我拐错弯了。"

"你现在在哪儿？"

"在卡特福德桥站附近,"罗宾说,"我不知道自己是怎么到现在这个地方的。"

她不想说起那个身影。她小心地穿过天色渐黑的小路,不想经过那面有身影闪过的墙,然后把手机换到左手上,右手放进兜里,握紧防狼报警器。

"我要原路返回了。"罗宾告诉斯特莱克,想让他知道自己在哪儿。

"你看见什么了吗?"斯特莱克追问。

"不知——也许吧。"罗宾承认。

她走到两排房屋之间的小巷口,她刚才瞥见那个身影的地方空无一人。

"是我太紧张了,"罗宾说,加快脚步,"见到惠特克可一点也不好玩。他确实非常——讨厌。"

"你现在到哪儿了?"

"离你刚才问我时我所在的地方大概二十英尺。等一下,前面有个街牌。我现在过街了,我知道自己在哪儿转错弯了,应该——"

罗宾听见脚步声时,脚步声已经到她身后。两条裹在黑衣里的硕大手臂猛然抱住她,压得她动弹不得,难以呼吸。手机从她的手里滑下去,砰的一声落到地上。

52

> Do not envy the man with the x-ray eyes.
> Blue Öyster Cult,'X-Ray Eyes'
>
> 别嫉妒那个有 X 光透视眼的男人。
>
> ——蓝牡蛎崇拜乐队,《X 光透视眼》

斯特莱克站在堡区一家仓库投下的阴影里,监视布隆丁街。他听见电话里罗宾的惊喘声,手机摔到地上发出的碰撞声,脚步在沥青上的踩踏和摩擦声。

斯特莱克飞奔起来。电话还通着,但他听不见任何声音。恐慌让他的头脑飞速运转,忽略了奔跑导致的疼痛。他跑下昏暗的街道,冲向最近的车站。他还需要一部手机。

"借我一下,伙计!"他冲从自己身边走过的两个年轻黑人大喊,其中一人正对着手机吃吃发笑,"有人犯罪,把手机借给我!"

斯特莱克的身材和扑过来的气势让青年听话地交出手机,青年的表情惊恐又迷惑。

"跟我来!"斯特莱克冲两个人吼道,一刻不停地奔向更加繁忙的街道,准备打车。他自己的手机还按在耳朵上。"警察!"他冲借来的手机喊，两个青年呆呆地跑在他身后，像对保镖。"有位女性在卡特福德桥站附近遇袭，事发时我正在和她通话！就在——不，我不知道是哪条街，离车站应该只有一两个街区——就是刚刚发生的事。我正在和她打电话，她突然被人袭击，我听见了——对——快一点！

"谢了，伙计。"斯特莱克喘着粗气说，把手机扔回其主人手里。对方又跟着他跑出几英尺，才意识到不用再跟了。

斯特莱克对堡区一点也不熟悉。他冲过一个拐角，往前跑过堡铃酒吧，无视从膝盖韧带上传来的灼烧感感，一手把无声的手机按在耳边，另一只胳膊笨拙地挥舞着，保持平衡。手机里传来防狼报警器的响声。

"出租车！"他冲远处的"空车"灯大喊。"罗宾！"他又冲手机狂吼，确保罗宾能越过警报，听见他的声音，"罗宾，我已经报警了！警察马上就来。听见了吗，混蛋！"

出租车从他面前开过去。堡铃酒吧门口的酒客都盯着他，看这个疯子以惊人的速度一瘸一拐地往前冲，对手机高声叫骂。又有一辆出租开过来。

"出租车！出租车！"斯特莱克高喊，出租车掉了个头，开到他面前。罗宾的声音突然传到他的耳边。

"你……在吗？"

"我的老天！怎么回事？！"

"别……喊了……"

斯特莱克艰难地放低音量。

"出什么事了？"

"我看不见了，"罗宾说，"我什么……也看不见……"

斯特莱克一把拉开出租车后门，跳进去。

"卡特福德桥站，快点！什么意思？你看不见——他把你怎么了？不是说你！"他冲迷惑不解的司机大喊，"快走！快走！"

"不……是你那该死的……防狼报警器……喷到……我的脸上了……哦……该死……"

出租车已经在加速，斯特莱克不得不按捺住冲动，没叫司机把油门踩到底。

"到底怎么了？你受伤了吗？！"

"嗯——有一点……有人来了……"

斯特莱克也听见了。罗宾身边传来很多人的声音，好多人在激动地讨论着。

"……医院……"他听见罗宾在离电话很远的地方说。

"罗宾？罗宾？！"

"别喊了！"罗宾说，"听着，他们叫了救护车，我要——"

"他把你怎么了？！"

"割伤我了……胳膊上……恐怕要缝针……老天，好疼……"

"哪家医院？换个人接电话！我去医院找你！"

二十分钟之后，斯特莱克抵达路易莎姆大学医院的事故急救科。他瘸得很厉害，表情痛苦，引来了护士。护士好心地告诉斯特莱克，医生马上就来。

"不，"他说，挥手表示没事，蹒跚着走向前台，"我是来找人的——罗宾·埃拉科特，她被刀划伤了——"

他在人满为患的候诊室里急切地左右四顾：小男孩在母亲的膝上抽泣，醉汉抱着流血的脑袋呻吟，男护士在给喘不过气的老太太演示喷雾吸入器的用法。

"斯特莱克……嗯……埃拉科特小姐说过你会来。"前台的接待员说。斯特莱克觉得她完全没必要查询电脑记录，还查得这么认真。"沿着走廊往前走，右拐……第一间病房。"

斯特莱克快步走着，差点摔倒在光滑的地板上。他骂了一句，继续匆匆前行。好几个人注视着他摇摇晃晃的庞大身躯，怀疑他的脑袋是不是有点问题。

"罗宾？操他妈的！"

罗宾的脸上溅满紫色的液体，两只眼睛都肿了。一位年轻的男医生正在检查她手臂上八英寸长的伤口，回头冲斯特莱克怒喊：

"等我检查完再进来！"

"不是血！"罗宾大声说，斯特莱克退回到垂帘外，"是你那个防狼报警器喷出来的东西！"

"请你别动。"斯特莱克听见医生说。

他在罗宾的隔间外来回踱了几步。病房里还有另外五张床，都拉着帘子。护士的橡胶鞋底在锃亮的地板上吱吱作响。老天，他实在太讨厌医院了：这里的气味，森严纪律，清洁度，隐隐的人体腐臭——这一切都让他想起爆炸后那几个月，他在塞里奥克医院里度过的漫长时光。

他是怎么搞的？他到底是怎么回事！他明明知道那混蛋盯上了罗宾，但还是让罗宾继续工作。罗宾完全有可能会死。她本来应该已经死了。穿着蓝色清洁服的护工在他旁边来来去去。罗宾在帘子后发出一声疼痛的惊喘，斯特莱克咬紧牙。

"她实在很幸运，"十分钟后，医生掀开帘子，"凶手差一点就伤到肱动脉。肌腱还是受到损伤了，要进手术室后才能知道损伤有多严重。"

他显然以为斯特莱克和罗宾是一对。斯特莱克没有纠正他。

"还需要做手术？"

"为了修补受损的肌腱，"医生说，仿佛觉得斯特莱克有点智障，"伤口也需要正式清洗。我还想给她的肋骨拍张 X 光片。"

医生走了。斯特莱克吸了口气，走进隔间。

"我搞砸了。"罗宾说。

"见鬼，你以为我是来骂你的？"

"有可能。"罗宾说，撑着床稍微坐起身。她的胳膊上包着临时性棉绉布绷带。"天黑了还没回家。我太松懈了吧？"

斯特莱克重重地坐进床边的椅子里，不小心碰掉旁边的金属肾形盘。盘子落到地上，叮叮当当转个不停。斯特莱克用假腿踩住它。

"罗宾，你到底是怎么逃掉的？"

"防身术，"罗宾说，随即读懂他的表情，有些生气，"我知道你没信我的话。"

"我相信，"他说，"可是，看在老天的分上——"

"我是跟哈罗盖特一个很棒的女老师学的，她当过兵，"罗宾说，靠着枕头，调整一下姿势，微微皱眉，"在那之后——你知道的。"

"你是在高级驾驶课程之前还是之后学这个的？"

"之后，"罗宾说，"我之前有人群恐惧症，是驾驶课让我痊愈，可以出门。然后我就去学防身术。第一个老师是男的，他是个白痴，"她说，"教的全是柔道动作，一点用都没有。但露易丝不一样，她可棒了。"

"哦？"斯特莱克说。

罗宾平静得让他有些紧张。

"嗯，"罗宾说，"她告诉我们，普通女性学习防身术，重点不在于精准的打击，而在于机智而迅速的反应。别让对方把你带到别的地方去，找准弱点就出手，然后拼了命地跑。

"他从后面抱住我，但就在他出手前一秒，我听见他的脚步声。对于这种情况，我和露易丝练过好多次。对方如果从后面接近，你就弯腰。"

"弯腰。"斯特莱克麻木地重复。

"我拿着防狼报警器呢。于是我弯下腰，用报警器使劲砸他的睾丸。他穿着运动裤。他松手，但我被这条该死的裙子绊倒了——他拔出刀——然后我就记得不是很清楚了——我想爬起来，他割伤了我——我按响报警器，吓到了他——报警器喷了我一脸墨水，肯定也喷到了他，因为他离我特别近——他戴着蒙面头罩——我几乎什么也看不见了——他俯身想拉我，我戳中他的颈动脉——这也是露易丝教的，脖子的侧面是个弱点，如果打得准，完全可以把人打晕——他摇晃两下，然后大概是发现有人来了，就跑了。"

斯特莱克无话可说。

"我好饿。"罗宾说。

斯特莱克在口袋里摸索一番，掏出一条特趣巧克力棒。

"谢了。"

罗宾刚要吃，有个护士推着一个坐轮椅的老头经过她的床边，怒喝一声：

"不许吃东西，你还要做手术呢！"

罗宾翻了个白眼，把巧克力棒还给斯特莱克。她的手机响了。斯特莱克看着她接电话，还没完全回过神来。

"妈妈……嗨。"罗宾说。

她和斯特莱克对上目光。斯特莱克看得出，她暂时还不想告诉母亲发生了什么事。但罗宾还没来得及编什么话，琳达就滔滔不绝地讲起来，根本没给她说话的机会。罗宾把手机放到膝盖上，表情无奈地开了扬声功能。

"……尽快告诉她，现在铃兰不当季，你们如果想要铃兰，得预定。"

"好，"罗宾说，"那就不要铃兰了。"

"不，你最好还是直接给她打个电话，告诉她你的想法，罗宾，在中间传话可不容易。她说她给你留了好几封语音留言。"

"抱歉，妈妈，"罗宾说，"我会给她回电话的。"

"别在这儿用手机！"又一个护士从旁边经过。

"抱歉，"罗宾又说，"妈妈，我得挂了。我回头再打给你。"

"你在哪儿？"琳达问。

"我……我回头打给你。"罗宾说，挂断电话。

她抬头望向斯特莱克，问道：

"你不问问我觉得是谁？"

"我以为你不知道，"斯特莱克说，"他戴了面罩，你又被墨水喷得睁不开眼睛。"

"我可以确定一点，"罗宾说，"不是惠特克。除非我前脚刚走，他后脚就换上运动裤。他之前一直穿着牛仔裤，而且他——他的体型也不对。袭击我的人很强壮，但是也很柔软，你懂吗？个头很大，和你差不多。"

"你告诉马修了吗？"

"他正赶——"

罗宾脸上突然露出近乎惊怖的表情。斯特莱克回过头去，以为马修本人正气势汹汹地向他们冲过来。结果出现在罗宾床前的是不修边幅的刑侦督察罗伊·卡佛，高挑而精致的侦缉警长瓦妮莎·埃克文西陪在旁边。

卡佛穿着衬衫，没披外套，腋下露出两大片汗渍。他有双明亮的蓝眼睛，但眼白部分总是布满血丝，仿佛他经常在含氯过高的水里游泳。他有头浓密发白的头发，头发上布满大块头皮屑。

"你还好——"侦缉警长埃克文西开口，菱形的猫眼望着罗宾的手臂，但卡佛的怒斥声立即打断她。

"你们这是在玩什么呢，啊？"

斯特莱克站起来。罗宾出事后，在内疚与紧张的双重压力下，他一直很想找个对象泄愤。这下他有了完美的攻击目标。

"我要跟你谈谈，"卡佛对斯特莱克说，"埃克文西，你给这位小姐录口供。"

没等有人说话或作出反应，一位长相甜美的年轻护士穿过两个男人，走进来，对罗宾露出微笑。

"可以去拍X光了，埃拉科特小姐。"她说。

罗宾动作僵硬地下了床，往外走时回头看了斯特莱克一眼，用眼神警告他控制一点。

"快出来。"卡佛不客气地命令斯特莱克。

侦探跟着警察走回急救科。卡佛要了间狭小的会客室，斯特莱克猜想这里平时是医院对家属下达临危通知或死亡声明的地方。房间里有几把坐垫椅，一张小桌子上放着一盒纸巾，墙上挂着橙色的抽象画。

"我叫你别插手了。"卡佛说，在房间正中央站定，双臂交叠在胸前，两脚分得很开。

门一关，卡佛的体味就充斥整个房间。他不像惠特克那样，散发出大量污秽和毒品的臭气，只是在工作日会大量出汗。天花板上的条形灯并没能让他那张满是斑点的脸好看一点。头皮屑，汗湿的衬衫，皮肤上的斑点——他似乎随时都有可能裂成碎片。这里面一定也有斯特莱克的功劳：在卢拉·兰德里一案里，他让卡佛在媒体上丢尽脸面。

"你派她去跟踪惠特克了吧？"卡佛问道，脸色越来越红，仿佛一肚子都是正要烧开的水，"是你害了她。"

"滚。"斯特莱克说。

现在，斯特莱克闻着卡佛的汗味，才对自己承认，他早就知道惠特克并非真凶。他之所以派罗宾去找斯蒂芬妮，是因为他从心底认为这是所有任务里最安全的一项任务。但他这还是等于让罗宾上街，而杀手早在几周之前就盯上她了。

卡佛看出自己戳中了斯特莱克的痛处，咧嘴一笑。

"你他妈的利用女人去报复继父，这个女人现在受伤了。"他说，欣赏斯特莱克逐渐发红的脸，咧嘴笑着看斯特莱克把那双大手紧握成拳。卡佛最期待能以袭警罪逮捕斯特莱克，他们两人对此都心知肚明。"我们查过惠特克，还追随你那见鬼的直觉，把那三个人都查过了，屁都没查出来。你给我好好听着。"

他向斯特莱克走一步。卡佛比斯特莱克矮一头，但极有气势，满怀愤懑和怒火，手握指派整个警局的权力，急于证明自己。他伸手指着斯特莱克的胸口，说：

"别插手。你这次手上没染上搭档的鲜血，就他妈的给我感恩去吧。我要是再在调查时碰上你，他妈的绝对逮你进去。听懂了吗？"

他把短粗的手指捅上斯特莱克的胸骨。斯特莱克控制住自己，不去拨开他的手，下颌的肌肉忍不住微微抽搐。两人互相瞪视几秒钟。卡佛笑得更欢了，仿佛赢了摔跤比赛似的深深喘气，然后转身昂首阔步地走出门，留下斯特莱克在狂怒和自我厌恶中独自煎熬。

斯特莱克在急救科里慢慢走着，高大英俊的马修穿着西装，冲进双开门。他一头乱发,眼睛睁得老大。斯特莱克从认识他之后,第一次没觉得他讨厌。

"马修。"斯特莱克说。

马修望向他,仿佛根本不认识他。

"她去照X光了,"斯特莱克说,"现在也许已经回来了。在那边。"他伸手一指。

"为什么要照——"

"肋骨。"斯特莱克说。

马修用手肘将他顶到一边。斯特莱克没有抗议。他觉得自己活该。他看着罗宾的未婚夫奔向病房,犹豫一下,转身推开双开门,走进外面的夜色里。

晴朗的夜空满是繁星。斯特莱克走到街上,停下脚,点了支烟,像沃德尔那样深吸一口,仿佛尼古丁就是生命之源。然后他继续往前走,终于感觉到膝盖的疼痛。每走一步,他的自我厌恶都更深一分。

"里奇!"一个女人在不远处喊,抱着沉重的大袋子,呼唤幼童回到她身边,"里奇,快回来!"

小男孩咯咯地笑个不停。斯特莱克不假思索地弯下腰,在他快步走上马路时一把抓住他。

"谢谢你!"母亲向斯特莱克跑来,如释重负,差点落泪,他怀里的袋子里掉出几束花。"我们是来看他爸爸的——哦,老天——"

小男孩在斯特莱克怀里拼命挣扎,斯特莱克把他放到母亲身边。女人从人行道上捡起水仙花。

"拿着,"她严厉地告诉男孩,男孩接过去,"待会儿你直接送给爸爸。别掉了!多谢。"她对斯特莱克重复,然后紧抓着孩子的手,快步走远。小男孩很高兴有事可做,听话地走在母亲身边,把黄色的水仙花如锡杖般笔直地举在胸前。

斯特莱克又走了几步,突然在人行道上僵住,双眼发直,盯着虚空,仿佛被寒夜中的什么东西慑住心神。一阵冷风吹在他的脸上,他浑然不觉,仍然站在原地,对周围的一切置若罔闻,全神贯注地思考着。

水仙花……铃兰……不当季的花。

然后那位母亲的声音再次响彻夜晚的街道——"里奇，不行！"她的叫喊在斯特莱克头脑里引起一连串爆炸反应，铺好了通向凶手的最后一段路，确认了他的设想。就像燃烧的建筑会露出钢铁骨架，斯特莱克也在这灵感迸发的一瞬间看清杀手的总体计划，发现了其中他和其他人先前都没发现的关键漏洞。斯特莱克有了这些突破口，凶手和他的恐怖计划终将走投无路。

53

You see me now a veteran of a thousand psychic wars...
Blue Öyster Cult,'Veteran of the Psychic Wars'

你看我是精神战场上身经百战的老将……

——蓝牡蛎崇拜乐队,《精神战场上身经百战的老将》

在灯光明亮的医院里,要装出泰然自若的样子轻而易举。斯特莱克对她成功逃脱所表现出的惊讶和钦佩让她获得力量,讲述与凶手搏斗的过程对她也很有帮助。事发后,她是最冷静的人。马修一看见她满是墨水的脸和胳膊上的伤,就哭起来,反倒需要她温言劝慰。其他人的脆弱让罗宾感到安心。她暗自希望这阵由肾上腺素驱动的勇敢能持续久一点,支撑她回到普通生活里,让她踏踏实实、毫发无损地向前走。她希望自己别像强奸案之后那样,长久地陷入黑暗的泥淖……

但在之后的一周里,她几乎无法入睡。这并不完全是因为打了石膏的手臂还在痛。她每次陷入短暂的睡眠后,都能感觉到凶手紧抱过来的粗壮双臂,感觉到凶手的呼吸吹在耳边。有时候,她并没正面看见的凶手长着在她十九岁时强奸她的那个人的眼睛:颜色很淡,一只瞳孔固定不动。噩梦中的黑色头罩和猩猩面具相互重叠,变形,膨胀，不分昼夜地充斥她的头脑。

在最可怕的梦境里，她看着凶手砍杀别人，心知很快就会轮到自己，却无力阻止，无路可逃。有一次，受害者是满脸青紫的斯蒂芬妮。还有一次，黑人小女孩高声呼唤母亲。这个梦令罗宾大叫着在黑暗中惊醒。马修非常担心她，第二天请了病假，留在家里守着她。罗宾不知道自己该感激还是烦躁。

母亲又来伦敦，想劝她先回马沙姆。

"还有十天就要举行婚礼了，罗宾。你不如和我一起回家，好好放松一下，等——"

"我要留在这里。"罗宾说。

她不是刚成年的少女。她已经是个独立的成年女人。她有权利决定自己要去哪儿，住在哪儿，做什么。罗宾觉得自己又在为身份而挣扎。自从多年前的那个男人从黑暗里向她冲过来，她已经放弃太多东西。是那个男人将她从成绩优秀的大学生变成不堪一击的人群恐怖症患者，从未来的犯罪心理学家变成憔悴失败的小女孩，在家人的关怀下被迫同意，与警察相关的职业只会加剧她的心理问题。

这次不一样。她不会再屈服。她睡不着觉，也不想吃东西，但还是怀着愤怒奋力前行，否认自己的需求与恐惧。马修不敢和她起冲突，只好赞成说她没必要回家。但罗宾听见他和母亲在厨房里交头接耳。

斯特莱克帮不上忙。斯特莱克离开医院时根本没向她告别，之后也没来看过她，只打过几次电话。斯特莱克也希望她回约克郡，安全地待在家里。

"你肯定要花很多时间准备婚礼。"

"别哄我。"罗宾愤怒地说。

"谁要哄你了——"

"抱歉，"罗宾说，默默地流下眼泪，用尽全身的力气保持平静的语气，"抱歉……我有点紧张。我会在婚礼之前的那个周四回家，没必要更早。"

她不再是整天躺在床上，凝视真命天女海报的那个女孩了。她绝对不会再当那个女孩。

没人能理解她为什么如此坚决地要留在伦敦，她也不打算解释。她把遇袭时穿的那条长裙扔了。琳达走进厨房，刚好看见她把衣服塞进垃圾箱。

"该死的裙子，"罗宾说，回视母亲的目光，"我可算长教训了。跟踪人时可千万别穿长裙。"

她的语气相当挑衅，意思是：我会回去工作。现在的状态只是暂时的。

"你别用那只手啊，"母亲说，无视她无声的挑衅，"医生说要抬高那只手，让它休息。"

马修和母亲都不愿意让她阅读与案件相关的报道，但她还是不停地看。卡佛没把她的名字透露给媒体，说不想让记者来打扰她。但罗宾和斯特莱克都怀疑，卡佛只是怕提到斯特莱克，等于是给媒体再打一针兴奋剂：卡佛对斯特莱克，第二回合。

"客观地说，"斯特莱克在电话里对罗宾说（罗宾尽量限制自己，一天只给他打一次电话），"让他们知道了也没好处。要抓住那个混蛋，这样的报道可帮不上忙。"

罗宾什么都没说。她躺在她和马修的床上，身边摊着几张报纸。琳达和马修都表示反对，但她还是买了好几份报纸。她盯着《镜报》的对开页，报纸重新印出夏克韦尔开膛手五位受害者的照片。旁边的第六张照片是女性的半身黑影，代表罗宾，胸前印的说明是，"二十六岁的办公室职员，幸免于难"。报道着重说明，这位二十六岁办公室职员遇袭时喷了凶手一脸红墨水。一位退役女警员在侧栏评论里表扬她有先见之明。同一页上还发表了对防狼报警器的评论文章。

"你真的放弃了？"罗宾问。

"这不是放不放弃的问题。"斯特莱克说。罗宾听见他在办公室里走来走去，强烈地希望自己也在那里，即便只是泡泡茶，回回邮件。"我把一切都交给警察了。对付连环杀手超出了我们的能力范围，罗宾。一直都是如此。"

罗宾低头看着除她之外的唯一一名幸存者。"莉拉·蒙克顿,妓女。"莉拉也听过凶手像猪一样的喘息声。他还砍断莉拉的手指。而罗宾只是被划伤手臂。她的头脑因愤怒嗡嗡作响,为自己安然无恙而深感内疚。

"我希望还能——"

"算了吧。"斯特莱克说。他听起来有些生气,和马修一样。"能做的我们都做了,罗宾。我不该派你去找斯蒂芬妮。我对惠特克太耿耿于怀,判断力被蒙蔽,从接到那条腿开始就是这样。结果差点让你——"

"看在老天的分上,"罗宾不耐烦地说,"差点杀死我的不是你,是他。还是去怪该怪的人吧。你有足够的理由怀疑惠特克——那些歌词。再说,还有——"

"卡佛调查过莱恩和布罗克班克了,并没查出什么东西。我们别管这件事了,罗宾。"

在十英里之外的办公室里,斯特莱克默默希望罗宾信了他的话。他并没说出在医院门口遇到小男孩后的灵光乍现。第二天一早,他就试图联络卡佛,结果卡佛手下的警官说卡佛太忙,没法来接电话,叫斯特莱克再也别打。尽管对方态度恶劣,不耐烦又带着一丝挑衅,斯特莱克还是坚持把要告诉卡佛的事讲了一遍。但他愿意用完好的那条腿打赌,他说的话一个字也没传到卡佛那里。

办公室的窗户开着,灼热的六月阳光晒暖没有客户的两个房间。也许再过不久,斯特莱克就会因为付不起房租而被扫地出门。"第二次"对新认识的那个大腿舞者失去兴趣,斯特莱克无事可做。他和罗宾一样渴望能有所行动,但他并没把这话说出来。他只希望罗宾能好好养伤,平安无事。

"你家外面还有警察吗?"

"有。"罗宾叹了口气。

卡佛派了便衣刑警在赫斯廷斯路上二十四小时站岗。这让马修和琳达都安心了许多。

"科莫兰,听着。我知道我们不能——"

"罗宾,现在没有什么'我们',只有我,没事干,傻坐着,还有你,乖乖待在家里,直到凶手落网。"

"我不是说案子的事。"罗宾说,心脏又怦怦狂跳起来。她一定得把这件事说出来,不然她迟早会爆炸。"我们——你——还有一件事可以做。布罗克班克也许不是凶手,但他是个强奸犯。你可以去找艾丽莎,告诉她,和她一起住的——"

"别想了,"斯特莱克严厉的声音在她耳边响起,"我他妈最后再对你说一次,罗宾,你救不了所有人!他连个案底都没有!我们万一捅了什么篓子,卡佛一定会弄死我们。"

一阵漫长的沉默。

"你在哭吗?"斯特莱克紧张地问,觉得罗宾的呼吸有些不稳。

"不,我没哭。"罗宾说的是实话。

罗宾听到斯特莱克拒绝帮助那两个和布罗克班克生活在一起的小女孩,感到一阵可怕的冷意席卷全身。

"我得挂了,该吃午饭了。"罗宾说,尽管没人叫她。

"听着,"斯特莱克说,"我明白你为什么想——"

"回头聊。"罗宾说,挂了电话。

现在没有什么"我们"。

这简直是往日重现。一个男人从黑暗里向她扑来,夺走的不仅是她的安全感,还有她的地位。她本来是侦探事务所里的搭档……

她是吗?斯特莱克从来没和她签过新合同,也没给她涨过薪。他们一直那么忙,那么穷,罗宾从没想过主动提出要求。斯特莱克能将她视为搭档,已经让她心满意足。现在连这种承认都没有了,也许是暂时的,也许是永远。没有什么"我们"了。

罗宾坐在原地思考几分钟,在报纸的窸窣声中下了床。她走向梳妆台,看着白色鞋盒上银色的"周传杰",抬手抚过盒子光洁如新的表面。

她的计划不像斯特莱克的计划那样，源于愤怒之下的灵光乍现，而是在过去的几周里逐渐成型，阴郁而危险。催生它的是遇袭后可恨的被动状态，还有因斯特莱克拒绝行动而产生的冰冷愤怒。斯特莱克是她的朋友。他参过军，是个高达六英尺三的前拳击手。他永远也不会明白渺小虚弱、无能为力是什么滋味。他不可能明白，强奸会让人对自己的身体产生怎样的感觉：你只是一件东西，一样物品，一块可以操的肉。

　　从电话里的声音听来，扎哈拉最多三岁。

　　罗宾一动不动地站在梳妆台前，盯着婚礼用鞋的盒子沉思。她能清晰地看见计划里所隐藏的危险，就像走钢丝时脚下的岩石和急流。

　　不，她救不了所有人。她救不了玛蒂娜、萨迪、凯尔西和希瑟。莉拉还活着，但她的左手只剩两根手指，精神上留下罗宾再了解不过的丑恶伤疤。但还有两个小女孩。如果没人行动，天知道她们会遭受怎样的痛苦。

　　罗宾从新鞋上移开目光，拿起手机，拨了一个号码。这号码是别人主动给她的，她从来没想过有朝一日会用到。

54

> And if it's true it can't be you,
> It might as well be me.
> Blue Öyster Cult, 'Spy in the House of the Night'

> 如果真的不可能是你，
> 是我也无妨。
>
> ——蓝牡蛎崇拜乐队，《夜晚之家的间谍》

同谋需要从繁忙的日程里拨出空来，再找辆车开，所以罗宾有三天空闲时间。她告诉琳达，周传杰的鞋太紧了，样子也过于花哨。在母亲的陪伴下，她去退了货，把鞋换成现金。然后她思考起该对琳达和马修怎么说，才能脱出身来，有足够的时间开展行动。

最后，她告诉母亲和马修，警察还要找她问话。为了圆谎，她坚持要尚克尔来接她时别下车，并让他开到巡逻的便衣警察身边。然后罗宾告诉警察，自己要去医院拆线。事实上，她的线还有两天才能拆。

晚上七点，天空万里无云。罗宾靠在伊斯特威商业中心温暖的墙面上，周围空无一人。夕阳缓缓西沉，遥远的地平线上满是夜雾。在布隆丁街尽头，伦敦轨道塔正逐渐成型。罗宾在报纸上见过它的设计图。很快，它就会变得像一座巨大的烛台式电话，从头到脚都缠绕着电话线。在它身后，罗宾能隐隐望见伦敦奥林匹克体育场建造中的轮廓。体育场巨大宏伟，显得有些不近人情，与她盯着的房子里所藏的秘密隔着一整个世界。罗宾知道，那扇刚漆过的房门后就是艾丽莎家。

也许是因为此行的目的，周围静静排列的房屋让罗宾感到心神不宁。这些建筑又新又时髦，空洞得毫无灵魂。与远处正在建造的宏伟建筑相比，这里毫无特点，也没有社区的亲密感。低矮的方形房屋线条僵硬，很多门口都挂着"寻租"的牌子，周围没有点缀的树木，没有街角小店，没有酒吧，也没有教堂。罗宾所靠的仓库建筑的二层窗户上挂了裹尸布似的白色窗帘，沉重的金属门上布满涂鸦，没有为她提供任何藏身所。罗宾的心跳快得仿佛刚跑完步。没有什么能改变她的决心，但她仍然感到恐惧。

脚步声在不远处响起。罗宾猛然转身，出汗的手指紧握着新的防狼报警器。尚克尔向她走来，高高的个子摇摇晃晃，一手拿着一条马氏巧克力棒，另一只手拿着烟。

"她来了。"尚克尔嗓音粗重地说。

"你确定？"罗宾问，心脏跳得更快了，几乎有些头重脚轻。

"黑人姑娘，两个小孩，正往这边走呢。我是在买这个时看见她的，"尚克尔挥了一下巧克力棒，"要吃吗？"

"不用，谢了，"罗宾说，"呃——你能到别的地方去吗？"

"真不用我跟你一起进去？"

"不用，"罗宾说，"除非你看见——他来了。"

"你确定那混蛋不在里面？"

"我按了两次门铃。他不在。"

"我去那边等。"尚克尔言简意赅地说，摇晃着走开，吸着烟、吃着巧克力棒，躲到远离艾丽莎家门口的地方。罗宾快步走下布隆丁街，以免艾丽莎回家时和她撞个正着。她躲到一座红墙公寓的阳台下，等待着。一个高个子黑人女性出现，一手牵着个蹒跚学步的小姑娘，后面还跟着一个罗宾目测大概十一岁的女孩。艾丽莎打开门，和两个女儿回了家。

罗宾走向艾丽莎家门口。她今天穿了牛仔裤和运动鞋：不能再跌倒。新长好的肌腱还在石膏下隐隐作痛。

她抬手敲了敲门，心跳快得几乎让胸口有些发疼。大女儿在屋里透过弓窗看了看她，罗宾露出紧张的微笑。女孩转身消失。

过了不到一分钟，艾丽莎前来应门。她长得相当漂亮：高个子，肤色黝黑，身材堪比比基尼模特，垂到腰部的鬈发绑成根根细辫。罗宾心里的第一个念头是：脱衣舞会竟然会解雇她，艾丽莎一定是个很难相处的人。

"什么事？"艾丽莎冲罗宾皱眉。

"你好，"罗宾感到嘴里发干，"请问你是艾丽莎·文森特吗？"

"对。你是谁？"

"我叫罗宾·埃拉科特，"罗宾说，"我想——我能和你谈谈诺尔吗？"

"他怎么了？"艾丽莎问。

"能不能进屋谈？"罗宾说。

艾丽莎露出戒备的表情，仿佛早已习惯时刻迎接生活揍过来的每一拳。

"拜托了。是很重要的事，"罗宾说，嘴里干得舌头险些黏在上颌上，"否则我是不会来的。"

两人对上目光：艾丽莎的眼睛是种温暖的焦糖棕色，罗宾的则是清澄的灰蓝色。罗宾看出艾丽莎要拒绝。但下一秒，艾丽莎突然睁大睫毛浓密的眼睛，脸上掠过一丝兴奋的表情，仿佛因想通了什么而沾沾自喜。她无言地向后退一步，站在灯光昏暗的门廊里，夸张地挥了一下手，让罗宾进去。

罗宾不知道自己为什么突然心怀疑虑。但是她想到屋里的那两个小女孩，还是进了门。

狭小的门廊通往客厅，里面只有一台电视，一张沙发。台灯直接摆在地板上，墙上的廉价相框里挂着两张照片，照片里是两个孩子：

肥嘟嘟的扎哈拉穿着绿色连衣裙，头上戴着配套的蝴蝶结；她姐姐穿着深红色校服，和母亲一样美，但摄影师没能让她微笑。

罗宾听见前门锁上的声音。她转过身，运动鞋在锃亮的木地板上划出刺啦的噪音。不远处传来叮的一声巨响，表示微波炉完成工作。

"妈妈！"女孩尖利的喊声。

"安吉尔！"艾丽莎回喊，走进厅里，"帮她拿一下！说吧，"她把双臂交叉到胸前，"你要跟我谈诺尔的什么？"

罗宾之前觉得艾丽莎似乎因为想到什么而沾沾自喜，这种猜想得到验证：艾丽莎露出有些邪恶的冷笑，美丽的脸一阵扭曲。她交叉的双臂让胸部如船头的雕像一样挺立，长长的辫子垂到腰侧。她比罗宾高了足足两英寸。

"艾丽莎，我和科莫兰·斯特莱克一起工作。他是——"

"我知道他是谁，"艾丽莎慢慢地说，神秘的满足表情突然消失，"他是害诺尔得了癫痫的那个混蛋！他妈的活见鬼！你跑去投奔他了，啊？是你们合伙搞的？你干吗不滚到猪圈里去？你个撒谎的婊子，他如果——真的——"

她一巴掌拍上罗宾的肩。罗宾还没反应过来，艾丽莎已经一拳拳打在她身上，每说一个字就打一下。

"——对——你——做了——什么！"

艾丽莎突然开始发疯地挥起拳。罗宾抬起左手遮挡右臂，抬脚踢向艾丽莎的膝盖。艾丽莎疼得尖叫一声，向后蹦了两步。在罗宾身后，女童尖叫起来，女童的姐姐冲进房间。

"他妈的贱人！"艾丽莎喊，"敢在孩子面前打我——"

她一头冲向罗宾，抓住罗宾的头发，把她的头往没帘子的窗户上撞。安吉尔冲过来想分开两人，罗宾感觉到她瘦小的身体。罗宾不再控制自己，一巴掌扇上艾丽莎的侧脸，让她倒吸一口气，向后退开。罗宾伸手抓住安吉尔，把她扔到一边，低头冲向艾丽莎，把她撞倒在沙发上。

"别打我妈妈——放开我妈妈！"安吉尔大叫，抓住罗宾受伤的手臂猛拽,罗宾也疼得叫起来。扎哈拉站在门口高声尖叫,手里的奶瓶里装着热牛奶。

"和你同居的男人是个恋童癖！！"罗宾吼道。艾丽莎正从沙发上挣扎起身。

在罗宾的想象里,她会低声说出这句话,然后看着艾丽莎在震惊中崩溃。她怎么也没想到,艾丽莎会抬头望着她,不甘示弱地回吼:

"哈,是啊。你以为我不知道你是谁,你个该死的婊子？你他妈的毁了他一辈子,还不满意——"

她又朝罗宾冲过来。客厅太小,罗宾又一次撞到墙上。两人扭打在一起,碰倒电视,弄出不祥的巨响。罗宾感到受伤的手臂一阵扭曲,不禁又疼得叫起来。

"妈妈！妈妈！"扎哈拉哭叫。安吉尔从后面抓住罗宾的牛仔裤,不让她回击艾丽莎。

"问问你女儿！"罗宾在扭打中大喊,努力挣脱安吉尔紧抓不放的手,"问问你两个女儿,他有没有——"

"你——他妈——敢——扯到——我孩子——"

"问问她们！"

"撒谎的婊子——还有你该死的母亲——"

"我母亲？"罗宾说,手肘猛然顶向艾丽莎的腰部,把她再次撞倒在沙发上。"安吉尔,放开我！"罗宾怒吼,知道艾丽莎要过几秒才能站起来,使劲扒开女孩抓住牛仔裤的手。扎哈拉还站在门口大哭。"你以为,"罗宾喘着气俯视艾丽莎,"我是谁？"

"太他妈可笑了！"艾丽莎喘着粗气说,"你不是他妈的布里塔妮吗？不停给他打电话,害他——"

"布里塔妮？"罗宾震惊地说,"我不是布里塔妮！"

她从夹克口袋里扯出钱包。"看看我的信用卡——看啊！我是罗宾·埃拉科特,和科莫兰·斯特莱克一起工作——"

"让他得了脑损伤的那个混蛋——"

"你知道科莫兰为什么要逮捕他吗？"

"因为他那个该死的前妻陷害——"

"没人陷害他!他强奸了布里塔妮,后来在各地都找不到工作,因为他喜欢摸小女孩!他还强奸了自己的姐妹——我见过她!"

"他妈的骗子!"艾丽莎喊,挣扎着想要站起来。

"我——没——撒谎!"罗宾狂吼,又把艾丽莎推回靠垫上。

"你个发疯的婊子,"艾丽莎喘着气说,"从我家里滚出去!"

"问问你女儿,他有没有伤害过她!问她啊!安吉尔?"

"婊子!你他妈敢再跟我的孩子说一句话——"

"安吉尔,告诉你妈妈,他有没有——"

"这他妈的是怎么回事?"

扎哈拉的尖叫声太响,她们都没听见钥匙在锁孔里转动的声音。

他身材魁梧,发须皆黑,一身黑色运动服,一侧眼眶朝鼻子的方向凹陷下去,让他的目光既尖锐又令人不安。他用阴影里的黑眼睛盯着罗宾,慢慢俯下身抱起女婴。扎哈拉满脸喜悦,紧紧依偎在他的怀里。安吉尔则相反,向后退到墙边。布罗克班克盯着罗宾,动作缓慢地把扎哈拉放到她母亲的怀里。

"很高兴见到你啊。"他说,脸上的微笑不是笑,而是一种发誓给人带来痛苦的表情。

罗宾全身发冷。她想偷偷伸手按响防狼报警器,但布罗克班克一眨眼就制住她,紧抓着她的手腕,攥着她缝针的伤处。

"你可骗不了任何人,鬼鬼祟祟的小婊子——你以为我不知道是你——"

罗宾挣扎着,伤口在他的手里渐渐开裂。她尖叫起来:

"尚克尔!"

"我他妈的就该早点弄死你,婊子!"

随着木头迸裂的巨响,前门被人撞开。布罗克班克放开罗宾,转身看见尚克尔举着刀冲进门。

"别伤到他!"罗宾抓着自己的胳膊喘气。

几乎空无一物的房间里，六个人一动不动地僵了一秒，就连母亲怀里的女婴也屏住气。然后一个细弱的声音响起来，颤抖着，充满绝望，因为脸上有疤、嘴里有金牙的男人挥刀闯进家里而终于得到释放。

"他强奸了我！他强奸了我，妈妈！他强奸了我！"

"什么？"艾丽莎转头看向安吉尔，满脸震惊。

"他强奸了我！这位女士说得对。他强奸了我！"

布罗克班克抽搐一下，尚克尔立马举起刀，用刀尖指着这个大个子的胸口。

"没事了，宝贝。"尚克尔对安吉尔说，伸出没拿刀的手护着她，金牙在缓缓沉没的夕阳下闪闪发亮。"他不会再对你做什么了。你个恶心的恋童癖，"他对着布罗克班克的脸吐气，"我真想剥了你的皮。"

"你在说什么，安吉尔？"艾丽莎紧抱着扎哈拉，表情里满是恐惧，"他不会——"

布罗克班克突然低头猛冲向尚克尔，显出前橄榄球侧卫的身手。尚克尔的身材不及他一半宽，轻易就被顶到一边。几个女人听着布罗克班克撞开已经坏掉的门，跑出去，尚克尔狂怒地咒骂着，紧追其后。

"别追他了——别追他了！"罗宾大声喊道，透过窗户看着两个男人奔下街道，"哦，老天——尚克尔！警察会——安吉尔呢——"

艾丽莎已经跑出客厅去追女儿了，扎哈拉在沙发上哭喊个不停。罗宾知道自己不可能追得上那两个男人。她突然全身发抖，蹲下身抱住头，一阵一阵地想吐。

她已经达成来这里的目的。从最开始，她就知道这样做一定会带来相应的后果。她也设想过，布罗克班克有可能会逃走，或者被尚克尔刺伤。她现在唯一能确定的是，事情无论会怎样发展，她都无力阻止。罗宾深吸两口气，站起身走向沙发，想安慰吓坏了的女婴。但扎哈拉已经将她视为歇斯底里与暴力的化身，哭叫得更凶，用小脚踢她。

"我根本不知道，"艾丽莎说，"老天，老天。你为什么不告诉我，安吉尔？你为什么不告诉我？"

夜晚即将降临。罗宾打开台灯，灯光在奶油色的墙上投下淡灰色的阴影。沙发后面的影子仿佛是三个驼背的鬼魂，模仿艾丽莎的每一个动作。安吉尔啜泣着，伏在母亲怀里，两人抱在一起，前后摇晃着。

罗宾坐在窗边的地板上。她已经泡过两壶茶，还为扎哈拉煮了碗圈型意大利面。她觉得自己有必要留在这里，等工人来修好尚克尔撞坏的门。没人报警。母女还在互相倾诉。罗宾觉得自己不应该在场，但又不放心留着没上锁的门离开。扎哈拉在母亲和姐姐身边睡着了，大拇指放在嘴里，胖乎乎的小手还抓着奶瓶。

"他说，我如果告诉你，他就杀了扎哈拉。"安吉尔依偎在母亲颈边，说。

"哦，我的老天爷，"艾丽莎呻吟道，泪水滴落在女儿的后背上，"哦，我的老天。"

罗宾满心焦虑，像有一群螃蟹在百爪挠心。她给母亲和马修发了短信，说警察还有照片让她指认，但两人都越来越担心。她不知道还能编什么理由。她不停地查看处于静音状态的手机，生怕电话响了自己没听见。尚克尔去哪儿了？

维修工总算来了。罗宾给他提供了自己的信用卡信息，然后告诉艾丽莎，她该走了。

艾丽莎站起来，留下沙发上互相依偎的安吉尔和扎哈拉，送罗宾出门。他们走上夜色笼罩的街道。

"听着。"艾丽莎说。

艾丽莎满脸泪痕。罗宾看得出，艾丽莎很不习惯感谢别人。

"谢了，行吧？"艾丽莎说，几乎有点挑衅。

"不客气。"罗宾说。

"我从来——我是说——我可是在他妈的教堂里遇见他的。我还以为总算找到个好人了，要知道……他一直对——对孩子都很好——"

她哭起来。罗宾想抱抱她,但最终放弃。艾丽莎打过的地方都留下瘀青,手臂上的伤口也疼得更厉害。

"布里塔妮真的给他打过电话?"罗宾问。

"他是这么说的,"艾丽莎说,用手背抹抹眼睛,"他说是前妻陷害他,让布里塔妮撒谎……说如果有年轻的金发女人来找我,一定会胡说八道。他叫我一个字都别信。"

罗宾想起耳边那个低沉的声音:

我认识你吗,小姑娘?

他以为罗宾是布里塔妮。所以他才挂了电话,也没再回过电话。

"我得走了。"罗宾说,忧虑地想着要走多久才能回到伊灵。她全身都在疼,艾丽莎打得很用力。"你会报警吧?"

"应该会吧。"艾丽莎说。罗宾猜想她这辈子从来没想过要和警察扯上关系。"嗯。"

罗宾在黑暗中渐渐走远。她把手放在口袋里,握着防狼报警器,想知道布里塔妮对继父说了些什么。罗宾觉得她能猜到。"我什么都没忘。你如果再犯,我就去告你。"也许布里塔妮这样做是为了减轻良心上的不安。她害怕布罗克班克会对其他女孩做出同样的事,但又无法承担正式指控他的后果。

> 布罗克班克小姐,我认为,你的继父从来没有碰过你,这些指控都是你和你母亲编造的……

罗宾知道那是种怎样的体验。她自己也曾面对过态度冷漠、语带讥讽、脸上表情狡猾老练的辩护律师。

> 埃拉科特小姐,你当时刚从学生酒吧回来。你之前喝酒了,没错吧?
>
> 你当众开过玩笑,说很想念男朋友的——呃——激情,是这

样吧？

你见到特雷文先生——

我没——

你在宿舍楼外见到特雷文先生——

我没有见——

你告诉特雷文先生，你很想念——

我们从来没说过话——

埃拉科特小姐，我认为，你对邀请特雷文先生这件事感到羞愧——

我没有邀请——

埃拉科特小姐，你开了个玩笑，对吧？在酒吧里，你说你想念，呃，男朋友的性——

我说的是我想念——

埃拉科特小姐，你当时喝了几杯酒？

罗宾非常理解为什么有些人不敢说，不敢承认自己所遭受的一切，不想听人指责说，那肮脏、可耻、痛苦的事实只是她们扭曲的想象。霍莉和布里塔妮都没有勇气上庭作证，艾丽莎和安吉尔恐怕也一样。罗宾相信，除了死亡和监牢，没有什么能阻止布罗克班克强奸小女孩。但尽管如此，罗宾还是希望尚克尔没有杀死他，因为他万一真的……

"尚克尔！"她喊出声。带着刺青、穿着双层田径服的高大身影出现在路灯下。

"我他妈的找不到那混蛋，罗宾！"尚克尔回喊。他似乎根本没想到罗宾坐在地板上满心焦虑地等了两个小时，祈祷他能安然归来。"他妈的，大个子跑得还挺快。"

"警察会找到他的，"罗宾说，双膝发软，"艾丽莎会报警，应该会吧。尚克尔，你能不能……能不能开车送我回家？"

55

> Came the last night of sadness
> And it was clear she couldn't go on.
> Blue Öyster Cult, '(Don't Fear) The Reaper'

最后的悲伤之夜
她显然已无力坚持。

——蓝牡蛎崇拜乐队,《(别怕) 死神》

在事发后的整整二十四小时里,斯特莱克都不知道罗宾做了什么。第二天中午,他打了个电话,罗宾没接。斯特莱克全部心思都在自己面临的难题上,以为罗宾安全地待在家里陪母亲,并不觉得她不接电话有什么奇怪,便没有再打。在斯特莱克看来,负伤的搭档是他已经解决的问题。他不想把自己在医院门外迸发的灵感告诉罗宾,以免刺激她又想回来和自己并肩战斗。

灵感引发的思考占据了斯特莱克的全部精力。他坐在孤独而沉默的办公室里,没有电话,无人上门,没有其他任何事占据他的时间和精力。他在雾蒙蒙的阳光下一支接一支地抽着本森-赫奇香烟,室内寂静无声,只有苍蝇在大敞的窗口飞进飞出,嗡嗡作响。

斯特莱克回想接到断腿后的这三个月，清晰地认识到自己错在哪里。他去过凯尔西·普拉特家后，就应该发现凶手的真实身份。他如果在那时就注意到——他如果没有被凶手的误导蒙骗，没有被其他疯狂的嫌疑人干扰，莉拉·蒙克顿就能保全那三根手指。希瑟·斯玛特会在诺丁汉的建筑协会里安全地上班，也许还暗自发誓，再也不要像来伦敦参加嫂子的生日派对时醉得那么厉害。

斯特莱克在皇家军事警察特别调查局工作了这么多年后，深知该如何调整调查带来的情感上的影响。昨晚，他对自己愤怒不已，不断自责为什么对摆在眼前的真相视而不见。但与此同时，他也不得不承认，凶手既无耻又聪明。他利用斯特莱克的背景误导斯特莱克，手法精巧地引诱斯特莱克不断自我怀疑，否定自己的判断。

凶手确实是他从一开始就怀疑的三个人之一，但这并没能让他感到多少安慰。印象里，他从来没为哪个案子如此痛苦过。之前接电话的那个警察恐怕既不相信他的推理，也没有把他的推理转告给卡佛。斯特莱克独自坐在空荡荡的办公室里，觉得如果再有谋杀案发生，那就是他的错，并对此耿耿于怀。

但他如果再插手干预调查，跟踪凶手，卡佛一定会以阻碍调查或妨害公务罪将他告上法庭。他如果处在卡佛的位置上，一定会下同样的判断——但斯特莱克和卡佛不一样的是，只要有一点点可信的证据，就会听别人的意见，不管那人令他多么恼火。斯特莱克想到这里，再次火冒三丈。要解决这么复杂的案子，因为技不如人而对证人抱有偏见可于事无补。

斯特莱克的肚子咕噜噜地响起来，他这才想起自己和埃琳约好共进晚餐。埃琳的离婚和抚养权事宜基本都办妥了。她在电话里告诉斯特莱克，他们是时候光明正大地一起吃个饭了；她已经预定加夫罗契餐厅的位子——"我请客"。

斯特莱克默默地抽着烟，以面对夏克韦尔开膛手时无法保持的冷静态度想着晚上的约会。好处是可以享受到美食。他现在手头拮据，昨晚只吃了罐头豆子配烤面包，所以高级餐厅听起来非常诱人。餐后应该还有惯例的性爱，在埃琳洁白无瑕的公寓。那里很快就会变成家庭解体后的空屋。至于坏处嘛——斯特莱克头对自己坦白承认：他必须和埃琳聊天，这可不是件让他享受的事。两人每次谈起他的工作，斯特莱克都觉得交谈变得相当费劲。埃琳对他的工作感兴趣，但奇怪地缺乏想象力。她不像罗宾那样，对他人怀有与生俱来的兴趣和设身处地的同情。斯特莱克尽量用幽默的语言向埃琳形容"第二次"，结果埃琳并不觉得好笑，而是莫名其妙。

除此之外，"我请客"这句话也带着隐隐的不祥预兆。两人的收入差距越来越悬殊，这是显而易见的事实。斯特莱克刚认识埃琳时，还有些存款。埃琳如果期待他回头能找个与加夫罗契餐厅相仿的地方回请，注定只能失望了。

和他有过十六年恋爱关系的夏洛特也比他富有得多。夏洛特一会儿用金钱优势作为武器攻击他，一会又责备他不肯超支消费。任性的夏洛特看上什么东西，而斯特莱克又不能或不愿花钱满足她的要求，她就会大发雷霆。所以，埃琳说要找个好点的地方吃饭，"换换环境"，斯特莱克不由感到一阵恼怒。之前，他们为了避开埃琳前夫的耳目，会去偏僻的小酒馆和咖喱店约会。大多数时候，为那些法餐和印度餐付钱的都是斯特莱克。他花了苦苦挣来的薪水，埃琳却表现得如此不屑一顾。

因此，斯特莱克晚上八点出门时，情绪并不高。他穿着自己最好的意大利西装，疲惫不堪的脑袋仍然在想着连环杀手。

加夫罗契餐厅的正门在上布鲁克街，周围都是宏伟的十八世纪别墅。餐厅门口搭着铁篷，两边的栅栏上长满藤蔓，嵌着镜子的沉重大门彰显出金钱换来的稳定与安全，和斯特莱克心神不安的精神状态格格不入。侍者领他在红绿配色的餐厅里就坐。里面的灯光安排得十分巧妙，只有需要光线的地方才有光线：雪白的桌布，镀金画框里的油画。他没等多久，埃琳就到了。她穿着一件淡蓝色贴身长裙，美得令人惊叹。斯特莱克起身吻她，暂时忘却心里的烦乱和不满。

"换个地方感觉不错吧。"埃琳微笑着说，坐到放着软垫的弧形沙发上。

两人点了菜。斯特莱克喝了埃琳建议的勃艮第葡萄酒，心里非常想来一杯"厄运沙洲"啤酒，还想抽烟，尽管他今天已经抽了一包多。埃琳滔滔不绝地说起房子的事：她决定还是不买SE1公寓，现在正考虑坎伯韦尔的一套房子。她拿出手机，给斯特莱克看了房子的照片；映入他疲惫眼帘的又是乔治王朝风格的雪白立柱和门廊。

斯特莱克听埃琳说着住在坎伯韦尔的利弊，一言不发地喝着酒。连葡萄酒的美味都让他心怀不满；他大口大口地喝着，仿佛那是最便宜的劣质酒，想用酒精缓解心里的怨气。结果适得其反，他的疏离感没有消失，反而变得越来越深。灯光幽暗、地毯松软的高档餐厅仿佛是舞台上的布景，只是转瞬即逝的虚假幻影。他的生意濒临破产，整个伦敦只有他知道夏克韦尔开膛手的真正身份。他为什么要在这里陪着这个美丽却无聊的女人，假装对她昂贵的生活方式感兴趣？

侍者上菜。美味的牛排令斯特莱克的怨气稍为平息。

"你呢，最近在忙什么？"埃琳问，语气一如既往地礼貌而拘谨。

斯特莱克面临着艰难的选择。实话实说无异于承认自己先前并没有费心把案件的最新进展告诉埃琳，而最近发生的这些事足够普通人说上十年。首先，报纸里逃过开膛手最后一次袭击的女人是他的工作搭档。其次，他曾在另一桩名案里羞辱过的警官警告他这次别插手。最后，他如果真的坦白一切，还得告诉埃琳，他已经知道真凶是谁。他觉得，讲述这一切会让他既无聊又压抑。在整个过程中，他从来没想过给埃琳打个电话，这一点足以说明问题。

斯特莱克为了拖延时间，又喝了口酒，决定给这段关系画上句号。他打算先找个借口，今晚不再跟埃琳回克拉伦斯巷，这应该会让她有所察觉；从始至终，性爱都是这段关系里最棒的部分。然后，他们下次见面时，他就告诉埃琳，两人到此为止。这顿饭毕竟是她请的，斯特莱克觉得现在提出分手太过粗鄙；何况埃琳有可能掉头就走，留下一张高额账单，他的信用卡毫无疑问已经无力支付这笔钱。

"说实话，我没忙什么。"斯特莱克撒谎。

"那夏克——"

斯特莱克的手机响了。他从兜里掏出手机，看到是未知来电。在第六感的驱使下，他接了。

"抱歉，"他对埃琳说，"我得——"

"斯特莱克，"卡佛独一无二的伦敦南部口音传过来，"是你派她去的吧？"

"什么？"斯特莱克说。

"你那该死的搭档。是你派她去找布罗克班克的吧？"

斯特莱克猛然站起身，撞到餐桌。红棕色的肉汁瞬间洒满厚重的白色桌布，他没吃完的牛排滑出盘子，酒杯也倒下去，葡萄酒泼洒在埃琳淡蓝色的裙子上。侍者和隔壁桌的优雅夫妇都惊吸一口气。

"她在哪儿？怎么回事？"斯特莱克大声说，对周围发生的一切置若罔闻，全部注意力都在电话上。

"我警告过你了，斯特莱克，"卡佛说，声音因狂怒而颤抖，"我他妈的早就叫你滚远点。你这次可是彻底搞砸了——"

斯特莱克没把手机紧贴在耳朵上。卡佛的声音响彻整个餐厅，"他妈的"和"混蛋"清晰可闻。斯特莱克转向埃琳。她的裙子上满是紫色的斑点，美丽的脸庞上混合着困惑和愤怒。

"我得走了。抱歉。回头联系。"

他没等埃琳作出回应。他不在乎。

斯特莱克猛然起身时，扭到了膝盖。他一瘸一拐地快步走出餐厅，把手机重新放到耳朵上。卡佛骂得已经语不成句，斯特莱克几次想开口，但卡佛每次都再度吼起来。

"卡佛，听着！"斯特莱克一走到上布鲁克街，就冲手机喊道，"我有事想——你他妈的能听我说句话吗？"

警察毫无反应，声音越来越响，骂的话也越来越难听。

"你他妈的愚蠢的死杂种，他躲起来了——我他妈的知道你他妈的到底在搞什么——我们找出来了，你个混蛋，我们找出两个教堂的共同点了！你如果敢——你他妈的给我闭嘴，我还没说完呢！你如果再他妈的来搅和我的调查……"

斯特莱克在温暖的夜晚奋力前行,不理会膝盖的抱怨。他每走一步,心里的沮丧和愤怒便多一分。

差不多一个小时后,他终于抵达罗宾住的赫斯廷斯路,期间已经掌握全部事实。托卡佛的福,他得知警察已经询问了罗宾一整个晚上,警察说不定现在还没离开她家。罗宾擅闯布罗克班克的住处,结果有人报了儿童强奸案,嫌疑犯逃得不见人影。警察局已经将布罗克班克的通缉照分发下去,但他目前仍然在逃。

斯特莱克没告诉罗宾他要来。他瘸着腿以最快的速度拐上赫斯廷斯路,在昏暗的夕阳下看到她家灯火通明。他走向门口,两名便衣警察从里面走出来。罗宾家前门关上的声音在寂静的街道上回荡。斯特莱克躲进路边的阴影里,看着两名警察低声交谈着穿过马路,上了警车。警车开走了,斯特莱克走到白色的房门前,按了门铃。

"……不是都问完了吗?"马修无奈的声音从门后传来。斯特莱克猜想他不知道门外的人能听见,因为马修把门打开时,一脸讨好的笑容。但他见到斯特莱克,笑容立即消失。

"有事?"

"我要和罗宾谈谈。"斯特莱克说。

马修犹豫一下,显然不想让斯特莱克进门。琳达出现在马修身后的客厅里。

"哦。"琳达见到斯特莱克后说。

琳达比他们上次见面时显得更瘦,更老。这当然是因为她女儿先是差点丧命,然后又主动跑到暴力强奸犯家里,结果再次负伤。斯特莱克感到怒火中烧。如果有必要,他打算大声叫罗宾到门外来。但他还没付诸行动,罗宾就从马修背后出现了。她看起来也比平时更瘦,脸色也更苍白。和以前一样,真人比斯特莱克记忆中的她更美。但这并没能让斯特莱克的态度有所缓和。

"哦。"她和母亲一样,语气中不带感情。

"我要和你谈谈。"

"好吧。"罗宾略带挑衅地扬了一下头,金红色的披肩长发随之飞舞。她看了看母亲和马修,又望向斯特莱克。"到厨房里来吧?"

斯特莱克跟着她穿过走廊,进了狭小的厨房。角落里有张仅供两人使用的小桌子。罗宾关上门,两人都没坐。水池里堆着脏盘子;警察到来之前,他们正在吃意大利面。不知道为什么,斯特莱克看到罗宾在她自己造成的混乱中仍然过着如此平凡的日常生活,越来越难控制燃烧的怒火。

"我告诉过你,"他说,"别去管布罗克班克。"

"嗯,"罗宾语气平淡地说,这让斯特莱克更生气了,"我记得。"

斯特莱克想知道琳达和马修是否在门外偷听。厨房里满是大蒜和番茄的气味,罗宾身后的墙上挂着英格兰橄榄球队地日历。六月三十日上画着厚重的圆圈,圆圈下面写着"婚礼事宜,回家"。

"但你还是去了。"斯特莱克说。

他在头脑中想象着粗暴野蛮的举动——比如,拿起旁边的脚踩式垃圾桶,扔向满是雾气的窗户。他一动不动地站着,大脚紧紧踩着有些磨损的地毯,紧盯着罗宾惨白而倔强的脸。

"我不后悔,"罗宾说,"他强奸了——"

"卡佛认定是我派你去的。布罗克班克消失了。因为你,他藏了起来。他如果决定在下一个小女孩说漏嘴之前把她砍成碎片,你会怎么想?"

"你别给我来这套!"罗宾抬高声音,"别来这套!你在逮捕他时揍了他!你如果没揍他,他本该为布里塔妮的事在坐牢!"

"所以你做的事就没错,啊?"

斯特莱克之所以没吼出来,完全是因为他听见马修就在门外。会计蹑手蹑脚,显然以为自己神不知鬼不觉。

"我阻止了他继续虐待安吉尔,这如果是件坏事——"

"你把我的生意推下了该死的悬崖,"斯特莱克说,声音轻得让罗宾立刻住了嘴,"我们已经得到警告,要远离这几个嫌疑人,远离整件案子，但你还是冲过去，布罗克班克现在躲起来了。媒体会追着我不放。卡佛会告诉他们，是我把一切都搞砸了。他们会生吞了我。就算你他妈的根本不在乎这些，"斯特莱克的脸因暴怒而僵硬，"你知不知道，警察刚发现凯尔西去的教堂和布罗克班克在布里克斯顿去的教堂之间有关系？"

罗宾面如死灰。

"我——我不知道——"

"何必要等警察查明事实呢？"斯特莱克反问。在惨白的灯光下，他的眼睛笼罩在一片阴影里。"干吗不赶在前面，冲过去给他报个信？"

罗宾表情震惊，什么都没说。斯特莱克目光凌厉，仿佛从来没有喜欢过她这个人，仿佛他们没有共同经历过之前的一切——那一切已经在她心里形成独一无二的亲密纽带。她本来以为斯特莱克会气得一拳打在墙上，打在橱柜上，甚至——

"我们到此为止。"斯特莱克说。

罗宾的脸上顿时血色全无，整个人都缩起来。斯特莱克感到一丝快意。

"你不——"

"我不是认真的？你以为我需要这样的搭档？不听命令，故意去做我明令禁止的事，让我在警察眼里显得像个爱找麻烦的自大狂，还让警察正查着的谋杀案嫌疑犯消失得无影无踪。"

斯特莱克几乎是一口气说完的。罗宾后退一步，撞掉墙上的英格兰橄榄球员日历，对它掉在地上的声音充耳不闻。她感到血液涌上头，冲得耳朵里，嗡嗡作响。她觉得自己快晕倒了。她想象过斯特莱克会怒吼："我真该炒了你！"但她从来没想过斯特莱克真的会这么做，无视她所付出的一切——冒那些风险，负那些伤，她的洞察和远见，在漫长工作中忍耐不快和不便——就因为这一次出于善意的不服从。她几乎无法呼吸，更别提和斯特莱克争论，因为斯特莱克的表情如此冷酷。她说什么，都只会引来斯特莱克冰冷的指责，说她这次做得有多糟。在之前几个小时里，罗宾一直等待着斯特莱克的反应。她为了自我安慰，一直在想安吉尔和艾丽莎在沙发上相拥的样子，想着艾丽莎的苦难已经结束，而她母亲相信她、支持她。罗宾不敢主动把这一切告诉斯特莱克。但她现在不禁怀疑，主动坦白这一切也许会更好。

"什么？"她呆呆地说。斯特莱克问了她一个问题，她在耳鸣，没听见。

"你带去的那个男人是谁？"

"和你无关。"罗宾犹豫片刻后说。

"警察说他用刀威胁布罗克班克——尚克尔！"斯特莱克恍然大悟。在那一瞬间，他表情暴露，是罗宾熟悉的那个斯特莱克。"你他妈的怎么拿到尚克尔电话号码的？"

罗宾说不出话。一切都无所谓了，斯特莱克解雇了她。她知道，斯特莱克一旦决定终结一段关系，绝不会再回头。他和交往十六年的女友分手后就再也没联系过对方，尽管夏洛特曾经主动联系过他。

斯特莱克转头走了。罗宾麻木地跟着他走出厨房，觉得自己像条被人打过的狗，可怜巴巴地跟在惩罚它的人身后，绝望地想要乞求原谅。

"晚安。"斯特莱克冲躲回客厅的琳达和马修喊。

"科莫兰。"罗宾低声说。

"我会把上个月的薪水寄给你，"斯特莱克说，没有看她，"尽快，一分不少。严重渎职。"

他反手关上房门。罗宾能听见他十四号的大脚踏过门前的小路。罗宾吸了口气，忍不住哭起来。琳达和马修都冲进门廊，但太晚了：罗宾已经躲回卧室。她实在无法面对他们的释然和喜悦：她终于可以放弃当侦探的梦想了。

56

> When life's scorned and damage done
> To avenge, this is the pact.
> Blue Öyster Cult, 'Vengeance (The Pact)'
>
> 当人生饱受蔑视,伤害无可挽回
> 为了复仇,契约在此。
>
> ——蓝牡蛎崇拜乐队,《复仇(契约)》

　　凌晨四点半,斯特莱克还醒着。他几乎一夜没睡,一直坐在厨房的富美家餐桌边抽烟,抽得舌头直疼。他思考着惨淡的生意前景,不愿去想罗宾。原本难以平息的怒火里出现了许多细痕,仿佛是在霜冻中开裂的冰层,但底下的东西仍然滚烫灼热。他明白罗宾为什么会想去救小女孩——谁不想呢?正如罗宾在口不择言中指出的,他还不是看过布里塔妮的录像就忍不住揍晕了布罗克班克?但他一想到罗宾全然不顾卡佛的警告,和尚克尔一起瞒着自己偷偷行动,血液就又在狂怒中沸腾起来。他拿起烟盒往外倒,发现里面已经空了。

　　斯特莱克站起身,拿上钥匙离开了阁楼门,还穿着赴宴的意大利西装——他连打盹时都没换衣服。他走上查令十字街时,太阳刚刚升起。晨光下，一切看起来都灰头土脸，脆弱不堪，黯淡的光线里满是浅淡的阴影。他在科文特花园的街角小店里买了包烟，抽着烟继续往前走，沉思着。

斯特莱克在街上闲逛了两小时后，决定好了下一步的行动。他走回办公室的方向，看见一个穿着黑色长裙的女侍打开了查令十字街上咖啡馆"维纳诺1882"的门，意识到自己有多饿，就走了进去。

小小的咖啡馆里满是木头和浓缩咖啡温暖的气味。斯特莱克满怀感激地坐到橡木椅上，突然尴尬地意识到自己在过去十三个小时里一直在抽烟，合衣睡了一觉，吃了牛排，喝了红酒，一次牙都没刷过。窗上的倒影显得衣衫褴褛，整个人脏兮兮的。他点了火腿奶酪意式三明治、一瓶水和双倍浓缩咖啡，尽量不让年轻女侍闻到他的口气。

铜顶的咖啡机在柜台上嘶嘶作响。斯特莱克陷入沉思，扪心自问一个令自己不舒服的问题，寻找真实的答案。

他真的比卡佛强吗？他为什么会想出如此危险的计划？因为他真心认为只有这样才能抓住凶手，还是因为他如果成功了——他如果能抓到真凶，并给他定罪——就能扭转现在的局面，弥补名誉和生意上的损失，重新戴上比警察更能干这个光环？大多数人都会认为他的计划莽撞而愚蠢。他打算这么做，到底是出于需要还是自负？

女侍把三明治和咖啡送到他面前。斯特莱克心不在焉地吃起来，目光没有焦点，几乎不知道自己在吃什么。

这是斯特莱克接触过的最受瞩目的案子。警察想必接到大量信息和线索，需要进一步梳理和追踪这些信息和线索。但斯特莱克敢打赌，其中没有任何东西能引导他们找到那个狡猾而邪恶的凶手。

他也可以直接去找卡佛的上级。但他和警察的关系实在太糟了，恐怕没人会允许他和警司直接对话。何况警司的首要职责就是照顾好自己人，绕过卡佛只会让警司觉得，斯特莱克根本看不起案件的直属负责人。

更重要的是，斯特莱克并没有证据，只有通往证据的理论。警局里即便真的有人信他的话，去寻找他认为一定存在的东西，他也怕这个过程拖得太久，凶手也许会有机会再次犯案。

斯特莱克回过神来，惊讶地发现自己已经吃完三明治。他还饿得很，于是又点了第二份。

不行，他想，突然下定决心，就这么办。

必须尽早阻止那头野兽。是时候赶在他前面了。不过，为了安抚自己的良心，为了证明这样做是为了抓到凶手而非赢取荣誉，斯特莱克还是掏出手机，给侦缉督察理查德·安斯蒂斯打了个电话。安斯蒂斯是他认识时间最久的警察。最近一段时间，两人的关系并不好，但斯特莱克想尽一切可能给警方机会，也好让自己安心。

漫长的等待后，他的耳边传来陌生的拨号音。没人接听。安斯蒂斯度假去了。斯特莱克考虑要不要留个言，最后还是打消这个念头。他就算留了言，度假中的安斯蒂斯也无能为力，留言只会毁了他的假期。就斯特莱克对安斯蒂斯老婆和三个孩子的了解，安斯蒂斯确实该好好度个假了。

斯特莱克挂了电话，漫不经心地翻着最近的通话记录。卡佛没有给他留电话号码。下面没隔几行就是罗宾的号码。她的名字就像一把刀，刺穿斯特莱克疲倦而走投无路的心。他仍然对罗宾极度愤怒，同时又十分渴望能和她聊聊。他把手机坚决地放回桌上，伸手从夹克内兜里掏出笔和本子。

斯特莱克大口吞着第二个三明治，在笔记本上列清单。

一）给卡佛写信

办这件事一半是为了让自己安心，一半是为了留条后路。斯特莱克管这种保护措施叫"擦屁股"。卡佛恐怕不会看电子邮件，现在一定有无数邮件涌入苏格兰场的电子邮箱，而斯特莱克又不知道卡佛的个人邮箱地址。人们更重视白纸黑字的信，特别是需要签收的那种。这是种文化。传统的挂号信一定能成功抵达卡佛的办公桌。这样一来，斯特莱克就能像凶手那样留下交流的踪迹，清楚证明他已经试过各种途径，想告诉卡佛怎样才能抓到真凶。他将来万一真的要上法庭，这样的证据将会起到至关重要的作用。斯特莱克不觉得卡佛真的会告他，不管他清晨时在科文特花园想出的计划能否成功。

二）煤气罐（丙烷罐？）

三）荧光服

四）女人——谁？

他顿了顿，皱眉盯着笔记本，心中天人交战。他思考了一会儿，不情愿地写下：

五）尚克尔

这意味着下一项是：

六）五百英镑（从哪儿来？）

然后他又思考一分钟：

七）打广告找罗宾的继任

57

> Sole survivor, cursed with second sight,
> Haunted savior, cried into the night.
> Blue Öyster Cult, 'Sole Survivor'

唯一的幸存者,被诅咒的千里眼,
饱受折磨的救世主,哭泣的夜晚。

——蓝牡蛎崇拜乐队,《唯一的幸存者》

四天过去了。罗宾因震惊和痛苦而满心麻木。一开始,她还期待斯特莱克会给自己打电话,毫无理由地相信斯特莱克会后悔对她说过那些话,会意识到自己犯了大错。琳达回家了,直到临走时都态度和蔼,善解人意。但罗宾还是怀疑,母亲在心底暗自庆幸她能离开侦探事务所。

对于难以接受这个结果的罗宾,马修表达了深切的同情。他说斯特莱克根本不知道自己有多幸运,并列举罗宾为侦探所做的种种牺牲,其中第一项就是可笑的微薄薪水和不近人情的工作时间。马修提醒罗宾,所谓的搭档地位完全是她自己想象出来的,斯特莱克明显对她毫无尊敬可言:没有搭档合约,没有加班费,泡茶和出去买三明治之类的琐事也总是推给罗宾。

如果是在一周之前，马修不管说什么，罗宾都一定会为斯特莱克辩护。她会说，工作性质要求她必须长时间加班，生意不景气时可没法要求加薪，斯特莱克也经常给她泡茶。她也许还会补充，斯特莱克并不富裕，却仍然从自己的口袋里掏钱，送她去上跟踪与反跟踪课程；斯特莱克是事务所的创办人、唯一的股东、资深合伙人，本来就不该在法律上把罗宾提升到和他一样的地位。

但她什么也没说。斯特莱克临走前的最后一句话每天都在她脑海中回响，仿佛成了心跳的一部分：严重渎职。是他那一刻的表情让罗宾假装赞同马修的看法：她现在最主要的感情是愤怒；这个让她如获至宝的职位只是一份可以轻易取代的工作；斯特莱克根本毫无道德心，怎么就不明白，安吉尔的安全比其他任何事都重要？罗宾既不想、也没有力气指出，马修的态度根本是来了个一百八十度的大转弯。马修刚听说她去了布罗克班克家时，可是快气疯了。

就这样过了好几天，斯特莱克始终没有音讯。罗宾感到从未婚夫身上传来无声的压力，只好假装周六的婚礼不但抚慰了她受伤的心，也占据了她的全部思绪。马修在家时，她不得不装出兴奋的样子；马修白天去上班了，她反倒乐得轻松。每天晚上，她会在马修回家前删除电脑上的浏览记录，不让他知道自己一直在翻看夏克韦尔开膛手的相关新闻，并且同样频繁地用谷歌搜索斯特莱克的消息。

在罗宾和马修即将返回马沙姆的前一天，马修拿着一份《太阳报》回了家。这不是他平常会读的报纸。

"怎么想起买这个？"

马修犹豫一下，罗宾心头一颤。

"不会又出事了——"

但她知道，没有新的受害者。她一整天都在看新闻。

马修打开报纸，翻到大概第十页后递给她，罗宾读不懂他的表情。罗宾发现上面印着自己的照片：她穿着风衣外套，正低头走出法庭。那是她在欧文·奎因谋杀案的公开审讯中上庭作证的照片。还有两张较小的照片印在她的照片上面：一张是斯特莱克，看起来有些宿醉；另一张则是非常漂亮的模特，那是斯特莱克和罗宾一起成功破过的案子里的死者。照片下写着：

兰德里案侦探寻找女助手

成功解决超模卢拉·兰德里和作家欧文·奎因两件案子的侦探科莫兰·斯特莱克已经与美丽动人的秘书罗宾·埃拉科特（二十六岁）分道扬镳。

侦探在网上发了招聘启事："你如果有侦查或军事调查方面的相关经历，有意——"

还有好几段文章，但罗宾看不下去。她望向作者署名：多米尼克·卡尔佩珀，和斯特莱克有私交的记者。他经常追着斯特莱克要新闻。恐怕是斯特莱克主动给卡尔佩珀打了电话，让他发了这篇报道，保证物色新秘书这件事传得路人皆知。

罗宾本来以为自己的心情不可能更糟，但她错了。斯特莱克真的开除了她，尽管她之前做了那么多。她只是个可以随意更换的"女助手"、"秘书"——从来都不是地位平等的搭档。斯特莱克现在要找有侦缉经验的人，遵守纪律、服从命令的人。

在极度愤怒中，罗宾感觉周围的一切都模糊起来：门廊，报纸，极力显出同情的马修。罗宾努力按捺住自己，没有冲进客厅，抄起正在充电的手机，给斯特莱克打电话。在过去四天里，罗宾无数次动过这个念头，但又不愿意问他——求他。

现在不一样了。现在罗宾只想冲斯特莱克大吼大叫，将他骂得狗血淋头，指责他不知好歹，虚伪做作，缺乏道德——

她满怀怒火的目光和马修的目光对上。马修瞬间变了表情，但罗宾还是看出，斯特莱克的错误决定让马修很开心。马修显然很期待她看到报纸后的反应。罗宾离开斯特莱克让他欣喜若狂；与这种快乐相比，罗宾的痛苦算不了什么。

罗宾转身走向厨房，决心不对马修大喊大叫。他们如果吵起来，那就像是斯特莱克的胜利。她可不会让前任老板影响到自己的感情生活，毕竟马修是她必须——是她想嫁的男人。离婚礼只有三天了。罗宾笨手笨脚地把平底锅里的意大利面往滤锅里倒，不小心溅了一身热水，忍不住骂了一句。

"又吃意面？"马修说。

"对，"罗宾冷冷地说，"有问题吗？"

"老天，当然没有，"马修说，从身后靠过来，搂住她，"我爱你。"他在罗宾耳边说。

"我也爱你。"罗宾机械地回答。

两人往路虎里装满旅行所需的一切物品。他们要先北上回家，然后在斯文顿公园酒店举行婚礼，之后再去度蜜月。对于蜜月旅行地，罗宾只知道那是个"很热的地方"。第二天早上，他们十点出发。明亮的阳光下，两人都只穿了T恤。罗宾钻进车里，想起四月那个迷雾笼罩的清晨：马修追出门来，她开着路虎头也不回地走了，急切地想要逃离这个家，赶到斯特莱克身边。

她的驾驶技术远胜马修。但两人每次一起出门，担任司机的总是马修。他开着路虎，转上M1高速公路，哼起丹尼尔·拜丁菲尔德（Daniel Bedingfield）的《Never Gonna Leave Your Side，永伴你左右》。这首老歌流行时，他们都刚上大学。

"能不能别唱了？"罗宾突然说。她听不下去了。

"抱歉，"马修吓了一跳，"我还以为这首歌挺应景的。"

"也许这首歌里有你不少的美妙回忆，"罗宾说，转头望向窗外，"对我可没有。"

她用眼角余光看到马修瞥了她一眼，又回头望向前方。路虎在沉默中开出一英里，罗宾有些后悔，希望自己什么都没说。

"你可以唱点别的。"

"没事。"马修说。

他们在多宁顿公园服务站停下来喝咖啡，这里没有伦敦那么热。罗宾把外套挂在椅背上，起身去了洗手间。马修伸了个懒腰，T恤向上爬去，露出平坦的小腹。咖世家柜台后的女孩望过来。马修对自己和人生都心满意足，冲女孩咧嘴一笑，眨了一下眼。女孩脸颊绯红，转回身去，和旁边把一切都看在眼里的同事嬉笑起来。

罗宾外套里的手机响了。马修以为是琳达打来电话，问他们还有多久才到家，就懒洋洋地伸出手，在两个姑娘的目光下掏出罗宾的手机。

是斯特莱克。

马修盯着震动的手机，仿佛不小心捡起了一只狼蛛。手机铃声继续响着。马修环顾四周，不见罗宾的人影。他按了接听，随即立刻挂断。屏幕上显示出"未接电话：科莫兰"。

马修可以肯定，那个大个子丑八怪一定是想叫罗宾回去。过了五天，斯特莱克发现自己找不到比罗宾更好的人。他也许面试了好多人，发现没人能胜任这份工作；也许应聘者一听说薪资标准，就对他哈哈大笑，甩手走人。

电话又响了：斯特莱克重拨一次，想确定电话挂断是有意还是无心。马修盯着手机，犹豫不决。他不敢代替罗宾接电话，叫斯特莱克滚蛋。他知道，斯特莱克一定会继续坚持不懈地打过来，直到和罗宾本人说上话。

电话转入语音信箱。马修意识到，斯特莱克如果在留言中道了歉，那将是最糟的情况。罗宾也许会一遍又一遍地反复播放留言，然后心软……

他抬起头，看到罗宾走出洗手间。马修拿着手机站起身来，假装在打电话。

"我要打给我爸爸。"他对罗宾撒谎，用手捂住话筒，心里暗自祈祷斯特莱克不要在这个时候打过来。"我的手机没电了……嘿，你的密码是什么来着？我得查一下蜜月航班的信息，告诉我爸爸——"

罗宾把密码给了他。

"等我一下，我不想让你现在就知道蜜月的事。"马修说，拿着手机走远，对自己敏捷的思维半是愧疚，半是骄傲。

他躲到男厕所里，给罗宾的手机解了锁。删掉斯特莱克的来电，就等于删掉罗宾与斯特莱克的全部通话记录。他动手删了，然后打开语音信箱，听完斯特莱克的留言，把留言也删了。最后他点进手机设定，把斯特莱克列入黑名单。

马修对着镜子里英俊的倒影深吸一口气。斯特莱克在留言里说，罗宾如果不回电话，他就不会再打了。婚礼还有不到四十八小时就要举行。马修紧张而决绝：他相信斯特莱克会信守诺言。

58

Deadline

《最后期限》

　　他满心紧张，坐立不安，相信自己做了蠢事。地铁在轰隆声中向南开去，他紧握着拉环，指节都发白了。他眯起肿胀发红的双眼，透过墨镜看着车站牌。

　　她尖利的声音还在他的耳中回响。

　　"我不信。你说你上了夜班，那钱呢？不——我不想跟你说话——不——你不能再出去了——"

　　他揍了她。他知道不该这么做。她惊骇的脸留在他的脑海中，久久不散：因震惊而瞪大的眼睛，捂住脸的手，苍白脸颊上发红的指印。

　　这他妈都是她的错。他无法控制自己。在过去两周里，她的声音变得越来越刺耳。他被墨水喷过之后，回了家，撒谎说眼睛发红是因为过敏。但那冷淡的婊子毫无同情之心，只是不停地问他到底去哪儿了，还第一次问起他挣的钱在哪儿。他最近一直忙着跟踪小秘书，没时间去找那帮人合伙盗窃。

　　她之前带了份报纸回家，报纸上面说夏克韦尔开膛手的眼睛周围可能有红墨水印记。他把报纸拿到花园里烧了，但没办法阻止她在别处读到这篇报道。前天，她带着很奇怪的表情看他，把他吓了一跳。她其实不笨，不是真笨；她已经开始怀疑了吗？小秘书已经让他丢了脸，他可不想再这样紧张下去了。

没有必要再去找小秘书了，因为她已经彻底离开斯特莱克。他为了能离开她，清静清静，有时会去网络咖啡馆待一小时，结果在网上读到这条新闻。看来他的弯刀吓到了小秘书，她手臂上也将永久留下那条长长的伤痕。这让他感到安慰，但还远远不够。

他之前策划了好几个月，唯一的目的是让斯特莱克惹上杀人的嫌疑，让他深陷泥淖，无法脱身。首先是那个想砍掉自己腿的愚蠢小婊子，他通过杀这个小婊子，希望警察盯住斯特莱克不放，希望无知的大众以为这件事和他有关。然后再杀掉他的秘书，看他怎么挣扎着全身而退，看他此后还怎么当他的著名侦探。

但那混蛋两次都成功脱身。他以凯尔西的名义谨慎地写了好几封信，打算把斯特莱克变成头号嫌犯，但媒体只字未提这些信件。这一次，媒体还跟那杂种合起伙，既没登出小秘书的名字，也没说出她和斯特莱克的关系。

也许现在收手才是最明智的……但他不能收手。都已经走到这一步了。他这辈子都没这么精心策划过一件事。他一定要毁了斯特莱克，那个肥胖瘸腿的混蛋已经登广告找新秘书了，事务所一点都没有要倒闭的样子。

也不是完全没有好消息：丹麦街上没有警察了，那个放哨的走了。警方大概觉得，小秘书一走，就没必要再看着那里了。

他也许不该再在斯特莱克工作的地方出没，但他想看看小秘书抱着纸箱惊惶离开的样子，见到形容憔悴的斯特莱克也好。结果事与愿违——他在街上找了个隐蔽的地方藏好，很快就看到那混蛋大步走在查令十字街上，一副泰然自若的模样，身边还有个美女相陪。

那女人大概是临时工，斯特莱克不可能这么快就找到正式员工。大个子显然需要有个人帮他收信。她穿着与美貌相得益彰的高跟鞋，扭着翘臀，晃晃悠悠地跟在斯特莱克身边。他喜欢皮肤黑点的女人，一直都喜欢。说实话，如果让他在现在这个女人和小秘书之间做选择，他一定会选现在这个。

她可没接受过什么反跟踪训练，这点一目了然。他看到这个女人之后，在斯特莱克的办公室外面观察了一个上午，看着她出门去邮局又回来，一直打电话，对周围的一切不闻不问，不停撩长发，对其他人最多只是匆匆一瞥，失手把钥匙掉到地上，对电话里和擦肩而过的人语速飞快地高声说话。下午一点，他跟在女人身后，进了一家三明治餐厅，听见她大声跟人相约第二天晚上去科西嘉俱乐部。

他知道科西嘉俱乐部是什么地方，也知道它在什么地方。兴奋在他心里流窜。他转过身去，假装望向窗外，生怕脸上的表情会出卖自己……他如果能趁这个女人为斯特莱克工作时干掉她，一样可以完成原来的计划：斯特莱克与两桩谋杀分尸案都脱不了干系，没人会再信任他，不管是警察还是民众。

比原来容易。小秘书太他妈的难搞了，总是警惕地扫视周围，走明亮人多的街道回家，每天晚上都回到男友身边。这个临时工就不一样了，简直像是自己拱手送上门来的。她的声音那么响，三明治餐厅里的所有人都知道她要去哪儿见朋友。然后她穿着厚底高跟鞋大步流星地走回办公室，半路还把带给斯特莱克的三明治掉到地上。她弯腰去捡，他注意到她手上没有戒指。他转过身去，思索之后的计划，几乎难掩喜色。

他太开心，太兴奋，美中不足的是扇她的那一巴掌。那可算不上夜晚良好的开端。所以他隐隐不安。他没时间留下来安抚她，和她重归于好，而是直接走出门，决心干掉临时工。他仍然心神不宁……万一她报警了呢？

她不会报警的。他不过是打了她一巴掌。她爱他，她不是一直这么说吗？她们只要爱你，区区一桩谋杀案算得了什么……

他感到脖子后面有些发痒，忍不住回头望去，想象斯特莱克就站在车厢一角，望着自己。但车里没有那死胖子的身影，只有一群衣着邂逅的男人站在一起。其中确实有个人正盯着他看，脸上有道伤疤，嘴里有颗金牙。但他透过墨镜回望，那个男人就移开目光，再度低头玩起手机……

他下了地铁，走在去科西嘉俱乐部的路上。他也许该给她打个电话，告诉她，他爱她……

59

> With threats of gas and rose motif.
> Blue Öyster Cult,'Before the Kiss'
>
> 带着煤气和玫瑰图案的威胁。
>
> ——蓝牡蛎崇拜乐队,《亲吻之前》

斯特莱克站在阴影里,握着手机等待着。他穿着对六月傍晚而言过于温暖的二手夹克,深深的口袋凸起来,被他细心藏好的东西拖得直往下坠。最好在夜色掩护下实施计划,但夕阳走得很慢,仍然照耀着他面前形形色色的屋顶。

他知道自己该集中精神准备当晚的危险行动,但思绪还是不由得转回罗宾身上。罗宾至今没回电话。斯特莱克在脑海里定了个期限:她今天结束时如果还没回电话,那永远都不会回了。明天十二点,她就要在约克郡嫁给马修。斯特莱克确定,那将是决定命运的转折点。罗宾戴上戒指时,他们如果还没说上话,那他们恐怕再也不会有联系。如果说有什么让他深刻意识到失去罗宾是多大的损失,那就是过去几天和他一起待在办公室里的那个女人。她虽然美得惊人,性格却泼辣而吵闹。

西边的天空染满色彩，和鹦鹉的翅膀一样明亮耀眼：猩红，橙黄，还有一丝淡淡的绿色。在这片五彩缤纷的天空后面，淡紫色的夜幕上有星辰闪烁。快到行动的时间了。

尚克尔仿佛听见了他的心声。斯特莱克的手机震动，进来一条短信：

明天喝一杯？

他们事先商量过暗号。这一切终将上法庭，被公之于众——斯特莱克认为这很有可能——他必须将尚克尔排除在外。今晚，他们不能留下任何可疑信息。"明天喝一杯？"就等于"他进了俱乐部"。

斯特莱克把手机塞回兜里，从藏身之处走出来，穿过黑暗的停车场，走向唐纳德·莱恩无人的家。SE1公寓居高临下地俯视着他，黑漆漆的身躯庞大逼人，不规律排列的窗口反射着最后几缕鲜红的夕阳之光。

沃拉斯顿小巷楼房的阳台前都拦了细网，防止鸟儿在上面落脚，或透过打开的门窗飞入室内。斯特莱克绕到侧门前。之前，他趁一群少女出门的工夫，找东西卡住门。没人把它关好；大家都以为有人腾不出手来开门，不敢轻易插手，以免惹怒此人。在这个地方，生气的邻居和闯上门的强盗一样危险，何况邻居事后仍然会和你住在一个地方。

斯特莱克爬楼梯爬到一半，脱下外套，露出荧光工作服。他拿着藏着丙烷罐的夹克，继续往上爬，最后走上莱恩房子的阳台。

和莱恩共用阳台的住家里透出灯光。在这个温暖的夏日傍晚，这位邻居家开了窗，说话声和电视的声音清晰地传过来。斯特莱克悄无声息地走向尽头无人的公寓。他到了自己曾在停车场里长时间观察过的门口，把裹在夹克里的丙烷罐挪到左胳膊的臂弯里夹着，从口袋里掏出橡胶手套戴上，然后又掏出一些不成套的工具。其中有些是他自己的，另外的则是他向尚克尔借来的：榫眼锁的结构钥匙，两套万能钥匙，各种型号的梳子型开锁器。

斯特莱克开始研究莱恩房子门上的两把锁。邻居家传出美国口音的女声。

"法律是法律，对错是对错。我要做对的事。"

"要是能操杰西卡·阿尔巴，叫我干什么都行。"一个喝高了的男声说，另外两个男人哄笑着表示同意。

"快啊，你个混蛋。"斯特莱克低声嘟囔，和位置靠下的第二把锁搏斗着，胳膊紧夹着丙烷罐。"动啊……动啊……"

锁"咔"的一声开了。斯特莱克推开门。

和他预想的一样，屋里的气味非常难闻。斯特莱克走进门。屋里看起来年久失修，没有任何家具。他要想开灯，必须先拉上窗帘。他向左转过身，不小心踢到某个纸箱似的东西。有什么重物掉到地上，发出一声巨响。

操。

"喂！"单薄的墙面后面传来叫喊，"是你吗，唐尼？"

斯特莱克快步走回到门口，在房门把手旁边的墙上来回摸索，找到电灯开关。灯光照亮整个屋子，屋子里面只有一张满是污渍的双人床垫和一个橙色箱子。滚落在地的 iPod 底座显然本来是放在箱子上的。

"唐尼？"之前的声音又说，已经移动到阳台上。

斯特莱克掏出丙烷罐，打开，把它塞到橙色的箱子底下。阳台上传来逐渐接近的脚步声，随即有人敲门。斯特莱克开门。

一个满脸粉刺、头发油腻的男人眼神蒙眬地看着斯特莱克。他显然已经嗑药嗑高，手里拿着一罐约翰·史密斯啤酒。

"老天爷，"他口齿不清地说，使劲闻了闻，"这他妈的是什么气味？"

"煤气，"身着荧光服的斯特莱克说，像个严厉的国家电网工作员，"楼上有人通知我们。应该是从这里传出去的。"

"活见鬼，"邻居皱起眉头，"不会爆炸吧？"

"我要检查了才知道,"斯特莱克简单地说,"你那儿没有明火吧?没人在抽烟吧?"

"我去看看。"邻居突然一脸惊恐。

"好吧。我检查完这里,再去你家看看,"斯特莱克说,"我正在等待增援。"

他话一出口就后悔了,但邻居并没觉得煤气工的措辞有什么奇怪之处。他转身要走,斯特莱克又说:

"住这儿的人叫唐尼,是吗?"

"唐尼·莱恩,"邻居说,显然急于回家藏好他们吸的东西,灭掉所有明火,"他还欠我四十镑。"

"哦,"斯特莱克说,"这我帮不上忙。"

男人快步走了。斯特莱克关好门,暗自庆幸自己事先做好了准备。他可不想现在就把警察招来,他还没拿到任何证据呢⋯⋯

斯特莱克掀开橙色箱子,关上嘶嘶作响的丙烷罐,把 iPod 和底座摆回箱子上。他本想继续往里屋走,半途又改变主意,回到 iPod 前面。他用戴着橡胶手套的手指小心地点了一下,iPod 的小屏幕亮了。屏幕显示出歌曲名:《Hot Rails to Hell, 热轨地狱》,演唱者正是斯特莱克早已熟识的蓝牡蛎崇拜乐队。

60

Vengeance（The Pact）

《复仇（契约）》

　　俱乐部里挤满人。这个地方和他公寓对面的那片店铺一样，建在两座铁路拱桥之间的隧道里，瓦楞结构的铁皮屋顶别有一番地中海风情。投影仪在金属结构上洒下迷幻的灯光，音乐声震耳欲聋。

　　门口的保镖不太愿意让他进去，态度相当粗鲁。他很怕他们会拍打他全身，进行安检，发现他口袋里装的刀。还好他们没有这么做。

　　他比周围所有人都老，这让他忿忿不平。都是牛皮癣关节炎的错，让他满脸红疹，他又因为注射类固醇而臃肿不堪。他玩拳击时的那些肌肉早已变成脂肪。他在塞浦路斯时，钩钩手指就能引来女人，现在完全不行了。在水晶灯下嬉笑舞动的几百个小婊子都不会看上他。她们的着装完全不像俱乐部着装，大多数女人都穿着牛仔裤和T恤，像群女同性恋者。

　　斯特莱克那个臀部诱人、心不在焉的临时工呢？这地方没几个高个黑人，她应该很好找。但他在吧台和舞池里来回走了一圈，连她的人影都没看见。他听这个女人提到一家离他公寓这么近的俱乐部，本以为这是神的恩赐，代表着他又恢复神祇般的全能状态，整个宇宙再次为他而转动。但那种天下无敌的感觉没多久就开始消退，在他和她吵架时几乎消失殆尽。

音乐震动着他的头脑。他宁可留在家里，听着蓝牡蛎崇拜乐队，对着自己的珍藏品手淫。但他是亲耳听见她说要到这儿来的……操，这里的人实在太多了，他完全可以紧紧贴到她身边，用刀一捅，根本不会有人听见她的尖叫……可是那婊子到底在哪儿？

一个穿着野旗乐团T恤的白痴不停撞到他身上，他真想好好踢这人两脚。但他只是挤出人群，靠到吧台边，再次扫视整个舞池。

旋转的灯光扫过舞动的胳膊和满是汗水的脸。一闪而过的金光——脸上的伤疤，嘴边的冷笑——

他猛然冲过人群，不在乎有多少小婊子被他撞到一边。

那个伤疤脸之前和他搭过同一班地铁。他回头望了一眼。伤疤脸似乎在找人，踮起脚尖左右环顾。

情况不对。他能感觉到。有诈。他微微屈膝，让自己更好地混在人群里，挤向紧急出口。

"抱歉，伙计，你得走前——"

"滚。"

对方还没来得及阻止，他已经使劲扳开紧急出口门上的门闩，冲入夜色。他沿着俱乐部的外墙狂奔一段，拐上旁边无人的街道，喘着气思考接下来该怎么办。

你很安全，他对自己说，你很安全。没人能抓到你。

真的吗？

伦敦有那么多家俱乐部，她偏偏挑了这个离他住处只有两分钟步行路程的地方。这难道并非众神的礼物，而是某人预设的陷阱？

不。不可能。斯特莱克叫猪一样的警察来查他，而他们对他根本不感兴趣。他一定很安全。没有什么东西可以把他和任何一个受害者联系起来……

可那个脸上有疤的男人是从芬奇利坐地铁过来的。这件事扰乱他的思绪。如果有人正在跟踪一个不是唐纳德·莱恩的人，那他可就完了……

他快步走起来，不时小跑一段。他曾经必须依赖拐杖，但病早就好了，不过他保留了拐杖，靠拐杖赢得天真女人的同情，蒙蔽残疾人扶助办公室，并维持他病入膏肓的假象，让警察相信他不可能杀了凯尔西·普拉特。他的关节炎好几年前就痊愈了，但他还靠这病赚取额外收入，支付沃拉斯顿小巷公寓的开销……

他快步穿过停车场，抬头望向自己的窗口。窗帘拉上了。他可以发誓，他走的时候，窗帘是拉开的。

61

And now the time has come at last
To crush the motif of the rose.
Blue Öyster Cult,'Before the Kiss'

时机终于来临
碾碎那玫瑰图案。

——蓝牡蛎崇拜乐队,《亲吻之前》

唯一的卧室灯泡坏了。斯特莱克打开随身带的手电筒,慢慢走向屋里唯一的家具:一座廉价松木衣柜。他打开柜子,柜门吱呀一声。

柜子里贴满有关夏克韦尔开膛手的报道。剪报上方是一张A4纸打印出来的照片,照片大概是从网上下载的。斯特莱克的母亲袒露着年轻的身体,双臂举在头上,乌云般的秀发勉强盖住耸立的乳房,三角形的漆黑阴毛里隐约露出花体字刺青:Mistress of the Salmon Salt,鲑鱼盐小姐。

斯特莱克低下头,看见柜子底部放着一个黑色垃圾袋,旁边是一沓大尺度色情杂志。他把手电夹到腋下,隔着手套打开垃圾袋。里面有一堆女用内裤,其中几条染着棕红色的陈旧血渍,手感坚硬。斯特莱克在袋子底部摸到一条项链、一只圈形耳环。一只心形竖琴挂坠反射出手电的光。耳环上也有干涸的血迹。

斯特莱克把所有东西都放回垃圾袋里，关上衣柜的门，走向厨房。弥漫整座公寓的腐烂气味显然就来自那里。

隔壁的人调高电视音量。连绵不绝的枪声穿透薄墙，伴随着嗑药嗑高了的低低笑声。

厨房的水壶边放着一罐速溶咖啡、一瓶贝尔斯啤酒、一面剃须镜和一把剃刀。烤箱里满是油渍和灰尘，看起来已经很久没用过了。冰箱门好像用脏布擦过，但仍有纵横的浅红色水渍留下。斯特莱克伸手去开冰箱门，手机突然在兜里震动起来。

是尚克尔打来的。他们先前商量好不打电话，只发短信。

"见鬼，尚克尔，"斯特莱克说，把手机按到耳边，"我说过——"

他刚听见背后的呼吸声，一把弯刀就冲着他的后颈砍过来。他猛然躲开，手机飞出去，摔到肮脏的地面上。他摔倒，弯刀划伤他的耳朵。潜伏在他身后的黑影再次举起弯刀，想要攻击倒地的他。他一脚踢中黑影的胯部，黑影呻吟一声，后退两步，随即又举起刀来。

斯特莱克挣扎着跪坐起来，一拳狠狠打中对手的睾丸。弯刀从莱恩的手里滑落，掉到斯特莱克的背上。斯特莱克疼得叫起来，一把抱住莱恩的膝盖，将他掀翻在地。莱恩的头撞上烤箱门。他挥舞着粗壮的手指，扼向斯特莱克的喉咙。斯特莱克再次挥拳，结果拳头被莱恩沉重的身躯压住。莱恩粗大有力的手掐上他的喉管。斯特莱克奋力给莱恩来了一记头锤，把他的颅骨又撞到烤箱门上——

两人撕扯着滚了一圈，最后斯特莱克压在上面。他想打莱恩的脸，但莱恩和当年在拳击场上时一样反应敏捷：他用一只手挡住斯特莱克的拳头，另一只扼住斯特莱克的下巴，把他的脸往上扳——斯特莱克又挥一拳。他没法瞄准，但拳头还是打中莱恩，骨头碎裂的声音传来——

然后莱恩粗大的拳头突然正面揍中斯特莱克的脸，斯特莱克感到鼻梁瞬间开裂。他整个人都在这一拳的冲击下向后仰去，鲜血四溅，泪水让一切都模糊起来。莱恩喘着气，一把推开他，就像个魔术师，不知道又从哪儿拿出一把砍肉刀——

斯特莱克看不清东西，鼻血直往嘴里流。他隐约看见莱恩的刀刃在月光下闪着寒光，不假思索地踢出假腿——刀锋砍在代替膝盖的金属球上，发出沉闷的撞击声。可是砍肉刀随即再次扬起——

"不，你他妈的休想，混蛋！"

尚克尔从后面抱住莱恩，将他的头紧紧夹在腋下。斯特莱克不明智地伸手去抢砍肉刀，手掌立马被划伤。尚克尔和莱恩扭打在一起。苏格兰人的体格大过对手太多，很快就占了上风。斯特莱克又用假肢冲着砍肉刀猛踢，这次成功地把刀从莱恩手里踢掉，随即上前帮尚克尔将莱恩按倒在地。

"快投降吧，不然我他妈的立即砍了你！"尚克尔吼道，双臂紧扼莱恩的脖子。苏格兰人挣扎着，咒骂着，双手仍然紧握成拳，骨头开裂的下颚不自然地下垂。"可不是只有你有刀，你个废物胖子！"

斯特莱克拿出一副手铐。他从特别调查局退役时拿走的东西不多，这是其中最昂贵的一件。他和尚克尔一起使劲才按住莱恩，把他的双手拗到背后，铐上。莱恩不停地挣扎着，脏话源源不断。

两人终于不用再按着莱恩。尚克尔对准他的横膈膜使劲踢了一脚，凶手虚弱地喘了口长气，终于安静片刻。

"你没事吧，本森？本森，他伤着你哪儿了？"

斯特莱克靠着烤箱瘫坐在地。他的耳朵和右手都流血不止，但最糟糕的还是已经肿起来的鼻子。鲜血流进嘴里，让他难以呼吸。

"给，本森。"尚克尔四处转了一圈，拿着一卷手纸回来了。

"谢了。"斯特莱克鼻音厚重地说。他用大量的手纸堵住鼻孔，低头看着莱恩。"很高兴能再见到你啊，雷。"

莱恩仍然喘不过气，什么都没说，秃头在月光下微微发光。

"你不是说他叫唐纳德吗？"尚克尔好奇地问。莱恩在地上扭动着，尚克尔又踢了他的腹部一脚。

"是啊，"斯特莱克说，"别再踢他了。你把他踢坏了，上庭负责的可是我。"

"那你为什么叫他——"

"因为,"斯特莱克说,"——什么都别碰,尚克尔,我不想让你留下指纹——因为唐尼还有另一个身份。他不在这儿时,"斯特莱克走到冰箱前,伸出还戴着橡胶手套的左手,握住冰箱门把手,"他可是退伍的英勇消防员雷·威廉斯,和哈兹尔·弗利一起住在芬奇利。"

他打开冰箱门,用左手拉开冷冻室。

里面是凯尔西·普拉特的乳房,和无花果一样发黄干瘪,萎缩成两块干皮。旁边是莉拉·蒙克顿的手指,涂着紫色的指甲油,上面有莱恩的深深牙印。再往里还有一对耳朵,上面挂着塑料甜筒形状的耳环。最后是一块残缺的肉,隐约可以分辨出鼻孔的模样。

"操他妈的老天,"尚克尔说,在斯特莱克身边弯腰看着,"操他妈的,本森,这是——"

斯特莱克关上冰盒和冰箱门,转头看着俘虏。

莱恩一动不动地趴着。斯特莱克毫不怀疑他正用那狐狸般的邪恶头脑思考,要怎样才能将眼前的绝望境地变得对自己有利,要怎样才能狡辩说是斯特莱克陷害他,是斯特莱克栽赃,或污染证据。

"我应该一开始就认出你的,是不是啊,唐尼?"斯特莱克说,用手纸裹住流血的右手。月光透过脏兮兮的窗户照进来,斯特莱克终于有机会仔细观察莱恩那张熟悉的脸,尽管那张脸已经因类固醇和缺乏锻炼堆上了厚厚的脂肪。肥胖,干燥皮肤上的皱纹,为了掩盖红疹而留的胡子,仔细剃过的光头和装出来的迟缓动作,这一切让他看起来比实际年龄老十岁。"在哈兹尔家,你一打开门,我就该认出你,"斯特莱克说,"但你遮住脸,一直哭哭啼啼地擦眼泪。你用的是什么办法?往眼睛里抹点东西,让它们肿起来?"

斯特莱克掏出烟盒,示意尚克尔,然后自己也点了一支。

"我现在想起来,你那东北部的口音有点夸张。是在盖茨黑德学的吧?他一直很有模仿才能,我们这位唐尼,"他告诉尚克尔,"你真该听听他模仿奥克利下士。听说简直是活灵活现。"

尚克尔的目光在斯特莱克和莱恩之间转来转去,充满好奇。斯特莱克抽着烟，低头看着莱恩。他的鼻子阵阵作痛，疼得眼泪都出来了。他想先听杀手说句话，再打电话报警。

"你在科比打晕一个痴呆的老太太，把她家洗劫一空，没错吧，唐尼？可怜的威廉斯太太。你拿走她儿子的奖状，我猜你还拿了他的不少过期证件吧。你知道他出国了。只要有以前的证件，要假装成另一个人并非难事。拿着那些材料，很容易就能申请到有效的身份证明，哄骗寂寞的女人，瞒过一两个粗心大意的警察。"

莱恩沉默地躺在脏地板上，但斯特莱克几乎能感觉到他肮脏而绝望的头脑正在飞速运转。

"我在他家发现了泰尔丝胶囊，"斯特莱克告诉尚克尔，"那是治粉刺的，但也能治牛皮癣性关节炎。我早该发现。他把药藏在凯尔西的房间里，雷·威廉斯可没得关节炎。

"你和凯尔西分享了很多秘密吧，是不是，唐尼？是你让她对我感兴趣，把她玩弄于股掌之间。你骑摩托车带着她，在我办公室周围转悠……假装去帮她寄信……假冒我写了回信，把回信带给她……"

"变态的混账。"尚克尔厌恶地说。他拿着烟头，俯身凑近莱恩的脸，显然很想伤害他。

"你别拿烟头烫他，尚克尔，"斯特莱克说，掏出手机，"你最好赶紧走，我要报警了。"

他打了九九九报警电话，说出这里的地址。他已经编好说辞：他跟着莱恩进了俱乐部，又跟着他来到公寓，然后两人吵起来，莱恩攻击他。警察没必要知道尚克尔也参与其中，或者斯特莱克撬了莱恩的锁。当然，嗑高的邻居也许会说些什么，但斯特莱克认为那个年轻人会躲得远远的，免得在法庭上把吸毒史抖落个一干二净。

"把这些拿走处理掉，"斯特莱克告诉尚克尔，脱下荧光服递给他，"还有那边的丙烷罐。"

"没问题，本森。你确定你单独跟他待着不会有事？"尚克尔补充一句，望着斯特莱克断裂的鼻梁，流血的耳朵和手。

"嗯，当然没事。"斯特莱克说，心里有些感动。

他听着尚克尔走进隔壁房间，捡起丙烷罐，然后走过厨房窗外，上了阳台。

"尚克尔！"

老朋友一瞬间就回到厨房，斯特莱克知道他一定是冲过来的。尚克尔举起沉重的丙烷罐，但莱恩还是一动不动地戴着手铐趴在地上，斯特莱克也仍然靠在烤箱上抽烟。

"操，本森，我以为他偷袭你了呢！"

"尚克尔，你能不能找辆车，明早送我去一个地方？我给你——"

斯特莱克低头看着自己空荡荡的手腕。他昨天刚把表卖掉，换来现金，支付尚克尔今晚的报酬。他还有什么东西能当？

"听着，尚克尔，你也知道，我肯定能通过这件事赚点钱。给我几个月的时间，会有大批客户排队来找我。"

"没关系，本森，"尚克尔想了想说，"你欠着好了。"

"真的？"

"嗯，"尚克尔转身要走，"你准备好了就给我打电话，我去找车。"

"别用偷的！"斯特莱克喊道。

尚克尔第二次从窗前经过。刚过几秒，斯特莱克就听见警笛声从远处传来。

"他们来了，唐尼。"他说。

唐纳德·莱恩第一次也是最后一次用自己真正的声音开口。

"你母亲，"他带着浓重的苏格兰口音说，"是个该死的婊子。"

斯特莱克大笑起来。

"也许是吧，"他说，在黑暗里流着血、抽着烟，听着警笛声逐渐靠近，"但她爱我，唐尼。听说你母亲根本不关心你，警察的私生杂种。"

莱恩挣扎起来，徒劳无功地想要重获自由，最后只是翻了半个身，侧躺在地，双臂仍然铐在背后。

62

A redcap, a redcap, before the kiss...
Blue Öyster Cult,'Before the Kiss'

一个红帽子①，一个红帽子，在亲吻之前……

——蓝牡蛎崇拜乐队，《亲吻之前》

当天晚上，斯特莱克没有见到卡佛。卡佛恐怕宁可开枪打掉自己的膝盖，也不愿意面对他。斯特莱克从没见过的两个刑侦警察在事故急救科找他问话，中间不时有医护人员前来处理他的伤口。他的耳朵缝了针，被划伤的手掌裹了绷带，被弯刀割破的后背敷了药，鼻子也被医生费劲地扭回到左右对称的位置——这已经是他这辈子第三次断鼻梁了。医生处理伤口时，斯特莱克向警察清清楚楚地说明抓到莱恩的过程。他谨慎地表示，他两周前已经把相关信息告知卡佛的下属，上次和卡佛直接通话时也试图解释过。

"你们怎么不记下来？"斯特莱克问。两个警察沉默地盯着他。较年轻的那个匆忙记了两笔。

---

① "红帽子"既指英国民间传说里的一种精灵，又指军事警察。

"我还写了封信，"斯特莱克继续说，"用挂号信寄给了卡佛督察。他应该昨天就接到信了。"

"你寄了挂号信？"年长的警察问。他留着小胡子，目光忧郁。

"没错，"斯特莱克说，"我想确保这封信能平安寄到。"

警察做了更详细的笔记。

斯特莱克的说法是这样的：他怕警察并不认同他对莱恩的怀疑，就决定自己跟踪莱恩。当晚，他跟着莱恩去了俱乐部，担心他会再挑女人下手，之后又跟着莱恩回到公寓，决定与他当面对质。至于完美扮演临时工的艾丽莎和及时出手没让斯特莱克多增伤口的尚克尔，斯特莱克一个字都没提。

"现在的关键在于，"斯特莱克告诉两个警察，"你们一定要找到那个叫里奇的家伙，也有人叫他迪奇。是他把摩托车借给莱恩的。哈兹尔会给你们提供他的信息。他一直为莱恩提供不在场证明。他大概也是个惯犯，以为莱恩不过就是背着哈兹尔搞外遇，或者搞点救济金诈骗之类的事。他应该不是个聪明人。他如果知道这是谋杀案，应该很快就会招供。"

早上五点，医生和警察终于完成各自的任务。警察提议送他回家，斯特莱克拒绝了。他想警察提出这个建议，有一半是为了盯着他。

"我们不希望这件事现在就被报道出去，至少要等我们和被害者家属谈过。"年轻的警察说，淡金色的头发在深褐色的黎明里格外显眼。三个人在医院门口准备告别。

"我不会去找媒体，"斯特莱克说，打了个大大的哈欠，摸索着口袋里的香烟，"我今天还有别的事要做。"

他转身要走，又想起另一件事。

"两座教堂到底有什么共同点？布罗克班克——卡佛为什么觉得是他？"

"哦，"小胡子警官应了一声，看起来并不乐意分享相关情报，"有个年轻的社工从芬奇利调到布里克斯顿……没查出什么来。不过，"他辩解似的补充，"我们抓到他了。布罗克班克。流浪者收容站的人昨天提供了线索。"

"好样的，"斯特莱克说，"媒体可喜欢恋童癖了。你们开新闻发布会时，最好先用这件事开场。"

两个警察都没笑。斯特莱克祝他们过个愉快的早晨，转身走了，考虑着自己有没有钱打车。他用左手抽着烟，右手的麻醉已经过了，断裂的鼻梁在凉爽的晨风中阵阵作痛。

"他妈的约克郡？"尚克尔在电话里说。他告诉斯特莱克车准备好了，侦探说了自己的目的地。"约克郡？"

"马沙姆，"斯特莱克回答，"嘿，我已经说过了：我一有钱就给你，随便你想要多少。我不想错过婚礼。现在时间已经很紧了——你要多少都行，尚克尔，我保证，一有钱就给你。"

"谁要结婚？"

"罗宾。"斯特莱克说。

"哦，"尚克尔说，声音听起来很愉悦，"嗯，行吧，既然如此，本森，我就送你过去。我跟你说过了，你不该——"

"嗯——"

"——艾丽莎跟你说了吧——"

"嗯，她说了，说得可大声了。"

斯特莱克强烈怀疑尚克尔正跟艾丽莎上床。否则，他实在想不出，自己表示需要找个女人来引莱恩上钩，尚克尔为什么那么快就推荐了艾丽莎。艾丽莎要了一百英镑当报酬，并向斯特莱克强调，要不是他搭档对自己有天大的恩情，价钱还要高得多。

"尚克尔，我们路上再谈吧。我得吃点东西，洗个澡。能赶上就他妈不错了。"

就这样，两人开着尚克尔借来的奔驰向北超速疾行。斯特莱克没问这车是从哪儿借来的。他之前两天都没怎么睡觉，一上车就睡了将近六十英里，直到兜里的手机震动起来，才从鼾声中醒过来。

"我是斯特莱克。"他睡意蒙眬地说。

"干得漂亮,伙计。"沃德尔说。

他的语气听起来并不高兴。雷·威廉斯排除嫌疑时,沃德尔正是调查的负责人。

"谢了,"斯特莱克说,"你有没有注意到,你是整个伦敦现在唯一还愿意跟我说话的警察。"

"这个嘛,"沃德尔恢复点精神,"宁缺毋滥。我就是想告诉你一声:他们找到理查德了,他跟只金丝雀似的,把一切都唱出来了。"

"理查德……"斯特莱克喃喃。

他的头脑疲惫不堪。过去几个月里时刻萦绕他心头的案件细节仿佛一下子被删了个干净。车窗外掠过整齐的树丛,一片盛夏的浓绿。他觉得自己能倒头睡上好几天。

"里奇——迪奇——摩托车。"沃德尔说。

"哦,对了,"斯特莱克说,心不在焉地挠着缝针的耳朵,然后骂了一句,"操,好痛——抱歉——他已经坦白了?"

"他算不上聪明,"沃德尔说,"我们在他家搜出不少偷来的零件。"

"我就觉得这就是唐尼的经济来源。他一直都挺会偷的。"

"他们有个小帮派,没什么大动作,小偷小摸的。里奇是唯一一个知道莱恩有双重身份的人,他以为莱恩在玩救济金诈骗。莱恩叫那三个人帮自己说话,证明凯尔西被杀的那个周末,他们去了滨海肖勒姆野营。他说自己有个情人在哪儿,不能让哈兹尔知道。"

"莱恩总能成功地拉拢别人。"斯特莱克说,想起当年在塞浦路斯相信莱恩没犯强奸罪的那个同事。

"你是怎么发现他们撒谎的?"沃德尔好奇地问,"他们连照片都拍了……你怎么知道案发那个周末,他们没去聚会?"

"哦,"斯特莱克说,"海冬青。"

"什么?"

"海冬青,"斯特莱克重复,"海冬青不在四月开花。夏秋两季才"

开——我童年有一半时间是在康沃尔过的。莱恩和里奇在海滩上的那张照片……上面就有海冬青。我当时就该注意到……但我一直被别的东西分了心。"

沃德尔挂了电话，斯特莱克透过车窗望着前方不断掠过的田野和树丛，回想过去的三个月。莱恩恐怕并不知道布里塔妮·布罗克班克的事，但他调查过惠特克的审判过程，知道惠特克在法庭上引用了《Mistress of the Salmon Salt，鲑鱼盐小姐》的歌词。斯特莱克觉得莱恩像是在打猎时放人工臭迹那样随意洒了很多线索，其实并不清楚每个线索的效果如何。

尚克尔打开广播。斯特莱克很想睡觉，但也没提出抗议，只是摇下窗户，对着外面抽烟。在越来越明亮的阳光下，他发现自己下意识披上的意大利西装到处都沾染着肉汁和红酒。他擦掉一些大块污渍，突然想起一件事。

"哦，操。"

"怎么了？"

"我忘了跟人提出分手。"

尚克尔大笑起来。斯特莱克忧郁地一笑，整张脸都在痛。

"我们是要去婚礼砸场子吗，本森？"

"当然不是，"斯特莱克说，又掏出一支烟，"我接受了邀请，是朋友。也是客人。"

"你炒了她的鱿鱼，"尚克尔说，"在我长大的地方，这可不是什么友情的标志。"

斯特莱克没说尚克尔根本不认识几个有工作的人。

"她很像你妈妈。"一阵漫长的沉默后，尚克尔说。

"谁？"

"你的罗宾啊。心地善良，想救那个小孩。"

对于十六岁时满身是血地躺在臭水沟里，被人救起来才幸免于难的尚克尔，斯特莱克很难说出不该救人的话。

"所以我才要去劝她回来。不过，她下次如果再给你打电话——"

"嗯，嗯，我一定告诉你，本森。"

斯特莱克望着后视镜里的自己。他看起来活像刚出了车祸：鼻子发紫，肿得老高，左耳几乎是黑色的。在阳光下，他发现用左手刮胡子的尝试并不成功。他想象着自己溜进教堂，心里清楚自己这样子有多引人注意，如果罗宾不欢迎他，场面又会有多难堪。他不想毁了罗宾大喜的日子。斯特莱克在心里暗暗发誓：只要罗宾一句话，他立马就走。

"本森！"尚克尔兴奋地喊道，把斯特莱克吓了一跳。尚克尔调大广播的音量。

"……夏克韦尔开膛手已被逮捕。经过对伦敦沃拉斯顿小巷公寓的彻底搜查，警察指控三十四岁的唐纳德·莱恩谋杀了凯尔西·普拉特、希瑟·斯玛特、玛蒂娜·罗西和萨迪·洛奇，谋杀莉拉·蒙克顿未遂，还对另一位不知名的女性造成严重的人身伤害……"

"他们没提到你！"报道结束后，尚克尔失望地说。

"他们不想提，"斯特莱克说，看见马沙姆的指示路牌，压下心头一丝难得的紧张，"但他们迟早会提。这样也好：我要想让生意重振旗鼓，可得好好利用自己的名声。"

斯特莱克忘了表已经没了，下意识地看了手腕一眼，又瞥了仪表盘上的时间一眼。

"多踩点油门，尚克尔。已经赶不上开场了。"

目的地逐渐接近，斯特莱克越来越紧张。他们终于开上通往马沙姆的山坡，婚礼已经开场二十分钟。斯特莱克用手机查教堂的地址。

"在那边。"他说，慌乱地指着集市广场对面。这是他见过的规模最大的市场，食品摊周围人头攒动。尚克尔开车转过市场边缘，速度有些慢。几个路人对他们怒目而视。一个戴着低顶圆帽的男人挥舞着拳头，抗议脸上有疤的人在静谧的马沙姆中心危险驾驶。

"就在这儿停，停哪儿都行！"斯特莱克说，望见广场对面有两辆挂了白缎带的深蓝色宾利。两名司机摘了帽子，在阳光下低声交谈。尚克尔停了车，他们望过来。斯特莱克甩开安全带，看见树丛背后的教堂塔尖，觉得有些想吐。这一定是因为昨晚抽的那将近四十根烟、睡眠不足和尚克尔的驾驶技术。

他急匆匆地走出去几步,又跑回来。

"在这儿等我。我可能待不了多久。"

他再次快步向前,从盯着他看的两个司机身边穿过。他紧张地拽了拽领带,然后想起脸上的惨状,不明白自己为何要在意衣着。

斯特莱克一瘸一拐地走进教堂,穿过无人的花园。这座宏伟的建筑让他想起马基特哈伯勒的圣狄奥尼修斯教堂,那时他和罗宾还是朋友。阳光下肃静的墓地带着几分不祥的气息。斯特莱克走向沉重的橡木门,经过右边一根长相奇特、雕满花纹的石柱。它看起来仿佛是个宗教异端。

斯特莱克用左手握住门把手,犹豫片刻。

"管它的。"他低声对自己说,轻手轻脚地开了门。

玫瑰的芬芳扑面而来。约克郡的白玫瑰在高台上绽放,在宾客阵列的尽头悬挂成锦簇的花束。宾客头顶上五颜六色的帽子汇成河流,一直延伸至最前方的神坛。斯特莱克蹑手蹑脚地进了门,没多少人注意到他,但注意到的人都盯着他看。他沿着墙面缓缓移动,凝望着走道的尽头。

罗宾披散着鬈曲的长发,头上戴着白玫瑰花冠。斯特莱克看不见她的脸。罗宾手上没打石膏。离得这么远,斯特莱克也能看清她胳膊上那道发紫的细长疤痕。

"罗宾·埃拉科特,"看不见的牧师声音洪亮,"你是否愿意嫁给这个男人,马修·约翰·坎利夫,从今往后——"

斯特莱克疲惫又紧张,目光紧盯在罗宾身上,没注意自己正靠近一座郁金香形状的精致花台。

"无论境遇好坏,无论贫穷富有,无论生病还是健康,至死——"

"见鬼。"斯特莱克说。

他撞倒的摆花缓缓下落,摔倒地上,发出震耳欲聋的巨响。宾客和新人都转头望过来。

"我——老天,对不起。"斯特莱克无助地说。

人群中央，有个男人笑起来。大多数人都立刻把注意力转回神坛上，但还有几个人继续瞪着斯特莱克，过了一会才意识到自己的失态。

"——不渝。"牧师带着圣人般的耐心说。

从婚礼开始就没笑过的漂亮新娘突然笑逐颜开。

"我愿意。"罗宾嗓音清脆地说，没看脸色铁青的丈夫，而是凝望着门口那个衣冠不整、鼻青脸肿、刚刚撞掉她摆花的男人。

致谢

我从没在写哪部小说时像写《罪恶生涯》时这么开心。这很奇怪，因为这本书主题血腥，而且我过去一年都很忙，不得不在几部作品之间跳来跳去，而我一向不太喜欢这种写作方式。不管怎样，罗伯特·加尔布雷思一直是我的私人游乐场，这次也没令我失望。

我要感谢我的团队，是他们让这个曾经秘密的身份公开后仍然这么有趣：无与伦比的编辑大卫·谢利，我四部作品的教父，是你让改稿过程如此充实；杰出的经纪人，我的朋友尼尔·布雷尔，从罗伯特诞生之日起，你就是他最有力的支持者；迪比和索贝，不厌其烦地为我解答关于军队的问题；"后门看守"，感谢理由最好按下不表；阿曼达·唐纳森，菲欧娜·沙普科特，安吉拉·米恩，克里斯汀·科林伍德，西蒙·布朗，凯撒·田苏和丹尼·凯莫兰，没有你们的辛勤工作，我不可能有时间来完成我的那一部分工作；还有马克·哈钦森、妮基·斯通希尔和蕾贝卡·绍特这三人梦之队，老实说，没有你们，我将一无所成。

特别感谢 MP 带我去爱丁堡城堡参观英国皇家警察特别调查局第三十五科，那是段非常有趣的经历。同样感谢在巴罗因弗内斯没有因为我给核设施拍照而逮捕我的两位女警。

与蓝牡蛎崇拜乐队合作过、为他们写过歌词的所有作者，感谢你们创造出那么多伟大的歌，并允许我在书中引用你们的作品。

致我的孩子，西卡、大卫和肯兹：我对你们的爱无以言表，感谢你们在写作虫出没时如此善解人意。

最后，也是最主要的：谢谢你，尼尔。对于这本书，你的贡献最大。

'**Career of Evil**'（pvii）Words by Patti Smith. Music by Patti Smith and Albert Bouchard © 1974, Reproduced by permission of Sony/ATV Tunes LLC, London W1F 9LD '**This Ain't The Summer of Love**'（p1, p60, p291）Words and Music by Albert Bouchard, Murray Krugman and Donald Waller © 1975, Reproduced by permission of Sony/ATV Music Publishing (UK) Ltd, Sony/ATV Tunes LLC, London W1F 9LD and Peermusic (UK) '**Madness to the Method**'（p5, p184, p374）Words and Music by D Trismen and Donald Roeser © 1985, Reproduced by permission of Sony/ATV Music Publishing (UK) Ltd, Sony/ATV Tunes LLC, London W1F 9LD '**The Marshall Plan**'（p9）Words and Music by Albert Bouchard, Joseph Bouchard, Eric Bloom, Allen Lainer and Donald Roeser © 1980, Reproduced by permission of Sony/ATV Music Publishing (UK) Ltd, Sony/ATV Tunes LLC, London W1F 9LD '**Mistress of The Salmon Salt (Quicklime Girl)**'（p15 and p58）Words and Music by Albert Bouchard and Samuel Pearlman © 1973, Reproduced by permission of Sony/ATV Tunes LLC, London W1F 9LD '**Astronomy**'（p17）Words and Music by Albert Bouchard, Joseph Bouchard and Samuel Pearlman © 1974, Reproduced by permission of Sony/ATV Music Publishing (UK) Ltd, Sony/ATV Tunes LLC, London W1F 9LD '**The Revenge of Vera Gemini**'（p26）Words by Patti Smith. Music by Albert Bouchard and Patti Smith © 1976, Reproduced by permission of Sony/ ATV Music Publishing (UK) Ltd, Sony/ATV Tunes LLC, London W1F 9LD '**Flaming Telepaths**'（p30）Words and Music by Albert Bouchard, Eric Bloom, Samuel Pearlman and Donald Roeser, © 1974, Reproduced by permission of Sony/ATV Music Publishing (UK) Ltd, Sony/ATV Tunes LLC, London W1F 9LD '**Good to Feel Hungry**'（p38）(Eric Bloom, Danny Miranda, Donald B. Roeser, Bobby Rondinelli, John P. Shirley). Reproduced by permission of Six Pound Dog Music and Triceratops Music '**Lonely**

Teardrops' (p41) Words and Music by Allen Lanier © 1980, Reproduced by permission of Sony/ATV Music Publishing (UK) Ltd, Sony/ATV Tunes LLC, London W1F 9LD '**One Step Ahead of the Devil**' (p47) (Eric Bloom, Danny Miranda, Donald B. Roeser, Bobby Rondinelli, John P. Shirley). Reproduced by permission of Six Pound Dog Music and Triceratops Music '**Shadow of California**' (p48) Words and Music by Samuel Pearlman and Donald Roeser © 1983, Reproduced by permission of Sony/ATV Music Publishing (UK) Ltd/ Sony/ATV Tunes LLC, London W1F 9LD '**O.D.'D On Life Itself**' (p67) Words and Music by Albert Bouchard, Eric Bloom, Samuel Pearlman and Donald Roeser © 1973, Reproduced by permission of Sony/ATV Music Publishing (UK) Ltd, Sony/ATV Tunes LLC, London W1F 9LD '**In The Presence Of Another World**' (p74 and p208) Words and Music by Joseph Bouchard and Samuel Pearlman © 1988, Reproduced by permission of Sony/ATV Music Publishing (UK) Ltd, Sony/ATV Tunes LLC, London W1F 9LD '**Showtime**' (p86) (Eric Bloom, John P. Trivers). Reproduced by permission of Six Pound Dog Music '**Power Underneath Despair**' (p94) (Eric Bloom, Donald B. Roeser, John P. Shirley). Reproduced by permission of Six Pound Dog Music and Triceratops Music '**Before the Kiss**' (p100, p450, p457, p463) Words and Music by Donald Roeser and Samuel Pearlman © 1972, Reproduced by permission of Sony/ ATV Music Publishing (UK) Ltd, Sony/ATV Tunes LLC, London W1F 9LD Words taken from '**Here's Tae Melrose**' (p100) by Jack Drummond (Zoo Music Ltd) '**The Girl That Love Made Blind**' (p114) Lyrics by Albert Bouchard '**Lips In The Hills**' (p116 and p235) Words and Music by Eric Bloom, Donald Roeser and Richard Meltzer © 1980, Reproduced by permission of Sony/ATV Music Publishing (UK) Ltd, Sony/ATV Tunes LLC, London W1F 9LD '**Workshop Of The Telescopes**' (p124) (Albert Bouchard, Allen

Lanier, Donald Roeser, Eric Bloom, Sandy Pearlman) '**Debbie Denise**' (p128 and p221) Words by Patti Smith. Music by Albert Bouchard and Patti Smith © 1976, Reproduced by permission of Sony/ATV Music Publishing (UK) Ltd, Sony/ATV Tunes LLC, London W1F 9LD '**Live For Me**' (p143) (Donald B. Roeser, John P. Shirley). Reproduced by permission of Triceratops Music '**I Just Like To Be Bad**' (p155 and p231) (Eric Bloom, Brian Neumeister, John P. Shirley). Reproduced by permission of Six Pound Dog Music '**Make Rock Not War**' (p163) Words and Music by Robert Sidney Halligan Jr. © 1983, Reproduced by permission of Screen Gems-EMI Music Inc/ EMI Music Publishing Ltd, London W1F 9LD '**Hammer Back**' (p176) (Eric Bloom, Donald B. Roeser, John P. Shirley). Reproduced by permission of Six Pound Dog Music and Triceratops Music '**Death Valley Nights**' (p198) Words and Music by Albert Bouchard and Richard Meltzer © 1977, Reproduced by permission of Sony/ATV Music Publishing (UK) Ltd, Sony/ATV Tunes LLC, London W1F 9LD '**Outward Bound (A Song for the Grammar School, Barrow-in-Furness)**' (p206) Words by Dr Thomas Wood '**Tenderloin**' (p251) Words and Music by Allen Lainer © 1976, Reproduced by permission of Sony/ATV Music Publishing (UK) Ltd/ Sony/ATV Tunes LLC, London W1F 9LD '**After Dark**' (p250) Words and Music by Eric Bloom, L Myers and John Trivers © 1981, Reproduced by permission of Sony/ATV Music Publishing (UK) Ltd, Sony/ ATV Tunes LLC, London W1F 9LD '**(Don't Fear) The Reaper**' (p257 and p427) Words and Music by Donald Roeser © 1976, Reproduced by permission of Sony/ATV Music Publishing (UK) Ltd, Sony/ATV Tunes LLC, London W1F 9LD '**She's As Beautiful As A Foot**' (p262) (Albert Bouchard, Richard Meltzer, Allen Lanier) '**The Vigil**' (p263) Words and Music by Donald Roeser and S Roeser © 1979, Reproduced by permission of Sony/ATV Music

Publishing (UK) Ltd, Sony/ATV Tunes LLC, London W1F 9LD '**Dominance and Submission**' (p276) (Albert Bouchard, Eric Bloom, Sandy Pearlman) '**Black Blade**' (p280) Words and Music by Eric Bloom, John Trivers and Michael Moorcock © 1980, Reproduced by permission of Sony/ATV Music Publishing (UK) Ltd, Sony/ATV Tunes LLC and Action Green Music Ltd/ EMI Music Publishing Ltd, London W1F 9LD '**Dance on Stilts**' (p297 and p298) (Donald B. Roeser, John P. Shirley). Reproduced by permission of Triceratops Music '**Out of the Darkness**' (p303 and p318) (Eric Bloom, Danny Miranda, Donald Roeser, John D. Shirley). Reproduced by permission of Six Pound Dog Music and Triceratops Music '**Searchin' For Celine**' (p314) Words and Music by Allen Lainer © 1977, Reproduced by permission of Sony/ATV Music Publishing (UK) Ltd, Sony/ATV Tunes LLC, London W1F 9LD '**Burnin' For You**' (p328) Words and Music by Donald Roeser and Richard Meltzer © 1981, Reproduced by permission of Sony/ATV Music Publishing (UK) Ltd, Sony/ ATV Tunes LLC, London W1F 9LD '**Still Burnin'**' (p334) (Donald B. Roeser, John S. Rogers). Reproduced by permission of Triceratops Music '**Then Came The Last Days of May**' (p346) Words and Music by Donald Roeser © 1972, Reproduced by permission of Sony/ATV Music Publishing (UK) Ltd, Sony/ATV Tunes LLC, London W1F 9LD '**Harvester of Eyes**' (p348) Words and Music by Eric Bloom, Donald Roeser and Richard Meltzer © 1974, Reproduced by permission of Sony/ATV Music Publishing (UK) Ltd, Sony/ATV Tunes LLC, London W1F 9LD '**Subhuman**' (p360) (Eric Bloom, Sandy Pearlman) '**Dr. Music**' (p361) Words and Music by Joseph Bouchard, R Meltzer, Donald Roeser © 1979, Reproduced by permission of Sony/ATV Music Publishing (UK) Ltd, Sony/ ATV Tunes LLC, London W1F 9LD '**Harvest Moon**' (p362) (Donald Roeser). Reproduced by permission of Triceratops Music '**Here Comes That**

Feeling' (p370) (Donald B. Roeser, Dick Trismen). Reproduced by permission of Triceratops Music 'Celestial the Queen' (p385) Words and Music by Joseph Bouchard and H Robbins © 1977, Reproduced by permission of Sony/ATV Music Publishing (UK) Ltd, Sony/ATV Tunes LLC, London W1F 9LD 'Don't Turn Your Back' (p390) Words and Music by Allen Lainer and Donald Roeser © 1981, Reproduced by permission of Sony/ATV Music Publishing (UK) Ltd, Sony/ATV Tunes LLC, London W1F 9LD 'X-Ray Eyes' (p401) (Donald B. Roeser, John P. Shirley). Reproduced by permission of Triceratops Music 'Veteran of the Psychic Wars' (p411) Words and Music by Eric Bloom and Michael Moorcock © 1981, Reproduced by permission of Sony/ATV Music Publishing (UK) Ltd, Sony/ATV Tunes LLC and Action Green Music Ltd/ EMI Music Publishing Ltd, London W1F 9LD 'Spy In The House Of The Night' (p417) Words and Music by Richard Meltzer and Donald Roeser © 1985, Reproduced by permission of Sony/ATV Music Publishing (UK) Ltd, Sony/ATV Tunes LLC, London W1F 9LD 'Vengeance (The Pact)' (p436 and p454) Words and Music by Albert Bouchard and Joseph Bouchard © 1981, Reproduced by permission of Sony/ATV Music Publishing (UK) Ltd, Sony/ATV Tunes LLC, London W1F 9LD 'Sole Survivor' (p440) Words and Music by Eric Bloom, L Myers and John Trivers © 1981, Reproduced by permission of Sony/ATV Music Publishing (UK) Ltd, Sony/ATV Tunes LLC, London W1F 9LD 'Deadline' (p446) (Donald Roeser)

Robert Galbraith
CAREER
OF EVIL